전쟁은
여자의 얼굴을
하지 않았다

WAR'S UNWOMANLY FACE

by Svetlana Alexievich

Copyright ⓒ Svetlana Alexievich, 2013
Korean Translation Copyright ⓒ MUNHAKDONGNE Publishing Corp., 2015

This Korean edition is published by arrangement with
Svetlana Alexievich c/o Literary Agency Galina Dursthoff, Cologne
through MOMO Agency, Seoul.
All rights reserved.

이 책의 한국어판 저작권은 모모 에이전시를 통해
Svetlana Alexievich c/o Literary Agency Galina Dursthoff와 독점 계약한
(주)문학동네에 있습니다.
저작권법에 의해 한국 내에서 보호를 받는 저작물이므로
무단 전재 및 무단 복제를 금합니다.

이 도서의 국립중앙도서관 출판예정도서목록(CIP)은
서지정보유통지원시스템 홈페이지(http://seoji.nl.go.kr)와
국가자료공동목록시스템(http://www.nl.go.kr/kolisnet)에서 이용하실 수 있습니다.
(CIP제어번호: CIP2015026276)

전쟁은 여자의 얼굴을 하지 않았다

У ВОЙНЫ НЕ ЖЕНСКОЕ ЛИЦО

스베틀라나 알렉시예비치 지음

박은정 옮김

문학동네

─인류 역사에서 여자가 군대에 처음 등장한 건 언제인가?

─이미 기원전 4세기에 아테네와 스파르타의 그리스 군대에서 여자들이 싸웠다. 후일 그들은 마케도니아 알렉산더대왕의 원정에도 참가했다.

러시아 역사학자 니콜라이 카람진은 우리 선조들에 대해 이렇게 썼다.

"슬라브 여성들은 죽음도 두려워하지 않고, 전쟁터로 향하는 아버지와 남편을 따라나서곤 했다. 626년, 콘스탄티노플이 포위당했을 때 그리스인들은 전사한 슬라브인들 사이에서 다수의 여성 시신을 발견하기도 했다. 어머니들은 자녀들을 그저 양육만 한 게 아니라 전사들로 키워낸 것이다."

─근대에 들어선 어땠는가?

─1560년부터 1650년 사이에 영국에서 최초로 여자병사들이 복무한 병원이 생겼다.

─그렇다면 20세기에는 무슨 일이 있었나?

─20세기 초…… 영국에서는 이미 제1차세계대전 때 왕립 공군

이 여자들을 받기 시작했고 왕립 보조군단과 여성 차량수송대도 조직되었다. 그 수가 10만 명에 이르렀다.

러시아, 독일, 프랑스에서도 많은 여성들이 군병원과 위생열차에서 복무하기 시작했다.

제2차세계대전중에 전 세계는 여성들의 능력을 똑똑히 지켜보았다. 영국군 22만 5천 명, 미국군 45만~50만 명, 독일군 50만 명 등, 여자들은 이미 세계 여러 나라의 군대에서 병종^{兵種}을 가리지 않고 활약하고 있었다.

소비에트 군대에서는 백만 명가량의 여성들이 참전해 싸웠다. 그들은 가장 '남성적'인 군대 보직을 포함해 남자들과 똑같은 임무를 수행했다. 그 때문에 언어 문제가 발생할 정도였다. '전차병' '보병' '자동소총병' 같은 보직은 여성을 지칭하는 용어 자체가 존재하지 않았다[*]. 왜냐하면 그전까지 여자들이 맡아본 적이 없는 임무였기 때문이다. 그곳, 전쟁터에서 비로소 여자를 가리키는 군대용어들이 생겨났다……

_역사학자와의 대화 중에서

---

* 러시아어는 모든 명사가 남성명사, 여성명사, 중성명사, 이렇게 세 가지 성으로 나뉜다. 군인을 가리키는 말들은 거의 남성명사로, 남성을 지칭한다. ―옮긴이 주(이하 이 책의 모든 주석은 옮긴이 주이다.)

사람이
전쟁보다 귀하다
(일기장에서)

값없이 죽임당한 수백만의 사람들
어둠 속에서 길을 다지네……
_오시프 만델시탐

1978~1985년

나는 전쟁에 대한 책을 쓰고 있다……

내가 어렸을 때나 젊었을 때는 누구나 전쟁 이야기를 즐겨 읽었지만, 나는 전쟁 이야기를 좋아하지 않았다. 내 동갑내기들 역시 모두 전쟁 이야기를 좋아했다. 그건 그다지 놀랄 일이 아니었다. 우리는 승리의 아이들이었으니까. 승자의 아이들. 전쟁 하면 맨 먼저 머리에 떠오르는 기억은 무엇일까? 그건 알아들을 수도 없는 무서운 말들 속에서 보낸, 우울했던 나의 어린 시절이다. 사람들은 늘 전쟁을 회상했다. 학교에서도 집에서도, 결혼식에서도 세례식에서도, 기념일에도 추도식에서도 언제나 전쟁을 얘기했다. 심지어 아이들의 대화에서조차. 어느 날 이웃집 남자애가 나에게 물었다. "사람들은 땅 밑에서 뭐하는 걸까? 땅 밑에서 어떻게 살지?" 우리는 전쟁의 비밀이 무엇인지 알아내고 싶었다.

그때 나는 '죽음이란 무엇일까' 생각하기 시작했다…… 죽음에 대한 생각을 떨칠 수가 없었고 어느새 죽음은 나에게 삶의 중요한 비밀이 되었다.

우리에게는 그 두렵고 비밀스러운 세계가 모든 것의 출발점이었다. 우크라이나 출신인 외할아버지는 전쟁터에서 전사해 헝가리 땅 어딘가에 묻혔고, 친할머니는 빨치산으로 활동하다가 티푸스로 돌아가셨다. 할머니의 두 아들은 군대에서 복무하다가 전쟁이 발발한 지 한 달 만에 행방불명이 되었다. 할머니의 세 아들 중 한 명만 살아 돌아왔다. 바로 우리 아버지이다. 먼 일가친척들 중에서 열한 명이나 되는 친척들이 아이들과 함께 산 채로 독일군에게 불태워졌다. 누구는 자기 오두막에서, 또 누구는 시골 교회에서. 집집마다 그런 사연 하나쯤은 있었다. 어느 집이나. 시골의 사내아이들은 오랫동안 '독일인'이나 '러시아인' 흉내를 내며 놀았다. 아이들은 '헨데 호흐!'* '추뤼크!'** '히틀러 카푸트!'***라는 독일어를 크게 외치곤 했다.

우리는 전쟁이 없는 세상을 알지 못했다. 전쟁의 세상이 우리가 아는 유일한 세상이었고, 전쟁의 사람들이 우리가 아는 유일한 사람들이었다. 나는 지금도 다른 세상이나 다른 세상의 사람들을 알지 못한다. 그런데 다른 세상, 다른 세상 사람들은 정말 존재하기나 했던 걸까?

---

* 손들어!
** 꺼져!
*** 히틀러는 끝났다!

14

• • •

전쟁이 끝난 뒤 내 어릴 적 시골마을은 여자들의 세상이었다. 여자들의 마을. 남자 목소리를 나는 기억하지 못한다. 그때의 풍경은, 마을 여자들이 전쟁을 이야기하고, 흐느껴 울고, 흐느끼듯 노래하던 모습으로 내 기억 속에 남아 있다.

학교 도서관의 책은 절반이 전쟁에 관한 것이었다. 마을 도서관도, 아버지가 책을 빌리러 자주 들르곤 하셨던 구청 도서관도 마찬가지였다. 이제 나는 그 이유를 안다. 정말 우연일까? 우리는 끊임없이 전쟁을 하거나 전쟁을 준비했다. 다들 어떻게 전쟁을 치러냈는지 이야기했다. 우리는 한 번도 다른 삶을 살아본 적이 없었고, 어쩌면 다르게 사는 법을 몰랐던 것인지도 모른다. 다른 세상, 다른 방식의 삶을 상상조차 할 수 없는 우리는, 언젠가 다르게 사는 법을 오랫동안 배워야 할지도 모르겠다.

학교는 우리에게 죽음을 사랑하도록 가르쳤다. 우리는 …의 이름으로 명예로운 죽음을 맞을 수 있다면 얼마나 좋을지에 대해 글을 썼고 그것을 꿈꿨다.

하지만 학교 밖의 세상은 다른 이야기를 했고, 나는 그 다른 이야기에 마음을 더 빼앗겼다.

나는 오랫동안 현실에 눈이 어두운 사람이었다. 현실은 나를 놀라게 했고 또 내 마음을 뒤흔들었다. 삶에 대해 무지했기 때문에 겁도 없었다. 이제 와 생각해본다. '만약 내가 좀더 현실적인 사람이었다면, 이처럼 밑도 끝도 없는 깊은 나락으로 달려들 수 있었을까?' 어쩌다 이렇게 되었을까? 무지 때문에? 아니면 이 길을 갈 것만 같은 예감 때문에? 사실 그런 예감은 있었다⋯⋯

　오랫동안 찾아 헤맸다⋯⋯ 어떤 말을 써야 내 귀에 들려오는 이야기들을 제대로 전달할 수 있을까? 내가 느끼는 세상을, 내 눈이 보고, 내 귀가 듣는 이 세상을 표현해낼 수 있는 장르를 나는 애타게 찾았다.

　어느 날 우연히 『나는 화염에 휩싸인 마을에서 왔다』라는 책을 읽게 되었다. 아다모비치*, 브릴**, 콜레스니크***의 소설. 그런 충격은 우연히 도스토옙스키의 작품을 읽으며 충격받았던 날 이후로 처음이었다. 소설의 형식은 놀라웠다. 소설은 삶 그 자체의 목소리를 담고 있었다. 소설은 내가 어렸을 때 들었던 이야기, 지금도 거리와 집과 카페와 전차에서 들려오는 사람들의 이야기를 쓰고 있었다. 바로 이거야! 세상은 다시 돌아가기 시작했다. 그토록 찾아 헤매던 것을 찾은 것이다. 사실 찾을 줄 알고 있었다.

　알레시 아다모비치는 나의 스승이 되었다⋯⋯

• • •

　2년 동안 나는 생각했던 만큼 자주 사람들을 만나지도 글을 쓰지도 못했다. 읽기만 했다. 내 책은 무엇을 이야기하게 될까? 글쎄, 전쟁에 대한 또 한 권의 책이라⋯⋯ 무엇 때문에? 전쟁은 사실, 크고 작은 전쟁

---

* 알레시 미하일로비치 아다모비치(1927~1994). 벨라루스 출신의 소련 작가이자 극작가.
** 얀카 브릴(1917~2006). 벨라루스 출신의 소련 작가.
*** 블라디미르 안드레예비치 콜레스니크(1922~1994). 벨라루스 출신의 소련 작가이자 어문학자.

들에서부터 널리 알려지거나 알려지지 않은 전쟁들까지, 이미 수천 번도 더 넘게 있지 않았던가. 그리고 전쟁에 대한 이야기는 그보다 더 많은 사람들이 쓰지 않았던가. 하지만…… 그건 모두 남자들이 남자들의 목소리를 들려준 것이다. 그건 분명한 사실이다. 우리는 전쟁에 대한 모든 것을 '남자의 목소리'를 통해 알았다. 우리는 모두 '남자'가 이해하는 전쟁, '남자'가 느끼는 전쟁에 사로잡혀 있다. '남자'들의 언어로 쓰인 전쟁. 여자들은 침묵한다. 나를 제외한 그 누구도 할머니의 이야기를 묻지 않았다. 나의 엄마 이야기도. 심지어 전쟁터에 나갔던 여자들조차 알려들지 않았다. 우연히 전쟁 이야기가 시작되더라도, 그건 '남자'들의 전쟁 이야기이지 '여자'들의 전쟁은 아니다. 이들의 행동은 서로 약속이라도 한 듯 매번 똑같다. 집에서나 전쟁을 같이 치른 여자들의 모임에서만 잠깐 눈물을 보인 뒤, 비로소 자신들의 전쟁, 나는 알지 못하는 전쟁에 대해서 입을 연다. 나뿐만 아니라 우리 모두 알지 못하는 여자들의 전쟁. 취재여행을 다니면서 나는 여러 차례 생각지 못한 새로운 이야기들의 목격자가 되고 유일한 청취자가 되었다. 그리고 어렸을 때처럼 큰 충격을 받았다. 그들의 이야기 속에는 치가 떨리도록 극악하고 참혹한 진실이 숨어 있었다…… 여자들이 이야기할 때, 그들의 이야기에는 우리가 읽거나 들어서 익숙한 내용, 그러니까 어떤 이들이 얼마나 영웅적으로 다른 사람들을 죽이고 승리를 거뒀는지, 아니면 어떻게 패배했는지, 어떤 기술들이 사용됐고 어떤 장군이 활약했는지 따위의 내용은 아예 없거나 거의 등장하지 않는다. 여자들의 이야기는 전혀 다른 것이고, 또 여자들은 다른 것을 이야기한다. '여자'의 전쟁에는 여자만의 색깔과 냄새, 여자만의 해석과 여자만이 느끼는 공간이 있다. 그리고 여자만의 언어가 있다. 그곳엔 영웅도, 허무맹랑한 무용담도 없으며, 다만 사람들,

때론 비인간적인 짓을 저지르고 때론 지극히 인간적인 사람들만이 있다. 그리고 그곳에서는 사람들만이 아니라 땅도 새도 나무도 고통을 당한다. 이 땅에서 우리와 함께 살아가는 모든 존재가 고통스러워한다.˙ 이들은 말도 없이 더 큰 고통을 겪는다.

하지만 왜? 나는 여러 번 자신에게 물었다. 절대적인 남자들의 세계에서 당당히 자신의 자리를 차지해놓고 왜 여자들은 자신의 역사를 끝까지 지켜내지 못했을까? 자신들의 언어와 감정들을 지키지 못했을까? 여자들은 자신을 믿지 못했다. 하나의 또다른 세상이 통째로 자취를 감춰버렸다. 여자들의 전쟁은 이름도 없이 사라져버렸다……

나는 바로 이 전쟁의 역사를 쓰고자 한다. 여자들의 역사를.

● ● ●

첫 만남 이후……

전쟁터에서 위생사관, 저격수, 기관총 사수, 고사포 지휘관, 공병으로 복무했던 여인들이 지금은 평범한 회계원이나 실험실 조수, 여행가이드, 교사가 되어 살아간다…… 그때 그곳에서의 삶과 지금 이곳에서의 삶의 완벽한 부조화가 놀랍다. 다들 하나같이 마치 다른 사람의 사연인양 자신들을 이야기한다. 나만큼이나 지금 자신들의 모습에 놀라워하면서. 박제된 역사가 내 눈앞에서 '인간다워지고', 평범한 일상의 풍경으로 변신한다. 역사를 비추는 조명에 새로운 빛이 들어오는 것이다.

충격적인 사연을 지닌 여인들이 있다. 그네들의 삶은 명작소설에 등장하는 이야기들과 견줘도 뒤지지 않을 만큼 극적이다. 사람은 명확하게 자신을 볼 줄 안다. 하늘처럼 저 높은 곳에서도 땅처럼 저 낮은 곳에서도. 사람 앞에 모든 길이 놓여 있다. 고결한 곳으로 향하는 길과 비열한 곳으로 향하는 길, 천사로부터 짐승에 이르는 길. 회상이란 지금은 사라져버린 옛 현실에 대한 열정적인, 혹은 심드렁한 서술이 아니다. 그것은 시간을 거슬러올라간, 과거의 새로운 탄생이다. 무엇보다 새로운 창작물이다. 사람들은 살아온 이야기를 하며 자신의 삶을 새로 만들어내고 또 새로 '써내려간다'. 있는 이야기에 다른 이야기를 '보태고', 있는 이야기를 '뜯어고친다'. 바로 이 순간을 조심해야 한다. 경계해야 한다. 동시에 고통은 어떠한 거짓도 녹여내고 없애버린다. 고통은 너무나도 뜨겁기에! 확신컨대, 간호사나 요리사, 세탁부 같은 평범한 사람들은 자신의 행동을 꾸미지 않는다…… 더 정확히 말해 이들은 신문이나 책 따위에서 이야기를 끌어오지 않는다. 타인으로부터 영향을 받은 이야기가 아니라 바로 자기 자신의 삶에서 뽑아낸 진짜 고통과 아픔을 들려준다. 많이 배운 사람들의 감정과 언어는, 그다지 이상한 일도 아니지만, 시간에 의해 다듬어지기 쉽다. 흔히들 하는 방식으로. 그리고 본질이 아닌 부차적인 것들에 쉽게 물든다. 영웅심 따위에. 어떻게 퇴각했는지, 어떻게 공격을 감행했는지, 어느 전선에서 싸웠는지는 '남자'의 전쟁에 대한 이야기이다. 나는 그것이 아니라 '여자'의 전쟁에 대한 이야기를 듣고 싶었고, 그래서 오랜 시간을 들여 삶의 영역이 저마다 다른, 많은 사람들을 만나러 다녔다…… 그것도 한 번의 만남에 그치지 않고 주기적으로 여러 번 만났다. 보고 또 보고서야 인물을 화폭에 담아내는 초상화가처럼.

낯선 집을 찾아가 한참을 머문다. 하루종일 머물 때도 있다. 같이 차를 마시고, 새로 샀다는 블라우스를 봐주고, 헤어스타일이니 요리법 같은 주제를 놓고 열띤 논의를 벌인다. 손자들 사진을 찬찬히 함께 들여다본다. 그리고 어느 순간…… 얼마나 시간이 흘렀을까. 무엇을 통해서인지, 그리고 무엇 때문인지 알 수 없지만 갑자기 그토록 기다리던 순간이 찾아온다. 석고나 콘크리트 기념상처럼 단단한 껍데기 속에 있던 사람이 그 껍데기를 깨고 자기 자신에게로 향하는 순간이. 자신의 내면으로 걸어들어가는 순간이. 그리고 그 사람은 이제 전쟁을 이야기하는 것이 아니라 자신의 젊은 날을 돌아보기 시작한다. 자기가 살아온 인생의 굽이굽이들을…… 바로 이 순간을 잡아야 한다. 놓쳐선 안 된다! 하지만 그 많은 사연과 사건과 눈물로 가득 찬, 기나긴 하루를 보냈음에도 기억에 남는 건 고작 몇 마디에 불과할 때가 종종 있다. 이를테면, "우리는 너무 어린 나이에 전쟁터로 갔어. 얼마나 어렸으면 전쟁중에 키가 다 자랐을까" 같은 말. 이미 수십 미터에 달하는 녹음테이프가 있음에도 불구하고 나는 이 말 역시 꼼꼼하게 수첩에 적는다. 녹음테이프만 벌써 네다섯 개다……

무엇이 나를 돕는 걸까? 그건 바로 우리가 함께 사는 데 익숙하다는 사실이다. 더불어 사는 사람들. 우리가 사는 이 세상에는 행복도 있고 눈물도 있다. 우리는 고통스러워할 줄도, 고통에 대해 이야기할 줄도 안다. 고통은 남루하고 힘겨운 우리네 삶에 의미와 가치를 부여한다. 아픔, 그건 우리에게 하나의 예술이다. 우리 여자들이 바로 이 아픔과 고통의 길을 향해 용감하고 당당하게 나아갔음을 나는 밝혀야만 한다……

・ ・ ・

여인들은 과연 나를 어떻게 맞이할까?

여인들은 나를 '애야'라거나 '딸내미야' 또는 '아가야'라고 불렀다. 아마 내가 그네들과 동년배였다면 나를 다르게 대했을지도 모른다. 젊음과 늙음의 만남이 가져다주는 그 어떤 기쁨이나 경이로움도 없이 그저 동료를 대하듯 차분하게 맞이했을지도. 이 만남은, 이제는 노년에 이른 몸으로 청춘의 때로 돌아가는, 이네들에게는 더없이 소중한 순간이다…… 여인들은 기나긴 삶을 지나와 다시 기억 속의 그 시절로 돌아간다. 40년이라는 시간의 강을 건너서. 그들은 조심스럽게 자신의 세계를 열어 보이고 호의를 베푼다. "전쟁이 끝나자마자 시집을 갔어. 남편 뒤에 숨어 살았지. 하루하루 평범하게, 아이들 뒤치다꺼리하면서. 그렇게 기꺼이 나를 숨기고 살았어. 그리고 친정엄마가 '조용히 입다물고 아무 내색도 하지 말라'고 신신당부를 했거든. 나는 조국 앞에 내 할 바를 다했지만, 내가 전쟁터에 나갔다는 사실이 슬퍼. 내가 전쟁을 안다는 사실이…… 당신은 아직 애야, 애. 그래서 나는 이런 일을 하는 당신이 딱해……" 이들이 조용히 앉아서 자신에게 귀기울이는 모습을 종종 본다. 자기 안에서 들려오는 소리에 귀를 기울이는 모습. 내면의 소리와 입 밖으로 말이 되어 나오는 소리를 가만히 맞춰보는 모습. 사람은 참으로 오랜 시간이 흘러서야 지나온 세월이 바로 자신의 삶이었으며, 이제 그 삶을 받아들이고 떠날 준비를 해야 한다는 사실을 깨닫는다. 하지만 상처받은 채 떠나고 싶지는 않은 법. 그렇게 아무렇지도 않은 척, 그렇게 쫓기듯 황망히는. 지난 삶을 돌아보는 사람의 마음속엔 자신의 이야기를 들려주고 싶은 욕구뿐만 아니라 풀지 못한 삶의 비밀까지 알아내고픈 욕구도 숨어 있다. '도대체 왜 이런 일이 나에게 일어났을까'라는 물음에 스스로 답을 찾고 싶어한다. 그리고 시선이 머무는 곳마다 작별을 고하듯 애잔한 눈빛을 보낸다…… 마치 이미 그곳에 가 있는 사람처럼…… 이제 누구를 속일 이유도 누군가에게 속아줄 이유도 없다. 죽음에 대한 사유 없이 사람이라는 존재를 이해하기란 불가능하다는 사실은 이미 분명해졌다. 죽음의 비밀은 그 어떤 것보다 우위에 있다.

전쟁은 지나치게 내밀한 체험이다. 우리네 인생살이만큼이나 그 끝을 알 수가 없다……

한 여인(비행기 조종사였다)은 나와 만나기를 거부했다. 그녀는 전화로 거절 사유를 설명했다. "옛날 일을 떠올릴 수가 없어요. 생각조차 하기 싫어요…… 3년이나 전쟁터에 있었어요. 그 3년 동안 나는 여자가 아니었죠. 여자로서 내 몸은 죽어버렸어요. 생리도 끊기고 여성으로서의 욕구도 거의 없었으니까. 나는 꽤 예뻤어요…… 우리 남편이 나에게 청혼했는데…… 베를린의 국회의사당 앞에서…… 그이가 청혼하면서 그러더군요. 전쟁은 끝났고, 우리는 살아남았다고. 우리는 억세게 운이 좋았다고. 자기랑 결혼하자고. 나는 엉엉 울고 싶었어요. 소리소리 지르고 그 사람을 두들겨패고 싶었어요. 결혼? 지금? 세상이 이렇게 끔찍하게 돌아가는데 결혼을 하자고? 세상이 온통 까맣게 타버리고 보이는 거라곤 시커먼 벽돌뿐인데, 결혼을 하자니…… 그래서 소리쳤어요. '나를 좀 봐요…… 지금 내 꼴을 좀 보라니까요! 먼저 나를 여자로 만들어줘요. 꽃도 선물하고, 데이트도 신청하고, 달콤한 말도 하란 말이에요.' 얼마나 해보고 싶은 일이었는데! 얼마나 꿈꾸던 일인데! 그이를 거의 때릴 뻔했어요…… 정말 그이를 때리고 싶었어요…… 그런데 그이의 한쪽 뺨에 눈물이 흐르는 거예요. 그때 그이는 얼굴에 화상을 입어

한쪽 뺨이 발갰는데, 그 뺨을 타고 눈물이 흘렀어요. 아직 아물지 않은 발간 그 상처 위로. 그때 알았어요, 그이도 내 마음과 같다는 걸. 그러자 나도 모르게 대답이 나와버렸죠. '그래요, 우리 결혼해요.'

미안해요. 더이상 못하겠어요……"

나는 그녀를 이해했다. 그녀의 사연도 내 책의 한 페이지, 아니면 어느 페이지의 일부가 될 것이다.

텍스트. 텍스트. 사방이 텍스트다. 도시의 아파트들에서, 시골의 농가들에서, 거리에서, 기차 안에서…… 나는 듣는다…… 나는 점점 커다란 귀가 된다. 다른 사람들의 이야기를 하나도 빼놓지 않고 모두 담으려는 커다란 귀. 나는 목소리를 '읽는다'.

• • •

사람이 전쟁보다 귀하다……

사람이 전쟁보다 귀하게 여겨지는 곳. 그곳에선 역사보다 더 강력한 무언가가 사람을 다스린다. 내 글의 폭을 넓혀야겠다. 전쟁에 대한 진실만이 아니라 삶과 죽음에 대한 진실을 담은 책을 써야 한다. 도스토옙스키가 던진 물음. '사람은 자신 안에 또다른 자신을 몇 명이나 가지고 있을까? 그리고 그 다른 자신을 어떻게 지켜낼까?' 이 물음을 이제 나 스스로에게 던져야 한다. 악은 분명 매혹적이다. 그리고 선보다 솜씨가 뛰어나다. 마음을 더 잡아끈다. 내가 전쟁이라는 밑도 끝도 없는 세계에 점점 더 깊이 빨려들어가는 사이, 다른 것들은 모두 빛을 잃고 흐릿해지며 시들해졌다. 거대하고 무자비한 세계다. 이제 나는 그곳에서 돌아온

이들의 고독을 이해한다. 다른 별에서 왔거나 저세상에서 온 것 같은 그 외로움을. 이들은 다른 사람들은 모르는 세상을 알고 있으며, 그 세상은 죽음에 가까이 다가가야만 알 수 있는 세상이다. 그 세상의 뭔가를 말로 표현하고 전달하려 시도할 때 이들은 죽을 것 같은 고통을 느낀다. 입이 떨어지지 않는다. 이들은 이야기하려 하고, 다른 이들은 이해하려 하지만, 모두 어찌해볼 도리가 없다.

이들은 듣는 이와 달리 늘 다른 공간에 있다. 보이지 않는 세계에 둘러싸여 있다. 대화에 참여하는 사람은 적어도 세 사람이다. 지금 내 앞에서 이야기하는 사람, 지금 내 앞에서 이야기하고 있지만 사실은 그때 그 시절로 돌아가 있는 사람, 그리고 나. 나의 목적은 무엇보다 그때의 진실을 얻어내는 것이다. 그날들의 진실. 감정의 속임수가 없는 진실. 한 사람의 입에서 나왔을지라도 전쟁이 끝난 직후의 이야기와 수십 년이 흐른 뒤의 이야기는 같을 수가 없다. 사람은 살면서 자신의 삶을 기억 속에 차곡차곡 쌓기 때문이다. 사람은 자신의 모든 것을 기억 속에 담는다. 어떻게 살았는지, 무엇을 읽고 보았는지, 누구를 만났는지 기억 속에 모두 저장되어 있다. 그리고 결국 그 사람은 행복하거나 불행하다. 대화를 나누는 자리엔 나와 당사자 둘만 있거나 다른 누군가 동석하기도 한다. 가족 아니면 친구들. 그런데 어떤 친구들? 친구는 전장을 함께 누빈 전우들과 그렇지 않은 친구들, 이렇게 두 부류로 나뉜다. 기록물들 역시 살아 있는 존재가 되어 우리와 함께 변해가고 불안하게 흔들리며 우리에게 수없이 많은 이야기를 들려준다. 뭔가 새롭고 절대적인 것이 지금 우리에겐 필요하다. 바로 지금 이 순간. 우리는 무엇을 찾는가? 우리가 찾는 것은 어떤 업적이나 영웅주의가 아니다. 우리는 언제나 사소하고 인간적인 무엇, 우리에게 가장 흥미롭고 친밀한 그 무엇을 찾는다.

글쎄, 고대 그리스…… 그리고 스파르타의 역사에서 내가 가장 알고 싶은 것을 예로 든다면…… 나는 그 당시 사람들이 집에서 무슨 대화를 나눴고, 또 어떻게 나눴는지 알고 싶다. 어떤 모습으로 전쟁터에 나갔을지 궁금하다. 그들은 사랑하는 사람들과 보내는 마지막날, 마지막 밤에 무슨 이야기를 주고받았을까. 어떻게 전사들을 전쟁터로 떠나보냈을까. 또 어떻게 그들이 돌아오기를 기다렸을까…… 영웅도 장군도 아닌 평범한 젊은이들의 이야기가 듣고 싶다……

이름 없는 전쟁의 목격자나 참전자의 이야기를 통해 살아나는 역사. 그렇다. 나는 바로 그런 역사가 알고 싶다. 그런 역사를 문학으로 만들고 싶다. 하지만 이야기하는 사람은 단순히 목격자에만 머물지 않는다. 오히려 배우나 창작자에 가깝다. 아주 가까이, 얼굴을 마주할 만큼 가까이 실제 현실에 다가가기란 거의 불가능하다. 현실과 우리 사이엔 감정이 놓여 있기 때문이다. 그리고 사람들은 저마다 자신의 입장과 견해가 있으며, 수없이 엇갈리는 입장과 견해들로부터 새로운 시간과 그 시간 속에서 살아갈 사람들의 형상이 탄생할 수 있기 때문이다. 하지만 나는 내 책에 대해 '주인공들이 실존인물들이라는 점을 빼곤 더 볼 게 없다'느니 '기껏해야 역사책에 지나지 않는다'라고 평하는 소리는 듣고 싶지 않다.

나는 전쟁이 아니라 전쟁터의 사람들을 이야기한다. 전쟁의 역사가 아니라 감정의 역사를 쓴다. 나는 사람의 마음을 살피는 역사가다. 한편으로는 구체적인 시간 속에 살고 구체적인 사건을 겪는 구체적인 사람을 연구하면서, 다른 한편으로는 영원한 인간을 들여다보아야만 한다. 영원의 떨림을. 사람의 내면에 항상 존재하는 그것을.

사람들은 나에게 회상은 역사도 문학도 아니라고 말한다. 회상은 예술로 승화되지 못한 추레한 인생의 한 모습일 뿐이라고. 이야기의 사원을 쌓아갈 원료들, 그건 언제나 넘쳐난다. 도처에 이 벽돌들이 굴러다닌다. 벽돌이 사원은 아니지 않느냐고? 하지만 나에게는 전혀 그렇지 않다…… 바로 그곳, 따스한 사람의 목소리, 과거가 생생히 반추되는 그 목소리 속에 원초적인 삶의 기쁨이 감춰져 있고 누구도 피해갈 수 없는 삶의 비극이 담겨 있다. 삶의 혼돈과 욕망이. 삶의 유일함과 불가해함이. 목소리 속에 이 모든 것들이 다듬어지지 않은 날것 그대로의 모습으로 남아 있다. 진짜 원본들이.

나는 우리의 감정들로 사원을 세운다…… 우리의 염원과 환멸로. 동경들로. 존재했지만 언제 슬그머니 사라져버릴지 모르는 것들로.

●●●

다시 한번 똑같은 이야기…… 나는 우리를 둘러싼 외부의 현실만이 아니라 우리 내면의 현실에도 관심이 있다. 사건 그 자체보다 사건 속 감정이 더 흥미롭다. 이렇게 말해두자. 사건의 영혼이라고. 감정이야말로 나에겐 현실이다.

그렇다면 역사는? 역사는 거리에 있다. 군중 속에. 나는 우리 한 사람 한 사람이 역사의 조각들을 가지고 있다고 믿는다. 어떤 사람은 반 페이지만큼의 역사를, 또 어떤 사람은 두세 페이지만큼의 역사를. 우리는 함께 시간의 책을 써내려간다. 저마다 자신의 진실을 소리 높여 외친다. 하지만 뉘앙스의 함정. 그래서 이 모든 진실의 외침을 명확히 들어야만 한다. 이 모든 것 안에 녹아들고 이 모든 것과 하나가 되어야 한다. 하지만 동시에 자신을 잃어버려선 안 된다. 거리의 언어와 문학의 언어를 하나로 잘 버무려내야 한다. 어려운 점 한 가지 더. 그건 우리가 지금 현재의 언어로 과거를 이야기한다는 사실이다. 과연 그네들은 지난날의 감정을 제대로 전할 수 있을까?

• • •

아침부터 전화벨이 울린다. "우리가 아는 사이는 아니지만…… 크림반도에서부터 와서 방금 도착해 기차역에서 전화하는 거예요. 여기서 댁이 먼가요? 내 이야기를 당신에게 하고 싶어요……"

반가운 소식이다!

나는 딸아이와 함께 공원에 갈 준비를 했다. 회전목마를 타러. 여섯 살 난 아이에게 내가 하는 일을 설명할 수 있을까. 얼마 전 딸아이가 물었다. "엄마, 전쟁이 뭐예요?" 아, 어떻게 대답하나…… 나는 우리 아이가 사랑으로 이 세상과 만나기를 바라며, 함부로 꽃을 꺾어서는 안 된다고 가르친다. 무당벌레를 밟아 죽이거나 잠자리의 날개를 잡아 뜯는 건 잔인한 짓이라고. 그러면서 어떻게 이 아이에게 전쟁을 설명한단 말인가? 어떻게 죽음을 설명할 수 있을까? '거기선 왜 사람들을 죽이냐'는 물음에 어떻게 대답해줘야 할까? 우리 딸처럼 어린아이들까지 죽어나가는 그곳. 우리 어른들은 서로 공모라도 한 것 같다. 무슨 말인지 금방 알아듣는다. 하지만 아이들은? 전쟁이 끝나고 나서 우리 부모님은 나에게 전쟁에 대해 설명해주셨다. 하지만 나는 내 아이에게 설명할 수가 없다. 설명할 말을 찾을 수가 없다. 시간이 갈수록 점점 더 전쟁이 싫어지고, 시간이 갈수록 점점 더 그 정당성을 찾기가 어렵다. 우리에게 전쟁은 살인행위일 뿐이다. 적어도 나에겐 그렇다.

전쟁이라면 토할 것 같고 전쟁을 생각하는 것만으로도 역겨운, 그런 책을 쓸 수만 있다면. 미치도록 쓰고 싶다. 장군들조차 전쟁이라면 고개를 돌리게 만드는 그런 책을······

남자동료들은 (여자동료들과는 달리) 그런 '여자'의 논리에 기겁한다. 그리고 나는 곧바로 '넌 전쟁터에 없었잖아'라는 '남성'의 논리를 듣게 된다. 어쩌면 내가 전쟁터에 없었던 건 잘된 일인지도 모른다. 덕분에 '불같은 증오심'은 나에게 도저히 이해할 수 없는 감정이 될 수 있었고, 나는 군인의 관점도 남자의 관점도 아닌 보통 사람의 관점을 가지게 되었으니까······

광학에는 '집광력'이라는 개념이 있다. 피사체를 잡아내는 렌즈의 정확도를 말한다. 전쟁에 대한 여자의 기억은 감정의 긴장도나 고통의 지수로 볼 때 그 집광력이 가장 높다. '여자'의 전쟁이 '남자'의 전쟁보다 더 처절했다고 말할 수 있을 정도다. 남자들은 역사니 상황이니 따위의 명분 뒤로 숨고, 전쟁은 이념이므로 이해관계를 내세워 그것을 실현시켜야 한다고, 또는 그것에 맞서야 한다고 유혹한다. 반면에 여자들은 감정에 사로잡힌다. 남자들은 어려서부터 언젠가 총을 쏘게 될 상황에 미리 대비한다. 여자들은 총 쏘는 법을 배우지 않는다······ 아니 배울 생각조차 하지 않는다······ 여자들은 다른 것을 기억하고, 그래서 기억하는 방식도 다르다. 여자들은 남자들이 보지 못하는 것을 본다. 다시 한번 말하지만 여자들의 전쟁에는 냄새와 색깔과 소소한 일상이 함께한다. "배낭을 배급받았는데 그걸로 치마를 해 입었지 뭐야." "모병사무소 문을 열고 들어갈 때는 원피스를 입고 있었는데 나올 때는 바지와 군복 차림으로 바뀐 거야. 긴 머리도 싹둑 잘라버려서 짧은 앞머리만 덩그러니 남고……" "독일군이 마을에 총질을 해대고 사라져버렸지…… 한번은 꼭꼭 다져진 노란 모래 무덤에 도착했는데, 그 위에 어린아이 구두한 짝이 떨어져 있는 거야……" 사람들(특히 남성작가들)은 곧잘 나에게 '여자들이 너한테 이야기를 꾸며대는 거야. 다 지어낸 거라고' 하며 내게 훈계하곤 했다. 하지만 나는 그런 이야기는 누구도 꾸며낼 수 없다고 확신한다. 도대체 누구한테 그런 이야깃거리를 얻는단 말인가? 만약 누군가의 이야기를 가져온 것이라면, 그건 오직 그런 망상을 가진 단 한 사람에게서만 가능할 것이다.

여자들이 전쟁에 대해 아무리 이러니저러니 떠들어도, 기본적으로 여자들의 머릿속에는 '전쟁은 살인행위'라는 생각이 또렷이 박혀 있다. 그리고 여자들에게 전쟁은 '힘겨운 일'이자 '평범한 보통의 삶'이기도 하다. 그래서 그네들은 전쟁터에서도 노래를 하고, 사랑에 빠지고, 머리를 매만졌다……

여자들의 마음 깊은 곳에는 죽음에 대한 참을 수 없는 혐오와 두려움이 감춰져 있다. 하지만 여자들이 그보다 더 견딜 수 없는, 원치 않는 일은 사람을 죽이는 일이다. 여자는 생명을 주는 존재이기 때문이다. 생명을 선물하는 존재. 여자는 오랫동안 자신 안에 생명을 품고, 또 생명을 낳아 기른다. 나는 여자에게는 죽는 것보다 생명을 죽이는 일이 훨씬 더 가혹한 일이라는 걸 알게 되었다.

• • •

남자들…… 그들은 마지못해 여자들을 자신의 세계, 자신의 영역에 들여놓는다.

민스크*의 한 트랙터 공장에서 일했던 여자를 찾았다. 그녀는 저격병으로 복무했다. 꽤 유명한 저격수였단다. 전선의 신문들은 그녀에 대한 기사를 여러 차례 실었다. 모스크바에 사는 그녀의 친구들이 그녀의 집 전화번호를 알려주었지만, 옛날 번호였다. 내가 알고 있는 그녀의 성도 처녀 때 성이었다. 나는 그녀가 일했다는 공장으로 찾아갔다. 인사과의 남자들(공장장과 인사과 과장)이 나에게 말했다. "남자들로는 부족한 거요? 무엇 때문에 여자들의 이야기가 필요한 거죠? 그건 다 여자들의 환상이란 말이오……" 남자들은 여자들이 전쟁에 대해 뭔가 딴소리를 할까봐 두려워했다.

한 가정을 방문했다…… 남편과 아내 모두 전쟁터에 나가 싸웠다고 했다. 두 사람은 전선에서 만나 결혼했다. "참호에서 결혼식을 올렸어. 전투가 벌어지는 바로 코앞에서. 독일군 낙하산으로 웨딩드레스를 만들어 입었지." 남편은 기관총 사수였고, 아내는 연락병이었다. 남편은 '당신은 가서 뭐라도 내오라'며 아내를 즉시 부엌으로 내보냈다. 금세 찻주전자가 끓었고 샌드위치도 먹기 좋은 크기로 준비되었다. 아내가 우리 옆에 와 앉았다. 그러자 남편이 또다시 아내를 자리에서 일어나게 했다. "딸기잼은 왜 안 내온 거야? 우리 다차**에서 가져온 그건?" 그래도 내가 포기하지 않고 끈질기게 인터뷰를 청하자, 남편은 마뜩잖게 아내에

---

* 벨라루스의 수도.

게 이야기 주도권을 양보하며 몇 마디 주의를 주었다. "내가 당신을 어떻게 가르쳤는지 얘기해. 얘기하다 또 울지 말고. 예쁘고 싶었다느니, 긴 머리를 자르고 엉엉 울었다느니 그런 쓸데없는 여자들 얘기는 제발 좀 하지 마." 나중에 아내는 남편이 자기와 함께 대조국전쟁***에 대한 역사책을 펴놓고 밤새 공부했노라고 귓속말로 고백했다. "남편은 내가 걱정됐나봐. 지금도 내가 엉뚱한 이야기를 할까봐 속으로 끙끙 앓고 있을걸. 해야 할 말만 해야 되는데 그러지 않을까봐서."

그런 적이 한두 번이 아니었고, 그런 집이 한두 집이 아니었다.

그랬다. 그네들은 많이 울었다. 소리도 질렀다. 내가 떠나고 나면 그네들은 심장약을 먹었다. '구급차'가 왔다. 그럼에도 그들은 나에게 와달라고 부탁했다. "와요. 꼭 다시 와야 해. 우리는 너무 오랫동안 침묵하고 살았어. 40년이나 아무 말도 못하고 살았어……"

그들의 울음과 비명을 극화劇化해서는 안 된다는 걸 잘 안다. 그러지 않으면 그들의 울음과 비명이 아닌, 극화 자체가 더 중요해질 테니까. 삶 대신 문학이 그 자리를 차지해버릴 테니까. 이 일이 워낙 그렇다. 그렇게 적당한 온도를 유지해야 한다. 늘 아슬아슬하게 경계를 넘나든다. 사람은 전쟁터에서 가장 잘 보이고 잘 드러난다. 내면의 깊은 곳까지, 저 깊숙한 피하조직까지 모습을 드러낸다. 어쩌면 사랑할 때도 그럴지 모르겠다. 죽음의 얼굴 앞에서는 모든 사상과 이념이 그 의미를 잃는다. 누구도 미리 대비할 수 없고 이해할 수도 없는 그런 영원의 세계가 열

** 러시아인들의 제2의 주택이자 간이 별장. 통나무집에 텃밭이 딸려 있다. 러시아인들은 주로 주말이나 여름휴가철에 가족과 함께 이곳에 머물며 농사도 짓고 가축도 키우는 등 자연생활을 즐긴다.
*** 러시아는 1941~1945년까지의 독일과의 전쟁을 제2차세계대전이라고 부르지 않고 대조국전쟁이라 부른다.

린다. 우리는 여전히 역사 속에 살고 있다. 우주가 아니라.

나는 '하찮은 이야기 따위는 필요 없소…… 우리의 위대한 승리에 대해 쓰시오……'라는 추신이 덧붙여진 편지를 여러 번 받았다. 하지만 나에겐 바로 이 '하찮은 것'들이 중요하다. 이 하찮은 것들이야말로 삶의 온기이자 빛이므로. 긴 머리 대신 뭉툭하게 잘려나간 짧은 앞머리, 뜨거운 죽냄비와 국그릇들이 돌아오지 않는 주인들을 기다리고 전투에 나갔다 무사히 돌아오는 사람은 백 명 중에 일곱 명 정도였다는 이야기, 혹은 전쟁터에 다녀온 후로는 줄줄이 걸린 붉은 살점의 고기를 볼 수가 없어서 시장에도 못 다니고, 심지어 붉은색이라면 사라사 천도 쳐다볼 수가 없었다는 사연들…… "글쎄, 전쟁이 끝나고 벌써 40년이란 세월이 흘렀지. 하지만 내 집에서 붉은색이라곤 하나도 찾을 수 없을걸. 전쟁 이후로 붉은색이라면 치가 떨려."

• • •

고통에 귀를 기울인다…… 고통은 지난한 삶의 증거이다. 다른 증거 따윈 없다. 다른 증거 같은 건, 나는 믿지 않는다. 사람의 말이 얼마나 우리를 진실에서 멀어지게 했던가.

나는 비밀에 직접 잇닿는, 비밀에 대한 최상의 정보인 고통에 대해 생각한다. 삶의 비밀을 간직한 고통을. 모든 러시아문학은 고통에 대해 말한다. 사랑보다 고통에 더 많은 페이지를 할애한다.

그리고 사람들도 내게 고통에 대해 더 많은 이야기를 한다……

· · ·

    그들은 누구인가. 러시아인, 아니면 소련인? 아니, 그들은 소련인임과 동시에 러시아인이었고, 벨라루스인이었고, 우크라이나인이었고, 타지키스탄인이었다⋯⋯

    하지만 뭐니뭐니해도 그들은 역시 소련 사람이었다. 어쩌면 그들 같은 사람들을 우리는 다시는 볼 수 없을지도 모른다. 그건 그들 자신도 이미 잘 알고 있는 사실일 터. 그들의 자녀인 우리조차 이미 다른 사람이니까. 우리는 다른 평범한 사람들과 똑같이 살기를 원한다. 부모 세대가 아니라 세상을 닮고 싶어한다. 그러니 손자들이야 더 말해 뭐할까⋯⋯

    하지만 나는 그들을 사랑한다. 홀딱 반해버렸다. 그들의 삶에는 스탈린과 굴라크*가 있었지만, 승리 역시 그들과 함께였다. 이 사실을 그들도 알고 있다.

    며칠 전에 편지 한 통을 받았다.

    "내 딸은 나를 무척 사랑해요. 나는 딸아이의 영웅이지요. 그런데 만약 우리 딸이 당신의 책을 읽게 되면 무척 실망할 거예요. 더러운 오물과 들끓는 이와 끝없이 흐르는 피, 모두 사실이에요. 부인할 생각은 없어요. 하지만 이런 걸 수면으로 드러낸다고 해서 사람들이 갑자기 고상해지기라도 할까요? 훌륭한 삶을 살기라도 할까요?"

    수도 없이 확인한 사실.

    '⋯⋯우리의 기억은 결코 이상적인 도구가 아니다. 기억은 제멋대로

---

* 강제노동수용소 또는 노동수용소를 담당하던 소련의 정부기관. 주로 정치범, 반체제 인사들이 수용되었다.

인데다 변덕스럽다. 게다가 기억은 줄에 묶인 개처럼 시간이라는 사슬에 매여 있다.'

'……우리는 현재로부터 과거를 바라본다. 현재를 벗어나서는 아무것도 볼 수가 없다.'

'……이들은 여전히 그 시절에 애정을 느낀다. 이들에게 그 시절은 단지 전쟁만이 아니었다. 그들의 젊음이었고 첫사랑이었다.'

• • •

그들의 이야기를 듣는다…… 그들의 침묵도 듣는다…… 그들의 이야기도 침묵도 나에겐 모두 텍스트다.

─이 이야기는 책에 쓰면 안 돼. 당신에게만 하는 이야기니까. 나보다 나이가 많은 언니들은…… 조용히 생각에 잠겨 기차에 앉아 있었어…… 어딘지 다들 슬퍼 보였지. 모두 잠이 든 참이었는데, 소령 한 명이 나를 붙잡고 스탈린 이야기를 꺼내는 거야. 소령은 많이 취해 있었어. 그래서인지 아주 대담하게 자기 아버지가 10년째 수용소에 갇혀 있다고 털어놓더라고. 편지고 뭐고 연락을 일절 못하게 돼 있어서 살아 계신지 어떤지도 모른다면서. 그 소령은 아주 무서운 말도 했어. 자기는 조국은 기꺼이 지키겠지만 혁명의 변절자인 스탈린을 지키지는 않을 거라고. 난생처음 듣는 이야기였지…… 얼마나 놀라고 얼마나 무섭던지. 다행히 다음날 아침에 보니까 소령이 없었어. 기차에서 내렸나 봐……

─이건 비밀인데, 당신한테만 털어놓는 거야…… 나는 우크라이나

에서 온 옥사나라는 아이와 친했는데, 그 아이의 이야기를 듣고서야 우크라이나 사람들이 굶고 있다는 걸 알게 됐지. 얼마나 먹을 게 없는지, 개구리고 쥐고 남아나는 게 없다는 거야. 사람들이 다 먹어버려서. 옥사나의 고향마을에서는 인구의 절반이 죽어나갔대. 옥사나의 남동생들도 모두 굶어 죽고, 엄마 아빠도 돌아가시고. 옥사나만 밤에 몰래 콜호스*의 마구간에서 말똥을 훔쳐먹고 살아남았어. 아무도 못 먹는 말똥을 옥사나는 먹은 거지. "말똥이 따뜻할 때는 먹기 힘든데, 차가워지면 먹을 만해. 꽁꽁 언 게 제일 먹기가 나아. 얼면 건초 냄새가 나거든." 그래서 내가 그랬어. "옥사나, 스탈린 동지가 적들과 싸우고 있어. 스탈린 동지가 불순분자들을 소탕하고 있다니까. 하지만 놈들이 너무 많아서 시간이 좀 걸릴 거야." 그러자 옥사나가 대답했어. "그렇지 않아. 너 바보구나. 우리 아빠가 역사 선생님이었는데, 나한테 '언젠가 스탈린 동지가 자신의 범죄행위에 대한 대가를 치르게 될 거다'라고 하셨는걸……"

밤에 누워 있는데 문득 이런 생각이 드는 거야. '어쩌면 옥사나는 적이 아닐까? 혹시 스파이? 어떡하면 좋지?' 그리고 이틀 후에 옥사나는 전투에 나갔다가 목숨을 잃었어. 남은 가족이 아무도 없어서 전사통지서도 보내지 못했지……

이 일에 대해선 다들 조심스럽게 말문을 연다. 그것도 어쩌다 한 번씩. 이들은 여전히 스탈린이 걸어놓은 최면과 공포에 사로잡혀 있으며 여전히 과거의 믿음을 붙잡고 있다. 자신들이 과거에 사랑했던 것들을 놓지 못하고 있다. 전쟁터에서의 용기와 의식의 용기, 둘은 분명 성질이 다른 별개의 것이다. 하지만 나는 이 둘이 같은 것이라고 생각했다.

---

* 소련의 집단농장. 협동조합 형식으로 농민들이 집단경영을 했으며 각자의 노동에 따라 수익을 분배했다.

• • •

원고는 이미 오래전부터 책상 위 제자리를 지키고 있다……

벌써 2년째 계속되는 출판사의 거절. 이 일에 대해 잡지들은 입을 닫는다. 답신은 매번 똑같다. 전쟁이 너무 무섭게 묘사되었다는 것. 끔찍한 내용이 너무 많다는 것. 지나치게 사실적이라는 것. 선도적이고 지도적인 공산당의 역할이 없다는 것. 한마디로, 제대로 된 전쟁이 아니라는 얘기다. 도대체 어떤 게 제대로 된 전쟁이란 말인가? 장군들이나 현명한 총사령관이 등장하는 전쟁? 피나 더러운 이가 나오지 않는 전쟁? 영웅들이나 영웅적인 공훈을 이야기하는 전쟁? 어린 시절 할머니를 따라 넓은 들판을 걸었던 적이 있다. 그때 할머니가 들려주신 이야기를 나는 지금도 기억한다. "전쟁이 끝나고 이 들판에선 오랫동안 아무것도 자라지 않았단다. 독일군들이 퇴각할 때였는데…… 여기서 전투가 벌어졌어. 이틀이나 얼마나 무섭게들 싸웠는지…… 사방에 시신들이 짚단 엮어놓은 것처럼 줄줄이 누워 있더구나. 꼭 기차역의 철도 침목처럼 말이다. 독일 병사들과 우리 병사들이 한데 뒤섞여서. 비가 오면 죽은 병사들 얼굴이 꼭 울고 있는 것처럼 보였어. 온 마을 사람들이 나서서 그 병사들을 묻어줬지. 꼬박 한 달이나 걸려서."

어떻게 그 들녘을 잊을 수 있겠는가?

나는 그저 녹취만 하는 게 아니다. 나는 고통이 작고 연약한 한 사람을 크고 강인한 사람으로 빚어내는 곳에서 인간의 영혼을 모으고 그 자취를 좇는다. 인간이 자라고 성장하는 그곳에서. 그러면 그 사람은 이제 더이상 내게 말 못하는 벙어리도, 흔적도 없이 역사의 뒤안길로 사라진 프롤레타리아도 아니다. 그 사람의 영혼조차 달라진다. 그렇다면 내가 권력과 갈등을 빚는 이유는 뭘까? 나는 위대한 사상에 필요한 건 작은 사람이지, 결코 큰 사람이 아니라는 사실을 깨달았다. 이념에 큰 사람은 쓸모없고 불편한 존재라는 것을. 큰 사람은 완성되는 데 손이 많이 간다. 나는 바로 그런 사람을 찾는다. 작으면서도 큰 사람. 그는 멸시당하고 짓밟히고 학대당했지만, 스탈린 수용소와 배반의 아픔을 겪었지만, 결국은 승리를 거뒀다. 그는 기적을 만들어냈다.

하지만 사람들은 전쟁의 역사를 승리의 역사로 몰래 바꿔치기해버렸다. 작으면서 큰 사람, 그가 직접 그 사실을 말해줄 것이다……

17년 후
2002~2004년

옛 일기장을 펼쳐본다……

일기를 쓸 당시 내가 어떤 사람이었는지 떠올리려고 애를 쓴다. 그때의 나는 이미 없다. 심지어 그때 우리가 살았던 나라도 이젠 없다. 1941년부터 1945년까지 조국이라는 이름으로 목숨 바쳐 지켜낸 그 나라조차 이젠 존재하지 않는다. 창밖의 세상은 모든 게 달라져 있다. 새로운 천년의 도래, 새로운 전쟁들, 새로운 이념들, 새로운 무기 그리고 전혀 예상치 못한 모습으로 변해버린 러시아인(정확히는 러시아-소련인).

고르바초프의 페레스트로이카*가 시작되었다…… 내 책은 곧장 출

---

* 고르바초프 공산당 서기장이 추진한 개혁정책. 러시아어로 '재편' '재건'을 뜻하며, 1985년에 공포되었다.

판되었고, 놀랍게도 발행부수가 200만 부에 달했다. 그동안 다시 많은 충격적인 사건들이 일어났고, 우리는 다시 어딘가를 향해 정신없이 내달렸다. 또다시 미래라는 시간을 향해. 혁명은 언제나 헛된 꿈에 불과하다는 사실을, 특히 우리네 역사에서 그렇다는 사실을 우리는 여전히 깨닫지 못했다(또는 잊어버렸다). 모두들 그저 자유의 공기에 흠뻑 취해 있었다. 매일 수십 통의 편지가 내 앞으로 날아들었고, 내 서류첩은 한껏 두툼해졌다. 사람들은 말하고 싶어했다…… 못다 한 이야기까지 모두 다…… 그들은 더 대담해지고 더 솔직해졌다. 나는 내가 죽을 때까지 책을 쓰고 또 써야 할 운명임에 추호의 의심도 없다. 손보고 고쳐서 다시 쓰는 게 아니라 계속해서 써야 할 운명. 마침표를 찍으면, 그 마침표는 어느새 말줄임표로 변해버린다……

• • •

어쩌면 이제는 다른 질문을 하고 다른 대답을 들어야 하는 건 아닐까 생각해본다. 그래서 다른 책, 아주 다르지는 않지만 어쨌든 이 책과는 뭔가 다른, 그런 책을 쓰는 건 어떨까 하는 생각. (내가 다루는) 기록물들은 살아 있는 증언이다. 시간이 지났다고 해서 찰흙처럼 차갑게 굳어버리지 않는다. 벙어리처럼 말을 못하지도 않는다. 그것들은 우리와 함께 살아 움직인다. 지금 나는 무엇을 더 알고 싶은 걸까? 무엇을 더 보태고 싶은 걸까? 내가 아주 흥미를 느낄 만한 것. 그것은…… 적절한 말을 찾아본다…… 사람은 시대와 이념의 존재만은 아니다. 생물학적인 존재이기도 하다. 인간의 본성과 어둠, 잠재의식의 저 깊은 곳까지 들여다보고 싶다. 전쟁의 비밀도.

빨치산이었던 한 여인의 사연을 들려주고 싶다…… 육중한 몸집의, 하지만 여전히 아름다운 여인. 그녀는 나에게 그녀의 그룹(나이가 가장 많은 그녀와 아직 어린 소녀병사 둘)이 작전에 나갔다가 우연히 독일군 병사 넷을 포로로 붙잡은 이야기를 들려주었다. 그녀들은 독일군 병사들을 끌고 여러 날 숲속을 헤맸다. 그러다가 불시에 적의 매복에 걸렸다. 포로들을 데리고는 이 상황을 벗어날 수 없을 게 분명했기에, 그녀는 포로들을 죽이기로 결심했다. 아직 어린애나 다름없는 소녀병사들은 그들을 죽이지 못할 게 뻔했다. 벌써 며칠째 함께 숲속을 헤맨 사람들 아닌가. 만약 누군가와, 그 사람이 전혀 낯선 사람이라도, 그렇게 오랜 시간을 함께 보낸다면 익숙해지고 가까워질 수밖에 없다. 그 사람이 어떻게 먹는지, 어떻게 자는지, 눈동자는 어떻고 손은 어떤지 속속들이 알게 된다. 그랬다. 소녀들은 그들을 결코 죽일 수 없을 터였다. 그녀는 그 사실을 즉시 알아차렸다. 그건 다시 말해, 그들을 죽이는 일은 바로 그녀의 몫이라는 의미였다. 그녀는 자신이 그들을 어떻게 죽였는지 들려주었다. 포로들과 소녀들, 모두를 속여야 했다. 포로 한 명은 물을 뜨러 가는 척 속인 뒤, 뒤에서 총을 쏘았다. 뒤통수를 쏘아 맞혔다. 다른 한 명은 나뭇가지를 모으러 가는 것처럼 속여 유인했다…… 그녀가 이 일을 아무렇지 않게 이야기하는 모습에 나는 충격을 받았다.

전쟁에 나갔던 사람들은, 평범한 시민이 진짜 군인이 되는 데는 3일이면 충분했다고 회상했다. 3일, 그게 정말 가능했을까? 아니면 이것도 사람들이 만든 신화일까? 어쩌면 사람은 전쟁터에서 훨씬 더 낯설고 이해할 수 없는 존재가 되는지도 모른다.

내게 보내온 편지들마다 한결같은 내용이 쓰여 있다. "당신을 만났을 때 다 털어놓지 못했어요. 그때는 모든 걸 다 말할 수 있는 시대가 아니었으니까. 우리는 많은 것을 알고도 침묵하는 데 익숙해져 있었어요……" "당신을 다 믿을 수가 없었어요. 불과 얼마 전까지만 해도 이 일을 입에 담아선 안 됐으니까요. 부끄럽기도 했고요." "의사한테 들었어요. 내가 무서운 병에 걸렸다는 걸…… 모든 걸 털어놓고 싶어요……"

얼마 전에는 이런 편지를 받았다. "우리 같은 늙은이들은 사는 게 쉽지 않다오…… 푼돈에 지나지 않는 형편없는 연금 때문에 이런 말을 하는 게 아니오. 우리를 가장 아프게 하는 건, 우리가 위대한 과거에서 쫓겨나 참을 수 없을 만큼 누추한 현실로 내몰렸다는 사실이오. 이제 어디서도 우리를 부르지 않아요. 학교도 박물관도. 이제 우리가 필요 없다는 거지요. 신문을 읽어봐요. 파시스트들은 갈수록 고결해지고, 우리 붉은 군대* 병사들은 갈수록 비참해지고 있어요."

시간, 이 또한 우리의 고향이다…… 하지만 나는 예전처럼 변함없이 그네들을 사랑한다. 그들의 시대는 사랑하지 않지만 그들은 사랑한다.

• • •

모든 것은 문학이 될 수 있다.

---

* 1917년 볼셰비키 혁명 이후 공산당 정부가 만든 소련군. 1946년 2월 25일까지 붉은 군대로 불리다가 이후 소련군으로 개명되었다. 독일의 침략으로부터 조국을 지키겠다는 민중의 열렬한 지지와 참여로 점점 강력한 힘을 지니게 되었다.

내 기록물들 중에서 단연 나의 눈길을 끈 것은 출판 검열 당국에서 삭제당한 에피소드를 적어놓은 수첩이었다. 출판 검열 당국과 내가 나눴던 대화에도 새삼 관심이 갔다…… 그리고 수첩에서 내가 직접 삭제한 페이지들도 발견했다. 나의 자가 검열, 나 스스로 단행한 금지령. 그리고 왜 그 내용을 내버렸는지에 대한 나의 설명들…… 출판 검열 당국과 나 스스로 삭제한 내용들 중 많은 부분이 이 책에 복원되었지만, 이 몇 페이지들만큼은 따로 정리해 쓰고 싶다. 이것도 이미 기록이기에. 내가 가야 할 길이기에.

출판 검열 당국이 삭제한 내용에서

"한밤중에 잠에서 깨곤 해…… 누군가 옆에서…… 울고 있는 것 같아서…… 나는 여전히 전쟁터에 있어……

우리 군이 퇴각하는 중이었는데…… 스몰렌스크* 근교에서 어떤 여인이 나한테 자기 원피스를 갖다주더라고. 그래서 얼른 그걸로 갈아입었지. 우리 부대에 여자는 나밖에 없었어…… 다 남자병사들이었지. 평소엔 바지를 입었는데, 그날따라 여름 원피스를 입은 거야. 그런데 하필 갑자기 그게 터졌지 뭐야…… 생리가…… 긴장을 많이 한 탓인지 예정일보다 이른 때였어. 너무 불안하고 또 너무 속을 끓여서 그랬던 거 같아. 하지만 그렇다고 거기서 내가 뭘 어떻게 하겠어? 세상에, 얼마나 창피하던지! 정말 말도 못하게 수치스러웠지! 우리는 잠자리도 여의치 않

---

* 러시아 스몰렌스크 주의 중심도시. 드네프르 강에 면해 있다.

아서 닥치는 대로 아무데서나 잠을 잤어. 덤불 아래서도 자고, 도랑 속에서도 자고, 나무 그루터기 위에서도 자고. 숲속은 우리들이 자기엔 잠자리가 늘 부족했지. 우리는 반쯤 정신이 나간 채 행군했어. 조국에 속을 만큼 속았다는 생각에 아무도 믿을 수가 없었지…… '대체 우리 비행대는 어디 있고 우리 탱크는 어디 있는 거지?' 하늘 위를 날아다니고, 땅바닥을 달려가고, 쾅쾅거리는 것은 죄다 독일군이었으니까.

그러다가 포로로 잡혔어. 포로로 붙잡히기 바로 전날 나는 두 다리가 모두 으스러지는 중상을 입었지…… 바닥에 쓰러져 있는데, 얼마나 피를 많이 흘렸던지 온몸이 내 피로 흥건하게 젖었어…… 무슨 힘으로 밤에 숲까지 기어갔는지 몰라…… 우연히 나를 발견한 빨치산 덕분에 목숨을 건졌지……

나는 이 책을 읽을 사람도 불쌍하고 읽지 않을 사람도 불쌍하고, 그냥 모두 다 불쌍해……"

"야간 당직을 서는 날이라…… 중환자실에 들렀어…… 대위가 누워 있더군…… 당직 들어오기 전에 다른 의사들이 오늘밤을 넘기지 못할 거라고 미리 귀띔해준 대위였지. 아침까지 버티지 못할 거라고…… 나는 '그래, 좀 어때요? 도와드릴 일 있으면 말씀하세요'라고 대위에게 말을 건넸어. 그러자 평생 잊지 못할 대답이 돌아왔지…… 대위는 고통으로 일그러진 얼굴에 갑자기 환한 미소를 지으며 말했어. '가운을 벌려서…… 당신 가슴을 보게 해줘요…… 아내를 못 본 지 하도 오래돼서……' 아직 입맞춤도 못해본 처녀에게 가슴을 보여달라니…… 너무 당혹스러웠어. 대위에게 대충 얼버무리고 도망치듯 병실을 빠져나왔지. 그리고 한 시간 후에 병실로 돌아갔어.

하지만 대위는 이미 숨을 거둔 뒤였어. 환하게 미소지은 얼굴로……"

"케르치* 근처에서…… 총알이 빗발치는 밤에 우리는 바지선 안에 있
었어. 적의 공격이 얼마나 거셌는지 뱃머리가 날아가버릴 정도였
지…… 갑판에 포탄이 한 발 떨어져 탄약에 불이 붙었는데…… 세상에
나 그렇게 엄청난 폭발은 또 없을 거야! 바지선 오른쪽이 기우뚱하더니
바로 가라앉기 시작했어. 다행히 강기슭이 그리 멀지 않아서 우리 병사
들은 물속으로 뛰어들었어. 하지만 강기슭에서 독일군 기관총들이 불을
뿜기 시작했지. 사방에서 비명소리, 신음 소리, 고함소리가 들리는데, 그
야말로 아비규환이었어…… 나는 비록 여자지만 수영을 잘했기 때문
에 한 사람이라도 구할 수 있으면 구하고 싶었어. 단 한 명이라도……
부상을 당하면 육지에서도 버티기 힘든데 물속에서야 오죽하겠어. 그냥
죽는 거지…… 그냥 가라앉을 수밖에…… 갑자기 옆에서 누군가 물위
로 떠올랐다 가라앉았다 하는 소리가 들리더라고. 떠올랐다 가라앉고
떠올랐다 가라앉고. 나는 기회를 놓치지 않고 그 사람을 힘껏 붙잡았
어…… 뭔가 차갑고 미끈한 게 만져지더군…… 부상당한 병사가 틀림
없다고 생각했지. 폭발에 옷이 다 찢겨져나간 거라고. 사실 나도 거의
알몸이었거든…… 겨우 속옷만 걸치고 있었으니까. 사방이 칠흑처럼
캄캄했어. 바로 코앞도 분간이 안 될 정도로. 주위에서는 계속 '아, 아!'
신음 소리, 비명소리, 욕설 섞인 고함소리 들이 끊이지 않고 들렸
지…… 그 병사를 데리고 간신히 강기슭에 도착했는데…… 마침 하늘
에서 신호탄이 터지면서 순간 사방이 환해졌어. 그런데 보니까 내가 데

---

* 크림반도 동쪽에 있는 항구도시.

리고 나온 게 사람이 아닌 거야. 글쎄, 상처 입은 커다란 물고기더라니까. 사람 키만큼이나 커다란 물고기. 흰 철갑상어였어…… 죽어가고 있었지…… 나는 녀석 옆에 털썩 주저앉아 고래고래 소리를 질렀어. 어찌나 속상하고 화가 나던지 눈물이 났어…… 이렇게 물고기까지 고통을 당하는 게 너무 속상해서……"

"우리는 포위망을 뚫으려고 했소…… 하지만 사방에 독일군이 깔려 있어서 가망이 없었지. 그래서 '날이 밝으면 나가서 독일군과 맞서 싸우자. 어차피 죽을 거, 용감하게 싸우다 죽자'고 결정을 내렸소. 차라리 전장에서 죽자고. 우리 부대에 소녀병사 셋이 있었는데, 이 소녀들이 밤에 일일이 우리를 찾아다니며 만날 수 있는 사람들은 다 만나서 작별인사를 건네는 거야. 물론 우리가 다 그 소녀들처럼 한 건 아니었지…… 당신도 이해하겠지만, 그땐 다들 신경이 극도로 예민해 있었으니까. 다들 죽음을 각오한 상황이었지……

결국 다음날 아침 우리 중 몇 명만 살아남았소…… 겨우 몇 명만…… 오십 명 중에서 일곱 명 정도만 산 거요. 만약 독일군이 그렇게 총질만 안 했어도…… 살아남은 병사들 중에 그 어린 아가씨들은 한 명도 없었소…… 그후로도 만나지 못했고……"

출판 검열관과 나눈 대화에서

—이런 책을 쓰면 누가 싸우러 나가겠소? 선생은 지금 유치한 사실주의로 여성을 모욕하고 있소. 우리 여성 영웅들의 명예를 훼손했소. 그

녀들을 하찮게 만들고, 암캐로 만들었단 말이오. 그녀들은 우리한테 신성한 존재요.

―우리의 영웅주의는 멸균돼서 생리학이니 생물학 따위는 전혀 고려하지 않죠. 그런 영웅주의는 믿을 수가 없어요. 우리는 정신만 고통을 당한 게 아니라 육체도 고통을 당했다고요. 우리의 겉껍데기도 말이에요.

―선생의 그런 사상은 대체 어디서 온 거요? 그건 기이한 사상이오. 소비에트의 사상이 아니란 말이오. 당신은 호국영령의 묘역에 묻힌 사람들을 비웃고 있소. 지엽적인 글들을 지나치게 많이 읽은 것 같소이다…… 우리한테 그런 비판적인 태도는 통하지 않아요…… 소비에트 여성은 동물이 아니오……

• • •

"누군가 우리를 배반하는 바람에…… 독일군이 우리 빨치산의 은신처를 알아버렸어. 숲과 은신처로 통하는 모든 길이 포위당했지. 우리는 더 깊은 숲으로 숨어들었고, 그곳의 늪지대 덕분에 목숨을 건질 수 있었어. 독일군 추격대도 거기까지는 못 들어왔거든, 늪지대까지는. 늪은 기계건 사람이건 가리지 않고 닥치는 대로 게걸스럽게 빨아들였어. 우리는 몇 날 며칠, 몇 주를 머리만 내놓고 목까지 늪에 잠겨 있었어. 우리 일행 중에 여자통신병이 있었는데, 출산한 지 얼마 되지 않은 참이었지. 아이가 배가 고파서…… 젖 달라고 보채는데…… 엄마도 먹은 게 없으니 젖이 나올 리 없었지. 아이가 울어댔어. 아이는 울지, 독일군 추격대는 코앞에 있지…… 수색견까지 데리고…… 만약 개들이 아이 울음소리를 듣기라도 하면, 우리는 다 죽은 목숨이나 마찬가지였어. 서른 명이나 되는 우리 목숨이 다…… 이해가 돼?

결국 지휘관이 결단을 내렸어……

누구도 지휘관의 결정을 아이 엄마에게 차마 전하지 못하고 망설이는데, 그녀가 스스로 알아차리더군. 아이를 감싼 포대기를 물속에 담그더니 그대로 한참을 있었어…… 아기는 더이상 울지 않았지…… 아무 소리도 내지 않았어…… 우리는 차마 눈을 들 수가 없었어. 눈을 들어 아기 엄마를 마주 대할 수도, 서로의 얼굴을 바라볼 수도 없었지……"

"우리는 포로를 붙잡아 부대로 끌고 갔어…… 우리는 놈들을 쏘지 않았어. 그건 놈들에게 너무 쉬운 죽음이 될 테니까. 우리는 놈들에게 총을 꽂을 수 있는 만큼 마구 꽂고 돼지처럼 조각조각 썰어버렸어. 나는 그걸 다 지켜봤어…… 아, 얼마나 기다려온 순간이었는지! 정말 오래도 기다렸지. 고통에 못 이긴 놈들의 눈이 튀어나오고…… 눈알이 터지는 그 순간을……

놈들이 얼마나 악독한지 당신은 몰라! 그놈들이 우리 엄마랑 동생들을 마을 한가운데 세워놓고 장작불에 태워 죽였어. 바로 그놈들이……"

"나는 전쟁중에 고양이나 개는 한 번도 못 본 것 같아. 기억이 안 나. 쥐만 생각나지. 얼마나 덩치가 크던지…… 노르스름하고 눈은 파란 게…… 녀석들은 있는 듯 없는 듯 어쩌다 한 번씩 모습을 나타내곤 했어. 나는 부상당해서 병원에 있다가 회복하고 다시 소속부대로 복귀했어. 그때 우리 부대는 스탈린그라드* 근처 참호지에 주둔해 있었어. 지휘관이 나를 여자병사용 움막으로 데려가라고 지시를 내려서 따라갔는데, 세상에, 어쩌나 황당하던지. 안에 가구는 고사하고 비품이 하나도 없지 뭐야. 나뭇가지로 엮은 텅 빈 침상 하나만 있고. 미리 귀띔이라도 해줬으면 덜 놀랐을 텐데…… 아무튼 움막 안에 배낭을 두고 밖에 나갔다가 삼십 분 정도 지나 돌아왔거든. 그런데 이번엔 배낭이 안 보이는 거야. 머리빗도 연필도 아무것도 없이 배낭이 통째로 사라져버리고 없더라니까. 나중에 알고 보니까 글쎄, 그게 쥐들이 와서 먹어치운 거였더라고……

아침엔 중상을 입은 사람들이 쥐들에게 물어뜯긴 자기 팔을 보여주는 거야……

그 무섭다는 공포영화에서도 그런 건 본 적이 없어. 쥐들이 공습을 미리 알고 그렇게 도시를 빠져나가는 건. 그러니까 스탈린그라드를 벗어나……* 뱌지마** 근교로 이동해 있을 때였어…… 세상에, 아침에 쥐들이 떼 지어 도시를 빠져나가는데…… 쥐들이 먼저 죽음의 냄새를 맡은 거지. 수천 마리의 쥐들이 들판으로 향했어…… 까맣고 축축한 쥐떼들이…… 사람들은 겁에 질려 불길한 광경을 지켜보다가 다들 문을 꼭꼭 걸어잠갔지. 그리고 쥐떼가 우리 눈앞에서 사라진 바로 그 순간 정확히 공습이 시작됐어. 적의 폭격기들이 하늘을 까맣게 메웠지. 순식간에 집도 건물도 모두 사라지고 도시는 잿더미로 변해버렸어……"

---

* 현재의 볼고그라드로, 1925년부터 1961년까지 스탈린의 도시라는 뜻인 스탈린그라드로 불렸다. 러시아 볼가 강 하류에 위치한 공업도시이며, 제2차세계대전 당시 독일군과 치열한 공방을 벌여 승리한 곳이다.
** 러시아 스몰렌스크 주 뱌젭스키 군에 속한 도시.

"스탈린그라드 근처에 전사자들이 얼마나 많던지 말들이 이젠 주검을 봐도 놀라지도 않는 거야. 보통은 놀라기 마련인데. 말은 원래 죽은 사람은 절대 밟고 지나가지 않거든. 우리는 아군의 시신을 모두 모아들였어. 독일군의 시신도 사방에 흩어져 있었지. 꽁꽁 얼어붙은 채…… 얼음처럼 차디찬 주검들이…… 나는 운전병이라 포탄 상자들을 운반했어. 운전을 하고 가면 죽은 독일군 병사들의 두개골이 차바퀴에 깔려 바드득바드득 부서지는 소리를 냈어…… 뼈도 으스러지고…… 너무 행복했지……"

출판 검열관과 나눈 대화에서

— 그래요, 우리는 정말 어렵게 승리를 쟁취했소. 그래서 당신은 영웅적인 사례들을 써야만 하는 거요. 그리고 그런 예는 수백 가지도 넘어요. 그런데도 당신은 전쟁의 추악한 면만 보여주고 있소. 냄새나는 속옷만 보여줬단 말이오. 우리의 승리가 당신한테는 무섭고 끔찍한 것에 불과한 거요? 도대체 원하는 게 뭡니까?

— 진실들.

— 당신은 삶 속에 진실이 있다고 생각하는 것 같군요. 거리에 있다고 말이오. 당신이 말하는 진실은 천박해요. 지나치게 세속적이오. 아니, 진실은 우리가 꿈꾸는 바로 그것이오. 우리가 되고자 하는 바로 그것!

• • •

"우리는 계속 진격해 들어갔고…… 첫번째로 맞닥뜨린 독일인 마을에서였소…… 우리는 젊었소. 건강했지. 4년을 여자 없이 지냈소. 집집마다 지하실에 술이 있더군. 안주도 많고. 독일 여자들을 붙잡아왔소…… 그리고 한 여자를 열 명이 차례로 덮쳤소…… 여자가 부족하니, 결국 병사들이 소비에트 군대를 몰래 빠져나가 어린아이들을 붙잡아오는 일까지 생겼소. 여자아이들을…… 열두 살에서 열세 살 정도 되는 여자애들을 말이오…… 아이가 울면 때리고 입안에 아무거나 쑤셔넣었소. 아이는 고통스러워하는데, 우리는 그걸 즐겼지. 이제 와 생각하면 도저히 이해가 안 되오. 내가 어떻게 그런 짓을 할 수 있었는지…… 지식인 집안 출신인 내가…… 하지만 그게 나였소……

딱 한 가지 두려운 게 있었다면, 그건 나중에라도 여자병사들이 우리가 한 짓을 알게 되는 것이었소. 우리 간호병들 말이오. 그녀들 보기가 부끄러웠소……"

"적의 포위망에 갇혔소…… 숲속과 늪지대를 헤매고 다녔지. 나뭇잎도 먹고 나무껍질도 먹었소. 이름 모를 풀뿌리 같은 것들도 캐 먹고. 우리는 전부 다섯 명이었는데, 그중에 이제 막 군대에 불려온, 앳된 소년이 있었소. 그런데 밤에 내 옆의 병사가 이렇게 속삭이는 거요. '저 어린 녀석은 얼마 못 버틸 거야. 곧 죽을 거라고……' 무슨 말이냐고 내가 물었소. '어떤 사람한테 들었는데…… 그 사람들이 수용소에서 도망쳐 나올 때 일부러 어린 녀석을 데리고 나왔대…… 사람고기도 먹을 수 있으니까…… 그래서 결국 다들 목숨을 부지했다는 거야……'

하지만 그 병사를 한 대 갈겨줄 힘도 없었소. 다음날 우리는 빨치산을 만났소……"

"빨치산이 낮에 말을 타고 마을로 내려왔어. 촌장과 촌장 아들을 집에서 끌어내더군. 그리고 쓰러질 때까지 그들의 머리를 쇠막대기로 후려쳤어. 바닥에 고꾸라지자 완전히 숨이 끊어질 때까지 치고 또 치고. 나는 창가에 서서 그 광경을 모두 봤지…… 빨치산 일행 중에 우리 오빠가 있었어…… 오빠가 집으로 들어와 '내 동생!' 하고 부르며 나를 안으려 했어. 나는 비명을 질렀지. '가까이 오지 마! 오지 말라고! 이 살인자야!' 그러고는 나는 말을 못하게 됐어. 한 달 동안 한마디도 하지 못했지.

오빠는 전사했어…… 만약 오빠가 전사하지 않았다면 어땠을까? 살아서 집으로 돌아왔다면……"

"아침에 독일군 추격대가 우리 마을에 불을 질렀어…… 숲으로 도망친 사람들만 목숨을 부지했지. 뭐라도 챙겨 나왔으면 좋았을 텐데, 그럴 정신이 어딨어. 빈손으로, 심지어는 빵 한 조각도 챙기지 못하고, 아무것도 없이 도망쳤어. 달걀도 기름도 없었지. 밤에 우리 이웃인 나스차 아줌마가 자기 딸을 막 때리는 거야. 딸이 계속 운다고. 나스차 아줌마네는 애들이 다섯이었어. 큰딸 율레치카는 내 친구였고. 율레치카는 몸이 약했어. 늘 병을 달고 살았지…… 그리고 율레치카 밑으로 아들만 넷이었는데, 다 어리고, 누나처럼 배가 고프다고 칭얼댔어. 그러자 나스차 아줌마가 그만 정신이 나가버렸지 뭐야. '우우우' 괴상한 소리를 내고. 밤에 율레치카가 아줌마에게 애원하는 소리가 들렸어…… '엄마, 나, 물에 빠뜨리지 마. 안 그럴게…… 먹을 거 달라고 안 조를게. 다시는

안 그럴게……'

다음날 아침, 율레치카를 본 사람은 아무도 없었어……

나스차 아줌마…… 우리는 마을로 다시 돌아왔어…… 하지만 불타 버린 마을이 온전히 남아 있을 리 없었지. 나스차 아줌마는 며칠 뒤에 자기 집 마당의 까맣게 탄 사과나무에 목을 맸어. 곧 발이 땅에 닿을 듯이 그렇게 나무에 걸려 있었지. 아이들은 엄마 옆에 서서 계속 먹을 걸 달라고 보채고……"

출판 검열관과 나눈 대화에서

—그건 사실이 아니오! 유럽의 반을 해방시킨 우리 병사들에 대한 중상모략이란 말이외다. 그건 우리 빨치산에 대한 모독이고 우리 민중의 영웅들에 대한 모독이오. 우리는 당신의 그따위 저급한 이야기는 필요하지 않소. 위대한 이야기가 필요하지. 승리의 이야기 말이오. 당신은 우리네 영웅들을 좋아하지 않는 것 같군! 우리의 위대한 사상 역시 좋아하지 않고. 마르크스와 레닌의 위대한 사상을 말이오.

—맞아요. 나는 위대한 사상 같은 건 좋아하지 않아요. 나는 평범한, 작은 사람을 사랑하니까요……

내가 지워버린 이야기에서

"1941년…… 우리는 적의 포위망에 갇혀 있었어…… 우리 부대에 정치지도원 루닌이 함께 있었는데…… 그가 소비에트 병사는 결코 적에게 항복해선 안 된다는 당의 지령을 우리에게 읽어주었지. '우리에게 포로란 없다. 반역자만 있을 뿐'이라는 스탈린 동지의 명령이었어. 그러자 병사들이 권총을 꺼내들었어…… 그런데 루닌이 말리는 거야. '그럴 필요 없네. 살아야지. 자네들은 젊으니까.' 하지만 정작 자신은 총을 쏴 스스로 목숨을 끊었지……

그리고 1943년…… 우리 소비에트 군대는 계속 치고 올라가는 중이었어…… 벨라루스를 지날 때였나. 어린 남자애 하나를 만났어. 웬 아이가 느닷없이 어디 땅 밑 같은 데서, 그러니까 지하에서 튀어나오더니 우리에게 달려오면서 소리치는 거야. '우리 엄마 좀 죽여주세요…… 죽여주세요! 엄마가 독일군을 좋아했어요……' 아이는 잔뜩 겁에 질린 눈이었어. 그리고 바로 아이 뒤를 쫓아 까만 노파 하나가 달려나왔지. 온몸을 검은색으로 휘감은 노파였어. 노파가 성호를 그으며 말했어. '그 애 말은 듣지 말아요. 그 아이는 세정신이 아니라오……'"

"학교에서 나를 불렀어…… 갔더니 피란 갔다 돌아온 여선생이 나한테 이러는 거야.
ㅡ어머님 아들을 다른 반으로 옮겼으면 해서요. 우리 반에는 최우수 학생들만 있거든요.
ㅡ우리 아들도 전부 '5점*'만 받았는데요.
ㅡ그건 중요하지 않아요. 어머님 아들은 독일군 치하에서 지냈잖아요.

_____
* 성적을 매기는 다섯 등급 중 최고 단계, 최고 점수.

—네, 힘든 시간을 보냈죠.

—지금 그 얘기가 아니에요. 독일군 점령하에 있었던 사람들은……
전부 의심을 받는 상황이라서……

—네? 지금 무슨 말씀을 하시는지 저는 이해가 잘……

우리 애가 독일군 이야기를 반 아이들한테 하고 다닌 모양이야. 게다
가 말까지 더듬고.

—무서워서 그러는 거예요. 우리집에 살았던 독일군 장교한테 많이
맞았거든요. 우리 아이가 그 장교 부츠를 닦았는데 마음에 들지 않는다
면서 아이를 심하게 때렸어요.

—자, 보세요…… 지금 어머님 입으로 얘기하시잖아요…… 적과 같
이 살았다고요……

—누가 그 적을 모스크바까지 오게 했죠? 누가 우리하고 아이들만
여기 남겨두었냐고요?

나는 미친 사람처럼 소리를 질렀어……

그러고는 이틀을 두려움에 떨었지. 그 여선생이 혹시 나를 당국에 고
발할까봐. 하지만 그 선생은 우리 아들을 자기 반에 그대로 남게 했어."

"낮에는 독일군과 독일군 앞잡이 때문에, 밤에는 빨치산 때문에 우리
는 늘 두려움에 떨었어. 빨치산이 마지막 암소마저 가져가버리는 통에
우리집엔 고양이 한 마리만 남았지. 빨치산은 늘 배가 고팠고 난폭했어.
우리 소를 끌고 가길래, 막 쫓아갔지…… 10킬로미터쯤 따라갔을까. 제
발 소를 돌려달라고 애원했어. 오두막에 아무것도 못 먹은 아이들 셋을
두고 왔다고. 그랬더니 죽이겠다고 위협하는 거야. '가, 가라니까, 아줌
마! 안 가면 쏴버릴 거야.'

전쟁에 착한 사람이 어디 있겠어……

같은 마을 사람들끼리 죽이는 일도 있었어. 유형살이 갔던 부농의 자식들이 돌아왔는데, 와보니 부모들이 이미 죽임을 당하고 없는 거야. 그러자 독일군 편에 붙어서는 복수를 하기 시작했지. 또 한 사람은 늙은 학교 선생을 농가에서 쏴 죽였어. 바로 우리 옆집에 살던 선생이었어. 선생이 그 사람 아버지를 고발해서 재산을 전부 몰수당했거든. 그 선생은 열렬한 공산주의자였지.

독일군은 처음에 콜호스를 해체하고 사람들에게 땅을 나눠줬어. 그동안 스탈린 때문에 막혔던 숨통이 트이는 것 같더군. 독일군에게 소작료를 냈지…… 꼬박꼬박 착실하게 값을 지불했는데…… 아, 이놈들이 나중에는 우리를 태워 죽이지 않겠어. 사람도 집도 다 불에 태우기 시작하는 거야. 가축은 멀리 쫓아버리고, 사람들은 태워 죽이고.

아, 나는 사람의 입에서 나오는 말이 무서워. 말은 정말 무서운 거야…… 니는 마음을 착하게 써서 살아남았어. 누구한테도 해를 끼친 적이 없지. 불쌍하지 않은 사람이 없었으니까……"

"군대를 따라 베를린까지 다녀왔어……

두 개의 명예훈장과 메달들을 가지고 집으로 돌아왔지. 집에서 3일을 지내고 나흘째 되는 날, 다들 자고 있는데, 이른 아침에 엄마가 나를 깨우더라고. '딸아, 네 짐은 내가 싸놨다. 집에서 나가주렴…… 제발 떠나…… 너한텐 아직 어린 여동생이 둘이나 있잖아. 네 동생들을 누가 며느리로 데려가겠니? 네가 4년이나 전쟁터에서 남자들이랑 있었던 걸 온 마을이 다 아는데……'

내 영혼을 위로할 생각은 마. 그냥 다른 사람들처럼 내가 받은 포상에 대해서만 써……"

"전쟁터는 전쟁터지. 사람들 구경하라고 있는 곳이 아니야……

우리는 모두 숲속 공터로 나와 정렬을 하고 둥글게 원을 그리고 섰어. 그리고 그 한가운데로 우리 동료인 미샤와 콜랴가 불려나왔어. 미샤는 용감한 정찰병으로 아코디언 연주가 일품이었지. 콜랴는 부대원 중에서 노래를 제일 잘했고……

두 사람의 죄상을 밝히는 판결문이 길게 낭독됐어. '아무개 마을에서 밀주 두 병을 요구했고, 밤에는…… 주인집의 두 딸을 성폭행했으며…… 또다른 어느 마을에서는 농부한테…… 외투와 재봉틀을 강탈해서 술과 바꿔 마셨고, 또 이웃집에서……'

총살형이 내려졌어…… 총살형은 최종판결이었고 항소의 여지도 없었지.

하지만 누가 동료를 쏘겠어? 우리는 말없이 서 있었어…… 누가? 역시 아무도 나서지 않았어…… 결국 지휘관이 직접 총을 쏴야만 했지……"

"나는 기관총 사수였어. 사람을 참 많이도 죽였어……

전쟁이 끝나고 나서도 한동안은 아이 낳기가 무서웠어. 그래서 어렵게 아이를 낳았는데, 낳고 나니까 괜찮아지더라고. 그렇게 되기까지 7년이나 걸렸지만……

하지만 나는 아직 아무것도 용서하지 않았어. 용서가 안 돼…… 포로로 잡힌 독일군들을 봤을 때 정말 기뻤지. 놈들이 처량한 신세가 된 게 너무 좋았어. 발엔 군화도 없이 발싸개만 감고, 머리에도 머릿수건만 두르고 있는 꼴이 보기만 해도 좋더라고…… 어느 마을을 지나는데 포로들이 빵을 구걸했어. '어머니, 빵 좀 주세요…… 빵……' 그러자 마을 농부들이 오두막에서 먹을 걸 가지고 와서 놈들에게 주는 거야. 누구는 빵조각, 누구는 감자를 가져다주는데, 그게 나한테는 큰 충격이었지. 사내애들은 행렬 뒤를 따라가며 돌을 던지고…… 여자들은 눈물을 흘렸어……

어쩌면 나는 두 개의 인생을 살았는지도 몰라. 하나는 남자의 인생, 다른 하나는 여자의 인생……"

"전쟁이 끝나고…… 사람 목숨은 정말 하찮은 게 돼버렸어. 예를 하나 들어볼까…… 한번은 일을 마치고 버스를 타고 가는데 갑자기 큰 소리가 나더라고. '도둑 잡아라! 도둑! 내 가방……' 버스가 멈춰 서고…… 단박에 버스 안이 소란스러워졌지. 젊은 장교가 사내아이 하나를 버스 밖으로 끌어내더니 아이의 팔을 자기 무릎 위에 올려놓고는 총으로 '빵!' 세상에, 아이의 팔을 두 동강 내버린 거야. 아이는 벌러덩 뒤로 나가떨어지고…… 버스는 다시 출발했어…… 아이가 그 지경이 됐는데도 아무도 나서는 사람이 없었어. 경찰을 부르는 사람도 없었고. 의사조차 부르질 않았지. 장교는 보니까, 가슴에 훈장을 주렁주렁 달고 있더군…… 내릴 때가 돼 준비를 서두르는데, 그 장교가 재빨리 버스에서 뛰어내리더니 내게 손을 내밀더라고. '아가씨, 어서 내리시죠……' 그런데 그렇게 정중할 수가 없는 거야……

그 일이 이제야 생각나다니…… 그때 우리는 여전히 전쟁의 사람들이었고 전시의 규율에 따라 살고 있었지. 그런 사람들이 어떻게 인간적일 수 있겠어?"

"붉은 군대가 돌아왔어……

무덤을 파헤치고, 총살당한 일가붙이들을 찾아도 된다는 허가가 떨어졌지. 옛 풍습에 왜, 죽음 가까이 갈 때는 하얀 옷을 입어야 한다고들 하잖아. 흰 머릿수건을 쓰고 흰 셔츠를 입어야 한다고. 그 말의 의미를, 나는 아마 죽을 때까지 잊지 못할 거야. 사람들이 수놓인 하얀 머릿수건을 쓰고 하나둘 무덤으로 모여들기 시작하는데…… 온몸을 흰색으로 휘감고서…… 대체 하얀 옷은 다들 어디서 구했는지 몰라.

무덤을 파헤쳤어…… 뭔가를 찾은 사람은 보고하고 가져가면 됐지. 그래서 누구는 팔을 손수레에 담아가고, 누구는 달구지에 머리를 실어가고…… 사람 몸이란 게 땅속에선 오래 온전히 놓여 있질 못해. 거기서 온통 서로 뒤섞여버렸더군. 진흙과도 섞이고 흙모래와도 섞이고.

언니 시신은 찾지 못했어. 그런데 원피스 자락 하나가 어디서 많이 본 게, 꼭 언니 것 같은 거야…… 할아버지 눈에도 그래 보였는지, 가져가서 묻어주자고 하시더라고. 그래서 그 천조각을 가져다가 작은 관에 넣었지……

어느 날 아버지 이름으로 '행방불명'이라고 적힌 통지서 한 통이 왔어. 다른 사람들은 가족이 전쟁통에 죽었다는 이유로 국가에서 보조를 받는데, 엄마랑 나는 마을위원회에서 오히려 기막힌 소리만 들어야했지. '당신네한테는 어떤 도움도 줄 수가 없소. 당신 남편이 독일 여자랑 살림을 차리고 속 편히 살고 있을지 누가 알겠소. 민중의 적인지.'

흐루쇼프* 시대가 되어서야 아버지를 찾기 시작했어. 그리고 40년이 흘렀지. 고르바초프 정권 때에서야 정부로부터 '명단에 이름 없음……'이라는 연락이 왔어. 하지만 아버지의 옛 전우가 답신을 보내온 덕에 아버지 소식을 알게 됐지. 아버지가 장렬하게 전사하셨다는 소식이었어. 아버지가 마힐료프** 전투에서 수류탄을 가지고 탱크 밑으로 몸을 던지셨다는 거야……

엄마가 아버지 소식을 듣지 못하고 돌아가신 게 마음 아파. 엄마는 변절자의 아내라는 낙인을 안은 채 돌아가셨지. 민중반역자의 아내. 우리 엄마 같은 분들이 많았어. 다들 진실을 알지 못한 채 돌아가셨지. 아버지 친구분이 보낸 편지를 가지고 엄마 무덤에 다녀왔어. 가서 편지를 읽어드렸어……"

"많은 사람들이 믿었어……

전쟁이 끝나면 모든 게 달라질 거라고…… 스탈린은 자신의 민중을 믿을 거라고. 하지만 전쟁은 끝난 게 아니었어. 군용열차들은 이미 마가단***으로 향했지. 승전의 주역들을 싣고서…… 당국은 독일군에게 붙잡혀 수용소에서 지낸 사람들과 독일군 밑에서 부역을 한 사람들을 잡아들였어. 유럽에 갔다 온 사람들도 모두 체포됐고, 그들이 유럽에 대해 입을 열 수도 있었으니까. 유럽엔 공산주의자들이 없다고, 유럽의 집과 길들은 얼마나 훌륭한지 모른다고 떠들어대면 큰일이지 않겠어? 유럽 어디에도 콜호스 같은 건 없다고 말이야……

승리를 얻고 나서 사람들은 침묵했어. 전쟁 전처럼 굳게 입을 다물었고 두려움에 떨었지……"

---

* 니키타 세르게예비치 흐루쇼프(1894~1971). 구소련의 정치가로 1953년부터 1964년까지 소련 공산당 서기장을 지냈다. 반스탈린 정책을 펼쳤으며 미국을 비롯한 서방국가와의 공존을 모색하기도 했다.
** 벨라루스 중동부에 위치한 마힐료프 주의 중심도시.
*** 러시아 극동 북부 오호츠크 해안에 위치한 항구도시.

"나는 역사 선생이었어…… 내 기억에 의하면 세 번인가? 그래, 세 번 바뀌었던 것 같아, 역사책이. 그래서 세 종류의 역사책으로 아이들을 가르쳤지……

우리가 아직 살아 있는 동안 우리한테 물어봐. 우리가 죽고 난 다음에 멋대로 역사를 바꾸지 말고. 지금 물어봐……

사람을 죽이는 게 얼마나 어려운 일인지 당신은 모를 거야. 나는 지하 공작원이었어. 반년 후에 임무를 하나 받았는데, 독일군 장교 식당의 여종업원으로 잠입하는 거였지…… 젊고 아름다웠던 나는…… 잠입하는 데 쉽게 성공했어. 수프 냄비에 독을 풀고, 그날로 바로 빨치산에 합류하는 게 내 임무였어. 하지만 나는 그들에게 이미 친밀감을 느끼고 있었지. 아무리 그들이 적군이라도 매일 얼굴을 보고, 나에게 '당케 쇤*…… 당케 쇤……' 하는데, 죽이는 게 어디 쉽나…… 살인은 쉬운 일이 아니야…… 어찌 보면 죽이는 게 죽는 것보다 더 끔찍하지……

나는 평생 역사를 가르쳤어…… 하지만 이 일은 어떻게 이야기해야 할지 언제나 답을 찾지 못했어. 어떻게 말을 해야 할지……"

나에겐 나만의 전쟁이 있었다…… 나는 나의 여주인공들과 긴 여정을 지나왔다. 나도 그네들처럼 오랫동안 우리의 승리가 두 얼굴을 가졌다는 사실을 믿지 못했다. 하나는 아주 멋진 얼굴, 다른 하나는 무시무시한 얼굴. 하지만 둘 다 흉측한 상처투성이라 봐줄 수가 없다. "육탄전에서는 상대방을 죽일 때 상대의 눈을 보게 돼. 그건 폭탄을 떨어뜨리거

---

* 독일어로 '고맙다'는 뜻.

나 참호에 숨어서 총을 쏘는 것과는 다른 일이지." 그네들이 들려준 말이다.

어떤 사람의 이야기를 듣는 것, 그가 사람을 죽이고 죽어간 이야기를 듣는 것은 상대의 눈을 바라보는 것과 같다⋯⋯

그 일은 생각조차
하기 싫어…

민스크 변두리의 낡은 3층 건물. 전쟁이 끝나자마자 서둘러, 그 당시로서는 아주 짧은 기간에 지어졌다고 할 수 있는 아파트 중 하나로, 재스민 나무들에 둘러싸여 오래되고 아늑해 보인다. 장장 7년에 걸쳐 이어진 탐색이 바로 이 집에서 시작되었다. 나 자신을 위해, 우리의 사고로는 도저히 이해할 수 없는 전쟁이라는 세계의 문을 열어젖히면서 시작된, 경이롭고도 고통스러웠던 7년의 시간. 고통과 증오 그리고 유혹을 느꼈던 시간들. 정겨움과 당혹스러움도…… 죽음과 살인은 어떻게 다른지, 인간적인 것과 비인간적인 것의 경계는 어디인지 이해하기 위해 노력할 것이다. 사람은 어떻게 다른 사람을 죽여도 된다는 정신 나간 생각과 의기투합할 수 있는가? 심지어 죽일 의무가 있다는 생각까지 하다니. 전쟁에는 죽음을 제외하고도 다른 수많은 요소들이 존재하며, 전쟁터에도 평범한 우리네 삶의 모습이 고스란히 담겨 있다는 사실을 나는 발견하게 될 것이다. 전쟁, 이 또한 삶이라는 사실을. 헤아릴 수 없이 많은 인간의 진실들과 마주하게 될 것이다. 수많은 인간의 비밀들과도. 예전엔 상상도 할 수 없었던 질문들 앞에서 깊은 고민에 빠지게 될 것이다. 예를 들면, '우리는 왜 악을 보고도 놀라지 않는가? 정녕 우리 안에 악을 향한 놀라움은 없단 말인가?'와 같은 질문들 앞에서.

길 그리고 다시 길들…… 온 나라를 헤집고 다닌 수십 번의 여행들, 목소리가 담긴 수백 개의 녹음테이프, 수천 미터에 달하는 녹음테이프 필름. 500여 차례의 만남, 그 이상부터는 세는 걸 포기했다. 얼굴들은 모두 기억에서 사라지고 목소리만 남았다. 내 기억 속에서 합창 소리가 울린다. 웅장한 합창. 때론 노래는 없고 울음소리만 가득한 합창. 고백하건대, '과연 내가 이 일을 감당할 수 있을까. 해낼 수 있을까'라고 고민하며 나 자신을 믿지 못할 때가 있었다. 과연 끝까지 갈 수 있을까. 그만 멈춰 서거나 도망치고 싶은, 의심과 두려움의 순간들이 있었다. 하지만 뒤돌아서기엔 너무 늦었다. 뭔가를 이해하기 위해 나는 악의 노예가 되었고 그 심연을 들여다봤다. 이제 어느 정도 아는 게 생긴 것도 같다. 하지만 그만큼 의문은 더 많아졌고, 해답은 더 적어졌다.

이 여정을 시작할 때만 해도 상상조차 할 수 없었던 일이다……

나를 이 집으로 이끈 건, '얼마 전 민스크에 있는 '돌격대'라는 이름의 도로장비 생산공장에서 선임회계원 마리야 이바노브나 모로조바의 은퇴식이 있었다'는, 지역 일간지에 난 짤막한 기사였다. 그 기사에는 그녀가 전쟁중에 저격병이었으며 무공훈장을 11개나 받았다고 쓰여 있었다. 그녀의 총에 죽어나간 적병의 수만 75명이라고도 했다. 이 여인이 전쟁 때 맡았던 일과 현재의 평온한 직업을 일치시키는 건 어려운 일이었다. 신문에 실린 그녀의 사진을 봐도 그랬다. 아무리 봐도 평범한 보통 여인네였다.

……길게 땋은 머리칼을 화관처럼 머리에 빙 두른, 자그마한 체구의
여인이 두 손으로 얼굴을 감싼 채 커다란 안락의자에 앉아 있었다.

—아니, 아니, 말 안 할 거야. 나보고 다시 그때로 돌아가라고? 난 못
해…… 아직도 전쟁영화라면 고개를 돌리는걸. 그때 나는 애였어. 꿈꾸
고 자라고, 자라고 꿈꾸고 한창 그럴 때였지. 그런데 갑자기 전쟁이 난
거야. 난 당신에게 딱한 마음이 들어. 내 이야기가 어떤 건지 나는 아니
까…… 정말 그걸 알아야겠어? 딸같이 생각돼서 물어보는 거야……

당연히 나의 방문은 그녀를 놀라게 했다.

—그걸 왜 나한테 물어? 우리 남편한테 물어봐. 그 양반은 전쟁 이야
기를 좋아하니까. 오죽하면 지휘관들, 장군들 이름은 물론 부대번호까
지 전부 기억하고 있을까. 나는 생각도 안 나는데. 나는 내가 겪은 일만
기억나. 내가 겪은 전쟁만. 주위에 아무리 사람이 많아도 결국 사람은
혼자야. 왜냐하면 사람은 언제나 홀로 죽음을 대면해야 하거든. 나는 그
끔찍한 외로움을 알지.

그녀는 녹음기를 치워달라고 부탁했다.

—당신 눈을 보고 이야기해야 하는데 녹음기가 있으니 신경쓰여.

하지만 잠시 후 그녀는 녹음기에 대해 완전히 잊어버렸다……

마리야 이바노브나 모로조바(이바누시키나), 상등병, 저격병:

"특별할 것도 없는 이야기야…… 그 당시 흔히 볼 수 있는 평범한 러
시아 아가씨의 이야기이지……

지금 모스크바 프롤레타리아 지역 있잖아, 거기가 옛날엔 우리 고향

마을 디야콥스코예였어. 전쟁은 내가 채 열여덟도 되지 않던 해에 일어났지. 그땐 머리가 무릎까지 오도록 치렁치렁 길게 땋고 다녔는데…… 전쟁이 그렇게 오래갈 줄 누가 알았나. 다들 그저 '이제 곧 전쟁이 끝나려니' 하고 기다렸지. 금방 적을 몰아낼 거라고 철석같이 믿으면서. 나는 처음엔 콜호스에 다니다가 나중에 회계업무 과정을 마치고 일을 시작했어. 그런데 전쟁이 끝날 줄을 모르는 거야…… 내 친구들이…… 친구들이 '전선으로 가야 한다'고 그러더라고. 사실 그때 너도나도 전선으로 떠나는 분위기였거든. 우리는 다 같이 군정치위원회로 몰려가서 군사프로그램에 등록했어. 잘은 모르지만, 친구들이 하니까 따라 한 아이도 있었을 거야. 우리는 소총 다루는 법이랑 수류탄 던지는 법을 배웠어. 처음에는…… 총에 손만 갖다대도 무섭더라고. 기분이 안 좋았지. 그때는 내가 누군가를 죽인다는 건 상상도 못했고, 그저 전선으로 가고 싶다는 마음, 그게 다였어. 모두 마흔 명이 훈련을 받았지. 우리 마을에서는 나까지 포함해서 전부 네 명이 있는데, 모두 친구 사이였고, 이웃 마을에서도 다섯 명이 왔어. 그러니까 한마디로, 마을마다 안 온 사람이 없었던 거지. 그것도 전부 어린 아가씨들만. 남자들은 웬만한 사람은 이미 다 전쟁터로 가고 없었거든. 한밤중에 부대에서 전령이 나와 딱 두 시간 준비할 시간을 주고는 그대로 남자들을 전선으로 데려가는 일도 있었어. 글쎄, 심지어는 들에서 일하다가 손만 털고 전쟁터로 끌려가기도 했다니까. (잠시 침묵) 이제는 아예 기억도 안 나. 그때 우리가 춤을 추었는지. 춤췄다면 아마 여자들끼리 추었을 거야. 어디 젊은 남자가 남아 있어야 말이지. 마을마다 쥐죽은듯 적막이 감돌았지.

얼마 지나지 않아 콤소몰* 중앙위원회에서 지시가 내려왔어. '독일군이 모스크바 코앞까지 치고 들어왔으니 모두 나서서 조국을 지켜야 한

다'는 내용이었어. 어떻게 히틀러가 모스크바를 차지하도록 보고만 있
겠어? 결코 용납할 수 없는 일이었지! 나만 그런 게 아니었어…… 내
또래 소녀들은 너나없이 모두 전선으로 가겠다고 나섰지. 우리 아버지
도 이미 전쟁터에 나가 계셨고. 우리는 우리만 애국심에 불타는 줄 알았
어…… 우리만 특별한 경우라고…… 하지만 웬걸. 모병사무소에 갔더
니 글쎄 우리 같은 여자애들이 한가득인 거야. 세상에, 얼마나 놀랐던
지! 심장이 뛰고 피가 끓어오르더라고. 병사 선발기준은 아주 엄격했어.
당연히 맨 먼저 보는 건 건강상태였어. 나는 선발이 안 될까봐 가슴을
졸였어. 어렸을 때 자주 아팠던데다, 우리 엄마가 뼈다귀라고 부를 만큼
몸이 약했거든. 그래서 다른 애들이 조그만 나를 못살게 굴곤 했지. 그
리고 만약 지원자가 외동딸이면, 역시 뽑히지 않았어. 엄마 혼자 집에
남겨둬서는 안 되니까. 아, 우리 엄마들! 엄마들은 정말 눈물이 마를 날
이 없었어…… 우리를 붙잡고 혼도 내고 애원도 하셨지…… 하지만 나
는 여동생 둘에, 남동생 둘이 더 있었으니까 그 문제라면 걱정이 없었
어. 비록 다 어린 동생들이긴 했지만, 외동딸은 아니었으니까. 마지막으
로 걸림돌이 되는 게 하나 있었는데, 우리가 전부 전선으로 가버리면 콜
호스의 들일은 누가 하느냐는 거였지. 그래서 콜호스 의장은 우리가 가
는 걸 원치 않았어. 한마디로, 우리는 지원에서 떨어졌어. 그래서 지역
콤소몰을 찾아갔는데 거기서도 역시 우린 안 된다는 거야. 이번엔 우리
지역 대표 자격으로 콤소몰 주위원회로 찾아갔지. 우리는 한껏 사기가
올랐고 가슴은 애국심으로 뜨겁게 불타올랐어. 하지만 이번에도 역시

---

* 1918년에 결성된 구소련의 공산당 청년조직으로 정식 명칭은 청년공산동맹이다. 엄격
한 심사를 거쳐 선발된 15∼26세의 남녀 청소년과 청년을 대상으로 공산주의 이념을 가
르치고 준군사훈련을 실시했다.

집으로 돌아가라는 대답이었어. 결국 우리는 '우리가 이왕 이렇게 모스크바에 살고 있는데 콤소몰 중앙위원회인들 못 찾아가겠느냐. 가장 높은 기관으로, 콤소몰 제1서기에게 가자'라고 결정을 내렸지. 끝까지 해보기로 말이야…… 우리는 '누가 보고를 할 것인가. 이왕이면 우리 중에서 제일 용감한 사람이 하는 게 낫겠다'는 등 열심히 의견을 모았지. 감히 중앙위원회까지 찾아가는 사람은 우리밖에 없을 거라 생각하면서. 아, 그런데 웬걸, 가서 보니 제1서기를 만나기는커녕 사무실 복도에 발을 들이기도 힘들게 생긴 거야. 벌써 전국에서 젊은이들이 몰려와 복도까지 꽉 차 있더라니까. 독일군 점령지역에서 온 사람, 가까운 사람들을 독일군에게 잃고 복수심에 불타는 사람…… 그야말로 소비에트 각지에서 몰려와 있더라고. 그래, 그랬지…… 한마디로 그때 우리는 어찌할 바를 몰랐어.

어쨌든 저녁엔 서기를 만날 수 있었어. 우리에게 '총도 쏠 줄 모르면서 어떻게 전선으로 가겠다는 건가?'라고 묻더군. 그래서 우리는 기다렸다는 듯, 한목소리로 '이미 배웠다'고 대답했지…… 그러자 다시 '어디서? 어떻게 배웠다는 건가? 붕대는 감을 줄 아나?'라고 물었어. 오호, 붕대 감는 일이라면 자신 있었지. 군정치위원회 프로그램에서 우리 지역 의사한테 이미 배웠거든. 그제야 더이상 질문은 거두고 우리를 진지하게 대하기 시작하더군. 게다가 우리에겐 숨겨둔 카드가 한 장 더 있었어. 그건 바로 우리가 한두 명이 아닌 무려 40명이나 된다는 점, 그뿐 아니라 모두 총을 쏠 줄 아는데다 응급처치까지 할 줄 안다는 것이었지. 마침내 '가서들 기다리시오. 당신들의 요청을 긍정적으로 검토해보겠소'라는 답을 받아냈어. 아, 집으로 돌아오는데 얼마나 행복하던지! 결코 잊지 못할 거야…… 그래, 그래……

그리고 며칠 뒤, 마침내 우리는 손에 입대통지서를 받아들었어……

군정치위원회의 모병사무소에 도착했지. 그런데 들어가는 문과 나오는 문이 다르더라고. 그래, 입구의 문으로 들어설 때는 예쁘게 땋은 머리였는데, 출구의 문으로 나올 때는…… 그 예쁜 머리는 다 어디로 가버리고…… 군인처럼 짧게 잘린 머리였지…… 그리고 입고 온 원피스도 가져가버렸어. 엄마에게 잘라낸 내 머리칼이랑 원피스를 건네고 싶었는데 그럴 새도 없었지 뭐야. 엄마가 뭐든 좋으니 내 물건을 갖게 해달라고, 뭐라도 남겨놓고 가라고 그렇게 신신당부했는데. 우리는 군복으로 갈아입고 군모를 쓰고 각자 배낭을 지급받았어. 그리고 화물열차에 올랐지. 열차 안에 밀짚이 깔려 있었어. 풀냄새가 폴폴 나는 신선한 밀짚이.

우리는 신이 나서 열차에 올랐어. 아주 씩씩하게. 농담도 해가며. 얼마나 깔깔대고 웃었던지, 지금도 기억나.

어디로 갔느냐고? 어디로 가는지 우린 몰랐어. 사실 그런 질문은 우리에게 중요하지 않았지. '그곳에 가면 무슨 일을 하게 될까' 그런 생각도 안 해봤고. 전선으로 가기만 하면 되니까. '다들 적과 싸우니 우리도 싸우러 간다.' 그뿐이었어. 우리가 도착한 곳은 숄코보 역이었어. 역 가까운 곳에 여자저격병 훈련학교가 있었지. 우리는 거기로 가는 거였어. 저격병이 되기 위해. 모두 기뻐했어. 꿈에도 바라던 일이 드디어 현실로 이루어지는 순간이었으니까. 정말 총을 쏠 수 있게 됐으니까.

드디어 수업이 시작되고 우린 수비의무 규정, 행동규범, 지형 위장술, 화학 방어전 등을 배웠어. 소녀들 모두 정말 열심히 했어. 눈감고 '저격총' 해체하고 조립하기, 풍속 알아내기, 목표물의 움직임과 목표물까지의 거리 가늠하기, 구덩이 파기, 포복…… 우리는 이 모든 걸 능숙하게 할 수 있게 됐지. 어서 빨리 전선으로 가기만 기다렸어. 포화 속으로…… 그래, 그랬지…… 졸업할 때 나는 '사격'과 '교련' 과목에서 '5점'을 받았어. 지금 생각해보면, 가장 힘들었던 훈련은 경보가 울림과 동시에 일어나서 오 분 안에 모든 준비를 끝내는 일이었던 것 같아. 우리는 신발 신는 시간도 아까워서 아예 원래 발 치수보다 한두 치수 더 큰 군화를 신었어. 말 그대로 오 분 안에 옷 입고 군화 신고 대열까지 갖춰야 했으니까. 대열에 늦게 합류하지 않으려고 맨발에 군화를 신기도 했어. 한번은 어떤 아이가 맨발로 군화를 신었다가 하마터면 동상에 걸릴 뻔했지 뭐야. 하사관이 그 사실을 알고서 우리에게 주의를 주고는 발싸개 감는 법을 가르쳐줬어. 그러고는 잔소리를 해댔지. '꼬맹이들, 도대체 내가 어떻게 해야 너희들을 독일놈들의 먹잇감이 아닌, 제대로 된 진짜 군인으로 만들 수 있겠나?' 꼬맹이들, 꼬맹이들…… 모두 우리를 귀여워해주고 늘 불쌍하게 여겼어. 하지만 우리는 우리를 불쌍해하는 게 정말 싫었어. '정말 우리는 다른 병사들처럼, 진짜 군인이 아니란 말인가?'

아무튼 마침내 우리는 전선에 도착했어. 오르샤* 근처…… 62보병사단으로…… 지금 기억으로 대령 이름이 브로트킨인가 그랬는데, 아무튼 지휘관인 그 대령이 우릴 보더니 버럭 화를 내는 거야. '성가시게 꼬맹이들이 달라붙었군. 이건 뭐, 여성무용단이라도 온 거야? 무슨 발레단이 온 거냐 말이야! 여긴 전쟁터지, 무도회장이 아니라고! 무시무시한 전쟁터……' 하지만 나중에 우리를 자기 막사로 불러 식사를 대접했어. 그런데 자기 부관에게 '혹시 차 마실 때 곁들여 먹을 디저트 같은 건

---

* 드네프르 강의 상류 연변에 위치한 벨라루스의 도시. 민스크와 모스크바 사이를 연결하는 철도가 지나며 항독 빨치산 기념박물관이 있다.

없냐'고 묻는 거야. 당연히 우리는 기분이 나빴지. 대체 우리를 어떻게 보고 저러나 싶어서. 우리도 엄연히 적과 싸우기 위해 전선까지 온 건데 말이지. 지휘관은 우리를 병사가 아니라 어린 여자애들로만 본 거야. 그도 그럴 것이 지휘관에게는 우리가 딸뻘 정도의 나이였으니까. '귀여운 우리 꼬맹이들, 너희들을 어떻게 한다? 대체 어디서 너희 같은 애들을 모은 거지?' 지휘관은 우리에게 늘 그런 식이었어. 그게 우리를 대하는 태도였지. 하지만 우리는 벌써 전사라도 된 양 착각에 빠져 있었어. 그래, 그랬어…… 전쟁터의 전사!

다음날 대령이 우리더러 '어떻게 총을 쏘고 위장술을 하는지 봐야겠다'며 시범을 보이라는 거야. 우리의 사격 실력은 훌륭했어. 남자저격병들보다 더 뛰어날 정도였으니까. 최전선에서 불려와 고작 이틀간 훈련받은 게 다인 남자저격병들은 우리가 자기들의 임무를 거뜬히 해내는 걸 보고는 깜짝 놀랐지. 우리 같은 여자저격병들은 아마 평생 처음 보았을걸. 사격 시범에 이어 위장술을 해 보였어…… 대령이 숲속 빈터로 와서 주위를 살피며 서성이다가 앞이 잘 보이지 않았는지 작은 둔덕에 올라섰어. 그런데 갑자기 '작은 둔덕'이 발밑에서 애처로운 소리를 내는 거야. '아, 대령 동지, 더이상 못 버티겠어요. 너무 무거워요.' 와, 웃음이 터졌어! 대령은 그렇게 감쪽같은 위장이 어떻게 가능한지, 보고도 믿질 못했어. 그러고는 '이제 이 꼬맹이들에 대한 내 말은 모두 취소한다'고 했지. 하지만 그럼에도 불구하고 대령은 여전히 우리 때문에 힘들어했어…… 오래도록 우리에게 익숙해지지 못했지……

우리는 처음으로 '사냥'(저격병들은 작전 나가는 걸 그렇게 불렀어)을 나갔어. 나는 마샤 코즐로바와 짝을 이뤄 나갔지. 위장을 하고 바닥에 납작 엎드렸어. 나는 주변을 살피고, 마샤는 소총을 들었어. 그런데 갑자기 마샤가 그러는 거야.

　—쏴, 얼른 쏴! 보이지, 저기 독일놈……

　내가 대답했어.

　—내가 감시할 테니까, 네가 쏴!

　—우리가 우물쭈물하는 사이에 가버리면 어떡해.

　마샤가 말했어. 내가 다시 말했지.

　—우선 사격지도부터 만들고, 목표물 위치도 표시해야 돼. 저기 헛간
이랑 자작나무가 있으니까……

　—지금 여기가 학교야? 지도놀음이나 하면서 미적거리고 있게? 나
는 총을 쏘러 왔지, 종이 쪼가리나 보려고 온 게 아니라고!

　마샤는 이미 나한테 잔뜩 화가 나 있었어.

　—그러면 네가 쏘면 되잖아. 넌 왜 안 쏘는데?

　우리는 티격태격했어. 그러는 사이, 정말로 독일군 장교가 병사들에
게 뭔가 지시를 내리는 모습이 보였어. 그리고 수레가 도착하고 병사들
이 한 줄로 늘어서서 짐 같은 것을 나르기 시작했지. 장교는 잠시 서서
지시를 더 내리고는 사라졌어. 우리는 또 말다툼을 했어. 그 독일군 장
교가 다시 모습을 드러냈어. 만약 이번에도 기회를 놓치면 모든 게 허사
가 될 판이었지. 그대로 보내버리는 꼴이 되니까. 그리고 그 장교가 세
번째로 우리 시야에 들어왔어. 나타났다 싶으면 사라지고 또 나타났나
싶으면 안 보이는 게, 정말 한순간이더라고. 결국 그를 쏘기로 마음먹었
지. 그래서 마음을 다지는데, 갑자기 이런 생각이 드는 거야. '사람이잖
아. 비록 적이지만 저자도 사람이야.' 그러자 손이 덜덜 떨리고, 온몸에
전율이 흐르면서 오한이 나기 시작했어. 무섭고…… 가끔 꿈속에서 그
느낌이 되살아나. 말하는 지금 이 순간도 그렇고…… 널빤지를 표적 삼

아 연습만 하다가 진짜 살아 있는 사람을 쏴야 하니, 왜 안 그렇겠어. 나는 조준렌즈를 통해 그 장교를 보고 있었어. 아주 잘 보이더군. 바로 앞에 있는 것처럼…… 그러자 마음속에서 뭔가가 저항을 하는데…… '쏘아선 안 된다'고 뭔가가 나를 말렸어. 다시 망설였지. 하지만 곧 마음을 다잡고 방아쇠를 당겼어…… 장교는 두 팔을 내저으며 그 자리에 고꾸라졌어. 그 사람이 죽었는지 살았는지, 나는 몰라. 그렇게 맞히고 나니까 총을 쏘기 전보다 더 떨리고, '내가 사람을 죽였다'는 공포가 밀려들었어. 하지만 나는 곧 그 일에 익숙해져야만 했지. 그래…… 한마디로 끔찍했어! 결코 못 잊을 거야……

우리는 부대로 돌아와 그날 있었던 일을 소대원들에게 모두 이야기하고 회의를 열었어. 우리 소대의 콤소몰 조직가인 클라바 이바노바가 나보고 잘했다는 거야. 그놈들은 불쌍하게 여길 게 아니라 증오해야 한다면서. 클라바의 아버지는 파시스트의 손에 돌아가셨거든. 그 아이는 우리가 노래라도 부를라치면 우리에게 이렇게 부탁하곤 했지. '이 쓰레기들을 섬멸하고 나서 노래해도 늦지 않으니까 지금은 참아줘.'

하지만 단번에 그렇게는…… 금방 그렇게는 되지 않았어. 증오하고 죽이고…… 그건 여자들 일이 아니야. 정말 할 짓이 못 돼…… 스스로를 설득해야만 했어. 잘하는 일이라고 계속 스스로를 납득시켜야만 했지……"

며칠 후 마리야 이바노브나가 전화를 걸어왔다. 자기 친구인 클라브디야 그리고리예브나 크로히나를 소개해주겠단다. 나는 한번 더 그때 이야기를 들을 수 있게 됐다.

클라브디야 그리고리예브나 크로히나, 상사, 저격수:

"처음에는 무서웠어…… 정말 무섭고 싫고…… 우리는 바닥에 엎드려 적진의 동태를 살폈어. 곧 독일 병사 하나가 참호에서 살짝 몸을 내미는 게 보이더라고…… 나는 딸각하고 방아쇠를 당겼고, 그 병사는 쓰러졌어. 아, 달달달 몸이 떨리는데, 내 뼈마디 부딪치는 소리까지 들릴 정도였지. 결국 나는 큰 소리로 울고 말았어. 연습하면서 표적을 맞힐 땐 아무것도 아니었지만, 거기선 정말 살아 있는 사람을 죽인 거니까. 다른 누구도 아닌 바로 내가! 생전 처음 보는 사람을 내가 죽인 거야. 그 사람에 대해 아무것도 모르면서 죽였어.

하지만 나중에 그런 마음은 싹 사라졌지. 그러니까 그게…… 어떻게 된 거냐면…… 우리는 계속 진격해 들어갔고 작은 마을을 지나게 되었어. 아마 우크라이나였던 거 같아. 마을 길가에 불타버린, 임시건물이었는지 집이었는지 식별이 안 되는 건물 잔해 같은 게 흩어져 있더라고. 완전히 타버려서 새까만 돌민 남아 있었지. 건물 터만…… 다들 근처에 가기를 꺼렸는데, 나는 왠지 가까이 가보고 싶은 거야…… 가서 보니 잿더미 속에 사람 뼈들이 있고, 그 뼈들 사이로 까맣게 탄 별모양이 보이는데…… 그건 거기서 불타 죽은 사람들이 바로 우리 부상병들이나 포로들이었다는 의미였지. 그 일을 겪고 난 후로는 아무리 적병을 죽여도 더이상 괴롭지 않았어. 새까맣게 탄 별모양을 본 후로는……

전쟁이 끝나고 나는 백발이 돼서 집으로 돌아왔어. 겨우 스물한 살에 노파처럼 머리가 하얗게 세버린 거야. 거기다 귀에 심한 부상을 당해서 한쪽 귀도 거의 들리지 않는 상태였어. 엄마가 나를 맞아주시며 그러셨어. '나는 네가 살아 돌아올 줄 알았단다. 낮이고 밤이고 너를 위해 기도했어.' 우리 오빠는 전쟁터에서 전사했지. 엄마는 슬피 우셨어.

74

엄마가 슬피 울면서 그랬어.

─딸이든 아들이든 많이 낳으렴. 지금은 어차피 마찬가지니까. 네 오빠는 남자라서 조국을 지켜야 할 의무가 있었다지만, 여자인 너는 대체 무슨 죄니. 딱 하나 기도했단다. '만약 내 딸이 불구가 된다면 불구로 사느니 차라리 죽게 해달라'고 말이다. 거의 매일 기차역으로 나갔어. 혹시 네가 기차를 타고 올까봐. 한번은 역에서 얼굴 전체에 화상을 입은 소녀병사를 보고는…… 그대로 숨이 멎는 줄 알았지 뭐니. 넌 줄 알고. 그때부터 그 아이를 위해서도 기도했단다.

나는 광산업으로 유명한 첼랴빈스크* 출신이야. 마침 우리집과 멀지 않은 곳에서 채굴공사가 한창이었지. 그런데 이상하게도 늘 밤에만 발파작업을 하는 거야. 나는 자다가도 '쿵' 하는 폭발음이 들리면 침대에서 뛰쳐나와 외투를 움켜쥐고는 문으로 달려갔어. 어서 어디로든 도망쳐야 했으니까. 그러면 엄마가 나를 붙잡아 꼭 끌어안고는 달래주셨어. '정신 차려, 제발 정신 차려. 전쟁은 끝났어. 너는 지금 집에 있잖아.' 엄마의 말에 정신이 들곤 했지. '그리고 엄마가 여기 있잖아. 엄마가 네 옆에……' 엄마는 조용조용히 말씀하셨어. 아주 작은 소리로…… 큰 소리로 이야기하면 내가 깜짝깜짝 놀랐거든……"

방안은 따뜻했지만 마리야 이바노브나는 두툼한 담요로 몸을 감쌌다. 오한이 나는 모양이었다. 그녀는 다시 자신의 이야기를 이어갔다.

"다들 서둘러 병사가 됐어…… 생각하고 말고 할 새가 없었거든. 자신의 감정을 고민해볼 시간이 없었지……

우리 정찰병들이 독일군 장교 한 명을 포로로 붙잡았어. 그런데 그 포

─────────────

* 우랄산맥 인근에 위치한 러시아의 공업도시로 모스크바와 블라디보스토크를 오가는 시베리아철도가 지난다.

로가 깜짝 놀라는 거야. 그의 진지에서 많은 병사들이 죽어나갔는데, 하나같이 머리에 총을 맞았다면서. 그것도 거의 똑같은 자리에. 그 장교가 거듭 말했어. 평범한 저격수가 그렇게 많은 사람을 머리만 맞힐 수는 없다고. 그것도 그렇게나 정확히. 그리고 부탁했지. '우리 병사들을 그렇게 많이 죽인 그 저격병을 한번 만나게 해주시오. 내 밑으로 꽤 많은 보충 병력이 배치되었는데도 매일같이 10여 명씩 죽어나갔소.' 그러자 연대장이 대답했어. '유감스럽지만, 그 부탁은 들어줄 수가 없소. 그 병사는 소녀저격병이었는데 전사했소.' 그 소녀병사는 사샤 실랴호바라는 아이였어. 사샤는 저격병들 전투에서 목숨을 잃었지. 그 아이를 죽음으로 몰아간 건 빨간 목도리였어. 사샤가 그 목도리를 얼마나 좋아했는지 몰라. 빨간색이니 하얀 눈밭에서 오죽이나 눈에 잘 띄었겠어. 결국 목도리가 그 아이를 죽인 셈이지. 저격병이 소녀였다는 사실을 알고 독일 장교는 충격을 받아 한동안 말을 못하더라고. 오랫동안 입을 다물었지. 나중에 장교는 모스크바로 이송됐는데(중요힌 인물로 밝혀졌거든!), 이송되기 직전에 솔직히 털어놓더군. '나는 한 번도 전투에서 여자들과 싸워본 적이 없소. 당신들은 모두 아름답군요…… 우리 군에서는 붉은 군대의 여자병사들은 여자가 아니라 간성인間性人*들이라고 선전했소…… 이제 나는 뭐가 뭔지 모르겠소. 그래요…… 잊을 수 없을 거요……'

우리는 두 사람씩 짝을 지어 임무를 수행했어. 캄캄한 새벽부터 캄캄한 밤까지 혼자 앉아 있는 게 쉬운 일은 아니었으니까. 눈은 아프지, 찔끔찔끔 눈물은 나지, 팔은 아무 감각도 없지, 몸은 긴장으로 뻣뻣하게 굳어 있지, 정말 보통 일이 아니었지. 특히 봄에 더 힘들었어. 눈이 발밑

에서 녹기라도 하면 그야말로 하루종일 진창 속에 있어야 했거든. 첨벙첨벙 걷다가 때로는 발이 얼어 땅에 들러붙기도 했어. 동틀 무렵 작전에 나가면 어둠이 깔릴 때에서야 돌아왔지. 열두 시간, 아니면 그 이상씩 눈밭에 누워 있거나 나무 꼭대기, 헛간 또는 폐가 지붕에 기어올라가 거기서 위장한 채 매복했어. 우리가 어디에 숨었는지, 어디에서 정찰하는지 적에게 들키면 안 됐으니까. 가능한 한 목표물 가까이 자리를 잡으려 애썼어. 우리는 독일군 참호에서 7~800미터 떨어진 곳, 어떤 때는 500미터도 안 되는 곳까지 숨어들었어. 이른 아침이면 그들이 주고받는 말소리까지 들렸지. 웃음소리도.

모르겠어. 그땐 왜 그리 겁이 없었는지…… 지금 생각하면 이해가 안 가……

우린 공격을 감행했어. 아주 재빨리 공격해 들어갔지…… 하지만 이내 힘이 빠졌고 지원군은 계속 늦어졌어. 탄약도 떨어지고, 먹을 것도 거의 다 떨어져갔어. 설상가상으로 주방마저 적의 포탄에 날아가버렸지. 3일 밤낮을 수하리* 하나로 버텼어. 다들 혓바닥이 벗겨져서 혀를 움직이지도 못할 지경이었어. 나는 짝이 전사하는 바람에 '신참'과 함께 작전을 수행하러 나갔어. 그런데 갑자기 '중립지대'에 망아지 한 마리가 나타난 거야. 꼬리가 복슬복슬한 게 참 잘생긴 녀석이었어. 녀석은 전쟁은 무슨 전쟁이냐는 듯 아주 태평하게 주위를 어슬렁거렸지. 그러자 독일군 있는 쪽도 곧 소란스러워지더라고. 놈들도 녀석을 본 거지. 우리 병사들이 녀석을 두고 한마디씩 했어.

—저러다 도망가버리겠네. 잡아다 국 끓여 먹으면 그만인데……

---

* 빵을 잘게 잘라 건조시킨 것.

―거리가 너무 멀어서 기관단총으로는 어림도 없을걸.

그러다 우리를 본 거야.

―저기, 저격병들이다. 지금 쏘면 되는데…… 어이, 소녀병사들, 어서 쏴, 어서!

나는 생각할 틈도 없이 평소 몸에 밴 대로 조준하고는 방아쇠를 당겼어. 망아지의 두 다리가 꺾이더니 이내 옆으로 픽 쓰러졌지. 어쩌면 이건 순전히 내 착각일 수도 있는데, 순간 망아지가 소리 없이 흐느끼는 것처럼 보이는 거야.

잠시 후 후회가 밀려왔어. '내가 지금 무슨 짓을 한 거지? 저렇게 예쁜 녀석을 내가 죽인 거야? 아, 내가 쟤를 국거리로 만들다니!' 그런데 내 뒤에서 누군가 훌쩍거리는 소리가 나지 않겠어. 돌아봤더니, '신참'이 울고 있더라고.

―왜 그래?

내가 물었지.

―망아지가 불쌍해요.

신참의 눈에 눈물이 가득 고여 있었어.

―아휴, 이렇게 마음이 약해서야, 원! 3일이나 굶은 우리 생각은 안 해? 누구 한 명 죽어나가봐야 망아지가 불쌍하다는 생각을 안 하지. 완전군장하고 하루에 30킬로미터씩 행군해봐. 그것도 쫄쫄 굶은 채로. 우선 독일놈들부터 몰아내자. 그리고 그다음에 괴로워하든 불쌍해하든 하자고. 그다음에…… 알겠지, 나중에……

병사들을 봤어. 바로 전까지…… 불과 몇 분 전만 해도…… 방금 전까지 그렇게 나를 부추기고 환호를 보내고 치켜세우던 병사들이…… 이제는 마치 내가 없는 사람인 양 나 같은 건 거들떠도 안 보고 자기 일만 하고 있더군. 누구는 담배를 피우고, 누구는 구덩이를 파고…… 또 누구는 뭔가를 열심히 갈아대고…… 네가 뭘 하든 우리는 알 바 아니라고들 하는 것 같았어. '주저앉아 울고 싶으면 울어. 엉엉 흐느껴 울고 싶으면 흐느껴 울고!' 꼭 그러는 것 같더라니까. 그러자 내가 마음대로 사람을 죽여놓고 아무 가책도 못 느끼는 도살자가 된 기분이 들었지. 하지만 사실 난 어렸을 때부터 생명이 있는 건 뭐든 다 사랑하곤 했어. 학교 다닐 때 우리집에 암소 한 마리가 있었는데 병이 들어서 죽여야 했거든. 이틀을 울었어. 울음을 멈출 수가 없었지. 그런데 거기서 불쌍한 망아지를 '빵' 하고 쏘아 죽인 거야. 게다가…… 2년 만에 처음 본 망아지였는데……

저녁에 식사가 나왔어. 취사병들이 '그래, 우리 저격병, 아주 훌륭해! 덕분에 오늘은 고깃국 대령이오'라면서 우리에게 고기가 든 냄비를 두고 갔지. 그런데 우리 소녀병사들이 그냥 앉아만 있는 거야. 저녁식사에는 손도 대지 않은 채 말이야. 나는 그 이유를 금방 알아챘어. 어찌나 눈물이 쏟아지던지, 움막 밖으로 뛰쳐나왔어…… 그러자 소녀병사들이 내 뒤를 쫓아와서 모두 한목소리로 나를 위로하기 시작했어. 그러고는 재빠르게 각자 자기 냄비를 집어들고 먹기 시작했지…… 그래, 그런 일을…… 그래…… 어떻게 잊어……

우리는 밤마다 많은 이야기를 나눴어. 무슨 이야기를 했냐고? 물론 고향 이야기였지. 모두 집에 두고 온 엄마를 그리워했고, 누구는 아버지가 또 누구는 오빠나 남동생이 전쟁에 나갔다는 이야기를 했어. 그리고 전쟁이 끝나면 뭘 하며 살 건지도. 결혼은 어떻게 해야 할지, 남자들이 우리 같은 여자를 좋아해줄지, 뭐 그런 이야기들이었지. 지휘관이 그런 우리를 보고 껄껄 웃으며 말했어.

—아이고, 우리 소녀병사님들! 자네들이야 모두 훌륭하지. 하지만 전쟁이 끝난 후에 자네들과 결혼하기는 좀 겁날걸. 손들이 워낙 빠르고 정확해야 말이지. 혹시 이마에 접시라도 날아와 박히면 어떡해.

나는 전쟁터에서 남편을 만났어. 남편과 같은 연대에서 복무했거든. 남편은 두 번이나 부상을 당하고 좌상挫傷까지 입었어. 전쟁 시작부터 끝까지 단 한 번도 전장을 떠나지 않은 사람이 바로 우리 남편이야. 남은 생도 내내 군인으로 살았고. 그런 사람에게 전쟁이 뭐고, 내가 어디를 다녀왔으며, 또 어떤 사람인지 일일이 설명할 필요가 있겠어? 말이 필요 없었지. 혹시 우리가 대화를 하다가 내 감정이 격앙돼 목소리가 좀 높아진다 싶으면 남편은 잠자코 있든가 아니면 아예 입을 닫아버려. 하지만 나는 트집 잡지 않고 그냥 넘겨. 이 또한 살면서 배운 지혜지. 자식 둘을 낳았는데, 둘 다 대학을 졸업했어. 아들하고 딸이야.

글쎄, 또 무슨 이야기를 들려줄까…… 나는 제대하고 모스크바로 갔어. 모스크바에서 우리집까지 가려면 버스를 타고 들어가서 또 몇 킬로미터는 더 걸어들어가야 했지. 지금이야 지하철이 다니지만, 그 당시엔 그 일대가 죄다 벚나무밭에 깊은 골짜기들이었어. 그중 아주 깊은 골짜기가 하나 있더라고. 거길 건너야만 했지. 그런데 가는 사이 벌써 날이 저문 거야. 날도 어두운데 그 깊은 골짜기를 건너려니 당연히 무서웠지. 건너긴 건너야겠고, 건너자니 무섭고. 되돌아가서 날이 밝을 때까지 기다릴까, 아니면 용기를 내서 지나가볼까. 정말 어떻게 해야 할지 난감하더군. 지금 생각해보면 우습지 뭐. 최전선에서 시신들과 살다시피 하고 온갖 끔찍한 일은 다 겪어놓고 겨우 골짜기 하나를 못 건너서 그랬으니. 나는 아직도 그 시신들 냄새가 잊히질 않아. 담배 냄새와 뒤섞여 나던 그 냄새…… 어쨌든 나도 소녀는 소녀였던 거지. 한번은 기차 안에서…… 기차를 타고 독일에서 돌아오는 중이었는데…… 누구 배낭에서인지 쥐 한 마리가 뛰어나왔어. 그러자 기차 안이 아수라장이 된 거야. 아래층에 있던 애들은 자리에서 펄쩍펄쩍 뛰고, 위층에 있던 애들은 구르다시피 뛰어내려오며 꺅꺅 비명을 질러대고. 우리랑 같은 칸에 타고 가던 대위가 그걸 보고는 깜짝 놀라더라고. '모두 훈장 하나씩은 받은 소녀병사들이 쥐 한 마리를 무서워하냐'면서.

다행히도 트럭 한 대가 나타났어. 나는 고민하다 손을 흔들었고, 트럭이 멈춰 섰어.

—디야콥스코예 마을까지 가야 해요.

나는 크게 소리쳤어.

—나도 거기로 가는 길이에요.

한 청년이 트럭 문을 열어줬어.

내가 운전석 옆자리에 올라타는 사이, 청년이 내 짐을 짐칸에 실었고, 트럭은 곧 출발했어. 가만 보니 내가 군복에 훈장까지 달고 있으니 궁금했겠지. 젊은이가 묻더군.

—독일군을 몇 명이나 죽였어요?

내가 대답했어.

—일흔다섯 명.

그러자 그 청년이 말도 안 된다는 듯 물었어.

—거짓말, 사실 독일군은 구경도 못한 거 아니에요?

그런데 보니까 그 젊은이가 아는 사람인 거야.

—콜리카 치조프? 너 콜리카 아니야? 내가 너한테 빨간 스카프도 매줬는데, 기억 안 나?

나는 전쟁 전에 학교에서 잠깐 피오네르* 단장을 했었거든.

—마루시카**, 너야?

—나야……

—정말?

콜리카가 트럭을 세웠어.

—집까지 좀 태워달라는데, 왜 길 한가운데서 멈추고 그래?

내 눈에 눈물이 가득 고였어. 콜리카의 눈에도 눈물이 고였지. 세상에 그렇게 만나다니!

집에 도착하자 콜리카가 내 짐가방을 들고 우리 엄마한테 쏜살같이 달려갔어. 달려가면서 내 짐가방을 든 채로 마당 한가운데서 춤을 췄지.

—얼른 나와보세요. 제가 어머니 딸을 데려왔어요!

어떻게 잊어…… 그 일을…… 그 일을 어떻게 잊어?

집으로 돌아오자 모든 걸 처음부터 다시 시작해야 했지. 구두를 신고 걷는 것부터 시작했어. 전선에서는 3년 내내 군화만 신었으니까. 언제나 군복 허리를 꽉 졸라매고 다니는 데 익숙해져 있다가 일반 옷을 입으니까 자루를 입은 것처럼 헐렁하고 영 불편한 거야. 치마도…… 원피스도…… 이게 뭔가 싶고 참 곤혹스러웠지. 전선에서는 늘 바지만 입었거든. 저녁이면 바지를 빨아서, '다림질한다' 생각하고 밑에 깔고 자기도 했어. 사실, 잘 안 말라서 날이 추우면 빳빳하게 서리가 끼곤 했지만. 그렇게 살다가 다시 치마를 입으려니 어땠겠어? 다리가 자꾸 뒤엉키는 것만 같았지. 민간인 원피스를 입고 구두를 신고 가다가도 장교를 만나면 나도 모르게 손이 올라가는 거야. 경례를 하려고. 그리고 빵

---

* 구소련 및 구 공산권 국가의 공산소년단 조직. 목에 두른 빨간 스카프가 이들의 상징이었다.
** 마리야의 애칭.

집에 가서도, 군인 배급만 받다가 돈을 내고 빵을 사려니 그게 어디 금방 되나. 돈 내는 걸 깜박하고는 필요한 빵만 집어들고 나오기 일쑤였지. 이미 나를 잘 아는 여자 점원이 차마 돈 내라는 말을 못해 우물쭈물하는 사이 빵을 가지고 나가버리는 거야. 나중에 돈을 내지 않았다는 사실을 떠올리고는 다음날 찾아가서 사과하고, 미안한 마음에 다른 것도 사들고 나오면서 전날 빵값까지 한꺼번에 지불하곤 했지. 남들에겐 평범한 것들을 나는 새로 배워야 했어. 평범한 보통의 삶을 기억해내야 했어. 정상적인 삶을! 누구랑 그 어려움을 나눴냐고? 힘들 때마다 옆집 여자에게 달려가고…… 엄마에게 달려가고, 그랬지……

또 무슨 일이 있었나…… 글쎄…… 전쟁이 몇 년 동안 있었지? 4년. 그래, 참 길기도 했네…… 그런데 그 4년 동안 꽃이고 새고 전혀 본 기억이 없어. 당연히 꽃도 피고 새도 울었을 텐데. 그래, 그래…… 참 이상한 일이지? 그런데 정말 전쟁영화에 색이 있을 수 있을까? 전쟁은 모든 게 검은색이야. 오로지 피만 다를 뿐, 피만 붉은색이지……

우리는 얼마 전에, 그러니까 8년 전쯤에 마셴카 알히모부를 찾아냈어. 마셴카는 포병대 대대장이 부상을 당하자 그를 구하러 기어갔던 아이야. 그런데 앞에서 포탄이 터졌지…… 마셴카 바로 앞에서…… 대대장은 그 자리에서 죽었고, 마셴카는 거기까지 가지도 못했어. 마셴카의 두 다리가 으스러지다시피 해서 우리는 겨우겨우 붕대를 감았어. 정말 보통 일이 아니었어. 이렇게도 해보고 저렇게도 해보고 정말 갖은 애를 다 썼지. 마셴카를 들것에 실어 의료위생대로 옮기는데, 마셴카가 애원을 하는 거야. '얘들아, 차라리 나를 쏴버려…… 이런 모습으로는 살고 싶지 않아……' 애원하고 또 애원했어…… 그랬어. 마셴카를 병원으로 보내고, 우리는 계속 앞으로 전진했어. 우리가 마셴카를 수소문해 찾기 시작했을 땐…… 이미 흔적도 없이 사라져버린 뒤였어. 어디에 있는지, 무슨 일이 있었는지, 우리는 전혀 알 길이 없었어. 많은 세월이 흐르고…… 여기저기 편지를 해봐도 누구 하나 속시원하게 답을 주는 사람이 없더라고. 모스크바 제73학교 학생탐험단*이 우리를 도와줬어. 그 아이들이…… 전쟁이 끝나고 30년이나 지났는데 마셴카를 찾아낸 거야. 마셴카는 알타이의 어느 요양원에 있었어. 아주 먼 곳이었지. 그 긴 세월 동안 마셴카는 불구자들을 위한 기숙학교며 병원들을 떠돌아다니고 수술도 10여 차례나 받았더라고. 마셴카는 제 엄마한테도 살아 있다는 걸 알리지 않았어…… 모든 사람들한테서 숨어 산 거지…… 우리는 마셴카를 우리 모임에 데려갔어. 모임은 그야말로 눈물바다였어. 우리는 마셴카를 어머니와도 만나게 해줬어. 30여 년이 지나서야 모녀가 만났는데…… 어머니는 거의 혼이 나간 모습이었어. '아이고, 어떻게 이런 일이. 그동안 심장이 터져버리지 않은 게 얼마나 다행이냐. 세상에, 이렇게 기쁠 수가!' 마셴카는 '이제 사람들 만나는 게 두렵지 않아. 이제 늙은이가 다 됐는데, 뭐'라고 몇 번이나 같은 말을 되풀이했어. 그래…… 한마디로…… 전쟁은 그런 거야……

밤에 움막에 누워 있을 때가 생각나. 잠들지 못해 뒤척이고 있으면 어디선가 포탄 터지는 소리가 들렸지. 아군의 포탄 소리가…… 정말 죽고 싶지 않아…… 맹세는 했지만, 필요하면 목숨을 내놓겠다고 군인의 맹세는 했지만 정말 죽고 싶지는 않더라고. 하지만 거기서 살아 돌아간다 해도 마음이 병들 것 같았어. 지금은 '차라리 다리나 팔이 다쳤더라면, 차라리 몸이 아팠더라면'이라는 생각이 들어. 그렇지 않아서인지 마

---

* 물건이나 사람을 찾거나 과거의 유명 사건들, 위인들의 발자취를 좇는 학생 동아리.

음이…… 너무 아파. 우리는 너무 이른 나이에 전쟁터로 갔어. 아직 어린애나 다름없었는데. 얼마나 어렸으면 전쟁중에 키가 다 자랐을까. 집에 돌아왔을 때 엄마가 내 키를 재보았는데…… 그동안 10센티미터나 키가 컸더라니까……"

작별인사를 하며, 이 여인은 자신의 따뜻한 손을 어색하게 내밀어 내 손을 꼭 감싸쥐었다. "미안해……"

애들아,
더 자라서 오렴…
너희는 아직 어리단다…

목소리…… 수십 개의 목소리들…… 목소리들이 낯선 진실을 외치며 나에게 쏟아져들어왔다. 그리고 진실, 그 목소리들이 전하는 진실은 어릴 때부터 익히 들어온, '우리는 승리했다'는 간단명료한 정의와는 딴판이었다. 순식간에 화학반응이 일어났다. 파토스*는 인간의 운명이라는 살아 있는 조직 안에서 깨끗이 녹아버렸다. 파토스는 그 생이 아주 짧은 물질임이 밝혀졌다. 우리 삶 속에 말로는 다 설명할 수 없는 뭔가가 더 존재할 때, 그게 바로 운명이 되는 것이 아닐까.

수십 년이 흐른 지금, 대체 나는 무슨 이야기를 듣고 싶어 이러는 걸까? 어떻게 그런 일이 모스크바나 스탈린그라드 바로 옆에서 일어날 수 있었는지 따져 묻고 싶어서? 아니면 군사작전에 대한 묘사라든지

---

* '고통'이나 '경험'을 뜻하는 그리스어에서 유래한 말로서 영어로 페이소스라고도 한다. 외부 요소에 의해 일어나는 일시적인 감정의 소용돌이, 격정이나 열정을 뜻한다.

높고 낮은 언덕들의 이름에서 따온, 지금은 잊힌 전투의 명칭들이 듣고 싶어서? 나는 정말 전선이니 전선의 활약이니 진격과 퇴각이니 그런 이야기, 전복된 열차가 몇 대고, 빨치산의 기습공격은 어땠는지 따위의 이야기가 필요한 걸까? 이미 수천 권도 넘는 책들에 등장하는 그런 이야기들이? 아니, 내가 원하는 건 그런 게 아니다. 나는 '영혼에 대한 이해'라 이름 붙일 수 있는 이야기들을 모은다. 영혼의 삶이 남기고 간 흔적을 따라가며 영혼을 기록한다. 나에겐 영혼이 걸어간 길이 사건 자체보다 중요하다. '그런 일이 어떻게 일어났는지'는 중요하지 않다. 최소한 우선순위를 차지하지는 않는다. 나를 흥분시키고 놀라게 하는 건 다른 것, 즉 '대체 거기서 사람에게 무슨 일이 일어났는지'에 대한 이야기이다. 거기서 사람은 무엇을 보고 또 무엇을 깨달은 걸까? 도대체 삶은 무엇이며 죽음은 무엇일까? 그리고 결국 나 자신은 누구인가? 나는 감정의 역사를 쓴다…… 영혼의 역사를 쓴다…… 전쟁이나 한 나라의 역사, 영웅들의 인생역정이 아닌, 그저 평범한 삶을 살다가 거대한 사건의 깊은 서사 속으로, 거대한 역사의 소용돌이 속으로 휩쓸려 들어간 작은 사람의 역사를 쓴다.

1941년의 소녀들…… 무엇보다 나는 그 소녀들은 대체 어디서 왔는지 묻고 싶다. 그것도 그렇게나 많이. 그들은 어떻게 남자들과 똑같이 무기를 들고 싸울 생각을 했을까? 총을 쏘고, 지뢰를 매설하고, 폭탄을 터뜨리고, 폭격을 하는 등의 사람을 죽이는 일을.

이미 19세기에 푸시킨이 그런 질문을 한 적이 있다. 푸시킨은 나폴레옹 전쟁에 참전했던 여성기병騎兵 나데즈다 두로바의 일기 중 일부를 『동시대인』*에 실으며 이렇게 물었다. "대체 무슨 이유로 이 훌륭한 귀족 집안의 젊은 아가씨는 정든 집을 등지고 자신의 여성성도 포기한 채,

남자들도 꺼리는 힘든 노동과 의무를 선택했단 말인가? 대체 무엇이 그녀를 전장으로 내몰았을까! 그것도 나폴레옹과의 전쟁에. 무엇이 그녀를 그렇게 만들었을까? 남모르는 은밀한 마음의 번민? 불타는 상상력? 자신도 어쩌지 못하는 타고난 기질? 애끓는 사랑?"

　정말이지 대체 무얼까? 100년도 훨씬 더 지난 지금 나는 여전히 같은 질문을 던진다……

맹세와 기도에 대하여

　"말하고 싶어…… 말할 거야! 전부 다 말할 거야! 드디어 사람들이 우리 이야기에 귀를 기울이기 시작했으니까. 그 숱한 세월을 우리는 입을 닫고 살았어. 심지어 집에서조차 아무 말도 할 수가 없었지. 그렇게 수십 년이 흘렀어. 전쟁에서 돌아온 첫해에 나는 말하고 또 말했어. 아무도 듣질 않았지. 그래서 입을 다물어버린 거야…… 당신이 찾아와서 다행이야. 나는 누군가 와주길 늘 기다렸어. 누군가 올 줄 알았어. 반드시 올 거라고 믿었지. 그때 나는 어렸어. 완전히 어린애였지. 참 안타까워. 왜인지 알아? 내가 너무 어려서 그때 일이 다 기억나지 않거든……

　전쟁 터지기 며칠 전에 마침 친구랑 전쟁에 대한 이야기를 나눴지. 그때만 해도 우린 전쟁 같은 게 일어날 리 없다고 믿었어. 친구와 함께 영화를 보러 갔는데, 영화 시작하기 전에 리벤트로프**와 몰로토프***가 악수하는 장면을 보여주더라고. '독일은 소비에트 연맹의 충직한 친구'

───────────

* 19세기에 발행된 러시아의 문학, 평론 잡지.

라는 장내 아나운서의 설명과 함께. 그 말이 우리 뇌리에 박혔지.

한 달이 채 지나지 않아 독일군이 바로 모스크바 앞까지 치고 들어왔어……

우리집에는 모두 여덟 남매가 있었는데, 위로 넷은 딸이었고, 그중 내가 맏이었어. 어느 날 아버지가 퇴근해 오더니 우시는 거야. '한때는 우리집 큰애들이 다 딸이어서 살림 밑천이라고 좋아했는데. 이젠 집집마다 한 명은 전선으로 가야 한다는데, 우리집은 갈 사람이 아무도 없으니…… 나는 너무 나이들어 데려가지도 않을 테고, 큰 애들은 다 여자애니 이를 어쩌면 좋단 말이냐. 어리디 어린 네 동생들이 남자라고 갈 수도 없는 일이고.' 우리 가족은 모두 그 일로 유난히도 속상해했지.

그러다가 간호사 양성 과정이 생기자 아버지가 나와 여동생을 거기로 데려가셨어. 내 나이 열다섯, 동생은 열넷이었지. 아빠는 '이게 내가 승리를 위해 내놓을 수 있는 전부요. 우리 딸들……'이라고 하시며 우리를 그곳에 맡기셨어. 다른 생각은 할 수도 없던 시절이었지.

그리고 일 년 후에 나는 최전선으로 떠났어……"

나탈리야 이바노브나 세르게예바, 사병, 위생병

"처음 며칠은…… 그야말로 온 도시가 혼란에 휩싸였어. 혼돈 그 자체였지. 싸늘한 공포가 온 도시를 사로잡았어. 너도나도 스파이를 잡았네 어쩌네 하면서 난리도 아니었어. 그러고는 '적의 선동에 넘어가서는

** 요아힘 폰 리벤트로프(1893~1946) 독일의 정치가. 나치 독일의 외무장관을 지냈으며 소련과 독일불가침조약을 체결하고 제2차세계대전을 발발시켰다.
*** 뱌체슬라프 미하일로비치 몰로토프(1890~1986). 소련의 정치가이자 혁명가. 스탈린의 오른팔로서 제2차세계대전중 소련의 외교정책을 주도했다.

안 된다'며 서로를 안심시켰지. 누구도 우리 군대가 참패를 당하고, 또 몇 주 만에 적에게 철저히 유린당하리라고는 상상도 못했어. 우리는 전쟁을 하더라도 우리 땅이 아닌, 다른 나라 땅에서 할 거라고 배웠거든. '적은 우리 땅에 한 발자국도 들어오지 못한다'고 말이야. 그런데 우리 군이 모스크바에서 밀려난 거야……

전쟁 전에 히틀러가 소련을 침공할 거라는 소문이 돌았지만, 그 소문은 철저히 차단되었지. 그 일에 적합한 몇몇 조직이 동원됐는데…… 무슨 조직이었는지 알아? 엔케베데*…… 체카** 요원들…… 이런 조직이었어. 사람들은 집이나 부엌에서만 남몰래 그 일에 대해 속삭였고, 콤무날카***에 사는 사람들은 자기 방에서 방문을 닫거나 욕실에 물을 틀어놓고 이야기했어. 하지만 스탈린이 대국민 연설을 시작하자…… 스탈린은 우리를 '형제자매 여러분……'이라 부르며 연설의 운을 뗐어. 그러자 모두들 스탈린에게 받은 수모 같은 건 까맣게 잊어버렸지…… 우리 엄마의 오빠인 외삼촌은 수용소로 끌려갔어. 외삼촌은 철도원으로 일했고 공산주의자였어. 이미 나이도 많았지. 외삼촌은 출근해서 일하다가 체포되었어. 누가 그런 짓을 한 줄 알아? 바로 엔케베데야…… 엔케베데가 사랑하는 우리 외삼촌을 그렇게 한 거였어. 우리는 외삼촌에게 아무 잘못이 없다는 걸 알고 있었어. 외삼촌을 믿었지. 외삼촌은 내전에서 표창까지 받으셨는데…… 하지만 스탈린의 연설을 들은 뒤 엄마가 그러시는 거야. '우리나라부터 지키고 보자꾸나. 삼촌 일은 그다음

---

* 내무인민위원회. 소련의 정부기관이자 비밀경찰로, 스탈린의 통치 기간 동안 정치적 숙청을 실행했다.
** 볼셰비키 혁명 직후, 창설되어 1922년까지 소련에 존재한 비밀정보기관. 볼셰비키 반대 세력 처단과 해외첩보활동이 주요 임무였다.
*** 구소련의 전형적인 공동주택.

에 해결해도 늦지 않아.' 모두들 그렇게 조국을 사랑했어.

나는 곧장 군정치위원회로 달려갔어. 후두염에 걸려서 아직 열도 다 내리지 않은 몸이었는데, 달려간 거야. 기다릴 수가 없었거든……"

엘레나 안토노브나 쿠디나, 사병, 운전병

"우리 엄마는 아들이 없었어…… 딸만 내리 다섯이었지. 그런데 전쟁이 난 거야. 나는 태어날 때부터 음감이 좋았어. 그래서 음악원에 입학할 꿈을 꾸고 있었지. 하지만 내 뛰어난 음감이 전선에서 유용하게 쓰일 거라는 생각에 통신병이 되기로 마음먹었어.

우리 가족은 소개령에 따라 스탈린그라드로 피란을 떠났어. 스탈린그라드가 독일군에게 포위되자 우리는 기꺼이 전선으로 향했지. 모두 다 같이. 엄마와 딸 다섯, 이렇게 온 가족이 전선으로 간 거야. 그때 아버지는 이미 전선에 나가 계셨고……"

안토니나 막시모브나 크냐제바, 하사, 통신병

"모두들 전선으로 가는 게 소원이었어…… 무섭지 않았냐고? 당연히 무서웠지…… 하지만 그렇다고 어떻게 가만히 보고만 있어…… 다 같이 군정치위원회로 몰려갔지. 갔더니 우리더러 그러는 거야. '얘들아, 더 자라서 오렴…… 너희는 아직 어리단다……' 그때 다들 열여섯, 열일곱 그랬거든. 하지만 우리가 끝까지 고집을 부리자 결국 병사로 받아주더라고. 친구와 함께 저격병 훈련학교에 가고 싶다고 했더니 우리를 가르칠 시간이 없다면서 교통정리병을 하라고 했어.

엄마는 떠나는 딸내미 얼굴 한번 보겠다고 며칠째 기차역에 나와서 기다리고 계셨어. 우리가 기차로 향하는 것을 보시고는 달려와서 피로 그*와 달걀 열 개를 건네주셨지. 그러고는 그대로 의식을 잃고 쓰러지셨지……"

타티야나 예피모브나 세묘노바, 중사, 교통정리병

"순식간에 세상이 변했어…… 전쟁 터지고 처음 며칠이 생각나…… 엄마는 저녁이면 창가에 서서 기도를 하셨지. 나는 우리 엄마가 하느님을 믿는 걸 그때 처음 알았어. 엄마는 하염없이 하늘을 올려다보셨어……

나한테도 징집명령서가 나왔어. 나는 의사였으니까. 나는 의무감에 전쟁터로 향했어. 우리 아버지는 딸이 전선에 나간다는 사실에 행복해하셨어. 당신 딸내미가 조국을 지킨다는 걸 자랑스러워하셨지. 아버지는 내 군인증명서를 받으러 아침 일찍 군정치위원회로 가셨어. 당신 딸이 전선으로 간다는 사실을 온 동네에 알리려고 일부러 그렇게 이른 아침부터 집을 나섰던 거야……"

예프로시냐 그리고리예브나 브레우스, 대위, 의사

"여름이었어…… 평화를 누린 마지막 며칠이었지…… 저녁에 우리는 춤을 추러 갔어. 그때 우린 모두 열여섯 살로, 무리를 지어 몰려다니며 뭐든 함께하곤 했어. 우리 중엔 아직 따로 사귀는 남녀 커플은 없었어. 그래서 이를테면, 남자애들이 여섯이면 여자애들도 여섯, 이런 식으로 어울려 다녔어.

그런데 불과 2주 후에, 탱크학교 생도들이었던 남자애들이, 춤추고

---

* 러시아식 파이. 속에 고기를 비롯해서 각종 채소와 과일, 생선 등을 넣는다.

나면 우리를 배웅해주곤 했던 그 아이들이 불구가 되고, 붕대를 칭칭 감은 모습으로 전선에서 돌아온 거야. 세상에, 어쩌나 무섭던지! 정말 끔찍했어! 나는 누가 소리내 웃기라도 하면 참을 수가 없었어. '이렇게 끔찍한 전쟁이 났는데 어떻게 웃을 수 있고 어떻게 기뻐할 수 있지?'

아버지는 곧 의용군에 들어가셨어. 집에는 어린 남동생들과 나만 남았지. 남동생들은 이제 겨우 일곱 살, 세 살이었어. 나는 엄마한테 '나도 전선으로 가겠다'고 말했어. 엄마가 많이 우셨어. 나도 밤에 몰래 울었고. 하지만 그래도 가야 하니까, 전선으로 떠났어…… 부대에서 엄마에게 편지를 썼어. 엄마가 어떻게 해볼 수도 없는 전선의 부대에서……"

릴리야 미하일로브나 부트코, 외과병동 간호병

"대열을 이루라는 지시가 떨어져서…… 키 순서대로 줄을 섰는데, 내가 제일 작은 거야. 지휘관이 대열을 보더니 곧장 나한테 걸어왔어.

—이 꼬맹이는 뭐야? 네가 여기서 뭘 하겠다는 거지? 엄마한테 돌아가서 더 자라면 오는 게 어때?

그때 나는 이미 엄마가 안 계셨어…… 폭격에 돌아가셨거든……

평생 살면서…… 가장 잊히지 않는 건…… 전쟁 첫해, 그러니까 우리 군이 퇴각할 때 본 장면이야…… 관목숲 뒤에 몸을 숨기고 있다가 보게 됐지. 우리 병사 하나가 소총을 들고 독일군 탱크로 달려들더니 소총 개머리판으로 탱크의 철판을 마구 내리치는 거야. 소리소리 지르고 울면서 적탄에 맞아 쓰러질 때까지 탱크를 치고 또 쳤어. 독일군 기관총에 벌집이 될 때까지. 전쟁 첫해에 우리는 소총 하나로 독일군 탱크와 '메서슈미트*'에 맞서 싸웠지……"

폴리나 세묘노브나 노즈드라체바, 위생사관

"나는 엄마에게 사정사정했어…… '제발 울지 말라'고 애원도 하고…… 우리가 전선으로 떠나는 날, 아직 밤이 깊지 않은데도 밖이 많이 어두웠어. 온 동네가 울음바다였어. 우리 어머니들은 딸내미들을 전쟁터로 떠나보내며 흐느껴 울었어. 아니 거의 울부짖었어. 우리 엄마는 돌처럼 굳은 채 그 자리에 서 계셨지. 엄마는 당신이 울면 나도 울까봐 간신히 참고 계셨어. 나는 엄마가 애지중지하는 귀염둥이 딸이자 집안의 응석받이였거든. 그런데 그 응석받이가 전쟁터로 간다며 그 긴 머리를 댕강 자르고 남자애처럼 짧은 머리로 나타났으니. 엄마, 아빠는 한사코 나를 말리셨어. 하지만 나는 '전선으로 갈 거예요. 전선으로 보내줘요! 전선으로!'라고 날마다 '전선, 전선' 노래를 부르며 고집을 꺾지 않았어. 실은, 지금은 박물관에나 가야 볼 수 있는 포스터 글귀들의 영향이 컸어. '모국이 그대들을 부른다!' '전선을 위해 당신은 무엇을 했는가?' 눈만 뜨면 사방에 보이는 게 그 글귀들이었으니까. 노래는 또 어떤 줄 알아? '일어나라, 위대한 나라여…… 일어나서 죽기까지 싸우라……'

기차를 타고 가면서 플랫폼에 방치된 시신들을 보고 우린 큰 충격을 받았어. 이미 온 나라가 전쟁터였던 거야…… 그렇지만 우리는 젊었고, 젊었기에 금세 마음을 추스르고 노래를 불렀어. 그것도 흥겨운 노래를. 그때 부른 노래가 아마 차스투시카**였던 거 같아.

전쟁이 막바지로 치달을 무렵 우리 가족 모두 전쟁에 동원됐어. 아빠,

---

* 제2차세계대전중 독일 공군에서 널리 사용된 전투기.
** 러시아 속요나 유행가로 그 시대의 생활상이나 풍습 등을 반영하며 4행으로 이루어져 있다.

엄마, 그리고 여동생까지. 온 가족이 철로 부설작업에 동원돼서 전선을 따라다니며 철로를 복구하는 일을 했지. 결국 우리 가족 모두 '전승메달'을 받았어. 아빠, 엄마, 여동생 그리고 나, 이렇게 온 가족이 다……"

예브게니야 세르게예브나 사프로노바, 근위대 중사, 항공기 정비사

"전쟁 전에 군대에서 전화교환수로 일했어…… 우리 부대는 보리소프*에 주둔했는데, 전쟁이 시작되고 처음 몇 주 만에 우리 부대도 참전하게 됐어. 사령관이 우리를 모두 소집해 정렬시켰어. 우리는 군에 복무하는 것도 아니었고 병사도 아니었어. 군에 고용된 사람들이었지.

사령관이 우리에게 말했어.

—무자비한 전쟁이 시작됐다. 여자인 제군들에게는 매우 힘든 시간이 될 거다. 그래서 아직 시간이 있을 때, 집으로 돌아가고 싶은 사람은 돌아가도 된다. 하지만 전선에 남고 싶은 사람은 한 걸음씩 앞으로 나오도록……

그러자 모두 약속이라도 한 것처럼 한 걸음씩 앞으로 나왔어. 우린 모두 스무 명이었어. 다들 조국을 지킬 각오가 돼 있었지. 전쟁이 터지기 전까진 나는 전쟁에 대해서라면 책도 읽기 싫었던 사람이었어. 책을 읽어도 사랑 이야기만 읽었지. 그런데 거기서는 그렇게 되더라고.

밤낮으로 통신장비 옆에 붙어 있었어. 잠시도 떠나지 않고 꼬박 24시간씩 자리를 지켰어. 병사들이 우리에게 음식 냄비를 가져다주면 간단하게 식사를 했고, 눈을 붙여도 그 자리, 장비 옆에서 눈을 붙였지. 그것

---

* 벨라루스 민스크 주에 위치한 도시.

도 잠깐, 금세 다시 머리에 수신기를 쓰고 가 앉았어. 머리 감을 시간도 없어서 동료들에게 내 긴 머리칼을 잘라달라고 부탁했지……"

갈리나 드미트리예브나 자폴스카야, 전화교환수

"우리는 군정치위원회로 찾아가고 또 찾아갔어……

그리고 몇 번째인지 기억은 안 나는데, 다시 찾아가니까 위원장이 우리를 거의 내쫓을 기세인 거야. '너희들이 뭐라도 특별히 할 줄 아는 것만 있어도 어떻게 해보겠는데, 간호사라든지, 운전수라든지…… 그래, 할 줄 아는 게 뭐지? 전쟁에 나가서 도대체 뭘 하겠다는 건가?' 하지만 우리는 그 말을 이해하지 못했어. 우리는 한 번도 '무엇을 할 것인지' 생각해보지 않았거든. 그저 나가서 싸우겠다, 그게 다였으니까. 우리는 싸운다는 게 뭔가 할 줄 아는 것이라는 사실까지는 미처 몰랐던 거야. 뭔가 구체적인 기술이 필요하다는 걸. 위원장의 질문에 우리는 많이 당황했어.

친구 몇 명과 함께 간호사 양성 과정을 찾아갔어. 6개월은 다녀야 한다고 그러더라고. 우리 생각에 6개월은 너무 길었어. 우리에게는 맞지 않았지. 보니까 3개월 과정도 있었어. 사실 3개월도 우리에게는 길었어. 그런데 마침 3개월짜리 과정이 끝나갈 무렵이어서 우리도 시험을 치게 해달라고 통사정했지. 한 달 정도 수업을 받았어. 밤에는 실습 나가고 낮에는 수업을 듣는 식으로. 결국 우리는 한 달 조금 넘게 공부하고 간호사 양성 과정을 마쳤어……

우리는 전선이 아니라 병원으로 보내졌어. 그때가 1941년 8월 말이었지…… 학교고 병원이고 클럽이고 부상자들로 넘쳐났어. 하지만 다음해 2월에 나는 병원을 나왔어. 나온 게 아니라 도망쳤다고, 아니 탈영

했다고 할 수 있지. 다른 말로는 어떻게 표현할 길이 없네. 증명서고 뭐고 아무것도 없이 도망치다시피 나와서 전선행 병원열차에 몸을 실었어. '당직 서지 못할 것 같음. 전선으로 떠남'이라는 쪽지만 남겨놓고 나왔어. 그렇게 된 거야……"

    엘레나 파블로브나 야코블레바, 하사관, 간호병

"그날 데이트 약속이 있었어…… 나는 한껏 들떠서 약속장소로 부리나케 달려갔지…… 그 사람한테 사랑의 고백을 들으리라 기대하면서. 그런데 그 사람이 슬픈 모습으로 나타나 그러는 거야. '베라, 전쟁이야! 수업 끝나고 바로 전선으로 떠나야 해.' 그이는 군사학교 학생이었어. 그 말을 듣는 순간 나는 곧장 잔 다르크가 된 내 모습을 떠올렸어. 전선으로 가서 소총을 쏘는 것만 다를 뿐이었지. 그 사람과 난 반드시 함께여야 했으니까. 반드시! 그래서 군정치위원회로 달려갔어. 하지만 단번에 거절당했어. '우린 의료진이 필요하오. 그러려면 6개월은 훈련을 받아야 하고.' 6개월이라니, 말도 안 되는 소리! 사랑에 빠진 나한테 6개월이라니……

    결국은 훈련을 받기로 마음을 바꿨어. 하지만 '좋아, 훈련은 받겠지만 간호사는 아니야…… 나는 총을 쏘고 싶어! 그이처럼 나도 총을 쏠 거야'라고 생각했지. 이상하게도 나는 벌써 그 일에 준비가 돼 있었어. 우리 학교엔 내전에 참전한 전쟁영웅들이나 스페인전쟁에 갔다 온 사람들이 자주 왔었거든. 여학생들은 자신을 남학생들과 동등하다고 느꼈고, 학교도 남학생, 여학생 따로 구별하지 않았어. 오히려 어렸을 때부터 학교에서 '아가씨들에게도 트랙터 운전대를!' '아가씨들에게도 비행기 조종간操縱桿을!'이라는 선전문을 들으며 자랐으니까. 게다가 나는 사랑에 빠져 있었잖아? 심지어 나는 그 사람과 내가 함께 전사하는 모습까지 상상했다니까. 한 전투에서······

나는 연극학교에 다녔어. 여배우가 되는 게 꿈이었지. 라리사 레이스네르*처럼 되는 게 소원이었어. 가죽잠바를 입은 여성정치위원······ 나는 그녀가 예뻐서 좋았어······"

베라 다닐로브체바, 중사, 저격병

"내 친구들은 나보다 나이가 많아서 모두 전선으로 불려갔어······ 나는 나만 못 가고 혼자 남은 게 속상해서 서럽게 울었어. 사람들은 내게 그랬지. '얘야, 너는 공부를 더 해야 해.'

하지만 우리의 공부도 그리 길게 가지는 못했어. 얼마 지나지 않아 교장선생님이 우리를 모아놓고 이렇게 말씀하셨거든.

─여러분, 학업은 전쟁이 끝나면 마치도록 합시다. 조국을 지키는 게 먼저입니다.

공장 책임자들이 기차역까지 나와 전선으로 떠나는 우리를 배웅했어. 그때가 여름이었어. 기차 객차마다 푸른 나뭇잎들이며 꽃들이 가득했던 게 기억나. 사람들이 선물도 많이 줬어. 집에서 만든 최고로 맛있는 쿠키와 예쁜 스웨터를 선물 받았지. 뭐가 그리 신이 났던지 플랫폼에서 춤까지 췄지 뭐야! 우크라이나 민속춤을 신나게 췄다니까.

우리는 몇 날 며칠을 기차를 타고 갔어······ 물을 길으러 가려고 양동이를 들고 다른 여자아이들과 어떤 역에 내려서는 주위를 둘러보다가 깜짝 놀랐지 뭐야. 기차가 연달아 지나가는데 전부 여자들만 한가득

---

* 라리사 미하일로브나 레이스네르(1895~1926). 소련의 여성혁명가이자 기자, 작가. 러시아 내전에 참전했다.

인 거야. 다들 노래를 부르고 있더라고. 우리를 보더니 머릿수건을 벗어 흔들고, 군모를 벗어 흔들고. 그제야 알겠더군. 남자들이 부족하다는 것을, 다들 전사하거나 적에게 붙잡혔다는 것을…… 이제 우리가 남자들 대신이라는 걸 말이야.

엄마가 기도문을 써서 보내주셨어. 나는 그걸 큰 메달에 끼워넣었어. 어쩌면 그 덕분에 무사히 집으로 돌아왔는지도 모르겠어. 전투에 나갈 때마다 기도문에 입을 맞췄거든……"

안나 니콜라예브나 흐롤로비치, 간호병

"나는 전투기 조종사였어……

7학년*에 다닐 때였는데, 우리 마을에 비행기 한 대가 날아온 거야. 상상이 돼? 그 시절, 그러니까 1936년에 비행기라니. 당시만 해도 비행기는 정말 진귀한 존재였지. 곧 사람들을 불러모으는 소리가 들렸어. '소년, 소녀들이여, 비행술을 배웁시다!' 나는 당연히 콤소몰 당원으로서 맨 앞에서 달려나갔지. 그리고 당장 항공학교에 등록했어. 아버지는 사실 단호하게 반대하셨지. 우리집은 원래 다 야금冶金 기술자 출신이거든. 몇 대째 야금 기술직을 이어오던 중이었지. 그래서 아버지가 볼 때 야금 기술자는 여자에게 적합한 직업이지만 비행기 조종사는 아니었던 거야. 항공학교 교장이 이 사실을 알고 아버지를 비행기에 태워도 좋다고 허락해주더라고. 그래서 그렇게 했지. 아버지를 태우고 하늘로 오른 거야. 그날 이후로 아버지는 아무 말씀도 안 하셨어. 마음에 드셨던 거지. 나는 우수한 성적으로 항공학교를 졸업했어. 낙하산도 잘 타고 공중

---

* 러시아는 초, 중, 고등학교가 11학년으로 전체 통합되어 있다.

낙하도 잘했지. 전쟁 터지기 전에 결혼해서 딸도 하나 두었어.

전쟁 나고 처음 며칠간 항공학교에서 조직 개편이 이뤄졌어. 남자들이 모두 징집되어 나가고 없어서 우리 여자들이 그 자리를 대신해야 했거든. 학생들도 우리가 가르쳤어. 일이 어찌나 많은지 아침부터 밤까지 정말 눈코 뜰 새가 없었어.

남편은 전쟁이 나자마자 맨 먼저 전선으로 달려갔어. 남편이라야 겨우 사진 한 장 남은 게 전부야. 비행모를 쓰고 나랑 나란히 비행기 옆에 서 있는 사진 한 장…… 딸아이하고 둘이서 살았어. 줄곧 군대 캠프에서 지냈지. 어떻게 그런 데서 딸을 데리고 살았냐고? 새벽 4시면 비행을 떠나야 해서 꼭두새벽에 일어나 딸아이에게 죽을 주고, 딸애가 밖으로 나오지 못하도록 문을 잠근 후 비행을 떠났어. 저녁이 다 돼 캠프로 돌아오면 죽을 먹은 건지 안 먹은 건지 딸아이는 온몸이 죽으로 범벅이 돼 있곤 했어. 그리고 울기도 지쳤는지 힘없이 나를 바라보기만 했지. 제 아빠를 닮은 그 큰 눈으로……

1941년 말에 남편의 전사통지서가 날아왔어. 남편이 모스크바 근교에서 전사했다는 거야. 남편은 비행대 지휘관이었어. 나는 딸을 사랑했지만 남편 가족에게 데려다줬지. 그리고 전선으로 가겠다고 지원했어……

떠나기 전날 밤…… 밤새 딸이 잠든 침대 옆에 무릎을 꿇고 앉아 있었어……"

안토니나 그리고리예브나 본다레바, 근위대 중위, 선임비행사

"그해에 막 열여덟 살이 됐어…… 나는 축제라도 맞은 것처럼 마음이 들뜨고 행복했어. 그런데 주변에서 다들 '전쟁이 났다!'며 비명을 지

르고 난리가 난 거야. 사람들이 울던 모습이 아직도 기억에 생생해. 거리에서 만나는 사람마다 울지 않는 사람이 없었어. 어떤 사람들은 거리에서 기도하기도 하고. 그런데 그게 참 낯설더라고…… 사람들이 거리에서 기도를 하고 성호를 긋다니…… 학교에서 신은 없다고 배웠는데. '우리 탱크들과 멋진 비행기들은 다 어디로 간 거지? 시가행진을 할 때마다 항상 그것들을 바라보면서 자랑스러워했는데! 용맹한 사령관들은 다 어디에 있지? 부돈니*는……?' 당연하게도 곤혹스러운 순간은 찾아왔고, 시간이 흐르자 사람들의 생각이 바뀌기 시작했어. '어떻게 해야 적을 물리치고 승리를 거두지?'로.

나는 스베르들롭스크** 간호조산학교 2학년에 다니고 있었어. 전쟁 소식을 듣자마자 '전쟁이 났다면, 당연히 전선으로 가야지'라고 생각했지. 우리 아버지는 열렬한 공산주의자셨어. 혁명운동에 참여해 옥고를 치르기도 하셨지. 우린 어렸을 때부터 '조국은 우리의 모든 것이다. 우리는 조국을 지켜야 한다'는 소리를 귀에 못이 박이도록 듣고 자랐어. 그래서 조금의 망설임도 없이 전선으로 가기로 결정한 거야. 내가 안 가면 대체 누가 가겠어? 나는 반드시 가야 했지……"

세라피마 이바노브나 파나센코, 소위, 자동보병대대 의사보조

"엄마가 기차로 뛰어왔어…… 우리 엄마는 무척 엄격했어. 우리가 귀엽다고 입을 맞춰주거나 칭찬해준 적이 한 번도 없었지. 자식 중에 누가

---

* 세묜 미하일로비치 부돈니(1883~1973). 기마민족 카자크 출신으로서 원수의 자리에까지 오른 소련의 군인. 러시아 내전시 부돈니 기병대를 조직하여 붉은 군대의 승리에 큰 공을 세웠고 영웅 칭호를 세 번이나 받았다.
** 러시아 예카테린부르크의 옛 이름. 우랄산맥 동쪽 기슭에 위치하고 있다. 우랄 지방 최대의 중공업도시이자 시베리아철도의 서쪽 종착역이다.

뭘 잘해도 그저 흐뭇한 눈으로 바라보면, 그걸로 끝인 분이었어. 그런데 그런 엄마가 기차로 막 달려오는 거야. 와서 내 머리를 끌어안고 정신없이 입을 맞췄어. 입을 맞추고 또 맞추고. 그러고는 내 눈을 바라보는데…… 하염없이…… 그렇게 한참을…… 나는 이제 엄마를 볼 수 없을 거란 사실을 알았지. 순간…… 모든 걸 포기하고 군용배낭도 내버리고 다시 집으로 돌아가고 싶었어. 우리 가족이 불쌍하게 느껴지더라고. 할머니도…… 남동생들도……

그런데 음악이 울리기 시작하고…… 구령 소리가 들렸어. '이제 그만! 착석! 모두 객차로……'

나는 오랫동안 손을 흔들고 또 흔들었어……"

타마라 울리야노브나 라디니나, 사병, 보병

"나는 통신연대로 배치를 받았어…… 통신부대는 절대 지원하고 싶지 않은, 설령 배치를 받는다 해도 거부하고 싶은 곳이었지. 왜냐하면 통신 임무도 전투의 일부라는 걸 그땐 잘 몰랐으니까. 한번은 사단장이 와서, 모두 밖으로 나와 정렬했어. 마셴카 순구로바라는 아이가 우리 부대에 있었어. 그런데 갑자기 이 아이가 대열 밖으로 나와서 그러는거야.

—장군 동지, 장군 동지께 드릴 말씀이 있습니다.

사단장이 대답했어.

—그래, 무슨 일인가, 순구로바 병사. 어서 말해보게!

—병사 순구로바, 통신부대에서 총을 쏘는 부대로 전근시켜주시길 요청하는 바입니다.

이해가 돼? 그때 우리는 모두 마셴카와 같은 심정이었어. 우리는 우리가 맡은 임무, 그러니까 통신업무가 아주 하찮다고 생각했거든. 그 일은 우리를 너무나 시시하게 만드는 것 같았지. 우리는 최전선으로 가야 한다고만 믿었어.

순간 장군의 얼굴에서 웃음이 싹 사라졌어.

—우리 딸내미들! (당신이 그때 제대로 먹지도 자지도 못한 우리 꼴을 봤더라면! 장군은 이제 사단장으로서가 아니라 아버지처럼 우리를 대했어.) 너희들은 전선에서 너희들의 역할이 얼마나 중요한지 잘 모르는 것 같구나. 너희들이 바로 우리 군대의 눈이 되고 귀가 될 거야. 통신 없는 군대는 피가 돌지 않는 사람이나 마찬가지란다.

하지만 마셴카 순구로바가 또 참지 못하고 앞으로 나섰어.

—장군 동지! 병사 순구로바, 장군의 총검으로서 어떤 명령도 수행할 준비가 돼 있습니다!

그후로 우리는 마셴카를 전쟁이 끝날 때까지 '총검'으로 불렀어.

……1943년 6월, 우리는 쿠르스크 돌출부*에서 연대 깃발을 넘겨받았어. 우리 연대, 그러니까 65군 129별동통신연대는 80퍼센트가 여자병사들이었지. 당신이 그 당시 상황을 머릿속에 그릴 수 있게 이야기를 잘해야 하는데…… 당신이 쉽게 이해하도록 말이야…… 그때 우리 영혼에 무슨 일이 일어났는지, 당신이 안다면! 그때의 우리 같은 사람들은 아마 세상에 또 없을 거야. 두 번 다시는! 그렇게 순박하고 그렇게 진실한 사람들은. 그렇게 굳센 신념을 가진 사람들은! 우리 연대장이 깃발을 받아들고 명령을 내렸어. '전 대원 깃발 앞으로! 무릎 꿇어!' 말할 수 없는 기쁨이 밀려왔어. 이제 우리도 다른 연대들처럼, 탱크부대나 보병부

---

* 독소전쟁에서 동부전선의 전세가 완전히 소련 쪽으로 돌아서게 한 쿠르스크 전투가 벌어진 곳.

106

대처럼 믿음을 주는 부대가 됐다는 의미였으니까. 다들 서서 감격의 눈물을 흘렸어. 울지 않은 사람이 없었지. 그리고 당신은 믿지 못하겠지만 그때 나는 그 감동으로 병이 치유됐어. 온몸이 터질 것처럼 가슴이 벅차오르더니 병이 깨끗이 나아버렸지. 잘 먹지도 못하고 늘 극도의 긴장상태로 지낸 탓에 '야맹증'에 걸렸거든. 이해하겠어? 다음날 일어났는데 몸이 가뿐하더라고. 다 나은 거지. 내 온 존재를 뒤흔든 그 강렬한 감정이 날 낫게 한 거야……"

　마리야 세묘노브나 칼리베르다, 상사, 통신병

"그해 막 어른이 됐어…… 1941년 6월 9일에 열여덟 살이 되면서 나는 성인이 됐지. 그런데 2주 후에, 아니 정확히 12일 후에 그 저주받을 전쟁이 시작된 거야. 우리는 가그라에서 수후미* 구간의 철로 부설작업에 동원됐어. 어린 아가씨들 한 무리가 모였지. 그때 우리가 먹던 빵이 생각나. 밀가루는 얼마 없고 거의 물이었어. 빵을 식탁에 놓으면 근처에 흥건하게 물이 고였어. 우린 그걸 혀로 핥아먹었지.

　1942년에…… 나는 3201후송병원 근무를 자원했어. 남캅카스 전선과 북캅카스 전선**, 그리고 연안군대***에 속한, 규모가 꽤나 큰 전선 병원이었지. 매번 치열하고 무자비한 전투들이 벌어졌고 부상자들이 속출했어. 나는 식사 배급을 담당했어. 24시간을 쉬지 않고 해야 하는 일이었지. 저녁식사 배급도 다 안 끝났는데 어느새 날이 밝아 아침식사를 내

---

* 가그라와 수후미는 조지아 압하스 자치공화국의 도시다. 수후미는 압하스의 수도이다.
** 흑해와 카스피 해 사이에 위치하여 아시아와 유럽의 경계를 이루는 캅카스산맥의 남쪽과 북쪽 전투지역.
*** 제2차세계대전중 오데사, 크림반도, 세바스토폴에 주둔하면서 활약한 소련 붉은 군대의 별도 연합군.

가야 하는 식이었어. 몇 달 후 왼쪽 다리에 부상을 당해서 오른쪽 다리로만 껑충껑충 뛰어다녀야 했는데도 나는 일을 그만두지 않았어. 다음엔 관리감독직을 맡았는데, 이 역시 24시간 자리를 지키고 있어야 하는 일이었지. 그래서 아예 그 자리에서 살았어.

1943년 5월 30일…… 정확히 낮 1시에 독일군은 크라스노다르*에 대규모 기습공격을 감행했어. 나는 부상병들을 태운 기차가 무사히 출발했는지 보려고 건물에서 뛰어나갔지. 그런데 탄약을 보관하는 창고에 포탄 두 발이 떨어진 거야. 바로 눈앞에서 탄약 상자들이 6층 건물보다 더 높게 날아오르더니 펑펑 산산조각이 났어. 나는 거센 폭풍에 휘감긴 듯 그대로 벽돌 벽으로 날아가 떨어졌고 의식을 잃었지…… 정신을 차려보니까 벌써 날이 저물어 있더라고. 고개를 들고 손가락을 구부려보았지. 움직이는 것 같았어. 그래서 간신히 왼쪽 눈만 뜨고 건물로 들어갔어. 온몸이 피투성이인 채로. 복도에서 수간호사를 만났는데, 나를 몰라보고 묻는 거야. '누구시죠? 어디서 왔어요?' 가까이 다가와 보더니 그제야 깜짝 놀라며 말했어. '크세니야, 도대체 어디 있다 이제 온 거야? 부상병들이 배가 고프다는데 아무리 찾아도 네가 안 보이잖아.' 나는 다친 머리와 왼팔을 팔꿈치 위까지 대충 붕대로 동여매고는 곧장 저녁식사를 받으러 갔어. 눈앞이 흐려지고 땀이 비 오듯 쏟아졌지. 저녁을 나눠주다가 그만 쓰러지고 말았어. 의식이 돌아오자마자 내가 들은 말은 '어서! 서둘러!'라는 고함소리였어. 그리고 이어서 또다시 재촉하는 소리. '어서! 서둘러!'

며칠 후에는 중상자들을 위해 헌혈을 했어. 사람들이 죽어나갔으니

---

* 캅카스 서북부에 위치한 크라스노다르 지방의 중심도시.

까……

　……전쟁을 치르면서 나는 참 많이 변했어. 집으로 돌아갔을 때 우리 엄마가 나를 못 알아볼 정도로. 엄마가 있는 집이 보이자 나는 문 앞으로 가 노크했어. 안에서 대답이 들렸어.

　—네, 네……

　나는 안으로 들어가 인사하고 이렇게 말했어.

　—이곳에서 하룻밤 묵을 수 있을까요?

　엄마는 난로에 불을 지폈고, 남동생 둘은 입을 게 없어서 발가벗은 채로 바닥에 쌓인 짚더미 위에 앉아 있었어. 엄마가 나를 몰라보고 대답했어.

　—아가씨, 당신도 봐서 알겠지만, 우리가 이렇게 산다오. 날이 어두워지기 전에 다른 곳으로 가봐요.

　내가 가까이 다가갔어. 그래도 엄마는 여전히 나를 알아보지 못했어.

　—아가씨, 다른 곳을 찾아보라니까요, 더 어두워지기 전에.

　나는 몸을 굽혀 엄마를 끌어안고 조용히 말했어.

　—엄마, 우리 엄마!

　그제야 엄마도 동생들도 나를 알아보고는 그대로 나에게 달려들어…… 울부짖는데, 아……

　그래, 나는 지금 크림에 살아…… 어디를 가나 꽃밭에, 창 너머로는 매일 바다가 보이지. 하지만 나는 여전히 고통에 몸부림쳐. 내 얼굴은 아직도 여자가 아니야. 걸핏하면 눈물이 나고 매일 신음을 삼켜. 내 기억 속에서……"

　크세니야 세르게예브나 오사드체바, 사병, 관리감독병

공포의 냄새와 사탕 가방에 대하여

"전선으로 떠나는 날…… 날이 참 좋았어. 공기는 맑고, 이슬비는 부슬부슬 내리는데, 아, 얼마나 아름답던지! 아침에 집밖으로 나와 잠깐 서서 생각했어. '정말 이곳으로 다시 돌아올 수 있을까? 우리집 마당도…… 우리 동네도…… 언젠가 다시 보게 되는 날이 올까?' 엄마가 흐느끼며 나를 붙잡고 못 가게 했어. 내가 이미 걸음을 떼서 저만큼 가고 있는데도 쫓아와서 나를 꼭 부여안고 놓을 줄 몰랐지……"

올가 미트로파노브나 루즈니츠카야, 간호병

"죽음이라…… 글쎄, 죽는 건 두렵지 않았어…… 아마 젊어서 그랬을 거야. 아니면 뭐 다른 이유가 있었던지…… 사방에 보이는 게 죽음이고 늘 죽음이 옆에 따라다녔지만 죽음에 대해서는 그다지 생각하지 않았던 거 같아. 다른 사람들도 죽음에 대한 이야기는 하지 않고. 죽음이 가까운 곳에서 계속 우리 곁을 맴돈 건 사실이지만 어쨌든 옆으로 비켜갔으니까. 한번은 밤중에 우리 연대 작전지역에서 중대 전체가 대대적인 수색작전을 펼친 적이 있었어. 동틀 무렵 중대는 물러갔는데, 중립지대에서 신음 소리가 들리는 거야. 부상당한 병사가 남아 있었던 거지. '가지 마, 죽을지도 몰라.' 동료들은 내가 부상병을 구하러 가게 내버려두지 않았어. '봐, 벌써 날이 밝아온다고.'

하지만 나는 만류를 뿌리치고 그쪽으로 기어갔어. 부상병을 발견하고 그의 팔을 내 허리띠에 묶고는 장장 여덟 시간에 걸쳐 결국 그를 끌고 왔지. 살려서 데려온 거야. 연대장이 그 사실을 알고는 노발대발하며 나를 무단이탈죄로 5일간 구금하라고 지시를 내렸어. 하지만 부관의 생각은 달랐지. 오히려 '훈장을 받을 만합니다'라고 했어.

열아홉 살에 나는 '용맹한 병사' 메달을 받았어. 그리고 그 열아홉에 백발이 되었지. 또 그 열아홉, 마지막 전투에서 양쪽 폐에 관통상을 입었고. 두번째 총탄이 척추 사이를 뚫고 지나가는 바람에 두 다리가 마비됐어…… 그래서 다들 내가 죽은 줄 알았지……

열아홉에…… 지금 내 손녀가 열아홉인데…… 그 아이를 보면 정말 열아홉이 맞나 싶어. 아휴, 아직도 애라니까, 애!

집으로 돌아오자 동생이 내 전사통지서를 보여주더군. 내 장례식까지 치렀다면서……"

나데즈다 바실리예브나 아니시모바, 기관총중대 위생사관

"나는 엄마에 대한 기억이 없어…… 그저 흐릿한 그림자만 떠오르지…… 어렴풋하게…… 내 쪽으로 엄마가 뭔가 기울였는데, 엄마 얼굴이든지 몸이든지 그랬을 거야. 엄마는 아주 가까이 있었어. 어쩌면 이것도 나중에 그렇게 여겨진 건지도 모르지만. 엄마가 돌아가실 때 나는 세 살이었어. 우리 아버지는 직업군인으로, 극동지역에서 복무하셨어. 나에게 말 타는 법을 가르쳐주셨지. 그게 내 어린 시절 가운데 가장 기억에 남는 일이야. 아버지는 내가 부잣집 외동딸처럼 나약하게 자라는 걸 원하지 않으셨어. 그리고 레닌그라드에서, 아마 다섯 살 때부터였을 거야, 숙모와 함께 살았어. 우리 숙모는 간호병사로 러일전쟁에 참전하신 분이었지. 나는 숙모를 엄마처럼 따랐어……

어렸을 때 내가 어땠느냐고? 내기를 걸어서 학교 2층 창문에서 폴짝 폴짝 뛰어내리고, 축구를 좋아해서 늘 남자애들 틈에 끼어 골키퍼를 도맡아 했지. 또 핀란드를 상대로 전쟁이 나자 그 전장을 보겠다고 정신없이 쫓아다녔고. 1941년에 마침 7학년을 마치고 기술학교에 서류를 넣은 참이었어. 그런데 어느 날 숙모가 울면서 '전쟁이 났다!'고 그러는 거야. 나는 오히려 전선에 나가 싸울 수 있겠다는 생각에 신이 났지. 그때 내가 피가 뭔지나 알았겠어?

의용군 제1근위사단이 조직되고, 나를 포함해서 소녀 몇 명이 의료위생대로 차출됐어.

숙모에게 전화를 걸었지.

—숙모, 저 전선으로 떠나요.

수화기 너머에서 숙모가 대답했어.

—당장 집으로 와! 점심 차려놓은 거 다 식겠다.

나는 수화기를 내려놓았어. 숙모가 가여웠어. 가여워서 미칠 것 같더라고. 내가 전선으로 간 사이, 도시는 독일군에게 봉쇄당했어. 도시 전체 인구의 절반 이상이 죽어나간 그 무서운 레닌그라드 봉쇄*가 시작된 거야. 그 무서운 시간을 우리 숙모 혼자 버티셨어. 연로하신 우리 숙모 혼자.

한번은 휴가를 받았어. 숙모한테 가기 전에 사탕가게부터 들렀지. 나는 사탕을 굉장히 좋아했거든. 가게에 들어가서 말했지.

—사탕 주세요.

여점원이 정신 나간 사람 보듯이 나를 쳐다봤어. 나는 이해할 수 없었어. 배급표는 뭐고, 봉쇄는 또 뭐지? 줄 서 있던 사람들이 모두 고개를

---

* 제2차세계대전 당시 독일군이 레닌그라드와 외부 지역을 잇는 마지막 철도를 봉쇄하면서 시작되었다. 봉쇄는 1941년 9월부터 1944년 1월까지 29개월, 즉 871일 동안 이어졌다. 외부와의 모든 통로가 차단된 가운데 300만 명에 가까운 레닌그라드 시민이 굶주림과 추위에 희생됐다.

돌려 나를 쳐다봤어. 보니까 내가 저보다 더 큰 소총을 들고 서 있는 거지. 총을 처음 받던 날, 크디큰 총을 보면서 나도 속으로 그랬거든. '언제 나는 이 총만큼 키가 크지?' 줄 서 있던 사람들이 모두 한목소리로 점원에게 부탁했어.

  ─그 아이에게 사탕을 줘요. 우리 배급표를 가져가면 되잖아요.

그러자 점원이 사탕을 내줬어.

거리에서는 한창 전선 돕기 물품을 모으는 중이었어. 광장 한가운데 탁자들을 내놓고 그 위에 커다란 쟁반을 올려놓았는데, 사람들이 오가며 금반지며 귀고리를 빼놓고 갔어. 어떤 사람은 시계를 가져오고, 또 어떤 사람은 돈을 가져오고…… 그래도 누구 하나 제 이름을 거기에 쓰거나 기록하지 않더군. 심지어 결혼반지까지 빼주고 간 여자들도 있었다니까……

  정말 잊히지 않는 광경이야……

그리고 '한 발자국도 물러서지 마라!'는 그 유명한 스탈린 명령 제227호*가 공표되었지. 뒤로 물러서면 바로 총살이었어! 그 자리에서 바로 총살형. 아니면 재판정에 서거나 사람들이 죽음의 부대라고 부르는 특수처벌부대로 보내졌지. 적의 포위망을 뚫고 살아 나오거나 포로로 잡혔다 탈출한 사람들은 교화수용소로 보내졌고. 후퇴를 저지하는 분대가 우리 뒤를 따라다녔어…… 아군이 아군에게 총을 쏘는 일들이 벌어졌지……

  이 또한 잊을 수 없는 기억들이야……

평범한 풀밭에…… 비가 온 뒤라 미끄럽고 질척거리는데…… 젊은

---

* 1942년 7월 28일, 모스크바에서 공표된 스탈린의 명령. '어떠한 상황에서도 후퇴는 없으며, 후퇴할 경우 이적행위로 간주한다'는 내용을 골자로 한다.

병사가 무릎을 꿇고 앉아 있었어. 쓰고 있던 안경이 무엇 때문인지 자꾸 흘러내려서 병사는 계속 안경을 추켜올렸지. 비는 멈췄는데…… 레닌그라드의 인텔리 청년은 그렇게 계속 풀밭에 앉아 있었어. 이미 라이플총도 압수당한 상태로. 우리는 모두 대열을 갖추고 모여 있었어. 사방에 물웅덩이가 있었지…… 우리는…… 그 청년이 애원하는 소리를 들었어…… 맹세하는 소리도…… 청년은 '제발 쏘지 말라, 집에 엄마 혼자 계신다'며 애원했어. 그리고 울기 시작했지. 하지만 그의 이마에 그대로 총알이 날아가 박혔어. 권총의 총탄이. 그건 누구든 여차하면 그렇게 될 수 있다는 걸 보여주기 위한 본보기 총살이었어. 단 한순간이라도 딴생각을 품는 사람은 누구든 '탕!' 할 수 있다는 본보기. 단 한순간이라도……

그 사건을 겪고 나는 단숨에 철이 들었지. 그 일은 누구도 입 밖에 내서는 안 됐어…… 그래서 다들 오랫동안 기억에서 지웠지…… 그래, 우리는 승리를 거뒀어. 하지만 그 대가는? 그 대가는 너무도 크고 끔찍했어!

잠을 못 자는 날이 며칠씩 이어졌고 부상자가 속출했어. 다들 3일 밤낮을 잠 한숨 못 잔 어느 날, 나는 부상자들을 병원으로 후송하는 임무를 맡았어. 부상병들을 병원으로 데려다주고 빈 차로 돌아오면서 그동안 못 잔 잠을 실컷 잘 수 있었지. 그래서 나는 기운이 팔팔해져서 부대로 복귀했는데, 다른 병사들은 다리가 풀려 쓰러질 지경인 거야.

우연히 인민위원동지를 만났어.

―인민위원동지, 부끄럽습니다.

―무슨 말인가?

―잠을 잤습니다.

―어디서?

부상병들을 병원에 데려다주고 돌아오는 길에 잠을 잤노라고 털어놓았지.

―그게 어때서? 잘했어! 한 사람이라도 멀쩡해야지, 안 그러면 모두 행군하다 잠들 판이야.

하지만 나는 부끄러웠어. 그래, 그때는 다들 그런 양심으로 전쟁 기간 내내 살았지.

의료위생부대에서 다들 잘해주었지만 나는 정찰병이 되고 싶었어. 그래서 나를 보내주지 않으면 도망이라도 쳐서 전선으로 가겠다고 했지. 그러자 군법에 따르지 않으면 콤소몰에서 제명하겠다고 나오더군. 그래도 나는 결국 도망치고 말았어……

처음으로 메달도 받았어. '용맹한 병사' 메달……

전투가 시작되고 격렬한 총격전이 벌어졌어. 여기저기서 우리 병사들이 죽어 나뒹굴었어. '전진! 조국을 위해!' 자꾸 명령은 떨어지는데 병사들은 자꾸 죽어나가고. 다시 전진 명령, 또다시 병사들은 죽어나가고. 나는 군모를 벗어서 다른 병사들이 나를 볼 수 있게 했어. 소녀병사도 이렇게 용감하게 싸우고 있다고 알려주고 싶어서…… 그러자 다들 다시 힘을 냈고, 우리는 함께 적을 향해 돌진했어……

메달을 받았어. 하지만 메달 받은 바로 그날, 우리는 다시 새로운 임무를 수행하러 나가야 했어. 그런데 공교롭게도 내 생애 처음으로 그게 찾아온 거야…… 우리…… 여자들의 그것…… 보니까 내 몸에서 피가 흐르더라고. 그래서 놀라 소리쳤지.

―부상당했어요……

정찰대원들 중에 나이 지긋한 의사보조가 와서 물었어.

—부상당한 데가 어디지?

—모르겠어요…… 하지만 피가……

그러자 그가 아버지처럼 자상하게 설명해줬어……

나는 전쟁이 끝나고도 15년 정도 더 정찰을 다녔어. 매일 밤. 그래서 인지 지금도 자주 꿈을 꿔. 총부리가 나를 겨눈다거나 우리가 적에게 포위당하는 꿈. 잠에서 깨면 이가 다 덜덜 떨리지. '나는 지금 어디에 있는 거지? 거기? 아니면 여기?' 그렇게 기억을 더듬곤 해.

전쟁이 끝나면 하고 싶은 일 세 가지가 있었어. 첫째, 배로 기지 않고 두 다리로 서서 전차 타기. 둘째, 흰 빵을 사서 통째로 먹기. 그리고 마지막으로, 빳빳하게 풀을 먹인 하얀 침대보 위에서 실컷 자기. 하얀 침대보가 깔린 침대 위에서……"

알비나 알렉산드로브나 간티무로바, 상사, 정찰병

"둘째를 기다리고 있었어…… 두 살짜리 아들이 하나 있었고, 둘째를 임신중이었지. 그런데 전쟁이 난 거야. 남편은 전선으로 떠났지. 나는 친정으로 가서 수술을 했어…… 그러니까, 그게 뭔지 알아? 임신중절수술…… 물론 당시 낙태는 금지돼 있었지만…… 어떻게 낳아? 하염없이 눈물만 흘렸지…… 전쟁이라는데! 죽음이 판치는 세상인데, 어떻게 아이를 낳느냐고.

암호수暗號手* 과정을 마치고 전선으로 갔어. 세상 빛도 보지 못한 우리 아기를 대신해 복수하고 싶었지. 내 딸을 위한 복수…… 반드시 태어났어야 할 우리 딸……

* 암호문을 만들고 해독하는 사람.

최전선으로 보내달라고 요청했어. 하지만 사령부에 배치됐지……"
류보프 아르카디예브나 차르나야, 소위, 암호수

"우리는 도시를 떠났어…… 다들 도시를 떠났지…… 그때 스몰렌스크 교육대학 학생들이었던 우리도 1941년 6월 28일 정오에 인쇄소 앞마당에 집결했고, 집회는 금방 끝났어. 우리는 도시를 벗어나 스몰렌스크 옛길을 따라 크라스노예*로 향했어. 몇 무리로 나눠서 주위를 살피며 조심스럽게 행군했지. 날이 저물자 더위가 누그러지면서 걷기가 한결 수월해지더군. 우리는 그 틈을 타 뒤도 안 돌아보고 걸음을 재촉했어. 뒤돌아보기가 겁나더라고…… 잠깐 멈춰 쉬어갈 때에야 동쪽을 돌아봤어. 지평선이 온통 새빨갛게 물들어 있었어. 40킬로미터나 떨어진 곳이었는데도 불길이 하늘 전체를 뒤덮은 게 보일 정도였지. 열 채나 백 채 정도의 집이 불타는 게 아닌 건 분명했어. 스몰렌스크 전체가 불바다가 된 거였지……

나한테 가장자리에 주름 장식이 들어간 하늘하늘한 새 원피스가 있었어. 내 친구 베라가 그 원피스를 마음에 들어했지. 몇 번이나 입어보더라고. 나는 베라에게 원피스를 나중에 결혼선물로 주겠다고 약속했어. 베라는 곧 결혼할 참이었거든. 건실하고 좋은 청년하고.

그런데 갑자기 전쟁이 터진 거야. 모두 참호를 파러 가야 했지. 각자 기숙사에 있던 자기 짐은 기숙사 관리인에게 맡겼어. 그런데 원피스는 어떻게 해야 하나 고민이 되더라고. 결국 도시를 떠날 때 베라에게 말했지. '이걸 가져, 베라.'

---

* 러시아 스몰렌스크 주에 있는 도시.

하지만 베라는 약속대로 결혼선물로 주라면서 받지 않았어. 결국 원피스도 그 불길에 타버렸지, 뭐.

우리는 이제 걸어가며 자꾸 뒤를 돌아봤어. 걷고 또 걸었지. 우리 등도 꼭 불타는 것 같더라고. 밤에는 쉬지 않고 걷고 날이 밝으면 작업을 했어. 대전차용 참호를 파는 일이었지. 7미터 방어벽에 깊이가 3미터 반이 되게 팠어. 땅을 파는데 삽도 불타는 것처럼 뜨겁고, 흙조차 붉은색으로 보이는 거야. 눈앞에 꽃 피고 라일락 우거진 우리집이 어른거리더군…… 하얀 라일락꽃이 흐드러진 우리집이……

우리는 두 강 사이의 풀밭에 임시숙소를 만들어 거기서 지냈어. 날은 무덥고 공기는 눅눅했어. 어두워지면 모기떼가 극성이었지. 자기 전에 연기를 피워 쫓아내는 것도 잠깐, 어김없이 새벽이면 달려들어 우리를 물어대는 바람에 잠도 제대로 자기 힘들었어.

나는 의료위생부대로 옮겨졌어. 모두 바닥에 한데 뒤섞여 누워 있었어. 그때 사람들이 많이들 병이 나고 아팠거든. 나도 고열에 시달렸지. 오한이 나면서 몸이 덜덜 떨렸어. 나는 누워서 하염없이 눈물만 흘렸어. 병실 문이 열리더니 의사가 나타났어. 하지만 안으로 들어오지는 않고 그대로 문 앞에 서서(안으로 들어오는 게 금지된데다 매트리스가 발 디딜 틈도 없이 꽉 들어차 있었거든) 이렇게 말하는 거야. '피검사에서 말라리아가 검출됐어요.' 그건 나한테 하는 소리였어. 그 여의사는 내가 말라리아를 얼마나 무서워하는지 몰랐을 거야. 6학년 때 책에서 말라리아에 대해서 읽은 후로 나는 세상에서 말라리아가 제일 무서웠거든. 그런데 그 순간 확성기에서 노래 한 곡이 힘차게 흘러나왔어. '일어나라 위대한 나라여……' 처음 듣는 노래였지. 나는 노래를 들으며 '그래, 빨리 낫는 거야. 빨리 나아서 전선으로 가는 거야'라고 생각했어.

나는 로슬라블*에서 그리 멀지 않은 코즐롭카**의 병원으로 이송됐어. 자리에 앉았는데 쓰러질 것만 같아서 쓰러지지 않으려고 안간힘을 다 해 버텼어. 나를 두고 주고받는 대화가 꿈결처럼 아득하게 들려왔지.

—이 아가씨요?

—맞아요.

의사보조가 대답했어.

—식당으로 데려가요. 먼저 뭘 좀 먹여야겠소.

그리고 나는 다시 침대로 옮겨졌어. 당신은 아마 그 기분, 이해 못할 거야. 땅바닥에 모닥불을 피워놓고 드러누운 것도 아니고, 나무 아래 방수망토를 펼쳐놓고 누운 것도 아니고 따뜻한 병원 침대에 누운 그 기분! 그것도 침대보가 깔린 침대에! 나는 7일 동안 깊은 잠에 빠졌어. 간호사들이 깨워서 음식을 먹이고 했다는데, 전혀 기억나지 않았지. 7일이 지나 어느 정도 정신이 들자 의사가 찾아와 진찰을 했어.

—모두 정상이니, 곧 좋아질 거요.

나는 다시 꿈속으로 빠져들었어.

……전선에 나가자마자 우리 부대가 적에게 포위당했어. 하루에 수하리 두 개로 버텼어. 전사한 동료들도 땅에 묻을 시간이 없어서 그냥 흙으로 덮기만 했고. 그래도 얼굴은 군모로 덮어줬지만…… 그런데 지휘관이 그러는 거야. '만약 여기서 살아나가면 자네를 후방으로 보낼 생각이다. 전부터 생각했는데 여자는 이런 데서 이틀도 버티기 힘들어. 우리 집사람이 여기 있다? 상상도 못할 일이지……' 나는 분하고 속상해

---

* 러시아 스몰렌스크 주에 있는 도시.
** 러시아 볼가 강 우안 지역의 추바시야 자치공화국에 있는 도시.

서 눈물이 났어. 이런 때에 후방에 죽치고 앉아 있으라니, 그건 죽느니만 못한 일이었으니까. 머리와 가슴으로는 그런대로 견디겠는데 육체적으로는 정말 감당 못하겠는 거야. 특히 무거운 것을 나르는 일은 여자힘으로는 도저히 어찌해볼 도리가 없었어. 낑낑대며 탄환들을 안아 나르고, 진창 속에서 대포를 끌어 옮기고…… 특히 우크라이나는 비 온뒤나 봄철이면 땅이 어찌나 무겁게 질척이던지, 꼭 땅을 반죽해놓은 것같았지. 3일 동안 잠 한숨 못 잔 상태로 전사한 전우들을 묻고 무덤을만들기 위해 땅을 파는데…… 아, 정말 죽겠더라고. 다들 우는 것도 힘에 부쳐서 울지도 못하고 그저 쓰러져 한숨 자기만 간절히 바랐어. 자고또 자기만을.

나는 보초를 설 때 계속 앞으로 갔다 뒤로 갔다 하면서 소리내어 시를 읊었어. 다른 소녀병사들은 노래를 불렀고. 졸다 쓰러져 그대로 잠들면 안 되니까……"

발렌티나 파블로브나 막심추크, 고사포 병사

"민스크에서 한창 부상병들을 이송해나갈 때였지…… 하이힐을 신고 길을 가고 있었어. 나는 키가 작은 게 늘 창피했거든. 하필 '똑' 하고굽 하나가 부러진 참인데 갑자기 누군가 '공수부대다!'라고 외치는 거야. 어떡해, 구두를 벗어들고 맨발로 뛰었지. 아까워. 정말 예쁜 구두였는데. 아깝더라고.

포위당했는데, 도저히 빠져나갈 구멍이 안 보이는 거야. 그래서 위생병 다샤와 함께 구덩이에서 몸을 일으켰지. 이제 숨을 필요가 없으니까. 있는 대로 허리를 펴고 섰어. 적에게 붙잡혀 포로가 되고 놈들의 웃음거리가 되느니 차라리 포탄이 우리 머리를 날려버리게 하자 싶었지. 그러

120

자 부상병들까지, 몸을 일으킬 수 있는 사람들은 다 일어섰어……

처음으로 파시스트 병사들을 봤어. 보는 순간 입이 얼어붙고 한마디도 할 수가 없었어. 놈들이 걸어오는데 다들 젊고 쾌활한데다 미소까지 짓고 있더라고. 놈들은 어디가 됐든 수도꼭지나 우물만 보였다 하면 달려가 씻기 바빴어. 놈들은 소매를 늘 걷고 있었어. 언제든 씻을 수 있게…… 사방이 피로 물들고 비명소리가 가득한데, 놈들은 그저 씻기 바빴지…… 어떤 증오심 같은 게 치밀어오르더라고…… 집으로 돌아와 블라우스를 두 번이나 갈아입었지. 내 안의 모든 것들이, 놈들이 우리 땅에 있다는 사실에 저항하며 들고일어나는 느낌이었어. 밤마다 잠을 이룰 수가 없었어. 어떻게 잠들 수 있겠어? 옆집의 클라바 아줌마는 놈들이 우리 마을에 들어와 마음대로 휘젓고 다니는 것을 보고는 그대로 쓰러져 사지가 마비돼버렸지…… 결국 아줌마는 얼마 지나지 않아 돌아가셨어. 우리 땅이 적에게 유린당하는 꼴을 도저히 견딜 수 없었던 거지……"

마리야 바실리예브나 즐로바, 지하공작원

"독일군이 마을에 들어왔어…… 커다란 검은 오토바이를 타고…… 나는 있는 대로 눈을 크게 뜨고 놈들을 봤어. 모두 젊고 즐거워 보이더군. 계속 웃더라고. 그것도 큰 소리로 껄껄대면서! 놈들이 여기, 우리 땅에 들어왔다는 사실에, 게다가 즐겁게 웃는다는 사실에 심장이 터질 것만 같았어.

나는 어떻게 하면 놈들에게 복수할 수 있을까, 오로지 그 생각뿐이었어. 내가 장렬하게 목숨을 던지고, 사람들이 나에 대한 책을 쓰는 걸 상상하기도 했지. 내 이름이 영원히 남는 상상. 그게 내 꿈이었어……

1943년에 딸이 태어났어…… 남편과 함께 숲으로 숨어들어 빨치산 활동을 하고 있을 때였지. 늪지대의 짚더미 위에서 딸을 낳았어. 기저귀는 내가 품에 넣고 따뜻하게 해서 말린 다음 다시 채웠어. 사방이 불바다였어. 사람들이 산 채로 마을들과 함께 불태워졌지. 놈들은 학교로 교회로 사람들을 몰아넣고는…… 빙 둘러 석유를 뿌렸어…… 다섯 살 난 내 조카애가 우리 이야기를 듣고 있다가 '마냐 숙모, 만약 내가 불에 타면 뭐가 남는 거예요? 덧신만 남아요?'라고 묻더군. 자, 보라니까, 우리 아이들이 우리한테 무슨 질문을 하는지……

나는 불길에 타고 남은 뼛조각들을 모으러 다녔어…… 내 친구의 가족을 찾아주고 싶어서 그렇게 한 거야. 사람들은 남은 재 속에서 뼛조각들을 찾아냈고, 조그만 옷조각이라도 발견하면 색깔이 어떻게 변했든 옷주인이 누구인지 금방 알아봤어. 모두 자기 가족을 찾아다녔지. 내가 옷조각 하나를 찾아 들어 보였더니 친구가 '우리 엄마 블라우스'라며 그대로 기절해버렸어…… 어떤 사람은 머릿수건에, 또 어떤 사람은 베갯잇 속에 뼛조각을 찾아 모았어. 그렇게들 몸에 지니고 온 것 중에 담을 수 있는 곳이 있으면 다 담아 갔어. 나는 친구와 함께 가방에 넣었는데, 가방이 채 반도 안 차더라고. 다 같이 무덤 하나를 만들어서 거기다 유품들을 묻었어. 전부 다 검게 탔는데 뼛조각들만 하얗더군. 사람이 타고 남은 뼛가루를…… 이제 나는 단박에 알아볼 수 있어…… 그건 하얀게, 정말 새하얗거든……

그 일을 겪고 나니까 어떤 임무가 주어져도 두려울 게 없더라고. 나는 아직 3개월밖에 안 된 갓난쟁이 우리 아이를 작전에 데리고 다녔어. 지휘관은 나를 임무에 보내놓고 자기가 마음 아파 울었지…… 도시에서 의약품이며 붕대, 혈청제 등을 공수해오는 게 내 임무였어. 나는 아이의 양손과 양발 사이에 필요한 물건들을 넣은 다음 포대기로 꽁꽁 싸매는 식으로 물건을 들여왔어. 숲에서는 부상자들이 죽어가고 있었어. 가야만 했어, 무슨 일이 있어도! 사방에 독일군 검문소와 경찰 초소가 깔려 있고 경계가 삼엄해서 누구도 그 일을 해낼 사람이 없었어. 나만 통과할 수 있었지. 우리 아이랑. 포대기 속에 있는 우리 아기랑……

아, 이제 그 일은 입에 담기도 끔찍해…… 얼마나 죽을힘을 다했는지 몰라! 아이 몸에 열이 올라서 울게 만들려고 소금으로 아이 몸을 문질렀어. 그러면 아이의 온몸이 새빨개지고 발진이 올라오면서 피부에 부스럼이 돋았지. 아이는 비명을 지르며 울어댔어. 검문초소에서 나를 불러세우면 '티푸스예요, 장교님…… 티푸스……'라고 둘러댔어. 그러면 '베크*! 베크!' 하고 냉큼 사라지라며 우리를 쫓아냈지. 소금으로 문지른 것도 모자라 마늘까지 포대기 속으로 집어넣었어. 갓난쟁이였던 내 아기는 아직 젖을 빨고 있을 때였어.

검문초소들을 무사히 빠져나와 숲에 도착하면 한없이 울었어. 엉엉 목을 놓아 울었어! 우리 아이가 가여워서 마음이 찢어졌지. 그래도 한 이틀 지나면 다시 임무에 나섰어……"

마리야 티모페예브나 사비츠카야-라듀케비치, 빨치산 연락병

"나는 증오심이 뭔지 알게 됐지…… 처음으로 그게 어떤 감정인지 알게 된 거야…… 감히 저들이 우리 땅을 마음대로 돌아다녀! 자기들이 대체 뭐라고? 그들이 우리 마을에 들어온 걸 보고 내 안에서 불덩이가 끓어올랐어. 왜 저들이 여기 있는 거지?

---

*독일어로 '저리 가' 또는 '비켜'라는 뜻.

전쟁포로들의 긴 대열이 지나가고 나면 길에 수백 구의 시신이 남았어…… 수백 구의 주검들…… 기운이 없어 스러지면 그냥 그 자리에서 총으로 쏴버렸으니까. 포로들을 가축 내몰듯 쫓았어. 사람들은 이제 죽어 넘어진 주검을 봐도 울지 않았어. 또 너무 많아서 땅에 다 묻어주지도 못했고. 주검들은 길에 그대로 오랫동안 버려져 있었어…… 산 사람들이 죽은 사람들과 함께 살았지……

이복언니를 길에서 우연히 만났어. 언니는 자기네 마을이 불타버렸다고 했어.

언니는 아들이 셋이었는데 다 죽고 없다는 거야. 독일군이 집도 아이들도 모두 태워버렸다고. 언니는 땅바닥에 주저앉아 이리저리 몸을 흔들었어. 자신의 불행을 살살 달래기라도 하는 것처럼. 몸을 일으켜 일어나봐야 갈 곳이 없었지. 누구한테 가겠어?

우리는 모두 숲으로 갔어. 아빠, 남동생들 그리고 나. 우리를 선동하거나 강요한 사람은 없었어. 우리가 제 발로 간 거지. 엄마만 암소를 돌봐야 한다며 마을에 남았어……"

엘레나 표도로브나 코발렙스카야, 빨치산 병사

"생각해보고 말 것도 없었어…… 마침 내 전공이 전쟁터에 딱 필요한 것이었으니까. 정말 단 일 초도 망설이거나 주저하지 않았어. 그리고 사실 그때 팔짱 끼고 구경만 하겠다는 사람도 거의 없었고. 다들 뭐라도 하겠다고 나섰으니까. 그러고 보니 딱 한 사람, 그렇지 않은 사람이 있긴 있었지만…… 우리 옆집에 사는 젊은 여자였는데…… 그 여자가 솔직하게 털어놓더라고. 자기는 삶을 사랑한다고. 얼굴에 곱게 분도 바르고 화장도 하며 살고 싶지, 죽고 싶지는 않다고. 그리고 더이상 그렇게 말하는 사람은 못 본 거 같아. 또 모르지, 다른 사람들은 속내를 감추고 있었는지도. 글쎄, 뭐라고 말해야 할지 모르겠네……

내 방에서 꽃을 가지고 나와 이웃에게 부탁했던 게 기억나.

—나 없는 동안 이 꽃에 물 좀 주세요. 금방 돌아올게요.

하지만 내가 돌아온 건 4년 후였지……

집에 남은 소녀들은 우리를 부러워했고 여인들은 눈물을 흘렸어. 그런데 나랑 같이 전선으로 가는 한 아이만 멀뚱멀뚱 태연한 거야. 남들은 다 슬피 우는데 말이야. 하지만 그 아이도 나중에는 안 되겠는지 자기 눈에 물을 찍어 바르더군. 손수건으로. 그것도 몇 번씩. 다들 우는데 혼자 안 울고 있으려니 어색했던 거지. 그때 우리가 전쟁이 뭔지나 알았겠어? 그 어린 나이에…… 나는 지금도 악몽을 꾸다 잠을 깨곤 해. 여전히 전쟁터에 있는 끔찍한 꿈…… 비행기를 몰고 하늘로 날아올라 점점 고도를 높인다 싶었는데…… 곧장 아래로 곤두박질치지…… 비록 꿈이지만 비행기가 추락하는 게 그대로 느껴져. 그리고 마지막 순간에…… 잠에서 깨. 아, 잠들어 있는 동안, 꿈을 꾸는 동안 얼마나 무섭고 끔찍한지. 늙은이는 죽음을 두려워하고 젊은이는 죽음에 코웃음 치지. 젊은이들은 자기가 영원히 살 줄 아니까! 나도 그땐 내가 죽을 수 있다는 걸 믿지 않았으니까……"

안나 세묘노브나 두브로비나-체쿠노바, 근위대 대위, 전투기 조종사

"의학전문학교를 졸업하고…… 집에 돌아왔더니 아버지가 병이 나신 거야. 거기다 전쟁까지 터지고. 아침이었어…… 전쟁이 났다는 무서운 소식을 들은 건…… 풀잎에 맺힌 이슬이 채 마르지도 않았는데, 전쟁이라니. 풀잎이며 나뭇잎에 송알송알 맺혀 있던 이슬방울들, 그날 아

침 예쁘게 반짝이던 그 이슬방울들이, 전쟁터에서 문득문득 떠오르곤 했어. 자연은 사람들의 불행 따윈 관심 없다는 듯 여전히 눈부시게 아름다웠어. 태양은 밝게 빛나고…… 내가 좋아하는 캐모마일은 온 들판에 흐드러지게 피고……

한번은 밀밭에 몸을 숨기고 있었어. 햇살이 눈부신 날이었지. 독일군의 기관총이 '따다다다……' 한바탕 불을 뿜고는 조용해졌어. 사그락사그락 밀 잎사귀 부딪치는 소리만 귀를 간질였지. 그리고 다시 쏟아지는 독일군의 총소리 '따다다다……' 총소리를 들으며 생각했어. '밀 잎사귀의 속삭임을 나는 언제 다시 들을 수 있을까? 그 다정한 속삭임을……'"
　　마리야 아파나시예브나 가라추크, 군의관

"엄마와 함께 후방으로 피란을 떠났어…… 사라토프*로 갔지…… 그곳에서 나는 3개월 만에 선반공 과정을 마쳤어. 열두 시간씩 작업대에 서서 일했어. 늘 배가 고팠지. 머릿속에는 오로지 '전선으로 가고 싶다'는 한 가지 생각뿐이었어. 누가 그러는데 전선에 가면 어쨌든 배는 곯지 않는다는 거야. 수하리와 달콤한 차가 나오고 버터도 준다고. 누가 그랬는지는 기억이 안 나. 기차역에서 부상병이 한 소리였나? 그 와중에도 배를 곯지 않는 사람들이 있긴 있었어. 뭐, 당연한 일이지만 콤소몰 당원들이었지. 친구와 함께 군정치위원회로 찾아갔어. 하지만 공장에서 일한다는 사실은 밝히지 않았지. 말했다가 안 뽑아주면 어떡해. 아무튼 그렇게 등록을 마쳤어.

---

* 러시아 볼가 강 중류 연안에 위치한 사라토프 주의 주도. 철도의 주요 연계지로서 모스크바-볼고그라드-카잔 등과 연결된다.

나는 랴잔*에 있는 보병학교로 보내졌어. 그리고 학교를 졸업할 땐 기관총부대의 지휘관이 되어 있었지. 그런데 기관총이 너무 무거웠어. 거의 질질 끌고 다녔다니까, 말처럼. 밤이면 보초를 서는데 작은 소리 하나라도 놓쳐선 안 됐어, 스라소니처럼. 정말 작은 소리 하나에도 귀를 쫑긋해야 했지…… 전쟁터에서는, 말하자면, 반은 사람이고 반은 짐승이어야 해. 그래야만 하지…… 목숨을 부지하고 싶다면 말이야. 만약 사람답게만 굴잖아? 그러면 살아남을 수가 없어. 단번에 머리통이 날아가버리지! 전쟁터에서는 뭔가 하나 정도는 자신에 대한 기억을 붙잡을 필요가 있어. 그래, 뭔가 하나쯤은…… 아직 자신이 사람다울 때, 그 사람다웠던 모습 중 하나는 기억해둬야 해…… 나는 많이 배운 사람도 아니고 한낱 회계원에 지나지 않지만 그건 알아.

바르샤바**까지 걸어서 갔어…… 걷고 걸어서 거기까지 간 거야. 보병은, 말하자면, 전쟁터의 프롤레타리아야. 배로 기어다니기도 하고…… 더이상 묻지 마…… 나는 전쟁 책은 좋아하지 않아. 영웅들 이야기도…… 우리는 모두 병들고, 밭은기침을 하고, 제대로 잠도 못 자고, 지저분한 꼴로 다 해진 옷을 입고 걸었어. 걸핏하면 굶고…… 하지만 결국 승리를 거뒀지!"

류보피 이바노브나 류브치크, 자동소총소대 소대장

"나는 우리 아버지가 살해당하셨다는 사실을 알고 있었어…… 오빠도 전사했고. 하지만 오빠가 전사했든 아니든 나에겐 크게 의미가 없었어. 엄마가 불쌍할 뿐이었지. 그렇게 고우셨던 엄마가 한순간에 가혹한

---

* 러시아 볼가 강의 지류인 오카 강 연안에 위치한 도시.
** 폴란드의 수도.

운명에 농락당한 노파로 변해버렸으니까. 엄마는 아버지 없는 삶은 상상도 할 수 없는 분이었어.

—무엇 때문에 전쟁에 나가겠다는 거니?

엄마가 물었어.

—아버지 원수 갚을 거예요.

—아버지가 살아 계셨다면 소총을 든 네 꼴은 절대 안 보려고 하셨을 거야.

아버지는 어렸을 때 내 머리를 곱게 땋아 나비리본으로 묶어주시곤 했어. 아버지가 엄마보다 더 예쁜 옷을 좋아하셨지.

나는 통신부대에서 전화교환수로 복무했어. 부대장이 스피커에 대고 '지원 요청! 지원 요청! 지원을 요청한다!'라고 외치던 소리가 가장 기억에 남아. 날마다 듣던 소리였으니까……"

울리야나 오시포브나 넴제르, 중사, 전화교환수

"나는 영웅이 아니야…… 나는 어렸을 때 꽤 예뻤어. 귀여움을 많이 받고 자랐지……

전쟁이 터지자…… 나는 죽고 싶지 않았어. 처음 총을 쏠 때 얼마나 무섭던지. 내가 총을 쏘게 될 줄 누가 알았을까? 나는 원래 캄캄하고 울창한 숲도 무서워하는 아이였어. 당연히 짐승도 무서웠고…… 아…… 늑대나 멧돼지를 만난다? 정말 상상도 할 수 없는 일이었지. 어렸을 때 나는 개도 무서워했어. 커다란 양치기개한테 물린 적이 있는데, 그때부터 그렇게 개가 무서운 거야. 나는 그런 사람이었어…… 그러던 내가 빨치산에서 모든 걸 배운 거야…… 총 쏘는 법도. 소총, 권총 그리고 기관총까지, 다루지 못하는 총이 없을 정도지. 원하면 지금 당장이라도 보

128

여줄 수 있어. 칼과 삽 외에 다른 무기가 없을 때 대처하는 법도 배웠지. 그러고 나니까 어둠도 무섭지 않더라고. 짐승들도…… 하지만 뱀은 피해 다녔어. 이상하게 뱀만큼은 익숙해지지 않았거든. 밤에 토굴 안에 들어앉아 있으면 암컷 늑대들이 우우 하고 울어댔어. 사납고 배고픈 늑대는 많고, 토굴이라고 해봐야 짐승 굴처럼 작고 형편없어서 겁이 날 만도 했지만 괜찮았어. 숲 전체가 우리집이었으니까. 우리 빨치산의 집. 전쟁이 끝나고 나서는 다시 숲이 무서워지더군…… 지금은 숲이라면 차를 타고도 안 지나다녀.

전쟁 내내 생각했어. 내가 지금 집에 있다면 얼마나 좋을까. 엄마 옆에. 우리 고운 엄마 옆에. 엄마는 정말 아름다웠지. 나는 못했을 거야…… 나 스스로는 절대. 전쟁터에 나서는 일 따위는…… 하지만…… 나는 우리 도시가 독일군 수중에 떨어졌고, 내가 유대인이라는 사실을 알게 됐지. 전쟁이 나기 전에는 모두 사이좋게 잘 지냈어. 러시아인, 타타르인, 독일인, 유대인…… 모두 똑같이. 나는 한 번도 '유대놈'이니 뭐니 하는 소리를 들어본 적이 없었어. 아빠, 엄마의 사랑 속에 책만 보며 살았으니까. 우리는 나병 환자 취급을 받기 시작했고, 어디를 가나 쫓겨났어. 다들 우리를 두려워했지. 심지어 지인들조차 우리를 모른 체했어. 그 아이들도 마찬가지였고, 이웃들은 우리에게 '물건은 전부 두고 가라. 가져가봐야 무슨 소용이냐'고 했어. 전쟁 전까지 그렇게 사이좋게 지낸 이웃들인데, 발로댜 아저씨, 아냐 아줌마……

엄마는 총에 맞아 돌아가셨어…… 우리가 게토*로 쫓겨나기 며칠 전 일이었지. 도시 곳곳에 포고문이 나붙었어. '유대인은 인도로 걸어다니는 것, 미용실에서 머리하는 것, 상점에서 물건 사는 것…… 등을 전면 금한다.' 유대인은 웃어서도 노래를 불러서도 안 됐어…… 엄마는 현실을 받아들이지 못했고 언제나 어찌할 바를 몰라했어. 아마, 믿을 수 없었던 것 같아…… 한번은 엄마가 상점에 들렀던 모양이야. 누군가 엄마한테 무례하게 추파를 던졌고, 엄마는 웃어넘겼지. 으레 예쁜 여자들이 그러는 것처럼…… 전쟁 전에 엄마는 교향악단에서 노래를 했어. 다들 엄마를 사랑했지. 그런 생각을 해…… 만약 엄마가 그렇게 아름답지만 않았어도…… 우리 엄마…… 지금쯤 살아서 아빠나 나랑 함께 있을텐데…… 늘 그 생각을 해…… 밤에 낯선 사람들이 엄마를 데리고 왔어. 엄마는 외투도 구두도 없이 싸늘한 주검이 되어 돌아왔지. 그건 악몽이었어. 정말 끔찍한 밤이었지! 끔찍한 밤! 엄마 외투와 구두는 누군가 가져가버렸고, 결혼 금반지도 보이지 않았어. 아빠가 엄마한테 준 선물이었는데……

게토에 우리집은 따로 없었어. 어느 낯모르는 사람의 집 다락방에 얹혀 지냈지. 아빠는 우리가 가진 것 중에서 제일 값나가는 물건인 바이올린을 내다팔려고 했어. 나는 후두염이 심하게 와서 누워 있었는데…… 열이 펄펄 끓고 말도 제대로 못할 지경이었지. 아빠는 바이올린을 팔아서 먹을 걸 사올 요량이었어. 아빠는 내가 죽을까봐 두려워했지. 엄마도 없는데 내가 죽을까봐…… 걱정 어린 엄마의 말 한마디 못 듣고 따뜻한 엄마 손길 한번 못 받고 죽을까봐. 당신의 귀한 응석받이 딸이…… 사랑스러운 딸이…… 아빠가 돌아오길 3일을 기다렸어. 아는 사람들이 와서 아빠가 살해됐다고 알려주기 전까지. 사람들 말이, 아빠가 바이올

---

* 중세 이후로 유럽 각 지역에서 유대인을 강제로 격리하기 위해 설정한 유대인 거주구역으로, 18세기 말 대부분 붕괴되었지만 러시아, 동유럽 등지에서는 20세기까지 존속했다. 제2차세계대전중, 나치 독일은 1940년 이후 폴란드 등의 점유지에 게토를 설치해서 유대인을 가뒀다.

린 때문에 돌아가셨다는 거야…… 그 바이올린이 정말 비싼 것이었는지 어땠는지 나는 잘 몰라. 아빠는 문밖을 나서며 이렇게 말했지. '꿀 한 통과 버터 한 조각이라도 구할 수 있으면 좋겠구나.' 나는 그렇게 엄마도…… 아빠도 없는 고아가 됐지……

아빠를 찾으러 나갔어…… 시신이라도 좋으니 아빠를 찾아서 아빠랑 있고 싶었지. 나는 피부가 가무잡잡하지 않고 하얀데다 머리도 금발이었어. 눈썹도 그렇고. 그래서인지 도시에서는 아무도 날 건드리지 않더라고. 시장으로 갔어…… 아빠 친구분을 만났지. 아저씨는 이미 시골로 내려가 부모님과 살고 계셨어. 아저씨도 우리 아빠 엄마처럼 음악가였어. 발로댜 아저씨. 나는 아저씨에게 그동안 있었던 일을 모두 이야기했어…… 아저씨가 나를 수레에 태우고 가죽외투로 덮어주셨어. 수레에 함께 탄 새끼돼지들이 뺙뺙대고, 닭들이 꼬꼬댁거리던 게 생각나는군. 우리는 한참을 갔어. 아주 오랫동안. 날이 저물도록 가고 또 갔어. 나는 자다 깨다 자다 깨다 했지……

그렇게 나는 빨치산이 된 거야……"
안나 이오시포브나 스트루밀리나, 빨치산 병사

"열병식이 있었고…… 우리 빨치산은 붉은 군대에 합류했어. 그런데 열병식이 끝나자 우리더러 무기를 반납하고 도시 복구작업에 참여하라는 거야. 도무지 이해가 안 됐지. 전쟁이 끝난 것도 아니고, 겨우 벨라루스 하나 수복했을 뿐인데, 무기를 반납하라니. 우리는 끝까지 적과 싸우고 싶었어. 그래서 군정치위원회로 찾아갔지. 우리 소녀병사들이 다같이, 한 사람도 빠짐없이…… 나는 간호사라며, 전선으로 보내달라고 부탁했어. 그러자 '좋다. 당신들 부탁을 고려해보겠다. 당신들이 필요해지면 부르겠다. 그러니 일단은 돌아가 복구작업에 힘써라'라고 약속하더군.

　기다렸어. 그런데 아무리 기다려도 연락이 없는 거야. 다시 군정치위원회로 찾아갔지…… 그뒤로도 여러 번 찾아갔어…… 그러자 결국 솔직하게 얘기하더라고. 전선엔 이미 간호병이 넘쳐나서 당신이 필요하지 않다고. 민스크에서 벽돌작업 하는 일이 더 시급하다고…… 그때 민스크는 폐허나 다름없었거든…… 우리 소녀병사들이 어떤 사람들이었냐고? 체르노바라는, 임신중인 친구가 있었지. 그 친구는 지뢰를 자기 옆구리에 끼워 날랐어. 새 생명의 심장이 뛰고 있는 바로 그 자리에. 이제 좀 이해가 될 거야. 우리가 어떤 사람들이었는지. 우리가 왜 그랬는지 굳이 따져볼 필요가 있을까? 우리는 그냥 그런 사람들이었을 뿐이야. 우리는 조국과 우리는 하나라고 배우며 자랐지. 어린 딸을 데리고 시내 임무에 나선 친구도 있었어. 딸아이 몸에 선전 삐라를 칭칭 돌려 감고 원피스를 입혀 감췄지. 아이는 두 손을 쳐들며 '엄마, 나 더워. 엄마, 나 덥단 말이야'라고 칭얼거렸어. 거리 곳곳에 독일군이 없는 데가 없었어. 경찰도 마찬가지고. 독일군은 그런대로 속일 수가 있었는데, 경찰은 쉽지 않았지. 경찰도 우리나라 사람들이었으니까. 우리가 어떻게 사는지, 우리 기질이 어떤지 다 아는 우리랑 똑같은 사람들이었으니까. 우리 생각까지도 다 아는 사람들.

　우리 아이들은 또 어떻고…… 우리는 처음에 아이들도 데리고 부대로 갔어. 하지만 아직 어린애들이잖아. 아이들이 위험해지면 어떻게 구하겠어? 그래서 후방으로 보내기로 결정했지. 그런데 아이들이 전선으로 가겠다며 어린이집을 도망쳐 나온 거야. 아이들은 기차를 타고 가거나 길을 가다가 붙잡혀 왔어. 그러면 다시 도망쳤고 다시 전선으로 향했어.

역사는 앞으로도 수백 년은 더 '그건 대체 무엇이었을까?'라며 고민하겠지. 대체 어떤 사람들이었을까? 어디에서 왔을까? 상상을 한번 해봐. 임신한 여자가 지뢰를 안고 가는 장면을…… 체르노바는 당연히 아이를 기다렸지…… 삶을 사랑했고 또 살고 싶어했어. 당연히 두려워도 했지. 하지만 그럼에도 그녀는 그 길을 갔어…… 스탈린을 위해서가 아니라 바로 우리 아이들을 위해서. 우리 아이들의 미래를 위해서. 그녀는 무릎을 꿇어가며 살아야 하는 삶은 거부했어. 적에게 굴종하는 삶 따위는…… 어쩌면 그때 우린 눈이 멀었던 건지도 몰라. 그리고 그때 우리가 많은 것을 놓치고 보지 못했다는 사실도 부인하지 않겠어. 하지만 우리는 눈이 멀었으면서도 동시에 순수했어. 우리는 두 개의 세상, 두 개의 인생을 사는 사람들이라는 것, 당신은 그걸 꼭 알아야 해……"

베라 세르게예브나 로마놉스카야, 빨치산 간호병

"여름이 막 시작될 때…… 의과전문학교를 마치고 졸업장을 받았지. 그런데 전쟁이 났다는 거야! 그리고 바로 군정치위원회에서 연락이 왔어. 지금부터 두 시간을 줄 테니 짐을 챙기라고. 전선으로 가야 한다면서. 나는 작은 트렁크 하나에 짐을 꾸렸어.

—전쟁터에 가져갈 물건으로 뭘 챙기셨어요?

—사탕.

—네?

—트렁크 한가득 사탕을 사서 넣었지. 졸업한 뒤 발령받아 간 마을에서 잠깐 일하고 급료를 좀 받았거든. 그래, 돈도 생겼겠다, 몽땅 초코사

탕이나 사자 싶었지. 전쟁터에 가면 어차피 돈 쓸 데도 없을 테니까. 그렇게 사탕 사서 담고, 가방 맨 위에 학교 친구들이랑 찍은 사진 한 장을 올려놓은 게 다야. 그러고는 군정치위원회로 갔지. 위원장이 물었어. '어디로 보내주면 되겠소?' 그래서 말했어. '내 친구는 어디로 가나요?' 나처럼 레닌그라드 주로 발령받고 나랑 15킬로미터 떨어진 이웃마을에서 근무한 친구가 있었거든. 위원장이 '이런, 친구도 똑같이 물었는데'라며 웃었어. 위원장이 우리를 역까지 태워다줄 화물차에 짐을 싣기 위해 내 트렁크를 들더니 물었어. '뭐가 들었는데 가방이 이렇게 무거운 거요?' '사탕이요. 전부 사탕이에요.' 위원장은 아무 말도 하지 않았어. 웃지도 않았지. 마음이 영 불편해 보이더라고. 뭔가 떳떳하지 못한 것도 같고. 위원장은 나이가 지긋한 사람이었는데…… 그 사람은 내가 가는 곳이 어떤 곳인지 알았던 거지……"

마리야 바실리예브나 티호미로바, 의사보조

"내 운명은 바로 결정되었어……

군정치위원회에 '운전수 구함'이라는 공고가 붙어 있더라고. 때마침 운전자 과정을 끝낸 참이었거든…… 6개월짜리 과정…… 군정치위원회는 내가 여교사라는(참, 나는 전쟁 전에 사범학교를 다녔어) 사실에는 아무 관심도 없었어. 사실 전쟁에 선생이 무슨 소용이겠어? 병사가 필요하지. 나처럼 운전병이 되겠다고 온 어린 아가씨들이 어찌나 많던지 운전병 대대 하나는 거뜬히 만들고도 남을 정도였지.

훈련을 받던 어느 날…… 왜 그런지 이 일만 떠올리면 꼭 눈물이 나…… 봄이었어. 사격연습을 끝내고 돌아가는 길인데 제비꽃이 보이더라고. 아주 조그만 제비꽃이. 그래, 그걸 꺾어서 총부리에 매달고는 계속 길을 갔어.

캠프로 돌아왔어. 지휘관이 우리를 모두 정렬시키더니 나를 앞으로 불렀어. 앞으로 나갔지…… 그런데 그만 내 총부리에 제비꽃이 매달려 있는 걸 깜빡했지 뭐야. 지휘관이 나를 힐난했어. '군인은 반드시 군인다워야 한다. 군인은 꽃이나 따서 모으는 그런 사람이 아니다.' 지금이 어느 때인데 꽃이나 꺾고 다니는지, 지휘관으로서는 도무지 이해가 안됐던 거지. 그래, 남자들로선 이해가 안 되는 일이지…… 하지만 나는 제비꽃을 버리지 않았어. 가만히 제비꽃을 풀어서 주머니에 넣었지. 그일로 나는 징계를 받고 세 번 더 추가 임무를 수행해야 했어……

또 한번은 보초를 설 때야. 새벽 2시에 다른 병사가 교대하러 왔는데, 그냥 돌려보냈어. '네가 낮에 보초 서. 밤엔 내가 그냥 할게'라며 가서 더 자라고 했지. 밤새, 날이 밝을 때까지 내가 보초를 서기로 했던 건, 새소리가 듣고 싶어서였어. 딱 그 이유 하나 때문이었지. 밤엔 고향을, 평화로운 지난날을 느끼게 하는 그 뭔가가 있었거든.

우리는 전선까지 큰길을 따라 걸었어. 그러면 여자, 늙은이, 아이 할 것 없이 모두 나와 우리를 에워싸다시피 했어. 다들 우릴 보고 '어린 여자애들이 전선으로 간다'며 울었지. 대대 하나가 통째로 소녀병사들이니 왜 안 그랬겠어.

나는 운전병이었어…… 전투가 끝나면 죽은 병사들을 찾아 한데 모으는 게 우리 임무였지. 들판 곳곳에 죽은 병사들이 흩어져 누워 있는데 모두 새파랗게 젊은 청년들이었어. 어린 남자애들도 있었고. 그런데 저만큼 아가씨 하나가 보이는 거야. 죽은 소녀병사였어…… 순간 모두 입을 다물고 아무 말도 못했지……"

타마라 일라리오노브나 다비도비치, 중사, 운전병

"전선으로 갈 때 내가 어땠냐면…… 아마 얘기해도 믿지 못할 거야…… 나는 전쟁이 금방 끝날 줄 알았어. 우리가 금방 승리할 거라 철석같이 믿었지. 그래서 평소 아끼는 치마랑 양말 두 켤레, 구두 한 켤레를 챙겨갔어. 보로네시*에서 퇴각할 때였는데, 가게 하나가 보이는 거야. 곧장 뛰어들어갔지. 그 가게에서 나는 하이힐 한 켤레를 더 샀어. 그때가 지금도 눈에 선해. 퇴각은 하는데, 사방은 온통 까맣게 타고 연기가 자욱한데, 기적처럼 가게 하나가 문을 열고 있던 그 모습. 왠지 구두가 그렇게 사고 싶더라니까. 지금 생각해도 그렇게 우아할 수가 없는 구두였지…… 내친김에 향수도 하나 사고……

한순간에 평범한 일상을 뒤로하기란 결코 쉽지 않았어. 마음만 힘든 게 아니라 내 온몸이 힘들다고 저항했지. 그 구두를 안고 기쁨에 차서 가게를 뛰어나오던 그때가 생각나. 뭔가 내 안이 가득 채워진 것 같은 그 느낌. 사방에 매캐한 연기가 자욱하고…… 포탄 소리 요란한데도 행복하던 그 마음…… 그때 나는 전쟁 한가운데 있었어. 하지만 생각하고 싶지 않았어. 아니 믿고 싶지 않았지.

하지만 주위는 온통 전쟁의 소리로 으르렁대고 있었어……"
베라 이오시포브나 호레바, 군외과의

---

* 모스크바에서 동남쪽으로 500여 킬로미터 떨어진 곳에 위치한 도시로, 러시아 중앙 흑토지대의 중심지이다.

일상과 존재에 대하여

"다들 꿈꿨어…… 전쟁터에 나가 싸우기를……

우리가 기차 객차에 나뉘어 태워진 순간, 이미 훈련은 시작된 거나 다름없었지. 모든 게 집에서 상상했던 것과는 달랐어. 아침 일찍 일어나야 했고, 하루종일 달려야 했어. 하지만 우리는 여전히 옛 생활습관에서 벗어나지 못하고 있었어. 우리는 분대장인 굴랴예프 하사가 규율을 가르치는 게 싫었어. 그가 말할 때 발음이 틀리는 것도 마음에 들지 않았고. 굴랴예프는 초등학교 4학년까지밖에 못 다닌 사람이었고, 그래서 우린 저런 사람이 도대체 뭘 가르치겠다는 건가 싶어 화가 났지. 하지만 굴랴예프가 우리에게 가르친 건 단순한 지식이 아니었어. 전쟁터에서 어떻게 하면 살아남을 수 있는가, 목숨이 걸린 생사의 문제였지……

검역소를 거치고 군인선서를 하기 직전에 특무상사가 우리에게 군복 일체를 갖다주더군. 군용외투, 군모, 군복 상의, 치마, 속치마 대신 거친 면포로 만든 소매 달린 남자 셔츠, 발싸개 대신 긴 양말. 그리고 굽은 물론 구두코까지 전체가 쇠로 덧대진 무거운 미국식 군화까지. 중대에서 키나 체격으로 볼 때 내가 가장 작았어. 키 153센티미터에 신발치수 35였으니까. 군수공장에서야 당연히 그렇게 작은 치수를 만들어낼 리 없었지. 미국이 우리에게 그런 걸 공급해줄 리는 더더구나 없었고. 나는 치수 42의 군화를 받았는데, 끈을 매고 풀 필요도 없이 발만 쑥 넣다 뺐다 하면 됐어. 얼마나 무겁던지 발을 땅바닥에 대고 질질 끌고 다녔지. 돌다리를 행진할 때면 내 군화 바닥에서 불꽃이 다 일었다니까, 글쎄. 내 걸음걸이를 보고 뭐라고 이름을 붙이든 상관없었지만, 행진에 어울리는 걸음은 분명 아니었어. 첫 열병식은 얼마나 끔찍했는지 떠올리기도 싫을 정도야. 나는 공훈을 세울 만반의 준비가 돼 있었지만 치수 35의 신발 대신 치수 42의 신발을 신을 준비는 안 돼 있었어. 얼마나 무겁고 꼴사나웠던지! 정말 봐주기 민망할 정도였다니까.

지휘관이 내가 걷는 꼴을 보고는 대열에서 나를 불러냈어.

—스미르노바, 행진하는 걸음걸이가 그게 뭔가? 뭘 배운 거야? 왜 다리를 들지 않지? 세 번의 연장근무를 명한다……

내가 대답했지.

—넷, 알겠습니다, 대위 동지. 세 번의 연장근무 수행하겠습니다!

그리고 대열로 돌아가려고 돌아서다가 그만 넘어지고 말았어. 구두에서 발이 빠진 거야…… 발은 다 긁히고 까져서 피투성이였지……

그제야 내가 제대로 걸을 수 없는 상태라는 걸 다들 알게 됐어. 그러자 지휘관이 중대 제화공 파르신에게 내 신발을 만들라고 지시를 내렸어. 낡은 방수망토로 치수 35의 신발을 만들어주라고……"

논나 알렉산드로브나 스미르노바, 사병, 고사포 병사

"아, 재미난 일이 얼마나 많았는지……

규율이니 규정이니 기장이니, 이런 군대 지식은 어찌나 까다로운지 아무리 해도 모르겠는 거야. 한번은 비행기 앞에서 보초를 섰어. 규정에 누가 비행기로 접근할 경우, '멈춰. 거기 오는 사람은 누군가?'라고 물으며 제지해야 한다고 나와 있었지. 내 친구가 지휘관이 오는 걸 보고는 소리쳤어. '멈추세요. 거기 오는 사람은 누구시죠? 멈추지 않으면, 죄송하지만, 쏠 거예요!' 아이고, 한번 상상해봐. '죄송하지만, 쏠 거예요!' 세상에, '죄송하지만'이라니…… 하하하……"

안토니나 그리고리예브나 본다레바, 근위대 중위, 선임비행사

"여자아이들이 머리를 길게 땋고 학교에 도착했어…… 예쁘게 머리를 단장하고서…… 나도 머리를 길게 땋고 있었지…… 그런데 그 긴 머리를 어떻게 감겠어? 말리기는 또 어디서 말리고? 머리를 막 감고 나면 경보가 울리고, 그러면 그대로 뛰어나가야 했는데. 우리 지휘관 마리나 라스코바가 전부 머리를 자르라고 명령을 내렸어. 우리는 지시대로 머리를 자르고 울었어. 릴랴 리트뱌크는 머리를 자르지 않겠다고 고집을 부렸지. 릴랴는 나중에 비행사로 명성을 떨친 아이야.

나는 라스코바에게 갔어.

—지휘관 동지, 리트뱌크만 제외하고 전원 명령 수행했습니다.

마리나 라스코바는 부드러운 성품을 지녔지만 동시에 아주 엄한 지휘관이기도 했지. 그녀가 불호령을 내리며 나를 돌려보냈어.

—명령을 다 수행하지 못하는 책임자가 무슨 책임자인가! 뒤로 돌아 앞으로 갓!

우린 원피스며 굽 높은 구두며…… 전부 배낭에 꼭꼭 숨겨놓는 게 너무 아까웠어. 그래서 비록 낮에는 군화를 신을지라도, 저녁때만큼은 아주 잠깐이라도 거울 앞에 서서 구두를 신어보곤 했지. 그런데 라스코바한테 들켰지 뭐야. 며칠 후 '여자 옷은 전부 소포로 집에 보내라'는 명령이 떨어졌어. 결국 그렇게 되고 말았지! 그 대신 우리는 평화시라면 2년에 걸쳐 배웠을 새 전투기 조종술을 반년 만에 배울 수 있었어.

훈련 초기에 훈련생 두 명이 죽는 사고가 있었어. 우리는 관을 네 개 준비했지. 세 연대의 병사들 전체와 우리들 모두, 울지 않는 사람이 없었어.

라스코바가 앞으로 나와 말했어.

—제군들, 눈물을 닦는다. 이건 우리의 첫번째 희생이다. 앞으로도 이런 희생은 많을 거다. 마음을 굳게 먹어야 한다……

나중에는 전선에서도 눈물 흘리지 않고 동료를 묻을 수 있게 됐지. 우리는 더이상 울지 않았어.

우리는 전투기를 몰았어. 여자의 몸에는 고도 자체가 엄청난 압력으로 작용해. 그래서 복부가 그대로 척추를 짓누르는 것 같을 때가 많았지. 우리 소녀조종사들이 비행만 한 줄 알아? 천만에, 노련한 적의 전투기들을 격추까지 시켰다니까. 공중전의 백전노장인 적의 전투기들을! 정말 대단했지! 우리가 길을 가면 남자들이 '여자조종사다'라며 경탄의 눈빛으로 우리를 바라봤어. 우리에게 환호를 보냈지……"

클라브디야 이바노브나 테레호바, 비행대 대장

"가을에 군정치위원회에서 나를 불렀어…… 위원장이 묻더군. '뛰어내리는 기 잘해요?' 나는 '무섭다'고 내답했어. 위원상은 '군복도 멋있고 날마다 초콜릿도 준다'며 낙하산부대에 지원하도록 한참 동안 나를 부추겼어. 하지만 나는 어릴 때부터 높은 곳을 무서워했거든. '고사포부대는 어때요?' 하지만 나는 '고사포부대'가 어떤 곳인지도 너무 잘 알고 있었지. 그러자 이번엔 '빨치산부대로 가면 어떻겠소?'라고 제안하는 거야. 하지만 빨치산부대로 가면 모스크바에 계시는 엄마한테 편지는 어떻게 쓰라고? 결국 위원장은 빨간색 연필을 집더니 내 서류에 이렇게 썼어. '대초원 전선……'

기차 안에서 나한테 한눈에 반한 대위가 있었는데, 밤새도록 우리 칸에서 떠날 생각을 하지 않았어. 대위는 이미 전쟁에서 화상을 입은데다 부상도 몇 차례나 당한 몸이었지. 말없이 나를 쳐다보고 또 쳐다보다가 그러더라고. '베로치카, 제발 변하지만 말아요. 난폭하고 상스럽게 되지는 마요. 당신이 지금 얼마나 상냥하고 다정한데요. 나는 사람이 못쓰게 변해버리는 경우를 참 많이 봤거든요!' 대위는 계속 그 비슷한 이야기를 했어. 전쟁터에서 순수한 모습을 지키기란 쉬운 일이 아니라고. 전쟁이라는 지옥에서는.

나와 내 친구는 한 달이나 걸려 제2우크라이나 전선 4근위군단을 따라잡았어. 간신히 놓치지 않고 따라붙을 수 있었지. 외과 주임의사가 잠깐 나와 우리를 보더니 곧장 수술실로 데려가더군. '자, 여기가 자네들 수술대야⋯⋯' 구급차들이 줄줄이 들어오는데, 하나같이 엄청 큰 '스튜드베이커*'더라고. 부상자들은 땅바닥이며 들것 위며 사방에 누워 있었어. 우리가 물어본 건 딱 하나였어. '누구 먼저 옮길까요?' 그러면 '아무소리도 안 내는 부상자들부터⋯⋯'라는 답이 돌아왔지. 그리고 한 시간 후에 이미 나는 수술대에서 수술을 하고 있었어. 계속 그런 날들이 이어졌지⋯⋯ 며칠 밤낮을 수술에 매달리고도 제대로 잔 적이 없었어. 잠깐 눈을 붙이는 둥 마는 둥 금세 일어나 부리나케 눈 먼저 씻은 다음, 대충 세수만 하고는 다시 수술대로 달려가야 했으니까. 두 사람 수술하고 나면 세번째 부상자는 이미 숨이 끊어져 있었어. 모든 부상자들을 돕는다? 그건 불가능했어. 그래서 세번째 부상자는 그대로 목숨을 잃기 십상이었지⋯⋯

즈메린카**의 기차역에서 적의 기습공격을 받았어. 기차가 멈추고 우리는 급히 기차에서 내려 대피했어. 우리 정치부부장은 바로 전날 맹장 수술을 했는데 그 몸을 하고서도 달려야 했지. 우리는 밤새도록 숲속에

---

* 독일계 스튜드베이커 형제가 1852년에 설립한 미국의 마차 및 자동차 제조회사의 차량.
** 우크라이나 남동부에 위치한 빈니차 주에 있는 도시. 철도 교통의 요충지.

숨어 있었고, 우리 기차는 산산조각이 났어. 날이 밝자 독일군 전투기들이 낮게 날며 숲을 샅샅이 훑기 시작했지. 이제 어디 피할 데가 없는 거야. 그렇다고 땅속으로 숨겠어, 두더지처럼? 꼼짝없이 죽게 생긴 거지. 나는 자작나무를 꼭 끌어안고는 '아, 엄마, 엄마! 나 정말 죽는 거야? 여기서 살아나가면 내가 세상에서 제일 행복한 사람일 텐데'라고 소리쳤어. 나중에 내가 자작나무를 끌어안고 있었다는 이야기를 하면, 사람들이 죽어라 웃었지. 그때 내가 잠깐 정신이 어떻게 됐었나봐. 허리는 있는 대로 곧추세웠지, 옆에는 자작나무가 하얗게 버티고 있지…… 정말 그런 웃음거리가 없었다니까!

전승기념일을 빈에서 맞았어. 동물원도 가고 수용소도 둘러봤지. 왠지 동물원이 그렇게 가고 싶더라고. 그리고 다들 수용소를 보러 가는데, 나는 가지 않았어…… 지금은 '그때 내가 왜 안 갔지?' 스스로 의아스럽지만 그땐 그랬어. 아마 뭔가 즐거운 걸 보고 싶었던 거 같아. 재미있는 어떤 거. 그게 무엇이든 다른 세상을 보고 싶었던 거지……"

베라 블라디미로브나 셰발디셰바, 대위, 외과의

"우린 모두 세 명이었어, 전선에 나간 사람이…… 엄마, 아빠 그리고 나…… 아빠가 제일 먼저 전선으로 떠났어. 간호사인 엄마는 아빠와 함께 같은 전선으로 가고 싶어했지만, 다른 곳으로 배치를 받았고. 나는 그때 겨우 열여섯 살이라…… 징집 대상이 아니었어. 그래서 군 정치위원회를 문턱이 닳도록 찾아다녔지. 그렇게 1년이 지나니까 받아주더군.

우리는 오랫동안 기차를 타고 갔어. 같은 기차에 병원에서 돌아오는 병사들이 타고 있었는데, 우리처럼 어린 남자애들도 있더라고. 그 아이들이 해주는 전선 이야기를 우리는 넋 놓고 앉아 들었어. 그런데 그 아이들이 하는 말이, 지금도 적의 총격을 받을 수 있다는 거야. 그래서 우리는 언제 총격이 시작되나 기다렸지. 그러면 전선에 도착했을 때 우리는 이미 적의 총탄세례를 받은 몸이라고 말할 수 있으니까.

드디어 전선에 도착했어. 하지만 우리에게 주어진 건 소총이 아니라 커다란 솥단지와 빨래통이었어. 전선에 온 여자아이들 모두가 내 또래로 집에서 한창 부모님 사랑을 받을 나이였지. 나만 해도 우리집 외동딸이었고. 그런데 다들 전선에 와서 무거운 장작을 나르고 난로에 불을 때는 거야. 비누 대신 재로 솥단지들을 씻고, 비누가 다 떨어져서 공수해올 때까지 기다려야 했거든. 병사들의 속옷은 지저분하고 이가 들끓었어. 그리고 피범벅이었지…… 겨울이면 피가 얼어붙어 얼마나 무거웠는지 몰라……"

스베틀라나 바실리예브나 카티히나, 야전세탁부대 병사

"나는 지금도 내가 처음 맡았던 부상병이 기억나…… 얼굴도 생각나는걸…… 허리가 3분의 2나 부러진 부상병이었지. 상상해봐. 골반뼈는 부러져 튀어나왔지, 포탄 파편에 살은 다 찢겨나갔지, 뼈들은 뒤틀려 있지…… 그 뼈들…… 이론적으로는 그럴 때 어떻게 처치해야 하는지 알았지만, 막상 기어가서 보니까 속이 뒤집히면서 결국 토하고 말았어. 그런데 갑자기 사람 목소리가 들리는 거야. '간호병, 물 좀 마셔요!' 바로 그 부상병이 나한테 하는 소리였어. 오히려 나를 걱정하더라니까. 지금도 그 모습이 눈에 선해. 나를 부르는 소리에 정신이 번쩍 들면서 생각했지. '세상에, 네가 무슨 투르게네프 소설에 나오는 양갓집 규수라도 돼? 눈앞에서 사람이 죽어가는데, 무슨 귀하신 몸뚱이라고 토하고 난리인데!' 나는 얼른 개인용 붕대 꾸러미를 풀어서 그의 상처를 덮었어. 그랬더니 속이 좀 가라앉더라고. 그러고서야 필요한 처치를 할 수 있었지.

요즘 전쟁영화들을 보면 전선의 여자간호병이 나오잖아. 왜, 그 아주 깔끔하고 단정한 차림으로 말이야. 솜바지 대신 치마를 입고, 앞머리를 살짝 내려 군모까지 쓰고서. 그거 다 거짓말이야! 만약 우리가 그런 복장이었다면 어떻게 부상자들을 전장에서 끌어내올 수 있었겠어? 게다가 사방이 남자들인데 치마를 입고 포복한다는 건 말도 안 됐지. 그리고 사실, 치마는 전쟁 끝날 때쯤에야 겨우 만져볼 수 있었어. 그제서야 속옷도 남자 속옷 대신 여자 걸로 받았고. 너무 좋아서 다들 어쩔 줄 몰랐지. 어떤 애들은 군복 상의의 단추를 일부러 풀기도 했다니까, 속옷 보이라고……"

소피야 콘스탄티노브나 두브냐코바, 상사, 위생사관

"공습이 시작됐어…… 폭탄이 떨어지는데, 떨어지고, 떨어지고, 또 떨어지고, 정말 무섭게 쏟아졌어. 사람들은 모두 어딘가로 정신없이 뛰었지…… 나도 뛰었어. 그런데 희미하게 신음 소리가 들리는 거야. '사람 살려…… 살려줘요……' 하지만 멈추지 않았어…… 그런데 잠시 후 뭔가 마음이 불편해지면서 내 어깨에 걸쳐진 구급상자가 생각나더군. 부끄러웠지. 그러자 갑자기 거짓말처럼 두려움이 사라지는 게 아니겠어! 나는 부상병이 신음하고 있던 곳으로 되돌아갔어. 달려가 붕대를 감아줬지. 그렇게 두번째, 세번째 부상병들을 찾아다녔어……

폭격은 밤에야 끝이 났어. 그리고 다음날 아침에 눈이 내렸지. 우리 병사들 주검 위로 하얗게…… 많은 시신들이 팔을 위로 뻗고 있었어…… 하늘을 향해…… 행복이 뭐냐고 한번 물어봐주겠어? 행복…… 그건 죽은 사람들 사이에서 기적처럼 산 사람을 발견하는 일이야……"

안나 이바노브나 벨랴이, 간호병

"처음으로 전사한 사람을 봤어…… 시신을 내려다보며 울었지…… 그 사람의 죽음을 애도하면서…… 부상병이 나를 불렀어. '다리에 붕대!' 그 사람 한쪽 다리가 바짓가랑이 안에서 덜렁거렸어. 다리가 떨어져나간 거야. 바지를 잘라냈지. '내 다리 여기 봐요! 내 옆에 두라고.' 옆에 놓아줬어. 부상자들은 의식이 있으면 떨어져나간 자신의 팔이나 다리를 보고 싶어하지 않아. 그냥 가져가게 하지. 하지만 죽어가는 사람들은 함께 묻어달라고 부탁했어.

전쟁터에서 다짐했던 게 있어. '그 어떤 것도 결코 잊지 않겠다.' 하지만 점점 잊혀가……

아주 젊고 잘생긴 청년이 죽어 누워 있었어. 나는 당연히 전사한 병사들은 모두 군인답게 명예로운 장례를 치러줄 거라고 생각했지. 하지만 그 잘생긴 젊은 병사도 그냥 질질 끌고 개암나무숲으로 데려가더군. 우리는 무덤을 파고…… 관도 없이, 정말 아무것도 없이 그냥 파놓은 땅에 그대로 망자를 눕히고 흙을 덮었어. 태양이 눈부시게 빛났고, 햇살은 망자의 몸에도 내려앉았지…… 따뜻한 여름날이었어…… 망자는 방수망토도 없이, 아무것도 없이, 살아 있을 때 입던 군복과 바지만 입고 있었어. 모두 아직 새것인 걸로 봐서 전장에 온 지 얼마 안 된 것 같았지. 그렇게 그 젊은 병사를 눕히고 흙으로 덮었어. 구덩이는 깊지 않았어. 겨우 그가 누울 정도였으니까. 부상이 크진 않았는데 대신 치명상이었지. 관자놀이를 관통당했고, 다행히 피는 많이 흘리지 않았어. 그래서

인지 누워 있는데, 꼭 살아 있는 사람 같더군. 얼굴만 창백했지 산 사람하고 똑같았어.

일제 포격을 신호로 적의 공습이 시작됐어. 그 젊은 병사가 묻힌 숲도 폭격에 날아가버렸지. 글쎄, 지금 그곳에 뭐라도 남아 있을까……

사방이 적인데 어떻게 장례를 치러? 기껏해야 우리가 몸을 숨기고 있던 작은 참호 옆에 묻어주는 게 다였지. 덩그러니 남은 작은 봉분 하나, 그게 전부였어. 사실 그마저도 독일군이 우리를 추격해 들어오거나 탱크가 한번 지나가면 뭉개져버렸지만. 대지는 언제 무슨 일이 있었냐는 듯 평소의 모습으로 돌아갔지. 우린 전사자들을 숲속 나무 밑에 자주 묻었어…… 참나무 아래에도 묻고 자작나무 아래에도 묻고……

나는 지금도 숲은 안 가. 특히 늙은 참나무나 자작나무들이 자라는 곳은…… 그곳에 앉아 있을 수가 없어……"

올가 바실리예브나 코르시, 기병중대 위생사관

"전선에 있는 동안 목소리가 안 나왔어…… 내 예쁜 목소리가……

집에 와서야 목소리가 돌아왔지. 저녁에 가족과 친척들이 모여 술 한 잔씩을 하면서 나보고 노래를 하라는 거야. '자, 어서, 베르카, 노래해봐.' 그래서 노래했지……

전쟁 전에 나는 유물론자였어. 무신론자. 그러니까 선생님 말 잘 듣고 공부 잘하는 소련의 모범생이 전선으로 간 거야. 그런데 그곳에서…… 기도를 하기 시작했지…… 전투가 있기 전이면 언제나 기도를 했어. 내 기도는 단순했어…… 내 기도는…… 살아서 엄마 아빠한테 돌아가는 것, 오직 그 한 가지였어. 나는 진짜 기도가 뭔지도 몰랐고 성경도 읽어본 적이 없었으니까. 아무도 내가 기도하는 모습을 보지 못했지. 혼자 몰래 기도했거든. 아무도 모르게 기도했어. 조심하면서. 왜냐하면……
그때 우리는 다른 사람들이었고, 또 그땐 시대가 달랐으니까. 이해가
돼? 그때 우리는 다른 식으로 생각하고 다른 식으로 세상을 이해했
지…… 왜냐하면…… 이야기 하나 해줄까…… 한번은 신병들이 왔는
데, 그중에 기독교 신자가 있었어. 그 신참이 기도하는 걸 보고 다른 병
사들이 '네 하나님이 뭘 도와주더냐. 만약 진짜 신이 있다면 어떻게 이
런 일을 두고만 보느냐'며 비웃었지. 그들은 하나님을 믿지 않았어. 십
자가에 못박힌 그리스도 발아래 엎드려 '만약 하나님이 당신을 사랑한
다면, 어째서 당신을 구해주지 않느냐'고 외치던 사람처럼. 전쟁이 끝나
고 나는 성경을 읽었어…… 그리고 이젠 평생 성경을 읽으며 살지……
그런데 이 신참병사가, 나이가 좀 있는 사람이었는데, 총을 안 쏘겠다는
거야. '나는 쏠 수 없소! 나는 살인하지 않겠소!'라며 총 쏘기를 거부했
어. 다들 사람을 죽이는 데 동의했는데, 그 사람만 아니었지. 그 시절?
그 시절은…… 끔찍했어…… 왜냐하면…… 그 신참은 군법회의에 부
쳐졌고 이틀 후에 총살을 당했어…… 빵빵!

시대도 달랐고…… 사람들도 달랐지…… 어떻게 설명해야 할까? 어
떻게……

다행히도 나는…… 나는 내가 죽인 사람들을 보지는 못했어…… 하
지만…… 마찬가지야…… 이젠 나도 알아. 내가 사람을 죽였다는 걸.
자주 그 일을 생각해…… 왜냐하면…… 왜냐하면 나도 이제 늙었거
든…… 내 영혼을 위해 기도하지. 딸에게 부탁해놨어. 내가 죽으면 전
쟁 때 받은 훈장들이며 메달들을 박물관에 주지 말고 교회로 갖다주라
고. 신부님께 가져다드리라고…… 그들이 꿈에 나타나…… 죽은 이들
이…… 내 손에 죽임당한 이들이…… 나는 그 사람들을 못 봤지만, 그

들은 나를 알고 찾아와서 가만히 바라보고 서 있지. 그러면 나는 눈으로 찾고 또 찾는 거야. '어쩌면 부상당한 이가 있을지도 몰라. 중상을 입었더라도 아직은 구할 수 있어.' 글쎄, 어떻게 말을 하나…… 하지만 그들은 이미 다 죽은 사람들이지……"

베라 보리소브나 사프기르, 중사, 고사포 병사

"가장 견디기 힘들었던 건 절단수술이 있을 때였어…… 거의 다리 전체를 들어내는 수술이 자주 있었는데, 수술이 끝나면 절단된 다리를 세면대로 가져가야 했어. 무겁기도 무거워서 다리를 안다시피 해서 간신히 가져가곤 했지. 다리를 내갈 땐 부상자가 듣지 못하도록 조용조용 움직였어…… 어린아이 다루듯 조심해서 내갔지…… 무릎 위까지 절단한 다리일 경우엔 특히 더 조심했고. 그 일은 아무리 시간이 지나도 익숙해지지가 않았어. 부상자들은 마취제에 취해 신음하거나 욕을 했어. 있는 욕 없는 욕, 욕이란 욕은 그때 다 들었을 거야. 내 몸은 늘 피투성이였고…… 피는 버찌처럼 새빨갰어…… 빨갛다 못해 검었어……

엄마한테 편지를 쓸 때, 그 일은 입 밖에도 내지 않았어. 나는 모든 게 좋다고, 옷도 따뜻하게 입고 신발도 따뜻하게 신고 다닌다고만 썼어. 우리 엄마는 이미 자식을 셋이나 전선으로 보내놓고 모진 세월을 견디고 계셨거든……"

마리야 셀리베르스토브나 보조크, 간호병

"나는 크림에서 태어나 자랐어…… 오데사* 근처에서. 1941년은 내

---

* 우크라이나 오데사 주의 중심도시. 흑해에 접한 항만도시이다.

가 코디마*의 슬로보드카** 학교 10학년을 마치던 해였어. 전쟁이 시작되고 처음 며칠은 라디오를 들었어. 그래서 우리 군대가 밀리고 있다는 걸 알았지…… 당장 군정치위원회로 달려갔어. 그런데 그냥 집으로 돌아가라는 거야. 두 번을 더 찾아갔지만, 두 번 다 거절당했어. 그날이 7월 28일이었는데, 마침 우리 부대들이 퇴각하면서 내가 사는 슬로보드카를 지나가게 된 거야. 이때다 싶어서 얼른 그 틈에 끼여 전선으로 갔지. 필요한 서류 한 장 없이 그렇게 전선으로 갔어.

처음 부상자를 보고는 그대로 기절해버렸어. 하지만 차차 익숙해졌지. 빗발치는 총알을 뚫고 처음 부상병을 구하러 갈 때는 기어가면서 목이 터져라 소리를 질렀어. 전장의 포성이 내 고함소리에 묻혀버릴 만큼. 그 일 역시 차츰 익숙해졌어. 10일 후에는 내가 부상을 당했는데, 직접 파편을 빼내고 상처에 붕대도 감을 정도가 돼 있었지……

1942년 12월 25일에…… 제56군대 소속인 우리 333사단이 스탈린그라드로 통하는 길목에 유리한 고지를 점령했어. 적군은 무슨 일이 있어도 그곳을 탈환하겠다고 기를 쓰고 덤벼들었지. 전투가 시작됐어. 독일군이 탱크를 앞세우고 공격해들어오자 우리는 포사격으로 놈들을 저지했어. 독일군이 물러나고 보니까, 중립지대에 우리 포병대의 코스차 후도프 중위가 부상당해 누워 있는 거야. 위생병들이 구해내려 애썼지만 적의 총에 목숨만 잃었어. 이번엔 의료위생부대에서 양치기개(양치기개는 그때 거기서 처음 본 거야) 두 마리를 그쪽으로 보내봤어. 역시 죽고 말았지. 안 되겠다 싶어 내가 일어났어. 털모자를 벗고 일어나서 있는 대로 몸을 곧추세우고는 〈공을 세우러 당신을 보냈다오〉를 부르

---

* 우크라이나 오데사 주 북쪽에 있는 지역.
** 코디마 지역에 있는 도시형 촌락.

기 시작했어. 전쟁 전에 우리가 즐겨 부르던 노래였지. 처음에는 가만가만 부르다가 점점 더 소리 높여 불렀어. 양 진영이 다 총격을 멈추고 조용해지더라고. 우리 군도 독일군도. 코스차 중위에게 다가가 몸을 굽히고 중위를 바퀴 달린 썰매에 태운 다음 우리 진영으로 끌고 왔어. 오는 내내 생각했지. '제발 등에만 쏘지 마라. 차라리 머리를 맞혀라.' 이제 쏠 텐데, 이제…… 내 생애 마지막 순간인가…… 지금 총알이 날아오면! 그렇게 벌벌 떨면서 오는데 신기하게도 문득 총에 맞으면 아플지, 안 아플지 궁금해지더군. 아, 말도 마, 얼마나 무섭던지! 하지만 총성은 단 한 발도 울리지 않았어……

우린 늘 군복이 부족했어. 새 군복을 받아도 이삼일 후면 피범벅이 돼버렸으니까. 내가 처음 구한 부상자는 벨로프 대위였고, 마지막으로 구해낸 부상자는 박격포소대의 중사, 세르게이 페트로비치 트로피모프였지.

1970년에 세르게이 중사가 우리집에 한번 왔는데, 그때 우리 딸들에게 세르게이의 머리를 보여줬어. 부상당한 자리를 보여줬지. 아직도 흉터가 커다랗게 남아 있더라고. 내가 불길 속에서 구한 부상병만 481명이야. 어떤 신문기자가 계산해보더니 '보병대대 하나는 되고도 남는 수'라더군…… 우리는 여자인 우리보다 두세 배는 더 무거운 남자들을 부여안고 끌고 해서 전장에서 구해냈어. 부상자들은 특히 더 무거웠지. 부상자 하나만도 벅찬데, 무기도 챙겨야지, 게다가 부상자는 외투에 군화까지 신고 있잖아, 어떻게 안 무겁겠어. 80킬로그램이나 나가는 부상자를 둘러멘 건지 질질 끄는 건지 모르게 데려오다보면 부상자가 미끄러져 떨어지곤 했지…… 그러고는 또 80킬로그램 나가는 다음 부상자를 구하러 전장으로 달려갔어…… 그렇게 한 번 전투가 있을 때마다 대여섯 번은 나가서 부상자들을 구해냈지. 정작 그러는 나는 몸무게가 48킬로그램이었는데 말이야. 발레나 해야 할 몸이었지. 지금 와 생각하면 믿어지지가 않아…… 나 자신도 믿을 수가 없어……"

마리야 페트로브나 스미르노바(쿠하르스카야), 위생사관

"1942년이었는데…… 작전 수행중에 전선을 지나 어떤 공동묘지 근처에 머물게 됐어. 독일군이 우리랑 5킬로미터 떨어진 곳에 주둔하고 있었지. 물론 우리는 그 사실을 알고 있었어. 캄캄한 밤이 되자 독일군이 계속 조명탄을 터뜨렸어. 낙하산들도 보이고, 조명탄들이 한참을 타면서 아주 멀리까지 그 일대를 환하게 비췄지. 소대장이 나를 묘지 끝으로 데려가더니 로켓탄이 발사되는 곳을 보여주더군. 독일군이 출몰할 만한 장소라며 관목덤불이 있는 곳도 보여주고. 나는 망자라고 해서 무서워하거나 그러지 않아. 어릴 때부터 공동묘지도 안 무서웠거든. 하지만 아무리 그래도 그때 나는 겨우 스물두 살이었어. 보초도 처음 서는 거였고…… 딱 두 시간 보초를 섰는데, 그 두 시간 만에 머리가 하얗게 세버렸지…… 아침에 일어나보니까 머리가 백발이 돼 있더라고. 보초를 서면서 그 덤불을 지켜보는데 덤불이 스륵스륵 소리를 내면서 움직이는 거야. 거기서 꼭 독일군이 걸어오는 것만 같고…… 뒤이어 또 누군가 나타나고…… 무슨 괴물들도 나오고…… 그 두 시간 동안 나는 혼자였어……

여자 혼자 공동묘지에서 보초를 선다, 그것도 한밤중에, 그게 과연 여자가 할 수 있는 일일까? 남자들은 무슨 일이든 쉽게 적응했어. 어떤 상황이든 받아들일 준비가 돼 있었지. 보초를 서야 하면 보초를 섰고, 총을 쏴야 하면 총을 쏘고…… 하지만 우리 여자들은 똑같이 노력해봐도 익숙해지지가 않았어. 30킬로미터씩 행군하는 건? 그것도 여자의 일이 었을까? 완전군장을 한 채 찌는 더위 속을 걷는 일이? 말들도 픽픽 쓰러질 정도였는데……"

베라 사프로노브나 다비도바, 보병

"전쟁터에서 제일 끔찍한 게 뭐냐고, 지금 묻는 거야? 내 대답을 듣겠다…… 당신이 무슨 대답을 기다리는지 알아…… '전쟁터에서 가장 두려운 건 죽음'이라는 대답을 기대하겠지. 죽는 거라고.

맞지, 그렇지? 당신 오빠를 좀 알지…… 기자들 일이란 게…… 하하하…… 그런데 왜 안 웃어? 응?

어쩌나, 기대와는 다른 대답을 들려줘야 할 것 같은데…… 전쟁터에서 제일 끔찍했던 건, 남자 팬티를 나르는 일이었어. 그래, 바로 그게 제일 끔찍했어. 그 일은 뭐랄까 나한테…… 어떻게 표현해야 할지 모르겠는데…… 글쎄, 우선, 꼴이 웃겼다고 할까…… 이 한 목숨 바쳐 조국을 수호하겠다고 전쟁터까지 와놓고 남자 팬티나 나르다니. 한마디로, 정말 웃기는 상황이었지. 그냥 어이가 없었어. 그때는 남자 팬티가 길었거든. 폭도 아주 넓고. 대부분 인조 공단으로 만들어진 거였지. 여자애들 열 명이 같은 움막에서 지냈는데, 모두 남자 팬티를 입었어. 아이고, 세상에! 겨울에도 여름에도 그 팬티만 입었다니까. 4년 내내 말이야.

마침내 우리는 소련 국경을 넘었어…… 정치 수업을 들을 때 우리 정치위원이 한 말마따나 우리가 '호랑이 굴에서 호랑이를 잡은' 거지. 처음 들어간 폴란드의 어느 시골마을에서 우리는 새 옷으로 갈아입을 수 있었어. 군복 일체를 새것으로 받았지…… 그리고! 그리고! 그리고! 처음으로 여자 팬티와 브래지어를 받은 거야. 전쟁 기간을 통틀어 처음으로.

하하하…… 이해가 돼? 정상적인 여자 속옷을 그제야 봤다니까.

왜 안 웃어? 울고 있네…… 그런데 왜 우는 거야?"

롤라 아흐메토바, 사병, 저격수

"나는 전선으로 차출되지 않았어…… 겨우 열여섯 살이었거든. 열일곱이 되려면 한참은 더 있어야 했지. 우리 마을에서는 의사보조에게 징집통지서가 나왔어. 그녀는 통지서를 받아들고 서럽게 울었지. 집에 어린 아들을 남겨두고 가야 했거든. 나는 군정치위원회를 찾아가 '그녀 대신 나를 데려가시오'라고 말했지. 엄마가 허락하지 않으셨어. '니나, 네가 지금 몇 살인 줄 알아? 전쟁은 곧 끝날 거다.' 그야 엄마니까 말리는 게 당연했지.

누구는 내게 수하리를, 또 누군가는 내게 설탕 조각을 남겨주었어. 다들 나를 보호해줬지. 나는 우리 부대에 '카추샤*'가 있는지 몰랐어. 그런데 덮개에 싸여서 우리 뒤쪽에 있었나봐. 한번은 카추샤가 불을 뿜기 시작하는데…… 우렛소리가 천지를 뒤흔들고 순식간에 사방이 불길에 휩싸인 거야. 세상에 얼마나 놀랐던지! 천둥 치는 소리는 나지, 불길은 치솟지, 사방은 아우성이지, 어찌나 혼비백산했던지 나도 모르게 물웅덩이로 철퍽 넘어졌다니까. 그 바람에 군모도 잃어버리고. 다른 병사들이 죽어라 웃었어. '니나, 왜 그래? 귀염둥이, 무슨 일인데?'

어느 날 백병전이 시작됐어…… 뭐가 기억나느냐고? '오도독오도독' 소리. 그 소리가 기억나…… 전투가 시작되자마자 사방에서 오도독오도독하는데, 사람들 연골이 으스러지고 뼈마디가 뚝뚝 부러져나가는 소

---

* '로켓발사장치'를 일컫는, 러시아 여자 이름을 딴 익살스러운 명칭.

리였지. 그리고 짐승의 울음 같은 처절한 비명들…… 백병전이 벌어질 때마다 나는 전우들을 따라다녔어. 아주 약간 뒤처져서. 그러니까 거의 옆에서 따라다닌 거야. 그리고 그 무시무시한 일들이 내 눈앞에서 벌어지는데…… 남자들이 서로를 찔러 죽이고, 숨통을 끊어놓고, 뼈를 부러뜨렸어. 총검으로 입이고 눈이고 닥치는 대로 찔렀지…… 심장을 찌르고 배를 찌르고…… 그런데 그걸…… 어떻게 말로 설명해? 나는 못해…… 표현을 못하겠어…… 한마디로, 여자들은 그런 남자들을 몰라. 집에서는 그런 모습을 볼 수 없으니까. 여자들도 아이들도 아무도 몰라. 정말 소름끼치는 일이지……

전쟁이 끝나고 툴라에 있는 집으로 돌아왔어. 밤마다 비명을 질렀어. 밤이면 엄마가 여동생과 함께 내 옆을 지키고 앉아 있었어…… 나는 내가 지르는 비명소리에 놀라 잠이 깨곤 했지……"

니나 블라디미로브나 코벨레노바, 상사, 보병중대 위생사관

"우리는 스탈린그라드에 도착했어…… 전투가 무섭게 벌어지고 있었지. 그렇게 무시무시하고 끔찍한 전투는 또 없을 거야…… 강물도 하늘도 모두 피로 붉게 물들어 있었어…… 우리는 볼가 강을 건너 맞은편 기슭으로 가야 했어. 그런데 아무도 우리 이야기는 들으려 하지 않는 거야. '뭐? 여자애들? 제기랄, 지금 누가 너희 같은 여자애들이 필요하대? 저격수, 기관총 사수가 부족해서 난리인데, 통신병은 무슨 얼어 죽을 통신병이야.' 하지만 우린 수가 많았거든. 80명이나 됐으니까. 저녁이 가까워오자, 그래도 체격이 큰 아이들은 강 건너편으로 데려가더라고. 그런데 나하고 어떤 여자아이한테는 그냥 있으라는 거야. 키가 작아서 안 된다며 예비부대에 남으라고 했어. 나는 울며불며 싫다고 했

154

지……

처음 전투에 나갔는데, 장교들이 자꾸 나를 흙벽 쪽으로 떠다미는 거야. 앞이 잘 안 보여서 고개를 내밀었지. 앞에 뭐가 있나 궁금했거든. 어떤 호기심이 발동한 거지, 어린아이 같은…… 그렇게나 철이 없었을까! 지휘관이 소리쳤어. '세묘노바 병사! 세묘노바 병사, 정신 나갔나! 염병할…… 뒈지려고 그래?' 나는 그 말을 이해할 수가 없었어. '이제 막 전선에 온 사람을 어떻게 죽인다는 거지?' 그때는 몰랐어. 죽음은 사람 가려가며 찾아오는 게 아니라는 걸. 죽음은 아무리 애원해도, 설득해도 피할 수 없다는 걸……

낡은 트럭을 타고 의용군이 도착했어. 모두 노인들과 어린 남자애들이었어. 소총도 없이 수류탄 두 개씩만 들려서 그 사람들을 전투에 내보냈지. 소총은 전투중에 각자 알아서 구해야 했어. 전투가 끝났지만 붕대를 감아줄 사람은 아무도 없었어…… 다 죽었거든……"

니나 알렉세예브나 세묘노바, 사병, 통신병

"나는 전쟁 시작부터 끝까지 전쟁터에 있었어……

처음으로 부상자를 끌어내오는데 다리가 어찌나 후들거리던지. 끌고 오면서 계속 중얼거렸어. '제발 죽지만 마라…… 제발 죽지만 마……' 붕대를 감아주면서 울었어. 뭔가 위로가 되는 상냥한 말도 해줬지. 지휘관이 옆을 지나가다가 나에게 고래고래 고함을 질렀어. 심지어 욕까지 퍼부으면서……

—왜 화를 낸 거죠?

—나처럼 그렇게 동정을 해서는 안 됐거든. 울어서도 안 되고. 나는 죽을힘을 다했지만 부상자가 너무 많았지.

트럭을 타고 가다보면 사람들이 죽어 누워 있는 게 보였어. 짧게 깎은 머리가 파르스름한 게 꼭 햇빛에 돋아난 감자싹 같았지. 그렇게 감자처럼 사방에 흩어져 있었어…… 도망치다 넘어진 모습 그대로 갈아엎은 들판에 죽어 누워 있었어…… 꼭 감자처럼……"

예카테리나 미하일로브나 라브차예바, 사병, 위생사관

"어디서 있었던 일인지는 기억이 안 나…… 거기가 어디였는지…… 한번은 헛간에 부상자들이 200명 가까이 꽉 찼는데, 위생병은 딱 나 혼자였어. 전쟁터에서 부상자들이 생기는 대로 곧장 헛간으로 데려오다 보니 그렇게 많아졌던 거지. 마을 이름은 잊어버렸어…… 그후로 몇 년이나 흘렀는지도 모르겠고…… 꼬박 나흘을 잠 한숨 못 자고 잠깐 앉을 새도 없이 뛰어다녔던 것만 기억나. 그 많은 부상자들이 모두 비명을 지르며 나를 불러댔지. '간호병! 간호병! 제발, 도와줘요!' 이 사람 저 사람에게로 정신없이 뛰어다니다가 한번은 발이 걸려 넘어졌는데, 그 자리에서 그대로 잠이 들어버렸지 뭐야. '조용! 명령이다. 모두 조용히 한다!'라는 고함소리에 잠이 깼지. 지휘관인 젊은 중위였어. 역시 부상당해 들어온 그 중위가 다치지 않은 옆구리로 반쯤 몸을 일으켜 소리치고 있더라고. 중위는 내가 쓰러질 지경이라는 걸 안 거야. 하지만 그게 어디 마음대로 되나. 명령이고 뭐고 당장 죽을 것 같은데. '간호병! 간호병!' 부상병들은 계속 나를 불러댔어. 나는 벌떡 일어나 어디로, 왜 가는지도 모른 채 뛰어다녔지. 그리고 그때 전선에 온 이후 처음으로 울고 말았어.

그리고…… 사실 사람은 자기도 자기 마음을 모를 때가 많아. 한번은 겨울에 우리 부대 옆으로 독일군 포로 행렬이 지나갔어. 포로들은 찢어진 옷으로 머리를 싸매고, 불에 타 구멍이 숭숭 뚫린 외투만 걸친 채 추위에 꽁꽁 얼어 있었어. 그때 날이 얼마나 춥던지 날아가던 새가 다 떨어질 정도였지. 새들이 날다가 그대로 얼어 죽은 거야. 그 행렬 속에 병사 하나가 가는데…… 어린 남자애였어…… 울었는지 뺨에 눈물 자국이 얼어 있더라고…… 그때 마침 나는 손수레에 빵을 담아 식당으로 가져가던 중이었어. 그 아이가 빵수레에서 눈을 떼지 못하는 거야. 옆에 있는 나는 눈에도 들어오지 않는지 수레만 뚫어져라 바라봤지. 빵이다…… 빵…… 나는 큰 빵 하나를 집어들어 좀 떼어서 그 아이에게 줬어. 아이가 받긴 받는데…… 어리둥절한 것 같았어. 믿지 못하는 눈치였지…… 그래, 믿을 수가 없었겠지.

나는 행복했어…… 내가 다른 누군가를 미워할 수 없는 사람이라는 사실이 기뻤어. 그리고 그런 나 자신에게 스스로도 많이 놀랐지……"

나탈리야 이바노브나 세르게예바, 사병, 위생병

나 혼자만
엄마한테 돌아왔어…

나는 지금 모스크바로 가고 있다…… 수첩에 적힌 몇 줄의 내용. 그것이 내가 니나 야코블레브나 비시넵스카야에 대해 알고 있는 전부다. 열일곱 살에 참전해, 5군단 32전차여단 제1대대에서 위생사관으로 복무했다는 것. 그녀는 그 유명한 프로호롭카 전차전*에도 나가 싸웠다. 소련과 독일, 양 진영은 1200대의 탱크와 자주포를 총동원했다. 그것은 역사상 가장 규모가 컸던 전차전 중의 하나였다.

보리소프 학생탐험단이 그녀의 주소를 알려주었다. 학생들은 자기네 도시를 독일군으로부터 해방시킨 32전차여단 기념박물관 설립 자료를 모으던 중이었다. 전차부대에는 보통 남자위생사관이 복무하는데 이 여단에는 여자위생사관이 있었단다. 나는 당장 길 떠날 준비를 서둘렀

---

* 쿠르스크 전투 중 가장 규모가 크고 치열했던 전투. 프로호롭카 마을 근교에서 벌어진 전투에서 소련군은 독일군의 선제공격을 저지하는 데 성공한다.

다……

　금세 고민이 생겼다. 수십 개나 되는 주소 중에서 어떤 것을 골라야 하나? 처음에는 만나는 사람마다 인터뷰를 기록했다. 한 사람과의 만남은 다음의 수많은 만남으로 이어졌고, 한 사람이 전화하면 뒤이어 다른 사람이 전화를 걸어왔다. 자신들 모임에 나를 초대하기도 했고, 아니면 차 한잔 마시자고 부르기도 했다. 전국 곳곳에서 편지가 오기 시작했고, 인터뷰할 사람들의 주소가 군사우편으로 속속 도착했다. '당신은 이미 우리 사람이에요. 당신도 우리처럼 전선의 소녀병사라오.' 많은 이들이 편지에 이렇게 쓰고 있었다. 나는 모든 사람을 일일이 기록하기는 불가능하며 선별하고 탐구하는 데 뭔가 다른 원칙이 필요하다는 것을 곧 깨닫게 되었다. 하지만 어떤 원칙? 나는 내가 가진 주소들을 분류한 다음, 나 자신을 위한 하나의 원칙을 세웠다. 되도록 다양한 부류의 여자병사들을 만나 기록할 것. 사실 사람은 모두 자신이 하는 일을 통해, 그리고 자기 삶의 위상이나 자신에게 일어난 사건을 통해 삶을 바라보기 마련이다. 이를테면, 간호병은 간호병대로 하나의 전쟁을 보고, 제빵병사는 제빵병사대로 또다른 전쟁을 본다. 낙하산부대원은 낙하산부대원대로, 전투비행사는 전투비행사대로, 자동소총부대장은 소총부대장대로 세번째, 네번째, 다섯번째의 전쟁을 겪을 수 있다. 그들에게는 저마다 자신만의 전쟁이 있다. 어떤 여인에게는 수술대가 전쟁터였다. "잘린 팔과 다리…… 얼마나 많이 봤는지 몰라. 어딘가에 몸이 성한 남자가 있다는 사실이 믿기지 않을 정도였지. 세상의 모든 남자는 부상을 입었거나 전사하거나, 둘 중 하나인 것만 같았어……"(A. 뎀첸코, 상사, 간호병) 또다른 여인에게 전쟁은 야전 취사장의 솥단지들이었다. "전투가 끝나고 아무도 살아 돌아오지 못할 때가 자주 있었어…… 죽과 국을 한 솥 가득 끓여놓았지만 먹을 사람이 없었지……"(I. 지나나, 사병, 취사병) 또 전투기 조종사였던 여인에게는 전투기 조종실이 전쟁터였다. "우리 캠프는 숲속에 있었어. 그래서 비행을 마치고 숲으로 갔지. 그때가 한여름이라 숲에는 산딸기들이 빨갛게 익어 있었어. 오솔길을 지나는데 독일군 병사가 누워 있더라고…… 이미 까맣게 부패한 시신으로…… 갑자기 공포가 몰려오더군. 그전까지 나는 한 번도 주검을 본 적이 없었거든. 전투에 나간 지 1년이 지났는데도 한 번도 본 적이 없었지. 그곳은, 하늘은 다른 세상이었으니까…… 우리는 비행을 나갈 때 '목표물을 찾아서 명중시키고 돌아온다' 딱 이 생각만 하면 됐어. 죽은 사람은 보지 않아도 됐지. 그래서 우리는 시신을 볼 때의 공포가 뭔지 몰랐어……"(A. 본다레바, 근위대 중위, 선임비행사) 빨치산이었던 여인은 지금도 전쟁 하면 모닥불 냄새부터 떠올린다. "뭐든 모닥불에서 했어. 빵도 굽고, 음식도 끓이고, 재가 남으면 그 위에 가죽외투며 겨울군화도 올려놓고 말리고. 밤엔 모닥불 옆에서 추위도 피하고……"(E. 비소츠카야)

하지만 한없이 내 생각에만 빠져 있을 수는 없다. 기차 여승무원이 차를 내온다. 사람들이 서로 인사를 나누는 소리에 쿠페* 안이 갑자기 소란스러워지며 생기가 돈다. 간이식탁에 전통술 '마스콥스카야'가 오르고, 집에서 만든 안줏거리까지 등장한다. 그리고 언제나 그렇듯 가슴으로 나누는 우리의 대화가 시작된다. 가족의 숨은 사연부터 정치, 사랑과 증오, 지도자들과 이웃에 이르기까지 나오지 않는 이야기가 없다.

나는 오래전부터 알고 있었다. 우리는 길과 대화의 사람들이라는 걸……

---

* 러시아 기차의 4인실 객실.

나도 누구를 찾아가는지, 무엇 때문에 가는지 털어놓는다. 같이 탄 두 남자가 전쟁에 참전했단다. 한 사람은 공병대대 지휘관으로 베를린까지 진격했고, 다른 한 사람은 벨라루스의 숲에서 3년 동안 빨치산으로 활동했다고. 그러자 대화는 곧장 전쟁 이야기로 달려간다.

나중에 나는 기억을 더듬어 기차 안에서 나눈 이 대화 역시 빠뜨리지 않고 기록에 담았다.

—우리는 이제 사라져가는 세대예요. 매머드들! 우리는 사람이 사는 데는 목숨보다 더 소중한 뭔가가 있다고 믿었던 시대를 지나왔어요. 그때는 조국이 위대한 사상이었지. 스탈린도 그렇고. 이제 톡 까놓고 얘기하지 못할 게 또 뭐겠소? 안 그러면 노래에서 노랫말을 빼는 격이지.

—그야 그렇지요…… 우리 빨치산에 용맹한 소녀병사가 한 명 있었는데…… 그렇게 철도만 찾아다니는 거예요. 폭파하겠다면서. 그 소녀는 전쟁 나기 전에 가족이 모두 당국의 탄압을 받았어요. 아버지, 어머니는 물론 두 오빠들까지. 그래서 이모와 살았죠. 그러다 전쟁이 터지자 곧장 빨치산을 찾아온 거예요. 다른 병사들이 보니까, 그 소녀가 글쎄, 뾰족한 말뚝 위로 기어올라가더라는 거예요…… 자신을 증명해 보이고 싶었던 거죠…… 남들 다 포상을 받을 때 그 소녀병사만 못 받았어요. 유독 그 소녀한테만 한 번도 메달이 수여되지 않은 거예요. 부모가 민중의 적이라는 이유 때문이었죠. 우리 군이 도착하기 바로 직전에 그 소녀병사는 다리 하나를 잃었어요. 병원으로 병문안 갔더니…… 울더라고요…… '다리는 잃었지만 이제 모두 나를 믿어주겠죠'라면서. 참 예쁜 아이였는데……

—우리 대대에 공병대대 지휘관이라며 어린 아가씨 두 명이 왔던 적이 있어요. 인사부대의 어떤 바보 같은 작자가 보낸 거였는데, 바로 그

자리에서 돌아가라고 했어요. 그러자 그 소녀병사들 불만이 대단했지. 자기들은 최전방에서 지뢰를 제거하고 길을 내고 싶다며.

　―왜 돌려보내셨어요?

　―몇 가지 이유가 있었소. 우선 내 밑에는 소녀병사들이 하겠다고 온 그 일을 훌륭히 해낼 노련한 병사들이 적지 않았고, 둘째, 여자들이 최전방까지 가야 할 이유가 없었으니까요. 여자들이 왜 그 지옥불로 뛰어들어요? 우리 남자들로도 충분한데. 그리고 또 참호도 따로 만들어줘야지, 여자들이 할 수 있는 일도 따로 내줘야지, 성가신 일이 한둘이 아니라는 걸 알았거든요.

　―그러니까, 당신 생각은, 여자는 전쟁터에 있어서는 안 된다는 건가요?

　―역사를 보면 어느 시대나 우리 러시아 여성들은 남편이나 형제, 아들을 전쟁터에 보내놓고 가만히 앉아 애간장만 태우고 있지는 않았소. 공작의 딸 야로슬라브나*만 봐도 직접 성벽으로 올라가 펄펄 끓는 타르를 적군의 머리에 붓지 않았소이까. 하지만 그래서 우리 남자들에게는 죄책감이 있어요. 여자들을 싸우게 했다는 죄책감. 나에게도 그 죄책감이 있다오. 아군이 퇴각할 때가 생각나요. 가을이었는데, 며칠 밤낮을 비가 내렸어요. 길가에 소녀병사가 죽어 있었소…… 머리가 긴 아가씨였는데 온몸이 진흙투성이였지……

　―그야 그렇지요…… 아군이 적의 포위망에 갇히자 여자간호병들이 적에게 응사하며 부상자들을 지켰다는 소리를 들었을 때는 '그럴 수 있겠다' 하고 이해가 됐어요. 부상자들은 도움이 필요한 아이들이나 마

---

* 1185년, 이민족인 폴로베츠족과 싸워 패한 러시아 노브고로드 공국 이고리 공의 두번째 부인.

찬가지니까. 하지만 두 여자병사가 중립지대로 기어가 '기관단총'으로 누군가를 죽인다, 글쎄, 그건…… 아무래도 '사냥' 같다는 느낌을 떨쳐 버릴 수가 없군요. 나도 총으로 사람을 죽여봤지만…… 나야 어쨌든 남자니까……

　—하지만 그 여자들이 고국을 지킨 건 사실이잖아요? 조국을 구해냈다고요……

　—그건 그렇소만…… 그런 여자들이랑 정찰은 같이 갈 수 있을지 몰라도 결혼은 하지 않을 거요. 그게, 그래요…… 우리 남자들은 여자를 엄마나 아내로 생각하는 데 익숙해요. 결국은 아름다운 숙녀에게 익숙하다는 거요. 동생이 해준 이야기가 있어요. 한번은 우리 도시로 독일군 포로 행렬이 지나갔는데, 동생이 또래 남자애들이랑 어울려 포로 행렬에 대고 고무총을 쐈나봐요. 그걸 우리 어머니가 보시고는 동생 뺨을 때렸소. 그 포로들이란 게, 히틀러가 최후 수단으로 징집한, 아직 이마에 피도 안 마른 어린애들이었던 거요. 동생은 그때 겨우 일곱 살이었지만 우리 어머니가 그 어린 독일군 포로들을 보며 눈물을 흘리던 모습을 지금도 똑똑히 기억하고 있어요. '너희 엄마 같은 사람들은 눈이 멀어버려야 돼. 세상에 어떤 엄마들이기에 이렇게 어린 자식들을 전쟁터로 내보낸단 말이냐!' 전쟁은 남자들의 일이오. 그런데도 남자들 이야기는 그렇게 쓸 게 없는 거요?

　—아니, 그렇지 않소…… 내가 목격자요. 그건 아니지! 전쟁이 터지고 처음 몇 달간 얼마나 끔찍했는지 기억해봅시다. 우리 비행대는 모두 지상에서 괴멸되고, 우리 탱크들 역시 죄다 성냥갑처럼 불타버렸소. 게다가 그나마 있던 소총도 다 구식이었지. 병사들이고 장교들이고 할 것 없이 수백만 명이 포로로 잡혀갔어, 수백만 명이! 한 달 반이 지나자 히

틀러가 모스크바 턱밑까지 치고들어왔소…… 그러자 교수들이 의용군에 자원하고 나섰소. 연로한 교수들까지 말이오! 어린 아가씨들도 자원하여 기꺼이 전선으로 향했고. 비겁한 자들만 싸우러 가지 않았어요. 비록 어린 아가씨들이었지만 얼마나 용감하고 비범했게요. 그런 통계자료가 있소이다. 최전방 의료진의 사망률이 보병부대 사망률 다음으로 높다고 말이오. 보병 다음으로. 예를 들어, 부상자를 전장에서 끌어내오는 게 어떤 일인지 아시오? 내가 이야기 하나 할까요……

한번은 우리가 공격에 나섰어요. 하지만 공격해보기도 전에 적의 기관총이 우리를 싹 쓸어버렸지. 대대 하나가 그대로 사라질 판이었소. 수많은 병사가 바닥에 널브러졌어요. 죽은 병사도 많고 부상자도 아주 많았소. 독일군은 계속 공격해들어오고 놈들의 총구는 멈출 줄을 몰랐지. 그런데 그때 무슨 일이 일어난 줄 아오? 소녀병사 하나가 참호에서 뛰어나오는가 싶더니 연이어 두번째, 세번째…… 소녀병사들이 줄지어 나오는 거요. 그리고 전장으로 기어가 우리 부상자들을 붕대로 싸매고 끌어내오기 시작했소. 독일군조차 깜짝 놀라 총격을 멈추고 멍하게 바라볼 정도였지. 밤 10시쯤엔 소녀병사들도 전부 중상을 입고 말았소. 한 사람당 못해도 두세 명씩은 구해내고 난 뒤였소. 하지만 소녀병사들에 대한 포상은 인색해서 전쟁 초기에 그들은 거의 표창을 받지 못했다오. 부상자들을 끌어내올 때는 무기까지 같이 챙겨 와야 했소. 부상자를 구해가면 의료위생부대에서 맨 먼저 물어보는 말이 뭐였는지 아오? '무기는 어디 있느냐'는 거였소. 전쟁 초기에는 무기가 턱없이 부족했소. 그래서 소총, 자동소총, 기관총 할 것 없이 무기는 죄다 부상병들과 함께 끌고 와야 했어요. 1941년, 전우의 목숨을 구할 경우 그 병사를 포상 대상에 추천할 수 있다는 281번 군령이 발효됐소. 15명의 중상자들을 무기까지 챙겨서 구하면 전훈 메달, 25명을 구하면 붉은 별 훈장, 40명은 붉은 깃발 훈장, 그리고 80명은 레닌 훈장을 수여한다는 내용이었소. 전장에서 단 한 명이라도 생명을 구한다는 게 얼마나 가치 있는 일인지 알았으면 싶군요…… 총탄이 빗발치는 전장에서 말이오……

　ー그야, 물론이죠…… 나도 기억나는 게 있어요…… 그러니까…… 독일군이 주둔한 마을로 우리 정찰병들을 보냈어요. 두 명이 정찰에 나섰죠…… 뒤이어 한 명 더 나갔고…… 하지만 아무도 돌아오지 않았어요. 그러자 지휘관이 우리 소녀병사들 중 한 명을 불렀어요. "류샤, 네가 가." 류샤에게 목동의 옷을 입혀 마을로 내보냈어요…… 남자는 금방 발각돼도 여자는 무사히 통과할 수 있다는 생각에 보낸 거였소. 그래, 그랬소…… 하지만 여자 손에 소총이 들려 있는 걸 본다면 얘기는 다르겠죠……

　ー그 소녀병사는 돌아왔나요?

　ー성은 잊어버렸고…… 이름은 기억나요. 류샤. 결국 류샤도 죽었소…… 나중에 마을 농민들이 우리에게 이야기해줘서 알았죠.

다들 한동안 말이 없다. 그리고 잠시 후 망자들을 위해 건배한다. 대화는 다른 주제로 넘어간다. 우리는 이제 스탈린에 대해, 스탈린이 어떻게 전쟁 직전에 가장 뛰어난 군사정예요원들을 숙청해버렸는지에 대해 이야기를 나눈다. 스탈린의 잔인한 집단화 정책*과 1937년**에 대해. 그리고 수용소와 유형에 대해. 1937년이 없었다면 아마 1941년***도 없었을 거라는 대화도 오간다. 우리 군이 모스크바까지 밀리는 일도 없었을 거

---

* 스탈린의 주도하에 강제적으로 이루어진 농업 집단화.
** 정적과 반대파 인사들에 대한 스탈린의 대숙청이 극에 달했던 때.
*** 독일의 침공으로 대조국전쟁이 시작된 해.

라는 이야기들. 하지만 전쟁이 끝나자 이 모든 일은 잊히고 말았다. 승리가 모든 것을 덮어버렸다.

—전쟁터에서 연애도 하고 그랬나요?

내가 묻는다.

—전선의 소녀병사들 중에는 아름다운 아가씨들이 많았어요. 하지만 우리 눈에는 여자로 보이지 않았지. 내가 봐도 정말 멋진 여자들이었지만 말이오. 그 아가씨들은 우리를 전장에서 구해낸 우리의 전우였소. 우리를 구해내고 간호해주고 돌봐줬어요. 나도 두 번 부상을 당했는데, 그때마다 나를 구해줬지. 그런데 어떻게 그들을 나쁘게 생각할 수 있겠소? 하지만 당신은 형제하고 결혼할 수 있나요? 우리한테 그들은 누이였소.

—그럼 전쟁이 끝난 뒤에는요?

—전쟁이 끝나자 그들은 전혀 보호받지 못하는 처지가 됐소. 내 아내같이 똑똑한 여자도 여자병사들을 좋게 보지 않았으니까. 사람들은 그녀들이 남편감을 찾아 전쟁터에 간 거고, 그곳에서 연애질만 실컷 하다가 왔다고 믿었어요. 이왕 터놓고 얘기한 김에 하는 말인데, 실제로 소녀병사들은 대부분 정숙한 처녀들이었어요. 순결한 처녀들. 하지만 전쟁이 끝나자…… 더러운 오물도, 들끓는 이도, 시신들도…… 더이상 안 봐도 되자 뭔가 아름다운 게 그리워지더군요. 뭔가 밝고 화사한 그런 게…… 아름다운 여인들…… 친구 한 명이 있었소. 지금 내 기억으로는 꽤 예쁜 아가씨가 그 친구를 사랑했었소. 간호병이었죠. 하지만 친구는 그 아가씨하고 결혼하지 않았어요. 제대하자 다른 여자, 더 예쁜 아가씨를 만나 결혼했지. 하지만 그 친구, 자기 아내랑 행복하지 못해요. 이제야 그 아가씨, 전쟁 때 연인을 떠올리고는 한다오. 서로 좋은 친구

가 됐을 텐데. 전선에서 돌아오자 친구는 그 아가씨를 버렸소. 4년 동안 닳아빠진 군화에 남자 속옷을 입고 다닌 그 아가씨가 지켜줬던 거요. 우리는 전쟁을 잊으려고 애썼소. 그리고 그때 사랑했던 여인들도 함께 잊은 거요……

—그야, 물론…… 다들 젊었으니까. 살고 싶었고……

그렇게 우리는 그날 밤 아무도 잠들지 못했다. 아침까지 우리의 대화는 계속됐다.

……지하철에서 얼마 가지 않아 곧바로 조용한, 모스크바의 평범한 마당이 나타난다. 아이들의 놀이터인 모래밭과 그네가 있는 마당. 전화 수화기를 타고 들려오던 놀란 목소리를 떠올리며 걷는다. '도착했어요? 그런데 곧장 우리집으로 온다고요? 노병협회에 더 알아보지 않아도 되겠어요? 거기에 나에 대한 자료가 다 있는데. 거기서 미리 다 확인했거든요.' 나는 당혹스럽기까지 했다. 나는 예전에, 고통은 사람을 자유롭게 한다고, 고통을 견뎌낸 사람이야말로 자기 삶의 온전한 주인일 거라고 생각했다. 고통의 기억이 자신을 보호한다고. 그런데 이제 언제나 그런 것만은 아니라는 사실을 알게 된다. 이런 앎, 평범한 보통의 삶에는 있기 힘든 이런 특별한 앎은 손댈 수 없도록 따로 보관해놓은 비축물이나 겹겹이 층을 이룬 광석 틈의 희미한 금가루처럼 별도의 공간에 존재한다. 한참을 속이 빈 암석을 공들여 벗겨내고, 함께 사소한 기억의 퇴적물을 헤집어야 한다. 그래야 비로소 반짝반짝 모습을 드러낸다! 선물처럼 찾아온다!

우리는 정말 어떤 사람들일까. 무엇으로, 어떤 재료로 만들어졌을까? 고통을 이겨낸 사람은 어떤 단단함을 가지고 있는지, 알고 싶다. 그걸 알기 위해 나는 이곳에 왔다……

통통한 몸집에 키가 자그마한 여인이 문을 열어준다. 남자처럼 한 손을 내밀어 인사를 건네는데, 다른 한 팔로는 어린 손자를 안고 있다. 아이가 전혀 놀라는 기색 없이 익숙한 호기심으로 나를 맞이하는 걸 보니 평소 손님의 왕래가 잦은 집인 것 같다. 손님을 환영하는 집.

커다란 방이 널따란 게 휑하다. 가구가 거의 없다. 직접 만들어 설치한 선반 위의 책들은 대부분 전쟁을 회상하는 것들이다. 크게 확대된 전선의 사진들도 눈에 띈다. 탱크용 군모가 큰 사슴뿔에 걸려 있다. 반질반질한 작은 탁자 위에 조그만 탱크 모형들이 줄지어 서 있고, 탱크마다 선물 받은 것임을 짐작게 하는 문구가 적혀 있다. 'N부대의 전우들로부터' '탱크학교 생도들로부터'…… 내가 앉은 소파에 인형 세 개가 나란히 '앉아 있는'데, 모두 군복 차림이다. 방안의 커튼과 벽지마저 군인색인 카키색이다.

전쟁은 이 집에서 아직도 진행중이며 영원히 끝나지 않을 것이란 사실을 깨닫는다.

니나 야코블레브나 비시넵스카야, 특무상사, 전차대대 위생사관:
"무슨 말을 어디서부터 어떻게 해야 할지…… 차라리 글이 낫겠다 싶어 글로 써보기도 했는데…… 글쎄, 마음에서 우러나는 대로 이야기하면 되겠지, 뭐. 그게 그러니까…… 당신을 친구라 생각하고 이야기할게……

전차부대는 여자병사를 달가워하지 않았다는 이야기부터 시작해볼까. 달가워하지 않는 정도가 아니라 여자는 아예 뽑지도 않았다고 하는 게 맞을 거야. 그런데 어떻게 그 부대에 들어갔냐고? 우리 가족은 칼리닌 주의 코나코보에 살고 있었어. 나는 막 8학년 기말시험을 치르고 9학년에 올라갈 참이었지. 그때만 해도 우리는 전쟁에 대해 아무것도 몰랐어. 우리한테 전쟁은 그저 하나의 놀이 같은 거? 뭔가 책에서 봤던 거? 뭐 그런 비슷한 거였지. 우리는 낭만적인 혁명이니 숭고한 이상이니 따위를 배우며 자랐으니까. '전쟁은 곧 우리의 승리로 끝날 것'이라는 신문기사를 철석같이 믿었지. '곧, 이제 곧 끝날 거야……' 그렇게 생각하고 기다렸어.

우리 가족은 콤무날카에 살았어. 여러 집이 함께 살았지. 날마다 한 사람, 두 사람 전쟁터로 떠나는데, 페탸 아저씨, 바샤 아저씨…… 우린 계속 궁금한 거야. '도대체 거기가 어딜까.' 사람들이 기차역까지 따라나가 배웅하곤 했어…… 음악이 울리고, 여자들은 흐느껴 울었지만 우리는 전혀 무섭지가 않은 거야. 놀라지도 않았고. 오히려 재미있더라니까. 브라스 밴드는 언제나 행진곡 〈슬라브인이여 안녕〉을 연주했는데 나도 그 행진곡을 들으며 기차를 타고 떠나고 싶었지. 우리한테 전쟁은 어딘가 한참 먼 곳의 일이었어. 예를 들면, 나는 군복 단추가 좋았어. 반짝반짝 빛나는 게 그렇게 멋져 보일 수가 없더라고. 당시 나는 위생사관 양성 과정에 다니고 있었는데도 왠지 그 일들이 다 현실 같지가 않았지. 장난 같기도 하고. 나중에 학교가 폐쇄되고 우리도 군사용 방어시설을 짓는 데 동원됐지. 우리는 허허벌판의 헛간 같은 곳으로 나뉘어 들어갔어. 우리도 드디어 뭔가 전쟁에 도움이 되는 일을 하는구나 싶어 마음이 우쭐하더군. 우리는 '심신미약부대'에 배치됐어. 아침 8시부터 저녁 8시까지, 하루에 열두 시간씩 일을 했어. 대전차용 참호를 팠지. 다들 열대여섯 살밖에 안 된 애들이었어. 여자애들, 남자애들…… 그러던 어느날 역시 참호를 파고 있는데 누군가 '공습이다!'라고 외치는 거야. 그리고 뒤이어 또 누군가 '독일군이다!'라고 소리치고. 어른들은 부리나케 도망쳤지만 우리는 도대체 독일 전투기들은 뭐고, 또 독일군은 누군지 너무 궁금한 거야. 하지만 전투기들이 워낙 순식간에 날아가버려서 아무것도 볼 수가 없었어. 다들 실망했지…… 잠시 후 전투기들이 다시 돌아왔는데, 이번에는 아주 낮게 날았어. 독일군의 검은 십자가 표식까지 다 보일 정도로. 우리는 이번에도 겁내기는커녕 너나없이 구경하기 바빴어. 그런데 갑자기 전투기들마다 기관총이 보인다 싶더니 곧장 불을 뿜는 게 아니겠어. 그리고 바로 눈앞에서 친구들이 픽픽 쓰러지는 거야. 학교도 같이 다니고 일도 같이 한 친구들이 말이야. 우리는 한순간 멍해져서 '이게 다 뭐지?' 하며 눈앞에서 무슨 일이 벌어진 건지 이해하지 못했어. 그저 멍하게 서서, 보고만 있었지…… 그 자리에 못박힌 것처럼…… 그러자 어른들이 달려와 우리를 덮쳐 땅에 엎드리게 했어. 그런데도 우리는 무섭지가 않더라니까……

독일군은 어느새 우리가 사는 도시 바로 옆까지 치고들어왔어. 그러니까 우리 도시까지 불과 10킬로미터만 남겨두고 있었어. 밤낮으로 포격 소리가 쿵쿵 울려댔지. 나는 동무들과 군정치위원회로 달려갔어. '우리도 조국을 지켜야 한다. 그리고 함께 있어야 한다'면서. 당연히 그래야 한다고 믿었으니까. 하지만 우리를 모두 받아주지는 않았어. 인내심 강하고 힘센 여자애들, 그리고 무엇보다 열여덟 살이 넘은 여자애들만 받아줬지. 훌륭한 콤소몰 당원들만. 어떤 대위가 탱크부대로 데려갈 여자애들을 뽑았어. 나는, 당연히, 못 끼었지. 그때 나는 열일곱 살에 키도 겨우 160센티미터였거든.

—보병이 부상당하면,

위원장이 나한테 설명했어.

—땅바닥에 쓰러지겠지. 그러면 기어가서 그 자리에서 부상당한 곳

을 붕대로 싸매주고 총알을 피해 끌어내오면 돼. 하지만 전차병은 얘기가 달라…… 만약 탱크 안에서 부상당하면 탱크 해치를 열고 끄집어내야 하는데, 네가 그 무거운 남자들을 끄집어낼 수 있겠어? 전차병들이 얼마나 건장하고 우람한지 알아? 탱크 안으로는 들어가야지, 적의 총탄은 쏟아지지, 파편은 사방으로 튀지. 탱크에 불이 붙으면 또 어떻고?

—그럼 저는 다른 콤소몰 당원들과는 다르단 말인가요?

나는 울기 시작했어.

—너도 당연히 콤소몰 당원이지. 하지만 너무 어려.

나랑 같이 위생사관 양성 과정을 마치고 학교도 같이 다닌 내 친구들은 다 키도 크고 힘도 셌어. 그 아이들은 받아줬거든. 친구들은 다 떠나는데 나만 남는다고 생각하니 부끄럽기도 하고 화도 났지.

부모님께는 당연히 아무 말도 하지 않았어. 친구들을 배웅하러 갔는데, 친구들이 나를 딱하게 여긴 거야. 그래서 나를 트럭에 몰래 타게 하고 방수포로 가려줬어. 우리는 큰 화물트럭을 타고 갔어. 다들 머릿수건을 하나씩 머리에 쓰고 앉았는데, 누구는 검은색, 누구는 파란색, 빨간색…… 정말 알록달록, 가지각색이었어. 나는 머릿수건 대신 엄마 블라우스를 머리에 쓰고 있었고, 보고 있자니, 전쟁터가 아니라 꼭 어디 아마추어 예술공연이라도 가는 것 같더라니까. 정말 볼만했지! 왜 그, 영화에서처럼…… 지금도 생각하면 절로 웃음이 나…… 글쎄, 슈라 키셀레바는 기타까지 챙겨 왔더라니까. 계속 가다보니 하나둘 참호들이 나타나기 시작했지. 병사들이 우리를 보고는 소리쳤어. '가수들이다! 가수들이 왔다!'

본부에 도착하자 대위가 정렬을 지시했어. 모두 밖으로 나와 섰고, 내가 맨 마지막에 섰어. 다들 자기 짐을 들고 섰는데, 나만 아무것도 없이 맨몸이었어. 엉겁결에 따라온 마당에 언제 짐을 챙겼겠어. '아무것도 없으면 좀 이상하잖아'라면서 슈라가 자기 기타를 나한테 주었지.

본부장이 나오자 대위가 보고를 올렸어.

―중령 동지! 열두 명의 여자병사들이 중령 동지의 명령을 수행하기 위해 도착했습니다.

중령이 우리를 봤어.

―열두 명이 아니라 전부 열세 명인데, 대위.

대위는 다시 보고를 올렸어.

―아닙니다, 열두 명입니다, 중령 동지.

대위는 우리가 열두 명이라는 사실에 추호의 의심도 없었어. 하지만 뒤돌아 우리를 보더니 곧바로 내가 있는 걸 발견했지.

―자네가 왜 여기 있지?

내가 대답했어.

―적과 싸우기 위해 왔습니다, 대위 동지.

―뭐? 앞으로 나와!

―친구들과 함께 왔습니다.

―춤추러 갈 때나 친구들하고 몰려다니는 거지. 여기는 전쟁터야. 자, 이쪽으로 더 가까이 오도록.

엄마 블라우스를 그대로 머리에 뒤집어쓴 채 나는 중령과 대위에게 가까이 다가갔어. 그리고 위생사관 양성 과정 수료증을 내보였지. 나는 사정하기 시작했어.

―조금도 걱정하지 마세요, 아저씨, 저 힘세거든요. 간호사로도 일했고…… 헌혈도 해봤어요…… 제발요……

중령과 대위가 내 서류를 모두 검토하는가 싶더니 중령이 이내 지시를 내렸어.

—집으로 돌려보내! 지나가는 차량이 보이는 즉시 태워 보내도록!

차가 지나가기를 기다리는 동안, 나는 임시로 의료위생소대에 배치됐어. 앉아서 지혈용 거즈막대를 만들었지. 그러다가 차가 본부 쪽으로 오는 게 보이면 얼른 숲으로 들어가 숨었어. 숲에서 한 시간이고 두 시간이고 차가 떠날 때까지 기다렸다가 다시 소대로 돌아갔지. 우리 대대가 전투에 나가기 전까지 3일을 그렇게 했어. 우리 대대는 32전차여단에 소속된 제1전차대대였지. 다른 병사들은 모두 전투에 나가고, 나는 남아서 부상병들을 위한 방공호를 만들었어. 삼십 분이 채 지나지 않아 부상병들이 실려오기 시작했지…… 전사자들도 들어오고…… 그 전투에서 친구 하나가 죽었어. 그 통에 다들 나를 집으로 돌려보내야 한다는 사실을 잊어버린 거야. 나한테 익숙해지기도 했고. 상관들도 더이상 나에 대해 별말이 없었고……

이제 어떡하겠어? 꼼짝없이 군복을 입는 수밖에. 그때 우리는 각자 배낭을 하나씩 가지고 있었거든. 개인물품을 넣으라고 부대에서 나눠준 건데, 새것이었어. 나는 배낭끈을 잘라내고 바닥을 찢어서 옷처럼 걸쳐 입었어. 군복 치마로 그만이더군. 그리고 아직 그런대로 입을 만한 군복 상의를 어디서 하나 구해다가 허리띠로 단단히 조여맸어. 친구들에게 자랑하고 싶더라고. 그래서 친구들 앞에서 막 빙그르르 돌아 보이는데, 특무상사가 갑자기 우리 숙소로 들어온 거야. 부대 지휘관도 뒤따라 들어오고.

특무상사가 말했어.

—차려엇!

중령이 들어오자 특무상사가 중령에게 보고를 올렸어.

―중령 동지, 보고드릴 게 있습니다! 소녀병사들이 문제를 일으켰습니다. 물건을 넣으라고 배낭을 지급했는데, 본인들이 그 안으로 들어가 버렸습니다.

지휘관이 나를 알아보았어.

―아, 그 '토끼'가 바로 자네였나! 뭐, 어쩌겠나, 특무상사, 소녀병사들에게도 군복 일체를 내주게.

우리가 받은 게 뭔 줄 알아? 남자전차병들한테는 방수포로 된, 거기다 무릎까지 덧대진 바지를 주면서 우리한테는 사라사로 만든, 위아래가 붙은 얇은 작업복 바지를 준 거야. 땅바닥은 흙 반 쇠붙이 반이고 사방이 돌투성이인데, 어디 옷이 남아나겠어? 우리 일이 탱크 안에 들어앉아 하는 일도 아니고, 밤낮 포복으로 땅바닥을 기어다니는 일인데 말이야. 탱크는 불이 자주 붙었어. 전차병은 살아남더라도 온몸에 불이 붙는 걸 피할 수 없었지. 우리도 자주 화상을 입었어. 쾅쾅 터지는 포탄 사이를 뚫고 기어가고, 또 불붙은 사람을 꺼내야 했으니까…… 탱크의 해치를 열고 그 안에서 부상병을 꺼내기란 보통 힘든 게 아니었어. 특히 포탑 사격수일 경우는 말도 못하게 힘들었지. 죽은 사람이 산 사람보다 무겁다는 거 알아? 그것도 훨씬 더. 나는 그걸 금방 알게 됐지……

우리는 미리 훈련받고 온 게 없어서 누가 무슨 계급인지 잘 구분을 못했어. 그래서 특무상사가 계속 우리를 가르쳐야 했지. '이제 너희도 진짜 군인이 됐으니 너희보다 계급이 높은 사람에게는 거수경례를 해야 한다. 늘 단정하게 허리띠를 졸라매야 한다. 외투는 꼭 앞을 잠그고 다녀야 한다……'

남자병사들은 우리가 어린 아가씨들인 걸 알고는 우리를 자주 놀려 먹었어. 한번은 차를 가져오라는 의료위생소대의 명령을 받고, 취사병에게 갔어. 취사병이 나를 보더니 물었어.

　─무슨 일로 왔나?

대답했어.

　─차 가지러 왔는데요……

　─아직 준비가 안 됐어.

　─왜요?

　─다른 취사병들이 솥에서 몸을 씻고 있거든. 다 씻고 나면 차를 끓일게……

나는 그 말을 믿었어. 정말 요만큼의 의심도 없이 곧이곧대로 믿었다니까. 그래서 가지고 간 빈 양동이를 들고 터벅터벅 돌아가는 길인데, 우연히 의사를 만난 거야.

　─왜 빈 양동이로 돌아오는 건가? 차는 어디 있지?

그래서 대답했지.

　─그게, 취사병들이 솥에서 몸을 씻고 있어서, 차가 아직 준비가 안 됐답니다.

의사가 자기 머리를 감싸쥐더군.

　─대체 세상에 어떤 취사병들이 솥에서 몸을 씻는단 말이야?

의사가 나를 그 취사병에게 데리고 가서 따끔하게 한마디했어. 그러자 그제야 두 양동이 가득 차를 채워주는 거야. 그렇게 차를 받아 가지고 오는데 맞은편에서 군정치부 부장과 여단장이 걸어오더라고. 나는, 우리는 계급이 제일 낮은 사병이기 때문에 누구든 만나면 경례해야 한다고 배웠던 게 문득 떠올랐어. 그런데 한꺼번에 두 사람이 오고 있다는 게 문제였지. '두 사람인데 어떻게 경례를 한다?' 앞으로 걸어가면서 계속 궁리했어. 거의 마주치게 되자 나는 양동이를 바닥에 내려놓고 양손을 군모에 올려붙이며 두 사람 모두에게 동시에 거수경례를 했어. 그들은 나를 알아채지 못하고 지나치다가 나중에서야 알고는 놀라서 그 자리에 멈춰 섰어.

—누가 그렇게 경례를 하라고 가르치던가?

—특무상사님이 가르쳐주셨습니다. 상사님께서 모든 사람에게 각각 경례해야 한다고 하셨어요. 그런데 두 분이 함께 오셔서……

어린데다 여자인 우리한테는 군대의 모든 게 복잡하기만 했어. 특히 계급장은 아무리 봐도 뭐가 뭔지 도통 알 수가 없었지. 그때만 해도 아직 마름모꼴이니 정사각형이니 직사각형으로 된 계급장을 달고 다녔거든. 모든 사람을 일일이 계급에 맞는 호칭으로 불러야 한다고 생각해봐, 그게 어디 쉽나. 누군가 꾸러미를 하나 내주며 대위에게 갖다주라고 하잖아? 그러면 누가 대위인지 모르겠는 거야. 걸어가는 동안 '대위'라는 단어는 머리에서 지워져버리고 도착해서는 이렇게 말하는 거지.

—아저씨, 어떤 아저씨가 여기 이거 갖다드리라고 해서요……

—어떤 아저씨가?

—항상 군복 입고 다니는 아저씨 있잖아요. 속티셔츠는 잘 안 입고……

우리는 어떤 중위니, 어떤 대위니 하는 식으로는 사람을 잘 기억하지 못했어. 다른 식으로, 이를테면 '잘생겼다거나 못생겼다' '대머리이거나 키가 크다'는 인상착의 같은 걸로 사람을 인식하고 구분했지. '아, 그 키 큰 사람!' 그러면 그제야 누군지 알겠는 거야.

불탄 군복 바지와 불타버린 두 팔, 역시 타버린 얼굴들을 봤을 때…… 나는…… 정말 놀랍게도…… 나는 울지 않았어. 눈물을 잃어버린 거야…… 축복의 눈물, 여자에게 선물로 주어진 눈물을…… 전차병들은 온몸에 불이 붙은 채 불타는 탱크 안에서 뛰쳐나오곤 했어. 살이 타면서 연기가 나고, 팔이나 다리가 떨어져나가는 경우도 많았어. 정말 치명적인 부상이었지. 전차병이 죽어가면서 부탁하는 거야. '내가 죽으면 우리 엄마에게 편지 좀 써줘요. 우리 아내에게도……' 하지만 나는 그 부탁을 들어줄 수가 없었어. 이 사실을, 죽음에 대한 이야기를 알지도 못하는 누군가에게 어떻게 써야 할지 몰랐으니까……

전차병들이 다리 부상을 입은 나를 우크라이나의 한 마을로 데리고 갔어. 키로보그라드*에 있는 마을이었지. 그런데 우리 의료위생소대가 숙소로 정한 농가의 주인 여자가 날 보고 우는 거야.

—아이고, 이렇게 어린 청년이!……

전차병들이 웃어댔지.

—아줌마, 어린 청년이 아니라, 어린 아가씨요!

주인아주머니가 내 옆에 앉더니 나를 찬찬히 뜯어봤어.

—정말 아가씨요? 정말 아가씨야? 어린 청년인 줄 알았는데……

머리는 짧게 잘랐지, 작업복은 입었지, 거기에 전차병 모자까지 눌러 썼으니 누가 봐도 남자였어. 주인아주머니가 나에게 자기 잠자리를 양보하고 얼른 건강을 회복하라며 새끼돼지까지 잡아줬어. 그러고는 계속 나를 불쌍해했지.

—세상에, 아무리 남자가 없다고 아직 어린애를 전쟁터로 데려오다니…… 그것도 여자애를……

아주머니의 말과 눈물에…… 내 마음이 한순간 무너져내렸어. 나도 엄마도 가엾게만 여겨지고 '도대체 여기, 이 남자들 틈에서 뭐하는 짓이

---

* 우크라이나 중부, 키예프 동남쪽에 위치한 공업도시.

지? 난 아직 어린데, 난 여자인데. 만약 다리도 없는 몸으로 돌아가게 된다면?' 온갖 생각들이 밀려들더군…… 그래, 그랬어…… 숨기지 않을게……

열여덟 살에 쿠르스크 전투에서 전투 수훈 메달과 붉은 별 훈장을 받았고, 열아홉 살에 제2급 조국전쟁 훈장을 받았어. 한번은 보충병들이 새로 왔는데 모두 어린 병사들이더라고. 당연히 내 메달이며 훈장을 보고는 깜짝들 놀랐지. 다들 나이도 나랑 비슷한 열여덟, 열아홉으로 자기들 딴에는 내가 우습게 보였나봐. '뭘 했다고 메달을 받은 거냐. 전투에 나가는 봤느냐'며 나를 비웃고 놀렸어. 아니면 '총알이 탱크 철판도 뚫는데?'라며 짓궂은 농담으로 귀찮게 했지.

그렇게 나를 비웃고 놀리던 신참 중 하나가 부상을 당했고, 나는 비 오듯 쏟아지는 총탄들 속을 뚫고 기어가 그의 상처를 싸매줬어. 그 병사 성도 기억나. 셰골레바티흐. 다리에 중상을 입었지. 내가 다리에 부목을 대주자 그 신참이 나에게 용서를 구했어.

—누이, 기분 나쁘게 한 거 미안해요. 솔직히 말하면 나는 당신이 좋아요.

그때 우리가 사랑에 대해 뭘 알았겠어? 사랑이라고 해봐야 학창 시절의 풋사랑? 어린애처럼 유치한 사랑이었지. 한번은 적에게 포위당했을 때인데…… 맨손으로 참호를 파야 했어. 땅 팔 도구가 아무것도 없었거든. 삽도 없고…… 정말 아무것도 없었어…… 적은 사방에서 포위망을 좁혀오고…… 우리는 밤에 포위망을 뚫든지 아니면 싸우다 죽든지 하자고 결정을 내렸지. 아무래도 죽기가 쉬웠지…… 글쎄, 모르겠어, 이 이야기를 해야 될지 말아야 될지. 잘 모르겠는데……

우린 위장한 채 몸을 숨기고 있었어. 어쨌든 포위망을 뚫어보기로 하

고 밤이 오기를 기다렸지. 우리 대대장이 부상당하는 바람에 미샤 중위
가 대대장 대신 지휘를 맡았는데, 나이가 스무 살쯤 됐을까 그랬어. 자
기가 옛날에 얼마나 춤추기를 좋아하고 기타를 잘 쳤는지 한참 이야기
를 하다가 갑자기 이렇게 묻더라고.

　―너 혹시 먹어봤어?

　―뭘요? 뭘 먹어봤느냐는 거예요?

그때 나는 정말 배가 고팠거든.

　―아니 '무엇을'이 아니라 누구를…… 바바*!

전쟁 전에 그런 괴상한 이름을 가진 파이가 있긴 했지.

　―아, 아, 아니요……

　―나도 아직 못 먹어봤어. 아, 사랑이 뭔지 맛도 못 보고 이렇게 죽어
야 한다니…… 있잖아, 어차피 밤이면 우리 둘 다 죽을 건데……

　―저리 꺼져, 이 멍청이!

중위가 무슨 말을 하는지 그제야 이해가 된 거야.

우린 삶이 무엇인지 살아보기도 전에 삶을 위해 죽어갔어. 책으로 아
는 삶이 전부였지. 나는 로맨스 영화를 좋아했어…… 전차부대의 위생
사관들은 빨리 목숨을 잃었어. 탱크 안에 우리가 들어갈 자리는 없었지.
그래서 탱크 상판을 붙잡고 탱크에 매달려 가야 했어. 제발 탱크 바퀴에
발이 빨려들어가지 않기만을 바라면서. 그러면서 동시에 주위에 불타는
탱크는 없는지 살펴야 했지. 보이면 즉시 뛰어내려 그곳으로 달려가든
지 기어가든지 해야 했으니까…… 친구들 중에 전선에 나간 사람은 나
까지 전부 다섯 명이었어. 류바 야신스카야, 슈라 키셀레바, 토냐 보브

---

* 러시아어로 '바바'는 아낙네라는 뜻으로, 계란을 넣어 만든 원추형 빵의 이름이기도
하다.

코바, 지나 라티시 그리고 나. 전차병들은 우리를 '코나코보의 어린 아가씨들'이라고 불렀지. 내 친구들은 모두 전사했어⋯⋯

류바는 전투에 나갔다가 전사했어. 그 전투가 있기 바로 전날 저녁에 나는 류바와 서로 꼭 끌어안고 이야기를 나눴어. 그때가 1943년이니까⋯⋯ 우리 사단이 드네프르 강까지 접근해 들어갔을 때야. 그런데 류바가 갑자기 그러는 거야. '나, 이 전투에서 죽을 거 같아. 왠지 그런 예감이 들어.' 류바는 특무상사에게 가서 속옷을 새로 하나 달라고 부탁했어. 하지만 '얼마 전에 받았지 않느냐'며 거절당했지. 류바가 나에게 아침에 자기랑 같이 특무상사에게 가달라고 부탁했어. 나는 류바를 달랬어. '우리가 전투에 나가 싸운 지도 벌써 2년이야. 이젠 아마 총알이 우릴 피해 갈걸.' 하지만 아침이 되자 류바가 다시 나를 졸랐고 결국 특무상사에게 같이 가서 사정사정한 끝에 속옷 한 벌을 새로 얻어왔어. 그래서 결국 류바는 깨끗한 새 속옷으로 갈아입을 수 있었지. 눈처럼 하얀, 끈 달린 속옷이⋯⋯ 새빨간 피로 물들었어⋯⋯ 새하얀 셔츠에 새빨간, 선홍빛의 피가 물들어 있던 그 모습이 아직도 눈에 선해. 류바가 마음속으로 상상했던 모습 그대로였지⋯⋯

우리 네 명이 류바를 방수망토에 눕혀 데려왔어. 류바는 평소보다 훨씬 무거웠지. 그 전투에서 아군 사상자가 많았어. 우리는 전사자들을 위해 커다란 무덤을 만들었어. 그곳에 한꺼번에 묻었지. 늘 그랬듯 이번에도 관도 없이 그냥 묻어주기만 했어. 류바가 맨 위에 있었어. 이제 더이상 류바가 없다는 사실이, 이제 더이상 그 아이를 볼 수 없다는 사실이 도저히 믿기지가 않더군. 나는 '뭐라도 좋으니 류바를 기억할 수 있는 물건 하나만 가지자'고 생각했지. 류바는 손에 반지를 끼고 있었어. 그게 금반지였는지 그냥 반지였는지는 나도 모르겠어. 아무튼 그 반지를 내가 가졌지. '전사한 사람 물건을 가지면 안 좋은 일이 생길 수 있다'며 동료들이 말렸지만 듣지 않았어. 그리고 망자들과 작별을 고해야 하는 순간이 왔고, 한 사람 한 사람 무덤에 한줌씩 흙을 뿌리기 시작했지. 내 차례가 되어 흙을 뿌리는데, 세상에, 반지가 죽 미끄러져 거기로, 무덤으로 떨어지는 거야…… 류바에게로…… 그제야 생각이 나더라고. 류바가 그 반지를 얼마나 아끼고 좋아했는지…… 류바 아버지는 전쟁 내내 전쟁터에 계셨지만 무사히 살아 돌아오셨어. 오빠도 무사히 돌아오고. 그렇게 남자들은 돌아왔는데…… 류바는 목숨을 잃고 말았어……

슈라 키셀레바…… 친구들 중에서 제일 예쁜 아이였어. 여배우처럼 예뻤지. 슈라는 불에 타 죽었어. 슈라가 중상을 당한 병사들을 낟가리 속에 숨겼는데, 독일군이 일제 총격을 퍼부으면서 낟가리에 불이 붙은 거야. 부상병들을 두고 나왔으면 살 수 있었는데 슈라는 그렇게 하지 않았어…… 그 자리를 지키다 함께 불타 죽고 말았지……

토냐 보브코바가 어떻게 죽었는지는 아주 최근에야 자세히 알게 됐지. 토냐는 사랑하는 사람에게 날아오는 지뢰 파편을 온몸으로 막아냈어. 파편들이 날아오는 건 정말 순간인데…… 그걸 어떻게 막아냈을까? 토냐는 자기를 희생해 페탸 보이쳅스키 중위를 구했어. 그를 사랑했으니까. 덕분에 중위는 목숨을 건졌지.

30년이 지나 페탸 보이쳅스키 중위가 크라스노다르에서 나를 보러 왔어. 내가 어디 사는지 수소문했다는 거야. 그때 일을 전부 이야기해주더라고. 중위와 함께 보리소프로 갔어. 토냐가 전사한 그 숲속을 뒤졌지. 토냐가 묻힌 무덤을 발견하자 중위가 무덤의 흙을 한 움큼 집어들었어. 그리고 그 흙을 소중히 가져가면서 흙에 입을 맞췄지……

우리들, 코나코보의 소녀병사들은 모두 다섯 명이었어…… 하지만 살아서 엄마한테 돌아온 건 나 하나야……"

그리고 뜻밖에도 시를 한 편 읊는다.

용감한 소녀병사 전차 위로 뛰어올라
그렇게 자신의 조국을 지킨다네.
소녀병사는 총탄도 파편도 두렵지 않으니
그 가슴 뜨겁게 불타오르기 때문이네.
기억하게, 전우여, 그녀의 소박한 아름다움을
방수망토에 실려오던 그 순간을……

전선에 있을 때 자신이 쓴 시란다. 나는 전선에서 많은 이들이 시를
썼다는 사실을 이미 알고 있다. 조악하지만, 그럼에도 사람의 마음을 울
리는 그 시들은 지금도 열심히 다듬어지고, 또 가족의 기록물로 소중하
게 보관된다. 이어 펼쳐드는 전쟁 앨범. 사실 앨범은 내가 방문하는 집
마다 꺼내 보여주는 것이기도 하다. 전쟁 앨범은 어쩐지 처녀 시절 연애
앨범을 연상시킨다. 안타깝게도 사랑은 오직 그 시절 그곳에만 존재하
고 지금 이곳엔 죽음만 존재하는 것 같다.

"우리 가족은 화목해. 사이좋게 잘 지내지. 아이들, 손자손녀들……
하지만 내 마음은 여전히 전쟁터야. 늘 그곳에 가 있어…… 10년 전에
전우인 바냐 포즈드냐코프를 찾으려고 수소문했어. 죽은 줄 알았는데
알고 보니 살아 있더라고. 바냐는 지휘관이었어. 프로호롭카 전투에서
자기 탱크로 독일군 탱크 두 대를 박살내고 불태워버렸지. 탱크 안의 다
른 병사들은 모두 죽고 바냐 혼자만 살아남았어. 살아남았다고는 해도
두 눈을 잃고 온몸은 불타버렸지. 병원으로 보내졌지만 다들 바냐가 곧

죽을 거라고 생각했어. 바냐 몸에 살아 붙어 있는 거라곤 없었어. 살이 전부…… 전부…… 뚝뚝 녹아내렸어…… 불에 녹은 비닐처럼…… 그 바냐가 어디 사는지 30년이 지난 후에야 알게 된 거야…… 거의 반평 생의 시간이 지난 후에야…… 계단을 올라가는데 다리가 어찌나 후들 거리던지, 지금도 기억나. '정말 바냐일까? 아니면 어떡하지?' 바냐가 직접 문을 열어주었어. 손으로 나를 더듬더듬 만져보고는 나를 알아봤 어. '니나, 너야? 니나, 너 맞아?' 그렇게 많은 시간이 흘렀는데도 나를 알아본 거야……

바냐는 어머니와 함께 살고 있었어. 어머니는 완전히 늙은 노파셨어. 그런데 우리랑 같이 식탁에 앉으시더니 막 우시는 거야. 깜짝 놀라 물 었지.

—어머니, 왜 우세요? 친구들이 만났는데 기뻐하셔야죠.

그러자 어머니가 그러셨어.

—아들 셋이 다 전쟁터로 갔다오. 둘은 죽고, 바냐 하나만 살아왔어.

그런데 그 하나 남은 아들마저 두 눈을 잃었으니. 어머니가 평생 아들 손을 잡고 다녀야 했지.

내가 바냐에게 물었어.

—바냐, 눈을 잃기 전에 마지막으로 본 게 프로호롭카 들판과 전차전 이었는데…… 그때 일을 떠올리면 무슨 생각이 들어?

바냐가 뭐라고 한 줄 알아?

—딱 한 가지가 후회돼. 탱크에 불이 붙었을 때 너무 일찍 탈출 지시 를 내린 것. 어차피 죽을 거라면, 독일놈들 전차 한 대는 더 박살내고 죽 는 거였는데……

그래, 바냐는 그 생각 하나만 붙들고 살았던 거야…… 그 오랜 시간을……

나도 바냐도 전장에서 행복했지…… 그리고 우리는 더이상 아무 말도 하지 않았어. 아무 말도. 하지만 나는 그날을 기억하지……

나는 왜 살아남았을까? 무엇을 위해? 생각해보면…… 그건 아마 지금 이렇게 그때 이야기를 하기 위해서가 아닐까……"

니나 야코블레브나와는 헤어진 후에도 서로 편지를 주고받으며 연락을 이어갔다. 나는 녹취한 내용을 글로 옮겨 썼다. 그리고 그중에서 가장 놀랍고 충격적인 이야기들을 골라 정리한 다음, 그녀에게 약속한 대로 한 부를 보내주었다. 몇 주 후에 모스크바에서 묵직한 등기우편물 하나가 도착했다. 열어보니, 신문에서 오려낸 기사 쪼가리들과 '전쟁 베테랑 니나 야코블레브나 비시넵스카야가 모스크바의 학교들에서 군사유격훈련을 지도했다'는 내용의 공식보고서들이 들어 있었다. 그리고 내가 정리해 보낸 녹취록 자료도 들었는데, 원래 내용 중 남아 있는 게 별로 없었다. 거의 모든 내용에 줄을 죽죽 그어놓았다. 솥에서 몸을 씻는 취사병들에 대한 재미있는 에피소드는 물론, 별로 기분 상할 것 같지 않은 "아저씨, 어떤 아저씨가 여기 이거 갖다드리라고 해서요……"라는 대목에도 줄이 그어져 있었다. 미샤 중위 이야기가 나오는 페이지들에는 당황한 기색이 역력한 물음표가 찍혀 있고 여백에 이런 메모도 보였다. "우리 아들한테 나는 영웅이야. 거의 신과 같다고! 만약 우리 아들이 이 글을 읽는다면 나를 어떻게 생각하겠어?"

이후에도 나는 한 사람 안에 동시에 존재하는 이 두 진실과 적잖은 갈등을 겪어야 했다. 의식 저 밑으로 쫓아버린 사실 그대로의 진실과 시간의 흔적이 스며든 공통의 진실. 신문 냄새가 폴폴 나는 공통의 진실. 첫번째 진실은 두번째 진실의 맹렬한 공격 앞에 맥없이 무릎을 꿇었다.

예를 들어, 만약 대화를 나누는 자리에 가족이나 지인, 이웃들(특히 남자들) 중 누군가, 제3의 인물이 동석하면 이야기하는 사람은 나와 단둘이 있을 때보다 덜 진실해지고 덜 솔직해진다. 이미 대중을 의식한 대화가 돼버린다. 관객을 위한 대화. 당사자의 솔직한 감정과 생각을 얻어낼 길은 요원해진다. 강력한 자기방어에 부딪친다. 자기통제. 끊임없이 이야기가 다듬어진다. 일종의 패턴까지 생겨난다. 듣는 사람이 많으면 많을수록 더욱 차분하고 깔끔한 이야기가 된다는 것. 신중하게 해야 할 말만 골라 한다는 것. 참혹한 일이 위대한 일로, 인간 내면의 불가해하고 어두운 면이 순식간에 이해가 되고 설명 가능한 것으로 둔갑한다. 나는 기념비들만 가득한 과거의 사막에 뚝 떨어지곤 했다. 공훈들만 가득한 황야에. 도도하고, 결코 속을 내보이지 않는 것들만 잔뜩 모여 있는 곳에. 니나 야코블레브나의 경우도 다르지 않다. 그녀는 나를 위한 하나의 전쟁을 들려주었다. "딸이라 생각하고 이야기할게. 어린애나 다름없는 우리가 겪어야 했던 그 모진 세월을 당신이 이해하기 쉽도록 말이야." 그리고 청중을 위한 또하나의 전쟁을 그녀는 준비해두었다. 다른 사람들이 말하는 것과 똑같은 전쟁을. 신문에서 떠드는, 영웅들과 공훈이 주인공인 전쟁. 젊은이들에게 교훈을 주기 위한 훈육용의 전쟁. 평범하고 인간적인 것에 대한 이 불신에, 보통의 삶을 소위 이상이라는 것과 슬쩍 바꿔치기하려는 이 욕망에 나는 매번 충격을 받았다. 평범한 온기를 차디찬 광채와 맞바꾸려는 욕망에.

나는 우리가 부엌에서 함께 차를 끓여 마시던 그 기억을 지울 수가 없다. 우리가 함께 눈물 흘렸던 그 기억을.

우리집엔
두 개의 전쟁이
산다…

민스크 카홉스카야 거리의 회색 아파트. 해가 갈수록 을씨년스럽기만 한, 표정 없는 이 고층건물들이 우리 도시의 절반을 차지하고 있다. 하지만 이 아파트만은 특별하다. 문을 열고 들어가면 '우리집엔 두 개의 전쟁이 산다'는 이야기를 나는 듣게 될 것이므로. 해군 일등하사관으로 발트 해에서 싸운 올가 바실리예브나 포드비셴스카야와 보병 중사였던 그녀의 남편 사울 겐리호비치가 그 주인공이다.

역시 똑같은 과정의 되풀이…… 나는 또다시 가족 앨범들을 하나하나 찬찬히 들여다본다. 꼼꼼하게 정성 들인 앨범은 손님들을 위해 언제나 찾기 쉽도록 눈에 띄는 장소에 놓여 있다. 손님을 위한 것이자 앨범 주인 자신을 위한 것이기도 하다. 앨범마다 이름이 붙어 있다. '출생' '전쟁' '결혼식' '아이들' '손자손녀들'. 자신의 삶에 표하는 이 존경이, 자신의 지난 세월에 쏟는 이 정성이 마음에 든다. 앨범에 담긴 가족 사랑도.

이미 수백 가구가 넘는 가정을 방문하고, 정말 다양한 부류의 사람들—많이 배운 사람들과 그렇지 않은 사람들, 도시에 사는 사람들과 농촌에 사는 사람들—을 만나보았지만, 이 가정에서처럼 자신의 출생과 혈통을 소중히 여긴다는 인상을 받은 적은 많지 않았다. 어쩌면 우리는 수시로 전쟁과 혁명을 치르느라 과거와 연대하며 혈통의 그물을 엮어가는 법을 잊어버렸는지도 모른다. 자신의 오래전 과거를 돌아보는 법도, 그 과거에 대해 자긍심을 가지는 법도. 우리는 서둘러 잊었고 서둘러 흔적들을 지워버렸다. 소중히 간직한 증언들이 생명을 위협하는 유죄의 증거가 될 수도 있었기에. 할머니, 할아버지, 딱 거기까지만 알고 누구도 그 이상의 조상은 알지 못한다. 뿌리를 찾으려 하지도 않는다. 역사는 만들어졌지만, 낮뿐인 삶이었으며 기억도 짧았다.

하지만 여기선 다르다……

—이게 정말 나야?

올가 바실리예브나가 웃으며 내 옆에 와 자신의 사진을 받아든다. 사진 속의 그녀는 메달과 훈장을 주렁주렁 달고 해병복장을 하고 있다.

—그렇게 봤는데도 볼 때마다 놀란다니까. 한번은 사울이 여섯 살짜리 우리 손녀에게 이 사진을 보여줬는데, 글쎄 아이가 그러는 거야. "할머니, 할머니 옛날에 남자아이였죠? 그렇죠?"

—올가 바실리예브나, 전쟁이 나자마자 전선으로 가셨나요?

—내 전쟁은 이미 피란을 떠나면서 시작됐어…… 우리집도 내 유년 시절도 모두 두고 떠나야 했으니까. 가는 내내 독일군이 기차에 총질을 하고 폭탄을 퍼부었어. 전투기들이 아주 낮게 날았지. 한 무리의 남자애들이 기차칸에서 뛰어내리던 게 생각나. 공업전문학교 학생들로 전부 검은색 외투를 입고 있었어. 아, 그 아이들한테 총탄이 쏟아지는데, 그

192

냥 다 맞는 거야, 그냥. 세상에 과녁도 그런 과녁이 없었다니까! 결국 다 죽었지. 전투기들이 얼마나 낮게 떠서 나는지 거의 땅에 닿을 정도였어. 꼭 총을 난사하며 몇 명이나 죽어나갔는지 세는 것 같더라고…… 상상이 돼?

우리는 공장에서 일했어. 공장에서 끼니를 해결했지. 뭐, 그런대로 지낼 만했어. 하지만 내 마음은 불타오르고 있었지. 나는 군정치위원회에 계속 편지를 보냈어. 한 통, 두 통, 세 통…… 결국 1942년 6월에 입대통지서를 받아들었지. 우리는 독일군의 맹렬한 공격을 뚫고 바지선에 나눠 타고서 라도가 호*를 건넜어. 독일군에게 봉쇄당한 레닌그라드로 갔지. 레닌그라드에서의 첫날을 생각하면 백야白夜와 검은 복장 차림의 해병대 행렬부터 떠올라. 거리에 긴장이 감돌고 탐조등만 켜져 있었지. 지나다니는 사람 하나 없이. 해병들이 지나는데, 내전에 나가는 병사들처럼 벨트를 매고 있더라고. 상상이 돼? 꼭 영화의 한 장면 같았지……

도시는 완벽하게 봉쇄되어 있었어. 독일군이 바로 코앞에 있었지. 3번 시가전차를 타고 키로프 공장까지 가면 거기가 바로 전선이었으니까. 아, 날씨는 청명했고, 포격은 여지없었어. 적은 바로 코앞에서 공격을 퍼부었어. 쏘고, 쏘고, 또 쏘고…… 부두에 대형 선박들이 정박해 있었는데, 당연히 위장해서 숨겨놓았지. 하지만 그런다고 놈들의 공격을 피할 순 없었어. 연막작전을 펼치기로 했지. 어뢰소함대 지휘관을 지낸 알렉산드르 보그다노프 대위가 진두지휘하는 가운데 특수 연막부대가 만들어진 거야. 연막부대의 부대원은 대부분 중등기술학교를 졸업하거나 대학 1, 2학년을 마치고 온 소녀병사들이었어. 우리의 임무는 연기를 피

* 러시아 북서부의 카렐리야 공화국 및 레닌그라드 주에 위치한 유럽에서 가장 큰 호수로 핀란드 국경과 가깝다.

워 적의 눈을 속이고 선박들을 지키는 것이었지. 적의 공격이 시작되면 우리 해병들은 마음을 졸이며 우리가 움직이기만 기다렸어. '제발 최대한 빨리 연기를 피워올려라. 그래야 맘놓고 작전을 수행할 수 있다.' 우리가 특수혼합물을 차에 싣고 나가는 바로 그때, 사람들은 방공호로 피신하고 있었어. 그러니까 우리는, 말하자면, 적의 총구가 우리를 겨누도록 유인한 거야. 독일군은 정말 연막에 속아 우리를 향해 맹공을 퍼부었지……

봉쇄 상황에서 어떻게들 먹고 지냈을지는, 말 안 해도 알 거야. 그래도 우린 어떻게든 버텼어. 글쎄, 일단 우리는 젊었으니까. 그리고 레닌그라드 시민들이 보여준 놀라운 용기 때문이기도 했고. 우리는 그래도 굶어 죽지 않을 만큼의 식량이 있었지만 굶주린 시민들은 길을 걷다가도 픽픽 쓰러졌어. 그렇게 쓰러져 죽어갔지. 아이들이 몇 번 우리를 찾아왔었어. 비록 얼마 안 되는 전투식량이었지만 우린 그걸 아이들에게 나눠줬어. 그런데 아이들 몰골이 그게, 아이들이 아닌 거야. 작은 노인들이지, 말라비틀어진 미라. 아이들이, 이렇게 표현해도 될지 모르겠지만 '봉쇄 메뉴'에 대해 말해주더라고. 그런데 그 메뉴라는 게 글쎄, 가죽 띠나 신발 같은 걸 끓여서 만든 국에 아교죽, 겨자 가루 팬케이크…… 그런 거였어. 고양이와 개는 진즉에 씨가 말랐고…… 참새와 까치도 남아난 게 없었지. 집쥐나 시궁쥐까지 잡아먹었어…… 튀겨서…… 그후로 아이들이 더이상 오지 않았어. 언제야 다시 올까 꽤 오래 기다렸는데 안 오더라고. 아마 죽었을 거야. 내 생각에는 그래…… 겨울이 되고 장작이 떨어지자 땔감을 구해오라는 지시가 떨어졌어. 아직 나무집들이 남아 있는 동네에 가서 집을 부수고 땔감을 구해오라는 거야. 그때 제일 힘들었던 건…… 집을 발견해 들어갔는데 그 멀쩡하고 좋은 집에 인기척이 느껴지지 않을 때였어. 사람들이 죽어 있거나 어디론가 떠나고 아무도 없었지. 사실 죽은 경우가 대부분이었지만. 탁자 위에 그대로 놓인 그릇들이나 집안의 물건들을 보면 알 수 있었지. 차마 집을 부술 수가 없어서 한 삼십 분 정도는 그냥 서 있곤 했어. 상상이 돼? 모든 게 그대로 자기 자리를 지키며 뭔가를 기다리는 것 같은 느낌. 지휘관이 와서 쇠지레를 휘두르기 시작하면 그제야 우리도 집을 부수기 시작했지.

우리는 벌목도 하고 탄약상자들도 날랐어. 상자를 끌고 가다가 넘어지기도 많이 넘어졌어. 기억나. 이놈의 상자가 얼마나 무거운지, 나보다 더 무거운 거야. 사실 그거 말고도 힘든 건 또 있었어. 여자라서 겪는 어려움이었다고나 할까. 나중에 분대장이 됐는데, 분대원이 전부 어린 남자병사들인 거야. 우린 하루종일 발동선에서 지낼 때가 많았거든. 그런데 아휴, 배는 작지, 화장실이 따로 있는 것도 아니지, 병사들이야 남자니까 배 밖으로 볼일을 해결하면 그만이었지만 여자인 나는? 참다 참다 도저히 못 참겠어서 바다로 뛰어든 것만 몇 번이었다니까. 그러면 병사들이 '하사관님이 물에 빠졌다!'고 소리치면서 나를 끄집어올려주는 거야. 그래, 그런 사소한 어려움들이 있었어…… 하지만 그게 정말 사소한 일이었을까? 나중에 나는 그 일로 치료까지 받았는걸…… 상상이 돼? 무기는 또 얼마나 무거웠게? 그 역시 여자에게는 쉬운 일이 아니었어. 처음 소총을 지급받아서 보니까, 총이 우리들 키보다 더 큰 거야. 총을 들고 가는데 총검이 우리 머리 위로 반 미터는 더 솟아나온 거 있지.

남자들은 여자들보다 무엇이든 더 쉽게 적응했어. 참고 견뎌야 할 게 많은 엄격한 생활도 잘해내고…… 우리는 눈물나게 집을 그리워했어. 엄마가 너무 보고 싶었지. 집의 아늑함도 너무 그립고. 우리 중에 나타시카 질리나라고, 모스크바 출신인 아이가 있었거든. 그런데 그 아이가

'용맹한 병사' 메달을 받고 포상으로 며칠간 집에 다녀오게 된 거야. 나타시카가 집에서 돌아오자 서로 나타시카 냄새를 맡겠다고 난리가 났지. 정말 돌아가며 줄을 서서 맡았다니까. 다들 나타시카한테서 집냄새가 난다며 좋아했어. 그렇게 다들 집을 그리워했지…… 편지봉투 하나만 봐도 그렇게 좋을 수가 없고…… 편지에 적힌 아빠 글씨만 봐도 좋고…… 잠깐 쉴 틈이 나면 우린 수를 놓았어. 하다못해 머릿수건이라도 붙들고 수를 놓았지. 한번은 발싸개를 지급받았는데, 글쎄 그걸 코바늘로 떠서 스카프로 만들었다니까. 뭔가 여자다운 일을 하고 싶었어. 우린 늘 여자들만의 일에 목이 말랐지. 정말 사무치도록 여자다운 일이 하고 싶었어. 그래서 무슨 핑계를 대서라도 바늘을 손에 쥐고 뭐든 만들었어. 잠깐이라도 좋으니 본래 여자의 모습으로 돌아가고 싶어서. 바느질을 하면 당연히 깔깔대고 웃고 떠들면서 행복해했지. 하지만 전쟁 전과 같을 수는 없었어. 뭐랄까, 그땐 특별한 상황이었다고 할까……

녹음기는 사람의 말을 녹음하고 어조도 그대로 담아낸다. 짧은 침묵, 울음소리, 망연자실해하는 소리까지도. 나는 이야기란 게 원래 시간이 지나 글로 옮겨질 때보다 말로 뱉어질 때 훨씬 더 많은 의미를 내포한다는 사실을 잘 안다. 말할 때 그 사람의 눈빛과 팔의 움직임을 '녹음하지' 못하는 게 늘 안타깝다. 대화하는 동안 드러나는 그들의 삶, 즉 그들 본래의 삶과 그들 각자의 삶을, 그들의 '텍스트들'을 녹음하지 못하는 게 안타깝다.

—'우리집엔 두 개의 전쟁이 산다……' 정확한 말이오……

사울 겐리호비치가 대화에 끼어든다.

—전쟁을 회상하다보니 집사람에겐 집사람만의 전쟁이, 나에겐 나만의 전쟁이 있다는 생각이 드는군요. 우리 집사람이 당신에게 들려준 고향

집 이야기나 줄을 서서 집에 갔다 온 동료의 냄새를 맡았다고 한 이야기는, 나도 그 비슷한 일이 있었던 것 같소. 하지만 기억은 안 나요…… 있는 듯 없는 듯 지나가버려서…… 그때만 해도 그런 건 사소한 일이라고 여겼으니까. 실없는 소리이기도 했지. 해군모자에 대한 이야기도 있는데 집사람이 깜박한 모양이오. 여보, 어떻게 그걸 잊어버린 거야?

　—잊은 게 아니에요. 그게, 그 일은 그러니까, 무엇보다…… 그 일은 떠올리기가 언제나 두려워. 떠올릴 때마다…… 동이 터올 무렵 우리는 발동선을 타고 바다로 나갔어. 한꺼번에 수십 척이 나갔지…… 좀 있으니까 전투가 시작되는 소리가 들리더라고. 기다렸어…… 귀를 쫑긋 세우고 기다렸지…… 전투는 몇 시간씩 계속되며 끝날 줄을 몰랐어. 그러다 드디어 전투가 우리 근처까지 왔구나 싶은 순간, 갑자기 쥐죽은듯 조용해지더라고. 그래서 날이 어둑해지자 바닷가로 나가봤지. 모르스코이 운하를 따라 해군모자들이 둥둥 떠내려오더군. 열을 지어 줄줄이. 크고 새빨간 피얼룩들과 모자들이 한데 엉겨 물결 속에서 일렁이는데…… 나뭇조각 같은 것들도 떠내려오고…… 그건 우리 병사들이 네바 강 어딘가에 버려졌다는 의미였지…… 꽤 한참을 그 자리에 머물렀는데, 그동안 모자들이 계속 떠내려왔어, 끝도 없이. 처음에 모자 수를 세어보다가 그만뒀어. 그 자리를 떠날 수도 그렇다고 계속 보고 있을 수도 없었지. 모르스코이 운하가 우리 전우들의 무덤이 된 거야……

　여보, 내 손수건 못 봤어요? 방금 전까지 손에 쥐고 있었는데……
아, 어디 있지?

　—나는 집사람의 전쟁 이야기를 꽤 많이 기억해요. 요즘 말로, 집사람 이야기를 '슬쩍했거든'. 손자들한테 들려주려고. 그래서 내 전쟁보다 집사람의 전쟁을 녀석들에게 더 많이 들려줬을 거요. 사실 녀석들에겐

그게 더 재미있을 거야.

사울 겐리호비치가 계속 말을 잇는다.

—내겐 전쟁에 대한 구체적인 지식이 많은 반면, 집사람에겐 전쟁에 대한 감정이 더 많아요. 하지만 언제나 감정이 사실보다 더 분명하고 강력한 법이지. 우리 보병 중에도 소녀병사들이 있었어요. 우리 중에 소녀병사가 한 명이라도 끼여 있으면 그만한 가치가 있었소. 당장 사기가 올라갔으니까. 당신은 상상도 못할 거요…… 절대! 실은 이런 이야기도 우리 집사람한테서 슬쩍한 거지만. 전장에서 여자 웃음소리를 듣는 게, 여자 목소릴 듣는 게 얼마나 좋은지 당신은 상상도 못할걸.

전쟁터에도 사랑이 있었느냐고요? 당연히 있었소! 전쟁터에서 우리가 만난 여인들은 정말 멋진 신붓감들이었소. 성실하고 신실한 전우들이었고. 전쟁터에서 결혼한 사람들이야말로 가장 행복한 사람들이고 가장 행복한 부부라오. 집사람하고 나도 전선에서 만나 결혼까지 하게 됐지. 포탄과 죽음의 한가운데서 말이오. 우린 더할 나위 없이 견고한 관계라오. 사랑과는 거리가 먼 일들도 있었다는 걸 부인하지는 않겠어요. 전쟁은 길었고, 전쟁터엔 사람이 많았으니까. 하지만 나는 좋은 일들, 순수했던 일들을 더 많이 기억해요.

전쟁터에서 나는 더 나은 사람이 됐소…… 확실히! 내가 전쟁터에서 훨씬 괜찮은 인간이 된 건 분명한 사실이오. 그런 고초를 겪었는데 당연하지 않겠소. 수많은 고통을 봤고, 나 자신도 많은 고통을 겪었소. 그곳에선 살아가는 데 중요하지 않은 건 금방 제거돼버리지. 아무짝에도 쓸모가 없거든. 그곳에서 그걸 깨닫게 됐소…… 하지만 전쟁도 우리에게 앙갚음을 했소…… 우린 그 사실을 인정하기를 두려워하지만…… 전쟁이 우리를 쫓아와 우리와 나란히 가고 있어요…… 우리 딸내미들 중에는 불행하게 사는 아이들이 많아요. 그건 전쟁터에 나가 싸운 엄마들이 자기들이 살았던 전선의 방식으로 딸들을 키웠기 때문이오. 아빠들도 마찬가지고. 전선의 윤리로 말이오. 전쟁터에서 사람은, 당신한테 이미 말했듯이 그 사람이 어떤 사람인지, 어떤 가치를 지닌 사람인지 단박에 드러났소. 그곳에선 감출 수가 없거든. 우리 딸들은 세상엔 다른 방식의 삶도 있다는 걸 상상도 못했소. 부모들이 딸들에게 이 세상의 감춰진 추악한 이면은 알려주지 않았으니까. 결국 우리 딸들은 사기꾼 같은 작자들의 좋은 먹잇감이 돼 결혼했고, 그 사기꾼들은 우리 딸들을 잘도 속여넘겼소. 속이기가 식은 죽 먹기였을 테니 말이오. 우리 전우들의 아이들이 참 많이도 그런 일을 당했소. 우리 딸도 그랬고……

─우린 자식들에게, 왜 그랬는지, 전쟁 이야기를 하지 않았어. 아마 자식들이 걱정되고 안쓰러워서였겠지. 하지만 과연 우리가 옳았을까?

올가 바실리예브나가 골똘히 생각에 잠긴다.

─나는 훈장도 안 달고 다녀. 언젠가 달고 다니던 훈장들을 다 잡아뜯어버린 후로는 안 달아. 전쟁이 끝나고 빵공장에서 공장장으로 일했는데, 공장장들 회의가 있어 갔다가 무안을 당한 적이 있어. 트러스트*회장이, 자기도 여자면서 나보고 '남자도 아니면서 무슨 훈장은 그렇게 주렁주렁 달고 다니느냐'고 핀잔을 주더라고. 모두 다 있는 자리에서. 그러는 자기도 노동훈장 받은 걸 자랑스럽게 재킷 위에 달고 다녔거든. 그런데 왠지 전쟁터에서 받은 내 훈장은 마음에 들지 않았던 모양이야. 언젠가 회장과 단둘이 사무실에 남게 되자 내가 해군에서 싸운 이야기를 들려줬어. 미안해하더군. 하지만 이상하게도 훈장을 달고 싶은 마음

---

* 구소련 시절, 동일 종류의 산업이나 기업 합동체.

은 싹 사라져버리더라고. 그러고는 지금까지 훈장은 한 번도 달지 않았어. 그렇다고 자부심까지 사라진 건 아닌데도.

몇십 년이 지나서야 유명한 여기자 베라 트카첸코가 중앙일간지 '프라우다'에 처음으로 우리 이야기를 실었어. 여자들도 참전했다는 기사를 쓴 거야. 그리고 그 여인들이 지금 홀로 남겨져 집 한 칸 없이 불안정한 삶을 살고 있다고 알렸지. 우리는 이 신성한 여인들에게 빚을 졌다면서. 그제야 사람들이 여성 참전용사들에게도 조금씩 관심을 기울이기 시작했어. 마침내 정부에서도 나이가 사오십이 되도록 집도 없이 기숙사에 살고 있던 이 여인들에게 집을 내주기 시작했고. 내 친구…… 친구 이름은 말하지 않을게. 친구가 기분 나빠할 수도 있으니까…… 친구는 군의관 보조였어…… 전쟁에서 세 번이나 부상을 당했지. 전쟁이 끝나자 의과전문대학에 들어갔어. 하지만 가족을 찾을 수가 없었어. 전쟁통에 다 죽은 거야. 친구는 정말 지독히도 가난했어. 밤마다 아파트 현관을 청소하며 겨우 먹고살았지. 그런데도 자신이 상이군인이며, 그래서 특혜를 받을 권리가 있다는 사실을 아무에게도 말하지 않았어. 오히려 모든 증빙서류들을 찢어버렸지. 내가 '왜 찢었느냐'고 물었어. 친구가 울면서 그러더라고. '그럼 누가 나와 결혼하겠어?' '그래, 그렇겠다. 잘했어'라고 말해줬지. 그러자 이번에는 더 서럽게 우는 거야. '그런데 지금은 그 서류들이 너무 필요해. 몸이 너무 아파.' 상상이 돼? 그러면서 울었어.

전승기념일 기념식에 처음으로 해병 100명이 초청받았어. 해양 러시아의 영광을 상징하는 세바스토폴*에서 열리는 전승 35주년 기념식에. 각 함대들마다 대조국전쟁 참전용사들을 초청한 건데, 그중에 여자 해병도 세 명이 포함되었지. 그 셋 중에 두 사람이 바로 나하고 내 친구였어. 해군 대장이 우리 세 사람에게 일일이 경의를 표하고 전 국민의 이름으로 감사를 표한다고 말했지. 그러고는 우리 손에 입을 맞췄어. 그 일을 어떻게 잊겠어?

―전쟁을 잊고 싶으셨나요?

―잊는다고? 잊는다……

올가 바실리예브나가 되묻는다.

―우리는 전쟁을 잊고 말고 할 능력이 안 돼요. 우리 힘으로 어떻게 할 수 있는 일이 아니지.

사울 겐리호비치가 길어지는 침묵을 깬다.

―전승기념일에, 여보, 기억나지, 우연히 어떤 폭삭 늙은 어머님 한 분을 만났잖소. 그 늙은 어머님이 당신 자신만큼이나 오래된 작은 손팻말을 목에 걸고 있었잖아. 팻말엔 '쿠리네프 토마스 블라디미로비치를 찾음. 1942년, 레닌그라드 봉쇄 때 행방불명됨'이라고 적혀 있었고. 얼굴로 봤을 때 팔순도 훨씬 넘은 분 같았지. 도대체 몇 년째 그 사람을 찾고 있던 걸까? 아마 숨이 끊어지는 마지막 순간까지 찾을 거야. 우린 그런 사람들이니까.

―잊고 싶었어…… 그러고 싶어……

올가 바실리예브나가 거의 속삭이듯 천천히 입을 뗀다.

―단 하루라도 좋으니 전쟁 없이 살고 싶어. 전쟁 같은 건 까맣게 잊어버리고…… 하루라도 그런 날이 있었으면……

이 부부를 생각하면 늘 두 사람이 같이 떠오른다. 그들이 내게 선물로 건네준 전선의 사진 속에서처럼 함께 있는 모습으로. 젊은 부부가 사진

---

* 크림반도 서남쪽에 위치한 우크라이나의 항구도시이자 휴양지.

속에서 웃는다. 지금 나보다 조금 더 젊은 나이일까. 갑자기 모든 게 다른 의미로 다가온다. 친밀함이 느껴진다. 나는 사진 속의 이 젊은 부부를 보며 이제, 조금 전에 듣고 녹취한 이야기를 다른 식으로 듣기 시작한다. 우리 사이에 시간 따위는 사라져버렸다.

전화기는 사람을 쏘지
않잖아…

사람들은 다양한 모습으로 나를 맞이하고 이야기를 들려준다……

어떤 이들은 통화를 하자마자 이야기부터 꺼낸다. "생각나요…… 어제 일처럼 모든 게 다 기억나요……" 또다른 이들은 만남과 대화가 이루어지기까지 한참 시간이 걸린다……"마음의 준비가 필요해요……다시 그 지옥으로 떨어지기 싫어요……" 발렌티나 파블로브나 추다예바. 그녀는, 끝까지 만남을 미루다가 마지못해 타인에게 자신의 불안한 세계를 열어 보이는 사람들 중 하나였다. 몇 달 동안 그녀에게 틈틈이 전화를 한 끝에 어느 날 두 시간이나 통화를 하게 되었고, 마침내 만나겠다는 약속까지 받아냈다. 그것도 바로 다음날.

그렇게 나는 지금 여기에 와 있다……

—일단 피로그부터 먹자고. 아침을 준비했어.

그녀가 문지방에서 나를 반갑게 맞으며 안아준다.

—먹으면서 이야기하면 될 거야. 어쩜 나, 엉엉 울지도 몰라…… 난 오래 묵은 아픔을 가진 사람이거든…… 아무튼 우선 피로그부터 먹고 하자고. 버찌를 넣어 만든 피로그야. 우리 시베리아에서 먹는 식으로 만들었지. 자, 어서 들어와. 용서해. 처음부터 반말해서. 전선에서 하는 식이야. "자, 자, 꼬맹이들, 어서 꼬맹이들!" 우린 다 그래, 이미 알고 있겠지만…… 들었을 테니까…… 보다시피, 사는 형편이 이래. 남편과 내가 평생 모은 거라곤 저 양철 사탕상자에 들어 있는 게 전부지. 훈장 한 쌍과 메달들. 찬장에 뒀는데 나중에 보여줄게.

나를 방으로 안내한다.

—가구도, 보다시피 다 오래된 것들이야. 바꾸기가 아까워서. 사람들과 한집에서 오랜 시간 함께 산 물건들은 비록 물건이라도 영혼이 깃드는 법이거든. 나는 그렇게 믿어.

그녀는 내게 레닌그라드 봉쇄 때 콤소몰 당원으로 일했던 친구라며, 알렉산드라 표도로브나 젠첸코를 소개한다.

나는 피로그가 차려진 식탁에 앉는다. 한 번도 먹어본 적이 없는, 버찌를 넣은 시베리아식 피로그다.

세 여자와 방금 구워낸 따끈따끈한 피로그. 곧바로 전쟁에 대한 대화로 들어간다.

—발렌티나가 얘기할 때 중간에 질문은 하지 마.

알렉산드라 표도로브나가 미리 귀띔한다.

—이야기하다 멈추면 울고 말 거야. 울고 나면 입을 다물어버릴 테고…… 그러니까 도중에 말 끊지 말아줘……

발렌티나 파블로브나 추다예바, 중사, 고사포 지휘관:

"나는 시베리아 출신이야…… 무엇이 나를, 나 같은 여자애를 머나먼 시베리아에서부터 전선까지 가게 했냐고? 소위 '세상 끝'에서 말이지. 어떤 프랑스 기자와 인터뷰한 적이 있는데, 그 기자가 나한테 '세상 끝'에 대해 묻더군. 어느 날 박물관에서 어떤 사람이 나를 뚫어지게 쳐다보는 거야. 계속 그러니까 정말 당혹스러웠지. '저 사람, 나한테 뭘 바라는 거야? 왜 저렇게 쳐다봐?' 결국 그 남자가 나에게 다가오더니 통역을 통해 나를 인터뷰하고 싶다는 의사를 밝혔어. 당연히 당황했지. 순간 '대체 뭘 인터뷰하겠다는 거지? 박물관에서 내가 하는 이야기라도 들었나?'라는 생각이 들었지만 그런 것 같진 않았어. 그 기자는 우선 '오늘 참 젊어 보인다…… 어떻게 그 모진 전쟁을 겪어냈느냐'는 인사치레로 운을 떼더군. 그래서 대답했지. '그 말은 곧, 당신도 알다시피, 우리가 아주 어린 나이에 전선에 다녀왔다는 증거죠.' 하지만 그 사람이 듣고 싶은 이야기는 그게 아니었어. 다른 것, 그러니까 '나 같은 시베리아 출신이 어쩌다 전선까지 가게 됐는지'가 궁금했던 거였어. 시베리아라는 세상 끝에서 어쩌다가! 나는 그 기자의 의중을 단박에 알아챘지. 그래서 분명히 말했어. '아니에요. 혹시 총동원령이 있었던 건 아닌지, 그래서 나 같은 어린 여학생까지 참전하게 된 건 아닌지 묻고 싶은 거라면 말이죠.' '그렇다'고 고개를 끄덕이더군. 그래서 '좋아요. 그 질문에 답을 해드리죠' 하고는 내가 살아온 이야기를 전부 들려줬어. 지금 당신한테 이야기하는 것처럼. 기자가 울더라고…… 그 프랑스인이 꺼이꺼이 우는 거야…… 그리고 이렇게 고백했지. '추다예바 씨, 내 이야기에 기분 나빠하지 마세요. 우리 프랑스인들에게는 2차대전보다 1차대전이 더 큰 충격이었어요. 그래서 우린 1차대전을 더 생생하게 기억하죠. 곳곳에 1차대전을 기리는 무덤들과 기념비들이 세워져 있어요. 하지만 당신들에 대해선 잘 몰라요. 오늘날 대부분의 사람들, 특히 젊은 사람들은 2차대전이 미국 혼자 히틀러와 싸워 승리한 전쟁으로 알고 있어요. 소련 사람들이 그 승리를 위해 치른 대가, 4년이라는 긴 시간 동안 소련 사람이 치른 2천만 명의 목숨값은 별로 알려져 있지 않아요. 그리고 당신 같은 사람들이 겪은 고통, 그 극심한 고통에 대해서도 잘 모르죠. 고맙습니다. 당신이 내 심장을 흔들어놓았어요.'

……나는 엄마를 잘 몰라. 젊어서 돌아가셨거든. 우리 아버지는 노보시비르스크* 공산위원회 대표였어. 아버지는 1925년에 곡물을 확보하라는 지시를 받고 고향마을로 가셨지. 당시 부농들이 곡물을 감추거나 썩게 만드는 일이 많아서 나라 전체에 식량이 부족한 상황이었거든. 그때 나는 태어난 지 9개월밖에 안 될 때였어. 엄마가 아버지와 같이 가고 싶어하셔서 나하고 언니까지 데리고 아버지를 따라나섰어. 우리를 맡길 데가 마땅치 않았거든. 어느 날 저녁, 마을회의에서 아버지가 마을의 한 부농에게 경고했어. '우리는 곡물이 있는 곳을 알고 있소. 만약 자발적으로 내놓지 않으면 우리가 찾아서 강제로 가져갈 것이오. 혁명사업의 이름으로 환수할 거란 말이오.' 아버지에게 경고를 받은 그 부농의 집은 예전에 아버지가 일꾼으로 일했던 집이기도 했어.

회의가 끝나고 아버지와 형제들이 모였어. 아버지의 형제는 다섯이었는데 모두 대조국전쟁에 나갔다가 돌아오지 못했어. 우리 아버지처럼. 어쨌든, 여섯 형제가 나란히 식탁에 둘러앉아 시베리아 전통만두를 먹고 있었어. 집안엔 벽을 따라 긴 나무의자들이 놓여 있었지…… 엄마

---

* '새로운 시베리아'란 뜻을 가진 러시아 제3의 도시이자 시베리아에서 가장 큰 도시.

는 창문 사이에 앉아 계셨어. 한쪽 어깨는 창가로 향하고 다른 한쪽은 아버지 쪽에 두고서. 아버지는 창문이 없는 쪽에 앉아 계셨고. 그때가 4월 이었어…… 시베리아는 4월에도 꽁꽁 얼 만큼 추울 때가 많아. 엄마가 추웠던 모양이야. 나도 나중에, 어른이 되니까 알겠더라고. 엄마가 일어 나서 아버지의 양가죽외투를 걸치고 나에게 젖을 주기 시작했지. 바로 그 순간 탕 하고 총성이 울렸어. 양가죽외투만 보고 아버지인 줄 알고 밖에서 총을 쏜 거야…… 엄마는 '파……' 이 한마디만 겨우 내뱉고 나 를 뜨거운 만두 위로 떨어뜨렸어…… 그때 우리 엄마 나이, 스물넷이었 지……

나중에 우리 할아버지가 그 마을 소비에트 의장이 되셨어. 그런데 누 군가 물에 몰래 스트리크닌*을 푼 거야. 할아버지는 그 독에 돌아가셨 어. 나는 지금도 할아버지의 장례식 사진을 간직하고 있어. '계급의 원 수의 손에 돌아가다'라고 쓰인 커다란 천이 관을 덮고 있는 사진이지.

우리 아버지는 내전의 영웅이었어. 체코슬로바키아 군단이 반란을 일으켰을 때 그 반란을 진압한 장갑열차의 지휘관이었고. 1931년에 붉 은 깃발 훈장을 받으셨지. 그 시절, 특히 우리 시베리아에서는 극소수의 사람들만 받은 훈장이었어. 그건 정말 굉장한 영예이자 대단한 존경의 대상이었어. 아버지는 부상당한 곳이 열아홉 군데나 될 정도로 몸이 성 한 곳이 없었어. 엄마 말씀이, 당연히 내가 아니라 가족들에게 들려준 이야기지만, 아버지가 체코인들에게 징역 20년형을 선고받기도 했다는 거야. 엄마는 감옥으로 찾아가 아버지를 만나게 해달라고 사정했대. 그 때 엄마는 우리 언니 타샤를 임신한 상태였고 산달이었지. 거기, 감옥에

---

* 마전의 씨에 들어 있는 맹독성 알칼로이드.

복도가 길게 나 있었는데, 체코인들이 면회를 허락하는 대신, 엄마에게 '이 더러운 볼셰비키*년!'이라고 욕하면서 그 복도를 기어가라고 했대. 엄마는 출산을 며칠 앞둔 몸으로 그 긴 복도의 시멘트 바닥을 기어야 했지. 그러고 나서야 면회를 시켜준 거야. 엄마는 아버지를 금방 알아보지 못했어. 아버지 머리가 백발이 되어 있었거든. 아버지가 아니라 웬 백발의 노인네가 있는 거야. 그때 아버지는 겨우 서른 살이었어.

또다시 적이 우리 땅을 침범했는데, 가만히 앉아 있어야 했을까? 그런 집에서, 그런 아버지 밑에서 자란 내가? 난 우리 아버지의 딸이잖아…… 우리 아버지의 피를 물려받은 딸…… 아버지는 정말 온갖 고초를 다 겪으셨어…… 1937년에는 고발까지 당했지. 사람들이 무고하게 아버지를 중상한 거야. 아버지를 민중의 적으로 만들려고 안달들이었어. 왜, 그 끔찍한 스탈린 숙청 알잖아…… 스탈린 동지의 말마따나 숲을 베려니까 나무 파편들이 사방으로 튄 거지. 새로운 계급투쟁이 선포되고 온 나라는 끊임없는 공포 속에 살아야 했어. 숨죽이고 복종하면서. 하지만 아버지는 칼리닌** 휘하로 들어가는 데 성공했고 빼앗긴 명예를 되찾았지. 아버지를 모르는 사람이 없을 정도였어.

나도 나중에 가족들한테 들은 이야기야……

그리고 드디어 1941년…… 나는 고등학교 졸업반이었어. 우린 저마다 나름대로의 계획이 있고 꿈이 있었지. 원래 여자애들이 그렇잖아. 졸

---

* 러시아어로 '다수파'라는 뜻으로, 1903년 제2회 러시아 사회민주노동당 대회에서 레닌을 지지한 급진파를 이르던 말. 소수파를 뜻하는 멘셰비키와 대립하였으며, 1918년 10월 혁명을 일으켜 정권을 장악한 뒤 '러시아공산당'으로, 다시 '소련공산당'으로 개칭했다.
** 미하일 이바노비치 칼리닌(1875~1946). 러시아의 혁명가이자 정치가로 레닌의 혁명운동에 적극 가담했고 전 러시아 소비에트회의 중앙집행위원회 위원장, 연방최고회의 간부회 의장을 지냈다.

업파티를 마치고 친구들이랑 오비 강의 어느 섬으로 놀러갔어. 우린 마냥 들뜨고 행복한 소녀들…… 그러니까 다들 아직 키스도 못해본 천진한 어린 아가씨들이었어. 나만 해도 그때까지 남자친구 한번 사귀어본 적이 없었으니까. 섬에서 밤을 보내고 날이 밝아 돌아오는데…… 온 도시가 난리가 난 거야. 사람들은 울고불고하지, 사방은 '전쟁이다! 전쟁!' 이라며 비명소리지, 가는 곳마다 라디오는 틀어놨지. 하지만 우린 도대체 무슨 일인지 영문을 모르겠는 거야. 전쟁은 무슨 전쟁? 한껏 들떠서 '누구는 어디에서 공부할 거고, 누구는 뭐가 될 거라'는 둥 신이 나 있는 우리한테 갑자기 전쟁이라니! 어른들은 울었지만 우리는 놀라지 않았어. 한 달도 못 가 '파시스트의 머리를 박살낼 수 있다'며 서로를 다독였지. 우린 전쟁 나기 전의 노래를 불렀어. 당연히, 우리 군대가 적을 물리칠 거라고, 그것도 적의 땅에서 섬멸할 거라고 생각했으니까. 전혀 의심하지 않았어…… 정말 추호의 의심도 없었지……

하지만 집집마다 전사통지서가 날아들기 시작하면서 다들 상황을 이해하게 됐지. 곧바로 나는 앓아눕고 말았어. '어떻게 이럴 수가. 그럼 여태까지 들은 말은 모두 헛소리였단 건가?' 독일군은 벌써 붉은 광장*에서 퍼레이드라도 벌일 기세였지.

우리 아버지는 징집 대상이 아니었어. 그런데도 끈질기게 군정치위원회를 찾아다니신 거야. 결국 다시 전쟁터로 가셨지. 아버지의 건강이나 하얗게 센 머리나 폐의 상태로 봤을 때 그건 정말 무리였어. 게다가 아버지는 만성결핵까지 앓고 있었거든. 그나마 조금 차도를 보이던 참이었는데. 나이는 또 어떻고? 그런데도 전쟁터로 가신 거야. 아버지는

---

* 모스크바에 있는 광장. 광장 남쪽에 대통령 관저가 있다.

시베리아 출신이 많은 스탈린사단에 배치되었지. 우리도 '우리가 없는 전쟁은 전쟁이 아니다. 우리도 반드시 나가 싸워야 한다'고 생각했어. 우리에게도 당장 무기를 달라! 반 아이들 모두 군정치위원회로 달려갔어. 그래서 결국 2월 10일에 전선으로 가게 됐지. 새어머니가 많이 울었어. '발랴, 가지 마. 뭐하는 짓이니? 너처럼 몸도 약하고 비쩍 마른 애가 무슨 전쟁을 하겠다고 이래?' 나는 구루병을 앓았어. 그것도 오래, 아주 오랫동안. 친엄마가 그렇게 돌아가시고 난 뒤부터 그랬어. 다섯 살이 될 때까지 걷지도 못했지…… 그런데 대체 어디서 그런 힘이 난 걸까!

우리는 두 달 내내 화물열차를 타고 갔어. 2천 명의 소녀들이 기차 안을 가득 채웠지. 시베리아 열차를. 그런데 전선에 거의 도착할 즈음 우리가 무엇을 보았는지 알아? 지금도 기억이 생생해…… 절대 못 잊을 거야. 거의 폐허가 되다시피 한 어느 기차역이었는데, 그 플랫폼을 따라 해병들이 두 팔로 펄쩍펄쩍 뛰고 있었어. 다리도 지팡이도 없이. 팔로 걷고 있더라니까…… 그런 해병들이 플랫폼 한가득이었지…… 그 해병들이 담배를 피우다가…… 우리를 본 거야. 웃더라고. 농담도 하고. 심장이 마구 뛰기 시작하는데…… 쿵쿵쿵…… 우린 대체 어디로 가는 거지? 정말 가는 거야? 어디로? 우린 용기를 내기 위해 노래를 불렀어. 목이 터져라 불렀어.

지휘관들이 우리와 함께 지내며 우리를 가르쳤어. 우리에게 용기를 북돋아줬지. 우린 통신을 배웠어. 우크라이나에 도착해서는 처음으로 폭격이란 걸 당했어. 공중목욕탕에 목욕하러 갔다가 폭격을 만났지. 어떤 아저씨가 근무를 서며 목욕탕을 지키고 있는데, 그게 영 불편하더라고. 우리 모두 수줍은 어린 아가씨들이었으니까. 그런데 어떤 일이 벌어

졌는지 알아? 폭격이 시작되자 모두 그 아저씨한테 달려간 거야. 어떻
게든 살겠다고 말이지. 다들 간신히 옷만 챙겨입고 뛰쳐나갔어. 나도 머
리를 수건으로 감싼 채 달려나갔지. 빨간색 수건을 두르고. 대위가, 역
시 어린 청년이었는데, 나한테 소리치는 거야.

—이봐, 얼른 방공호로 가요! 수건은 버려요! 우리 위치가 노출된다
고……

나는 도망치느라 대위에게서 멀어지며 대답했어.

—괜찮아요! 우리 엄마가 맨머리로 돌아다니지 말랬어요.

폭격이 끝나고 대위가 나를 불렀어.

—왜 내 명령을 듣지 않은 거지? 나는 네 상관이라고.

나는 대위의 말을 믿지 않았어.

—뭐, 누가 내 상관이라는 거야?

나는 대위와 말씨름을 했어. 꼭 남자애랑 싸우는 것처럼. 동갑내기들
처럼.

우리 것이라며, 우리 앞으로 군용외투가 나왔는데 엄청 크고 두꺼운
거야. 그걸 입으니까 무슨 짚단 자루처럼 걷지도 못하겠고 자꾸 넘어질
것 같더라고. 처음엔 글쎄, 우리 군화도 없었다니까. 물론 군화야 있었
지. 하지만 전부 남자 치수였어. 한참 후에야 다른 군화로 바꿔줬지. 군
화 코는 빨간색이고, 목 부분은 검은 방수포를 덧댄 것이었어. 그 정도
면 아주 근사했지! 우리는 너나없이 모두 낡아빠진 헐렁한 남자 군복을
걸치고 다녔어. 바느질할 줄 아는 아이는 자기 치수에 맞게 고쳐 입기도
했지. 그것 말고도 우리한테는 필요한 게 더 있었어. 어쨌든 우리는 아
가씨들이었으니까! 특무상사가 와서 우리 치수를 쟀어. 부끄러워 몸을
빼고 웃고 다들 난리가 났지. 대대장이 와서 특무상사에게 '여자들 물건

은 모두 내주었느냐'며 확인하더군. 그러자 특무상사가 치수를 쟀으니까 곧 지급될 거라고 했어.

나는 고사포부대 통신병이 됐어. 지휘본부에 배치받아 통신을 담당했지. 그리고 아버지가 전사하셨다는 소식을 듣지 않았다면 아마 그렇게 전쟁이 끝날 때까지 통신병을 했을 거야. 이제 사랑하는 우리 아버지는 이 세상에 어디에도 없었어. 나의 가장 가까운 혈육. 유일한 내 피붙이 우리 아버지. 나는 전선으로 보내달라고 청을 넣었어. '아버지의 원수를 갚고 싶어요. 우리 아버지의 죽음에 대한 대가를 치르게 할 거예요.' 놈들을 죽이고 싶었어…… 총을 쏘고 싶었어…… 나는 포병대에서 통신이 얼마나 중요한지 잘 알면서도 결심을 바꾸지 않았어. 전화기로는 총을 쏠 수 없으니까…… 나는 연대장에게 보고서를 올렸어. 거절당했지. 그래서 이번에는 다짜고짜 사단장에게 보고서를 올렸어. 붉은 군대의 대령이 우리 부대를 방문해 전원 정렬을 시키더니 물었어. '지금 이 자리에 포병 지휘관이 되고 싶다고 한 사람 있나?' 내가 대열에서 나와 섰지. 보아하니, 웬 여자애가 부러질 것처럼 가느다란 목에 총탄이 일흔한 발이나 장착된 무겁디무거운 자동소총을 메고 있는 거야. 한눈에 봐도 애처롭기 짝이 없었는지 대령이 웃음을 짓더군. 그리고 두번째로 물었어. '그래, 원하는 게 뭔가?' 대답했지. '총을 쏘고 싶습니다.' 그때 대령이 속으로 무슨 생각을 했는지는 나도 몰라. 한참을 말없이 있더라고. 한마디도 안 하고. 그러다가 갑자기 획 몸을 돌려서 가버리는 거야. '그래, 이번에도 거절이구나' 생각했지. 그런데 곧 지휘관이 달려왔어. 대령님이 허락했다면서……

당신은 이게 이해가 돼? 지금은 이해할 수 있는 일일까? 당신이 나를 이해해줬으면 좋겠어…… 적개심이 없으면 총을 쏘지 못해. 그건 전쟁이었지, 사냥이 아니었어. 정치 수업시간에 읽었던 일리야 예렌부르크의 '놈들을 죽여라!'라는 글이 기억나. 몇 번을 만나더라도 만나는 대로 독일군을 죽여 없애라는 유명한 글이지. 당시엔 모두 그 글을 읽었어. 외우고 다닐 정도였지. 그 글은 내 마음을 사로잡았고, 나는 전쟁 내내 가방 안에 그 글과 아버지의 '전사통지서'를 넣고 다녔어…… 쏠 거야! 총을 쏠 거야! 나는 복수해야만 했어……

아주 짧게 훈련받았어. 속성으로, 3개월 만에 마쳤지. 총 쏘는 법을 배웠어. 마침내 포병 지휘관이 된 거야. 그리고 1357고사포대대에 배치됐어. 처음 한동안은 코와 귀에서 피가 쏟아지고 소화도 안 되고 속이 다 뒤집어지더라고…… 입안이 바싹 말라서 입천장이 달라붙고…… 밤에는 그런대로 참을 만했지만 낮에는 정말 무서웠어. 적의 전투기가 꼭 나를 향해, 바로 내 대포를 향해 날아오는 것처럼 느껴졌지. 그건 정말 한순간이야…… 단 한순간에 나라는 존재가 통째로 가루가 돼버리지. 그걸로 끝! 정말 어린 아가씨가 할 짓이 아니었어…… 그건 어린 아가씨의 귀에도 눈에도 못할 짓이었어…… 처음에 우리 대대는 '85밀리미터 구경' 고사포를 사용했어. 녀석들은 모스크바 일대의 전투에서 자기 몫을 훌륭하게 해냈고, 다시 적의 전차부대를 향해 진격했지. 그리고 나중에 '37밀리미터'을 지급받았어. 르제프*로 가는 길목에서 전투가 벌어졌는데…… 정말 처절한 전투였지…… 봄이라 볼가 강의 얼음이 녹아 움직이기 시작하는데…… 거기서 뭘 본 줄 알아? 검붉은 얼음덩어리 하나가 떠내려오고, 그 위에 독일 병사 두엇과 러시아 병사 하나가 쓰러져 있는 거야. 서로 꼭 달라붙은 채 죽어 있었지. 병사들은 얼음덩어리

---

* 모스크바에서 북서쪽으로 170킬로미터 떨어진 트베리 주의 남부에 위치한 도시로 볼가 강과 접해 있다.

위에서 꽁꽁 얼어 죽고, 얼음덩어리는 검붉은 핏덩이가 되고…… 어머니 같은 볼가 강도 온통 붉은 피로 물들어 있었어……"

그런데 갑자기 이야기를 멈춘다. "잠깐 숨 좀 고르고…… 안 그러면 울음이 터질 것 같아. 우리 만남을 망치면 안 되잖아……" 그리고 창 쪽으로 돌아서 마음을 추스른다. 잠시 후 다시 웃음 띤 얼굴이다. "솔직히 말하면 우는 걸 안 좋아해. 어렸을 때부터 울면 안 된다고 배웠거든……"

"나는 레닌그라드 봉쇄 때가 생각나." 여태 조용히 발렌티나의 이야기를 듣고 있던 알렉산드라 표도로브나 젠첸코가 말문을 연다. "당시 우리를 깜짝 놀라게 한 사건이 하나 있었어. 소문에, 어떤 나이 지긋한 여자가 날마다 자기 집 창문으로 물을 쏟아버린다는 거야. 바가지에 물을 담아서는 밖으로 휙 쏟아버리는데, 어찌된 영문인지 물을 버릴 때마다 물이 더 멀리까지 날아간다는 거야. 처음에 우린 미친 여자려니 생각했어. 언제 봉쇄가 풀리나 기다리기 지겹던 차에 구경거리 하나 생겼다고 생각했지. 그러다 나중에는 그 여자를 찾아가 자초지종을 묻게 됐어. 그 여자가 뭐라고 한 줄 알아? '만약 파시스트들이 레닌그라드로 들어와 우리 동네에 한 발자국이라도 들이면 내가 뜨거운 물을 끼얹어버릴 거예요. 나는 늙어서 다른 일은 할 수도 없고 뜨거운 물이라도 끼얹어야지.' 그래서 그렇게 연습했던 거야…… 매일같이…… 그때는 봉쇄가 막 시작될 때였고 아직 뜨거운 물도 나올 때였지…… 공부를 아주 많이 한 교양 있는 여자였어. 얼굴도 기억나.

그 여자는 자신이 할 수 있는 최선의 대항 방법을 찾은 거야. 그 당시 상황을 한번 상상해봐…… 적군은 코앞까지 밀고 들어왔지, 나르바 개선문*에서는 연일 전투지, 키로프 공장 작업장들은 적의 총탄세례

216

지…… 모두들 도시를 지키기 위해 할 수 있는 일이 뭘까 생각했어. 죽는 건 너무 쉬운 방법이었어. 뭐라도 해야 했지. 뭔가 결연한 행동이 필요했어. 수천 명의 사람들이 그렇게 똑같은 생각을 했어……"

"꼭 맞는 말을 찾고 싶어…… 어떻게 해야 그때 일을 다 표현할 수 있을까?" 발렌티나 파블로브나가 우리에게 묻는지 자신에게 묻는지 모를 말을 한다. "나는 전쟁터에서 불구가 되어 돌아왔어. 한번은 등에 파편이 박힌 거야. 다행히 큰 부상은 아니었지만 그대로 날아가 눈구덩이에 처박혔지. 그런데 하필이면 그때 축축한 펠트부츠를 신고 있었지 뭐야. 장작이 없었던가, 난로를 사용할 순서가 아니었던가, 아무튼 그래서 며칠째 젖은 부츠를 신고 다녔거든. 난로라고 해봐야 조그만 거 하나에 필요한 사람은 많았으니까. 동료들이 나를 찾는 동안 발에 심한 동상이 걸렸어. 눈더미 속에 파묻혔지만 다행히 숨은 쉴 수 있었지. 작은 구멍이 하나 나 있더라고…… 굴뚝처럼…… 구조견들이 나를 찾아냈어. 녀석들이 눈 속을 파헤치고 모자, 그러니까 내 귀마개용 모자를 가져갔어. 그곳에 내 신분증이 들어 있었지. 그때는 다들 가족사항과 연락처가 적힌 신분증을 소지하고 다녔거든. 전사할 경우를 대비해서. 나는 눈 속에서 꺼내져 방수망토에 실려 나갔어. 피를 얼마나 흘렸던지 외투가 반이나 피로 흥건하게 젖었더라고…… 하지만 아무도 내 다리까지는 미처 신경을 못 썼어……

여섯 달을 병원에 있었어. 병원에서 다리를 절단해야 한다고 했지. 그것도 허벅지까지. 이미 피부 괴저가 진행되고 있어서 어쩔 수 없다면서.

---

* 1812년, 러시아를 침공한 나폴레옹군을 격퇴하고, 그 승리를 기념하기 위해 세운 건축물. 1814년에 이탈리아 건축가가 세웠으며, 상트페테르부르크(레닌그라드) 지하철 '나룹스카야' 역 근처 스타체크 광장에 있다.

절망스럽더라고. 불구가 되어서까지 살고 싶지는 않았어. 무엇 때문에 살아? 내가 누구한테 필요하다고? 아버지도 엄마도 안 계신데, 평생 사람들 짐만 될 텐데. '다리도 없는 나 같은 게 누구한테 필요하다고! 목을 매자……' 그렇게 마음먹고, 간호사에게 작은 수건 대신 큰 걸로 갖다 달라고 부탁했지…… 게다가 병원에서 모두들 나보고 '할머니, 할머니…… 여기 연로하신 할머니가 누워 계신다……'며 놀려댔거든. 병원장을 처음 만났는데 몇 살이냐고 묻는 거야. '열아홉이라고, 곧 열아홉이 된다'고 얼른 대답했지. 아, 그러자 병원장이 웃으며 '오, 꽤 나이가 많은데. 벌써 할머니네' 그러잖아, 글쎄. 그뒤로 사람들이 그렇게 나만 보면 할머니라고 놀리더라고. 간호사 마샤 아줌마도 나를 놀려먹었지. 큰 수건으로 바꿔달라니까 마샤 아줌마가 그러는 거야. '수건은 갖다줄게. 너는 곧 수술을 받아야 하니까. 하지만 내가 지켜볼 거야. 왠지 눈빛이 마음에 안 들어. 혹시 무슨 나쁜 생각이라도 하는 건 아니지?' 나는 아무 말도 하지 않았어…… 보니까, 정말 수술 준비가 되고 있더라고. 나는 수술이 뭔지도 몰랐고 그때까지 몸에 칼을 대본 적도 없었지만 이제 몸에 지도가 생긴다는 것쯤은 짐작할 수 있었지. 베개 밑에 큰 수건을 숨기고 모두 잠들기를 기다렸어. 곧 다들 잠이 들었지. 마침 침대틀이 철로 된 거였어. 그래서 수건을 침대에 잡아맨 다음 목을 매기로 했지. 다만 도중에 수건이 끊어질까봐 그게 걱정이었어…… 그런데 마샤 아줌마가 밤새 내 곁을 지키고 앉았는 거야. 아줌마가 나를, 어린 나를 지켰어. 밤새 한숨도 안 자고…… 어리석은 나를 보호했어……

내 담당의사는 젊은 중위였어. 그 중위가 병원장을 찾아가 계속 부탁했어. '제가 하도록 해주십시오. 제가 한번 해보겠습니다……' 병원장은 거절했고, '뭘 해보겠다는 건가? 벌써 발가락 하나가 새까매졌는데.

저 아이는 이제 열아홉이야. 우리 때문에 죽을 수도 있어.' 중위는 수술에 반대하며 다른 방법, 그러니까 당시에 새로 나온 의술을 제안했던 거야. 특별한 주사를 사용해 피부 밑에 산소를 주입하는 방법이었지. 산소를 배양하는…… 아무튼, 나는 의사가 아니라서 정확하게는 모르겠어…… 결국 중위는 병원장을 설득하는 데 성공했어. 내 다리를 자르지 않기로 결정이 났지. 새로운 의술로 치료해보기로 계획을 바꾼 거야. 그리고 두 달 후에 나는 벌써 걷기 시작했어. 그야 당연히, 목발을 짚고 걸었지만. 다리가 꼭 널어놓은 빨래처럼 흔들거리고 아무 감각도 안 느껴지더라고. 그냥 보면서 내 다리구나 했지. 차츰 목발 없이 걷는 연습을 했어. 사람들이 나보고 '다시 태어났다'며 축하해줬어. 퇴원하고 휴가를 받았지. 하지만 휴가는 무슨 휴가? 어디로 갈 건데? 누구한테? 나는 내 소속부대로 돌아갔어. 내 대포로 가서 다시 동료들에게 합류했지. 열아홉 나이에……

승리의 날은 동프로이센에서 맞았어. 사실 승전하기 며칠 전부터 전선도 잠잠하던 참이었어. 총을 쏘는 사람도 없었고. 한밤중에 갑자기 경보가 울렸어. '공습이다!' 모두 깜짝 놀라 일어났지. 그런데 바로 뒤이어 '승전이다! 적이 항복했다!'는 외침이 들려왔어. '적의 항복', 그래, 그것도 좋았지만 우리를 정말 기쁘게 한 건 승리였어. 우리는 '전쟁이 끝났다! 전쟁이 끝났어!'라고 외치며 각자 가지고 있던 무기를 쏘아대기 시작했어. 자동소총, 권총…… 대포…… 어떤 이는 눈물을 흘리고 어떤 이는 덩실덩실 춤을 췄지. '나는 살아 있다. 나는 살아 있다!' 땅바닥에 주저앉아 흙을 끌어안았다 돌을 끌어안았다 하는 사람도 있었어. 다들 기뻐 어쩔 줄을 몰랐지…… 나는 그냥 서 있었어. '이제 전쟁은 끝났어. 하지만 우리 아버지는 돌아오지 않아, 영원히. 전쟁은 끝났어……' 나중에 지휘관이 화를 내는 거야. '자, 자, 포탄 값을 내기 전에는 제대도 없다. 대체 무슨 짓들을 한 건가? 포탄을 얼마나 써버린 거야?' 우리는 이제 이 세상에 영원히 평화만 계속될 거라고, 아무도 전쟁을 원하지 않을 거라고 믿었어. 그래서 포탄은 다 없애버려야 한다고 생각했지. 포탄이 왜 필요해? 우린 미워하는 일에도 총 쏘는 일에도 진력을 다 뺐어.

아, 얼마나 집이 그리웠는지 몰라! 아버지가 없어도 엄마가 없어도 집은 좋은 곳이야. 집, 그건 그 집에 사는 사람보다, 그 집 자체보다 더 큰 의미를 지닌 무엇이지. 특별한 그 무엇…… 사람은 반드시 집이 있어야 해…… 새어머니에게 큰절을 올렸어. 새어머니는 친엄마처럼 나를 맞아주셨어. 나는 새어머니를 엄마라고 부르기 시작했지. 새엄마는 나를 기다리고 있었어. 그것도 아주 애타게. 병원장이 새엄마에게 편지를 써서 미리 내 상황을 알렸어. 내 다리를 절단할 것이고, 불구가 된 나를 집으로 데려갈 거라고. 알고 계시라고. 그리고 편지에 약속했지. 집에서는 잠깐만 머물 거고 곧 다시 데려갈 거라고…… 하지만 새엄마는 내가 집으로 아예 돌아오기를 바랐어……

새엄마는 나를 기다리고 있었어…… 아버지를 그대로 빼다박은 나를……

우리는 열여덟, 스물 나이에 전선으로 떠났다가 스물, 스물넷이 돼서 돌아왔어. 처음엔 기쁨에 들떴다가 나중엔 무서워졌지. 이제 평범한 시민으로 살아야 하는데 뭘 해야 하지? 평온한 삶 앞에서 공포가 밀려왔어…… 그새 다른 친구들은 대학을 졸업했는데, 우리는 뭐지? 우리는 우리의 전쟁 말고는 아무것도 할 줄 아는 게 없었어. 우리가 아는 것도 전쟁, 우리가 할 수 있는 일도 전쟁이었지. 한시라도 빨리 전쟁에서 벗어나고 싶었어. 군용외투를 일반 외투로 고치고 단추도 다시 달았어. 방수부츠를 시장에 내다팔고 구두를 샀지. 처음으로 원피스를 입었는데, 눈물이 쏟아지더라고. 거울 앞에 서서도 내가 나를 못 알아보겠는 거야. 4년 동안 바지를 벗어본 적이 없었으니까. 내가 부상당한 몸이라고 누구한테 털어놓겠어? 말했다가, 나중에 직장도 못 구하면 어떡하라고. 결혼은? 우리는 물고기처럼 입을 다물었어. 전선에 나가 싸웠다는 이야기는 아무한테도 하지 않았지. 하지만 우리끼리는 계속 연락하며 지냈어. 그리고 오랜 시간이 흐른 후에야 사람들은 우리에게 경의를 표하기 시작했지. 30년이 지나서야…… 모임에 초대도 하고…… 처음에 우리는 과거를 숨기며 살았어. 훈장도 내놓지 못했지. 남자들은 자랑스럽게 내놓고 다녔지만 우리는 그러지 못했어. 남자들은 전쟁에 다녀왔기 때문에 승리자요, 영웅이요, 누군가의 약혼자였지만, 우리는 다른 시선을 받아야 했지. 완전히 다른 시선…… 당신한테 말하는데, 우리는 승리를 빼앗겼어. 우리의 승리를 평범한 여자의 행복과 조금씩 맞바꾸며 살아야 했다고. 남자들은 승리를 우리와 나누지 않았어. 분하고 억울했지…… 이해할 수가 없었어…… 전선에서는 남자들이 우리를 존중했고 항상 보호해줬는데. 그런데 이 평온한 세상에서는 남자들의 그런 모습을 더이상 볼 수가 없는 거야. 퇴각하다가 땅바닥에 누워 쉴 때면 우리에게 자기들 외투를 벗어주고 본인들은 얇디얇은 군복만 입고 버티던 남자들이었는데. '우리 소녀병사들…… 우리 소녀병사들부터 덮어줘야……' 그러면서. 어디선가 솜이나 붕대 조각 같은 것을 구해와서 가만히 '자, 받아, 필요할 거야……'라며 건네주기도 했어. 수하리 하나라도 있으면 같이 나눠 먹었지. 전선에서 남자들은 따뜻하고 선량했어. 다른 모습은 본 적이 없어. 그런 건 아예 알지도 못했지. 그런데 전쟁이 끝나고 나서는? 차라리 아무 말 않겠어…… 아무 말도…… 무엇이 우리의 추억을 훼방 놓는 줄 알아? 그 추억들을 견딜 수가 없다는 점이야……

제대하고 남편과 함께 민스크로 왔어. 이불은 고사하고 변변한 컵 하나 포크 하나 없이 거의 맨몸으로 온 거야…… 외투 두 벌과 군복 두 벌, 그게 우리가 가진 전부였어. 어느 날 우연히 옥양목으로 된 아주 좋은 지도를 하나 발견했어. 냉큼 가져다가 물에 담갔지…… 아주 커다란 지도였는데…… 자, 이게 바로 그 지도야. 우리집 최초의 이불이지. 나중에 우리 딸이 태어나자 이걸로 포대기를 했어. 이 지도로…… 세계 정치지형도였던가, 아마 그랬을 거야…… 우리 딸은 트렁크 안에서 잤어…… 합판으로 된 트렁크에서. 남편이 전선에서 돌아올 때 가지고 온 건데, 요람 대신 사용했지. 우리가 가진 거라곤 사랑, 딱 그거 하나였어. 그래, 그랬지…… 한번은 남편이 오더니 그러는 거야. '갑시다. 누가 밖에 낡은 소파를 버렸더라고……' 그래서 남편하고 같이 밤에 그 소파를 가지러 갔어. 아무도 안 볼 때 가져오려고 밤에 갔지. 아, 그 낡은 소파 하나에 얼마나 행복했던지!

사는 게 힘들어도 우리는 행복했어. 친구는 또 얼마나 많았는데! 힘든 시절이었지만 우리는 절망하지 않았어. 감자 하나를 삶아놓고도 서로 전화를 걸었지. '우리집에 와. 설탕을 좀 구했어. 차나 한잔하자.' 누구도 우리 위에 있지 않았고 누구도 우리 아래 있지 않았어. 우리 중에 양탄자나 고급 식기를 가진 사람은 아무도 없었지만…… 아무도…… 하지만 우리는 행복했어. 정말 행복했지. 왜냐하면 우리는 살아남았으니까. 이야기하고 웃을 수 있었으니까. 마음껏 거리를 돌아다니고…… 나는 늘 기쁘게 삶을 누렸어. 사실 실제 누릴 건 거의 없었지만. 주위를 둘러봐야 깨진 돌무더기들에 나무도 성한 게 없을 정도였으니까. 하지만 사랑이 우리 삶을 따뜻하게 했어. 이상하게도 사람들은 서로를 필요로 했고, 우리도 서로를 필요로 했지. 나중에야 각자 자기 일, 자기 집, 자기 가족을 찾아 뿔뿔이 흩어졌지만 그때는 여전히 다들 함께였어. 전선의 참호에서처럼 서로 어깨와 어깨를 맞댔지……

지금은 전쟁박물관에서 자주 초청을 받아…… 답사여행을 이끌어달라는 요청을 해오지. 그래, 지금은 그래. 40년이나 지난 지금은! 장장 40년 만에! 얼마 전에 젊은 이탈리아인들 앞에서 내 이야기를 했어. 꼬치꼬치 한참을 묻더군. '어떤 의사한테 치료를 받았나요?' '어떻게 아팠나요?' 이상하게도 그들은 내가 정신과 의사한테 상담은 받았는지 어땠는지, 궁금해하더라고. 그리고 내가 무슨 꿈을 꾸는지도. '전쟁에 대한 꿈을 꾸시나요?' 무기를 들고 전쟁터에서 싸운 러시아 여인이 그들에겐 수수께끼인 게지. 대체 어떤 여자이기에 전장에서 부상자들을 구해내고 상처를 돌보는 것도 모자라 직접 총을 쏘고 폭탄을 터뜨렸을까…… 남자들을 서슴없이 죽이고…… 또 '결혼은 했느냐'고 묻더라고. 내가 결혼하지 않았을 거라고 확신하는 눈치였어. 혼자일 거라고. 웃었지. '다들 전쟁에서 트로피를 가져왔지만 나는 남편을 데려왔죠. 딸도 있어요. 지금은 손자들이 자라고 있지요.' 당신한테 사랑 이야기는 하지 않았는데…… 지금은 못하겠어, 마음이 그래. 다음에 할게…… 당연히 사랑도 있었지! 암, 있었고말고! 사랑 없이 살 수 있는 사람이 있을까? 살아남을 사람이? 우리 대대장이 나한테 반해서는…… 전쟁 내내 나를 보호하고 다른 사람은 내 근처에 얼씬도 못하게 했지. 제대하고는 병원에서 나를 찾았어. 그때 고백을 하더군…… 뭐, 사랑 이야기는 나중에 하기로 하고…… 또 와, 꼭 다시 와. 내 둘째 딸 하자고. 나는 당연히 아이를 많이 낳고 싶었어. 아이들을 좋아하거든. 하지만 딸 하나밖에 못 얻었어…… 딸 하나…… 건강도 안 좋았고 그럴 여력도 안 됐으니까. 공부를 다시 시작할 수도 없었어. 자주 아팠거든. 내 다리, 그래, 내 다리가…… 늘 말썽이야…… 퇴직하고 연금생활 들어가기 전까지 나는 공업대학에서 실험실 조수로 일했어. 다들 나를 좋아했지. 교수들도 학생들도. 왜냐하면 나는 늘 사랑과 기쁨에 넘쳤거든. 인생은 사랑과 기쁨이라는 걸 깨달았고 전쟁이 끝나면 그렇게 살고 싶었으니까. 하느님은 총을 쏘라고 사람을 창조하신 게 아니야. 서로 사랑하라고 만드셨지. 어떻게 생각해?

2년 전에 우리 사령부의 사령관이었던 이반 미하일로비치 그린코가 우리집에 다녀갔어. 진즉 은퇴하고 연금생활을 하고 있었지. 바로 이 탁자에 앉아 있다 갔어. 그때도 나는 피로그를 구워냈어. 남편도 동석해서 다 같이 둘러앉아 이야기도 나누고 옛 시절을 회상했지…… 그러다 우리 소녀병사들에 대한 이야기가 나와서는…… 나는 거의 울부짖듯 소리쳤어. '존경하는 사령관님, 한번 말씀해보세요. 우리 소녀병사들은 지금 거의 혼자 살아요. 결혼들을 못했죠. 다들 콤무날카에 산다고요. 그들을 안타깝게 여긴 사람이 누구라도 있나요? 보호해준 사람은요? 전쟁이 끝나고 당신네 남자들은 다 어디로 숨어버린 거죠? 배신자들!' 한마디로 내가 즐겁고 화기애애한 분위기를 망쳐버렸지, 뭐……

사령관 어른은 당신이 지금 앉은 그 자리에 앉아 있었어. '어디 말해보게.' 사령관 어른이 주먹으로 탁자를 내리쳤어. '누가 자네를 화나게 한 거야. 그놈 이름을 대기만 해!' 그리고 용서를 구했어. '발랴, 자네에게 할말이 없네. 그저 눈물만 흘릴 뿐이야.' 우리는 동정이 필요한 게 아냐. 우리는 우리가 자랑스러우니까. 열 번이고 백 번이고 역사를 고쳐 쓰라고 해. 스탈린을 넣든지 빼든지 알아서 쓰라고. 하지만 이것만은 분명히 남겠지. '우리가 승리했다!'는 사실. 그리고 우리의 고통도. 우리가 겪은 그 아픔들도. 그건 잡동사니 쓰레기도 아니고 타다 남은 재도 아니야. 그건 바로 우리네 삶이지."

그리고 더이상 말이 없다……

헤어지기 전에 피로그가 담긴 봉투를 내 손에 쥐여준다. "이건 시베리아 피로그야. 특별하지. 이 피로그는 돈 주고도 못 사……" 그리고 주소와 전화번호가 적힌 긴 명단도 건넨다. "당신이 연락하면 다들 기뻐할거야. 기다리고들 있어. 그 일을 떠올리는 건 끔찍하지만 그 일을 기억하지 않는 게 더 끔찍하거든."

이제 알겠다. 그들이 결국은 이야기를 시작한 이유를……

우리는 작은 메달을
받았어…

아침마다 우편함을 열어본다……

내 우편함은 점점 군정치위원회나 박물관의 우편함을 닮아간다. "마리나 라스코바 비행연대 여성조종사들이 전하는 안부" "젤레즈냐크 여단의 여성빨치산대원들로부터 위임받아 당신에게 편지를 씁니다." "축하드립니다…… 민스크 지하공작원들로부터…… 시작하신 일이 잘되길 바랍니다……" "야전세탁부대 사병들이 연락드립니다……" 인터뷰를 진행하는 동안 단호한 거절은 많지 않았다. "못해요. 그건 끔찍한 악몽이었어요…… 못해요! 안 해요!" "떠올리기 싫어요! 싫다고요! 그걸 잊는 데 얼마나 오래 걸렸는데……"

편지 한 통이 기억난다. 발신인 주소가 없던 편지……

"우리 남편은 명예훈장 수훈자인데도 전쟁 끝나고 10년간 수용소 생활을 해야 했어요…… 목숨 걸고 자신을 지켜낸 영웅들을, 조국은 그렇게 대접했죠. 승리의 주역들을! 대학 동기에게 보낸 남편의 편지가 문제였어요. '나는 우리의 승리를 자랑스러워할 수가 없네. 러시아인들의 시체로 우리 땅과 적의 땅을 뒤덮고 얻은 승리는, 우리의 피로 물든 승리는 말일세.' 남편은 곧바로 체포되었죠…… 견장도 뺏기고……

스탈린이 죽고 나서야 남편은 카자흐스탄에서 돌아올 수 있었어요…… 병든 몸으로. 우리는 아이도 없죠. 나는 전쟁을 회상할 필요가 없어요. 지금도 내 모든 삶이 전쟁중이니까……"

모든 사람이 자신의 기억을 글로 옮기겠다고 결심하진 않는다. 글을 믿고 자신의 감정과 생각을 모두 털어놓는 일이 누구나 되는 것도 아니다. "눈물이 나서 안 되겠어요……"(A. 부라코바, 중사, 무전병) 그리고 편지 왕래는 종종 기대와는 달리 새로운 주소와 이름으로 끝나기도 한다.

"내 몸속엔 쇠붙이가 많아요…… 비텝스크* 전투에서 부상을 당했거든요. 파편 하나가 폐에 박혔는데, 심장에서 불과 3센티미터 떨어진 데예요. 두번째 파편은 오른쪽 폐에 박혔고, 또 복부에도 파편 두 개가 더 있어요……

내 주소예요…… 우리집으로 와요. 더이상 편지를 쓸 수가 없네요. 자꾸 눈물이 나서 앞이 보이지 않아요……"

B. 그로모바, 위생사관

"거창한 상을 받은 건 아니고 메달만 좀 받았어요. 내가 살아온 이야

---

* 벨라루스의 6대 주요 도시 중 하나로 벨라루스 주의 주도이다.

기에 당신이 흥미를 느낄지 어떨지 모르겠지만 누구에게라도 이야기를 하고 싶어요……"

B. 보로노바, 전화교환수

"……남편과 나는 마가단에 살았어요. 남편은 운전기사로 일했고 나는 검표원이었죠. 전쟁이 시작되자마자 우리는 둘 다 전선으로 가겠다고 지원했어요. 그랬더니 우리를 필요로 하는 곳에서 일을 하라더군요. 우리는 스탈린 동지 이름 앞으로 5만 루블(당시에 5만 루블은 꽤 큰돈이었어요. 우리가 가진 전 재산이었죠)을 보내며 '탱크 만드는 데 보태라. 우리 두 사람 모두 전선으로 가기를 원한다'는 내용의 전보를 쳤어요. 정부에서 감사의 답장을 보내왔더라고요. 1943년에 우리는 첼랴빈스크 전차기술학교로 가게 됐어요. 그 학교는 남편과 내가 자격검정시험을 치르고 졸업한 학교이기도 했죠.

거기서 탱크를 배정받았어요. 남편과 나, 둘 다 선임기계공이자 운전수로 일했는데, 탱크 안에는 딱 한 명만 들어갈 수 있었어요. 사령부에서 나를 탱크 'SU-122*'의 지휘관으로 임명했고, 남편은 그대로 선임기계공이자 운전수로 남았죠. 그렇게 우리는 독일까지 갔어요. 우리 두 사람 모두 부상당하기도 했어요. 포상도 받았죠.

중전차에는 여자전차병들이 꽤 있었지만 대전차를 운전하는 여자전차병은 나 하나였어요. 가끔 '어떤 작가라도 나서서 내 이야기를 책으로 쓰면 좋을 텐데'라고 생각했어요. 나는 글쓰는 재주가 없거든요……"

A. 보이코, 소위, 전차병

---

* T-34 차체를 이용해서 만든 구소련의 자주포.

"1942년에…… 대대장으로 임명됐소. 연대의 정치위원이 미리 경고하더군요. '대위님, 대위님이 지휘할 부대는 일반 대대가 아니라 '여성' 대대라는 점을 잊지 마십시오. 대원들 절반이 여자들이고, 여자들에겐 특별한 접근과 관심, 그리고 배려가 필요합니다.' 군대에 여자들이 있다는 사실이야 당연히 알았지만 실제 그게 어떤 건지는 솔직히 상상이 잘 안 됐소. 군대는 남자들의 공간이오. 그런 군대에서 여자들이 생활하는 것을 우리 장교들은 어느 정도는 보아온 터였소. 예를 들어, 여자간호병들 같은 경우는 우리도 익숙했지요. 우리 간호병들이 제1차세계대전이나 그후 내전에서 제 역할을 훌륭하게 해낸 것도 사실이고. 하지만 1푸드*씩은 너끈히 나가는 포탄을 수시로 들어 나르고 또 포신에 넣어야 하는 고사포부대에서는 어떨까요? 막사는 하나밖에 없고 남자병사들만 수두룩한 중대에 여자병사들을 어떻게 배치해야 할까요? 또 몇 시간씩 대포 위에 앉아 있는 건요? 대포는 알다시피 쇳덩어리요. 앉는 자리 역시 쇠로 돼 있죠. 여자는 그렇게 차가운 쇠붙이에 오래 앉아 있으면 안 되잖소. 게다가 머리는 어디서 감고 어디서 말린다는 거죠? 터질 문제가 한둘이 아니었어요. 정말 예삿일이 아니었소……

중대를 돌아다니며 눈여겨보기 시작했소. 소녀병사들이 소총을 들고 보초를 서고 망원경을 들고 망루에 올라가 있는 모습을 보는데, 솔직히, 최전선에서 온 사람으로서 마음이 불편하더군요. 소녀병사들은 성격들도 참 다양했소. 부끄러움을 타는 아이부터 겁 많은 아이, 공연히 큰소리 땅땅 치는 아이, 결단력 있는 아이, 열의가 넘치는 아이까지, 각양각

---

* 러시아의 옛 중량 단위로, 1푸드는 16킬로그램이 조금 넘는다.

색이었소. 그렇다고 그 아이들이 모두 군율에 복종하는 것도 아니었어요. 여자의 천성은 원래 군대 질서에 반하는 거니까. 명령을 받고도 잊어버리질 않나, 집에서 편지를 받은 날이면 아침 내내 울지를 않나. 징벌을 명했다가도 불쌍해서 취소하곤 했지요. 그래서 '이러다 이 소녀들과 함께 망하지' 싶은 생각까지 들었소. 하지만 얼마 지나지 않아 내 모든 의심과 우려는 깨끗이 사라졌어요. 소녀병사들은 진짜 군인이 됐소. 나는 우리 소녀병사들과 함께 참으로 험난한 길을 지나왔어요. 우리집에 한번 들러요. 할 이야기가 정말 많을 것 같소……"

I. A. 레비츠키, 784 대공포병연대 제5대대 지휘관

주소가 참 다양도 하다. 모스크바, 키예프, 크라스노다르 지방의 압셰론스크, 비텝스크, 볼고그라드, 얄루토롭스크, 수즈달, 갈리치, 스몰렌스크…… 이 많은 곳을 언제 다 돌아볼 것인가? 이 넓고도 큰 나라에서. 그런데 갑자기 뜻하지 않은 지원군이 나타났다. 기대하지 않은 도움의 손길. 우편함을 열어보니 초대장이 하나 와 있다. 바토프 장군 휘하 제65군 참전용사들이 보내온 초대장이다. "5월 16일과 17일, 모스크바 붉은 광장에서 모임이 있습니다. 전통의식과 의전행사도 있을 예정입니다. 상황이 허락되는 사람들은 다 오기로 했지요. 무르만스크, 카라간다, 알마티, 옴스크에서들 도착할 겁니다. 전국 곳곳에서 모이는 거지요. 우리의 광활한 조국 구석구석에서…… 그럼, 기다리겠습니다……"

……'모스크바' 호텔. 5월은 전승기념의 달이다. 곳곳에서 서로 부둥켜안고, 눈물 흘리고, 사진을 찍는다. 다들 가슴에 꽃을 달았든 훈장이나 메달을 달았든 아랑곳없다. 나는 사람들의 물결 속으로 들어간다. 몸이 둥실 떠오르고 흘러가고 떠밀리다보니 어느새 낯선 세계에 와 있다.

낯선 섬나라에. 아는 사람들, 모르는 사람들 틈에서 나는 분명한 사실 하나를 깨닫는다. 내가 이 사람들을 사랑한다는 것. 이들은 대개 우리 사이에서 잊힌 존재이고 눈에 잘 띄지도 않는다. 왜냐하면 이들은 이제 이 세상을 떠날 나이가 되었고 그 수도 점점 줄어들지만 우리는 점점 더 많아지니까. 이들은 1년에 한 번씩 다 함께 만남의 자리를 갖는다. 단 한순간이라도 자신들의 그 시간으로 돌아가기 위해. 그 시간이란 바로 그들 자신의 기억이다.

7층 52호에 5257병원 사람들이 모였다. 모임을 주도하는 사람은 군의관이자 대위인 알렉산드라 이바노브나 자이체바. 내가 나타나자 무척 기뻐하면서 방에 모인 사람들과 일일이 인사를 시킨다. 마치 오래전부터 아는 사이 같다. 사실 이 방문을 두드린 건 순전히 우연이다. 완벽한 우연.

방에 모인 이들의 이름을 적는다. 외과의 갈리나 이바노브나 사조노바, 의사 옐리자베타 미하일로브나 아이젠시테인, 외과 간호사 발렌티나 바실리예브나 루키나, 수술 담당 수간호사, 안나 이그나티예브나 고렐리크, 그리고 간호병들이었던 나데즈다 표도로브나 포투즈나야, 클라브디야 프로호로바 보로둘리나, 엘레나 파블로브나 야코블레바, 안겔리나 니콜라예브나 티모페예바, 소피야 카말디노브나 모트렌코, 타마라 드미트리예브나 모로조바, 소피야 필리모노브나 세묘뉴크, 라리사 티호노브나 데이쿤.

인형과 소총에 대하여

"아이고, 아이고, 말도 마, 그놈의 전쟁이 얼마나 추악한지…… 우리들 눈에 그놈의 전쟁은…… 우리 여인네들 눈에는 말이지…… 전쟁보다 더 끔찍한 게 어디 있을라고. 그러니까 우리한테는 아무것도 묻지마……"

"화물열차 타고 가던 거, 기억들 나지? 소총 든 우리를 보고 남자병사들이 죽어라 웃었잖아. 무기면 무기답게 들어야 하는데, 이렇게 꼭 무슨…… 지금은 잘 되지도 않네…… 그러니까 꼭 인형을 안은 것처럼 들었잖아, 왜……"

"사람들이 울고불고 비명을 지르고 난리가 난 거야…… 그런데 나는 '전쟁이다!'라는 소리를 들으면서도 '내일이 학년말 시험인데 전쟁은 무슨 전쟁? 시험같이 중요한 게 또 어디 있다고. 어떻게 전쟁이 일어나?'라고 생각했다니까.

하지만 일주일 후에 공습이 시작됐고 우리는 이미 사람들을 구하고 있었어. 그 시절에 의과대학 3학년이면 많은 일을 할 수 있었거든. 처음 며칠은 피를 너무 많이 봐서 그런지 피가 무섭더라고. 이미 반은 의사가 된 거나 마찬가지이고 실습에서 최우수 성적을 받은 내가 말이야. 하지만 사람들은 훌륭하게 대처했어. 그게 큰 힘이 됐지.

생각들 나? 내가 전에 이야기했는데…… 공습이 끝났는데 보니까, 내 앞의 땅이 꿈틀꿈틀하는 거야. 당장 달려가서 땅을 파기 시작했지. 얼굴과 머리칼이 만져지더라고…… 여자였어…… 여자를 흙속에서 꺼내놓고는 죽은 줄 알고 엉엉 울었지. 그런데 갑자기 여자가 눈을 번쩍 뜨는 거야. 눈을 뜨더니만 어떻게 된 건지는 묻지도 않고 다짜고짜 가방 걱정부터 하는 게 아니겠어.

─내 가방은요?

─지금 가방이 대수예요? 어디 있겠죠.

─가방 안에 서류가 있어요.

그 여자는 자신의 안전보다 당원증과 군인신분증이 먼저 걱정이 됐던 거야. 나는 바로 가방을 찾기 시작했어. 찾았지. 여자는 가방을 자기 가슴 위에 올려놓고는 다시 눈을 감았어. 구급차가 도착하자 우리는 여자를 구급차에 태웠어. 나는 그 여자가 가방을 잘 챙겼는지 다시 한번 살펴봤지.

저녁에 집에 돌아와서 그날 있었던 일을 엄마한테 이야기했어. 그리고 말했지. 전선으로 가겠다고……"

"우리 군이 퇴각할 때였어…… 모두 밖에 나와 있는데…… 늙수그레한 병사 한 명이 지나가다가 우리집 근처에서 멈춰 서더니 우리 엄마한테 허리가 땅에 닿도록 인사를 하는 거야. '용서하세요, 어머니…… 따님을 잘 지키세요! 제발, 따님을 잘 지켜야 합니다!' 그때 나는 열여섯이었고 머리를 길게 땋고 있었지…… 봐, 이렇게! 그땐 속눈썹도 새까맸는데……"

"전선에 갈 때가 생각나…… 대형 지붕차를 타고 갔는데 그 큰 차가 어린 아가씨들로 가득 찼지. 밤이라 사방은 깜깜하고 나뭇가지들이 차 지붕을 톡톡 건드리는데, 그때마다 심장이 쿵쿵 내려앉는 거야. 어찌나 긴장했던지 꼭 총알이 우리를 향해 날아드는 것만 같더라니까…… 누가 말만 해도 무슨 소리만 나도 그게 다 전쟁인 거야…… 전쟁…… 아이고, 이놈의 전쟁이 이제 노상 옆에 따라다니지 뭐야! '엄마'라고 하잖아? 그러면 그건 이미 그저 '엄마'가 아니었어. 또 '집'이라고 하잖아? 역시 그냥 '집'이 아니었지. 그 말 속에 뭔가가 더 있었어. 글쎄, 더 애틋하고, 더 두려운 뭔가가 보태졌다고나 할까. 그래, 뭔가가 더 있었어……

하지만 난 전쟁 첫날부터 우리가 이길 거라는 확신이 들었어. 우리나라가 얼마나 크고 넓은데…… 얼마나 광활한데……"

"엄마 딸…… 나는 한 번도 내가 사는 도시를 벗어나본 적이 없었어. 남의 집에서 잠도 한번 안 자봤지. 그런데 난데없이 박격포중대의 막내 의사가 된 거야. 도대체 내게 무슨 일이 일어났던 건지! 박격포가 쾅쾅 터지면 바로 귀가 멍멍해지고 온몸에 불이 붙는 것만 같았어. 그러면 앉아서 속삭였지. '엄마, 엄마…… 엄마……' 숲에서 밤을 보내고 아침에 나와보면 그렇게 고요할 수가 없었어. 방울방울 이슬이 맺혀 있고. 정말 이게 전쟁이라고? 이렇게 아름답고 이렇게 평화로운데……

군복을 입으라는 지시가 떨어졌어. 그때 나는 키가 150센티미터밖에 안 됐거든. 몸이 바지 속으로 그냥 쑥 들어가더라고. 바지가 내 머리까지 올라와서 다른 애들이 목 근처에서 바지를 묶어줬어. 그래서 상관들에게 숨기고 그냥 내 옷을 입고 다녔지. 그러다 결국 들켜서 군기를 어긴 죄로 영창 신세를 졌지만……"

"글쎄, 누가 상상이나 했겠어…… 내가 걸으면서 잠을 자게 될 줄이야. 대열을 이루고 행군하는데 자꾸 잠이 오는 거야. 앞사람에게 부딪치면 잠깐 정신이 들었다가 다시 잠이 들고 또 잠이 들고. 병사의 잠은 어디서나 꿀잠이지. 한번은 캄캄한 밤에 앞으로 죽 걸어가야 하는데, 잠결에 그만 옆길로 샜지 뭐야. 그대로 들판 쪽으로 가버렸지. 잠든 채로 계속 걷다가 도랑에 빠져서야 정신이 들었다니까. 죽어라 달려서 겨우 일행을 따라잡았지.

잠깐씩 쉬어갈 때면 병사들은 궐련 하나를 말아 셋이 나눠 피우곤 했어. 한 사람이 먼저 피우면 나머지 두 사람은 그새 잠을 잤지. 코까지 골면서……"

"이 일은 정말 못 잊을 것 같아. 한번은 부상자가 들것에 실려왔길래…… 우리 중 누군가 부상자의 팔을 붙잡았거든. 그랬더니 '이미 죽었으니까 그럴 필요 없다'며 그냥 두고 가더라고. 그런데 갑자기 숨을 쉬는 거야. 마침 내가 그 앞에 무릎을 꿇고 있었는데, 부상병이 숨을 쉬더라니까. 당장 소리소리 질렀지. '의사! 의사!' 그런데 이 부상병이 일으켜세우면 쓰러지고, 일으켜세우면 쓰러지고, 계속 픽픽 쓰러지는 거야. 꼭 짚단 자루처럼. 알고 보니 깊이 잠든 거였어. 얼마나 깊이 잠이 들었던지 암모니아수를 코에 갖다대고 별짓을 다해도 안 일어나더라니까. 나중에 들었는데, 꼬박 3일을 한숨도 못 잔 상태에서 부상을 당했다더라고.

아유, 겨울이면 부상병은 또 얼마나 무겁던지…… 피와 눈에 얼어붙은 군복은 돌덩이처럼 딱딱하지, 방수부츠에 엉겨붙은 피는 꽁꽁 얼어서 죽어도 안 떨어지지. 게다가 몸들은 또 얼마나 찬지, 꼭 죽은 사람들 같았어.

창밖을 보면 겨울풍경이 너무 아름답잖아. 하얗게 눈을 맞고 선 전나무들은 꼭 무슨 동화 속 나라에 나오는 나무들 같고. 걱정이고 뭐고 한순간에 사라지는 기분이지…… 하지만 또다시……"

"스키대대가 있었는데…… 병사들 대부분이 10학년 정도 되는 남자애들이었어…… 모두 독일군 기관총에 벌집이 되고 말았지…… 그중 한 명이 실려 왔는데 막 우는 거야. 그 아이들이나 우리나 같은 나이였지만 우린 우리가 훨씬 더 어른이라고 여겼어. 그래서 우는 그 병사를 안고 '아가야, 착하지'라고 다독여줬지. 그러자 그 병사가 그러더라고. 내가 자기네 부대에 있었으면 자기한테 감히 '아가야'라고 부르지는 못했을 거라고. 그 병사는 죽어가면서 밤새 엄마를 찾으며 비명을 질렀어. '엄마! 엄마!' 그리고 쿠르스크 출신의 어린 병사 둘이 있었는데 우리는 그 아이들을 '쿠르스크의 꾀꼬리들'이라고 불렀지. 깨우려고 가보면 입가에 침이 고인 채 자고 있는 거야. 그래, 아직 어린애들이었던 거지……"

"며칠씩 꼼짝도 못하고 수술대에 매달려 있었어…… 서 있으면 팔이 저절로 슥 미끄러져 떨어졌지. 어떤 땐 머리를 그대로 환자에게 처박기도 하고. 오직 한 가지 생각뿐이었어. 자고 싶다! 자고 싶다! 자고 싶다! 발이 퉁퉁 부어올라서 군화도 제대로 못 신었다니까. 눈을 감기도 힘들 만큼 녹초가 되곤 했어……

내 전쟁에는 세 가지 냄새가 있어. 피냄새, 그리고 클로로포름과 요오드 냄새……"

"아, 아! 그 상처들…… 넓고 깊고 찢긴 상처들…… 정말 미치지 않은 게 신기해…… 총탄, 수류탄, 포탄 파편들이 머리며 내장이며, 몸 구석구석 안 박힌 곳이 없었어. 몸에서 파편을 꺼내다보면 단추부터 외투 쪼가리, 군복 쪼가리, 허리띠 조각까지, 정말 별의별 게 다 나왔지. 가슴이 다 파열돼서 심장이 훤히 드러난 병사가 있었어…… 심장은 아직 살아서 뛰는데, 그 병사는 죽어가는 거야…… 마지막으로 상처를 싸매주고 울음이 나오려는 걸 겨우 꾹 눌러 참았지. 어서 그 상황이 끝나고 어디 안 보이는 데 숨어서 엉엉 소리내 울고 싶었어. 그런데 그 병사가 나를 부르는 거야. '고마워요……' 그러면서 손을 내미는데, 그 안에 뭔가 조그만, 쇠붙이로 된 게 있었어. 뭔가 싶어 자세히 봤지. 열십자 모양으로 교차된 검과 소총 마스코트였어. 왜 나한테 그걸 주느냐고 물었더니 '엄마가 이 마스코트가 나를 지켜줄 거랬어요. 하지만 이제 나는 필요 없어요. 당신이 나보다 운이 좋을 수도 있잖아요' 그렇게 말하고는 벽 쪽으로 고개를 돌렸지.

저녁 무렵이 되면 머리카락은 피투성이가 되고, 가운에 스며든 피가 온몸으로 번졌어. 모자에도 마스크에도 피가 흥건했고. 검고 끈적끈적한 피, 사람 몸에서 나온 온갖 것들과 뒤섞인 피였지. 환자의 오줌이며 대변과 뒤섞인 피……

한번은 다른 부상자가 '다리가 아프다'며 나를 부르더라고. 이미 다리가 절단되고 없는 환자였는데…… 제일 끔찍했던 순간은 시신을 옮길 때였어. 바람에 시신을 덮은 시트가 살짝 들리기라도 하면 죽은 자가 눈을 똑바로 뜨고 나를 바라보는 거야. 눈을 뜨고 있는데 어떻게 그대로 옮겨. 눈을 감겨줬지……"

"부상자가 실려 왔어…… 들것에 누워 있는데, 머리에 부상을 당했는지 붕대로 칭칭 감고 있더라고. 얼굴이 겨우 보일락 말락 했지. 아주 조금. 그런데 내가 누구랑 비슷해 보였나봐. 그 사람이 나를 부르는 거야. '라리사…… 라리사…… 라리사……' 사랑하는 여자 같았어. 내 이름도 라리사였지만 그 부상병은 내가 모르는 사람이 분명했지. 그런데 그 사람이 계속 내 이름을 부르는 거야. 나도 모르게 가까이 다가갔어. '당신이 온 거야? 당신이야?' 나는 그 사람 손을 잡고 몸을 굽혔어…… '당신이 올 줄 알았어……' 그 사람이 뭔가 더 속삭였지만, 무슨 말인지 못 알아듣겠더라고. 지금도 그때 일을 떠올리면 아무렇지도 않게 이야기할 수가 없어. 눈물이 쏟아져서. 그 사람이 그랬어. '당신과 작별 키스도 못하고 전선으로 떠났잖아. 지금 키스해줘……'

그 사람 위로 몸을 굽히고 입을 맞췄어. 그 사람 눈에서 눈물이 솟구쳤지. 눈물이 붕대를 타고 흘러내렸어. 그리고 그것으로 끝. 그 사람은 숨을 거뒀어……"

죽음, 그리고 죽음 앞에서의 놀라움에 대하여

"사람들은 죽고 싶어하지 않았어…… 우리는 신음 소리 하나 비명 소리 하나에도 달려가 응답했지. 한 부상병이 곧 죽을 것 같은 예감이 들었는지 내 어깨를 부여잡고는 놓아주질 않는 거야. 누군가 자기 곁에 있으면, 간호사가 옆에 있으면 생명이 자신을 떠나지 않을 것 같았나봐. 그 부상병이 애원했어. '오 분만 더 살게 해줘요. 아니 이 분만 더……' 어떤 이들은 소리도 없이 조용히 죽어갔고 어떤 이들은 비명을 질렀어.

'죽고 싶지 않아!' 아니면 '씨발' 같은 욕을 하거나…… 느닷없이 노래를 부르는 사람도 있었지…… 몰다비아* 노래…… 사람들은 죽어가는 그 순간에도 자신이 죽는다는 사실을 받아들이지 않아. 믿질 않지. 하지만 머리카락 밑에 샛노란 색이 나타나고 얼굴을 따라 움직이던 그림자가 나중에 옷 밑으로 뚝 떨어지는 걸 보게 돼…… 사람은 이미 죽었는데 표정은 마치 산 사람 같지. 깜짝 놀란 얼굴로 '내가 어떻게 죽을 수 있지? 정말 내가 죽은 거야?'라고 생각하는 것처럼 보여.

부상병이 아직 들을 수 있는 동안은…… 마지막 순간까지 '아니에요. 괜찮아요. 당신이 죽는다니 말도 안 돼요'라고 말해줬어. 입을 맞추고 안아주며 '걱정 마요, 괜찮아요'라고 위로도 했지. 이미 숨을 거둬서 눈이 허공을 보는데도 나는 계속 귀에 대고 뭔가를 속삭였어…… 뭔가 안심시키는 말을…… 그 이름들은 기억에서 지워졌지만 얼굴들은 여전히 기억 속에 남아 있어……"

"부상병들을 실어오는데…… 다들 우는 거야…… 고통을 못 이겨서가 아니라 자신들의 무력함 때문에. 개중에는 전선에 와서 총 한번 못 쏴본 사람들도 있었어. 모두 다 총을 들고 싸울 만큼 총이 많지 않았거든. 전쟁 초기엔 무기가 황금만큼이나 귀했어. 독일군은 탱크에 박격포에 전투기까지 갖췄는데, 우린 전우들이 쓰러지면 그 소총을 다시 주워다가 사용했어. 수류탄도. 그러니까 우리는 맨손으로 전투에 나간 거야…… 주먹다짐 싸움에라도 나서는 것처럼……

그리고 무조건 탱크에 몸을 던졌지……"

---

* 루마니아 프루트 강과 카르파티아 산맥 사이에 있는 지역의 옛 이름.

"그들이 죽어가면서…… 바라보던 눈빛…… 그 눈빛……"

"내 첫 부상병은…… 총탄이 목에 박혔어. 며칠은 숨이 붙어 있었지
만 말은 전혀 하지 못했지……

팔이나 다리를 절단하다보면 피가 나지 않는 경우가 있었어…… 하
얀 살 그대로 깨끗하게 있다가 나중에야 피가 났지. 나는 지금도 흰 닭
살은 요리를 못해. 입안이 쓰디써져서……"

"독일군은 여자병사들은 포로로 잡지 않았어…… 바로 총살해버렸
지. 아니면 자기 병사들 앞에 끌고 나와 '자, 여기 이것들은 여자가 아니
다. 추악한 괴물이다'라고 하거나. 그래서 우리는 우리 자신을 위한 총
알을 따로 가지고 다녔어. 불발될 경우를 대비해 두 발씩.

우리 간호병 하나가 독일군에게 붙잡혔어…… 하루가 지나 우리가
그 마을을 공격해 들어갔는데 사방에 죽은 말이며 오토바이며 장갑수
송차 등이 나뒹굴고 있더라고. 독일군에게 잡혀간 우리 간호병을 찾아
냈지. 세상에, 눈알이 도려내지고 가슴이 잘려나가서는…… 놈들이 말
뚝에 박아놓았더라고. 몸은 살을 에는 추위에 꽁꽁 얼어 새하얗고 머리
는 완전히 백발이 되어 있었어. 그 아이는 겨우 열아홉 살이었어. 우리
는 그 아이 배낭에서 가족이 보낸 편지들과 고무로 된 작은 파랑새를
발견했어. 애들이나 가지고 노는 장난감 고무새를……"

"퇴각하는데…… 독일군이 폭격을 퍼부었어. 전쟁 첫해엔 우리 군이
계속 밀렸거든. 파시스트의 전투기들이 아주 낮게 날며 한명 한명 추격

해오는데, 꼭 나를 알고 쫓아오는 것만 같은 거야. 도망쳤지…… 아니 나다를까, 보니까 전투기가 나를 향해 날아오는 거야. 얼마나 바짝 쫓아오는지 조종사 얼굴이 보일 정도였어. 조종사도 우리가 여자라는 걸 알아챘지…… 의료수송대라는 걸…… 수송대에 총탄을 퍼부으며 웃더군. 그 조종사는 우리를 가지고 놀았어…… 아, 비열하고 소름끼치던 그 웃음…… 그 잘난 얼굴……

도저히 못 참겠더라고…… 그래서 소리소리 지르며…… 옥수수밭을 향해 죽어라 달렸어. 조종사는 쫓아오고 나는 숲으로 내달렸지. 비행기가 거의 나한테 닿으려는 순간 관목숲이 나타났고…… 나는 잽싸게 숲으로, 늙은 잎들이 무성한 그곳으로 뛰어들었어…… 코피가 터지더라고. 내가 죽었는지 살았는지도 모르겠고. 하지만 나는 살아 있었지……

그후로 비행기를 무서워하게 됐어. 어디선가 비행기 소리만 나면 벌써 겁에 질려서 아무 생각도 안 나. 머릿속엔 오로지 한 가지 생각뿐이야. '저 비행기가 나를 찾으려고 혈안인데 어디에 숨지? 어디에 숨어야 나를 보지도 듣지도 못하지?' 그래서 지금도 비행기 소리는 견디질 못해. 비행기를 타지도 못하고……"

"아이고, 아이고, 소녀병사들아……"

"전쟁 나기 바로 전에 결혼할 참이었어…… 음악선생님하고. 정말 정신 나간 이야기이지 뭐야. 선생님한테 홀딱 반했었거든…… 선생님도 마찬가지로 날 좋아했고…… 하지만 엄마가 '넌 아직 어리다'며 허락하지 않았어.

곧 전쟁이 터졌어. 나는 자원해서 전선으로 떠났어. 집에서 벗어나고 싶었고 어른이 되고 싶었지. 가족들이 울면서 짐을 챙겨줬어. 따뜻한 양말, 속옷……

전선에 도착한 첫날, 난생처음 전사한 사람을 봤어…… 병원이 차려진 학교 마당으로 파편이 날아들었는데, 그 파편에 우리 의사보조가 치명상을 당했지. 이런 생각이 들더라고. '결혼은 너무 어리다고 반대한 우리 엄마가 전쟁에 나가는 건 말리지 않다니…… 사랑하는 우리 엄마가……'"

"우리는 부대 행렬이 멈추자마자…… 병원을 차리고 부상자들을 돌보기 시작했어. 그런데 갑자기 철수명령이 떨어졌어. 부상자들 중 누구는 데려가고 누구는 데려가지 못하는 상황이 벌어졌지. 차량이 턱없이 부족했거든. 우린 부상자들은 놔두고 서둘러 떠나라는 재촉을 받았어. 그래서 서두르는데 남은 부상자들이 우리를 쳐다보는 거야. 눈으로 배웅하면서. 그들의 눈 속엔 체념과 분노가 가득 차 있었지…… 그리고 애원했어. '형제들! 자매들! 제발 우리를 독일군 손에 넘기지 말아요. 차라리 우리를 죽이고 가요.' 아, 얼마나 마음이 아프던지! 가슴이 정말 찢어지더라고. 어느 정도 몸을 가누는 부상자들은 어떻게든 우리를 따라나섰지만 움직이지 못하는 사람들은 그대로 누워 있을 수밖에 없었지. 한 명이라도 더 구하고 싶은 마음이 간절했지만 할 수 있는 게 아무것도 없었어. 차마 그들을 못 보겠더라고…… 그때 나는 너무 어렸어. 하염없이 눈물만 흘렸지……

하지만 우리가 공세를 펼칠 때는 남는 부상병 없이 모두 데려갔어. 심지어 독일군 부상자들까지 챙겨 데리고 갔으니까. 나는 잠깐이지만 독일군 부상병들을 돌보기도 했어. 금방 익숙해져서 아무렇지도 않게 붕대를 감아주곤 했지. 1941년, 우리 부상병들을 남겨놓고 떠나야 했던 그때를 문득 떠올리곤 해. 그때 남겨진 우리 부상병들에게 놈들이 무슨 짓을 했는지…… 어떤 짓을 했는지…… 우리는 다 봤거든…… 그걸 생각하면 독일군 부상병은 쳐다보기도 싫었지만…… 다음날이면 다시 상처를 싸매주고 있었지……"

"우리는 사람들을 구했어…… 그런데도 많은 이들이 의료인인 탓에 무기를 들고 직접 싸우지 못하는 처지를 안타까워했지. 부상자를 돌보느라 전선에 나가 총을 쏠 수 없다고. 지금도 기억나…… 그때 그 심정이. 눈 위에서 유독 피비린내가 진동하던 것도 생각나고…… 우리 죽은 병사들도…… 우리 병사들이 들판에 시신으로 누워 있었어. 새들이 시신의 눈을 파먹고 얼굴과 팔을 쪼아댔지. 아, 그건 정말 있을 수 없는 일이었어……"

"전쟁이 막바지로 치달을 땐데…… 집으로 편지 쓰기가 무서운 거야. 아예 편지를 쓰지 말자 마음먹었지. 기껏 집에 돌아간다고 썼다가 갑자기 전사라도 하면 어떡해? '전쟁도 끝났다는데 우리 딸은 승전을 눈앞에 두고 죽고 말다니'라며 엄마가 얼마나 슬퍼하시겠어. 그 말을 입 밖에 내는 사람은 없었지만 아마 모두 같은 생각이었을 거야. 우리는 승리가 멀지 않았다는 걸 이미 예감하고 있었지. 그리고 봄이 오고 있었어.
문득 하늘을 올려다보는데 정말 파랗더라고……"

"무엇이 기억나느냐…… 가장 기억에 남는 게 뭐냐고? 정적이야. 중상자들이 입원해 있던 중환자실의 그 죽음 같은 고요함이 가장 기억에 남아. 치명상을 입은 병사들…… 그들은 서로 대화를 하지 않았어. 의료진을 부르지도 않았고. 많은 이들이 의식불명 상태였지. 그저 누워서 침묵했어. 생각에 잠겨 있었지. 어딘가 먼 곳을 응시하며 깊은 생각에 잠겨 있었어. 소리쳐 이름을 불러도 듣지 못했지. 대체 무슨 생각들을 하고 있었을까?"

말과 새들에 대하여

"우리는 한없이 기차를 타고 갔어……

기차역에 기차 두 대가 나란히 정차했지…… 우리 기차엔 부상자들이 타고 있었고 다른 기차엔 말들이 타고 있었어. 그런데 공습이 시작된 거야. 기차에 불이 붙었고…… 우리는 문을 열고 부상자들이 기차에서 빠져나오도록 도왔어. 그런데 부상자들이 기차에서 빠져나오기가 무섭게 불길에 휩싸인 말들을 구하러 달려가는 거야. 사람들이 내지르는 비명소리도 끔찍했지만 불붙은 말들이 울부짖는 소리는 훨씬 더 끔찍했지. 사실 말들이 무슨 죄야. 사람들이 잘못한 일에 책임질 이유가 없는 거잖아. 그래서 모두들 숲으로 피신하지 않고 그렇게 말을 구하러 달려들었던 거지. 걸을 수 있는 사람은 다 말을 구하겠다고 나섰어. 정말 단 한 사람도 빠짐없이!

이 말은 꼭 하고 싶어…… 그때 파시스트 놈들의 전투기가 얼마나 낮게 날았는지. 거의 땅에 닿을 듯이 날았어. 나중에 그런 생각이 들더라고. 독일군 조종사들도 다 봤을 텐데, 그들은 정말 부끄럽지도 않았을까? 그들은 대체 무슨 생각이었을까……"

"생각나는 일이 하나 있어…… 어느 마을에 도착했는데, 그곳 숲 주
변에 빨치산 병사들이 줄줄이 죽어 있는 거야. 그때 독일놈들이 한 짓을
생각하면 세상에, 지금도 심장이 벌렁거려서 말이 안 나와. 다들 갈기갈
기 찢겨서는…… 내장은 내장대로 돼지 내장처럼 다 쏟아져나와 있
고…… 그렇게들 누워 있는데…… 멀지 않은 곳에서 말들이 풀을 뜯고
있는 게 보였어. 안장까지 그대로 얹혀 있는 걸로 봐서 빨치산 병사들
말인 것 같았어. 독일군을 피해 달아났다가 다시 돌아온 건지, 아니면
독일군이 미처 못 잡아간 건지 알 수가 없더군. 녀석들은 멀리도 안 가
고 근처에 머물렀어. 풀이 많았거든. '어떻게 사람이 돼가지고 말들이
보는 데서 이런 끔찍한 짓을 저지를 수 있을까' 싶었지. 동물이 있는 데
서. 말들이 다 보았을 텐데……"

"들도 숲도 불길에 휩싸였어…… 초원에 연기가 자욱했지. 암소와 개
들이 불타 죽어 있고…… 냄새가 특이하더라고. 처음 맡는 냄새였어.
그리고 또…… 토마토절임, 양파절임을 담가놓은 동그란 통들까지 불
에 타 뒹굴었어. 새들도 불타고. 말들도 불타고…… 많은 게…… 정말
온갖 것들이 다 불타서 길거리에 나뒹굴었어. 우리는 그 냄새에도 익숙
해져야 했지……

그때 알았지. 불은 모든 걸 태운다는 걸…… 심지어 피까지도 태워
없앤다는 걸……"

"폭격이 쏟아지는데 갑자기 염소 한 마리가 우리 쪽으로 뛰어든 거야.

녀석도 우리와 같이 바닥에 엎드렸지. 우리 옆에 엎드려서는 꽥꽥 비명
을 질렀어. 폭격이 멈추자 녀석이 우리를 따라오며 우리한테 자꾸 달라
붙는 거야. 저도 살아 있는 생명이라고 무서웠던 게지. 마을에 도착하자
우리는 마을 여인에게 염소를 부탁했어. '데려가세요. 불쌍해서요.' 염소
를 구해주고 싶었지……"

"우리 병실에 부상병 둘이 있었어…… 독일군 병사와 온몸에 화상을
입은 우리 전차병이었지. 그들을 살피러 갔어.
　―좀 어때요?
　―난 좋아요.
　우리 전차병이 대답했어.
　―하지만 저 친구는 안 좋은 거 같아요.
　―저 사람은 파시스트인데……
　―아니, 나는 괜찮다니까요. 저 친구가 안 좋지.
　그들은 이미 적이 아니었어. 그저 사람들, 부상당해 옆에 나란히 누운
사람들이었지. 두 사람 사이에 뭔가 인간적인 교감이 생겼던 거야. 그런
일은 자주 일어났어. 그것도 아주 빠른 시간 안에……"

"그걸 어떻게 얘기하나…… 글쎄, 어떻게…… 왜, 있잖아…… 늦가
을이면 철새들이 이동하는 거…… 길게 길게 무리 지어서. 우리 대포,
독일군 대포가 한꺼번에 불을 뿜는데 새들은 아무것도 모르고 날아가
는 거야. 새들이 어떻게 비명을 지르겠어? 어떻게 새들에게 '이리로 오
면 안 돼! 여기 오면 죽어!'라고 알려줘? 어떻게? 끝내 새들은 계속 땅
으로 떨어졌어……"

"한번은 부상당한 나치 친위대원들이 실려온 거야…… 친위대 장교들이…… 간호사 한 명이 나한테 오더니 묻더군.

—어떻게 하지? 지금 감고 있는 붕대만 제거할까? 아니면 정상적으로 처치해줘?

—정상적으로 처치해야지. 부상자들이잖아……

그래서 우리는 평소 하는 대로 붕대를 새로 갈고 보살펴줬어. 나중에 두 명이 탈출을 시도했지. 결국 붙잡혔고, 나는 그들이 다시는 도망가지 못하도록 속옷 바지의 단추를 잘라버렸어……"

"사람들한테…… '전쟁이 끝났다!'는 소리를 듣자마자…… 살균테이블을 가져와 그 위에 앉았어. '전쟁이 끝났다!'고 공표되면 살균테이블에 앉자고, 의사와 약속했거든. 평소엔 꿈도 꾸지 못할 뭔가 기발한, 그런 일을 해보자고 한 거야. 나는 평소에 살균테이블이라면, 다른 사람들은 아예 근처에도 못 오게 할 정도로 아꼈어. 행여 포탄에라도 맞을세라 늘 조심했지. 그뿐인가? 장갑 끼고 마스크 쓰고 소독 가운을 입고서야 탐폰이며 수술기구들을 사람들에게 일일이, 그것도 직접 건넸고…… 그런데 그런 내가 그 살균테이블에 떡하니 올라앉은 거야……

소원이 뭐였냐고? 당연히, 첫번째는 승리였고, 두번째는 살아남는 것이었지. 누군가는 이랬지. '전쟁이 끝나면 난 아이들을 여럿 낳을래.' 또 누군가는 이렇게 말했어. '난 대학에 들어갈 거야.' 또다른 누군가는 '난 아예 미용실에 죽치고 살 거야. 예쁘게 꾸미고 앉아서 내 모습만 바라볼 테야'라거나 '좋은 향수도 사고 머플러도 사고 브로치도 살 거야' 하고 말했어.

하지만 막상 그 시간이 닥치자, 갑자기 모두 조용해졌지……"

"마을을 하나 점령했어…… 물을 구하러 돌아다니다가 어느 집에 두 레박이 보이기에 얼른 그 집 마당으로 들어갔지. 나무를 깎아 만든 우물이 있더라고…… 그런데 마당에 집주인이 쓰러져 있는 거야. 총에 맞아서…… 그리고 그 옆에 개 한 마리가 앉아 있다가 우리를 보고는 슬프게 짖기 시작했어. 나중에 보니까 그게 우리를 부르는 소리였던 거야. 개가 앞장서서 우리를 집안으로 안내했어…… 우리는 그 뒤를 따라갔고. 갔더니 문지방에 집주인의 아내와 아이들 셋이 역시 죽어 있었어……

개가 그 사람들 옆에 앉아 우는데, 진짜 울더라니까. 꼭 사람처럼……"

"우리는 마을들을 해방시켰어…… 그런데 가는 곳마다 페치카* 하나만 멀쩡하고 아무것도 없는 거야. 정말 페치카 딱 하나 남았더라니까! 우크라이나에서 꽤 많은 지역을 해방시켰는데 역시 다 다녀봐도 아무것도 없었어. 그나마 수박이 탈없이 잘 자랐더라고. 그래, 사람들이 그 수박 하나로 버티고 있는 거야. 먹을 거라곤 수박이 전부였으니까. 우리를 맞이할 때도 수박을 가져왔더라고…… 꽃 대신……

나는 집으로 돌아왔어. 오두막에서 엄마와 아이들 셋, 그리고 조그만 개 한 마리가 명아주를 끓여 먹으며 살았지. 명아주를 끓여서 우리도 먹고, 개도 주고…… 그러면 개가 마다않고 그걸 받아먹는 거야…… 전

---

* 좁은 뜻으로는 러시아의 전통적인 난방, 취사 겸용 난로. 넓은 뜻으로는 난방용으로 실내에 설치된 벽돌조 또는 벽면의 일부로 만들어진 러시아식 난방기구.

쟁 전에 우리 마을에 꾀꼬리들이 참 많았거든. 그런데 전쟁이 끝나고 나서는 2년 동안 아무도 꾀꼬리 소리를 들을 수가 없었지. 온 마을 땅이 뒤집혀 있었으니까. 사람들이 땅이란 땅은 전부 고릿적 똥거름 주던 시절처럼 싹 갈아엎었거든. 3년 후에야 꾀꼬리가 나타났어. 어디에 있다 온 걸까? 아무도 모르지. 아무튼 녀석들은 3년이 지나서 자기들 살던 고향땅으로 돌아왔어.

사람들이 다시 집을 짓고 살기 시작하자 꾀꼬리도 다시 날아든 거야……"

"난 들꽃을 보면 전쟁이 떠올라. 전쟁 때 우리는 꽃을 꺾지 않았어. 꽃을 꺾는다면 그건 누군가의 장례를 치러주기 위해서였지…… 작별을 고하려고……"

"아이고, 아이고, 얼마나 추악한지…… 그놈의 전쟁이란 게…… 먼저 간 우리 동무들이나 추모하자고……"

그건 내가
아니었어…

가장 기억에 남는 건 무엇인가?

나직하면서도 자주 당혹스러워하는 사람의 목소리가 기억난다. 사람은 자기 자신과 대면할 때, 그리고 과거에 자신에게 일어난 사건 앞에 섰을 때 놀라고 당황한다. 과거는 사라졌다. 과거는 뜨거운 소용돌이를 일으키며 눈을 멀게 하고는 자취를 감춰버렸지만, 사람은 남았다. 평범한 보통의 삶 한가운데 사람만 남은 것이다. 자신의 기억 외에는 주위의 모든 것이 평범하다. 나 역시 목격자가 되어간다. 사람들이 무엇을 기억하는지, 어떻게 기억하는지, 무엇을 말하고 싶어하는지, 또 무엇을 기억에서 지워버리거나 기억의 저 깊은 구석으로 밀쳐버리고 싶어하는지, 그리고 장막을 쳐버리고 싶어하는지를 보고 듣는 목격자. 적절한 말을 찾지 못해 절망하면서도, 시간을 두고 생각하면 온전한 표현을 찾아내리라는 희망의 끈을 붙잡고 과거를 되살리려 안간힘을 쓰는 모습을 본다. 그때는 보지 못하고 이해하지 못했던 것들을 이제는 얼마나 보고 싶어하고 이해하고 싶어하는지를. 이들은 자신을 들여다보며 자신과 새롭게 만난다. 이들은 이미 두 사람이다. 저 사람이면서 이 사람이다. 젊은이면서 늙은이다. 전쟁터에 있는 사람이면서 전쟁 후의 사람이다. 오래전에 전쟁이 끝난 사람. 나는 늘 내가 동시에 두 목소리를 듣는다는 느낌을 떨쳐버릴 수가 없다.

전승기념일에 모스크바에서 우연히 올가 야코블레브나 오멜첸코를 만났다. 다른 여자들은 모두 고운 봄옷에 화사한 머릿수건을 하고 있는데 그녀만 군복에 군인베레모를 쓰고 있었다. 키가 크고 다부져 보이는 그녀. 그녀는 대화를 나누지도 울지도 않았다. 내내 입을 다물고 있었다. 하지만 그건 특별한 침묵이었다. 바로 그 침묵 안에 말로 내뱉은 어떤 이야기보다 더 깊은 사연이 담겨 있는 건 아닐까 하는 생각이 들었다. 그녀는 자기 자신과 이야기를 주고받는 것처럼 보였다. 다른 사람은 필요치 않은 것처럼.

우리는 인사를 나눴고, 나중에 나는 그녀를 찾아 폴로츠크*로 갔다.

내 앞에 또하나의 페이지가 펼쳐졌다. 그 앞에선 어떤 상상도 조용히 고개를 숙일 수밖에 없는 전쟁의 이야기가⋯⋯

올가 야코블레브나 오멜첸코, 저격중대 위생사관:

"엄마의 마스코트⋯⋯ 엄마는 내가 엄마와 함께 피란을 떠났으면 하셨어. 내가 전선으로 달려갈 것을 아시고는 짐수레에 나를 묶어놓으셨지. 하지만 나는 몰래 밧줄을 풀고 빠져나왔어. 팔에 그대로 밧줄을 감

---

* 벨라루스 비텝스크 주에 있는 도시.

은 채……

　다들 차를 타고 가고…… 달려가고 하는데…… 나는 어디로 가야 할지 모르겠는 거야. '아, 어디로 가지? 어떻게 전선까지 가지?' 그러다 길에서 한 무리의 여자아이들을 만났어. 그중 한 아이가 근처에 자기 엄마가 산다며 같이 가자더라고. 밤에 그 집에 도착해서 문을 두드렸지. 그 아이의 어머니는 문을 열고 우리를 가만히 살펴봤어. 지저분하지, 옷은 다 찢어졌지. '거기 입구에 그대로 서 있어' 어머니가 그러시는 거야. 그래서 그냥 서 있었어. 어머니가 커다란 솥을 끌고 오더니 우리 옷을 벗기셨어. 우리는 잿가루로 머리를 감고(비누는 떨어지고 없었거든) 페치카 위로 올라갔어. 올라가자마자 바로 잠에 곯아떨어졌지. 아침에 어머니가 수프를 끓이고 밀기울에 감자를 넣어 빵을 구워주시더라고. 아, 그 빵, 그 수프, 얼마나 맛있던지! 정말 꿀맛이었어. 그렇게 우리는 그곳에서 나흘을 머물렀고, 그동안 어머니가 우리를 먹여주셨어. 하지만 어머니는 먹을 걸 아주 조금씩 내주셨어. 양껏 먹다가 먹을 게 바닥나면 굶어 죽을 수도 있다는 생각에 그러신 거였지. 닷새째가 되자 어머니가 '떠나라'고 하시는 거야. 그전에 이웃집 여자가 잠깐 다녀갔는데, 그때 마침 우리는 페치카 위에 있었어. 어머니가 우리에게 소리내지 말고 조용히 있으라고 손가락으로 신호를 보내시더군. 어머니는 우리가 집에 있다는 사실을 이웃 사람들이 알까봐 조심하셨어. 다들 딸이 전선에 나가 있다고 알고 있었거든. 어머니한테 하나밖에 없는 외동딸이었는데도 어머니는 딸을 안쓰러워하기는커녕 오히려 딸이 전선에서 돌아온 일을 모욕으로 생각하셨지. 적과 싸우지 않는 것을.

　밤에 어머니가 우리를 깨워 음식 보따리를 들려주셨어. 우리를 한 사람씩 안아주며 말씀하셨지. '이제 가거라……'

―자기 딸을 붙잡으려고도 하지 않았어요?

―아니, 오히려 딸에게 입을 맞추며 '아버지가 이미 전쟁터에 계시잖니. 그러니 너도 가서 싸워야지'라고 하시던걸.

전선으로 가는 길에 그 아이가 자기 이야기를 들려줬어. 자기는 간호사이며 적의 포위망에 갇힌 적이 있다고……

나는 오랫동안 여기저기 떠돌다가 마침내 탐보프*로 가게 됐고 병원에 자리를 잡았어. 병원은 편하고 좋았어. 계속 배를 곯다가 병원에 있으면서 살이 올라 제법 통통해졌지. 그리고 열여섯 살이 되니 나도 이젠 다른 간호사나 의사들처럼 헌혈을 할 수 있다는 거야. 그래서 매달 피를 뽑기 시작했어. 병원에서는 늘 피가 부족해서 수백 리터씩 피를 필요로 했거든. 한 번 헌혈을 할 때마다 500밀리리터씩 한 달에 두 번 피를 뽑았어. 헌혈을 하고 나면 얼른 몸을 회복하라고 설탕 1킬로, 소맥가루 1킬로, 소시지 1킬로가 지급됐어. 나는 간호사인 뉴라 아줌마와 친하게 지냈어. 뉴라 아줌마는 남편이 전쟁 초기에 전사하는 바람에 혼자서 아이 일곱을 키우고 있었어. 그런데 어느 날 열한 살짜리 큰아들이 식료품을 사러 가다가 배급표를 잃어버린 거야. 그러니 어떡해. 헌혈하고 받은 내 식량을 아줌마네 줬지, 뭐. 한번은 의사가 헌혈할 때 내 주소를 적어놓자고 제안하더라고. 혹시 내 피를 받은 사람이 갑자기 나타날지 누가 아느냐면서. 그래서 종이에 주소를 써서 병에 밀어넣었지.

그러고 나서 얼마 후였어. 두 달 정도 지났을까. 당직을 마치고 내 방에 와서 잠이 들었는데 누가 나를 깨우는 거야.

―일어나, 일어나보라니까. 네 오빠가 왔어.

---

* 러시아 탐보프 주의 중심도시.

258

―무슨 오빠? 나는 오빠 없는데.

내 방은 기숙사 맨 꼭대기층이었어. 그래서 1층으로 내려가 누가 왔는지 봤지. 웬 젊고 잘생긴 중위가 서 있더라고. 내가 물었지.

―여기 오멜첸코를 찾은 사람 있나요?

그러자 그 중위가 대답했어.

―내가 찾았어요.

그러고는 나하고 의사하고 같이 쓴, 내 주소가 적힌 쪽지를 보여주는 거야.

―자, 여기…… 나는 이제 당신하고 피를 나눈 형제예요……

사과 두 개하고 작은 사탕 봉지를 가져왔더라고. 그 시절만 해도 사탕은 어디 가서 구할 수도 없는 아주 귀한 것이었지. 세상에, 그렇게 맛있는 사탕이 또 있을까! 병원장을 찾아가 그랬어. 오빠가 왔다고. 그래서 휴가를 받았지. '극장에 갑시다!' 중위가 나를 극장에 초대했어. 나는 태어나서 그때까지 극장이라는 데는 한 번도 가본 적이 없었어. 그런데 극장엘 가게 된 거야. 게다가 남자하고. 잘생긴 청년하고. 그것도 장교하고!

며칠 후 중위는 보로네시 전선으로 떠났어. 작별인사를 하러 왔기에 창문을 열고 손을 흔들어줬지. 휴가를 받았다면 좋았을 텐데, 하필 그때 부상병들이 잔뜩 밀려들어서 휴가를 받을 수가 없었거든.

나는 한 번도 편지를 받아본 적이 없었어. 편지를 받는 게 어떤 건지도 몰랐고. 그런데 어느 날 갑자기 나한테 편지가 온 거야. 삼각형으로 된 편지봉투를 펼쳐보았더니 이렇게 쓰여 있었어. '당신의 친구, 기관총 소대 지휘관이…… 장렬하게 전사했음을……' 나와 피를 나눈 형제, 바로 중위의 전사를 알리는 통지서였어. 그 사람은 고아였거든. 그래서

아마 그 사람한테 있던 유일한 주소가 내 주소였던 모양이야. 내 주
소…… 그 사람은 전선으로 떠나면서 나한테 어디 가지 말고 병원에
있으라고 신신당부했어. 그래야 전쟁이 끝나고 나를 쉽게 찾을 수 있다
고. '전쟁중에는 서로를 잃어버리기 쉬워'라며 걱정했지. 그러고 한 달
밖에 지나지 않았는데 그 사람이 죽었다는 편지를 받은 거야…… 갑자
기 무서워지더군. 쿵쿵쿵 심장이 마구 뛰고…… 나는 무슨 일이 있어도
전선으로 가겠다고 결심했지. 가서 내 피에 대한 복수를 하자고. 이제
내 피가 분명 어딘가에 쏟아졌다는 걸 알았으니까.

하지만 전선으로 가기는 쉽지 않았어. 병원장에게 청원서를 세 번이
나 썼는데도 들어주지 않아서 네번째는 병원장을 직접 찾아갔지.

―전선으로 보내주지 않으면 도망쳐서라도 갈 거예요.

―그래, 좋아. 그렇게 끝까지 고집을 부리니 파견장을 써줄 수밖에.

제일 무서웠던 건, 당연히, 첫 전투였어. 내가 전투가 뭔지나 알았겠
어…… 하늘도 으르렁, 땅도 으르렁, 심장이 터져버릴 것만 같고, 금방
이라도 살이 녹아내릴 것만 같았어. 땅이 갈라질 수도 있다는 걸 그때
처음 알았지. 모든 게 쩍쩍 갈라지고, 모든 게 다 으르렁댔어. 온 땅
이…… 흔들흔들 움직이는데…… 아, 뭘 어떻게 할 수가 없는 거
야…… 이걸 다 어떻게 견디나…… 도저히 못 견딜 것 같더라고. 정말
죽을 것처럼 무서웠어. 하지만 언제까지 겁에 질려 있을 순 없다 싶었
지. 그래서 가지고 있던 콤소몰 당원증을 꺼내 부상자의 피에 담갔다가
뺀 다음 심장 근처의 주머니에 찔러넣었지. 피에 젖은 당원증을 보며 맹
세했어. 이 모든 것을 견뎌내겠다고. 가장 중요한 건 겁쟁이가 되지 않
는 것이었어. 왜냐하면 첫 전투부터 겁에 질려버리면 더이상 전투에 나
갈 수가 없으니까. 나는 최전방에 차출돼서 의료위생부대로 보내졌어.

하지만 나는 최전선으로 가고 싶었어, 꼭. 언제가 됐든 몇 명이 됐든 파시스트의 얼굴을 반드시 봐야 했으니까…… 내 눈으로 직접…… 우리는 공격을 감행했어. 풀숲을 따라 진군했지. 잡초들이 허리까지 차올랐어. 몇 년째 방치되어 자랄 대로 자란 잡초들이라 한 발자국 내딛기도 힘들었지. 거기가 바로 쿠르스크 돌출부였어……

전투가 끝나고 사령관이 나를 불렀어. 본부라고 가보니 다 부서진 농가에 아무것도 없는 곳이었지. 의자만 덩그러니 하나 있는데 사령관이 앉지도 않고 그대로 서 있더라고. 그러면서 나보고 앉으라고 했지.

— 그래, 자네를 보면서 난 이런 생각을 했네. '무엇이 자네를 이 지옥불로 들여보냈을까?' 여기선 파리를 잡듯 사람을 죽이지. 이건 전쟁이라고! 고기를 갈아버리는 기계! 하다못해 위생부대로라도 옮기는 게 어떤가? 그래, 죽는 건 그렇다 치자고. 하지만 눈도 잃고 팔도 없이 살아남는다면? 그건 생각해봤나?

내가 대답했지.

— 대령 동지, 저도 생각해봤습니다. 하지만 한 가지 부탁이 있습니다. 저를 이 중대에서 내보내지만 말아주십시오.

— 좋아, 그만 가봐!

대령이 어찌나 소리를 빽 지르던지 깜짝 놀랐지. 그러고는 대령은 창 쪽으로 몸을 돌렸어……

전투는 매번 치열했어. 한번은 백병전에 나갔는데…… 생지옥이 따로 없었지…… 그건 정말 사람이 할 짓이 못 됐어…… 때려죽이고, 총검으로 찔러 죽이고, 목 졸라 죽이고. 뼈를 으스러뜨리고. 울부짖는 소리, 비명소리, 신음 소리. 그리고 그 오도독 소리…… 오도독! 죽어도 잊히지가 않아. 오도독 뼈가 으스러지고…… 사람 두개골이 쩍쩍 소리를 내며 갈라지는 거야. 쪼개지고…… 전쟁터에서는 사람이 사람 같지 않다는 게 또다른 끔찍함이었어. 전쟁터에서 두렵지 않다고 말하는 사람을 나는 절대 믿지 않아. 항상 소매를 팔꿈치까지 말아올리고 다니는 독일군이 모습을 드러내고 오 분이나 십 분쯤 지나면 공격이 시작됐어. 그러면 온몸이 덜덜덜 떨리기 시작하지. 오한도 나고. 하지만 그건 처음 총을 한 발 쏘기 전까지만 그래…… 막상 전투가 시작되고…… 지휘관의 명령이 떨어지면, 어느새 그런 기억은 모두 사라져버려. 다른 전우들과 함께 정신없이 앞으로 돌진하는 거야. 무서운 거고 뭐고 느낄 새도 없지. 하지만 다음날이면 벌써 잠이 안 와. 또 무서워져서. 전부 다 기억이 나는 거야. 하나하나 전부 다. 내가 죽을 수도 있다는 데까지 생각이 미치면 이제 무서워서 미칠 것 같지. 전투가 끝나면 사람들 얼굴을 쳐다보지 않는 게 차라리 나았어. 다들 평소에 보는 보통 사람의 얼굴이 아니었으니까. 완전히 딴 얼굴이 되어 있었으니까. 서로 눈을 피하는 거야. 나무도 똑바로 못 쳐다보고. 서로, 가까이 가려고 하면 그러지. '저리 가, 저리 가라고! 아……' 그게 무엇이었는지, 표현할 방법이 없어. 조금씩 정신이 나갔다고들 해야 할까. 짐승 같은 뭔가가 번뜩였다고 할까. 차라리 안 보는 게 나았어. 나는 아직도 내가 살아남았다는 게 안 믿어져. 살아 있다는 게…… 부상도 당하고 상처도 입었지만 이렇게 멀쩡하게 살아 있다는 걸 믿을 수가 없어……

눈을 감으면 그 모든 게 다시 눈앞에 나타나……

탄약창고에 포탄이 떨어져 순식간에 불길이 치솟고 창고를 지키던 병사가 그 자리에서 불에 타버렸어. 순식간에 새까만 고깃덩어리가 돼버렸지…… 그 병사는 펄쩍펄쩍 뛰었어…… 그렇게 팔딱팔딱 뛰는데…… 다들 참호에서 그 광경을 보면서도 누구 하나 달려나가는 사람이 없더라고. 그저 어찌할 바를 모르고 얼어붙어 있었지. 내가 얼른 담요를 집어들고 달려나갔어. 그 병사를 담요로 감싸 땅바닥에 쓰러뜨리고는 내 몸으로 눌렀어. 땅바닥은 차가우니까…… 그 병사는 심장이 뛰는 동안 몸부림을 치다가 이내 조용해졌지……

한번은 내가 피투성이가 됐는데…… 늙은 병사 한 명이 다가와 나를 안고는 이렇게 말하는 거야. '전쟁이 끝나고 이 소녀병사가 살아남는다 해도 더이상 사람 꼴로는 살지 못할 텐데, 어쩌나. 이 아이 인생도 이제 끝이구나.' 그래, 나는 그런 지옥 같은 상황의 한복판에서 견뎌야 했지. 그것도 그렇게 어린 나이에! 나는 발작을 일으킨 사람처럼 부들부들 떨었고, 사람들이 나를 부축해서 막사로 데려갔어. 다리가 말을 듣지 않았어…… 전기가 훑고 지나간 것처럼 온몸이 떨리고…… 글쎄, 어떻게 말로는 설명할 수 없는 느낌이었지……

다시 전투가 벌어졌어…… 셉스크* 근처에서 독일군이 하루에만 벌써 예닐곱 번이나 우리를 공격했어. 바로 그날 나는 전장으로 뛰어들어 부상병들을 끌고 나왔어. 당연히 무기도 함께 챙겨서 나왔지. 그리고 마지막 부상병에게 기어갔는데, 팔이 거의 떨어져나갔더라고. 갈가리 찢겨서 건들거리는데…… 힘줄만 남고…… 피범벅이었어…… 상처를 싸매려면 당장 팔을 잘라내야 할 판이었어. 다른 방법이 없었지. 하지만 수중에 칼도 가위도 없는 거야. 기어갈 때 가방이 자꾸 옆구리에 부딪치는 바람에 안에 있던 기구들이 다 어디로 가버렸거든. 어떡해? 결국 이로 팔에 남은 살점을 끊어냈어. 팔을 잘라내고 붕대를 감았지…… 붕대를 감는데 부상병이 그러는 거야. '서둘러요, 간호사. 난 계속 싸울 거예

---

* 러시아 브랸스크 주의 서부에 위치한 도시.

요.' 펄펄 끓는 열에 들떠서 하는 소리였어……

며칠 후, 적이 탱크를 앞세워 들어오자 우리 병사 둘이 잔뜩 겁을 집어먹고는 그만 도망쳐버렸어…… 나머지 병사들도 모두 겁에 질려 떨고…… 결국 우리 병사들이 많이 죽었지. 그리고 내가 구덩이로 끌어다 피신시킨 우리 부상병들도 모두 놈들에게 잡히고 말았고. 차가 와서 부상병들을 실어가야 했는데…… 그 두 겁쟁이가 도망가는 바람에 전열이 흐트러지면서 우왕좌왕한 거야. 부상병들을 버려둔 채 가버렸지. 나중에 부상병들이 누워 있던 구덩이에 가봤어. 눈알이 뽑혀 죽은 사람, 배가 터져 죽은 사람…… 그 끔찍한 광경을 본 나는 밤새 속이 까맣게 타버렸어. 그들을 한 구덩이에 끌어다놓은 게 바로 나였으니까…… 바로 나…… 정말 소름이 끼치도록 무서웠지……

아침에 대대 전체가 정렬한 가운데 그 두 겁쟁이가 앞으로 끌려나왔어. 총살형의 즉결 처분이 내려졌지. 형을 집행하려면 모두 일곱 명이 필요했어. 세 사람이 앞으로 나섰고, 나머지 병사들은 그대로 서 있었어. 내가 기관총을 집어들고 나갔지. 내가 나서니까…… 나 같은 어린 아가씨가…… 나머지 사람들도 내 뒤를 따라 나왔어…… 그 겁쟁이들을 용서할 수가 없었어. 그 겁쟁이들 때문에 우리 훌륭한 전우들이 죽었으니까!

우리는 형을 집행했어…… 쏘고 나니까 두려움이 밀려오더군. 그 두 병사에게 다가갔어…… 죽어서 누워 있는데…… 한 사람 얼굴에 살아 있는 것처럼 미소가 번져 있더군……

지금은 그들을 용서할 수 있냐고? 모르겠어. 대답하지 않는 게 낫겠어…… 거짓을 말하고 싶진 않으니까. 다음엔 울고 싶어. 지금은 눈물이 나오질 않네……

나는 전쟁터에서 모든 걸 잊었어. 지난 삶은 다. 전부 다…… 사랑도 잊었지……

수색중대 지휘관이 나를 좋아하게 됐어. 자기 부하들을 통해 쪽지를 보내왔더라고. 한 번 그를 만났지. 만나서 그랬어. '난 아니에요. 이미 오래전에 저세상으로 간 사람을 사랑하고 있거든요.' 그러자 내 앞으로 바짝 다가와 내 눈을 똑바로 쳐다보더니 몸을 돌려 가버리더군. 쏟아지는 총탄 속을 그대로 걸어서, 고개도 숙이지 않고…… 나중에 우크라이나에서 우리가 큰 마을 하나를 탈환했어. 마을이나 한번 둘러보자 싶어 어귀로 들어섰지. 해가 밝게 비치는 날이었어. 농가들이 햇살을 받아 하얗게 빛났지. 그런데 마을 뒤편 새로 다진 땅에 무덤들이 죽 늘어서 있는 거야…… 이 마을을 위해 싸우다 전사한 병사들의 무덤이었어. 나도 모르겠어. 왜 그곳으로 발길이 끌렸는지. 가서 보니 작은 목판에 병사들의 사진과 이름이 붙어 있더군. 무덤 하나하나마다…… 그러다 갑자기 아는 얼굴이 보이는데…… 나에게 사랑을 고백했던 수색중대 지휘관, 바로 그 사람 얼굴이었어. 이름도 맞고…… 순간 마음이 너무 안 좋더라고. 갑자기 무서워지고…… 꼭 그 사람이 나를 보고 있는 것만 같고, 살아 있는 것처럼 느껴졌지…… 바로 그 순간 그 사람 부하들이, 그러니까 중대원들이 무덤 쪽으로 오는 게 보였어. 모두 나를 알고 있었지. 예전에 나한테 쪽지를 전해주곤 했으니까. 하지만 마치 내가 그 자리에 없는 것처럼들 행동하더군. 내 쪽으론 시선 한번 안 주고. 그들에게 나는 투명인간이었어. 나중에 그들과 다시 한번 마주쳤는데 마치…… 그들이…… 내가 죽기를 바랐던 것처럼 생각됐지. 나 보기가 힘든 것 같았어…… 살아 있는 나를 보는 게…… 꼭 그렇게 느껴지더라니까…… 내가 그들 앞에 죄인이 된 것 같았지…… 그 사람한테도……

전쟁에서 돌아와 심하게 아팠어. 오랫동안 병원 신세를 져야 했지. 어떤 노교수님을 만나기 전까지는. 그분 덕분에 나았어…… 약보다는 말로 더 많이 치료해주셨지. 내 병을 알아듣기 쉽게 설명도 해주시고. 그 교수님 말씀이, 만약 내가 열여덟, 열아홉에 전선에 나갔다면 그런대로 몸이 튼튼해졌을 거래. 그런데 나는 열여섯에 갔잖아. 열여섯은 너무 어린 나이라 몸이 많이 손상을 입었다는 거지. 교수님이 설명해주셨어. '물론, 약을 복용하는 것도 한 방법이긴 해요. 어느 정도는 치료될 수도 있어요. 하지만 완전히 건강을 회복하고 싶다면, 또 살고 싶다면 내 말대로 해요. 결혼해서 될 수 있는 한 아이를 많이 낳아요. 그 방법만이 당신을 살릴 수 있어요. 아이를 낳을 때마다 당신 몸도 그만큼 회복될 거요.'

—그때가 몇 살 때였나요?

—전쟁이 막 끝났을 때니까, 스무 살이었어. 물론, 그때 나는 결혼 같은 건 생각도 하지 않았어.

—왜죠?

—너무 지쳐서. 내가 동갑내기들보다 훨씬 나이든 것 같았고, 어떨 땐 늙은이가 된 것 같고 그랬지. 친구들은 춤추러 다니고 즐겁게들 사는데 나는 그럴 수가 없었어. 인생을 나이든 사람의 눈으로 바라봤으니까. 다른 세상의 시선으로…… 노파의 시선으로! 젊은 남자들이 구애를 해왔어. 아직 어린애들이었어. 그들은 내 영혼을 보지 못했어. 내 안에서 무슨 일이 일어나고 있는지 몰랐지. 아까 내가 어떤 하루에 대해서 이야기했잖아…… 셉스크 전투에 대해서…… 기껏해야 하루였는데…… 그날 밤 내 양쪽 귀에서 피가 흘렀어. 아침에 일어났는데 꼭 중병을 앓고 난 사람 같더라고. 베개는 온통 피로 물들고……

병원에서는 어땠냐고? 병원 수술실에 가리개로 칸막이를 친 곳이 있었어. 그곳에 절단한 팔과 다리를 담은 커다란 통을 놓아두었거든…… 최전선에서 대위 하나가 부상당한 자기 동료를 데리고 병원에 왔어. 어떻게 수술실에 들어왔는지 모르겠는데, 대위가 그 통을 본 거야…… 보고는 그대로 기절해버렸지.

기억이야 얼마든지 할 수 있어. 끝도 없이…… 그런데 가장 중요한 게 뭔지 알아?

나는 전쟁의 소리를 기억해. 사방에서 으르렁, 쾅쾅, 쨍쨍 불을 뿜어대던 그 소리들…… 전쟁터에서는 사람의 영혼마저 늙어버리지. 전쟁이 끝나고 나는 다시는 젊음으로 돌아갈 수 없었어…… 그게 제일 중요한 점이지. 내 생각엔 그래……

—결혼은 하셨나요?

—했지. 아들 다섯을 낳아 길렀어. 아들만 다섯. 딸은 하늘이 주시지 않더라고. 나 스스로도 가장 놀라운 일은 그 끔찍하고 무서운 일을 겪고도 예쁜 아이들을 낳을 수 있었다는 사실이야. 게다가 좋은 엄마에 좋은 할머니까지 되었다는 사실이지.

이제 와서 모든 걸 돌이켜보면, 그때 나는 내가 아니었던 것 같아. 어느 다른 소녀였지……"

'또하나의 전쟁'이 담긴 네 개의 녹음테이프(이틀간의 대화)를 가지고 나는 집으로 돌아왔다. 여러 가지 감정이 교차했다. 충격과 공포, 의혹과 경탄. 호기심과 당혹, 연민. 친구들에게 그녀의 이야기 중 몇 가지 에피소드를 들려주었다. 뜻밖에도 하나같이 똑같은 반응들. '어휴, 너무 끔찍하다. 어떻게 그걸 다 겪었대? 그러고도 제정신으로 살 수 있었대?' 또는 '우리가 알고 있는 전쟁하고는 많이 다르네. 우리가 아는 전쟁은 경계가 확실하잖아. 적과 우리 편, 선과 악. 그런데 이 전쟁은?' 하지만 모두들 눈에 눈물이 가득 고이는 것을 보았다. 그리고 다들 깊은 생각에 잠겨들었다. 아마 나와 같은 생각들이리라. 이미 수천 번도 넘는 전쟁이 이 땅에서 벌어졌음에도(얼마 전에 읽은 책에서 봤는데, 지구상에서 일어난 크고 작은 전쟁들을 합치면 3천 번도 넘는다고 한다), 전쟁은 여전히 인간사에서 가장 풀기 어려운 비밀 중 하나로 남았다. 언제나 그랬던 것처럼 변한 건 아무것도 없다. 나는 거대한 역사를 인간이 가닿을 수 있는 작은 역사로 만들기 위해 노력한다. 그래야 뭐라도 이해할 수 있을 테니까. 할말을 찾을 수 있을 테니까. 하지만 탐색하기 간단해 보이는, 그리 넓지 않은 이 작은 영토—한 사람의 영혼의 공간—가 역사보다 더 난해하다. 알아내기 더 힘들다. 왜냐하면 내 앞에 있는 그건 살아 있는 눈물이고 살아 있는 감정들이기에. 대화하는 중에도 아픔과 공포의 그늘이 스멀스멀 피어나는, 살아 있는 사람의 얼굴이기에. 순간 스치는 고통의 표정 앞에서 간혹 나도 모르게 '사람은 고통이 있기에 아름다운 건 아닐까'라는 불순한 생각을 품을 때가 있다. 그러고는 나 자신에게 흠칫 놀란다……

길은 오로지 하나다. 사람을 사랑하는 것. 그리고 사랑으로 사람을 이해하는 것.

지금도 그 눈길이
잊히질 않아…

탐색은 계속 된다…… 하지만 이번에는 멀리 가지 않아도 된다……

민스크에서 내가 살고 있는 거리의 이름은 소련의 전쟁 영웅, 바실리 자하로비치 코르시*의 이름에서 따온 것이다. 코르시는 내전과 스페인 전쟁에 참전했고 대조국전쟁에서는 빨치산여단의 여단장을 맡기도 했다. 벨라루스 사람이면 누구나, 적어도 학교에서라도, 그에 대한 책을 읽었을 것이다. 아니면 영화를 보았거나. 벨라루스의 전설. 그의 이름은 수백 번도 넘게 각종 봉투며 우편 용지에 새겨졌고, 나는 단 한 번도 그를 실제 사람이라고 생각해본 적이 없다. 그는 이미 오래전에 전설이 되었으니까. 신화가 그의 분신이니까. 매일 걷던 낯익은 거리를 지금 나는 색다른 감흥에 젖어 걷는다. 트롤리버스를 타고 도시 반대쪽 끝까지 삼

---

* 1899~1967. 소련의 전쟁영웅. 제2차세계대전중 벨라루스 빨치산 항쟁을 이끈 지도자이다.

십 분을 가면 신화의 두 딸들—두 딸 모두 참전했다—을 만나게 될 터이다. 그의 아내도. 전설이 생명을 입고 살아나 땅에 발을 딛는 장면을 내 두 눈으로 똑똑히 보게 될 것이다. 크고 위대한 것이 작고 평범해지는 그 순간을. 하늘이나 바다가 아무리 좋아도 내게는 현미경 렌즈 아래 놓인 모래 한 알이, 바닷물 한 방울의 세계가 더 소중하다. 그곳에서 내가 빗장을 열고 보게 될 위대하고도 놀라운 한 사람의 삶이. 만약 작은 것이나 큰 것이나 똑같이 무한하다면, 어떻게 작은 것을 작다고 하고 큰 것을 크다고 할 수 있을까? 나는 이미 오래전부터 그 둘을 구별짓지 않는다. 한 사람만으로도 벅차다. 한 사람 안에 모든 것이 있으므로. 그 안에서 길을 잃고 헤맬 만큼.

주소를 들고 집을 찾는다. 이번에도 다시 육중한 몸을 힘겹게 가누고선, 볼썽사나운 고층아파트가 모습을 드러낸다. 세번째 입구. 엘리베이터를 타고 7층 버튼을 누른다……

작은딸 지나이다 바실리예브나가 문을 열어주었다. 진하고 넓은 눈썹에 완고하면서도 솔직해 보이는 눈매가 사진 속 그녀의 아버지를 닮았다.

—식구가 다 모였어요. 아침에 올랴 언니가 모스크바에서 왔거든요. 언니는 모스크바에 살아요. 파트리스 루뭄바 대학에서 교편을 잡고 있죠. 우리 어머니도 여기 와 계시고요. 당신 덕분에 이렇게 가족이 다 모이게 됐네요.

두 자매, 올가 바실리예브나 코르시와 지나이다 바실리예브나 코르시는 기병중대에서 위생사관으로 활약했다. 두 자매가 나란히 앉아 어머니 페오도시야 알렉세예브나를 바라보았다.

어머니가 먼저 말문을 열었다.

─모든 게 불길에 휩싸였어…… 피란을 떠나라는 지시가 내려왔지…… 한참을 갔어. 스탈린그라드 주에 도착할 때까지 갔지. 여자들은 애들을 데리고 후방으로 이동하고, 남자들은 후방에서 전선으로 향했지. 콤바인 기사고 트랙터 기사고 전부 가는 거야. 트럭마다 사람이 한가득이었어. 한 남자가 트럭에서 일어나 큰 소리로 외치던 게 생각나. "어머니들, 누이들! 시골로 가세요. 우리가 적을 격퇴할 수 있도록 가서 농사를 지어요!" 그러자 트럭에 탄 남자들이 모두 모자를 벗어 들고 우리를 바라봤어. 하지만 우리가 손에 쥔 거라고는 우리 아이들 말고는 아무것도 없었거든. 다들 아이들을 꼭 붙잡고 있었지. 어떤 사람은 팔에 안고 어떤 사람은 손을 잡고. 그 남자가 다시 외쳤어. "어머니들, 누이들! 시골로 가서 우리를 위해 농사를 지어주세요……"

그리고 어머니는 우리가 대화하는 동안 굳게 입을 다물고 한마디도 하지 않았다. 딸들이 어머니를 안심시키려는 듯, 이따금 어머니의 손을 가만히 쓸어주었다.

지나이다 바실리예브나:

─우리는 핀스크*에 살고 있었어요…… 나는 열넷, 올랴 언니는 열여섯, 남동생 료냐는 열세 살이었죠. 마침 언니는 어린이 휴양소로 떠난 뒤라 집에 없었고 우리는 아버지를 따라 시골에 가려던 참이었어요. 아버지 고향마을에…… 하지만 그날 밤 아버지는 집에 안 계셨어요. 아버지가 공산당주위원회에서 일하던 땐데 밤에 호출을 받고 나가셨다가

---

* 벨라루스 서부에 위치한 브레스트 주의 중심도시로, 벨라루스에서 열번째로 큰 도시이다.

아침이 되어서야 돌아오셨거든요. 아버지는 집에 오시자마자 급히 부엌으로 가서 간단하게 요기를 하시고는 이렇게 말씀하셨어요.

—얘들아, 전쟁이 시작됐단다. 아무데도 가면 안 돼. 아빠가 돌아올 때까지 기다려야 해.

우리는 밤에 길을 떠났어요. 아버지가 아끼던 물건이 있었어요. 스페인전쟁을 기념하는 사냥총인데, 총탄주머니도 있는, 아주 값비싼 총이었죠. 아버지가 스페인전쟁에서 용감하게 싸운 데 대한 포상으로 받은 거예요. 아버지는 그 총을 동생에게 주셨어요.

—이제부터 네가 가장이다. 너는 남자니까. 엄마랑 누나를 보살펴라……

우리는 아버지의 사냥총을 전쟁 내내 소중히 간직했어요. 우리 수중에 있는 좋은 물건들은 다 팔거나 식량과 바꿨지만 사냥총만큼은 소중하게 지켰죠. 그 총을 한시도 떼어놓을 수가 없더라고요. 총은 곧 아버지에 대한 우리의 추억이었으니까요. 아버지는 또 큼지막한 털외투를 우리가 탄 차 안에 밀어넣으셨어요. 아버지 옷 중에 가장 따뜻한 것이었는데……

기차역에 도착해 기차를 탔지만 고멜*에 미처 닿기도 전에 적의 맹렬한 총격이 시작됐어요. "기차에서 내려! 숲으로 가 엎드린다!"라는 지시가 떨어졌어요. 총격이 멈추고…… 한순간 정적이 흐르더니 곧 사방에서 비명소리가 터졌죠…… 모두 정신없이 달리고…… 엄마와 동생은 다시 기차에 탔지만 나는 기차를 놓치고 말았어요. 얼마나 놀라고 얼마나 무섭던지…… 무서워 죽을 것 같았죠. 한 번도 가족과 떨어져본 적

---

* 벨라루스 남동부에 있는 고멜 주의 중심도시.

이 없다가 갑자기 혼자 남겨졌으니 왜 안 그렇겠어요. 얼마나 충격이 컸던지 한동안 말을 못했어요. 실어증에 걸린 거예요…… 누가 뭐라고 물어도 말이 안 나오는데…… 나중에 어떤 여자 옆에 꼭 달라붙어서 그 여자가 부상자들을 돌보는 일을 도왔어요. 그 여자는 의사였어요. 사람들이 '대위 동지'라고 부르더군요. 나는 그 여의사 옆에 딱 붙어서 의료위생부대를 따라갔어요. 부대원들이 나를 귀여워해주고 먹을 것도 주었지만 곧 내가 어린아이라는 사실을 알아채고 말았죠.

　—너 몇 살이니?

　사실대로 말하면 나를 당장 고아원 같은 데로 보내버릴 걸 알았어요. 순간적으로 그런 판단이 들더군요. 나는 그렇게 든든한 사람들 곁을 떠나고 싶지 않았어요. 나도 그들처럼 싸우고 싶었죠. 우리는 '전쟁을 해도 우리 땅이 아닌 다른 나라 땅에서 할 것이고 그것도 아주 잠깐, 전쟁은 우리의 승리로 금방 끝날 것'이라는 말을 귀에 못이 박이도록 들었어요. 아버지도 똑같이 말씀하셨고요. 그리고 어떻게 나를 빼놓고 그런 일이 일어날 수 있겠어요? 정말 어린애다운 생각이었죠. 나는 열여섯 살이라고 거짓말을 했고 결국 부대에 남을 수 있었어요. 나는 곧 간호사 양성 과정에 보내졌어요. 그곳에서 4개월 정도 공부했죠. 공부하면서 부상병들도 돌봤어요. 그렇게 점점 전쟁에 익숙해져갔어요…… 그야 익숙해지는 게 당연했지만…… 아무튼 나는 학교 대신 의료위생부대에서 공부한 셈이에요. 우리는 적에게 밀려 퇴각을 거듭했고 그 와중에도 부상병들을 데리고 갔어요……

　길로는 갈 수가 없었어요. 적이 계속 폭탄을 퍼붓고 총질을 해대는데 어떻게 길로 가겠어요. 소택지沼澤地나 길가를 따라 이동했죠. 뿔뿔이 흩어져서 갔어요. 부대들이 다 그랬어요. 그래서 어딘가 병사들이 흩어지지 않고 몰려 있으면 그건 그곳에서 전투가 벌어진다는 의미였죠. 그렇게 걷고 걷고 또 걸었어요. 들판을 따라 걷는데, 세상에, 들에 곡식이 얼마나 탐스럽게 여물었던지! 우리가 걸음을 옮길 때마다 호밀이 발에 밟힐 정도였으니까요. 그해는 전에 없이 농사가 잘돼서 호밀이 높게 높게 죽죽 뻗어 있었어요. 풀잎은 푸르고 태양은 밝게 빛났죠. 하지만 천지에 시신들이 버려져 있고 사방이 피였어요…… 살육당한 사람들과 동물들. 나무들은 시커멓게 타버리고…… 기차역들은 다 부서지고…… 검게 그을린 기차칸마다 까맣게 타버린 주검들이 걸려 있었죠…… 그렇게 우리는 로스토프*까지 갔어요. 나는 그곳에서 폭격을 당해 부상을 입었어요. 기차 안에서 의식이 돌아왔는데 나이 많은 우크라이나 병사가 젊은 병사에게 큰소리로 야단치는 소리가 들리더군요. "네 집사람은 애 낳을 때도 안 울었는데 네놈은 이깟 일로 눈물을 보이는 거냐." 그러다 내가 의식이 돌아온 것을 보더니 나한테는 그러더라고요. "소리지르고 싶으면 소리질러라, 아가야. 너는 소리질러도 돼. 그러면 덜 아플 거야. 너는 그래도 된다." 나는 엄마가 보고 싶어서 울었어요……

병원에서 퇴원하고 휴가 비슷한 걸 받았어요. 엄마를 찾아 나섰죠. 엄마도 나를 찾아다녔고 올랴 언니도 계속 우리를 찾았어요. 그러다 기적이 일어나지 않겠어요, 기적이! 모스크바의 지인들을 통해서 서로의 행방을 알게 된 거예요. 엄마, 나, 언니 모두 그 지인들의 주소로 연락을 취했거든요. 그건 정말 기적이었어요! 엄마는 스탈린그라드 근교의 콜호스에서 지내고 있었어요. 당장 그곳으로 달려갔죠.

그때가 1941년 말이었어요……

---

* 러시아 야로슬라블 주에 있는 도시. 러시아에서 가장 오래된 도시 중 하나로, 모스크바에서 북동쪽으로 약 200킬로미터 떨어진 곳에 있다.

엄마와 동생은 어떻게 지냈냐고요? 동생은 트랙터를 몰았어요. 이제 겨우 열세 살인 어린애가요. 처음에는 트랙터 연결하는 일만 하다가 트랙터 기사들이 전부 전선으로 동원되는 바람에 동생이 트랙터 기사를 하게 된 거였어요. 그래서 낮이고 밤이고 죽어라 일만 했죠. 엄마는 동생이 모는 트랙터 뒤를 쫓거나 옆자리에 같이 타고서 동생 곁을 지켰어요. 동생이 깜박 잠이 들어 사고라도 나면 어쩌나 늘 마음을 졸이면서요. 엄마와 동생은 남의 집 마룻바닥에서 잠을 잤어요…… 옷도 못 벗고 입은 그대로 잠을 자야 했죠. 덮을 게 없었으니까. 엄마와 동생은 그렇게 살고 있었어요…… 곧이어 언니가 도착했고 언니는 금방 회계원 자리를 얻었어요. 하지만 언니는 군정치위원회에 전선으로 가게 해달라는 편지를 썼어요. 번번이 거절당했죠. 그래서 우리는—더구나 그때 나는 이미 군인이었으니까—둘이 함께 스탈린그라드로 가서 아무 부대나 찾아가기로 결심했어요. 엄마를 안심시키느라 쿠반*으로 간다고 거짓말을 하고요. 그곳은 그래도 부유한 지역인데다 아버지의 지인들이 계셨거든요……

나한테 낡은 외투와 군복 상의 그리고 바지 두 벌이 있었어요. 그래서 아무것도 없는 언니에게 바지 한 벌을 줬죠. 부츠도 한 켤레밖에 없어서 엄마가 양털실로 따뜻하게 신을 수 있는 걸 짜주었어요. 양말도 아니고 그렇다고 슬리퍼라고 할 수도 없는 요상한, 아무튼 신발 비슷한 거였어요. 우리는 60킬로미터나 되는 길을 걸어서 스탈린그라드까지 갔어요. 한 사람은 부츠를, 다른 한 사람은 엄마가 짜준 슬리퍼 비슷한 걸 신고서 중간에 서로 바꿔 신어가며 거기까지 간 거예요. 그때가 2월이라 혹

---

* 러시아 크라스노다르 주에 속한 도시. 러시아의 최남단 지역, 쿠반 강과 인접하고 있다.

한을 견디며 걸어야 했어요. 세상에, 어찌나 춥고 배가 고프던지! 가면서 먹으라고 엄마가 음식을 조금 싸주셨는데, 그게 뭔지 알아요? 뼈다귀 국물 얼린 것과 밀가루 과자 몇 개였어요. 그러니 당연히 배가 고플 수밖에요…… 오죽하면 꿈에 먹을 것만 나왔겠어요. 커다란 빵이 내 머리 위를 날아다니는 꿈.

어찌어찌 스탈린그라드에 도착은 했지만 정작 우리가 갈 만한 곳은 아무데도 없더군요. 우리 이야기를 들어주는 사람도 없고. 그래서 엄마한테 얘기한 대로 아버지가 남긴 주소를 들고 쿠반으로 가기로 생각을 바꿨어요. 우리는 화물열차에 올랐어요. 내가 군용외투를 입고 앉아 있으면 언니가 침대의자 밑으로 숨고, 다시 옷을 바꿔 입고 언니가 앉아 있으면 내가 그 밑에 숨었어요. 당시 군인들은 기차가 공짜였거든요. 돈이 한푼도 없으니 그렇게라도 하는 수밖에요……

쿠반에 도착했고…… 마치 기적처럼…… 아버지의 친구분들을 만날 수 있었어요. 그리고 그곳에 카자크* 의용군단이 조직된다는 사실을 알게 됐죠. 제4카자크 기마군단으로 나중에 근위기병대가 된 부대예요. 그 군단은 오로지 지원병들로만 꾸려졌어요. 모든 연령대의 사람들이 모였죠. 예전에 부돈니와 보로실로프**를 따라 전투에 나갔던 카자크인들도 있고 젊은 청년들도 있었어요. 우리도 받아주더군요. 어떻게 우리까지 받아준 건지, 나는 지금도 그 이유를 몰라요. 우리가 수도 없이 찾아가 통사정했기 때문일 거라 짐작은 하지만. 그런데 우리가 들어갈 만

---

* 러시아 중앙지역에서 남방 지대로 이주하여 자치 군사공동체를 이룬 농민집단.
** 클리멘트 예프레모비치 보로실로프(1881~1969). 러시아의 군인이자 정치가. 내전 당시 우크라이나에서 반혁명군과 싸워 큰 공을 세웠으며, 내전 이후 소련 최초의 원수로 선출되었다.

한 마땅한 부대가 없더라고요. 결국 기병중대로 들어가게 됐죠. 언니와 나는 각각 군복과 말을 받았어요. 자기 말은 자기가 직접 먹이고 마시게 하고 돌봐줘야 했죠. 완전히 자기 책임이었어요. 어릴 때 우리집에 말이 한 마리 있었어요. 나는 그 말과 금세 친해지고 정이 들었죠. 그래서 말을 받자마자 바로 말에 올라탔어요. 이상하게 무섭지가 않은 거예요. 처음부터 말을 잘 다룬 건 아니었지만 아무튼 말이 무섭지는 않았어요. 내 말은 꼬리가 땅에 닿을 만큼 조그만 녀석이었는데 아주 빠르고 말을 잘 들었어요. 나는 말 타는 법도 금방 배웠어요. 제법 멋지게 속력까지 냈다니까요…… 나중에는 헝가리산 말, 루마니아산 말을 자유자재로 다룰 정도가 됐죠. 얼마나 녀석들을 좋아했던지 나는 지금도 말을 보면 그냥 지나치지 못해요. 가서 꼭 안아주죠. 우리는 말을 세워놓고 그 아래서 잠을 잤어요. 녀석들은 가만히 발을 옮기며 사람이 다치지 않도록 조심했어요. 그리고 시신은 절대 밟고 넘어가는 법이 없었어요. 살아 있는 사람은, 만약 그 사람이 부상당하면 도망가지 않고 끝까지 그 곁을 지켰죠. 아주 영특한 녀석들이에요. 기병에게 말은 친구예요. 그것도 아주 충직한 친구.

우리가 받은 첫 포화세례는…… 우리 군단이 독일군 전차부대와의 전투에 참가했을 때였어요. 쿠셉스카야* 마을 근교에서 벌어졌는데, 쿠반 카자크인들의 기마 공격으로 유명한 전투죠. 쿠셉스카야 전투 후에 우리 군단은 근위기병이라는 칭호를 수여받았어요. 정말 무시무시한 전투였어요…… 특히 언니와 나한테는 더 그랬던 게, 그때 우린 완전히 겁에 질려 있었거든요. 나는 이미 전투도 해봤고, 또 전투가 무엇인지

---

* 러시아 크라스노다르 지방 북쪽의 카자크 정착촌.

알고 있는데도 소용없는 일이었어요…… 하지만…… 우리 기병들이 질풍처럼 앞으로 쇄도해 들어가는 광경은 정말 장관이었어요. 체르케스카*는 휘날리지, 장검은 높게 뽑아들었지, 어디서 그런 힘이 나오는지 말들은 무서운 기세로 포효하며 질주하지…… 탱크 앞으로, 대포 앞으로 그대로 돌진하는데 그건 정말 끔찍한 악몽에서나 나옴직한 장면이 었죠. 그건 현실이 아니었어요…… 파시스트들은 숫자가 많았어요. 우리보다 훨씬 수가 많은데다 전부 기관단총을 앞에 차고 탱크 옆에 바짝 붙어 서서 공격해왔죠. 그런데도 견디지를 못하는 거예요. 이해가 돼요? 우리를, 벼락처럼 치고 달려드는 우리 기병들을 감히 막아서지 못하더라니까요. 기관단총을 내던져버리고는…… 대포도 그대로 두고 줄행랑을 치는데…… 그 광경은 정말……

그 전투에 대한 올가 바실리예브나의 회상:

—부상병들에게 붕대를 싸매주는데…… 옆에 파시스트 하나가 누워 있었어요. 나는 그 자가 죽었다고 생각하고 주의를 기울이지 않았어요. 그런데 부상당해 누워 있었던 거죠…… 그 자가 나를 죽이려드는데…… 뭔가 이상한 느낌이, 그러니까 누군가 나를 밀친다는 느낌이 들더군요. 그래서 그 자가 있는 쪽으로 몸을 확 돌렸죠. 다행히 늦기 전에 놈의 기관단총을 발로 차버릴 수 있었어요. 나는 그 자를 죽이지 않았어요. 대신 상처를 그대로 두고 자리를 떠버렸죠. 그 자는 배에 부상을 입은 상태였어요……

---

* 카자크인들의 전통의상으로, 깃 없는 긴 상의.

지나이다 바실리예브나가 다시 말을 잇는다:

─한번은 부상병을 부축해 가는데 갑자기 탱크 밑에서 독일 병사 두 명이 뛰쳐나오는 거예요. 보니까 전차가 완전히 부서져 있는 게, 겨우 살아나온 것 같더라고요. 정말 눈 깜짝할 새였어요. 만약 내가 연발 사격을 할 수 없었다면, 그들은 나와 부상병을 향해 총을 쏘았을지도 몰라요. 정말 생각지도 못한 일이었어요. 전투가 끝나고 그 독일 병사들 있는 데로 가봤어요. 시신이 되어 누워 있더군요. 두 눈을 부릅뜬 채. 나는 지금도 그 눈길이 잊히질 않아요…… 한 명은 아주 잘생긴, 젊은 독일인이었어요…… 비록 파시스트였지만 마음이 아팠죠…… 한동안 마음이 계속 그랬어요. 총도 쏘기 싫고. 이해하시겠어요? 속으론 '왜 남의 땅에 함부로 들어온 거야?'라는 적개심에 치가 떨리는데도 막상 적을 죽이려고 하면 무섭고. 무섭다는 말밖엔 달리 표현할 말이 없네요…… 정말 무서웠어요. 막상 총을 들면……

전투가 끝났어요. 수백 명의 카자크 병사들은 속속 귀대를 서두르는데 언니가 안 보이는 거예요. 대열 맨 뒤에 서서 계속 뒤를 돌아봤죠. 날은 어두워가고 언니는 나타날 생각을 안 하고…… 다른 병사들이, 언니와 몇 사람이 남아서 부상병들을 돕고 있다고 알려줘서 언니가 돌아오기를 기다렸어요. 그렇게 기다리는 일 말고는 달리 할 수 있는 게 없었죠. 일행을 먼저 보내고 나는 남아서 언니를 기다렸어요. 언니가 오면 얼른 따라붙을 생각을 하면서. 기다리고 있자니 별의별 생각이 다 드는 거예요. 눈물도 나고. '전투에 나가자마자 언니를 잃은 걸까? 언니는 어디 있지? 언니한테 무슨 일이 생긴 건 아니겠지? 어디선가 나를 부르며 죽어가고 있으면 어떡해……'

언니…… 올랴 언니도 눈물범벅이었어요…… 캄캄한 밤이 되어서야 언니가 나를 찾아낸 거예요. 우리 자매의 상봉을 지켜본 카자크 병사들도 같이 울었어요. 언니와 나는 서로 목을 끌어안고 떨어질 줄을 몰랐어요. 그때 깨달았죠. 우리는 같이 있으면 안 되겠구나. 따로 떨어져 있는 게 낫겠다. 만약 둘 중 누구 하나가 눈앞에서 전사라도 한다면 그걸 어떻게 견디겠어요. 그래서 내가 다른 기병대로 옮기기로 결정했죠. 그런데 막상 헤어지려니…… 도저히……

하지만 결국 따로 떨어져서 전투를 하게 됐죠. 처음엔 서로 기병중대만 달리해 싸우다가 나중에는 사단까지 서로 달라졌어요. 무슨 일이 생기면 알 수 있게, 그러니까 서로 살았는지 죽었는지 알 수 있도록 안부만 전했어요…… 한 걸음 내딛을 때마다 죽음이 도사리고 있었어요. 언제 잡아먹을까 호시탐탐 기회만 엿보면서…… 아라라트* 근교에서…… 우리는 모래언덕에 자리를 잡았어요. 아라라트는 독일군 수중에 들어 있었죠. 그때가 크리스마스였는데 독일군은 크리스마스를 즐기느라 정신이 없었어요. 우리는 병사 몇 명을 뽑아 기병대와 40밀리미터 구경 포병대를 꾸린 다음, 오후 5시쯤에 출발했어요. 밤새 걸었어요. 새벽녘에 앞서 출발한 우리 정찰병들을 만날 수 있었죠.

마을은 지대가 밑으로 푹 꺼진 곳에 위치해 있었어요…… 큰 대접 안에 든 것처럼…… 독일군은 우리가 그런 모래땅을 뚫고 올 거라고는 상상도 못했고, 그래서 경계를 소홀히 했어요. 우리는 소리 없이 조용히 놈들의 후방으로 침투했어요. 산을 타고 내려가 곧장 보초병들을 붙잡고는 바람처럼 마을로 치고 들어갔죠. 독일군들은 거의 알몸으로 기관단총만 챙겨들고 뛰쳐나왔어요. 놈들 숙소에 크리스마스트리가 세워져

---

* 아르메니아의 아라라트 주에 있는 도시.

있더군요…… 다들 술에 취해 있고…… 집집마다 마당에 탱크가 적어도 두세 대씩은 세워져 있었어요. 소형 탱크, 장갑수송차…… 그야말로 최신식 무기란 무기는 다 모여 있더라고요. 우리는 그것들을 그 자리에서 다 폭파시켜버렸어요. 총탄은 비 오듯 쏟아지지, 사방에서 쾅쾅 펑펑 폭발음은 천둥벼락 치듯 천지를 흔들지, 세상에, 아수라장도 그런 아수라장이 없었어요…… 다들 넋이 나가서는 이리 뛰고 저리 뛰고…… 잘못했다가 아군이 맞을까봐 총도 제대로 쏠 수 없는 상황이었어요. 마을이 불길에 휩싸였어요…… 크리스마스트리들도 전부 불타고……

내가 맡은 부상자는 모두 여덟 명이었어요…… 그 여덟 명을 모두 끌고 마을 위, 산으로 올라갔죠…… 하지만 중대한 실수를 저질렀지 뭐예요. 놈들의 통신망을 끊었어야 했는데 그걸 깜박한 거예요. 독일군 포병중대가 들이닥쳐 우리를 불바다로 덮어버렸어요. 박격포며 장거리포를 앞세워 파상공격을 퍼부었죠. 나는 부상병들을 서둘러 구급용 마차에 태워 보냈어요…… 그런데 바로 눈앞에서 마차가 포탄에 맞아 산산조각이 나버린 거예요. 자세히 살펴보니 딱 한 병사만 죽지 않고 살아 있었어요. 독일군들은 벌써 산까지 추격해오고 있었죠…… 부상병이 자기를 놔두고 가라며 애원했어요. "나를 두고 가요, 누이…… 그냥 두고 가요…… 어차피 나는 죽을 거니까……" 보니까, 배가 거의 다 파열돼서는…… 그러니까 그게…… 내장이 다 쏟아져나왔는데…… 부상병이 직접 그것들을 주워 모아 다시 자기 배 안으로 밀어넣었어요……

내 말도 온통 피투성이였어요. 부상병의 피가 묻어서 그러려니 했는데, 보니까 녀석도 옆구리에 부상을 입었더라고요. 가지고 있던 붕대 꾸러미로 녀석의 상처를 싸맸죠. 아껴두었던 각설탕도 몇 개 녀석 입에 넣어주고. 사방에서 총알은 날아들고 어디가 독일군이고 어디가 아군인지

가늠도 못하겠는 거예요. 그리고 거의 10미터 꼴로 사방이 부상자들이 었어요…… 나는 구급마차를 찾아서 전우들 시신을 수습해주기로 마음먹고는 계속 말을 타고 갔어요. 내리막길에 들어섰는데 아래쪽에 세 갈래 길이 보이더군요. 왼쪽 길, 오른쪽 길, 그리고 곧장 앞으로 난 길. 순간 이걸 어쩌나 싶은 게 너무 당황스럽더라고요…… 어디로 가지? 나는 말고삐를 단단히 잡았어요. 말은 내가 방향을 잡는 데로 갔어요. 그런데 갑자기, 어떤 본능이 내게 속삭였는지도 모르겠어요. 어디선가 말들은 본능적으로 길을 찾는다는 얘길 들었던 게 떠오른 거죠. 그래서 갈림길이 나오기 전에 쥐고 있던 말고삐를 놓아버렸죠. 그러자 녀석이 내가 가려던 길과는 전혀 다른 길로 접어들더군요. 녀석이 이끄는 대로 갔어요. 가고, 가고, 그렇게 하염없이 갔어요.

나는 지칠 대로 지쳐서 녀석이 어디로 가든 상관없었어요. '무슨 일이 생길 테면 생겨라'라는 심정이었죠. 그렇게 무작정 가고 있는데 갑자기 녀석이 무슨 기운이 났는지 신나게 머리를 흔드는 거예요. 얼른 고삐를 다시 손에 쥐었죠. 몸을 굽히고 녀석의 상처를 손으로 꼭 눌렀어요. 그런데 이번에는 녀석이 또 '히이잉, 히이잉……' 큰 소리로 울더라고요. 누군가 오는 소리를 들은 모양이었어요. 하지만 만약 그게 독일군이라면? 그렇다면 나는 큰 위험에 빠지는 상황인 거죠. 그래서 먼저 녀석을 보내주려는데 마침 녀석이 새로운 흔적을 발견한 거예요. 말 발자국이 어지럽게 나 있고 짐마차의 바퀴 자국들도 보이더라고요. 적어도 50명은 더 되는 사람들이 지나간 것 같았어요. 2~300미터쯤 달려갔더니 곧바로 마차가 나타났어요. 부상자들이 타고 있었고, 우리 기병중대원들 모습도 보였죠.

우리를 지원하러 구급마차와 짐마차들이 온 거였어요…… 아군을 모두 데리고 빠져나오라는 지시가 있었더라고요. 우리는 총탄이 쏟아지고 포탄이 터지는 가운데 한 명도 빠진 사람 없이 전우들을 모두 데리고 나왔어요. 전사자고 부상자고 할 것 없이 모두. 나도 마차를 타고 갔어요. 내가 맡았던 부상병들을 모두 찾아냈죠. 배가 파열됐던 그 병사까지. 그렇게 여덟 명 모두 데리고 나올 수 있었어요. 총 맞은 말들만 그곳에 남았어요. 날이 밝아오자 주위가 환히 드러나기 시작했어요. 여기저기 말들이 무리지어 쓰러져 있더군요. 튼튼하고 잘생긴 녀석들이……
바람만 녀석들의 갈기를 살살 쓸어주고 있었어요……

우리가 앉아 있던 커다란 방의 네 벽은 온통 사진들로 도배되다시피 했다. 크게 확대된, 두 자매의 전쟁 전 사진들과 전선에서의 사진들. 모자를 쓰고 손에 꽃을 든 학창 시절 사진도 보인다. 전쟁 발발 2주 전에 찍은 거다. 평범한 아이들의 얼굴. 장난기 어린 얼굴에 사진 찍는 순간의 긴장감과 어른스러워 보이고 싶은 아이들의 마음이 고스란히 묻어나 있다. 그리고 카자크 전통 의상과 기병중대의 망토외투를 입고 찍은 사진. 날짜를 보니 1942년이다. 1년 사이에 이미 다른 얼굴 다른 사람이다. 지나이다 바실리예브나가 전선에서 어머니에게 보낸 사진. 군복 차림에 첫 포상으로 받은 '용맹한 병사' 메달을 달고 있다. 똑같은 메달을 전승기념일에도 달고 있는 두 자매…… 변화가 급격했던 두 자매의 얼굴이 떠오른다. 부드러운 어린애의 모습이 확신에 차, 심지어 어느 정도는 모질고 엄하게까지 보이는 여인의 눈빛으로 변해 있던 얼굴. 그 몇 달, 그 몇 해 사이에 그런 큰 변화가 일어났다는 사실이 믿기지 않는다. 보통의 시간은 그렇게나 빨리 그렇게나 몰라보게 사람의 얼굴을 바꿔놓지 않기 때문이다. 사람의 얼굴은 긴긴 시간을 통과하며 서서히 변한

다. 그리고 그 얼굴에 아주 서서히 그 사람의 영혼이 새겨진다.

전쟁은 재빨리 자신의 모습을 사람들 속에 새겨넣었다. 자신의 초상화를 그려넣었다.

올가 바실리예브나:

—우리는 큰 마을 하나를 탈환했어요. 300가구가 모여 사는 마을이었죠. 마을 병원 건물에 독일군 병원이 차려져 있더군요. 맨 먼저 눈에 띈 건 병원 마당에 파놓은 커다란 구덩이였어요. 그 구덩이에 총 맞아 죽은 부상병들이 누워 있었어요. 독일군이 퇴각하기 전에 자기네 부상병들을 총으로 쏜 것 같았어요. 어차피 우리가 죽일 거라고 생각한 거죠. 자기들이 우리 부상병들에게 한 짓과 똑같이 우리도 그럴 거라고 말이에요. 병실 한 곳만 환자들이 그대로 남아 있었는데 아마 그 사람들까지 죽일 시간은 없었던 모양이에요. 아니면 그냥 버려두고 간 것일 수도 있고. 전부 다리가 없는 환자들이었거든요.

우리가 병실로 들어가자 그들이 적개심에 가득 찬 눈으로 우리를 바라봤어요. 자기들을 죽이러 왔다고 생각한 거예요. 통역관이 '우리는 당신들을 죽이러 온 게 아니라 치료해주러 왔다'고 말했죠. 그러자 한 명이 자기들은 3일 동안 아무것도 먹지 못했고 3일 동안 아무런 치료도 받지 못했다고 사정을 알려주더군요. 보니까, 실제로 참담한 상황이었어요. 의사의 치료를 받은 지 한참은 돼 보였죠. 상처 자리는 다 썩어들어가고 붕대는 살 속을 파들어가고.

—그래서 그들이 불쌍하던가요?

—글쎄, 동정심이라…… 그때 느꼈던 것을 동정심이라 부를 수는 없어요. 동정심은, 그러니까 어쨌든 상대방의 처지에 공감하는 거잖아요.

난 그걸 경험한 건 아니니까요. 그건 다른 감정이었어요…… 한번은 이런 일이 있었어요…… 한 병사가 포로를 구타했는데…… 나는 그 짓은 못하겠더라고요. 그래서 말렸죠. 그 병사의 행동을 이해하지 못한 건 아니었어요. 그건 그의 영혼에서 터져나오는 아우성 같은 것이었으니까…… 그 병사는 나와 아는 사이였고 당연히 나보다 나이가 많았어요. 나한테 욕을 퍼붓더군요. 하지만 더이상 포로를 때리지는 않았어요…… 대신 나한테 있는 욕 없는 욕, 욕이란 욕은 다 해댔죠. "이년이…… 벌써 잊어버렸냐! 저놈들이 한 짓을 벌써 잊어버렸냐고, 이 쌍년……" 어떻게 잊어요. 당연히 하나도 안 잊었죠. 문득 군화가 떠오르더군요…… 독일군이 자기들 참호 앞에 줄줄이 세워놓았던, 다리는 잘려나가고 발목만 남은 발이 그대로 들어 있던 군화들. 그 추운 겨울에 마치 말뚝을 박아놓은 것처럼 줄지어 서 있었죠…… 그 군화들…… 그리고 놈들이 우리 전우들한테 저지른 그 모든 짓들…… 그 처참한 광경들……

한번은 해병들이 지원군으로 왔는데…… 엄청나게 큰 지뢰밭을 만나는 바람에 상당수가 지뢰를 밟고 목숨을 잃고 말았어요. 그렇게 죽은 해병들은 한참을 방치돼 있었어요. 뜨겁게 내리쬐는 햇볕을 온몸으로 받으며…… 시신들이 금세 부풀어올랐고 해군용 속셔츠 때문에 수박처럼 보였죠. 드넓은 들판에 커다란 수박들. 아니 거대한 수박들.

잊은 게 아니에요. 아무것도 잊지 않았죠. 하지만 그렇다고 포로를 때릴 순 없었어요. 어쨌든 포로는 아무것도 할 수 없는 무력한 존재니까. 그렇게 우리는 각자 자기 행동을 결정해야 했고, 그건 중요한 일이었어요.

지나이다 바실리예브나:

—부다페스트 근처에서 전투가 벌어졌어요…… 겨울이었죠……
기관총분대 분대장인 중사가 부상당해서 끌어내고 있었어요. 바지 위에
솜옷을 입고 귀마개 모자를 쓰고서 낑낑대며 중사를 끌고 가는데 눈밭
에 새까만 데가 보이더라고요…… 불에 탄 자리였죠…… 나는 그게 포
탄에 깊게 파인 구덩이라는 것을 금방 알아챘어요. 마침 그런 곳이 필요
하던 차에 잘됐다 싶어 얼른 구덩이로 내려갔어요. 그런데 뭔가 인기척
이 느껴지는 거예요. 누군가 쇠붙이 같은 것을 만지는 느낌이랄까……
얼른 뒤를 돌아봤죠. 보니까, 글쎄, 독일군 장교가 다친 다리로 누운 채
나를 향해 총구를 겨누고 있지 않겠어요. 그때 나는 군모 밑으로 흘러내
린 머리칼에 어깨엔 적십자 표시가 된 구급상자까지 메고 있었는데 말
이에요. 그런데 내가 몸을 돌릴 때 독일군 장교가 내 얼굴을 본 모양이
에요. 내가 여자라는 걸 알고는 '하하하!' 웃어버리더군요. 그러고는 맥
이 풀렸는지 기관단총을 던져버렸어요. 이제 어떻게 되든 상관없다는
듯이……

그렇게 우리는 셋이 함께 한 구덩이에 몸을 숨기게 됐어요. 부상당한
중사, 나 그리고 독일군 장교. 구덩이가 좁아서 다리를 서로 꼭 붙여야
했죠. 나는 부상자들의 피로 범벅이 됐고, 그렇게 우리 세 사람은 서로
의 피로 물들었어요. 독일군 장교는 눈이 아주 컸는데 그 큰 눈으로 '이
제 어떡할 거냐?'는 듯이 나를 바라봤어요. 아, 망할 놈의 파시스트! 하
지만 그는 이미 자기 총을 던져버렸잖아요. 상상이 돼요? 그 상황
이…… 우리 부상자는 무슨 영문인지 모르고 권총을 집어들고는……
독일군을 죽이겠다고 성화고…… 그 독일군은 나만 쳐다보고…… 지
금도 그 눈길이 잊히지가 않아요…… 내가 우리 부상자를 붕대로 싸매

는 동안, 독일군 장교는 옆에서 피를 흘리고 있었어요. 한쪽 다리가 완전히 으스러진 상태라 계속 피를 쏟았죠. 조금만 더 그대로 두었다간 죽을 게 뻔했어요. 나는 그 사실을 너무 잘 알았어요. 그래서 우리 부상자를 돌보다 말고 내 옷을 찢어 독일군 장교의 상처를 싸매고 지혈대를 대줬죠. 그리고 다시 우리 부상자를 돌봤어요. 독일군 장교가 '구트, 구트*'라고 하더군요. 그 말만 몇 번이고 되풀이했어요. 우리 부상자는 의식을 잃는 그 순간까지 나한테 무슨 말인지 소리를 지르고…… 으름장을 놓았어요…… 나는 중사의 몸을 쓸어주며 진정시켰죠. 나중에 우리 의료진이 도착해서 우리를 구덩이에서 구해냈어요…… 우리는 차에 태워졌어요. 독일군 장교도 함께. 이해가 돼요?

올가 바실리예브나:

—남자들이 최전선에서 여자를 만나면 얼굴이 달라졌어요. 여자는 목소리만으로도 남자를 달라지게 하는 힘이 있었죠. 밤에 숙소 근처에 앉아 가만히 노래를 부른 적이 있어요. 다들 잠들었을 거라 생각해서 듣는 사람이 아무도 없을 줄 알았죠. 그런데 아침에 지휘관이 그러는 거예요. "우리 어제 안 자고 있었어. 여자 목소리는 어쩜 그리 구슬픈지……" 한번은 전차병에게 붕대를 감아주고 있었어요…… 전투는 계속되고 포성은 쾅쾅 무섭게 울려댔죠. 전차병이 묻는 거예요. "아가씨, 이름이 뭐예요?" 뭔가 그럴듯한 듣기 좋은 말까지 덧붙여가면서 말이에요. 무시무시한 포성 속에서, 처참하고 끔찍하기 그지없는 그 상황 속에서 '올가'라고 내 이름을 소리내어 말하기가 참 어색하고 이상하더군

---

* 독일어로 '훌륭하다'는 뜻.

요. 나는 늘 날씬하게 균형 잡힌 몸매를 유지하려고 노력했어요. 그래서 사람들한테 이런 소리를 자주 들었어요. "세상에, 이렇게 가냘프고 고운 아가씨가 전투에 나갔다니!" 나는 죽어서 흉측한 꼴로 누워 있게 될까 봐 너무 두려웠어요. 소녀병사들 시신을 많이 봤거든요…… 진흙탕 속이고 물웅덩이 속이고 죽어 누워 있는데…… 글쎄…… 뭐랄까…… 정말이지 그렇게는 죽고 싶지 않더라고요…… 그걸 보고 난 다음부터는 '어떡하면 죽지 않을까' 하고 몸을 피하는 게 아니라 얼굴부터 피하고 보는 거예요. 팔부터 숨기고. 모르긴 몰라도 다른 소녀병사들도 아마 다 나랑 비슷했을걸. 남자병사들은 그런 우리를 보고 웃었어요. 남자들이 보기엔 우스웠던 거죠. 살아남을 걱정은 안 하고 쓸데없는 일에 신경 쓴다며 핀잔을 줬어요. 어리석은 여자들 걱정거리라고.

지나이다 바실리예브나:

—죽음은 절대로 익숙해지지 않아요…… 절대로…… 익숙해질 수도 없고…… 아군은 독일군을 피해 산으로 철수했어요. 중상을 입은 부상자 다섯 명만 남았어요. 다섯 명 모두 복부에 치명상을 입어서 하루이틀 버티기도 힘든 상태였죠. 그 병사들까지 데려갈 순 없었어요. 실어나를 게 아무것도 없었거든요. 나와 또다른 간호병 옥사나, 이렇게 둘이서 그 다섯 명과 함께 헛간에 남게 됐어요. '이틀 후에 꼭 데리러 오겠다'며 우리만 남겨놓고는 다들 가버린 거예요. 그리고 3일 후에야 우리를 데리러 왔죠. 옥사나와 나는 3일을 꼬박 부상병들과 지냈어요. 부상병들은 모두 의식이 또렷했어요. 다들 강인한 사나이들이었으니까. 그리고 다들 살고 싶어했고…… 하지만 우리가 가진 거라곤 기껏해야 가루약 정도가 다였어요. 더이상은 아무것도 없었죠…… 목이 마르다고

계속 물을 달라고 했지만 그들은 물을 마시면 안 됐어요. 어떤 이들은 이해했고 어떤 이들은 욕을 했어요. 말도 마요. 욕도 욕도 그런 욕이 없었으니까. 컵을 집어던지는 사람, 군화를 던지는 사람…… 그 3일이 내 인생에서 가장 무섭고 끔찍한 시간이었어요. 그들이 우리 눈앞에서 한 명 한 명 차례로 죽어가는데, 우리는 그 모습을 그저 지켜봐야만 했죠……

첫 포상으로…… '용맹한 병사' 메달을 받게 됐어요. 하지만 받으러 가지 않았죠. 너무 화가 나고 속이 상했거든요. 지금 생각하면 참 우스운 일이지만! 왜 그런지 알아요? 내 친구한테는 '전투공훈' 메달을 주고 나한테는 '용맹한 병사' 메달을 준다는 거예요. 친구는 딱 한 번 전투에 나간 게 다지만, 나는 쿠솁스카야 전투부터 시작해서 참가한 작전만도 얼만데. 그 친구는 전투 한 번에 벌써 공훈을 많이 세운 사람처럼 '전훈' 메달을 받고, 나는 전투에 한 번 나간 사람처럼 '용맹한 병사' 메달이나 받는다고 생각하니 분하고 억울하더라고요. 지휘관이 와서 자초지종을 듣더니 막 웃는 거예요. 그러고는 '용맹한 병사' 메달이 메달 중에 가장 으뜸으로, 거의 훈장과 맞먹는다고 설명해줬죠.

마케옙카 근교 돈바스*에서 허벅지와 엉덩이에 파편이 박히는 부상을 당했어요. 작은 돌처럼 생긴 파편들이 날아와 박혔죠. 피가 흐르는 것 같아서 개인용 붕대로 부상당한 곳을 싸맸어요. 그리고 다른 부상자들을 돌보러 또 달려나갔어요. 아가씨가 다른 데도 아니고 엉덩이를 다쳤다는 말을 어떻게 해요. 창피하게. 엉덩이라니…… 열여섯 나이에는 그런 걸 누구한테 말하기가 창피한 법이니까. 털어놓기 불편하죠. 그래

---

* 도네츠 분지 또는 도네츠 탄전이라고도 한다. 우크라이나 동남부와 러시아의 서남부, 도네츠 강 유역 일대에 펼쳐진 분지 또는 탄전. 502억 톤에 달하는 석탄이 매장되어 있다.

서 아무 말도 안 하고 뛰어다니며 다른 부상자들을 보살폈어요. 피를 너무 많이 흘려 정신을 잃어버리기 전까지요. 군화 안이 피로 흥건했어요……

우리 병사들이 의식을 잃고 쓰러진 나를 보고 내가 죽었다고 생각한 거예요. 그래서 위생병들이 오겠거니 하고 그냥 두고 가버렸어요. 전투는 점점 더 치열해졌죠. 아마 조금만 늦었어도 나는 죽었을 거예요. 다행히 우리 전차병들이 작전을 나가다가 전장 한복판에 쓰러져 있는 나를 발견했죠. 모자도 없이 나는 맨머리로 누워 있었어요. 전차병들이 보니까 내가 누운 자리에 계속 피가 흘렀던 모양이에요. 그래서 살아 있다는 걸 알고는 나를 의료위생대대로 데려갔죠. 그곳에서 병원으로 보내졌고요. 그 병원에 한동안 있다가 다시 두번째 병원으로 옮겨졌어요. 아, 아…… 그리고 얼마 지나지 않아 내 전쟁은 막을 내렸어요…… 반년 후에 병가사 전역을 하게 된 거예요. 열여덟 나이에…… 벌써 건강을 잃은 거죠. 세 군데의 부상과 심각한 좌상. 하지만 나는 여자잖아요. 당연히 감췄죠. 부상에 대해서는 말했지만 좌상은 숨겼어요. 금방 들통나고 말았지만. 나는 다시 병원으로 보내졌어요. 그리고 장애인 판정을 받았죠…… 그래서 어쨌냐고요? 서류들을 갈가리 찢어서 버렸어요. 내 앞으로 나오는 돈도 받지 않았죠. 병원에 있는 동안 다시 검사를 받으러 다녔어요. 언제 좌상을 입었는지, 언제 부상당했는지 내 상태에 대해 이야기해야 했어요. 어디를 다쳤는지도.

기병중대 중대장과 특무상사가 병원으로 나를 만나러 왔더군요. 사실 전쟁터에 있는 동안 우리 중대장을 좋아했거든요. 중대장은 나한테 관심이 없었지만. 그 사람은 잘생긴데다 군복이 참 잘 어울렸어요. 남자들은 모두 군복이 잘 어울렸죠. 하지만 우리 여자들은? 바지를 입고 긴

292

머리는 금지돼 있어서 다들 사내아이처럼 짧게 이발하고 다녔어요. 전쟁이 끝날 즈음에야 머리를 길러도 된다는 허락이 떨어졌죠. 병원에 있는 동안 머리가 꽤 길게 자라서 나는 머리를 땋아 늘어뜨렸어요. 게다가 살도 제법 올라 있었죠. 그런 나를 보고는…… 세상에, 정말 웃겼지 뭐예요! 두 사람 다 나한테 반해버린 거예요…… 한순간에! 전쟁터에서 그렇게 함께 지낼 때는 아무 일 없다가 갑자기 두 사람 다 사랑에 빠져버리다니. 중대장과 특무상사, 그 두 사람이 모두 나에게 청혼을 했다니까요. 사랑! 사랑…… 아, 얼마나 사랑을 갈구했는지 몰라요! 행복도!

1945년 말에 있었던 일이에요……

전쟁이 끝나자 나는 한시라도 빨리 전쟁을 잊고 싶었어요. 아버지가 도와주셨죠. 아버지는 현명한 분이셨어요. 우리 메달과 훈장, 지휘부의 감사패를 다 가져다 감춰버리고는 말씀하셨어요.

—전쟁이 났고 우리는 싸웠다. 이젠 잊어버릴 때다. 전쟁은 지나갔고 이제 다른 삶을 살아야 한다. 구두를 신어라. 너희들은 예쁜 딸내미들이야. 공부도 하고 결혼도 해야지.

언니는 새로운 삶에 쉽게 적응하지 못했어요. 자존심이 아주 셌죠. 군용외투를 벗으려 하지 않았어요. 아버지가 엄마한테 말씀하시던 게 생각나요. "우리 딸들이 그렇게 어린 나이에 전쟁터에 간 건 다 내 잘못이오. 전쟁이 우리 딸들을 망쳐놨소…… 이제 평생을 싸워야 할 거요."

내가 받은 훈장과 메달에 대한 포상으로 군인 상점에 가서 뭐든 살 수 있는 특별전표가 나왔어요. 그래서 당시 한창 유행이던 고무부츠를 한 켤레 사고 외투와 원피스 그리고 굽 낮은 구두도 한 켤레 샀죠. 군용외투는 팔기로 했어요. 외투를 가지고 시장으로 갔어요…… 화사한 여름 원피스를 입고서…… 머리에 예쁜 머리핀도 꽂고…… 그런데 시장에서 뭘 본 줄 알아요? 팔이 없고 다리가 없는 어린 청년들…… 시장에 모인 사람들 모두 전쟁에 나가 싸운 사람들인 거예요…… 가슴에 훈장을 달고 메달을 달고…… 두 팔이 멀쩡한 사람들은 직접 만든 스푼을 내다 팔았어요. 여자 브래지어도 팔고 팬티도 팔았죠. 하지만 다른 사람들…… 팔이나 다리가 없는 사람들은…… 바닥에 앉아서 눈물로 호소하고 있더군요. 구걸을 하면서…… 그들은 장애인용 휠체어도 없이 자기들이 직접 만든 나무판을 타고서 손으로 밀고 다녔어요. 그마저도 팔이 있는 사람들만. 술에 취한 사람들. 노래를 부르는 사람들. "우린 잊힌 존재라네. 버려진 존재라네." 그래요, 시장판이 그랬어요…… 나는 외투를 팔지도 못하고 시장을 빠져나왔어요. 그리고 모스크바에 사는 동안, 한 5년 정도 될까, 시장에는 발걸음도 하지 않았어요. 시장의 불구자들 중에서 누군가 나를 알아보고는 '어쩌자고 나를 그때 불길에서 끄집어낸 거야? 왜 구했어?'라고 소리칠까봐 무서웠죠. 사실 어떤 사람이 한 명 기억났거든요. 젊은 중위…… 그는 다리가…… 한쪽 다리는 파편에 맞아 절단했고 다른 한쪽도 성치 못했어요…… 내가 그 중위 다리를 싸매줬죠…… 쏟아지는 포탄 속에서…… 중위가 나한테 소리쳤어요. "시간 끌지 마! 죽여! 죽이라니까…… 명령이다……" 알겠어요? 나는 바로 그 젊은 중위를 만나게 될까봐 늘 겁이 났어요……

병원에 입원해 있을 때 젊고 잘생긴 청년이 한 명 있었어요. 전차병 미샤…… 병원에 있는 사람치고 미샤를 모르는 사람이 없었죠. 하지만 미샤의 성은 아무도 몰랐어요, 이름만 알았지…… 미샤는 양다리와 오른팔을 절단하고 왼팔 하나만 남아 있었어요. 두 다리를 거의 엉덩이 있는 데까지 잘라냈죠. 그래서 의족을 하는 것도 불가능했어요. 사람들이 미샤를 휠체어에 태우고 다녔어요. 특별히 미샤를 위해 높은 휠체어를 만들어 거기에 태우고 다닌 거예요. 휠체어를 밀 수 있는 사람은 다 미샤를 밀고 다녔어요. 많은 사람들이 병원을 찾아와 환자들을 돌봐줬어요. 특히 미샤처럼 중증장애인들에게 더 많은 관심을 기울였죠. 여자들도 오고 학생들도 왔어요. 어린아이들도 오고. 미샤는 사람들 팔에 안겨 다녔지만 풀이 죽거나 자신의 처지를 비관하지 않았어요. 그토록 삶을 원했던 거죠! 미샤가 그때 열아홉이었으니까 사실 앞으로 살아갈 날이 창창했죠. 미샤한테 가족이 있었는지는 기억나지 않아요. 하지만 미샤는 세상이 자신을 불행 속에 버려두지 않을 걸 알았죠. 그리고 세상이 자신을 잊지 않을 거라고 믿었죠. 비록 전쟁이 우리 땅에서 일어났고, 그 때문에 모든 게 파괴되고 부서졌지만 말이에요. 우리가 마을들을 탈환하고 보면 정말 다 타버리고 재만 한가득이었어요. 사람들에게 남은 건 땅밖에 없었죠. 땅이 전부였어요.

언니도 나도 의사의 길을 포기했어요. 전쟁 전에는 의사를 꿈꿨는데 말이에요. 우리는 원하기만 하면 입학시험을 치지 않고 바로 의과대학에 입학할 수 있었어요. 우리한텐 참전용사로서의 특권이 있었거든요. 하지만 사람들이 고통 속에 몸부림치며 죽어가는 모습을 너무도 많이 봤기 때문에 더이상은 볼 수가 없었어요. 상상만 해도 싫었어요. 그래서 이미 30년이 흐른 뒤였는데도 딸아이가 그렇게 가고 싶어하는 의과대학을 단념시켰어요. 수십 년이 흘렀지만…… 지금도 눈을 감으면 보여요…… 어느 봄날…… 우리는 이제 막 전투가 휩쓸고 지나간 들판을 따라 걸으며 부상병들을 찾아요. 온통 짓밟힌 들판. 저만큼 전사한 병사두 명이 보여요. 젊은 우리 병사와 역시 젊은 독일군 병사가 어린 밀밭에 하늘을 보고 누워 있죠…… 하지만 전혀 죽은 사람들 같지 않아요. 그저 누워서 하늘을 보고 있을 뿐…… 나는 지금도 그 눈길이 잊히질 않아요……

올가 바실리예브나:

　―전쟁이 끝나기 며칠 전 일인데, 아직도 기억에 생생해요. 말을 타고 가는데 갑자기 어디선가 음악 소리가 들리는 거예요. 바이올린 소리가…… 그리고 바로 그날이 나한테는 전쟁이 끝난 날이었어요…… 갑자기 음악 소리라, 그건 기적이었죠…… 또다른 소리가 들려왔어요…… 마치 긴 잠에서 깨어난 것 같더군요…… 우리는 모두 전쟁만 끝나면, 그 숱한 눈물만 그치면 멋진 삶이 우리를 기다릴 거라고 믿었어요. 아름다운 인생이. 승리만 하면…… 이날들만 견뎌내면…… 모든 사람이 한없이 선해지고 서로 사랑만 할 거라고 믿었죠. 모두 형제자매가 될 거라고. 우리가 얼마나 그날을 기다려왔는지…… 그날이 오기를 간절히 기다렸어요……

우리는
쏘지 않았어…

전쟁터의 수많은 사람들…… 그리고 전쟁터의 수많은 일거리들……

　죽음의 언저리만이 아니라 삶의 언저리에도 일은 많다. 전쟁터라고 해서 총을 쏘거나 맹사격을 퍼붓고, 지뢰를 놓거나 제거하고, 폭격을 가하거나 폭파하고, 백병전에 뛰어드는 것이 전부는 아니다. 전쟁터에서도 빨래를 하고, 죽을 끓이고, 빵을 굽고, 부엌 식기들을 씻고, 말을 돌보고, 자동차를 수리하고, 관을 짜고, 우편물을 배달하고, 군화에 밑창을 대고, 담배를 들여온다. 어쩌면 오히려 전쟁터에 더 많은 일상의 삶이 있는지도 모른다. 하찮고 사소한 일들 역시. "이렇게 말하면 이상할 거예요. 그렇죠? 전쟁터야말로 우리 여자들이 할 일이 산더미같이 많다면 말이에요." 위생병 알렉산드라 이오시포브나 미슈티나는 이렇게 회상한다. 군대가 앞서가면 '제2전선'이 그 뒤를 쫓아갔다. 세탁부, 요리사, 기계수리공, 우체부……

그들 중 한 사람이 나에게 편지를 보내왔다. "우리는 영웅이 아닙니다. 우리는 무대 뒤에 가려졌지요." 그곳, 무대 뒤에서는 무슨 일이 있었던 것일까?

단화와 빌어먹을 나무의족에 대하여

"우리는 진창길을 따라 행군중이었지. 말들은 그 진창에 빠지거나 정신없이 넘어졌어. 화물트럭들도 진흙 속에 박혀 그 자리에서 꼼짝을 못했지…… 병사들은 대포를 자기 몸에 감아서 끌었어. 어디 그뿐이야. 곡식수레며 속옷수레며 이불수레도 끌어야지, 담배상자도 끌어야지. 담배상자 하나가 미끄러져 진흙탕에 빠졌어. 그랬더니 세상에, 욕을 욕을 하는데…… 병사들에겐 담배도 포탄이나 탄약만큼 중요했거든……

남편이 같은 말을 몇 번이나 반복해서 나한테 그러는 거야. '두 눈 똑바로 뜨고 봐! 이건 서사야! 서사라고!'"

타티야나 아르카지예브나 스멜랸스카야, 종군기자

"전쟁 전까지 행복하게 살았어…… 아빠하고, 엄마하고. 아빠는 러시아 핀란드 전쟁에 참전하셨다가 오른손 손가락 하나를 잃고 돌아오셨지. 내가 아빠에게 물었어. '아빠, 전쟁은 왜 하는 거예요?'

전쟁은 내가 충분히 자라기도 전에 와버렸어. 민스크를 떠나 피란길에 올랐지. 사라토프까지 가서, 거기 집단농장에서 일했어. 어느 날 마을 소비에트 의장이 나를 불렀어.

─애야, 나는 늘 네 생각을 한단다.

깜짝 놀라 물었어.

─무슨 생각을 하시는데요?

─만약 이 저주받을 의족만 아니면! 전부 이 빌어먹을 놈의 의족 때문에……

나는 어리둥절해서 서 있었어. 의장이 계속 말을 이었어.

─우리 농장에서 두 명을 전선으로 보내라는 소집명령서가 왔구나. 그런데 아무도 보낼 사람이 없어. 내가 직접 가면 좋은데 이 빌어먹을 놈의 의족 때문에 말이다. 그렇다고 너도 안 될 거고. 여기까지 피란을 왔는데. 하지만 혹시 가주면 안 될까? 우리 농장에서는 보낼 만한 사람이 너하고 마리야 우트키나밖에 없어서 말이다.

마리야는 키도 크고 몸도 튼튼했지만 나는 아니었어. 조그만 보통 여자애였지.

─갈 수 있겠니?

─그럼 거기서 발싸개도 주나요?

그때 우리는 누더기나 다름없이 입고 살았거든. 챙겨 가려야 챙겨 갈 게 없었지!

─너는 참 착한 아이야. 거기 가면 단화도 줄 거야.

그래서 가겠다고 했어.

……수송열차에서 내리자 콧수염을 기른 건장한 아저씨가 우리를 데리러 왔어. 하지만 아무도 그 아저씨를 따라나서지 않았지. 그리고 그때 왜 그랬는지 모르겠는데, 나는 아무것도 묻지 않았어. 원래 소극적인 성격이라 먼저 나서서 뭘 묻거나 그러지도 못했고. 아무튼 우리는 그 아저씨가 마음에 들지 않았어. 좀 있으니까 잘생긴 장교가 오더라고. 마치

인형 같았어! 그 장교가 우리를 설득해서 우리는 그 장교를 따라갔어. 부대에 도착하니까 기차역에서 본 아저씨가 있는 거야. 그 아저씨가 우리를 보고는 웃으며 그랬지. '이런, 들창코 아가씨들을 봤나. 나하고는 오기 싫었나들?'

소령은 일일이 한 사람씩 불러놓고 질문했어. '할 줄 아는 게 뭐지?'

한 아이가 대답했어. '소젖을 짤 줄 알아요.' 다른 아이는 '집에서 엄마가 감자 요리 하실 때 도와드렸어요'라고 대답했지.

내 차례가 되었어.

—너는?

—빨래를 할 줄 알아요.

—괜찮은 아이 같군. 음식을 만들 줄 알면 좋을 텐데.

—음식도 만들 줄 알아요.

하루종일 음식을 만들고, 밤에 소속부대로 돌아오면 병사들 옷을 빨아야 했어. 보초를 서기도 했지. '보초병! 보초병!' 누가 나를 소리쳐 불러도 나는 아무 대꾸도 하지 못했어. 대답할 힘이 없었거든. 입을 뗄 힘조차 남아 있지 않았지……"

이리나 니콜라예브나 지니나, 사병, 취사병

"구급열차를 타고 갔어…… 처음 일주일은 계속 울기만 했던 게 기억나. 엄마와 떨어진 것도 서러운데, 자리까지 지금은 짐칸으로나 쓰이는 삼등칸인 거야. 맨 위 칸이 내 '방'이었어.

—몇 살 때 전선으로 가신 건가요?

8학년이었는데, 8학년도 다 못 마치고 전선으로 갔어. 열차에 탄 여자애들 전부 내 또래였지.

―전선에서 무슨 일을 하셨나요?

―부상병들을 돌봤어. 물을 먹여주고 밥을 먹이고 변기를 가져다줬지. 이 모든 게 우리 일이었어. 나보다 나이 많은 어떤 언니랑 짝이었는데 그 언니가 처음에 나를 많이 도와줬어. '환자가 소변기를 찾으면 나를 불러.' 부상자들은 전부 팔 없는 사람, 다리 없는 사람 같은 중환자들이었어. 첫날은 언니가 도와줬지만 그다음부터는 나 혼자 해야 했지. 그 언니가 하루종일, 밤새도록 나랑 같이 있을 수는 없었으니까. 부상자가 나를 불렀어. '간호사, 소변기!'

그 환자에게 변기를 내밀었어. 그런데 받지를 않네. 보니까 팔이 없는 거야. 순간 머릿속이 하얘지더라고. 내가 뭘 해야 하는지는 막연하게나마 알겠는데, 그걸 어떻게 해야 할지는 정말 모르겠는 거야. 몇 분을 가만히 서 있었어. 나를 이해하겠어? 그 환자를 도와야 하는데…… 나는 그게 뭔지 몰랐어. 한 번도 본 적도 없었고, 학교에서도 그런 건 배운 적이 없었으니까……"

스베틀라나 니콜라예브나 류비치, 위생부대원

"나는 총을 쏘지 않았어…… 병사들에게 죽을 끓여줬지. 그 일로 메달도 받았어. 하지만 그 메달을 떠올리고 싶지는 않아. 내가 뭐 전투엘 나갔나? 그저 병사들 죽을 만들고 수프를 끓였어. 솥단지며 커다란 물통을 끌고 다녔지. 세상에, 그렇게 무거울 수가 없었어…… 한번은 지휘관이 화를 내더라고. '나라면 그 물통들을 쏴버렸을 거다…… 전쟁 끝나면 애도 낳아야 할 텐데 어쩌려고 그래?' 그러고는 어느 날 정말 그 물통들을 가져다가 다 쏴버렸지 뭐야. 결국 우리 부대가 어느 마을에 주둔하게 된 틈을 타, 작은 물통을 구하러 돌아다녀야 했지.

최전선에서 병사들이 휴가를 받아왔어. 가엾게도, 다들 지저분한 몰골에 지칠 대로 지쳐서는 팔이고 다리고 다 꽁꽁 얼었더라고. 특히 우즈베키스탄 병사, 타지키스탄 병사들이 추위를 무서워했어. 언제나 해가 비치는 따뜻한 곳에 살다가 기온이 영하 3~40도까지 뚝뚝 떨어지는 곳으로 왔으니 얼마나 춥고 무서웠겠어. 사람이 꽁꽁 얼면 입으로 숟가락 가져갈 힘도 없는 법이거든. 그래서 내가 음식을 먹여줬지……"

알렉산드라 세묘노브나 마사콥스카야, 사병, 취사병

"나는 빨래를 했어…… 전쟁 내내 빨래통을 붙잡고 살았지. 전부 손으로 빨았어. 솜을 넣은 재킷, 군복 상의…… 속옷이라고 가져와서 보면 얼마나 입었는지 다 해지고 이가 들끓었어. 위장술을 할 때 입는 옷옷은 원래 흰색인데 전부 피로 물들어서 아예 빨간색이 되곤 했지. 어떤 것은 피가 너무 오래돼서 까맣게 변해 있기도 했고. 옷들이 전부 새빨갛든지 아니면 새까맸기 때문에 처음부터 깨끗한 물로는 빨 수가 없었지…… 군복 상의는 소매가 떨어져나갔거나 가슴팍에 구멍이 숭숭 뚫려 있기 예사였고, 바지도 바짓가랑이가 없긴 마찬가지였어. 그 옷들을 빨 때마다 정말 눈물로 빨고 눈물로 헹궜지.

군복이 산더미처럼 쌓이고 또 쌓였어…… 거기다 솜옷들까지…… 정신없이 빨래를 하다 문득 정신을 차리면 그제야 팔이 빠질 것처럼 쑤시는 거야. 솜옷은 겨울이면 피가 얼어붙어서 특히 더 무거웠어. 지금도 그때 꿈을 자주 꿔…… 옷가지들이 산더미처럼 까맣게 쌓여 있는 꿈……"

마리야 스테파노브나 데트코, 사병, 세탁병

"전쟁터에 기적 같은 일들이 얼마나 많았는지 몰라…… 이야기 하나 들려줄게……

풀밭에 아냐 카부로바가 누워 있었어…… 아냐는 우리 통신병이었어. 심장에 총을 맞고 죽어가고 있었지. 그런데 마침 그때 우리 머리 위로 학떼가 'V'자 모양을 그리며 날아가는 거야. 모두 고개를 들어 하늘을 올려다봤지. 아냐도 눈을 떴어. 하늘을 보며 그러더라고. '얘들아, 정말 아쉽구나.' 그리고 잠깐 말이 없다가 우리에게 웃음을 지어 보이며 '나, 정말 죽는 거야?'라고 물었어. 바로 그 순간 저만치서 우리 우체부, 클라바가 달려오며 소리치는 거야. '죽지 마! 죽으면 안 돼! 집에서 편지가 왔단 말이야……' 아냐는 눈을 감지 않았어. 기다렸지……

클라바가 아냐 옆에 앉아서 편지봉투를 열었어. 엄마가 보내신 거더라고. '사랑하는 우리 딸……' 내 옆에 의사가 서 있었는데 그러는 거야. '이건 기적이야, 기적! 아냐가 지금까지 숨을 쉬는 건 의학적으로 있을 수 없는 일이야……' 편지를 다 읽자…… 그제야 아냐는 눈을 감았어……"

마리야 니콜라예브나 바실리옙스카야, 중사, 통신병

"내 전공은…… 그러니까 내 전공은 남자 머리를 깎는 일이었어…… 아가씨가 왔는데…… 어떻게 잘라야 할지 모르겠는 거야. 머리가 구불구불한 게, 정말 탐스럽더라고. 지휘관이 막사로 들어왔어.

— '남자 머리'처럼 이발해.

— 하지만 아가씨인데요.

— 아니지. 아가씨가 아니라 군인이지. 아가씨는 전쟁이 끝나고 다시 하면 돼.

하지만 매한가지였어…… 아무리 짧게 이발을 해도…… 머리는 금세 다시 자랐어. 나는 밤마다 어린 소녀병사들의 머리를 구불구불하게 말아줬어. 파마용 클립 대신 솔방울을 써서…… 전나무에서 떨어진 마른 솔방울들로…… 비록 앞머리만이지만 그렇게라도 해주고 싶더라고……"

바실리사 유즈니나, 사병, 이발병

"나는 책을 많이 읽지 않았어…… 그래서 꾸며서 말할 줄은 몰라…… 우리는 병사들 옷을 담당했어. 병사들의 옷이란 옷은 죄 가져다 빨고 다림질도 했지. 그러니 거기 무슨 영웅담이 있겠어. 기차를 타고 가는 일은 별로 없었고 주로 말을 타고 이동했는데, 말들이 너무 지쳐서 베를린까지 거의 우리 발로 걸어갔다고 보면 돼. 글쎄, 또 무슨 일을 했더라. 우리가 한 일이라…… 그래, 부상자들을 끌어 나르는 것도 도왔어. 드네프르에서는 탄약이며 포탄도 우리가 직접 다 들어서 나르고, 차로는 운반할 수 없는 상황이었거든. 몇 킬로그램씩을 팔로 안고 날랐지. 그리고 방공호도 파고 다리도 놓고……

한번은 적에게 포위를 당했어. 그래서 나도 다른 병사들처럼 뛰어다니고 총도 쐈지. 내 총에 사람이 죽었는지 어쨌는지는 나도 잘 몰라. 나는 그저 다른 병사들처럼 뛰고 총 쏘고 한 것뿐이니까.

그런데 어쩜 이렇게 생각이 안 나지. 그 많은 일을 겪어놓고도! 차차 기억이 나겠지…… 우리집에 한번 더 와……"

안나 자하로브나 고를라치, 사병, 세탁병

"나는 특별히 이렇다 할 이야기가 없는데……

특무상사가 물었어.

―몇 살이지?

―열여섯인데요. 왜요?

―아, 그래.

특무상사가 말했어.

―우리는 미성년자는 필요 없단다.

―하라는 대로 다 할게요. 빵이라도 구울게요.

그렇게 해서 가게 된 거야……"

　나탈리야 무하메트디노바, 사병, 제빵병사

"나는 군대에서 기록병사였어…… 그 일을 맡기기 위해 나를 사령부로 보내려고 설득들을 하는데…… 내가 전쟁 전에 사진사로 일한 사실을 안다면서 자기네 사령부에서 일하지 않겠느냐고 하더군.

　지금도 똑똑히 기억나는데, 나는 죽음을 카메라에 담는 게 싫었어. 전사한 사람들을 찍고 싶지는 않더라고. 주로 병사들이 쉬고 있는 모습을 카메라에 담았지. 담배를 피운다거나 포상을 받고 활짝 웃는다거나 할 때. 그때 나한테 컬러필름이 있었으면 좋았을 텐데. 아쉽게도 흑백필름밖에 없었거든. 아, 연대 깃발 하강식…… 정말 멋지게 찍을 수 있었는데……

　요즘…… 기자들이 찾아와 물어. '전사자들 사진도 찍었나요? 전장은……' 그런 사진이 있나 뒤져봤지…… 별로 없더라고. 죽음에 대한 사진은 잘 안 찍었거든…… 부대에서 누군가 전사하면 병사들이 나를 찾아와 사진을 부탁했어. '혹시 그 친구 살아 있을 때 사진 있나요?' 그러면 같이 사진을 찾는 거야…… 환하게 웃고 찍은 사진을……"

　엘레나 빌렌스카야, 중사, 기록병

"우리는 건설 일을 했어…… 철도도 건설하고 배다리도 놓고 엄폐호도 만들었지. 전선 바로 옆에서. 적에게 들키지 않도록 밤에만 땅을 팠어.

벌목도 했어. 우리 분대원들은 대부분 여자들이었어. 게다가 다들 어렸고. 남자들도 몇 명 있긴 있었지만 벌목을 할 만한 건강이 아니었지. 그러면 그 나무를 어떻게 날랐냐고? 여러 명이 다 같이 달려들어 날랐어. 어떤 나무는 분대원 전체가 힘을 합쳐서 겨우 끌어내오기도 했지. 손바닥이 파이고 까져서 피투성이가 되곤 했어…… 어깨도……"

조야 루키야노브나 베르즈비츠카야, 건설대대 분대장

"나는 사범전문학교를 졸업했어…… 전쟁이 한창일 때 졸업장을 받았지. 전쟁이 난 마당에 학교 발령이 어디 있어. 그냥 집으로 가야 했지. 집에 돌아와 며칠 지나니까 군정치위원회에서 소집명령서가 나오더라고. 엄마는 가지 말라고 하셨어. 당연하지, 열여덟 어린 딸을 어떻게 전선으로 보내. '오빠한테 가 있어. 집에 없다고 할 테니.' 그래서 엄마한테 그랬지. '엄마, 나는 콤소몰 당원이잖아요.' 군정치위원회는 우리들을 모아놓고 전선에서 빵을 만들 여성 인력이 필요하다고 했어.

빵 굽는 일이 참 고되더라고. 우리는 쇠로 된 커다란 페치카 여덟 대를 놓고 빵을 구웠어. 군대를 따라 폐허가 된 마을이나 도시에 도착하면 페치카부터 설치했지. 페치카를 설치한 다음, 장작을 해오고, 스무 통에서 서른 통에 이르는 물통을 채우고, 밀가루 다섯 포대를 준비해야 했어. 이제 열여덟 살, 그것도 여자인 우리가 하나에 70킬로그램은 너끈히 나가는 밀가루 포대를 나른 거야. 둘이서 양쪽 끝을 잡고 끌다시피 했지, 뭐. 또 커다란 빵을 한꺼번에 마흔 개씩 들것에 옮겨 싣기도 했는데,

나는 그 일은 하지 않았어. 낮이고 밤이고 페치카 옆에 달라붙어 있었거든. 낮이고 밤이고. 밀가루 반죽은 또 왜 그리도 빨리 떨어지던지. 통 하나를 가득 채웠다 싶으면 금세 다른 통이 비는 거야. 우리는 포탄이 떨어지는 가운데서도 빵을 구웠어⋯⋯"

마리야 세묘노브나 쿨라코바, 사병, 제빵병

"나는 전쟁이 치러지는 4년 내내 돌아다녔어⋯⋯ 도로 표지판을 안내 삼아 각지를 다녔지. '슈킨 농장' '코즈로 농장'⋯⋯ 내가 맡은 임무는 보급기지에서 물품을 받아다 최전방 병사들에게 전달해주는 일이었어. 주로, 병사들에게 꼭 필요한 담배, 궐련, 부싯돌 같은 것들을 가져다줬지. 어디는 차량을 타고 가서 전달하고, 또 어디는 짐마차로 가기도 했지만 대개는 병사 한두 명을 데리고 걸어서 갔어. 그 많은 걸 다 우리가 직접 들고서. 참호 같은 곳은 특히나 마차로 갈 수가 없었거든. 독일군이 마차 소리를 들으면 큰일이니까. 그래서 전부 우리가 이고 지고 해서 가져갔지. 우리가 직접 다⋯⋯"

엘레나 니키포로브나 옙스카야, 사병, 물품보급병

"전쟁이 터졌을 때⋯⋯ 나는 열아홉 살이었어⋯⋯ 블라디미르 주의 무롬*에 살고 있었지. 1941년 10월에 우리 콤소몰 당원들이 전부 건설현장에 동원됐어. '무롬-고리키**—쿨레바키***' 구간의 자동차도로를 건설하는 현장이었어. 노동전선에서 임무를 마치고 돌아오니까 이번에는 최전선에서 우리를 부르더군.

---

* 모스크바에서 동쪽으로 300킬로미터 떨어져 있으며, 러시아에서 가장 오래된 도시들 중 하나이다.

나는 고리키 시 통신학교의 우편근로자 양성 과정에 들어갔어. 과정을 마치고 전방부대인 제60보병 사단으로 발령받았지. 연대 우체국에서 장교로 복무했어. 그래서 최전선 병사들이 편지를 받고 얼마나 기뻐하는지 내 눈으로 직접 볼 수 있었지. 얼마나 좋은지 눈물을 뚝뚝 흘리고, 편지에 입을 쪽쪽 맞추더라고. 하지만 전쟁통에 가족을 잃거나 가족이 독일군 치하에 사는 병사들도 많았거든. 그런 병사들은 편지를 받을 수가 없는 거야. 그래서 우리가 익명으로 편지를 썼지. '안녕하세요, 군인아저씨! 이름 모를 소녀가 당신께 편지를 씁니다. 아저씨는 어떻게 적군과 싸우세요? 언제 적을 물리치고 돌아오시나요?' 밤마다 앉아서 편지를 썼어…… 전쟁 내내 그런 편지를 수백 통도 넘게 쓴 거야……"

마리야 알렉세예브나 렘네바, 소위, 우편병

특별비누 'K'와 영창에 대하여

"5월 1일에 결혼식을 올렸는데…… 6월 22일에 전쟁이 터졌어. 그리고 곧 독일군의 공습이 시작됐지. 그때 나는 고아원에서 일하고 있었어. 스페인에서 키예프로 데려온 스페인 고아들을 위한 고아원에서. 왜, 1937년에…… 스페인 내전이 있었잖아…… 공습이 시작되자 우리는 당황해서 어쩔 줄을 모르는데 스페인 아이들이 마당에 참호를 파지 않

** 현재는 니즈니노브고로드로 불린다. 볼가 강과 오카 강이 합류하는 지점에 있는 러시아 제4의 도시이다. 작가 막심 고리키의 탄생지로서 고리키라고 불렸다.
*** 니즈니노브고로드(고리키)에서 남서쪽으로 188킬로미터 떨어진 무롬 삼림지대에 위치한 도시.

겠어. 공습에 대처하는 법을 그 아이들은 이미 알고 있었던 거지……
아이들을 후방으로 보내고 나는 펜자 주로 갔어. 간호사 양성 과정을 만
드는 게 내 임무였지. 1941년 말에 내가 간호사 시험을 직접 주관해서
치렀어. 의사들이 모두 전선으로 가고 없어서 내가 하게 된 거야. 간호
사 자격증을 교부해주고 나도 전선에서 복무하겠다고 지원했어. 스탈린
그라드 근교의 육군야전병원으로 발령이 났지. 여자병사들 중 내가 나
이가 가장 많았어. 지금도 친하게 지내는 내 친구 소냐 우드루고바는 그
때 열여섯 살로 어린애나 다름없었지. 겨우 9학년을 마치고 전선으로
왔으니까. 사실 간호사 양성 과정을 밟는 여자아이들이 다 그 또래였어.
전선에 온 지 3일 정도 지났을까. 소냐가 숲에 들어가 울고 있는 거야.
다가가서 물었지.

　—소냐, 왜 울고 있어?

　—그것도 몰라? 벌써 3일이나 엄마를 못 봤단 말이야.

　지금은, 내가 그 이야기를 하면 소냐가 웃겨 죽겠다고 해.

　쿠르스크 돌출부에서 병원을 떠나 야전세탁부대의 정치부 부부장으
로 자리를 옮겼어. 세탁부들은 다 비전투병사들이었지. 우리는 이동할
때마다 짐마차에 대야며 빨래통이며 다 싣고 다녔어. 물을 끓여야 하니
까 사모바르*도 챙겼고. 세탁부들인 어린 아가씨들이 빨간 치마, 파란
치마, 거뭇한 치마들을 알록달록 차려입고 마차 위에 앉아서는 '자, 세
탁부대가 나가신다!'며 까르르 웃곤 했지. 그리고 나를 '세탁부장님'이
라고 불렀어. 나중에는 다들 옷차림이 단정해졌지만. 소위 말해서 '새
옷으로 갈아입었지'.

---

* 러시아어로 '자기 스스로 끓는 용기'란 뜻. 러시아에서 물을 끓이는 데 사용하는 전통
주전자.

일은 말도 못하게 힘들었어. 그때 세탁기 같은 게 어디 있나. 다 손으로 빨았지…… 전부 우리들이 직접 빨았어…… 우리가 도착하면 부대에서 농가나 방공호 하나를 내줬거든. 그러면 거기서 옷을 빠는데, 빨래 끝나고 말리기 전에 이를 죽인다고 'K'라는 특별비누를 먹었어. 살충제가 별 효과가 없어서 'K' 비누를 쓴 거야. 아유, 말도 마, 냄새가 얼마나 나던지. 정말 고약했지. 그런데 거기, 그러니까 우리가 빨래는 물론 'K' 비누를 먹인 옷가지도 말리고 하는 그 방에서 잠도 잤다니까, 글쎄. 병사 한 명의 세탁물당 20그램에서 25그램씩 비누가 지급됐는데, 색깔이 새까만 게 꼭 무슨 흙덩이를 받은 것 같았지. 빨래는 힘들지, 빨랫감은 무겁지, 긴장은 되지, 그래서 탈장을 일으키는 아가씨들이 많았어. 'K' 비누 때문에 손에 습진이 생겨 손톱이 빠지기도 하고. 이러다 아예 손톱이 안 나는 거 아닌가 걱정들도 했지. 그래도 하루이틀 정도만 몸을 추스르고 다시 빨래를 해야 했어.

어린 아가씨들은 나를 잘 따랐어……

한번은 전투기 조종사들이 주둔한 곳에 가게 됐어. 부대 전체가 주둔하고 있더라고. 조종사들이 우리를 보아하니 꼴이 말이 아닌 거야. 지저분하지, 옷은 다 해졌지. 그러자 젊은 조종사들이 대놓고 우리를 무시하는 거 있지. '세탁병사들 꼴락서니 하고는……' 우리 어린 아가씨들이 마음에 크게 상처를 받았어.

—부부장님, 저 사람들 좀 보세요……

—괜찮아. 복수하면 돼.

우리는 작전을 세웠어. 저녁에 다들 제일 좋은 옷으로 갈아입고 풀밭으로 나갔지. 우리 중 한 명이 아코디언을 연주하자 조종사들이 나와 춤을 추기 시작했어. 우리는 조종사들이 춤추자고 해도 절대 응하지 말자고 미리 입을 맞춰두었지. 예상대로 젊은 조종사들이 와서 춤추자고 하더군. 하지만 아무도 상대해주지 않았어. 저녁 내내 우리끼리만 춤췄지. 결국은 조종사들이 우리한테 와서 간청하는 거야. '단 한 명의 바보가 그렇게 말했을 뿐인데, 당신들은 우리 모두에게 벌을 주네요.'

원래 비전투병사들은 영창에 못 넣게 돼 있어. 하지만 백 명이나 되는 어린 아가씨들을 무슨 수로 통솔하겠어? 우리 부대 소등 시간은 11시였어. 소등하면 그날은 그걸로 끝이었지. 하지만 여자애들은 여자애들인 거야. 틈만 나면 내뺄 궁리를 했지. 그래서 도망치려는 애들을 붙잡아 영창에 가뒀어. 한번은 옆 부대에서 지휘관 일행이 우리 부대에 시찰을 나왔다가 그 사실을 알게 됐어. 그때 두 명이 영창에 들어가 있었거든.

—이게 어떻게 된 일인가? 비전투병사를 영창에 집어넣어?

지휘관 일행이 나를 추궁했어.

차분하게 대답했지.

—대령 동지, 상부에 보고하십시오. 그게 대령님의 임무니까요. 하지만 저는 기강을 바로 세워야 합니다. 그래서 그 본보기를 보이고 있는 중입니다.

지휘관 일행은 별말 없이 떠났어.

규율은 아주 엄격하게 적용됐어. 한번은 우연히 어떤 대위를 만났어. 숙소를 나서는데, 마침 대위가 옆을 지나가더라고. 그런데 나를 보더니 걸음을 멈추는 거야.

—세상에! 지금 거기서 나오는 거예요? 거기 누가 사는지 알아요?

—알아요.

—여기 정치부 부부장이 살거든요. 그 여자가 그렇게 독할 수가 없다

는데, 알고 있어요?

　　그런 이야기는 처음 듣는다고 대꾸했지.

　　—세상에! 그 여자는 생전 웃는 법도 없고 늘 화만 낸대요.

　　—그 여자랑 인사 나눌래요?

　　—아니요! 싫어요!

　　그래서 내가 바로 그 여자라고 밝혔지.

　　—자, 우리 인사합시다. 내가 그 부부장이오!

　　—아니, 그럴 리가 없어요! 내가 듣기로 그 여자는……

　　나는 우리 부대원들을 많이 아꼈어. 발랴라는 정말 예쁜 아이가 있었어. 한번은 사령부에 일이 있어서 한 10일 정도 자리를 비웠다가 돌아왔더니 그동안 발랴가 매일 지각하고 어떤 대위랑 그렇고 그런 사이가 됐다는 거야. '이미 일어난 일을 어쩌겠어. 다 지난 일인걸'이라 생각하고 그냥 덮었어. 두 달이 지났을까. 발랴가 임신했다는 사실을 알게 됐지. 발랴를 불렀어. '발랴, 어쩌다 이 지경까지 됐어? 이제 어디로 가려고? 네 새엄마도(발랴는 친어머니가 안 계셨어) 참호에 사신다면서.' 발랴가 울면서 그러는 거야. '다 부부장님 때문이에요. 부부장님이 떠나지 않으셨으면 아무 일도 안 일어났을 거예요.' 그 아이들은 나를 엄마처럼, 친언니처럼 따랐어.

　　날은 점점 추워지는데 발랴가 입은 외투가 아주 얇더라고. 그래서 내 외투를 벗어주었지. 그렇게 나의 발랴는 떠났어……

　　1945년 3월 8일. 우리는 여성의 날을 자축하기로 했어. 차를 준비했지. 아주 어렵게 사탕도 구했어. 그런데 우리 아이들이 밖에 나갔다가 갑자기 숲에서 걸어나오는 독일 병사 둘을 본 거야. 기관단총을 질질 끌고 오는 독일 병사들을…… 부상병들이었어…… 우리 아이들이 그 둘

314

을 빙 둘러쌌어. 당연히, 정치부 부부장으로서 내가 상부에 보고서를 올렸지. 오늘, 3월 8일, 세탁부대 병사들이 독일군 두 명을 생포했노라고.

다음날 부대에서 지휘관 회의가 있었어. 정치부 부장이 안건에 들어가기 전에 공표했어.

—자, 동지들, 기쁜 소식이 있소. 곧 전쟁이 끝날 것 같소. 그리고 어제 21야전세탁부대 병사들이 독일군 두 명을 포로로 붙잡았소.

모두 박수를 쳤지.

그리고 전쟁이 한창일 때는 우리에게 포상 한번 안 주더니 전쟁이 끝날 때가 되어서야, 그것도 두 사람을 선정해 포상을 주겠다는 거야. 머리끝까지 화가 치밀더라고. 그래서 한마디하겠다고 나서서 항변했지. '나는 세탁부대의 정치부 부부장이다. 세탁일이 얼마나 고된 노동인지 아느냐. 많은 대원들이 탈장을 일으키고 손톱이 빠질 정도다. 그뿐만이 아니다. 대원들이 아직 어린 아가씨들인데 기계보다 일을 더 많이 한다. 트랙터처럼 일한다.' 그제야 알겠다는 듯 다시 제안하더군. '내일까지 명단을 제출할 수 있겠소? 더 많은 병사들에게 포상하겠소.' 그래서 부대장과 함께 밤새 명단을 작성했어. 많은 대원들에게 '용맹한 병사' 메달과 '전투공훈' 메달이 수여됐지. 그리고 특별히 한 명은 '붉은 별' 훈장을 받았고. 우리 부대에서 가장 훌륭한 세탁병사였어. 빨래통 곁을 떠나지 않았지. 다른 사람들 다 지쳐 쓰러질 때도 빨래를 손에서 놓는 법이 없었으니까. 전쟁통에 가족을 모두 잃고 혼자 남은 나이 지긋한 여자였어.

대원들과 헤어질 때 뭐라도 선물을 하고 싶은 거야. 대원들이 모두 벨라루스, 우크라이나 출신인데, 알다시피 벨라루스나 우크라이나나 전쟁으로 다 부서지고 폐허가 되다시피 했잖아. 그런 곳에 어떻게 빈손으로 돌려보내? 마침 우리는 독일의 어느 마을에 머물고 있었어. 양복점이 하나 있더라고. 가봤지. 너무나 감사하게도 재봉틀이 다 멀쩡한 거야. 그래서 우리 부대원들 모두, 각자 하나씩 선물을 들려서 고향으로 보낼 수 있었어. 아, 얼마나 기쁘고 행복하던지. 그게 내가 우리 어린 아가씨들에게 해줄 수 있는 전부였어.

모두 집을 그리워하면서도 돌아가기를 두려워했어. 무슨 일이 기다리고 있을지 몰랐으니까……"

발렌티나 쿠지미니치나 브라트치코바-보르솁스카야, 중위, 야전세탁부대 정치부 부부장

"우리 아버지는…… 사랑하는 우리 아버지는 공산주의자였어. 숭고한 삶을 사셨지. 나는 살면서 우리 아버지보다 더 훌륭한 사람은 아직까지 만나보지 못했어. 아버지는 늘 이렇게 말씀하셨어. '글쎄, 소비에트 정권이 없었다면 이 아빠는 어떻게 됐을까. 아마 가난뱅이로 살았겠지. 부유한 지주 밑에서 노예처럼 살았을 거야. 소비에트 정권은 아빠한테 모든 걸 주었단다. 공부도 하게 해주고. 그래서 아빠가 이렇게 엔지니어가 되어 다리도 건설하는 거잖니. 아빠는 조국에 정말 많은 빚을 졌어.'

나는 소비에트 정권을 사랑했어. 스탈린도 사랑했고. 보로실로프도. 우리나라의 모든 지도자들을 좋아했지. 우리 아버지가 그렇게 가르치셨으니까.

전쟁은 계속됐고 나는 무럭무럭 자랐어. 아버지와 나는 저녁마다 노래를 불렀지. 〈인터내셔널〉가*와 〈신성한 전쟁을 위하여〉**. 아버지가 아

---

* 1871년에 작곡된 만국 노동자의 노래.
** 대조국전쟁 동안 러시아에서 널리 불린 애국 노래. 조국을 지키겠다는 의지가 담겼다.

코디언으로 반주를 하셨어. 내가 열여덟 살이 되자 아버지는 나를 군정치위원회로 데려가셨지……

나는 군대에서 다리를 건설하고 지키는 일을 하게 됐다고 집으로 편지를 썼어. 온 가족이 어찌나 기뻐하던지! 아버지 때문에 우리 가족 모두 다리를 좋아하게 됐거든. 나도 어려서부터 다리를 좋아했어. 폭격을 맞았는지 폭파를 당했는지 산산이 부서진 다리를 보면 내 마음도 찢어지게 아팠어. 나한테 다리는 그저 임무의 대상이 아니라 살아 있는 생명체나 다름없었으니까. 부서진 다리를 보면 눈물부터 나는 거야…… 부대를 따라 이동해 다니면서 크고 작은 수백 개의 부서진 다리들을 보았어. 전쟁이 나면 맨 먼저 다리부터 파괴시키거든. 다리가 공격 목표 제1호인 셈이지. 폐허 더미 옆을 지날 때마다 생각했어. '저 다리들을 복구하려면 도대체 몇 년이 걸릴까?' 전쟁은 시간을 빼앗아가. 우리들의 소중한 시간을. 나는 아버지가 다리 하나를 건설할 때마다 몇 년씩 공들인다는 걸 잘 알고 있었어. 아버지는 밤마다 다리 설계도를 펼쳐놓고 고심하셨어. 휴일도 없었지. 전쟁을 치르면서 나는 무엇보다 시간이 가장 아까웠어. 아버지가 쏟아부은 그 시간들이……

아버지는 진즉 돌아가셨지만 나는 여전히 아버지를 사랑해. 나는 우리 아버지 같은 사람들을 두고 스탈린을 믿은 어리석은 사람들이니 눈이 먼 사람들이니 하는 말 따위는 믿지 않아. 그들은 오히려 스탈린을 두려워했어. 레닌의 사상을 믿었지. 스탈린을 믿은 게 아니야. 다들 그랬어. 진심으로 하는 말인데, 그들은 선량하고 정직한 사람들이었어. 스탈린이나 레닌을 믿은 게 아니라 공산주의 사상을 믿었지. 나중에 사람들이 이름 붙인 것처럼 인간의 얼굴을 한 사회주의를 믿은 거야. 모든 사람들을 위한 행복. 한 사람 한 사람을 위한 행복. 바로 그걸 믿었어.

그들이 꿈꾸는 자들이고 이상주의자들이었다는 말에는 전적으로 동의해. 하지만 눈먼 자들이었다는 의견엔 절대로 동의할 수 없어. 절대로! 전쟁 중반에 우리 군대에도 훌륭한 탱크와 전투기, 좋은 무기가 생겼지만 신념이 없었다면 히틀러의 군대처럼 그렇게 강력하고 군기가 센, 유럽 전체를 호령한 그런 무서운 적을 물리치지 못했을 거야. 그들의 허리를 꺾어버리는 일은 결코 없었을걸. 우리의 가장 강력한 무기는 공포가 아니라 신념이었다고, 공산당원의 명예를 걸고 당신한테 말할 수 있어. 나는 전쟁중에 공산당에 가입했어. 그리고 지금까지도 공산주의자야. 나는 내 당원증이 부끄럽지 않아. 포기하지도 않을 거고. 내 믿음은 1941년부터 지금까지 단 한 번도 흔들린 적이 없어……"

타마라 루키야노브나 토로프, 사병, 건설기술병

"우리 군이 보로네시에서 독일군을 막아세웠어…… 독일군은 오래전부터 보로네시를 손에 넣으려 했지만 뜻대로 되지 않았지. 연일 폭탄이 쏟아지고 독일 전투기들이 모스콥카 마을 위를 어지럽게 날아다녔어. 그때까지 나는 독일군 전투기만 봤지, 정작 독일군은 못 봤거든. 하지만 곧바로 진짜 전쟁이 뭔지 알게 됐지……

적이 보로네시 바로 옆까지 치고 들어와 맹폭격을 가했다는 소식이 우리 병원에 전해졌어. 그래서 우리 병원에서 폭격당한 곳을 찾아갔지. 갔는데, 세상에…… 뭘 본 줄 알아? 잘게 다져진 살점들…… 지금도 입이 안 떨어져…… 아이고, 세상에! 선임의사가 얼른 정신 차리고 소리쳤어. '들것 가져와!' 그때 나는 이제 막 열여섯이 된 참이었고 일행 중 가장 어렸어. 혹시 내가 기절할까봐 다들 나를 걱정스럽게 바라봤지. 우리는 기차선로를 따라 걸으며 기차칸마다 일일이 뒤지고 다녔어. 하지만 들것에 실어나를 부상자는 없었어. 기차는 홀랑 타버렸고 그 어디서도 작은 신음 소리 하나 비명소리 하나 새어나오지 않았으니까. 살아 있는 사람은 단 한 명도 없었어. 나는 심장을 움켜쥐었어. 너무 무서워서 자꾸 눈이 감겼어. 병원으로 돌아오자 다들 아무데나 쓰러져서 누구는 책상에 머리를 처박고 누구는 의자 위에 앉은 채 그대로 잠이 들었지.

나는 당직근무까지 마저 마치고 눈물범벅이 돼서 집으로 갔어. 집에 도착하자마자 침대로 가 누웠지. 눈을 감기만 하면 낮에 본 광경이 모두 다시 떠오르는 거야…… 엄마가 일터에서 돌아오시고 뒤이어 미챠 외삼촌도 오셨어. 엄마가 삼촌한테 이야기하는 소리가 들렸지.

—앞으로 레나가 어떻게 될지 걱정이구나. 병원에 다닌 뒤로 애얼굴이 말이 아니지 뭐니. 가서 한번 봐봐. 레나 얼굴이 아니라니까. 아무하고도 말도 안 하고 잠들면 악몽을 꾸는지 비명을 질러. 그 미소, 그 웃음소리는 대체 다 어디로 가버린 걸까? 너도 알잖아. 레나가 얼마나 활달한 아이인지. 그런데 지금은 농담이고 뭐고 전혀 안 한다니까.

엄마 얘기를 듣는데 눈에서 눈물이 줄줄 흐르는 거야.

……1943년에 보로네시가 해방되자 나는 군수비대로 찾아갔어. 여자들만 한 무리 와 있더군. 다들 나이가 열일곱에서 스무 살 정도 되는 어리고 예쁜 아가씨들이었어. 나는 그때처럼 그렇게 예쁜 여자애들이 많이 모여 있는 걸 본 적이 없어. 얼른 보니까 마루샤 프로호로바가 있더라고. 마루샤는 타냐 표도로바와 친했어. 둘이 같은 마을에 살았거든. 타냐는 진중한 아이였어. 깨끗하고 질서정연한 것을 좋아했지. 반면에 마루샤는 노래하고 춤추는 걸 좋아했어. 익살맞은 차스투시카를 즐겨 불렀지. 하지만 무엇보다 화장하는 걸 좋아해서 몇 시간이고 거울 앞에

앉아 있곤 했어. 그래서 타냐가 마루샤에게 종종 잔소리를 했지. '멋만 내지 말고 교복도 다리고 네 침대도 깨끗이 정리하면 좋잖아.' 또 파샤 리타브리나도 와 있었어. 파샤는 아주 용감하고 대범한 아이였지. 슈라 바티셰바와 친했어. 슈라는 수줍음이 많고 얌전했어. 우리 중에서 가장 차분했지. 그리고 류샤 리하체바는 머리를 곱슬곱슬 말고 다니는 걸 좋아했어. 머리를 말고 나면 곧장 기타를 집어들었지. 류샤는 기타와 함께 잠들고 기타와 함께 일어나는 아이였어. 우리들 중 나이가 가장 많은 사람은 폴리나 네베로바였는데, 남편이 전선에 나가 전사하는 바람에 늘 슬픔에 잠겨 지냈지. 우리는 모두 군복을 입고 다녔어. 엄마가 처음으로 군복 입은 내 모습을 보고는 하얗게 질렸어.

— 군대에 가기로 한 거니?

나는 엄마를 안심시켰어.

— 아니에요, 엄마. 다리를 지키는 일이라고 말했잖아요.

엄마가 우는 거야.

— 전쟁은 곧 끝날 거야. 그러면 당장 그 외투는 벗어버려.

나도 그런 줄만 알았지.

전쟁이 끝났다는 소식이 전해지고 나서 이틀 후에 수비대원들이 모였어. 수비대장 나우모프가 앞으로 나왔어.

— 친애하는 우리 전사들! 전쟁은 끝났다. 하지만 어제 서부도로*에 군수비대 병력이 필요하다는 명령이 내려왔다.

홀에 있던 누군가 소리쳤어.

— 하지만 그곳엔 반데라**의 군대가 있잖아요!……

---

* 우크라이나로 통하는 도로.

나우모프는 잠시 아무 말도 하지 않다가 다시 말을 이었어.

—그렇다, 제군들. 그곳엔 반데라의 군대가 있다. 그들은 우리 붉은 군대와 전쟁중이다. 하지만 명령은 명령이고 우리는 명령에 따라야 한다. 그곳에 가기를 원하는 사람은 지휘관에게 신청서를 제출하도록 한다. 지원병들만 가게 될 거다.

우리는 병영으로 돌아와 각자 침대에 누웠어. 고요한 정적만 감돌았지. 정든 고향을 떠나 멀리 가고 싶은 사람은 아무도 없었어. 더구나 전쟁도 끝났는데 누가 죽고 싶겠어. 다음날 우리는 다시 모였어. 나는 의장석 테이블로 가서 앉았어. 테이블은 빨간 식탁보로 덮여 있었어. '이 자리에 앉는 것도 이게 마지막이겠구나' 싶었지.

수비대장이 입을 열었어.

—바비나, 나는 제군이 맨 먼저 지원할 줄 알았다. 그리고 소녀병사들, 그대들은 모두 훌륭하고 용감하다. 전쟁은 끝났고 모두 집으로 돌아갈 수 있는데 다시 조국을 수호하러 떠나니 말이다.

우리는 이틀 후에 출발했어. 화물열차를 타고서. 열차 바닥에 건초를 깔아놓아선지 풀냄새가 폴폴 났지.

스트리***라는 도시가 있는지는 그때 처음 알았어. 우리가 임무를 수행할 곳이었지. 그런데 도시가 작고 음산한 게 영 마음에 안 들더라고. 매일 누군가의 장례식을 알리는 음악 소리가 났지. 하루는 경찰관, 하루는 공산주의자, 또 하루는 콤소몰 당원, 이렇게 매일같이 장례식이 있었어.

** 스테판 반데라(1909~1959). 우크라이나 민족주의자 조직의 우두머리로 처음에는 우크라이나의 '민족해방'을 위해 소련에 저항해 싸웠으나 나중에는 나치 독일에 적극 협력하면서 홀로코스트 등의 반인륜적 범죄에 가담했다.
*** 우크라이나 리보프 주에 있는 도시.

우리는 다시 죽음을 봐야 했어. 나는 갈랴 코로브키나와 친하게 지냈어. 갈랴는 그곳에서 목숨을 잃었지. 그리고 친한 친구가 한 명 더 있었는 데…… 그 아이마저 밤에 살해당했고, 나는 그곳에서 웃음을 잃어버렸 어. 다시는 우스갯소리를 하며 웃을 수 없게 됐지……

    엘레나 이바노브나 바비나, 군수비대원

녹아버린 베어링과 러시아 욕에 대하여

"나는 우리 아버지를 빼닮았어…… 누가 봐도 아버지 딸이지…… 우리 아버지 미론 렌코프는 배운 거 하나 없는 무지렁이 청년으로 시작 해서 내전 때 소대장까지 지내신 분이야. 진정한 공산주의자셨지. 아버 지가 돌아가시고 엄마와 나만 레닌그라드에 남게 됐어. 레닌그라드는 나에게 최고로 좋은 것들을 선사해준 고마운 도시지. 나는 책이라면 사 족을 못 썼어. 리디야 차르스카야*의 소설들을 읽으며 흐느껴 울고, 투 르게네프에 푹 빠져 지내곤 했지. 시도 좋아했고……

    1941년 여름에…… 그때가 6월 말인데 돈**에 계시는 할머니를 보러 갔어. 그러다 그만 길에서 전쟁을 만난 거야. 초원 위를 보니까 벌써 전 령들이 군정치위원회의 소환장을 가지고 바람처럼 뛰어다니더라고. 카 자크 여인들은 남자들을 전쟁터로 떠나보내며 노래하고 술을 마시고

---

* 리디야 알렉세예브나 차르스카야(1875~1937). 러시아의 여성 아동문학작가이자 배우.
** 러시아 남서부를 흐르는 강으로 노벨문학상을 수상한 작가 미하일 숄로호프의 소설 『고요한 돈 강』으로 잘 알려져 있다. 모스크바 남방의 러시아 중부 고지에서 시작하여 남 쪽의 아조프 해로 흘러들어간다.

목놓아 울었어. 나도 당장 보콥스카야*의 군정치위원회로 달려갔지. 아주 간단명료하게 답해주더군.

—아이들은 전선으로 보내지 않는다. 콤소몰 당원이라고? 그거 잘됐구나. 콜호스 일을 도와라.

우리는 낟가리가 썩지 않도록 삽으로 잘 흩어줬어. 그다음엔 채소도 거둬들였지. 손바닥에 굳은살이 박이고 입술은 갈라 터지고 얼굴은 까맣게 그을렸어. 글쎄, 그 마을 여자애들과 다른 점이라면 내가 수많은 시를 안다는 것, 그리고 그 시들을 다 외워서 낭송할 수 있다는 것 정도였을 거야. 들에서 집까지 참 멀었어. 나는 그 먼 길을 시를 외우며 걷곤 했지.

전운은 점점 짙어졌어. 10월 17일에 타간로그**가 파시스트들의 수중에 들어갔어. 사람들이 피란길에 올랐지. 할머니는 고향에 남기로 하고 '젊은 너희들은 목숨을 건져야 한다'며 동생과 나만 피란길로 떠미셨어. 우리는 오블립스카야까지 닷새 밤낮을 걸었어. 신고 갔던 샌들은 이미 너덜너덜해져서 더이상 신을 수가 없었지. 그래서 마을에 들어설 때는 맨발이었어. 역장이 역에 모인 사람들에게 미리 경고했어. '객차에 탈 생각은 포기하시오. 승강대에 앉아야 할 거요. 지금 기관차를 내주겠소. 여러분을 스탈린그라드까지 데려다줄 거요.' 우리는 운좋게도 귀리를 실은 승강대에 자리잡았어. 귀리 더미에 맨발을 쑤셔넣고 수건으로 몸을 감쌌지…… 그리고 서로 꼭 달라붙어 잠깐씩 눈을 붙였어…… 빵을 준비해 갔는데 금세 떨어져버린 거야. 꿀도 떨어지고. 마지막 며칠은 카자크 아줌마들이 먹을 걸 나눠줘서 그걸로 버텼어. 처음에 우리는 괜찮

---

* 러시아 남서부 로스토프 주에 있는 카자크 마을.
** 러시아 로스토프 주에 있는 도시. 아조프 해의 타간로그 만 북안에 면하는 항만도시이다.

다며 사양했어. 값을 치를 만한 게 아무것도 없었거든. 그런데 그 아줌마들이 '괜찮아. 먹어도 돼. 지금은 다들 어려울 때니까 서로 도와야지'라며 우리를 설득했어. 나는 그때 받은 그 고맙고도 따뜻한 친절을 평생 잊지 않겠노라고 마음속으로 다짐했어. 평생 간직하겠노라고! 무슨 일이 있어도! 그리고 정말 평생 잊지 않고 살아왔지.

스탈린그라드에서 증기선으로, 그리고 다시 기차로 메드베디츠코예 역까지 갔어. 도착하니까 새벽 2시더라고. 사람들이 한꺼번에 쏟아져나오는 통에 우리는 단번에 플랫폼까지 떠밀렸어. 우린 온몸이 꽁꽁 얼어서 완전히 고드름이 돼 있었어. 한 발자국 떼놓기도 힘들 만큼. 그래서 서로 꼭 붙잡고 서서 넘어지지 않으려고 안간힘을 썼지. 넘어지면 그대로 산산조각 날 것 같아서. 언젠가 봤던, 개구리가 액화 산소에 담겨 있다가 바닥에 내동댕이쳐지는 순간 산산조각 났던 것처럼 말이지. 천만다행히도 거기까지 같이 간 일행 중에 우리를 기억하고 챙겨준 사람이 있었어. 승객을 가득 채운 사륜마차가 도착하자 사람들이 우리를 마차 뒤에 잡아맸어. 그러고는 우리에게 솜옷을 입혀주며 그랬지. '부지런히 걸어야 한다. 안 그러면 얼어 죽어. 몸이 따뜻해지게 만들어야 해. 그러니까 마차에 타지 말고 걸으렴.' 처음에는 자꾸 넘어졌어. 그래도 기를 쓰고 걸었어. 나중에는 뛰기까지 했고. 그렇게 16킬로미터를 간 거야……

우리는 프랭크 마을 콜호스 '5월 1일'에 도착했어. 콜호스 의장은 내가 레닌그라드 출신이며 9학년까지 마쳤다는 사실을 알고는 반색했어.

—잘됐다. 여기서 나를 좀 도와야겠다. 회계 일을 맡아줬으면 좋겠구나.

그 말을 듣는데 '괜찮겠다' 싶더라고. 하지만 곧 의장의 등뒤로 '아가씨들이여, 운전대로!'라고 쓰인 현수막을 본 거야.

　　—사무실에 앉아서 하는 일은 싫어요.

　　의장에게 말했어.

　　—가르쳐주시기만 하면 저도 트랙터를 운전할 수 있어요.

　　트랙터들은 눈을 잔뜩 뒤집어쓴 채 멈춰 있었어. 우리는 눈을 모두 치우고 트랙터의 부품들을 하나하나 해체하기 시작했어. 뭐, 쇠붙이에 손도 다치고 살점도 떨어져나가고 그랬지. 볼트들을 풀려는데, 죄 녹이 슨데다 어찌나 단단히 죄어져 있던지 꼭 용접돼 있는 것 같더라고. 아무리 시계 반대 방향으로 돌려봐도 이것들이 꼼짝을 않네. 그래서 이번에는 반대 방향으로 비틀어 빼려고 낑낑댔지. 그런데 공교롭게도…… 바로 그 순간…… 땅 밑에서 솟은 것처럼 갑자기 작업반장 이반 이바노비치 니키틴이 쓱 나타났지 뭐야. 작업반장은 콜호스의 유일한 진짜 트랙터 기사이자 우리의 훈련선생님이기도 했어. 글쎄, 우리를 보더니 울화통이 터지는지 자기 머리를 감싸쥐고는 '야, 이것들아! 이런 우라질……' 그렇게 욕을 하더라고. 욕이 꼭 무슨 신음 소리 같았어. 결국 한번은 그 놈의 욕 때문에 한바탕 눈물바람을 했지……

　　나는 트랙터를 후진시켜 들로 나갔어. 변속기 톱니바퀴의 이가 대부분 나가 있었거든. 간단하게 계산이 서더라고. 혹시 다른 트랙터들이 20킬로미터 운행에 나섰다가 작동을 멈추는 일이 생기면 그때 그 트랙터의 변속기를 떼어내 내 트랙터로 옮기면 되겠다 싶었지. 그런데 정말 그런 일이 생겼지 뭐야. 나처럼 완전히 초보 트랙터 기사인 사로치카 고젠부크가 냉각장치에서 물이 새는 줄도 모르고 트랙터를 몰았다가 모터가 그만 고장이 난 거야. 다시 욕이 한 바가지 쏟아졌지. '야, 이년아! 이런 우라질……'

전쟁 전까지 자전거도 탈 줄 몰랐던 내가 트랙터를 몰게 될 줄이야. 우리는 규칙에는 어긋나지만 불을 피워서 그 불로 한참 동안 모터를 가열하기도 했어. 베어링을 어느 정도나 조여야 적당한 건지도 곧 감을 잡았지. 트랙터 시동 거는 방법도 터득했고. 그게, 한 바퀴를 다 돌리면 되돌리기가 영 고약하고 그렇다고 반만 돌려서는 시동이 안 걸리더라고…… 윤활유와 연료는 반드시 전시체제의 기준에 맞게 사용해야 했어. 한 방울이라도 잘못 썼다가는 목숨이 날아갈 수도 있었지. 베어링을 녹여먹어도 마찬가지였고. '야, 이것들아! 이런 우라질……' 연료 한 방울을 쓸 때마다 욕이 날아왔어……

바로 그날…… 들로 나가기 전에 엔진오일을 점검하려고 크랭크실의 밸브를 열었어. 보니까 유장乳漿* 같은 게 흘러나오는 거야. 그래서 새 윤활유가 필요하다고 작업반장을 소리쳐 불렀지. 작업반장이 기름 한 방울을 손바닥에 묻혀 문지르더니 무슨 까닭인지 냄새를 맡아보더라고. 그러고는 '걱정 마! 아직 하루는 더 쓸 수 있겠어!'라는 거야. 내가 이의를 제기했지. '안 돼요. 반장님이 반장님 입으로 그러셨잖아요……' 그러자 갑자기 작업반장이 180도 돌변해서는 소리소리를 질렀어. '내가 내 발등을 찍었지. 이것들은 도저히 방법이 없어. 아무짝에도 소용없는 도시것들! 책만 많이 읽어가지고. 야, 이것들아! 이런 우라질…… 가라면 가는 거지, 뭔 말이 많아……' 할 수 없이 출발했어. 아휴, 말도 마. 날은 덥지, 트랙터는 뻑뻑 연기를 내뿜지. 하지만 그건 아무것도 아니었어. 베어링은? 자꾸 똑똑 소리가 나는 것 같더라고. 트랙터를 멈추면 또 괜찮은 것도 같고. 속도를 올려봤지. 그러자 다시 똑똑똑! 그리고 갑자

---

* 우유가 엉겨서 응고된 뒤 남은 액체.

기 바로 운전석 밑에서도 뚝, 뚝, 뚝! 엔진을 끄고 당장 관찰구로 달려가 안을 들여다봤어. 세상에나 베어링 연결봉이 두 개나 완전히 녹아버린 거야! 땅바닥에 털썩 주저앉아 바퀴를 끌어안고 엉엉 울었어. 전쟁 나고 두번째로 우는 거였지. 다 내 잘못이었어. 기름이 어떤 상태인지 뻔히 봤으면서! 작업반장의 욕설에 겁을 먹어서는. 나도 작업반장하고 똑같이 강경하게 나갔어야 했는데. 그렇게 하지 못했으니 누구 말마따나 나는 썩어빠진 인텔리가 맞았어.

무슨 소리가 나는 거 같아서 뒤를 돌아보았어. 아이고, 세상에! 콜호스 의장과 트랙터 배급소 소장, 그리고 정치부 부장이 와 있는 거야. 당연히 우리 작업반장도 함께 있었지. 모든 게 다 그 작자 때문인데!

작업반장은 얼어붙은 듯 꼼짝도 못하고 서 있었어. 어찌된 상황인지 감지한 거지. 아무 말도 못하더라고. 야, 이놈아! 이런 우라질……

트랙터 배급소 소장도 금방 상황을 알아차렸지.

—몇 개지?

—두 개요.

내가 대답했어.

전시체제의 법에 따르면 그건 당연히 군법재판 감이었어. 죄목은 직무 태만과 해독 행위.

정치부 부장이 작업반장 쪽을 돌아보며 말했어.

—자네가 데리고 있는 아이들인데 지켜줘야 하지 않겠나? 이렇게 어린아이를 내가 어떻게 군법재판에 넘기겠나!

그 일은 그렇게 별 탈 없이 지나갔지. 경고만 받는데 그쳤지. 작업반 장은 더이상 내 앞에서 욕을 하지 않았어. 하지만 이젠 내가 욕을 배워 버린 거야…… 야, 이놈아! 이런 우라질…… 그런 말이 내 입에서 예사로 튀어나왔지……

그리고 나중에 우리에게도 행복이 찾아왔어. 엄마가 왔거든. 엄마가 오면서 우리 가족은 다시 함께 살게 됐어. 그런데 엄마가 갑자기 그러는 거야.

—엄마는 네가 다시 학교에 다니면 좋겠는데.

나는 무슨 말인지 얼른 알아듣지 못했어.

—무슨 학교?

—공부는 누가 대신해주는 것도 아니고, 10학년은 마쳐야 하지 않겠니?

그 모든 일을 겪고서 다시 학교에 다닌다는 게 영 이상하고 어색하더라고. 숙제를 하고 글짓기를 하고, 파시스트들을 쳐부수는 대신 독일어 동사들을 달달 외운다는 게. 더구나 독일군이 볼가까지 치고 들어온 마당에 말이야.

하지만 그리 오래 기다리지 않아도 됐어. 네 달 후에 열일곱 살이 됐으니까. 열여덟도 아니고 비록 열일곱이었지만 그래도 좋았어. 이제 아무도 나를 집으로 가라 마라 하지 못하게 됐잖아? 누구도! 구역위원회에서는 모든 게 순조로웠지만 군정치위원회에서는 꽤 실랑이를 벌여야 했어. 나이도 나이였지만 내 시력이 문제가 됐거든. 하지만 결국은 나이 때문에 시력 문제를 해결하게 됐지…… 나이를 문제삼자, 나는 군정치위원회 위원장을 관료주의자라고 비난하고는…… 단식투쟁을 선언했어…… 위원장 옆에 자리잡고 앉아 이틀 동안 꼼짝도 안 했지. 위원장이 빵과 음료를 가져왔지만 다 거부했어. 굶어 죽어버리겠다고. 하지만 죽더라도 내 죽음이 누구 때문인지 낱낱이 밝히는 유서를 써놓고 죽을 거라고 으름장을 놓았지. 위원장이 겁을 먹거나 내 말을 믿었을 리 없지만, 어쨌든 나를 의료위원회로 보내주더군. 의료위원회라고 해봐야 같은 방의 바로 옆 칸이었어. 의사가 내 시력을 테스트하더니 어깨를 으쓱하더라고. 위원장이 나보고 공연히 굶었다며 껄껄 웃었지. 나를 안쓰러워하면서. 하지만 나는 굶어서 눈이 안 보이는 거라고 우겼어. 그러고는 창가 쪽, 그러니까 시력검사표가 있는 쪽으로 다가가 앙하고 울음을 터뜨렸어. 계속 울었어…… 그렇게 한참을 울었지…… 그러면서 시력검사표의 아래 칸 숫자들을 다 외워버렸어. 눈물을 닦고는 다시 한번 테스트를 받겠다고 말했지. 그래서 결국은 통과가 됐어.

1942년 11월 10일에 우리(스물다섯 명 정도의 어린 아가씨들)는 명령대로 각자 열흘 치 식량을 준비해서 낡은 화물트럭에 올랐어. 그리고 씩씩하게 〈명령은 떨어졌다〉라는 노래를 부르기 시작했지. '내전의 승리를 위해서' 부분을 '조국을 수호하기 위해서'로 가사만 바꿔가면서. 우리는 카미신*에서 군인서약을 하고 볼가 강 왼쪽 강변을 따라 카푸스틴 야르**까지 도보로 행군해 갔어. 그곳에 예비군 연대가 주둔해 있었거든. 우리도 그곳에 모인 수천 명의 남자들 틈에 섞여들었지. 여러 부대에서 온 '구매자들'이 보충 병력을 차출해 갔어. 하지만 우리한테는 아무도 눈길을 안 주는 거야. 우리 옆에만 오면 지나쳐 가기 바쁜 거야……

그곳까지 가는 동안 안누시카 라크센코, 아샤 바시나라는 두 아이와 친해졌어. 둘 다 특별히 잘하는 게 없었고, 나 역시 내 전공이 전쟁에 필요한 일이라고는 생각하지 않았지. 그래서 우리는 언제나 셋이서 함께, 누구를 부르든지 일단 앞으로 세 걸음 나서고 봤어. 비록 우리가 잘하는

---

* 러시아 볼고그라드 주 중앙부에 위치한 도시.
** 러시아 아스트라한 주 북서쪽에 위치한 로켓포 사격장.

건 없지만 전장에 나가서 무엇이든 빨리 배우면 될 거라고 생각했거든.
그런데 아무도 우리를 데려가지를 않으니 이를 어째.

그래서 '운전수, 트랙터 기사, 기계기술자는 앞으로 세 걸음!'이라는
지시가 떨어졌을 때는 나도 가만있지 않았어. '구매자'인 젊은 대위가
지나가기에 세 걸음이 아니라 다섯 걸음을 앞으로 나갔지. 아니나 달라,
대위가 멈춰 서더라고.

—왜 남자만 뽑아가나요? 나도 트랙터 기사인데요!

대위가 깜짝 놀라는 거야.

—말도 안 돼. 그럼, 트랙터 작동 순서는?

—1, 3, 4, 2.

—베어링을 녹여먹은 적은 없나?

나는 베어링 연결봉을 두 개나 완전히 녹여버린 적이 있다고 솔직하
게 말했어.

—좋아, 데려가지. 솔직해서 마음에 들었어.

대위는 고개를 살짝 끄덕이고 멀어졌어.

내 친구들이 나를 따라나섰어. 내 옆에 딱 붙어 섰지. 대위는 애써 난
처한 기색을 감췄어. 야, 이것들아! 이런 우라질……

부대장이 보충병들과 인사를 나누다가 대위에게 물었어.

—이 어린 아가씨들은 왜 데려온 건가?

대위가 당황해하면서 우리가 불쌍해서 데려왔다고 대답했어. 어디로
든지 차출돼 갈 텐데, 그러면 메추라기처럼 죽임을 당할 것 같아서 그랬
다는 거야.

부대장이 한숨을 내쉬었지.

—좋아. 한 명은 주방으로, 다른 한 명은 창고로 보낸다. 그리고 글을

제일 많이 아는 사람은 사령부 기록병으로 보낸다.

그리고 잠시 말이 없다가 덧붙였어.

—안됐군. 다들 예쁘게 생겼는데.

제일 '글을 많이 아는 사람'은 나였어. 하지만 기록병이라니! 그리고 그 와중에 우리가 예쁘든 말든 그게 무슨 상관이야? 순간 군기도 잊은 채 내가 발끈해서 쏘아붙였지.

—우리는 의용군이에요! 조국을 지키기 위해 왔다고요. 우리는 전투부대 말고는 안 갈 겁니다……

어쩐 일인지 대령이 순순히 내 말을 받아들였어.

—전투부대로 가고 싶다면 전투부대로 가야지. 두 명은 이동정비차량의 공작기계 작업대로 보내고, 여기 이 말 많은 아가씨는 엔진조립 작업대로 보내도록.

그렇게 우리는 44야전기갑정비부대에서 근무를 시작했어. 우리 부대는 차량으로 이동하는 이동공장이었어. 그런 우리를 병사들은 이동정비차량이라고 불렀지. 차 안에 공작기계들을 고루 싣고 다녔어. 프레스선반, 천공장치, 연마장치, 선반, 발전기, 충전기, 고무경화장치…… 일은 두 사람씩 짝을 이뤄서 했어. 한 사람당 열두 시간씩 작업했지. 단 일 분도 쉴 틈이 없었어. 하루 세 끼 식사도 작업파트너끼리 교대로 가서 해결했고. 만약 둘 중 한 사람이 다른 임무로 자리를 비우면 남은 한 사람이 파트너 몫까지 스물네 시간을 채워야 했어. 우리는 눈 속이든 진흙탕 속이든 마다하지 않았어. 폭격이 쏟아져도 일을 멈추는 법이 없었지. 이제 아무도 우리보고 예쁘니 어쩌니 하지 않았어. 전쟁터에서 예쁜 애들은 더 동정을 받았지. 훨씬 더 많이. 사실이야. 예쁘고 어린 아가씨들을 땅에 묻는 건 정말 가슴 아픈 일이었으니까…… 그 엄마들에게 사망통지서를 보내는 일도 못할 짓이었고…… 이런 우라질……

　나는 지금도 그때 꿈을 자주 꿔…… 꿈을 꾼다는 것만 알지, 꿈 내용은 잘 기억이 나질 않아. 그래도 내가 꿈속에서 그곳 어딘가에 있었고…… 그곳을 떠나왔다는 것, 그 정도는 어렴풋이 느껴져…… 꿈속에서 '삶은 시간을 필요로 하는구나'라는 생각이 아주 짧은 순간 스쳐가기도 하지. 그리고 어떤 땐 어디까지가 꿈이고 어디까지가 현실인지 모호해지기도 하고…… 내 기억엔 아마 지몹니키에서 있었던 일일 거야. 두어 시간이라도 눈 좀 붙이려고 막 누웠는데 폭격이 시작되더라고. 야, 이 새끼야! 이런 우라질…… 그런데 두 시간짜리 달콤한 꿈을 포기하느니, 차라리 나를 죽여라 싶은 거야. 바로 옆에서 포성이 크게 울렸어. 건물이 다 휘청거릴 정도였지. 하지만 나는 그대로 잠에 빠져들었어……

　나는 겁이 없었던 것 같아. 공포심이 뭔지 몰랐다고 할까. 정말이야. 적이 엄청난 기세로 맹공격을 퍼붓고 난 때만 잠깐 충치 먹은 자리가 아리고 그만이었으니까. 그래, 하지만 그리 오래가진 않았지. 전쟁 끝나고 몇 년이 지나자 온몸이 아프고 쑤시기 시작했어. 몸은 아파 죽겠는데 원인은 모르겠고, 할 수 없이 의사를 찾아갔지. 만약 그때 전문가를 찾지 않았다면 아마 나는 내가 대단히 용맹무쌍한 사람이라고 여태 믿고 살았을걸. 아주 노련한 신경과 전문의가 내 나이를 묻더니 깜짝 놀라더라고.

　─겨우 스물넷에 자율신경계가 완전히 망가지다니! 도대체 앞으로 어떻게 살려고 그래요?

　내가 대답했지. 잘살 거라고. 무엇보다 나는 살아 있었으니까! 아, 얼마나 살고 싶었는지 몰라. 그래, 나는 살아남았어. 하지만 전쟁이 끝나고 평범하게 살기 시작한 지 몇 달 만에 관절이 다 부어오르고 오른팔은 심하게 쑤시면서 말을 듣지 않았어. 시력도 더 나빠졌고. 게다가 신장은 탈장을 일으키고 간은 제자리를 벗어났지. 그러다가 그게 다 자율신경계가 완전히 망가졌기 때문이란 걸 알게 된 거야. 하지만 그렇다고 전쟁 내내 간직했던 학업에 대한 꿈을 포기할 수는 없었어. 결국 대학은 나에게 두번째 스탈린그라드가 됐지. 1년 빨리 졸업했어. 안 그랬으면 끝까지 버티지 못했을 거야. 4년을, 겨울에도, 봄에도, 가을에도 똑같은 군용외투 하나와 똑같은 군복 하나만 입고 다녔어. 색이 하얗게 바랠 때까지…… 야, 이 새끼야! 이런 우라질……"

안토니나 미로노브나 렌코바, 야전기갑정비부대 기계선반공

군인이 필요하다는 거야…
아직은 더 예쁘고
싶었는데…

몇 년 사이에 수백 가지 이야기들이 모였다…… 종류별로 책꽂이에 가지런히 정돈된 수백 개의 녹음테이프와 수천 장의 이야기 원고들. 가만히 귀를 기울이고 찬찬히 페이지를 넘긴다……

시간이 지날수록 하나둘씩 예기치 못한 모습을 드러내는 전쟁의 세계. 예전에 나는, 이를테면 이런 건 묻지 않았다. '어떻게 몇 년씩 참호 안에서 쭈그려 자고, 맨바닥에 모닥불만 피워놓고 잘 수 있나? 어떻게 몇 년씩 똑같은 군화에 똑같은 군용외투만 입을 수 있는가? 그리고 어떻게 몇 년씩 웃지도 않고 춤도 안 추고 살 수가 있나? 여름에 여름옷도 안 입고 어떻게? 높은 구두와 꽃도 다 잊어버리고 어떻게……' 그네들 모두 열여덟, 열아홉의 꽃다운 나이 아니었던가! 나는 으레 전쟁터에 무슨 여자의 삶을 위한 자리가 있겠느냐고 생각했다. 전쟁터에서 여자로 사는 건 불가능하며 전쟁터는 여자에게 금기의 장소라고 말이다. 하지만 내 생각이 틀렸다…… 나는 이미 첫 만남에서부터 곧바로 알아차렸다. 여자들은 무슨 말을 해도, 심지어 죽음을 언급할 때조차도 아름다움에 대한 이야기는 결코 빠뜨리는 법이 없다는 것을(정말이다!). 아름다움은 여자를 여자로서 존재하게 하는 이유였다. "그 아이가 죽어서 관속에 누웠는데 그렇게 예쁠 수가 없는 거야…… 꼭 어여쁜 신부 같더라니까……"(A. 스트로체바, 보병) "메달을 받게 됐어. 그런데 내 군복이 너무 낡은 거야. 그래서 가제로 군복 칼라를 만들어 달았지. 어쨌든 하얀색이니까…… 칼라 하나 만들어 달았을 뿐인데, 그 순간 내가 최고로 아름다운 아가씨가 된 것 같더라니까. 거울이 없어서 볼 수는 없었지만. 아휴, 그땐 거울이 다 뭐야. 폭격에 죄 날아가고 남아난 게 없었는데……"(N. 예르마코바, 통신병) 그네들은 그때 어린 아가씨답게 어수룩했던 자신들의 작은 속임수부터 자잘한 비밀들, 남몰래 자기들끼리만 통하던 신호 이야기까지, 스스럼없이 모두 즐겁게 털어놓았다. 전쟁터라는 '남자'들의 일상 속에서, 전쟁터라는 '남자'들의 임무 속에서, 그럼에도 불구하고 자기 자신의 정체성을 잃지 않기 위해 얼마나 애를 썼는지도 들려주었다. 스스로의 본성을 변질시키지 않기 위해 얼마나 노력했는지를. 그들은 놀랍게도(40년이란 세월이 흘렀음에도) 전쟁의 일상에서 일어난 사소한 일들까지 모두 기억하고 있었다. 소소한 사건들과 그때의 느낌, 색채, 소리 들까지. 그네들의 세계에서는 일상과 존재가 하나였고, 따라서 존재의 흐름은 그 자체로 가치가 있었다. 그들에게는 전쟁도 평범한 삶의 한때일 뿐이었다. 그네들의 이야기 속에서 나는 사소한 것이 위대한 것을 압도하는 순간을 여러 번 목도했다. 역사마저 간단히 제압해버리는 그 순간을. "내가 전쟁터에서만 예뻤다는 게 너무 안타까워…… 그곳에서 내 인생의 가장 빛나는 시절이 지나가버렸어. 다

타버렸지. 그러고는 순식간에 늙어버렸어……"(안나 갈라이, 자동소총병)

수많은 시간의 결을 지나오면서 어떤 일들은 갑자기 커졌고 어떤 일들은 작아졌다. 인간적이고 내밀한 일들은 커졌다. 그리고 그게 나에게는, 재미있게도 그녀들 자신에게도, 더 친근하고 가깝게 다가왔다. 인간적인 것이 비인간적인 것을 이겼다. 단지 인간적이라는 이유 하나만으로. "내가 울더라도 걱정하지 마. 불쌍해하지도 말고. 내가 마음이 아프면 아픈 대로 내버려둬. 하지만 당신이 고마워. 내 젊은 시절을 떠올리게 해줘서……"(K. C. 치호노비치, 중사, 고사포 병사)

그건 나도 몰랐던 전쟁이었다. 그런 전쟁은 상상조차 하지 못했다……

남자 장화와 여자 모자에 대하여

"우리는 땅속에서 살았어…… 두더지처럼…… 그래도 장식용 소품들도 제법 갖춰놓고 지냈어. 봄이면 꽃가지를 꺾어다놓기도 하고. 그걸 보며 행복해했지. 하지만 속으론 '오늘은 내가 살아 있지만 내일은 이 세상에 없을지도 몰라'라는 생각이 들었지. 그래서 뭐든 기억해두려고 하나하나 되새기고 또 되새겼어…… 한번은 어떤 아이 집에서 모직 원피스를 보내온 거야. 개인 옷은 못 입게 돼 있었지만 그래도 그 아이가 부럽더라고. 특무상사가 남자였는데, '이불이나 보내줄 것이지, 쓸데도 없는 옷을 보냈다'며 툴툴거렸어. 그때 우린 이불도 없이 지냈거든. 물론 베개도 없었고, 나뭇가지를 쌓거나 짚단을 쌓아놓고 그 위에서 잤어.

나는 귀고리를 몰래 숨겨놓고 밤이면 살짝 끼곤 했어……

처음으로 좌상을 입었는데 귀도 안 들리고 목소리도 안 나오는 거야. 만약 목소리가 돌아오지 않으면 차라리 기차에 뛰어드는 게 낫겠다 싶었지. 나는 노래를 굉장히 좋아했거든. 그런데 갑자기 목소리가 안 나오니까 정말 죽고 싶더라고. 다행히 목소리가 돌아왔지.

너무 행복한 마음에 귀고리를 했어. 당직을 서러 가서도 너무 좋은 나머지 큰 소리로 소리쳤어.

—대위 동지, 당직 보고합니다. 병사 아무개……

—그건 뭐지?

—뭐가요?

—당장 나가!

—왜 그러세요?

—당장 귀고리 빼지 못해! 군인이 그게 무슨 꼴인가?

대위는 아주 미남이었어. 우리, 소녀병사들은 사실 다 조금씩은 대위를 좋아하는 마음이 있었거든. 하지만 대위는 우리에게 전쟁터에서 필요한 건, 군인, 오로지 군인이라고 했지. 군인만 필요하다고…… 아직은 더 예쁘고 싶었는데…… 나는 전쟁 내내 다리를 다칠까봐 겁이 났어. 나는 다리가 예뻤거든. 남자들이야 다리가 어찌되든 무슨 상관이겠어? 남자들은 설사 다리를 잃는다 해도 그렇게 무서운 일이 아니었지. 어쨌든 영웅이 될 테니까. 결혼도 문제없고! 하지만 여자가 다리병신이 되면, 그걸로 인생은 끝난 거야. 여자의 운명이지……"

마리야 니콜라예브나 셸로코바, 중사, 통신분대 지휘관

"나는 전쟁 내내 웃고 다녔어…… 왜냐하면 여자는 주위를 밝히는 존재라고 믿었거든. 그래서 최대한 자주 웃어야 한다고 생각했지. 전선으로 떠나기 전에 노교수님께서 우리에게 말씀하신 게 있어. '여러분은 부상병 한 명 한 명에게 사랑한다고 말해야 합니다. 여러분이 줄 수 있는 최고의 치료제는 바로 사랑이기 때문입니다. 사랑이야말로 삶을 지켜주고 살아가게 하는 힘입니다.' 부상병이 고통에 못 이겨 울면, 다가가서 '자, 자, 우리 자기. 자, 사랑하는 우리 자기……'라고 달래주는 거야. 부상병이 물어. '누이, 나 좋아해요?'(그들은 우리, 소녀병사들을 모두 누이라고 불렀어.) 그러면 '그야 당연하죠. 그러니 빨리 나아요'라고 대답하지. 부상병들은 우리에게 화를 내고 욕도 했지만 우리는 절대 그러면 안 됐어. 한마디라도 거칠게 했다간 바로 영창감이었으니까.

힘들었어…… 당연히 힘들었지…… 치마를 입었는데 남자들만 있는 트럭에 올라탄다고 생각해봐. 그러잖아도 트럭은 다른 차보다 높은 판에, 구급차야 말해 뭐해. 그것도 제일 꼭대기 자리까지! 아유, 당신도 한번 해봐……"

베라 블라디미로브나 세발디세바, 대위, 외과의

"우리는 기차를 타고 갔어…… 무개화차無蓋貨車…… 우리 열두 명만 여자였고, 나머지는 다 남자들이었지. 10킬로미터나 15킬로미터쯤 갔을까. 기차가 서더라고. 그리고 다시 10킬로미터인지 15킬로미터쯤인지 가더니 선로를 바꾸고. 물도 없지, 화장실도 없지…… 이해하겠어?

남자들이야 모닥불을 피워놓고 그 위에서 옷에 붙은 이도 털어내고 옷도 말리고 했지만, 우리는? 우리는 몸을 감출 만한 곳이면 아무데나 가서 옷을 갈아입어야 했어. 그때 하필이면 손뜨개질한 스웨터를 입고 있을 게 뭐야. 올마다 이가 다 들러붙어서는 일일이 눌러 죽여야 했다니까. 그때는 정말 별의별 이가 다 있었어. 머릿니, 옷에 붙은 이, 가랑이 사이의 이…… 그런데 그 온갖 이가 나한테 다 있는 거야…… 그렇다고 남자들한테 갈 수도 없고…… 어떻게 남자들하고 같이 모닥불에 대고 이를 털어. 창피하게. 그래서 그냥 스웨터를 버렸어. 얇은 원피스 하나만 걸치고. 한 기차역에서 어떤 여자가 나한테 윗도리와 낡은 구두 한 켤레를 갖다주더라고. 정말 다행이었지.

기차를 한참 타고 갔어. 그러고도 또 한참을 걸었지. 지독히도 추웠어. 나는 두 손에 거울을 꼭 쥐고 걸었어. 행여 거울이 얼까봐. 저녁때 보니까 뺨이 동상에 걸렸더라고. 나도 참 어쩜 그렇게 어리석었는지…… 뺨이 동상에 걸리면 하얗게 된다고 들었거든. 그런데 내 뺨은 새빨갛게 변해 있는 거야. 차라리 동상에 계속 걸려 있으면 좋겠다고 생각했지. 하지만 다음날 보니까 새까매졌더라고……"

나데즈다 바실리예브나 알렉세예바, 사병, 무선병

"우리 중에 예쁜 아이들이 많았어…… 다 함께 목욕탕에 갔는데 목욕탕에 미용실이 딸려 있는 거야. 이왕 온 것, 에라 모르겠다 하고는 다 같이 눈썹에 물을 들였지. 지휘관이 우리를 보고는 불같이 화를 냈어. '싸우러 온 건가 아니면 무도회에 온 건가?' 밤새 울면서 눈썹을 문질렀어. 지휘관이 아침에 다시 와서 또 우리를 호되게 나무랐어. '나는 병사가 필요하다. 숙녀가 필요한 게 아니다. 숙녀는 전쟁터에서 살아남지 못한다.' 아주 엄한 지휘관이었어. 전쟁 전에 수학선생님이었다더라고."

아나스타시야 페트로브나 셸레그, 하사, 경비행기 조종사

"나는 두 개의 생을 산 것 같아. 남자의 생과 여자의 생……

342

학교에 들어갔더니 바로 군대생활인 거야. 교실에서고 대열을 이룰 때고 병영에서고 모든 게 군율에 따라 돌아갔어. 여자라고 봐준다? 그런 거 전혀 없었어. 매번 '잡담 금지!' '말이 많다!' 그런 소리만 귀가 따갑게 들렸지. 저녁이면 잠깐이라도 짬을 내 수를 놓으려고 애를 썼어…… 뭔가 여자다운 일이 하고 싶어서…… 하지만 그건 어떤 경우에도 안 되는 일이었어. 집은 떠나왔지, 집안일도 안 하지, 다들 마음이 심란한 게 뭔가 잘못된 것만 같은 거야. 딱 한 시간 휴식시간이 주어졌는데, 그땐 레닌 방에 앉아 편지를 썼어. 그 시간만은 자유롭게 서서 이야기할 수 있었지. 하지만 웃음소리를 낼 수도 큰 소리로 말을 할 수도 없었어.

—노래는 부를 수 있었나요?

—아니, 못 불렀어.

—왜 노래를 부르면 안 됐나요?

—규칙이 그랬으니까. 행군할 때만, 그것도 명령이 떨어질 때만 노래했어. 명령도 이런 거야. '선창자, 노래한다!'

—그냥은 노래를 하면 안 되고요?

—안 됐어. 노래는 규정에 없었거든.

—적응하기 힘드셨겠어요?

—글쎄, 힘들었던 것 같아. 막 잠들려고 하면 갑자기 '기상!' 하고 구령이 떨어지지. 그러면 돌풍이 지나간 것처럼 한바탕 난리가 나. 주섬주섬 옷을 입기 시작하는데, 여자들은 남자들보다 입는 게 많잖아. 옷가지 하나가 떨어져 주우면 다른 게 떨어지고, 또 떨어지고 정말 정신이 없었어. 겨우 챙겨 입고 허리띠를 끼우며 사물함으로 달려가지. 군용외투를 낚아채듯 꺼내들고 입는 둥 마는 둥 또 무기고로 달려가는 거야. 무기고에서 공병용 삽에 덮개를 씌워 허리띠에 차고 그 위에 탄약주머니를 고

정한 다음, 간신히 군용외투의 지퍼를 올리지. 이번엔 소총을 집어들고는 달려가면서 격발장치를 잠그고 4층 계단을 따라 아래로 내려가. 말이 계단을 따라가는 거지, 거의 굴러떨어지다시피 하는 거야. 그리고 재빨리 대열에 들어가 가쁜 숨을 고르며 매무새를 바로잡으면 끝. 이 모든 걸 정해진 시간 안에 다 마쳐야 했어.

전선에서…… 군화를 받았는데, 내 치수보다 세 치수나 더 큰 거야. 걷는데 이건 원, 접히질 않나 흙먼지가 들어가질 않나. 숙소의 주인아줌마가 '가면서 먹어. 이렇게 말라서 쓰겠어. 금방 부러지게 생겼네'라면서 달걀 두 개를 주시더라고. 나는 아줌마 몰래 조용히 달걀을 깼어. 별로 크지도 않은 달걀이었는데 그걸 깨서는 군화 광내는 데 쓴 거야. 당연히 먹고 싶었지. 하지만 예쁘고 싶은 여자의 본능이 더 컸어. 당신은 모를 거야. 외투깃이 얼마나 사람 목을 아프게 쓸어대는지, 죄다 남자들 몸집에만 맞춰진 군복이니 허리띠가 얼마나 무거운지. 나는 군용외투에 목 살갗이 쓸리고 벗겨지는 게 정말 싫었어. 그리고 그놈의 군화도. 걸음걸이도 달라지고 모든 게 달라졌지……

다들 우울해했던 기억이 나. 늘 우울한 얼굴로 다니던 게……"
　스타니슬라바 페트로브나 볼코바, 소위, 공병소대 소대장

"우리를 군인으로 만들기는 쉽지 않았어…… 그렇게 간단한 일이 아니지……

우리가 군복을 받자 특무상사가 우리를 모두 정렬시켰어.

ㅡ군화 코를 맞춘다!

그래서 군화 코를 맞췄지. 군화 코는 맞췄지만 이번에는 우리 몸의 뒤쪽 선이 맞질 않게 되었지. 군화 치수가 40에서 41까지 제각각이니 그

릴 수밖에. 특무상사가 다시 큰 소리로 외쳤어.

—군화 코! 군화 코를 맞춘다!

그리고 바로 이어서 또 외쳤어.

—네번째 병사, 가슴 뒤로 뺀다!

당연히 우리는 그럴 수가 없었지. 그러자 특무상사가 다시 큰 소리로
외쳤어.

—제군들, 상의 주머니에 뭘 집어넣은 건가?

우리가 웃었어.

—웃음을 그친다.

특무상사가 소리쳤어.

특무상사는 우리에게 절도 있고 정확한 거수경례를 가르치기 위해
의자고 현수막이고 눈에 보이는 것마다 다 대고 경례하도록 시켰어. 세
상에, 특무상사도 우리 때문에 정말 고생 많았지.

한번은 어떤 도시에서 다 같이 목욕탕을 간 적이 있어. 남자들은 남탕
으로, 여자들은 여탕으로 들어갔어. 그런데 우리가 나타나자 여탕 안의
여자들이 '병사들이다!'라며 비명을 지르고 몸을 가리고 난리가 난 거
야. 우리가 남자인 줄 안 거지. 머리는 짧게 잘랐지, 군복은 입었지, 얼른
봐서는 여자인지 남자인지 구별이 안 됐으니까. 한번은 또 화장실에 갔
는데, 이번에는 여자들이 경찰을 부른 거야. 우리가 경찰한테 그랬어.

—그럼 우리는 어디로 가야 하죠?

그러자 경찰이 여자들을 보고 소리를 질렀어.

—이 사람들은 여자들이라고요!

—여자는 무슨 여자예요, 군인들이고만……"

마리야 니콜라예브나 스테파노바, 소령, 저격군단대대 통신대장

"길만 생각나. 길만…… 전진도 하고 후퇴도 하면서 지나온 길들……

제2벨라루스 전선에 도착했는데 우리더러 사단 사령부에 남으라는 거야. 여자 몸으로 굳이 최전선까지 갈 필요가 있느냐면서. 우리는 '그럴 수는 없다. 우리는 저격병들이다. 우리를 마땅히 가야 할 곳으로 보내달라'고 항변했어. 그러자 연대로 가라더군. 그곳에 훌륭한 대령이 한 분 계시는데 여자병사들을 아껴줄 거라고. 지휘관들이라고 다 같진 않다면서.

대령은 우리를 맞이하며 이렇게 말했어. '소녀병사들, 잘 알아야 한다. 전투를 하러 왔으면 전투만 해라. 다른 일은 일절 허용하지 않는다. 주위엔 전부 남자들이고 여자는 없다. 젠장, 이 희극적인 상황을 어떻게 설명하지. 전쟁과 소녀병사들이라니……' 우리가 아직 어린애들이란 걸 알았던 거지. 전선에서 첫 공습을 만났어. 재빨리 쪼그려 앉아 두 손으로 머리를 감쌌어. 그런데 생각해보니 손도 다치면 큰일이겠더라고. 그래, 아직 죽을 준비가 안 돼 있던 거야.

독일에서의 일인데…… 세상에, 얼마나 웃겼던지! 독일, 어느 마을의 한 성에서 하룻밤을 묵게 됐어. 방도 많고 홀도 근사했어. 정말 으리으리하더라니까. 그리고 옷장마다 예쁜 옷들이 가득했어. 우리는 각자 입고 싶은 옷을 골라잡았지. 나는 노란색 원피스하고 실내 가운이 마음에 들었어. 얼마나 예뻤는지 몰라. 말로는 어떻게 설명이 안 돼. 길고 가벼운 게…… 아, 영락없는 깃털인 거야! 하지만 다들 녹초가 된데다 어느새 잠잘 시간이 됐지 뭐야. 그래서 그냥 옷을 입고 잤지, 뭐. 다들 마음에 드는 옷을 입은 채 그대로 잠이 든 거야. 나도 원피스 위에 가운을 덮고 잤어……

　또 한번은 주인이 버리고 떠난 모자 가게에서 각자 어울리는 모자를 골라 쓴 적도 있었어. 우리는 조금이라도 더 오래 쓰고 싶어서 모자를 쓴 채 앉아서 잤어. 아침에 일어나서도…… 다들 거울 들여다보기 바빴지…… 하지만 곧 모자를 벗고 다시 군복과 바지를 챙겨 입었어. 우리는 아무것도 가져가지 않았어. 행군할 때는 바늘 하나도 무거운 짐이었거든. 숟가락질 한번 하고는 그걸로 끝이었던 거지……"

　벨라 이사아코브나 에프시테인, 중사, 저격병

"남자들…… 남자들이란…… 남자들이 항상 우리를 이해해준 건 아니었어……

　하지만 우리 프티친 대령님만큼은 너무 좋은 분이었지. '아버지'라고들 부를 정도로. 대령은 다른 남자들과는 달리 우리 여자들 마음을 잘 헤아려주었어. 모스크바 일대에서 아군이 후퇴할 때였는데, 사실 그때가 제일 힘든 시기였거든. 대령님이 우리한테 그러는 거야.

　—소녀병사들! 모스크바가 바로 옆이다. 내가 여러분에게 미용사를 불러주겠다. 눈썹이랑 속눈썹도 물들이고 머리를 말아도 된다. 규정상 안 되는 일이지만 나는 여러분이 예뻤으면 좋겠다. 전쟁은 길다…… 금방 끝나지 않을 거다……

　그리고 정말 어떤 여자미용사를 데려오신 거야. 우리는 머리를 말고 염색도 했어. 아, 정말 얼마나 행복하던지……"

　지나이다 프로코피예브나 고마레바, 무선병

"얼어붙은 라도가 호수 위를 달렸어…… 공격 앞으로! 적의 총탄이 빗발치듯 쏟아졌지. 사방은 물이고, 부상당하면 그대로 물속으로 첨벙, 바닥까지 가라앉을 판이었어. 기어다니며 부상자들을 돌보는데 다리가 거의 절단된 병사가 보이더라고. 그쪽으로 갔지. 그런데 그 병사가 의식을 잃어가는 와중에도 나를 밀쳐내고는 자기 배낭 안에 손부터 집어넣는 거야. 전투식량을 찾는 거였어. 곧 죽어도 먹겠다며…… 라도가 호수로 출발하기 전에 병사들마다 전투식량을 받았거든. 나는 상처를 싸매주려 하고, 부상자는 배낭 안을 뒤지며 나를 가까이 오지 못하게 하고. 남자들은 배고픈 걸 유난히도 힘들어했어. 남자한테는 어쩌면 배고픔이 죽음보다 더 두려운 존재였는지도 몰라……

나는 어땠느냐 하면…… 그래, 기억나. 처음엔 죽음이 두려웠지…… 그리고 동시에 죽음에 대한 호기심도 있었어. 그러다 나중엔 너무 힘들고 지쳐서 이도 저도 아니게 되었지만. 늘 내 능력의 한계를 시험하는 상황 속에 살았어. 내 한계를 넘어서는 일도 많았지. 마지막까지 나를 두렵게 한 건 딱 하나였어. 흉측한 꼴로 죽어 누워 있는 것. 그건 여자이기에 갖는 공포였지…… 제발 포탄에 맞아 갈가리 찢기는 일만 없기를 바랐어…… 그게 어떤 건지 나는 알거든…… 내가 그 시신들을 수습했으니까……"

소피야 콘스탄티노브나 두브냐코바, 위생사관

"하염없이 비가 내렸어…… 진흙탕 속을 달리는데 병사들이 픽픽 쓰러지는 거야. 부상자들이고 전사자들이고 모두. 그렇게 진흙탕 속에 죽어 나뒹굴기는 정말 싫더라고. 시커먼 흙탕물이라니. 새파랗게 젊은 아가씨가 어떻게 그런 흙탕물 속에 누워 있겠어? 한번은 벨라루스…… 오르샤의 숲이었는데 자그마한 벚나무들이 예쁘게 꽃을 피웠더라고. 아네모네도 연푸른 빛깔로 곱게 피어 있고. 그야말로 초원이 온통 빛깔 고운 꽃들 천지였어. 순간 생각했지. 아, 이런 꽃밭에서 죽었으면! 이런 곳에 누울 수 있다면…… 그때 겨우 열일곱이었으니 뭘 알아, 그저 철부지였지…… 내가 상상하는 죽음이란 그랬어……

나는 죽는다는 건 어딘가로 날아가는 거라고 생각했어. 어느 날 밤, 딱 한 번 친구들과 죽음에 대한 이야기를 나눴는데 그때가 처음이자 마지막이었어. 죽음을 이야기한 건. 죽음이란 말을 입 밖에 내기가 무서웠거든……"

류보피 이바노브나 오스몰롭스카야, 사병, 정찰병

"우리 연대는 완전히 여자들 부대였어…… 1942년 5월에 전선으로 출격했지……

우리에겐 'Po-2*' 전투기가 주어졌어. 아주 작고 속도가 느린 비행기지. 낮은 고도에서만 비행이 가능한 기종이라 주로 초저공비행을 했어. 이러다 땅에 닿지 싶게 낮게 날 때도 많았지. 사실 전쟁 전까지 비행학교 학생들이 연습용으로 쓰던 거였거든. 실제 전쟁 목적으로 사용될 줄 누가 알았겠어. 'Po-2'기는 기체가 나무구조물로 돼 있었어. 기체 전체가 합판으로 돼 있고 거기에 무명천을 입힌 것이었지. 무명천 비행기라고 불러도 무방할 정도였어. 한 발만 제대로 맞아도 곧바로 불이 붙고 추락하기도 전에 공중에서 폭발해버렸으니까. 마치 성냥개비처럼 말이지. 제대로 된 금속부품은 엔진 M-II가 유일했지. 한참 뒤, 그러니까 전쟁이 끝날 무렵에야 우리에게도 낙하산을 지급해주고 조종석에 기관총

---

* 1928년, 러시아에서 만들어진 다목적 복엽비행기複葉飛行機. 두 개의 앞날개가 상하로 달려 있으며 가장 널리 사용된 기종 중 하나이다.

도 달아주더라고. 그전까지는 무기 하나 없이 날개 밑에 포탄 적재장치 네 개만 달고 출격하곤 했어. 그게 전부였지. 요즘 말로 비유하면 우리가 바로 가미카제라고나 할까. 어쩌면 그 말이 맞는지도 모르겠네. 아니, 맞아! 우리는 가미카제였어! 우리 목숨보다 승리가 더 중요했으니까. 승리가!

그걸 어떻게 견뎠냐고? 내가 말해주지⋯⋯

퇴직을 앞두고 더이상 일할 수 없다고 생각하니까 몸이 딱 아파버리더라고. '어쩌자고 오십도 넘은 나이에 또 대학을 갔을까?'라는 회의도 들고. 뒤늦게 역사학자가 됐거든. 그전까지는 평생을 지질학자로 살았고. 훌륭한 지질학자는 들판을 내 집이려니 하고 살아야 하는데 내 기력이 예전 같지 않은 걸 어떡해. 의사가 와서 심전도검사를 해보더니 묻더라고.

—심근경색을 앓은 게 언제였나요?

—심근경색이라니요?

—심장이 상처투성이입니다.

상처 자국이라면 전쟁 때 생긴 것이겠지. 목표물을 향해 다가가는 순간 온몸이 달달 떨리지. 온몸에 경련이 일어. 바로 밑에서 적의 총구가 나를 겨냥하고 있는데 왜 안 그렇겠어. 전투기는 전투기대로 총알을 날려대지, 고사포는 고사포대로 불을 뿜지⋯⋯ 결국 여자조종사 몇은 못 견디고 연대를 떠났어. 우리는 대개 밤에 출격했어. 한때 낮에 출격을 감행해보았다가 바로 그만뒀지. 나가자마자 우리 'Po-2'가 기관단총 세례를 받았거든⋯⋯

하룻밤에 많게는 열두 번까지 출격하기도 했어. 한번은 적기敵機 잡는 귀신으로 명성이 자자한 포크리시킨을 본 적이 있어. 막 출격을 마치고 돌아왔더라고. 보니까 우리 같은 스무 살, 스물세 살 난 햇병아리와는 비교도 안 되는 강인한 사나이인 거야. 그런데 비행기에 연료를 채우는 동안 정비공이 포크리시킨의 셔츠를 벗기고 쥐어짜는데, 글쎄, 물이 줄줄 흐르더라니까. 꼭 비를 흠뻑 맞고 돌아온 사람의 셔츠처럼. 이제 좀 이해가 될 거야. 우리가 어땠을지. 출격을 마치고 돌아오면 조종석에서 빠져나오지도 못하고 반쯤 정신이 나가 앉아 있었어. 다른 사람들이 우리를 끄집어냈지. 지도를 담은 작은 손가방조차 들 힘이 없어서 바닥에 대고 질질 끌었어.

우리 소녀병기공兵器工들 고생은 또 어떻고! 폭탄을 네 개씩, 모두 합치면 400킬로그램도 넘는 그 무거운 걸, 글쎄, 다 직접 손으로 전투기에 실었다니까. 한 대가 출격했다 싶으면 어느새 다음 전투기가 들어오고, 또 막 출격하면 또 들어오고, 밤새 그러는 거야. 아유, 그런 일을 여자 몸이 어떻게 견디나. 다 망가져버렸지. 사실 우리는 전쟁 내내 여자가 아니었어. 여자로서의 성징이 전혀 없었으니까…… 생리도 없었고…… 그건 당신도 잘 알 거야…… 전쟁 끝나고 아이를 갖지 못하는 사람이 많았어.

우리는 모두 담배를 피웠어. 물론 나도 피웠고. 담배를 피우면 마음이 조금은 차분해지는 느낌이 들었거든. 출격을 마치고 돌아오면 온몸이 덜덜 떨리는데, 그때 얼른 담배를 피워 물면 어느 정도 진정이 되곤 했지. 우리는 가죽잠바에 바지와 군복을 입고 다녔어. 겨울엔 모피재킷까지 걸쳤고. 어쩔 수 없이 우리 걸음걸이며 행동에 뭔가 남자 같은 데가 있었을 거야. 전쟁이 끝나자 우리한테 카키색 원피스를 만들어주더라고. 갑자기 어린 아가씨가 된 기분이었지……"

알렉산드라 세묘노브나 포포바, 근위대 중위, 전투기 조종사

"얼마 전에 메달을 받았어…… 적십자에서 주는…… '플로렌스 나이팅게일' 국제 금메달. 다들 축하해주러 왔다가 깜짝 놀라더라고. '아니 어떻게 147명이나 되는 부상병들을 구해내셨어요? 전선에서 찍은 사진들 보니까 몸집도 작고 예쁘장한 소녀던데.' 맞아, 아마 부상병들을 200명은 구했을 거야. 그때 누가 세어보니까 그렇더라고. 그런 걸 세다니, 나로선 상상도 못할 일이었지. 어떻게 그럴 수 있는지 도저히 이해가 안 가더라고. 전투가 벌어지고 사람들은 피를 흘리며 쓰러지는데 그걸 기록하고 앉아 있다니. 그건 아니지. 나는 전투가 끝날 때까지 기다려본 적이 없어. 언제나 전투가 한창일 때 전장에 뛰어들어 부상자들을 구하러 다녔어. 파편에 맞은 부상자가 있는데 전투 끝나기를 기다렸다가 두세 시간 후에 찾아간다면 그땐 이미 늦어. 아무것도 할 게 없지. 이미 피를 너무 쏟은 뒤라 가망이 없거든.

나는 세 번 부상을 당하고 세 번 좌상을 입었어. 전쟁터에서 사람들은 늘 꿈을 꿨어. 누구는 집에 돌아가는 꿈, 누구는 베를린에 입성하는 꿈…… 하지만 나는 한 가지만 빌었어. 내 생일까지 살아남는 것, 그래서 열여덟 살이 되는 것. 왠지 열여덟이 되기도 전에 죽는 게 그렇게 무섭더라고. 나는 바지에 군모를 쓰고 다 해진 군복 차림으로 다녔어. 늘 무릎으로 기어다니는데다 무거운 부상자까지 끌고 다녔으니 그럴 수밖에 없었지. 언젠가 땅바닥을 기지 않고 일어서서 두 발로 걷는 날이 올 거라는 사실이 믿어지지 않았어. 그건 정말 꿈같은 일이었으니까. 어느 날 사단장이 와서 나를 보더니 그러는 거야. '여기 웬 남자아이인가? 왜 어린애를 데리고 있나? 집에 가서 공부하도록 돌려보내!'

붕대가 모자라서 쩔쩔맸던 일이 생각나…… 총탄에 맞은 부상자들은 상처가 어찌나 심한지 구급용 붕대 한 꾸러미를 다 써도 부족했어. 그래서 내 속옷을 모두 찢고, 남자병사들에게도 부상병들이 죽어간다며 속바지나 속셔츠를 벗어달라고 부탁했지. 그러면 다들 순순히 속옷을 벗어줬어. 그것도 조각조각 찢어서. 나는 남자병사들 앞이라고 해서 부끄러워하거나 그러지 않았어. 오히려 그들과 형제처럼, 내가 남자인 것처럼 어울려 지냈지. 셋이서 손잡고 걸어가면 가운데 사람은 한두 시간쯤은 눈을 붙일 수 있었어. 그렇게 서로 자리를 바꿔가며 걸었지.

나는 베를린까지 갔어. 독일 국회의사당에 들어가 이렇게 글을 남겼지. '나, 소피야 쿤체비치가 전쟁을 끝내기 위해 여기에 왔노라'라고.

전몰용사의 묘지를 보면 나는 늘 무릎을 꿇어. 무덤 하나하나 앞에…… 무릎을 꿇지……"

소피야 아다모브나 쿤체비치, 특무상사, 보병중대 위생사관

아가씨의 고음과 해병의 미신에 대하여

"아픈 말을 들었어…… 독을 품은…… 돌처럼 차가운 말을…… 전쟁하러 가는 건 남자들의 욕망이라나. 그런데 여자가 사람을 죽여? 그런 여자들은 정상이 아니라는 거지. 결함이 있는 여자들일 뿐이라고……

아니! 천만 번 아니야! 그건 인간의 욕망이었어. 전쟁이 났지만 나는 달라진 것 없이 평소처럼 지내고 있었어. 여느 여자아이들처럼…… 그러던 어느 날 옆집 아줌마한테 편지 한 통이 날아들었어. 남편이 부상당해 병원에 입원했다는 소식이었지. 이런 생각이 들더라고. '아저씨가 부상당했다면, 아저씨 대신 누가 싸우지?' 어떤 사람은 팔 없이 전쟁터에

서 돌아왔어. 그럼 그 사람 대신 누가 싸워? 또 어떤 사람은 다리를 하나 잃은 채 돌아왔고. 이 사람은 누가 대신해? 그래서 군대에 나를 받아 달라는 편지를 썼어. 부탁하고 사정했어. 우리는 우리가 없는 조국은 있을 수 없다고 배우며 자랐으니까. 조국을 사랑하라고 배웠으니까. 조국을 자랑스러워하도록. 전쟁이 터졌으니 우리도 조국을 위해 뭔가 해야 했어. 간호병이 필요하다면 간호병으로 가고, 고사포 병사가 필요하다면 고사포 병사로 가서 싸워야 했어.

우리가 전선에서 남자처럼 되고 싶어한 건 아니냐고? 처음엔 그랬어. 머리를 짧게 자르고 걸을 때도 남자처럼 걷고. 하지만 나중에는 아니었어. 전혀! 시간이 좀 지나자 그렇게 화장이 하고 싶더라고. 그래서 설탕을 안 먹고 아껴두었다가 그걸로 앞머리를 빳빳하게 세웠다니까. 머리감을 물이 담긴 솥단지가 오면 왜 또 그리 반갑던지. 행군이 길어지면 부드러운 풀을 찾아 헤맸어. 풀을 뜯어서 다리를…… 그러니까, 풀로 다리를 문질러 닦았지…… 우리는 어린 아가씨들답게 우리만의 방식이 있었으니까…… 군대는 그것까지는 생각하지 못했어…… 우리 다리는 늘 파랗게 물들어 있었지…… 나이 많은 남자가 특무상사면 오히려 다행이었어. 우리를 잘 이해해줬거든. 우리 배낭에서 여분의 속옷도 압수해 가지 않고. 하지만 젊은 남자가 특무상사일 때는 어김없이 뺏어 가버리는 거야. 하루에 두 번은 옷을 갈아입어야만 하는 우리 여자들에게 쓸데없는 속옷이 어디 있다고. 그래서 우리는 속셔츠의 소매를 뜯어냈어. 속셔츠라고 해봐야 두 벌이 다였지만. 그래서 소매도 네 개가 전부였지만……"

클라라 세묘노브나 티호노비치, 상사, 고사포 병사

"전쟁 전에는 군대에 관한 것이라면 다 좋았어…… 남성적인 건 뭐든 다…… 항공학교에 편지를 써서 입학에 필요한 자료를 보내달라고 했지. 나는 군복이 꽤 잘 어울렸어. 나는 군인들의 행렬, 질서정연함, 간단명료한 명령 투의 군인 말씨 같은 게 좋았어. 항공학교에서 답장을 보내왔더라고. 일단 지금 다니는 학교부터 마치라나.

전쟁이 터지자 안달이 나서 도저히 집에만 있을 수가 없는 거야. 하지만 징집통지서가 안 오는 걸 어떡해. 별수를 다 써봐도 안 되더라고. 그때 내 나이가 겨우 열여섯이었거든. 군정치위원회 위원장이 나한테 그래. 적이 우리를 어떻게 생각하겠느냐고. 전쟁이 시작된 지 얼마나 됐다고 벌써 나 같은 어린아이들을, 그것도 미성년자 여자애들을 전선까지 데려왔냐며 우습게 생각하지 않겠느냐고.

─적을 무찔러야 하잖아요.

─너희들이 없어도 무찌를 수 있어.

'나는 키도 크고 나를 열여섯 살로 보는 사람은 아무도 없다. 다들 훨씬 더 나이들게 본다'며 위원장을 설득했어. 사무실에 버티고 서서 졸랐지. '열여섯이 아니라 열여덟이라고 쓰세요.' 그러자 위원장이 대답했어. '지금은 그렇게 말하지만 나중에는 나를 원망하려고?'

전쟁이 끝나자 이제 군대 일은 더이상 어떤 것도 하고 싶지 않더군. 아니 할 수가 없었지. 내 몸에서 한시라도 빨리 전쟁의 흔적들을 털어버리고 싶은 마음만 간절할 뿐…… 나는 바지는 절대 안 입어. 보기만 해도 혐오감이 들어서. 숲에 가서 버섯과 열매를 딸 때도 안 입는다니까. 이젠 뭔가 평범하고 여성스러운 옷이 입고 싶어……"

클라라 바실리예브나 곤차로바, 사병, 고사포 병사

"우리는 전쟁이 났다는 걸 금방 실감할 수 있었어…… 군사학교를 졸업하는 바로 그날 '구매자'들이 학교에 나타났거든. 부대에서 신병을 모집하러 나온 사람들을 우리는 '구매자'라고 불렀어. 구매자들은 언제나 남자들이었는데, 그들이 우리를 가엾게 여기는 게 딱 느껴졌지. 우리가 그들을 바라보는 눈과 그들이 우리를 바라보는 눈은 사뭇 달랐어. 우리는 대열을 빠져나와 득달같이 앞으로 달려나갔어. 어서 우리를 데려가달라고, 어서 우리를 봐달라고. 그리고 우리를 드러내지 못해 안달이었지. 하지만 그들은 지쳐 보였고 우리가 가는 데가 어떤 곳인지 잘 아는 눈빛이었어. 다들 알고 있었던 거지.

……우리 연대는 남자병사들로 이루어진 부대였어. 여자는 다해야 스물두 명이었고, 870장거리폭격연대로 불렸지. 우리는 집에서 두세 벌의 속옷만 챙겨갔어. 사실 가져갈 것도 없었거든. 폭격을 피해 나올 때 입은 옷가지, 그게 우리가 가진 전부였으니까. 남자들은 중간 계류지에서 갈아입을 옷을 받으면 됐지만 우리는 아무것도 없었어. 발싸개를 나눠주기에 그걸로 팬티와 브래지어를 만들어 입었지. 나중에 지휘관이 그 사실을 알고 펄펄 뛰더라고.

반년이 지나자…… 우리는 더이상 여자가 아니었어…… 매달 하는 그것도 끊기고…… 여자 몸으로 감당하기 힘든 일을 하다보니 생체리듬이 망가진 거야…… 이해가 돼? 얼마나 두려웠는지 몰라! 여자로 돌아가지 못할 수도 있다고 생각하니 정말 끔찍하더라고……"

마리야 네스테로브나 쿠지멘코, 상사, 무기제조병

"우리는 애를 참 많이 썼어…… '여자들이 그렇지 뭐!'라는 소리를 듣지 않으려고. 그리고 우리가 남자들 못지않다는 걸 보여주기 위해 남자들보다 더 많이 노력해야 했어. 하지만 남자병사들은 오랫동안 우리를 깔봤고 아주 거만하게 굴었어. '여자들이 무슨 전쟁을 한다고……'라는 식이었어. 그렇다고 우리가 어떻게 남자가 되겠어? 그럴 순 없는 거지. 우리 생각은 하나였어. '우리는 원래 남자와는 다르게 태어났다. 생물학적으로 다른 존재다……'

진군할 때였는데…… 여자병사들 200명 정도가 앞서가고, 남자병사들 200여 명이 그 뒤를 따랐어. 푹푹 찌는 날씨에 30킬로미터를 쉬지 않고 걸었어. 자그마치 30킬로미터를! 그렇게 계속 걷는데 우리가 지나간 자리, 모래 위로 빨간 얼룩들이 남는 거야…… 붉은 자국들이…… 그러니까 그건…… 왜, 우리 여자들의 그거 있잖아…… 그런 상황에서 뭘들 감출 수 있겠어? 뒤따라오는 남자병사들은 붉은 자국을 보고도 일부러 모르는 척했어…… 일부러 다리 아래쪽은 쳐다보지 않았겠지…… 바지가 다리 위에서 그대로 말라붙는 바람에 꼭 유리바지처럼 뻣뻣하게 굳어버렸어. 살이 베어서 상처가 났더라고. 가는 내내 피냄새가 진동을 했어. 그런데도 우리에게 지급되는 건 아무것도 없었지…… 별수 없이 남자병사들이 속셔츠를 벗어 나무 위에 걸어놓을 때까지 망을 보며 기다렸어. 몇 벌을 슬쩍해왔지…… 나중에 남자들이 눈치채고는 '특무상사님, 속옷 좀 새로 주세요. 우리 소녀병사들이 속옷을 가져가서요'라며 껄껄 웃었어. 솜과 붕대는 부상자들이 쓰기에도 모자란데다…… 우리 필요에 딱 들어맞지도 않았어…… 여자 속옷은 2년 후에나 나왔어. 우리는 그때까지 남자들 팬티와 속셔츠를 입고 다녔고. 행군하는데…… 아, 그놈의 군화는 또 어떻고! 군화 안이 펄펄 끓는 거야. 그래도 나루터를 향해 묵묵히 걸었지…… 그곳에 우리가 타고 갈 나룻배가 준비돼 있었거든. 가까스로 도착했는데, 아, 적의 공습이 시작됐어.

정말 무시무시하게 퍼부어대는 거야. 남자병사들은 알아서들 재빨리 몸을 숨겼어. 그러고는 우리를 소리쳐 부르는데…… 폭격이고 뭐고 귀에 아무 소리도 안 들리는 거야. 지금 폭격이 대수냐 싶고. 정신없이 강물로 뛰어들었어. 물속으로…… 물이다! 물! 강물 속에 들어앉아 온몸이 흠뻑 젖을 때까지 나오지 않았지…… 파편이 사방으로 어지럽게 날아다니는데도…… 그랬어…… 창피한 게 죽는 것보다 더 싫었거든. 결국 우리 중 몇 명이 물속에서 그대로 목숨을 잃었어……

아마 그때 처음 생각한 것 같아. 남자였으면 좋겠다고…… 처음으로……

그리고 승리를 맞이했지. 처음 얼마 동안은 거리를 걷는데 우리가 승리했다는 사실이 안 믿기더라고. 식탁에 앉아 있는데도 승리가 실감나지 않고. 승리라니! 우리가 승리하다니……"

마리야 세묘노브나 칼리베르다, 상사, 통신병

"라트비아를 탈환하고…… 우리는 다우갑필스* 일대에 주둔해 있었어. 어느 밤이었어. 잠깐 눈 좀 붙이려는데 보초가 누군가를 소리쳐 부르는 거야. '멈춰! 거기 누군가?' 그리고 정확히 십 분 후에 지휘관이 나를 불렀어. 지휘관 막사로 들어갔더니 우리 동료들과 민간인 복장을 한 어떤 남자가 앉아 있더군. 지금도 그 남자가 똑똑히 기억나. 벨벳 칼라가 달린 검은 코트의 남자. 전쟁 내내 군복과 군용외투의 군인들만 보다가 민간인을 봤으니 기억에 남을 수밖에.

—당신의 도움이 필요합니다.

_____

* 라트비아 남동부에 있는 도시.

그 남자가 나한테 말했어.

—여기서 2킬로미터 떨어진 곳에 사는데 집사람이 아이를 낳고 있어요. 집사람 말고 집에 아무도 없어요.

지휘관이 물었지.

—그곳은 중립지대다. 자네가 더 잘 알겠지만 안전지대는 아니다.

—여자가 아이를 낳는다잖아요. 도와야죠.

지휘관이 자동소총병사 다섯 명을 딸려 보냈어. 나는 구급처치용품을 가방에 담았어. 며칠 전에 새로 지급받은 플란넬 발싸개도 챙겼지. 그리고 출발했어. 가는 내내 총탄이 쏟아졌어. 어떤 건 빗나가고 어떤 건 스쳐가고. 숲은 또 얼마나 깜깜한지 달이 어둠에 묻혀 안 보일 정도였지. 마침내 희미하게 건물 같은 게 보이더라고. 바로 그 농가였어. 안으로 들어가자 여자가 보이더군. 온몸에 낡은 천조각들을 덮고 바닥에 누워 있었어. 남편이 창마다 커튼을 치기 시작했지. 같이 따라간 병사들 중 두 명은 마당에서 보초를 서고, 두 명은 문 옆에, 그리고 나머지 한 명은 나에게 손전등을 비춰주었어. 여자는 극심한 고통 속에서도 신음 소리를 내지 않으려고 안간힘을 썼어.

나는 계속해서 여자에게 말했어.

—조금만 참아요. 소리내면 안 돼요. 참아요.

거긴 중립지대였어. 만약 적이 조금이라도 이상한 낌새를 채면 언제고 포탄이 날아들 수 있는 상황이었지. 그런데 우리 병사들이 아기가 태어난 소리를 듣고는…… '만세! 만세!' 하고 외친 거야. 물론 아주 조용히, 거의 속삭이는 소리로. 그래, 최전선에서 새로운 생명이 태어난 거야!

물을 가져왔지만 데울 데가 없어서 그냥 찬물로 아기를 씻겼어. 가져간 발싸개로 아기를 감싸안았지. 아이 엄마가 덮고 누운 낡은 천조각들 말고는 집안에 정말 아무것도 없더라고.

나는 며칠을 그렇게 밤마다 그 농가로 찾아갔어. 진격을 앞두고 마지막으로 농가를 찾아 작별인사를 했지.

—이제 못 와요. 오늘이 마지막이에요. 곧 떠나요.

여자가 남편에게 라트비아어로 뭔가를 물었어. 남편이 통역해주었지.

—집사람이 당신 이름이 뭐냐고 묻는데요.

—안나예요.

여자가 또 무슨 말을 했어. 남편이 다시 통역했지.

—집사람이 아주 예쁜 이름이라네요. 당신 이름을 따서 우리 딸도 안나라고 하겠대요.

여자가 살짝 몸을 일으키더니(아직 일어나 앉지는 못할 때였어) 나에게 조개로 된 아름다운 분통을 내밀었어. 모르긴 몰라도 가진 것 중에서 가장 값나가는 물건인 것 같더라고. 분통을 열었지. 그러자 사방에 총탄이 날아다니고 포성이 울리는 그 한밤에 분 향기가 퍼지는데……아, 그건 정말 특별한 무엇이었어…… 그때를 생각하면 지금도 눈물이 나려고 해…… 그 분 향기, 그 조개 뚜껑…… 그 작은 생명…… 여자 아기…… 집에 와 있는 것 같고…… 진짜 여자의 삶인 것 같은 느낌……"

안나 니콜라예브나 흐롤로비치, 근위대 중위, 의사보조

"해군에 여자병사라…… 그건 뭔가 금기 같은 것, 심지어 자연의 법칙을 거스르는 일이기까지 했어. 여자가 배에 타면 불행이 온다고들 여겼으니까. 나는 파스토프* 근교에서 태어났어. 우리 엄마는 나 때문에 돌아가실 때까지 마을 여자들한테 놀림을 받았지. 도대체 딸을 낳은 거냐 아들을 낳은 거냐면서. 나는 다른 기관은 거치지도 않고 곧바로 보로실로프에게 레닌그라드 포병기술학교에 입학하고 싶다고 편지를 썼어. 순전히 보로실로프가 내 부탁을 들어준 덕분에 그 학교에 들어갈 수 있었지. 학교에서 내가 유일한 여자였어.

학교를 마쳤는데 나더러 육지에 남으라는 거야. 그래서 내가 여자라는 사실을 숨기기로 했지. 마침 내 성이 '루덴코'로, 우크라이나 성이어서 그 작전이 먹혀들었어. 그래도 결국 한 번은 내 정체를 드러내고 말았지만. 갑판을 열심히 닦고 있는데 갑자기 주위가 소란스럽더라고. 뒤를 돌아보았지. 어떻게 들어왔는지 배에 고양이 한 마리가 들어와 있고, 그 고양이를 해병이 쫓고 있었어. 최초의 항해자들한테서 유래된 건지 뭔지 몰라도, 해병들 사이에는 고양이와 여자는 바다에 재앙을 가져온다는 속설이 있었어. 고양이는 배를 떠나고 싶지 않은지 계속 잡힐 듯 말 듯 요리조리 잘도 도망 다녔어. 정말 세계적인 축구선수도 울고 갈기가 막힌 치고 빠지기 기술이었지. 배 안이 웃음바다가 되었어. 그런데 고양이가 미끄러지며 바다에 빠지려고 하는 거야. 그 순간 내가 기겁을 하며 '꺅' 하고 외마디 비명을 지르지 않았겠어. 비명소리가 어찌나 높고 날카로웠던지 여자 목소리라는 게 단박에 드러났지. 삽시간에 배 안이 찬물을 끼얹은 듯 조용해졌어. 정적이 흘렀지.

함장의 목소리가 들렸어.

―보초병, 배에 여자가 탔나?

---

* 우크라이나 키예프 주에 있는 도시.

―아닙니다, 함장 동지.

배에 여자가 타고 있다는 사실에 다시 배 안이 시끄러워졌지.

……나는 최초의 해군 여장교였어. 내가 맡은 임무는 선박들을 전투에 맞춰 무장시키고 해병대를 훈련시키는 일이었지. 그러자 영국 언론이 '남자도 아니고 여자도 아닌 정체를 알 수 없는 괴상한 존재가 러시아 해군에서 싸우고 있다'고 떠들어댔어. 그러면서 '단검을 든 숙녀'와는 아무도 결혼하지 않을 거라고도 했지. 내가 결혼을 못 할 거라고? 천만에, 잘못 알았어들. 훌륭한 신사, 그것도 가장 잘생긴 장교가 나를 신부로 맞이한걸……

나는 행복한 아내였고 행복한 어머니이자 행복한 할머니야. 남편이 전쟁터에서 목숨을 잃은 건 내 잘못이 아니야. 나는 해군을 사랑했고 지금도 사랑해. 평생 그럴 거야……"

타이시야 페트로브나 루덴코-세벨료바, 대위, 모스크바 해병중대 지휘관,
퇴역 중령

"나는 고리키 주 크스토보 지방에 있는 우리 마을의 미할치코보 체인 공장에서 일했어…… 남자들이 전선으로 차출돼 떠나자 그들이 하던 일을 대신 맡게 됐지. 그리고 다시 선박 체인을 벼리는 무더운 작업장으로 보내져 망치질을 했어. 전선으로 가겠다고 자원했지만 공장장은 갖가지 핑계를 대면서 나를 공장에 잡아뒀어. 그래서 콤소몰 구역위원회로 편지를 썼지. 1942년 3월에 징집통지서를 받았어. 나 말고도 전선으로 떠나는 여자애들이 마을에 몇 명 더 있었어. 우리는 온 마을의 배웅을 받으며 전선으로 향했지. 고리키까지 30킬로미터를 걸었어. 그곳에서 각자 다른 부대로 배치를 받았는데, 나는 784중구경고사포 포병연대

로 가게 됐지.

얼마 지나지 않아 일등 조준수가 됐어. 하지만 그것만으론 성에 차지 않더라고. 장전수가 되고 싶었거든. 사실 장전수 일은 남자들이 도맡아했어. 16킬로그램짜리 포탄들을 들어올리고 5초 간격으로 포탄을 쏘며 집중포격을 가하는 일이었으니까. 공장에서 망치질을 했던 덕 좀 봤지. 1년 후에 하사로 진급하면서 제2대포의 지휘관이 됐어. 내 밑으로 여자병사 둘, 남자병사 넷을 두었지. 집중포격을 하고 나면 포신이 불덩이처럼 달아올라서 포탄을 발사하는 게 위험했어. 그러면 규율에 어긋나는 줄 뻔히 알면서도 이불에 물을 묻혀 포신을 식히곤 했지. 대포는 견디지 못했지만 사람들은 견뎠어. 원체 내가 인내심이 강하고 강인한 사람이기도 했고. 그리고 전쟁터에서는 평소보다 더 많은 능력이 발휘되는 법이지. 육체적으로도. 어디선가 나도 모르게 힘이 솟곤 했으니까……

라디오를 통해 우리가 승리했다는 사실을 알게 된 나는 경보를 울리고 마지막 명령을 내렸어.

—방위각 십오 영영. 조준각 십 영. 기폭장치 백이십, 속도 십!

나는 직접 격발장치로 다가가 포탄 네 개를 발사했어. 4년간의 전쟁 끝에 승리를 거둔 우리 군에게 경의를 표하기 위해서.

포성이 울리자 진지에 있던 병사들이 전부 밖으로 뛰어나왔어. 포병 중대장 슬라트빈스키도 뛰어나오고. 중대장은 내가 제멋대로 행동했다며 모두들 보는 앞에서 나를 구금하라고 명령했어. 하지만 잠시 후 결정을 번복했지. 우리는 각자 가지고 있던 무기를 일제히 쏘아올렸어. 서로 껴안고 입을 맞췄지. 보드카를 마시고 노래를 불렀어. 그러고는 다들 밤새도록 울었어. 또 그 다음날도……"

클라브디야 바실리예브나 코노발로바, 하사, 고사포 지휘관

"어깨에 수동기관총을 메고 다녔어…… 나는 한 번도 총이 무겁다는 말을 하지 않았어. 무겁다고 했다고 누가 나더러 이등 사격수를 그만두라고 하면 어떡해? 자격미달의 전사를 그냥 놔둘 리 없잖아. 주방으로 쫓겨났을 거야. 아유, 창피하게 주방이 뭐야. 무슨 일이 있어도 전쟁 내내 주방에서 썩을 순 없었지. 그랬다면 아마 눈물로 살았을걸……

—여자병사들에게도 남자들과 똑같이 임무가 주어졌나요?

—남자들은 우리를 보호하려고 애썼어. 그래서 전투에 참가하게 해달라고 사정하거나 공적을 세워야 했지. 자기 자신의 능력을 보여줘야 했어. 그러려면 대담하고도 악착같은 근성이 필요했어. 하지만 모든 소녀병사가 다 잘해낼 수는 없었지. 우리 중에 발랴라는 아이는 주방에서 일했어. 정말 온순하고 수줍음이 많은 아이였지. 소총을 든 발랴는 상상도 할 수 없었어. 물론 극단적인 상황에서는 어쩔 수 없이 총을 쏘기도 했지만 전투에 나서지는 않았어. 나? 나야 당연히 득달같이 쫓아나갔지. 얼마나 바라던 일이었는데!

학교 다닐 때는 나도 조용한 아이였어…… 눈에 잘 띄지도 않는 조용한 아이……"

갈리나 야로슬라브브나 두보비크, 제12스탈린기병빨치산여단 빨치산 병사

"지령: 24시간 후에 목적지에 도착할 것…… 파견 장소: 713야전병원……

병원에 도착하던 날이 생각나. 검은색 얇은 면 원피스에 샌들을 신고 남편의 레인코트를 걸치고 갔었지. 바로 군복을 내주기에 받지 않겠다고 했어. 전부 내 치수보다 서너 치수는 더 크더라고. 내가 군율에 따르

지 않는다고 병원장에게 보고가 들어갔어. 하지만 병원장은 징계를 내리는 대신 며칠 후면 내가 스스로 군복을 입게 될 테니 기다리자고 했지.

며칠 후, 다른 곳으로 이동하는 중에 적의 대규모 공습을 만났어. 우리는 감자밭에 몸을 숨겼어. 그런데 폭격 바로 전에 비가 온 거야. 내 얇디얇은 면 원피스와 샌들이 어떻게 됐을 것 같아? 어렵지 않게 상상이 될 거야. 다음날 나는 이미 군복을 입고 있었지. 그것도 아주 완벽하게.

그렇게 시작됐어. 내 전쟁의 길은 이렇게 시작됐어…… 독일에 입성하기까지의 긴 여정이……

1942년 1월 초에 우리는 쿠르스크 주에 있는 아포넵카 마을로 들어갔어. 날이 말도 못하게 추울 때였지. 학교 건물 두 채가 부상자들로 꽉 찼더라고. 들것 위며 맨바닥이며 짚단 위며 사방이 다 부상자들이었어. 그 부상자들을 모두 후방으로 이송하기에는 차량과 연료가 턱도 없이 모자랐어. 병원장이 아포넵카 마을과 이웃마을 사람들의 도움을 받아 기마수송대를 만들기로 결정했지. 아침에 수송대를 맡을 사람들이 병원에 도착했어. 보니까 전부 여자들이 왔더라고. 썰매 바닥에 집에서 가져온 이불이며 가죽외투며 베개를 깔았더군. 심지어 깃털이불을 가져온 여자도 있었어. 그때 일을 떠올리면 지금도 눈물이 나…… 그때 그 모습들…… 여자들이 각자 부상자 한 명씩을 맡아 떠날 준비를 했어. 그리고 부상자를 붙잡고 숨죽여 울었지. '아이고, 불쌍한 내 새끼!' '괜찮아, 괜찮아, 내 새끼' '그래, 그래, 내 새끼' 다들 집에서 조금씩 먹을 것도 챙겨왔더라고. 따끈따끈하게 감자도 쪄오고. 여자들이 각자 가져온 이불이며 옷가지로 부상자들을 감싸서 조심조심 썰매에 눕혔어. 지금도 그 여자들의 간절한 기도가 귓가에 울려. 조용히 흐느끼던 그 울음소리도. '그래, 그래, 내 새끼' '괜찮아, 내 새끼……' 그때 그 여자들 이름이라도 물어볼걸, 그러지 못한 게 안타깝고 마음이 아파.

기억나는 게 또 있지. 벨라루스를 탈환하고 이동중이었어. 그런데 지나는 마을마다 남자라고는 눈을 씻고 찾아봐도 없는 거야. 오직 여자들만 우리를 맞이해주었어. 마을마다 오직 여자들만 남아 있었지……"

　엘레나 이바노브나 바류히나, 간호병

끔찍함의 침묵과 허구의 아름다움에 대하여

"내가 정말 적절한 단어를 찾을 수 있을까? 어떻게 총을 쏘았는지는 이야기할 수 있어. 하지만 어떻게 울었는지는 말 못하겠어. 그건 아마 못다 한 이야기로 남을 것 같아. 한 가지는 분명히 알아. 사람은 전쟁터에서는 무시무시하고 이해할 수 없는 존재가 된다는 것을. 그런 사람을 어떻게 이해하지?

당신은 작가잖아. 직접 한번 생각해봐. 뭔가 아름다운 말. 들끓는 이도 더러운 진흙탕도 없고 구토물도 없는…… 보드카 냄새도 피냄새도 없는 그런 말을…… 우리 삶처럼 끔찍한 그런 거 말고……"

　아나스타시야 이바노브나 메드베드키나, 사병, 기관총 사수

"모르겠어…… 아니, 당신이 묻는 말이 뭔지는 알아. 하지만 말로는 표현할 수가 없어…… 내 말로는…… 그걸 어떻게 말로 설명하지? 그러려면…… 필요한데…… 고요한 밤에 가만히 누워 있으면 불현듯 떠올라. 그러면 온몸에 경련이 일면서 죽을 것만 같지. 숨을 쉴 수가 없어.

으슬으슬 오한이 나고. 그렇다니까……

어딘가 표현할 말이 있을 텐데…… 시인이 필요해…… 단테 같은 시인이……"

안나 페트로브나 칼랴기나, 중사, 위생사관

"문득 음악 소리가 들리면…… 아니면 노랫소리…… 여자 목소리도…… 그러면 그때 그 느낌이 되살아나. 그때랑 비슷한 뭔가가 느껴져……

전쟁영화를 봐도 사실이 아니고 책을 읽어도 사실이 아닌 거야. 그러니까, 그게 달라…… 뭔가가 달라. 그렇다고 전쟁을 직접 겪은 내가 이야기하면 정확하냐. 그것도 아니거든. 전쟁은 그렇게 끔찍하지도 그렇게 아름답지도 않았어. 때론 전쟁터에서 맞는 아침이 얼마나 아름다운지 알아? 전투가 있는 날 아침이면…… 주위를 보며 생각했지. '어쩌면 아침을 맞는 것도 오늘이 마지막일지 몰라. 아, 세상은 이렇게도 아름다운데…… 공기도…… 햇살도……'"

올가 니키티치나 자벨리나, 군의관 외과의

"우리는 가시철조망이 쳐진 게토에 살았어…… 화요일에 그 일이 일어났지. 모르겠어, 왜 화요일이었다는 것만 기억에 또렷한지. 화요일…… 며칠이었는지, 몇 월이었는지는 전혀 기억이 안 나. 하지만 분명 화요일이었어. 우연히 창밖을 봤어. 세상에, 우리집 맞은편 벤치에 소년과 소녀가 앉아서 키스를 하고 있더라고. 끔찍한 살육과 총살이 난무하는 세상 한가운데서! 그 아이들이 키스를 하고 있더라니까. 나는 그 평화로운 광경에 충격을 받았어……

짧았던 우리 거리 한쪽 끝에서 독일군 순찰병이 나타났어. 그들도 당연히 아이들을 봤지. 앞이 훤히 트여 있었으니까. '저걸 어째' 하며 놀라고 말고 할 틈이 없었어. 정말 그럴 새가 없었어…… 비명소리. 그리고 온 거리를 울리는 굉음, 총소리…… 순간…… 머릿속이 하얘지면서…… 당장 공포심이 밀려오더군. 소년과 소녀가 잠깐 몸을 일으키는가 싶더니 이내 고꾸라지는 모습만 볼 수 있었어. 둘은 함께 쓰러졌어.

그렇게 그 일이 있고…… 하루가 지나고 이틀이 지나고…… 다시 하루가 지나는데…… 그 일이 머릿속에서 떠나질 않는 거야. 알아야만 했어. 그 아이들은 왜 집이 아닌 거리에서 입을 맞췄을까? 왜? 그런 식으로 죽고 싶었던 걸까…… 아이들은 언젠간 게토에서 죽을 운명이란 걸 알았던 거야. 그래서 다른 식으로 죽고 싶었던 거고. 그건 사랑이었어. 사랑이 아니면 뭐겠어? 다른 이유는 있을 수 없어…… 사랑밖엔.

당신에게 이야기하다보니…… 그 일이 아름답게 들리기도 하네. 하지만 실제로는? 실제로는 너무 끔찍한 경험이었지…… 그래…… 아니면 뭐? 지금 생각해보면…… 그 아이들은 맞서 싸웠던 거야…… 아름답게 죽고 싶었던 거지. 나는 그게 그 아이들의 선택이었다고 확신해……"

류보피 에두아르도브나 크레소바, 지하공작원

"나? 말하고 싶지 않아…… 말하고 싶어도…… 한마디로…… 그건 말해선 안 되는 일이거든……"

이리나 모이세예브나 레피츠카야, 사병, 사수

"어떤 여자가 미쳐서 시내를 헤매고 다녔어…… 몸은 언제 씻었는지 머리는 언제 빗었는지 모를 꼴을 하고서. 그 여자는 자식 다섯을 비명에 보냈어. 다섯 자식들 모두. 죽음을 맞은 방법도 다 달랐지. 한 명은 머리에 총을 맞고, 다른 한 명은 귀에……

그 여자는 행인들에게 다가가서…… 지나는 사람 아무나 붙잡고 는…… 이렇게 말했어. '우리 애들이 어떻게 죽었는지 말해줄게. 누구 이야기부터 할까? 그래, 바센카…… 바센카는 귀에 총을 맞아 죽었거 든? 그리고 톨리크는 머리에…… 자, 누구 이야기부터 할까?

다들 여자를 피했어. 그 여자는 제정신이 아니었기 때문에 그 이야기를 할 수 있었던 거야……"

안토니나 알리베르토브나 비주토비치, 빨치산 간호병

"딱 한 가지만 기억나. 사람들이 '승리다'라고 외치던 고함소리. 하루 종일 그 소리가 끊이지 않았지. 승리다! 승리다! 형제들이여! 처음엔 도 저히 승리를 믿을 수가 없더라고. 전쟁이 마치 일상인 것처럼 익숙해져 있었으니까. 승리라니! 우리가 승리를 했다니…… 행복했어! 정말로!"

안나 미하일로브나 페레펠카, 중사, 간호병

아가씨들!
공병대 지휘관은
오래 살아야 두 달이라는 거,
알고나 있소…

나는 늘 같은 것을 말한다…… 이러니저러니 해도 결국은 그 이야기로 되돌아간다……

죽음에 대한 이야기. 죽음에 대처하는 그네들의 태도에 대한 이야기. 죽음은 늘 그네들의 언저리를 맴돌았다. 그리고 어느새 삶만큼이나 가깝고 익숙한 존재가 되었다. 나는 그네들이 어떻게 이 한없는 죽음의 실험 속에서 무사할 수 있었는지 이해해보려 한다. 어떻게 날이면 날마다 죽음을 대면하고 죽음을 생각할 수 있었는지. 어떻게 매번 목숨을 내놓는 상황으로 내몰릴 수 있었는지.

과연 그 답을 들을 수 있을까? 우리의 말과 감정이 허락하는 이야기는 어디까지일까? 말과 감정으로는 도저히 설명되지 않는 이야기는 또 무엇일까? 질문은 자꾸만 많아지는데, 대답은 자꾸만 적어진다.

만남을 끝내고 돌아오는 길에 가끔, 고통은 고독이라는 생각을 한다.

완전한 고립. 한편으로 고통은 앎의 특별한 형태는 아닐까라는 생각도 든다. 인간의 삶에는, 특히나 우리네 삶에는 고통 외의 다른 방법으로는 도저히 전달할 수도 지켜낼 수도 없는 뭔가가 있다. 그건 이 세상이 그렇게 생겨먹었고, 또 우리가 그렇게 생겨먹었기 때문이다.

우리에게 이야기를 들려줄 그네들 중 한 명을 벨라루스 국립대학교 강당에서 만났다. 수업이 끝난 학생들이 즐겁게 떠들며 노트를 챙기고 있었다. "그때 우리가 어땠냐고?" 그녀가 내 질문에 역시 질문으로 답했다. "지금 여기 학생들하고 똑같았어. 글쎄, 다른 게 있다면, 옷 입는 거나 액세서리 정도? 그땐 더 검소하게 하고 다녔어. 구리 반지, 유리 목걸이 그리고 고무 슬리퍼. 청바지나 녹음기는 없었고."

나는 바쁘게 강의실을 빠져나가는 학생들의 뒷모습을 바라보았다. 이야기는 이미 시작되고 있었다……

"나랑 내 친구는 전쟁이 나기 전에 대학을 졸업했어. 전쟁이 나자 공병학교에 들어갔고, 장교가 되어 전선으로 향했지…… 소위 계급장을 달고서…… 전선에 도착했더니 우리한테 그러는 거야. '아가씨장교들, 훌륭하오! 전선까지 오다니 정말 장하오. 하지만 당신들은 어디에도 안 보낼 거요. 우리 사령부에서 근무하시오.' 결국 공병부대 사령부에서 복무하라는 말이었지. 그래서 우리는 바로 뒤돌아서서 사령관 말리놉스키를 찾아 나섰어. 우리가 사령관을 찾으러 돌아다니자 마을에 웬 아가씨 둘이 사령관을 찾아다닌다는 말이 돌았나봐. 장교 한 명이 우리에게 오더니 다짜고짜 서류를 보여달라더군.

─서류를 보여주시오.

보여줬지.

—왜 사령관을 찾는 겁니까? 공병부대 사령부로 가야 하는 거 아니오?

우리가 대답했어.

—우리는 공병소대 지휘관으로 왔어요. 그런데 왜 사령부에 남으란 거죠? 우리는 무슨 일이 있어도 공병소대를 지휘할 거예요. 그것도 최전선에서.

그러자 이 장교가 다시 우리를 공병대 사령부로 데려가는 거야. 갔더니 자기들끼리 한참을 이야기하더라고. 농가 오두막을 가득 채운 사람들이 저마다 한마디씩 하는가 하면 또 자기들끼리 웃고 그랬어. 우리는 우리대로 고집을 꺾지 않았어. '우리에겐 파견장이 있다. 우리는 반드시 공병소대 소대장이 되어야 한다'며 끝까지 물러서지 않았지. 그러자 우리를 데려온 그 장교가 막 화를 내더라고.

—숙녀분들! 공병소대 소대장이 얼마나 사는 줄이나 알아요? 오래 살아야 두 달이오, 두 달……

—잘 알아요. 그래서 최전선으로 가고 싶다는 거예요.

그들도 더이상 어찌할 방법이 없었는지 결국 파견장을 내주었어.

—그럼, 할 수 없지. 제5돌격부대로 가시오. 돌격부대가 어떤 곳인지는 당신들 스스로 잘 알 거라고 믿소. 명칭에서부터 잘 드러나니까. 그곳은 상시 최전선이오.

그들이 아무리 무서운 말로 겁을 줘도 우리는 기쁘기만 했어.

—알겠습니다!

제5돌격부대 사령부에 도착했더니 아주 교양 있게 생긴 대위가 앉아 있었지. 그는 우리를 아주 정중하게 맞이했지만, 우리가 꼭 공병소대 지휘관이 되고 싶다고 하자 자기 머리를 감싸쥐더라고.

―그건 안 돼요, 안 돼! 지금 무슨 말을 하는 거요? 당신들에게는 여기, 본부에서 할 수 있는 일을 찾아보겠소. 당신들 말은 농담으로 알겠소. 공병소대엔 남자들밖에 없는데 난데없이 여자가 지휘관으로 온다니. 그건 미친 짓이오. 절대 안 될 소리요.

그렇게 우리를 붙잡고 이틀을 애를 썼어. 간단히 말해서…… 우리를 설득한 거야. 하지만 넘어가지 않았지. 반드시 공병소대 지휘관이 돼야 한다고 우겼어. 우리 입장에서 한 발자국도 물러서지 않았어. 나중에 보니 그게 다가 아니었지만. 결국…… 임명장을 받아들였지. 그리고 내가 맡을 소대로 갔는데…… 갔더니 글쎄, 어땠는지 알아, 병사들이? 대놓고 비웃질 않나, 분노에 차서 씩씩대질 않나, 딱 보니 알겠다는 듯 어깨를 으쓱하질 않나, 원. 공병대 대대장이 나를 새로 온 소대장이라고 소개하자 다들 동시에 '우, 우, 우……' 야유를 보내는 거야. 심지어 어떤 병사는 '퉤' 하고 침까지 뱉더라니까.

하지만 1년 후에 내가 붉은 별 훈장을 받자, 나를 비웃던 내 병사들이, 물론 그때까지 살아남은 병사들에 한해서지만, 나를 자기들 팔에 태워 막사까지 데려다줬지. 나는 우리 병사들의 자랑거리였어.

전쟁이 무슨 색이냐고 묻는다면 이렇게 답하고 싶어. 전쟁은 대지의 색이라고. 우리 공병대에게는…… 까맣고 노랗고 황토 빛깔인 흙의 색이라고……

어딘가 행군을 하다가…… 숲에서 밤을 보내게 되잖아. 그러면 모닥불을 피워놓고 말없이 조용히들 앉아 있지. 타오르는 불길을 보면서. 이미 잠든 사람도 있고. 모닥불을 보고 있으면 어느새 스르르 잠이 밀려와. 잠이 든 듯 깬 듯 눈을 뜨고 있으면 이름 모를 나방이며 모기들이 뜨거운 불길을 향해 날아들지. 소리도 없이, 날갯짓도 없이 슷슷 날아와서는 말 한마디 못하고 거대한 모닥불 속으로 사라지는 거야. 그 뒤를 다른 녀석들이 쫓아 날아들고…… 대놓고 말하면…… 꼭 우리처럼. 날아오고 또 날아오고. 밤새 그렇게 날아들지.

두 달 후에도 나는 살아 있었고, 다시 두 달 후에는 부상을 당했어. 부상은 그때가 처음이었는데 심각한 건 아니었어. 그리고 더이상 죽음을 생각하지 않게 됐지……"

스타니슬라바 페트로브나 볼코바, 소위, 공병소대 소대장

"어렸을 때…… 어릴 적 이야기부터 할게…… 전선에서 내가 제일 두려웠던 건 어린 시절 추억이었어. 그래, 바로 내 어린 시절. 전쟁터에서 가장 행복했던 순간을 떠올린다…… 그건 안 될 일이었어…… 전쟁터에선 금기였지.

아무튼…… 어렸을 때 아버지가 내 머리를 깎아주셨는데, 거의 빡빡 밀다시피 하셨거든. 머리를 짧게 자르고 갑자기 어린 아가씨에서 젊은 병사로 변해버린 우리 모습을 보니까 아버지가 이발해주시던 일이 떠오르더라고. 어떤 아이들은 짧은 머리에 기겁했지만…… 나는 쉽게 적응했어. 짧은 머리는 거부할 수 없는 나의 운명이라고나 할까. 아버지는 날 보고 '아이고, 이건 딸이 아니라 아들이야, 아들' 하시며 한숨을 내쉬곤 하셨지. 사실 그게 괜한 걱정은 아니었어. 내가 워낙 유별났거든. 부모님께 야단도 여러 번 맞았어. 나는 겨울이면 가파른 벼랑에서 눈 덮인 오비 강으로 뛰어내리곤 했어. 학교가 끝나면 아버지의 낡은 솜바지를 꺼내 입고는 바지 끝을 펠트부츠 속으로 밀어넣었지. 솜옷 윗도리는 바지 속에 집어넣고 허리띠로 단단히 조여매고. 머리엔 귀마개가 달린 모자를 턱밑까지 잡아당겨 쓰고. 그러고는 꼭 곰처럼 뒤뚱뒤뚱 한 발짝 한

발짝 강을 향해 걷는 거야. 강이 보인다 싶으면 전속력으로 달려가서는 벼랑 아래로 풀쩍…… 아! 벼랑 아래로 곤두박질칠 때 그리고 머리 꼭대기부터 눈 속으로 쏙 파묻힐 때의 그 느낌! 숨이 막힐 것 같던 그 기분! 다른 여자애들도 덩달아 나를 따라 해보았다가 큰 코들 다쳤지. 다리를 접질리질 않나, 딱딱하게 뭉친 눈에 코를 박아 코피를 흘리지 않나. 아무튼 꼭 뭔가 사달이 나곤 했어. 나는 남자애들보다 더 날쌨어. 이렇게 어린 시절 이야기부터 꺼내는 건…… 처음부터 피 이야기는 하고 싶지 않아서야. 하지만 알아, 그 이야기가 중요하다는 건. 당연히 알지. 나도 책 읽는 거 좋아하니까. 그럼, 이해하지……

우리는 1942년 9월에 모스크바에 도착했어…… 일주일을 꼬박 기차를 타고 환상선을 따라갔지. 중간에 쿤체보, 페로보, 오차코보 같은 기차역들에 잠깐씩 정차했는데, 가는 곳마다 소녀병사들인 거야. 전선의 군대들이고 후방의 부대들이고 전부, 소위 말하는 '구매자들'을 보내서 우리한테 '저격수가 되겠느냐, 위생병이 되지 않겠느냐, 무전기사는 어떠냐'며 제안들을 했어. 하지만 마음에 드는 게 하나도 없더라고. 결국 다 뽑혀가고 기차 전체에서 13명만 남았어. 남은 우리 13명은 모두 난방이 되는 화물칸으로 옮겨 탔어. 그래서 우리가 탄 화물칸과 사령부 차량, 이렇게 두 차량만 역에 머물게 됐지. 이틀을 기다려도 우리를 찾는 구매자들은 오지 않았어. 그래도 우리는 웃고 떠들며 노래를 불렀어. '우리는 잊힌 존재라네. 버려진 존재라네.' 이틀째 저녁 무렵이 되자 열차 차장이 장교 셋과 함께 오는 거야.

마침내 '구매자들'이 나타난 거지! 다들 키가 훤칠하고 날렵한 체격에 군인용 멜빵을 단정하게 조여맸더군. 군용외투는 말쑥했고, 얼마나 깨끗이 닦았는지 반짝반짝 광이 나는 군화는 박차까지 대어져 있었어.

바로 그거였어! 우리는 아직 한 번도 본 적 없는 모습이었지. 그들은 사령부 차량으로 들어갔어. 우리는 무슨 이야기를 하는지 들어보려고 귀를 벽에 바짝 갖다댔어. 차장이 우리 명단을 보여주며 일일이 이 사람은 누구고, 어디 출신이고, 학교는 어디까지 다녔고 등등 간단하게 설명하는 것 같더라고. 그리고 곧 '전원 다 적합하다'는 소리가 들렸지.

그러자 차장이 와서 우리더러 밖에 나가 정렬하라고 지시했어. 우리에게 전투기술을 배우고 싶지 않느냐고 묻더군. 얼마나 기다리던 순간인데 마다해. 당연히 배우고 싶다고 했지. 그것도 너무너무! 고대하고 고대하던 일이라고! 우리는 어디서 배울 것인지, 맡을 임무는 무엇인지 묻지 않아. 곧 '미트로폴스키 대위, 이 아가씨들을 학교로 데려가도록.' 지시가 떨어졌지. 우리는 각자 어깨에 배낭을 둘러메고 둘씩 짝을 지어 대위를 쫓아갔어. 그렇게 모스크바 거리를 지났어. 사랑하는 모스크바…… 우리나라 수도…… 이렇게 고통스러운 시간에도 아름답기만 한…… 우리의 정다운 도시…… 하지만 대위가 어찌나 성큼성큼 앞서 걷던지 따라가느라 혼났지 뭐야. 전승 30주년 기념일에 모스크바에서 세르게이 표도로비치 미트로폴스키 대위를 만났는데, 그제야 고백하더라고. 모스크바 군사기술학교 학생들이었던 우리들 앞에서. 사실은 우리를 데리고 모스크바 거리를 걷는 게 여간 쑥스러운 게 아니었다고. 그래서 될 수 있는 한 우리와 멀리 떨어져 가려고 애썼대. 자기한테 관심이 쏠리는 게 부담스러워서. 우리 아가씨들의 관심이…… 우리야 그 사실을 알 턱이 없었지. 대위 뒤를 따르느라 뛰기 바빴으니까. 우리가 그렇게 예뻤나봐!

그리고…… 나는 수업 시작부터 징계를 받아 번외 임무를 두 개나 수행해야 했어. 글쎄, 강의실이 춥기도 했고 또 마음에 안 드는 게 좀 있더라고. 왜 있잖아, 어린애 같은 유치한 불만이나 심술 같은 거. 뭐, 그래서 응분의 대가를 치른 거지. 첫번째 징계에 이어 두번째 징계, 또 징계…… 그렇게 계속 징계를 받았어. 밖에서 보초를 서는데 학생들이 나를 본 거야. 다들 킥킥댔지. 영원한 보초병이라면서. 그 아이들한테야 그저 우스운 일이었겠지만 나는 수업에도 못 나가, 밤에 잠도 제대로 못 자, 정말 죽을 맛이었거든. 낮에는 하루종일 문 옆에서 보초를 서고, 밤에는 병영 바닥을 광택제로 문질러 닦았어. 그때는 바닥을 어떻게 닦았는지 알아? 지금부터 설명해주지…… 자세히 이야기해줄게…… 지금과는 많이 달랐어. 지금이야 솔 종류도 많고 바닥을 청소하는 기계도 있고, 여러 방법이 있잖아. 하지만 그때는…… 나는 취침 점호가 끝나면 우선 군화부터 벗었어. 군화가 광택제에 더러워지면 안 되니까. 그러고는 두 발을 낡은 군용외투 쪼가리들로 둘둘 감았어. 가는 끈으로 동여맨 샌들처럼 만들었지. 광택제를 바닥에 뿌리고 솔로 문지르는데, 문지르다보면 이게 털뭉치가 빠지면서 바닥에 달라붙는 거야. 그때는 솔이 지금처럼 나일론이 아니라 털로 돼 있었거든. 그러면 이제 발로 문지르기 시작하는 거야. 거울처럼 반질반질 광이 날 때까지 죽어라 문지르고 닦았어. 그렇게 밤새 춤을 췄다니까! 다리는 쑤시고 감각도 없지, 등은 안 펴지지, 땀은 비 오듯 흘러 눈으로 들어가지…… 아침이면 중대원들에게 '기상!'이라고 외칠 힘도 남아 있지 않았어. 그럼 낮에는 좀 쉴 수 있었느냐, 아니. 보초를 서야 했거든. 하루종일 문 옆을 지키고 서 있었어. 그러다가 또 사고를 치고 말았지…… 우습지…… 병영 바닥을 막 문지르고 와서 문 옆에서 보초를 섰어. 금방이라도 쓰러질 것처럼 잠이 쏟아지더라고. 문 옆의 작은 테이블에 팔꿈치를 기대고 꾸벅꾸벅 졸았지. 그런데 갑자기 누군가 문 여는 소리가 들리는 거야. 벌떡 일어났지. 보니까 앞에 대대 당직 장교가 서 있는 게 아니겠어. 나는 거수경례를 올려 붙이며 보고했어. '대위 동지, 중대는 지금 휴식중입니다.' 그런데 대위가 두 눈을 동그랗게 뜨고 나를 보더니 막 웃는 거야. 나는 당황한 나머지 내가 왼손잡이인 것을 깜박하고 왼손으로 거수경례를 했다는 사실을 깨달았어. 허둥지둥 오른손으로 바꿔 다시 경례하려 했지만 때는 이미 늦었지. 결국 또 벌칙을 받고 말았어.

그곳이 아이들 장난도 평범한 학교도 아닌 군사학교라는 사실을 내가 깨닫기까지는 꽤 오랜 시간이 걸렸어. 군사학교란 전쟁을 준비하는 곳이며 지휘관의 명령은 부하들에게 곧 법이라는 것을 말이야.

마지막 시험 때 받았던 질문이 생각나.

—공병은 살면서 몇 번이나 실수를 하는가?

—공병은 살면서 단 한 번의 실수를 합니다.

—정확하다……

그리고 곧바로 귀에 익은 말이 뒤따랐지.

—가도 좋다, 바이라크 생도.

졸업을 하곤 곧장 전쟁터였어. 진짜 전쟁터……

나는 내가 맡을 소대로 안내를 받았어. 첫 명령을 내렸지. '소대, 차렷!' 그런데 누구 하나 일어날 생각을 안 하는 거야. 누워 있거나 앉아 있고, 담배 피우고, 심지어 어떤 병사는 '아, 아!' 하고 늘어지게 기지개까지 펴더라니까. 한마디로, 다들 내가 그 자리에 없는 것처럼 행동했어. 이미 뛰어난 정찰병들인 자신들이 갓 스무 살짜리, 그것도 생면부지여자의 지휘를 받아야 한다는 사실이 그들로서는 굴욕이었던 거지. 나는 그 점을 너무 잘 이해했기 때문에 '바로!'라고 다시 명령을 내릴 수밖에 없었어.

적이 맹렬한 기세로 총격을 시작했어…… 얼른 도랑으로 뛰어내렸는데, 외투가 새것이라 더러운 흙탕 바닥에 그대로 누울 수가 없겠더라고. 그래서 아직 안 녹고 쌓여 있는 눈에 비스듬히 몸을 기댔지. 젊다는 게 그래. 절체절명의 순간에도 목숨보다 외투를 더 챙기게 돼. 젊은 아가씨는 때론 바보라니까. 병사들이 그걸 보고 웃고 난리가 났지, 뭐. 공병대는 어떤 정찰 임무를 맡았느냐고? 밤새 병사들이 중립지대에 개인 참호를 파놓으면 날이 밝기 직전에 분대장 한 명을 데리고 그 참호로 기어갔지. 병사들이 적의 눈에 띄지 않도록 우리를 위장시켜줬어. 우린 하루종일 참호 속에 꼼짝도 안 하고 누워 있었어. 한두 시간이 지나면 벌써 손과 발이 차갑게 얼어오는데, 펠트부츠에 털외투를 입고 있어도 별 소용이 없었어. 네 시간 정도 지나면 이미 꽁꽁 얼어서 고드름이 됐지. 눈이 오면…… 그대로 눈사람이 됐고…… 겨울엔 그랬어…… 여름엔 땡볕에 누워 있거나 비를 철철 맞아야 했고. 그렇게 하루종일 모든 주변 상황을 빠짐없이 주시하고, 주시한 내용을 가지고 지형도를 그렸어. 지표면에 변화가 보이는 장소들을 표시하는 거였지. 지표면이 볼록 솟아 있거나 흙더미가 쌓여 있거나 눈밭이 질척질척 더럽혀져 있는 곳, 아니면 풀이 뭉개져 있거나 풀잎의 이슬이 깨끗이 닦여 있는 곳, 그런 데가 보이면 곧바로 표시를 했어…… 그런 곳이 우리의 목표였으니까…… 그게 바로 독일군 공병들이 지뢰를 매설한 흔적들이었거든. 그리고 독일군 철조망이 나타나면 반드시 그 길이와 넓이를 측정해야 했어. 그걸로 철조망 밑에 묻힌 지뢰가 어떤 종류인지 알아내야 했지. 대인지뢰인지, 대전차지뢰인지, 아니면 뭔가 듣도 보도 못한 새로운 지뢰인지. 우리는 또 적의 포화 지점도 알아내야 했어……

우리는 아군이 공격을 개시하기 직전, 그러니까 주로 밤에 활동했어.

그 일대를 센티미터 간격으로 샅샅이 뒤졌지. 지뢰밭에 미리 지나갈 길을 냈어…… 늘 땅바닥을 기어다녔지…… 배를 땅바닥에 딱 붙이고…… 나는 베틀의 밑실통처럼 이 분대에서 저 분대로 정신없이 기어다녔어. 다니다보면 늘 '내' 지뢰가 더 많았어.

사건도 참 많았어…… 영화를 찍어도 모자랄 정도야…… 그것도 시리즈로……

장교들이 나를 아침식사에 초대하기에 가겠다고 했지. 공병들에게 따뜻한 음식을 먹을 수 있는 기회가 늘 오는 건 아니었으니까. 우리 공병들은 농담으로 풀을 먹고 산다고 할 정도였거든. 다들 식탁에 자리를 잡고 앉았는데 뚜껑 덮인 러시아 페치카가 자꾸 신경이 쓰이는 거야. 가까이 다가가서 이리저리 뚜껑을 살펴봤지. 장교들이 나보고 '지뢰라면 요강 속까지 뒤져볼 사람'이라며 웃어댔어. 잠깐 대꾸하고는 계속 살펴봤어. 뚜껑 맨 아래쪽 왼쪽 손잡이에 구멍이 하나 작게 나 있더라고. 더 유심히 봤더니 페치카로 연결된 가는 전선이 보이는 거야. 재빨리 몸을 돌려 앉아 있던 사람들에게 소리쳤어. '이 건물에 지뢰가 매설됐어요. 어서 밖으로들 나가요.' 장교들이 순간 조용해지면서 믿을 수 없다는 듯 나를 뚫어지게 바라보았어. 아무도 식탁을 뜨려고 하지 않았지. 고기 냄새는 맛있게 나지, 감자는 먹음직스럽게 익었지…… 나는 다시 한번 소리쳤어. '지금 당장 이곳에서 나가라니까요!' 그리고 우리 병사들과 함께 작업에 나섰어. 우선 뚜껑을 제거하고…… 가위로 전선을 '끊어냈어'…… 그런데 그곳…… 그…… 페치카 안에 1리터들이 에나멜 머그잔이 몇 개 있더라고. 가는 노끈으로 한데 묶여서. 병사들의 꿈인 머그잔이 말이야! 그게 휴대용 냄비보다 훨씬 좋았거든. 그런데 페치카 저 안쪽에 검은 종이로 싼 커다란 꾸러미 두 개가 또 보이는 거야. 20킬로

그럴 정도 나가는 폭발물이었어. 우습게 본 요강이 그 정도였지.

우리는 우크라이나를 따라 진군했어. 예전에는 스타니슬라브로, 지금은 이바노프란콥스크라고 부르는 지역에 들어와 있었지. 우리 소대는 '설탕공장의 지뢰를 즉시 제거하라'는 임무를 받았어. 공장까지 가는 길은 일분일초가 급했어. 공장에 지뢰가 어떤 식으로 매설되어 있는지 알 길이 없었으니까. 만약 시한장치로 설치돼 있다면 지뢰가 터지는 건 그야말로 시간문제였거든. 우리는 임무를 향해 걸음을 재촉했어. 날씨가 따뜻해서 다들 얇은 옷차림이었지. 장거리포가 설치된 진지 옆을 막 지나는데 갑자기 참호에서 포병 한 명이 뛰어나와 소리치는 거야. '공습이다! 정찰기다!' 나는 머리를 들어 하늘에 '정찰기'가 보이는지 찾아봤어. 하지만 비행기는 고사하고 그 비슷한 것도 없었어. 사방은 고요했고, 아무 소리도 들리지 않았지. 도대체 어디에 '정찰기'가 있단 거야? 그런데 갑자기 내 소대원 중 한 명이 잠시 대열을 이탈해도 되겠느냐고 허락을 구하더라고. 보니까 아까 그 포병에게 다가가서는 다짜고짜 얼굴에 주먹을 날리는 게 아니겠어. 어떻게 된 일인지 따져보고 말고 할 새도 없었어. 뺨을 맞은 포병이 고래고래 소리를 질렀어. '전우들, 우리를 공격한다네!' 그러자 참호에서 포병들이 벌떼처럼 몰려나와 우리 병사를 에워쌌어. 내 소대원들 역시 두 번 생각지도 않고 탐침이며 지뢰탐지기며 배낭을 내동댕이치고는 우리 병사를 구하러 달려들었지. 난투극이 벌어졌어. 나는 이해할 수가 없었어. 도대체 무슨 일이지? 왜 우리 소대가 싸움을 시작한 거지? 한시가 급한 판에 난데없이 싸움에 휘말리다니. 명령을 내렸지. '소대 정렬!' 하지만 아무도 내 말을 듣지 않았어. 그래서 재빨리 권총을 빼들고 공중에 대고 쐈어. 방공호에서 장교들이 뛰어나왔어. 뒤엉켜 싸우는 병사들을 떼놓고 진정시키는 데 한참이 걸렸지.

대위가 우리 소대로 와서 '누가 여기 지휘관이냐'고 물었어. 나라고 대답했지. 대위의 눈이 휘둥그레지는가 싶더니 당황한 기색까지 보이더군. 그러고는 나한테 무슨 일이냐고 물었어. 나도 어찌된 일인지 어리둥절한 참이라 대답하지 못했어. 그러자 내 부관이 앞으로 나와 자초지종을 털어놨어. 그때 알았지. '정찰기'가 무슨 의미인지, 그게 여자에게 얼마나 모욕적인 말인지. 창녀, 뭐 그런 비슷한 의미였어. 전선에서 병사들끼리 쓰는 은어였던 거야……

그러니까…… 우리가 지금 꽤 솔직한 대화를 나누고 있잖아. 그래서 하는 말인데…… 나는 전쟁터에서 사랑이니 어린 시절이니 그런 건 생각하지 않으려고 노력했어. 죽음도 마찬가지고. 음…… 이왕 솔직하게 이야기하는 거니까…… 글쎄…… 이미 말했듯이 나는 살아남기 위해 많은 걸 스스로에게 금지시켰어. 특히 마음을 약하게 할 수 있는 건 무조건 다. 생각하고 떠올리는 것조차 하지 않았지. 독일군으로부터 탈환한 리보프*에서 처음으로 며칠간 저녁시간을 자유롭게 보냈던 때가 생각나. 그런 시간은 전쟁터에 온 후로 처음이었어…… 대대 전체가 시내 영화관에서 영화를 봤어. 처음엔 푹신한 의자에 앉는 것부터 아름다운 무대장치를 보는 거며 안락함과 평안함을 느끼는 것도 영 어색한 거야. 영화 상영 전에 오케스트라가 음악을 연주하고 가수들이 나와 노래를 하더라고. 극장 로비에서 춤추는 시간도 갖고. 우리는 폴카도 추고 크라코바크**도 추고 파데스판***도 췄어. 그리고 우리의 영원한 춤 '러시아춤'으로 마지막을 장식했지. 특히 음악이 내 마음에 깊게 와닿았어…… 어

---

* 우크라이나 리보프 주의 중심도시.
** 템포가 빠른 폴란드 민속춤 또는 그 음악.
*** 왈츠, 평형 운동으로 구성된 삼박자의 춤 또는 그 음악.

디에선가 총격이 벌어지고 우리가 곧 다시 전선으로 복귀해야 한다는 사실이 믿어지지 않았지. 죽음이 우리 옆을 맴돌고 있다는 사실이.

바로 다음날 우리 소대에 임무가 주어졌어. 작은 마을과 철길 사이에 가로놓인 지대를 훑으라는 지시였지. 그곳에서 차량 몇 대가 폭파되었거든. 지뢰였어…… 정찰병들이 지뢰탐지기를 들고 고속도로를 따라 걸었어. 추적추적 비가 차갑게 내렸지. 다들 온몸이 흠뻑 젖었어. 나는 군화가 물기를 먹고 부풀어오른데다 쇠 밑창을 댄 것처럼 무거워져서 애를 먹었어. 게다가 외투 끝자락까지 다리에 거치적거리지 뭐야. 잡아서 허리춤에 끼워넣었지. 나는 내 탐색견인 넬카를 끈에 묶어 앞장세워 갔어. 넬카는 언제나 포탄이나 지뢰를 발견하면 그 근처에 앉아서 해체작업이 끝날 때까지 기다렸어. 충직한 나의 작은 친구…… 그날도 그렇게 넬카가 앉아 있었어…… 나를 기다리며 이따금 작은 소리로 짖었지…… 그런데 갑자기 '장군님께서 소위님을 찾는다'는 거야. 병사들이 건너건너 전해준 전갈이었어. 뒤를 돌아봤어. 마을길에 지프차 한 대가 서 있더라고. 나는 철길 배수구를 훌쩍 뛰어넘어 달려가면서 외투 끝자락을 잡아 빼고 허리띠와 군모를 단정히 했어. 그래도 소대장에 어울리는 차림이 아니기는 마찬가지였지만.

지프 있는 데로 달려가 지프 문을 열고 보고를 시작했지.

―장군 동지, 장군님의 명령에 따라……

그런데 내 말이 채 끝나기도 전에 장군이 그러는 거야.

―됐어……

나는 보고를 멈추고 똑바로 서서 '차렷' 자세를 취했어. 장군은 내가 있는 쪽으로는 고개 한번 돌리지 않고 지프 차창 너머로 길만 내다보았어. 안절부절못하며 힐끔힐끔 시계를 들여다보더군. 나는 그대로 서 있었어.

장군이 부관에게 물었어.

—공병대 지휘관은 대체 어디 있는 건가?

내가 다시 보고를 시도했어.

—장군 동지……

장군이 마침내 내 쪽으로 고개를 돌리고 짜증난다는 듯 내뱉었지.

—뭔데 자꾸 귀찮게 굴어!

그제야 상황을 알겠더라고. 웃음이 나오는 걸 간신히 참았지. 그러자 장군의 부관이 그러는 거야.

—장군 동지, 여기 이 여자병사가 공병대 지휘관인 것 같은데요?

장군이 나를 뚫어지게 바라봤어.

—자넨 누군가?

—공병소대 소대장입니다, 장군 동지.

—자네가 공병대 지휘관이라고?

장군이 씩씩대며 물었어.

—네 그렇습니다, 장군 동지!

—지금 임무를 수행하고 있는 병사들이 자네 부하들이라고?

—네 그렇습니다, 장군 동지!

나는 '장군 동지…… 이거는 이렇고, 장군 동지, 저거는 저렇고……' 라며 계속 보고를 올렸어.

장군이 지프에서 내려 몇 걸음 앞으로 걸어가더니 몸을 돌려 내게로 다가왔어.

내 앞에 서서 나를 위아래로 쳐다봤지. 그러고는 자기 부관에게 그러는 거야.

—여자 소대장을 본 적 있나?

그리고 이번에는 나에게 물었어.

—몇 살인가, 소위?

—스무 살입니다, 장군 동지.

—어디 출신이지?

—시베리아 출신입니다.

장군은 이것저것 한참을 캐물었고, 자기네 전차부대로 옮겨오지 않겠느냐는 제안도 했어.

장군은 내가 소대장에 어울리지 않게 초라한 차림새를 한 것에도 화를 냈어. 자기였다면 그런 건 절대 용납하지 않았을 거라면서. 장군은 지금 공병대가 절대적으로 필요한 상황이라고 했어. 그러고는 나를 한쪽으로 데려가 숲 쪽을 가리켰지.

—바로 저곳에 내 탱크들이 머물고 있네. 나는 우리 탱크들이 이 철로를 통과해 지났으면 해. 철도 레일과 침목들은 제거되었지만 철로 속에 지뢰가 매설되어 있을지도 몰라. 우리 전차병들을 위해 친절을 베풀어주지 않겠나. 철길을 한번 점검해주게. 이 길을 이용해 가면 전선까지 더 편하고 빠르게 이동할 수 있지. 기습공격이 뭔지 아나?

—네, 압니다, 장군 동지.

—좋아, 무사하길 빌겠네, 소위. 승리하는 그날까지 살아남게. 승리가 코앞이야. 알겠나!

철길엔 정말 지뢰가 매설돼 있었어. 우리가 확인했지.

모두 승리의 그날까지 살아 있기를 원했어……

1944년 10월에 우리 대대는 210지뢰해체독립분대의 일원으로 우크라이나 제4전선 부대들과 함께 체코슬로바키아로 들어갔어. 가는 곳마다 대환영을 받았지. 기쁨에 찬 사람들이 우리에게 꽃이며 과일이며 담배 들을 던져주었어. 길에 카펫까지 깔아주고…… 어린 아가씨가 남자들 소대를 지휘하는데다 지뢰까지 직접 제거한다는 사실이 알려지자 센세이션이 일었지. 나는 남자처럼 머리를 짧게 자르고 바지와 군복을 입고 다녔어. 행동거지도 꼭 남자 같았지. 간단히 말해서 나는 10대 남자아이처럼 보였어. 가끔 말을 타고 마을로 들어가기도 했는데, 기수가 누군지 알아채기가 쉽진 않았지. 하지만 여자들은 본능적으로 뭔가 이상한 낌새를 채고 나를 유심히 살펴보곤 했어. 여자의 본능이라…… 웃기기도 하고…… 하여간 대단했어! 숙소로 정해진 아파트에 도착하잖아. 그럼 그제야 집주인 내외가 알게 되는 거야. 자기 집에 머물 손님이 장교는 맞는데 남자가 아니라는 걸. 많은 사람들이 벌어진 입을 다물지 못했지…… 그야말로 무성영화의 한 장면이었다니까! 하지만 그게…… 음…… 나는 오히려 그게 좋았어. 그렇게 사람들을 놀라게 하는 게 왠지 좋더라고. 폴란드에서도 똑같은 일이 벌어졌지. 어느 작은 마을에서 한 할머니가 내 머리를 쓰다듬던 일이 기억나. 나는 그 이유를 짐작하면서도 짐짓 '왜 머리를 쓰다듬으시냐'고 물었지. 할머니가 당황해하며 그냥 내가 가엾어서 그랬다고, 내가 '너무 어린 아가씨'라서 그랬다고 대답하더라고.

발걸음 닿는 곳마다 지뢰였어. 정말 많았지. 한번은 어떤 집에 들어갔는데 그 집 장롱 근처에 송아지가죽 장화가 있는 거야. 맨 처음 장화를 본 병사가 만지려고 손을 뻗는 순간, 내가 소리쳤어. '손대지 마!' 그러고는 가까이 가 이리저리 살펴봤지. 아니나다를까 지뢰가 있더라고. 안락의자, 서랍장, 찬장, 인형, 샹들리에에…… 정말 별의별 곳에 다 지뢰가 숨겨져 있었어. 농민들이 토마토고 감자고 양배추고 밭이랑마다 죄다 지뢰가 묻혀 있다며 와서 제거해달라고 부탁하곤 했어. 만두 한번 해먹자고 우리 분대가 나서서 마을 전체 밀밭을 샅샅이 뒤진 적도 있었지. 혹시 몰라서 탈곡하기 전에 도리깨까지 살펴봤다니까……

그렇게…… 우리는 체코슬로바키아, 폴란드, 헝가리, 루마니아, 독일 등을 지나 이동했어. 하지만 특별히 기억에 남는 건 거의 없어. 시각적으로 또렷이 뇌리에 박힌 그곳의 지형만 떠오르지. 둥근 바위…… 높게 자란 풀…… 풀은 실제로 높게 자라 있기도 했고 우리한테만 유난히 높게 느껴지기도 했어. 왜냐하면 탐침과 지뢰탐지기까지 든 우리로선 풀이 조금만 무성해도 임무 수행은 둘째치고 풀을 헤치고 지나기도 어려웠거든. 풀이 오래된 곳에는…… 우엉이 나지막한 나무들보다 키가 더 클 정도였지…… 그 많던 개울들, 작은 강들, 계곡들도 생각나. 나무가 빼곡한 작은 숲, 말뚝 밑동이 썩기 시작한 철조망들, 잡초가 무성한 지뢰밭. 돌보는 이 없이 버려진 꽃밭들. 꽃밭엔 언제나 지뢰가 묻혀 있었어. 독일군은 꽃밭을 좋아했거든. 옆 들판에서는 사람들이 삽으로 감자를 캐내고, 바로 그 옆 들판에서는 우리가 지뢰를 파낸 적도 있었지……

루마니아의 데지*에서 러시아어를 아주 잘하는 젊은 여자 집에 머문 적이 있어. 알고 보니 할머니가 러시아분이더라고. 여자는 아이가 셋이었어. 남편은 전쟁에 나갔다가 목숨을 잃었고, 남편이 루마니아 의용군 사단에서 싸웠다지, 아마. 하지만 여자는 웃기도 잘하고 아주 쾌활했어. 어느 날 함께 춤추러 가자며 나를 초대하더군. 자기 옷도 입으라고 내주고. 마음이 혹하더라니까. 나는 일단 바지와 군복을 입고 가죽부츠를 신

---

* 루마니아 서부 콜루지 주에 있는 도시.

은 다음, 그 위에 루마니아 전통의상을 걸쳤어. 수놓인 긴 리넨 블라우스와 통이 좁은 체크무늬 모직스커트를 입었지. 그리고 검은색 장식띠로 허리를 단단히 졸라맸어. 머리엔 커다란 술이 달린 꽃무늬 스카프를 두르고. 그랬더니 관자놀이 옆으로 살짝 빠져나온 하얀 머리칼과 하얗게 벗겨진 콧잔등만 빼고는, 여름 내내 이산 저산 헤매고 다니느라 새까맣게 탄 얼굴까지 더해져서 영락없는 루마니아 여자인 거야. 진짜 루마니아 아가씨.

클럽이 없어서 누군가의 집에 모여 놀기로 했어. 도착하니까 벌써 음악이 연주되고 젊은이들이 춤을 추고 있었어. 아, 그런데 거기 우리 대대의 장교들이 거의 다 와 있는 거야. 나를 알아보면 어쩌나 싶어 가슴이 철렁했지. 사람들 눈에 띄지 않게 한쪽 구석으로 가서 섰어. 스카프로 얼굴도 살짝 가려주고. 하지만 구경이라도 하고 싶더라고…… 멀찍이 떨어져서 지켜보기로 했지…… 그런데 장교 한 명이 몇 차례나 나한테 와서 춤을 추자고 하면서도 나를 못 알아보는 거 있지. 입술을 빨갛게 칠하고 눈썹도 예쁘게 다듬어서인지 전혀 모르더라니까. 은근히 우습기도 하고 재밌더라고. 그래서 그 시간을 진심으로 즐길 수 있었어…… 나보고 아름답다고 하는 게 좋았어. 달콤한 말치레도 듣기 좋고…… 춤을 추고 또 췄지……

전쟁이 끝났지만 우리는 꼬박 1년을 더 들판이고 호수고 작은 강 들이고 다 뒤지고 다니며 지뢰를 제거해야 했지. 전쟁중에는 뭐든 물속에 던져버리니까. 중요한 건, 무사히 통과해서 제때 목표물에 닿는 것이었어. 하지만 이젠 다른 걸 생각할 때였지…… 앞으로의 삶에 대해서…… 공병들의 전쟁은 실제 전쟁이 끝나고도 몇 년이 더 지나서야 정말로 끝이 났어. 공병들이 다른 누구보다 오래 전쟁을 치른 거지. 이미 승리한 마당에 폭발을 기다리는 게 말이 돼? 폭발의 순간을 기다린다…… 정말 말도 안 되는 일이었지! 승리 후의 죽음이야말로 가장 끔찍한 죽음이야. 두 배나 더 무섭고 끔찍한 죽음.

1946년 새해에 10미터짜리 붉은색 새틴을 선물로 받았어. 웃었지. '글쎄, 이걸 어디에 쓴담? 제대하고 나가면 빨간 드레스라도 만들어 입을까? 승리를 기념하는 의미로.' 마치 예언이라도 한 것처럼…… 정말로 얼마 후에 제대통지서를 받았지 뭐야…… 관례대로 우리 대대에서 나를 위한 환송회를 열어줬어. 장교들이 촘촘히 손뜨개질한 파란색의 커다란 숄을 제대 선물로 주더군. 선물을 받으면 노래로 답례하는 법이거든. 그래서 환송회 내내 노래를 불렀지.

기차 안에서 열이 나더라고. 뺨이 부어오르고 입도 벌릴 수가 없고. 사랑니가 나고 있었어…… 나는 전쟁터에서 집으로 돌아가는 중이었어……"

압폴리나 니코노브나 리츠케비치-바이라크, 소위, 공병지뢰소대 지휘관

한 번만
볼 수 있다면…

이제 사랑 이야기를 하려고 한다……

사랑은 전쟁터에서 사람에게 유일하게 허락된 개인적인 사건이다. 사랑을 제외한 나머지는 모두 공동의 사건들일 뿐. 죽음까지도.

그네들을 만나면서 의외라고 느낀 점이 있었다면? 그건 그들이 죽음을 말할 때보다 사랑을 이야기할 때 덜 솔직하다는 사실이었다. 그들은 마치 자기방어라도 하듯 줄곧 뭔가를 감추고 털어놓지 않았다. 언제나 보이지 않는 선을 그어놓고 그 선을 넘지 않았다. 아주 철저하게 선을 지켰다. 그네들 사이에 '더이상은 안 된다'는 암묵적인 합의가 존재했다. 장막이 쳐졌다. 무엇으로부터 자신을 보호하려는 건지 이해가 된다. 전쟁 후에 자신들을 향해 쏟아진 곱지 않은 시선과 악의에 찬 오해이리라. 그네들은 이미 고통을 당할 만큼 당하지 않았던가! 하지만 전쟁이 끝나고도 그들은 또하나의 전쟁을 치러야 했다. 이미 치르고 돌아온 전쟁에 견줘 결코 가볍지도 쉽지도 않은 또다른 전쟁. 만약 누군가 밑바닥까지 솔직하기로 작정하고 무모하리만큼 대담한 고백을 하고 나면 대화를 마무리할 즈음 반드시 이렇게 부탁해왔다. "내 성을 다른 성으로 바꿔서 내줘." "우리 때는 그런 이야기는 입 밖에 내는 게 아니었어…… 상스러운 행동이었지……" 하지만 내가 들은 이야기들 중엔 낭만적이고 비극적인 사연들이 더 많았다.

당연히 이 이야기들이 그네들 삶의 전부도 아니고 모든 진실도 아니다. 하지만 그네들의 진실이다. "전쟁이여 저주 받을지어다. 우리의 가장 아픈 시간이여!"라고 통탄한 전쟁 세대 어느 작가의 솔직한 고백처럼. 이 이야기들은 그네들의 삶에 대한 암호이자 에피그라프다.

아무튼 그곳의 사랑은 어떤 모습이었을까? 죽음이 맴도는 그곳에서의 사랑은……

빌어먹을 여편네와 5월의 장미에 대하여

"전쟁이 내 사랑을 빼앗아갔어…… 유일한 내 사랑을…… 공습이 시작되자 니나 언니가 급하게 나를 찾아왔어. 그때 이미 다시는 언니를 못 볼 거라는 예감이 들었지. 언니가 그러는 거야. '위생병으로 갈 건데, 어떻게 찾아가느냐가 문제야.' 그때가 여름이라 언니는 얇은 여름원피스를 입고 있었어. 언니의 왼쪽 어깨, 목 근처에 점이 하나 있더라고. 다른 사람도 아니고 우리 친언니인데, 나는 그걸 그날 처음 본 거야. 보면서 '어디를 가더라도 언니를 알아볼 수 있겠다'고 생각했지.

그러자 갑자기 감정이 복받치면서…… 너무도 애달프고…… 가슴이 미어졌지……

다들 민스크를 떠났어. 사람들은 적의 총격 때문에 큰길 대신 숲길을 택해 걸었어. 어디선가 큰 소리로 엄마를 부르는 어린 소녀의 목소리가 들렸지. '엄마, 전쟁이래요.' 우리 부대는 퇴각하는 중이었어. 호밀이 여물어가는 드넓은 들판을 따라 이동했어. 길가에 나지막한 농가 오두막이 나타났어. 이미 스몰렌스크 지역에 접어든 거야…… 길가에 어떤 여자가 서 있었어. 그 여자가 그 여자네 작은 집보다 더 커 보이더군. 여자는 러시아 전통 문양이 수놓인 리넨 옷으로 몸을 감싼 채 양팔을 가슴 위에서 십자 모양으로 모으고는 고개 숙여 절을 했어. 병사들은 계속 행군했고, 여자는 병사들에게 깊이 고개 숙이며 '주님께서 당신들을 집으로 돌려보내주시길'이라고 했지. 병사 한 명 한 명에게 일일이 고개 숙이며 똑같은 말을 되풀이했어. 그러자 모든 병사들 눈에 눈물이 가득 고였지……

전쟁 내내 그 여자 생각이 나더라고…… 이제 다른 이야기, 우리가 독일군을 물리치고 독일로 들어갔을 때의 이야기야. 어떤 마을에서…… 독일 여자 두 명이 작은 모자를 쓴 채 마당에 나와 커피를 마시고 있는 거야. 마치 전쟁이란 건 없다는 듯이…… 그러자 이런 생각이 들었어. '우리는 모든 게 파괴되고 사람들은 땅속에 살고, 풀까지 뜯어먹는 판인데, 당신네들은 한가롭게 앉아서 커피를 마신다 이거지.' 마침 우리 병사들을 태운 아군 트럭들이 옆으로 지나가는데…… 글쎄, 우리 병사들도 커피를 마시고 있더라니까……

그리고 나중에 우리 땅을 이동해 지나게 됐어…… 그런데 뭘 본 줄 알아? 마을들은 온데간데없고 페치카만 남은 폐허. 한 노인네가 앉아 있고 그 뒤에 손자 셋이 섰는데, 아마 아들, 며느리를 한꺼번에 잃은 것 같더라고. 할머니는 페치카에 불 피울 땔감들을 주워 모으고 있었어. 양 가죽외투를 걸어놓은 걸로 보아 소택지로 피신했다 온 것 같았지. 하지 만 페치카 안에는 요리할 게 아무것도 없었어.

그러자 갑자기 감정이 복받치면서…… 가슴이 미어지더라고……

……우리 기차가 가다가 멈췄어. 무슨 일 때문이었는지는 정확히 기 억이 안 나. 도로공사중이었든지, 다른 기차로 갈아탔든지 그랬을 거야. 나는 간호사 한 명하고 같이 앉아 있었어. 바로 옆에서 우리 병사 둘이 귀리죽을 끓이고 있었고. 그런데 어디서 나타났는지 독일군 포로 두 명 이 오더니 먹을 것을 달라며 통사정하는 거야. 마침 우리한테 빵이 있기 에 빵을 좀 떼어줬지. 그러자 죽을 끓이던 병사들이 투덜대는데, 다 들 리더라고.

―의사들 좀 봐. 적한테 저렇게 빵을 많이 줘도 되는 거야!

그러고는 계속 '저들이 진짜 전쟁을 알기나 하겠냐'는 둥 '병원에만 들어앉아 있는데 어떻게 알겠느냐……'는 둥 우리를 비난했어.

잠시 후 이번에는 다른 포로들이 귀리죽을 끓이는 병사들에게 찾아 왔어. 그러자 바로 전까지 우리를 비난했던 그 병사가 포로 한 명에게 이러는 거 있지.

―뭐야, 먹을 거 달라고?

그 포로는…… 서서 기다렸어. 옆의 다른 병사가 동료에게 빵 한 덩 어리를 집어줬지.

―좋아, 조금 잘라줘.

우리 병사가 빵을 잘라줬어. 그런데 독일군 병사들이 빵을 받아들고 도 갈 생각을 안 하고 귀리죽이 끓는 걸 보고 있는 거야.

―그래, 좋아.

병사 한 명이 말했어.

─놈들에게 죽도 좀 줘.

─아직 안 끓었어.

─듣고 있는 거야?

그러자 독일군 포로들이 말을 알아듣기라도 한 것처럼 서서 기다리는 게 아니겠어. 귀리죽이 다 끓자 우리 병사들이 죽에 살로*를 넣어 섞은 다음 통조림 깡통에 담아 주었어.

그게 바로 당신에게 말하고 싶은 러시아 병사의 마음이야. 우리를 비난할 땐 언제고 정작 본인들은 빵을 주는 것도 모자라 죽까지, 그것도 친절하게 살로까지 넣어주다니. 그 일이 아직도 기억에 생생해……

아, 가슴이 울컥하면서…… 아휴, 어찌할 바를 모르겠더라고……

전쟁 끝나고 한참 지나서…… 휴양지로 떠날 준비를 하는데…… 하필 카리브 해 위기**가 닥쳤지 뭐야. 세상은 다시 시끄러워지고 혼란에 휩싸였지. 나는 묵묵히 여행가방을 꾸렸어. 원피스도 챙기고 재킷도 넣고. 이만하면 됐지 싶어, 서류를 보관해놓은 작은 가방에서 내 군인신분증을 꺼냈어. 여차하면 거기서 곧장 군정치위원회로 달려갈 생각으로.

나는 휴양지인 바다에 도착해 쉬면서 식당에 앉아 누군가에게 '여기로 올 때 군인신분증을 가지고 왔다'는 이야기를 꺼냈어. 그냥 이야기한 거야. 어떤 의도나 과시하고픈 마음 같은 건 없었어. 그런데 동석해 있던 한 남자가 관심을 보이면서 막 흥분하더라고.

---

* 동물성 지방이나 기름. 보통 돼지비계를 조미해서 훈제한 것을 가리킨다.
** 쿠바 미사일 위기. 1962년 10월, 핵탄도미사일을 쿠바에 배치하려는 소련의 시도를 둘러싸고 미국과 소련이 대치하며 핵전쟁 발발 직전까지 갔던 국제적 위기.

─아니, 누가 휴양지에 가면서 군인신분증을 챙겨간답니까? 무슨 일이 생기면 당장 군정치위원회로 달려가겠다는 생각을 가지냐고요. 그런 사람은 러시아 여자밖에 없을 거요.

경탄해 마지않던 그의 모습이 기억나. 그 환희. 우리 남편이 그렇게 나를 바라보았지. 환희에 가득 찬 눈빛으로……

서론이 길어서 미안해…… 워낙 말솜씨가 없어서. 항상 생각이 앞서고 감정이 북받쳐서……

남편과 함께 둘이서 전선으로 갔어.

잊어버린 게 많아. 날마다 떠올리는데도……

전투가 끝난 뒤의…… 그 고요함이 믿어지지 않았지. 남편이 손으로 가만히 풀을 쓸었어. 부드러운 풀을…… 그리고 나를 바라보았지…… 조용히…… 한없이 다정한 눈빛으로……

남편이 다른 병사들과 정찰을 나갔어. 이틀을 기다렸어…… 이틀 동안 한숨도 안 자고 기다렸지…… 꾸벅꾸벅 졸다가 인기척에 눈을 뜨니 남편이 내 옆에 앉아 나를 바라보고 있었어. '가서 눈 좀 붙여.' '잠자기 아까워요.'

아, 그러자 감정이 복받치면서…… 너무도 애달프고…… 가슴이 미어졌지……

정말 많이 잊어버렸어. 거의 다 잊었다고 할 정도로. 잊지 않을 거라고 생각했는데. 무슨 일이 있어도 잊지 않을 줄 알았는데.

우리는 이미 동프로이센을 지나 이동중이었고, 다들 승리를 이야기했어. 그런데 그만 남편이…… 남편이 죽어버렸어…… 파편에 맞아서…… 즉사였어. 똑딱하는 사이의 죽음. 전사자들이 실려 왔다는 소식을 듣고 달려나갔지…… 남편을 꼭 끌어안고 내놓지 않았어. 땅에 묻지 못하게 했지. 전쟁터에서는 보통 서둘러 장례를 치렀어. 전투가 빨리 끝날 땐 곧바로 전사자들을 모아들여. 사방에서 전사자들을 싣고 와서 커다란 구덩이를 파고는 거기에 다 함께 묻지. 마른 모래로만 덮을 때도 있어. 그 모래를 한참 들여다보고 있으면 모래가 움직이는 것처럼 보이지. 덜덜덜 떨고. 흔들흔들 몸을 흔들고. 왜냐하면 그곳엔…… 적어도 나에겐 여전히 살아 있는 사람들이 묻혀 있으니까. 방금 전까지도 살아 있던 사람들…… 나는 여전히 그들을 보고 그들과 대화를 나누는데…… 어떻게 믿으라고…… 우리 모두 이렇게 멀쩡히 살아 돌아다니는데 그들만 죽어 묻혔다는 걸 믿으라고? 대체 그들이 어디에 있다는 거지?

나는 남편을 내주지 않았어. 하룻밤이라도 더 같이 있고 싶었어. 남편을 옆에 두고 싶었어. 남편을 보고…… 쓰다듬고 싶었어……

아침에…… 나는 남편을 고향으로 데려가기로 결심했어. 벨라루스로. 벨라루스까지는 수천 킬로미터였지. 게다가 전쟁중이고…… 사방이 혼란 상태이고…… 모두 내가 너무 큰 일을 당해 정신이 나갔다고 생각했어. '제발 진정해. 너는 잠을 좀 자야 돼.' 아니! 그게 아니라고! 나는 이 장군 저 장군 찾아다니다가 총사령관인 로코솝스키 장군한테까지 가게 됐어. 사령관 역시 처음에는 거절하더군…… 뭐 이런 정신 나간 여자가 있나 했겠지. 얼마나 많은 병사들이 전몰용사 묘지에 묻혀 있는데, 남의 땅에 누운 병사가 얼만데 유난을 떠느냐고 말이지……

나는 한번 더 어렵게 총사령관과 면담할 기회를 얻었어.

—제가 무릎이라도 꿇을까요?

—자네 심정은 이해하네…… 하지만 남편은 이미 죽었잖나……

—우리는 자식도 없어요. 집도 불타버렸죠. 남편 사진 한 장 없다고

요. 정말 아무것도 없어요. 남편을 고향으로 데려가면 무덤이라도 남잖아요. 그러면 저도 전쟁이 끝나고 돌아갈 곳이 생기는 겁니다.

총사령관은 아무 말도 하지 않았어. 집무실 안을 왔다갔다했지. 그저 서성이기만 했어.

—총사령관 동지, 동지께서는 사랑을 해보신 적이 있나요? 저는 남편을 묻는 게 아니라 사랑을 묻는 겁니다.

그래도 아무 말이 없었어.

—정 안 된다고 하시면 저도 여기서 죽겠습니다. 남편도 없이 살아서 뭐합니까?

총사령관은 오랫동안 침묵했어. 하지만 결국 내 쪽으로 오더니 내 손에 입을 맞췄지.

하룻밤만 쓰라며 특별기를 내주더군. 비행기에 올랐지…… 관을 꼭 끌어안았어…… 그리고 그대로 의식을 잃고 말았어……"

예프로시냐 그리고리예브나 브레우스, 대위, 의사

"전쟁이 우리를 갈라놨어…… 남편은 전선으로 떠났지. 나는 처음에 하리코프*로 피란을 갔다가 나중에 타타리아**로 옮겼어. 그곳에서 일자리를 얻었지. 어느 날 사람들이 나를 찾는 거야. 결혼 전 내 성이 리숍스카야였거든. '숍스카야! 숍스카야!' 하고 부르기에 '전데요!'라고 소리쳤지. 그러자 의용군 사무실에 가서 통행허가증을 받아 모스크바로 가라는 거야. 왜? 하지만 아무도 설명해주는 사람이 없어서 영문도 모른 채 모스크바로 향했지. 하긴 그땐 전시상황이었으니까…… 가면서 생각

---

* 우크라이나 북동부에 있는 도시.
** 러시아의 중동부에 있는 타타르스탄 자치공화국.

했어. '남편이 부상이라도 당한 걸까. 그래서 나를 부르는 걸까.' 벌써 넉 달째 남편한테 소식이 없던 참이었거든. 감감무소식이었어. 나는 만약 남편이 팔이나 다리가 없는 불구가 된 거라면 남편을 데리고 곧장 고향 으로 돌아가야겠다고 마음먹었어. 어떻게든 살아지겠지 하면서.

모스크바에 도착해서 떠나올 때 알려준 주소로 찾아갔어. '벨라루스 공산당 중앙위원회'라고 쓰인 간판이 보이더군. 그러니까 그곳은 벨라 루스 임시정부가 있는 곳이었어. 나처럼 영문도 모른 채 와 있는 사람들 이 아주 많았어. 다들 '무슨 일이냐? 왜냐? 무엇 때문에 우리를 부른 거 냐?'고 물었지. 하지만 곧 다 알게 될 거라고만 하고는 우리를 커다란 홀에 모이게 했어. 보니까 벨라루스 공산당 중앙위원회 서기인 포노마 렌코 동지를 비롯해서 여러 지도자들이 와 있더라고. 나보고 '떠나왔던 그곳으로 돌아가고 싶냐'고 묻더군. 내가 떠나온 곳은 벨라루스였으니 까 당연히 '가고 싶다'고 했지. 그러자 특수학교에 내 이름을 올렸어. 그 리고 곧 적과 맞서 싸울 훈련에 돌입했지.

특수학교를 마치자마자 바로 다음날 우리는 트럭에 실려 전선으로 향했어. 전선에 도착한 뒤부터는 걸었지. 그때만 해도 나는 전선이 뭔 지, 중립지대는 또 뭐하는 곳인지 전혀 몰랐어. '준비! 준비성이 첫째다' 라는 명령이 떨어지고, 이어서 요란한 소리와 함께 조명탄이 발사됐어. 눈앞에 새하얀 눈밭이 펼쳐지는데, 그 위로 사람 띠가 길게 쳐져 있는 거야. 우리가 서로 꼬리에 꼬리를 물고 엎드려 있는 모습이었지. 우리는 수가 꽤 많았거든. 조명탄이 꺼지고 더이상 발사는 없었어. 하지만 다시 '달려!' 하는 지시가 떨어졌고 우리는 달렸어. 그래, 우린 그런 과정을 통과했어……

어느 날 정말 기적처럼 남편한테서 빨치산부대로 편지가 온 거야. 아,

그 기쁨을 어떻게 말로 다해! 2년 동안 남편 소식도 모르고 지내다가 편지를 받다니, 정말 상상도 못한 일이었지. 그때 우린 비행기를 통해 음식이며 무기들을 공급받았거든. 우편물도…… 그 우편물 속에, 작은 방수포 자루 속에 남편의 편지가 들어 있었어. 나는 당장 중앙위원회로 편지를 썼어. 남편과 함께 있을 수만 있다면 뭐든 하겠다고 편지를 써서 조종사에게 건네줬어. 우리 부대 지휘관이 알면 안 되니까 가만히 모르게 건넸지. 금방 소식이 왔더라고. 임무를 마치면 모스크바로 옮기라는 지시가 통신으로 내려온 거야. 우리 특수부대 전체를 새로운 임무지로 발령 내겠다는 지시였어…… 전원 다 비행기로 이동할 것이며 특히 페도센코는 반드시 와야 한다고 했지.

우리는 비행기를 기다렸어. 밤이라 통 속에 들어앉은 것처럼 사방이 깜깜했지. 그런데 갑자기 비행기 한 대가 나타나 우리 위를 맴도는가 싶더니 우리한테 폭탄을 퍼붓지 않겠어. 독일군의 '메서슈미트'였지. 우리 주둔지가 독일군에게 발각된 거야. 적기가 방향을 바꾸려고 잠시 멀어지는 사이 우리 비행기 Po-2가 착륙을 시도했어. 마침 내가 서 있던 전나무 아래쪽으로. 하지만 우리 조종사는 비행기가 거의 땅에 닿으려는 순간 다시 고도를 높였어. 상황을 알아챈 거지. 독일군 전투기가 곧 방향을 바꾸고 다시 공격해올 거라는 사실을. 나는 재빨리 비행기 날개에 매달려서 소리쳤어. '모스크바에 가야 해요! 허가를 받았다고요!' 조종사가 욕을 퍼붓더군. 하지만 '타!'라고 했지. 그렇게 나는 조종사와 둘이서 비행기를 타고 그곳을 떠났어. 부상자 한 명 못 태우고…… 다른 사람 아무도 없이.

5월인데도 나는 모스크바에서 펠트부츠를 신고 다녔어. 그걸 신고 극장에도 갔지. 나한테는 그게 편하고 좋더라고. 남편에게 어떻게 만나면 좋겠느냐는 편지를 썼어. 그때 나는 예비부대에 소속돼 있었고…… 언제 어디로 배치를 받아 떠날지 모를 상황이었지…… 나는 할 수 있는 곳이면 다 부탁을 하고 다녔어. '남편이 있는 곳으로 보내달라. 남편을 한 번만 볼 수 있도록 단 이틀이라도 시간을 달라. 그러면 돌아와서 가라는 데로 가겠다.' 모두 어깨만 으쓱하더군. 하지만 나는 포기하지 않았어. 우편번호로 남편이 있는 전선을 알아낸 뒤 남편을 만나러 갔지. 그리고 도착하자마자 그 지역 당위원회로 찾아가서 남편의 주소와 서류를 보여주며 '나는 이 사람 아내다. 남편을 만나고 싶다'고 말했어. 그러자 남편이 싸우고 있는 곳은 최전방이라 만나는 게 불가능하니 다시 돌아가라는 거야. 나는 완전히 거지꼴에 배가 고파 쓰러질 지경이었거든. 그런데 돌아가라니? 군사령관을 찾아갔지. 사령관이 내 행색을 보더니 입을 걸 좀 내주라고 하더군. 그래서 군복과 허리띠를 받았지. 사령관은 나를 단념시키려고 애를 썼어.

—지금 무슨 소리요. 당신 남편이 있는 그곳이 얼마나 위험한 덴데……

주저앉아 울었어. 그러자 내가 딱했는지 통행증을 내주더라고.

—가시오. 고속도로로 나가면 교통정리병이 있는데 그 사람에게 물어보면 가는 길을 알려줄 거요.

사령관이 말한 고속도로도 찾고 교통정리병도 만났어. 차량에 태워주기에 그걸 타고 갔지. 부대에 도착하자 다들 깜짝 놀라서 나를 쳐다봤어. 사방이 군인들이었어. 누구냐고들 물었지. 차마 아내라고는 못 하겠더라고. 사방에서 폭탄이 쾅쾅 터지는데 어떻게 그런 말을 해…… 그래서 얼른 누이라고 했지. 글쎄, 나도 모르겠어, 왜 누이라고 했는지. '기다려요. 거기까지 가려면 6킬로미터는 더 걸어야 해요.' 그렇게 먼길을 고

생고생하며 왔는데 또 기다리라고? 그런데 마침 그곳에서 차량 한 대가 식량을 가지러 왔더라고. 일행 중에 있던 붉은 머리에 주근깨투성이의 특무상사가 나한테 그러는 거야.

—아, 페도센코, 그 친구, 내가 알지. 하지만 지금 참호에 있는데.

특무상사에게 사정사정해서 차를 얻어 탔어. 그렇게 차를 타고 가는데 아무리 사방을 둘러봐도 아무것도 안 보이는 거야…… 오로지 숲…… 숲길…… 소위 최전방이란 곳에 어떻게 이리도 사람이 없을 수 있는지, 나에겐 새로운 사실이었지. 어디선가 이따금 총소리만 들렸어. 마침내 도착했어. 특무상사가 물었지.

—페도센코는 어디 있나?

병사들이 대답했어.

—어제 정찰 나갔다가 날이 밝는 바람에 바로 귀대하지 못하고 거기서 어두워질 때까지 기다리고 있습니다.

다행히도 통신이 연결됐어. 병사들이 남편에게 여동생이 왔다고 알렸지. 남편이 '무슨 여동생?' 하고 묻자 병사들이 '빨간 머리'라고 대답했어. 남편의 여동생은 검은 머리거든. 하지만 빨간 머리라는 소리에 남편은 여동생이 누군지 즉시 알아차렸어. 글쎄, 어떻게 거길 빠져나왔는지 모르겠는데, 세상에, 우리 남편이 바로 왔더라니까. 드디어 남편을 만난 거야. 아, 얼마나 행복했는지 몰라……

남편과 하루를 같이 보내고 다음날 남편에게 말했어.

—사령부로 가서 보고해요. 아내도 여기 남기로 했다고.

남편이 사령부로 향했어. 기다리는데, '만약 24시간 내에 여길 떠나라고 하면 어떡하나' 걱정돼서 숨도 제대로 못 쉬겠더라고. 얼마든지 그럴 수 있었거든. 거기는 최전선이었으니까. 그런데 보니까 지휘관들이 우리 방공호 쪽으로 걸어오는 거야. 소령하고 대령이. 두 사람 모두 나에게 악수를 청하더군. 잠시 후 우리는 방공호에 앉아 차를 마셨어. 남자들이 돌아가며 한마디씩 했어. '아내가 남편을 찾아 최전선까지 왔다. 진짜 아내다. 서류가 그걸 증명한다. 세상에 이런 여인이 있다니! 이런 여인을 어떻게 안 만나볼 수 있겠나!' 다들 그렇게 말하며 눈물지었어. 나는 그날 저녁을 평생 잊지 못해…… 그것 말고 나한테 뭐가 더 남았겠어?

나는 간호병 신분으로 남아 있게 됐어. 남편을 따라 정찰도 다녔지. 한번은 박격포가 발사됐는데 병사 하나가 픽 쓰러지더라고. '죽었을까? 아직 살아 있다면?' 생각하면서 그쪽으로 뛰어갔지. 박격포가 또 불을 뿜었어. 지휘관이 막 소리를 질렀어.

―어디 가는 거야, 이 빌어먹을 여편네야!

부상병 쪽으로 기어갔어. 살아 있었어…… 살아 있더라니까!

드네프르 근교에서 어느 달 밝은 밤에 붉은 깃발 훈장을 받았어. 그리고 다음날 남편이 부상을 당했지. 중상이었어. 우리는 함께 달리고, 함께 깊은 늪을 건너고, 함께 포복으로 기어다녔지. 우리는 그날도 함께 기관총이 불을 뿜고 총탄이 쏟아지는 적진을 뚫고 필사적으로 기어가고 있었어. 그러다 남편이 허벅지에 총을 맞은 거야. 파열탄이었어. 어떻게 상처를 싸맬 수도 없더라고. 거기가 엉덩이잖아. 엉덩이는 다 터져나가고 대신 그 자리에 진흙이며 흙이며 온통 흙범벅인 거야. 우리는 여전히 적의 포위망 안에 갇혀 있었어. 부상자들을 따로 피신시킬 만한 곳도 없었고 수중에 의약품도 없었지. 포위를 뚫고 나가는 길만이 유일한 희망이었어.

다행히 포위망을 벗어나 남편은 군병원으로 이송됐어. 당연히 남편을 따라갔지. 병원으로 가는 동안 이미 패혈증이 시작됐어. 그때가 새해였는데…… 1944년 새해 첫날…… 남편은 죽어가고 있었어…… 나는 남편이 곧 죽을 걸 알았어…… 우리 남편은 훈장을 많이 받았거든. 나는 그 훈장을 다 한데 모아서 남편 곁에 놓아주었어. 의사가 회진을 왔는데, 마침 남편은 잠들어 있었어. 의사가 그러는 거야.

—여기서 나가야 합니다. 남편분은 이미 사망했습니다.

내가 대답했지.

—조용히 하세요. 그이는 아직 살아 있어요.

바로 그 순간 남편이 눈을 뜨고 말했어.

—천장이 왜 파랗지?

천장을 올려다봤어.

—아니에요, 파란색이 아니에요. 바샤, 천장은 흰색이에요.

남편 눈에는 파란색으로 보였던 거야.

옆 침대의 병사가 남편에게 말했어.

—어이, 페도셴코, 만약 살아나가면 자네는 부인을 업고 다녀야 할 걸세.

—당연하지. 업고 다니고 말고.

남편이 동의했어.

글쎄, 아마 남편은 자신이 죽어가고 있다는 걸 직감했던 것 같아. 내 손을 꼭 잡고 나를 자기 앞으로 끌어당기더니 입을 맞췄어. 마지막 입맞춤인 것처럼.

—류보치카, 다른 사람들은 다 새해를 축하하느라 바쁜데 당신과 나는 여기 이렇게 있다는 게 너무 가슴이 아파…… 하지만 여보, 너무 슬퍼하지 마. 앞으로 축하할 시간은 많으니까……

남편에게 몇 시간밖에 남지 않았을 때…… 남편한테 작은 사고가 나서 침대 시트를 갈아야 했어…… 그래서 침대를 깨끗한 시트로 갈고 남편 다리에도 새 붕대를 감아줬지. 그리고 남편을 베개 위까지 끌어올리려는데 남자라 무겁더라고. 그래서 거의 남편에게 닿을 듯 몸을 기울여 끌어당기는데 느껴지는 거야, 이미 끝이라는 게. 일이 분 후면 이미 이 세상 사람이 아닐 거라는 게…… 저녁이었어. 9시 15분…… 몇 분이었는지도 기억나…… 나도 죽고 싶었지…… 하지만 그때 뱃속에 우리 아이가 있었고, 그 아이가 내가 살아야 할 이유였지. 아이 때문에 고통의 나날을 견딜 수 있었어. 1월 1일에 남편을 묻었어. 그리고 38일 후에 우리 아들이 태어났지. 1944년에 태어나 이제는 어엿한 아빠가 되었어. 남편 이름은 바실리였어. 아들 이름도 바실리 바실리예비치, 우리 손자도 바샤야…… 바실료크……"

류보피 포미니치나 페도센코, 사병, 간호병

"날마다…… 눈앞에서 보면서도…… 받아들일 수가 없었어. 젊고 잘생긴 남자가 죽어간다는 현실을…… 죽어가는 이에게…… 입맞춤을 해주고 싶었지. 죽어가는 이를 위해 의사로서 아무것도 해줄 게 없다면 여자로서라도 뭔가 해주고 싶었어. 웃어주고, 머리를 쓰다듬어주고, 손이라도 잡아주고 싶었어……

전쟁이 끝나고 숱한 해가 지났을 땐데 어떤 남자가 나한테 당신의 환한 미소를 기억하고 있다고 고백하더군. 나야 당연히 그 사람이 기억나지 않았지. 수많은 부상병들 중 한 명이었으니까. 그런데 그 사람은 나한테 그러는 거야. 내 미소가 자기를 이른바 저세상에서 이 세상의 삶으로 돌아오게 했다고…… 여인의 미소가……"

베라 블라디미로브나 셰발디셰바, 대위, 외과의

"제1벨라루스 전선에 도착했어…… 우리, 스물일곱 명의 아가씨들이. 남자들이 우리를 보며 경탄해 마지않았지. '세탁부도 아니고 전화교환수도 아니고 아가씨 저격수라니. 이런 아가씨들은 처음 보네. 정말 대단해!' 특무상사는 우리를 위해 시까지 썼어. 아가씨들이 5월의 장미처럼 감동적이며, 전쟁 때문에 우리 아가씨들의 싱그러운 정신이 불구가 되는 일은 없기를 바란다는 뭐, 그런 내용이었지.

우리가 전선으로 출발할 때 맹세한 게 하나 있어. 전장에서는 어떤 연애도 하지 않겠다는 맹세. 하고 싶은 일은 모두, 만약 살아남는다면, 전쟁 후에 하겠다고. 전쟁 전에 우리는 키스도 한 번 해본 적이 없었어. 우리는 요새 젊은이들보다 그런 일에 더 보수적이었거든. 우리에게 한 번키스는 평생의 사랑을 의미했지. 전선에서의 사랑은 일종의 금기였어. 만약 누가 연애를 하다가 지휘부에 들키잖아? 그러면 대개 둘 중 한 명이 다른 부대로 전출을 가야 했어. 두 사람을 갈라놓는 간단한 방법이었지. 우리는 연인들을 보호하고 지켜줬어. 우리가 했던 유치한 맹세를 어긴 거야…… 그래, 우리는 사랑을 했어……

사랑하지 않았다면 아마 전선에서 못 버텼을 거야. 사랑이 구한 거지. 사랑이 나를 구원했어……"

소피야 크리겔, 상사, 저격수

"지금, 사랑 이야기를 묻는 거야? 진실을 밝히는 게 두렵진 않아……나는 페페제였어. 그 말을 풀어보면 야전용 아내라는 말이지. 전장의 아내. 두번째 아내. 내연의 아내.

첫번째 대대장은……

나는 그 사람을 사랑하지 않았어. 좋은 사람이었지만 사랑하는 마음은 안 생기더라고. 하지만 몇 달 후에 그 사람 막사로 거처를 옮겼지. 달리 어떡해? 사방이 남자들인데, 그 남자들이 무서워 떨며 지내느니 한 남자랑 같이 사는 게 낫잖아. 오히려 전투에 나가는 건 무섭지 않았어. 전투가 끝나고, 특히 전선을 재정비하면서 쉴 때가 무서웠지. 총탄이 빗발치고 포탄이 불을 뿜을 땐 나를 '누이! 누이!'라고 부르다가도 전투만 끝나면 나를 어떻게 해보려고 다들 기회만 엿봤으니까…… 밤이면 막사에 틀어박혀 아예 나가질 않았어…… 다른 여자들도 이 이야기를 하던가? 아무 말도 안 했다고? 아마 말하기 창피했을 거야…… 그래서 입을 다물었을걸. 다들 자존심은 세가지고! 하지만 그런 일은 정말 있었어. 왜냐하면 살기 위한 몸부림이었으니까. 새파랗게 젊은 나이에 죽어야 한다니, 억울하잖아…… 그리고 남자들이 4년이나 여자 없이 지낸다는 것도 쉽지 않은 일이었고…… 우리 군엔 매음굴이 없었어. 그래서 알약 같은 것도 나눠주지 않았지. 다른 부대에는 여자들이 있었는지도 모르지만. 아무튼 우리는 없었어. 4년 내내…… 지휘관들은 그래도 하고 싶은 걸 할 수 있었지만 사병들은 아니었어. 군율이 있었으니까. 하지만 그 문제에 대해선 다들 침묵하지…… 보통 그런 건 말하지 않는 법이니까…… 안 해…… 예를 들어, 나는 우리 대대에서 유일한 여자 병사였는데도 공동 막사에서 지냈어. 남자들과 함께. 나에게만 따로 자리를 내준다고 내줬지만 기껏해야 6미터밖에 안 되는 비좁은 막사 안에서 그게 무슨 소용이겠어. 나는 밤에 자면서 두 팔을 내젓는 통에 잠을 깨곤 했지. 내가 휘두른 팔에 옆 사람이 뺨이나 팔을 맞기도 하고, 다른 사람이 맞기도 했지. 한번은 부상을 당해 병원에 입원했는데 병실에서도 자면서 팔을 흔들었나봐. 간호사가 밤에 나를 깨우더라고. '왜 그래요?' 누구한테 이런 이야길 하겠어?

첫번째 대대장은 지뢰 파편에 맞아 목숨을 잃었지.

두번째 대대장은……

그 사람을 사랑했어. 그 사람과 함께 전장을 누비고 다녔지. 같이 있고 싶었으니까. 그 사람을 사랑했지만 그 사람에겐 이미 사랑하는 아내와 두 아이가 있었지. 가족사진을 보여주더군. 그 사람이 전쟁에서 살아남는다면 분명 가족의 품으로 돌아갈 걸 나는 알고 있었어. 가족이 기다리는 칼루가*로. 그러면 어때? 함께 있으면 행복한데! 우린 정말 행복했어! 무시무시한 전투들을 치르고…… 우린 함께 돌아왔어…… 둘 다 살아서. 그런 기쁨은 다시는 맛볼 수 없을 거야, 그 누구와도! 결코! 나는 알고 있었어…… 그 사람은 나 없이는 결코 행복할 수 없다는 걸. 나와 함께 보낸 그런 행복한 시간은 그 어느 누구와도 다시는 누릴 수 없다는 걸. 결코…… 영원히!

전쟁이 끝날 무렵 임신을 했어. 너무도 바라던 일이었지…… 하지만 나 혼자 딸을 낳고 키워야 했어. 그 사람은 도와주지 않았어. 손가락 하나 까딱하지 않았지. 선물은 고사하고 편지 한 통 없었어…… 엽서 한 장도. 전쟁이 끝나면서 우리 사랑도 끝이 났지. 유행가 가사처럼…… 그 사람은 자기 아내한테, 자기 아이들한테 돌아갔어. 겨우 사진 한 장 남겨놓고 가버린 거야. 사실 나는 전쟁이 끝나지 않기를 바랐어…… 이런 말 하기는 정말 끔찍하지만…… 내 진심을 그대로 열어 보이기 정말 싫지만…… 아마 내가 미쳤나봐. 그야 사랑에 빠졌으니까! 전쟁이 끝남과 동시에 내 사랑도 끝나리라는 걸 나는 알았어. 그 사람의 사랑

---

* 러시아 칼루가 주의 중심도시로, 오카 강에 면해 있다.

도…… 하지만 나는 그 사람이 고마워. 그 사람 덕분에 사랑이 뭔지 알았고 그 사랑을 누렸으니까. 평생 그 사람을 사랑했어. 숱한 해가 지나도록 그 사랑을 간직했지. 이제 와 무슨 이유로 거짓말을 하겠어. 이렇게 늙어버린걸. 그래, 평생을 가슴에 품고 살았어! 하지만 후회하지 않아.

딸아이가 '엄마, 엄마는 대체 그런 남자 어디가 좋다고 그래요?'라며 나를 비난했어. 그래도 나는 그 사람을 사랑해…… 그 사람이 세상을 떴다는 걸 얼마 전에 알았어. 많이 울었지. 그 일로 우리 딸과 다퉜어. '왜 울어요? 그 사람은 엄마한테 진즉에 죽은 사람이라고요.' 나는 지금도 그 사람을 사랑해. 내 기억 속에서 전쟁은 내 인생의 가장 행복한 시절이야. 그곳에서 행복했으니까……

다만 부탁인데, 내 성은 밝히지 말아줘. 내 딸을 위해서……"

소피야 K─비치, 위생사관

"전쟁이 나자……

나는 부대로 가게 됐지…… 최전방으로. 지휘관이 나를 맞으며 난데없이 모자를 벗어보라는 거야. 깜짝 놀라서는…… 모자를 벗었어…… 군정치위원회 모병센터에서 남자처럼 짧게 자른 머리가 군사훈련소에서 지내고 또 전선까지 오는 동안 조금 자라 있었어. 구불구불하게. 원래 곱슬머리거든. 양털처럼 부드러운 곱슬머리…… 지금은 잘 모를 거야…… 이제 늙은이가 다 됐으니까…… 그런데 지휘관이 나를 보고 또 보는 거야. '2년 동안 여자는 구경도 못했소. 그래서 자꾸만 보고 싶어요.'

전쟁이 끝나고……

나는 콤무날카에 살았어. 이웃 여자들에겐 다 남편이 있었지. 여자들이 걸핏하면 나를 모욕했어. '하, 하, 하…… 그러니까 거기서 남자들이랑 어땠는지 이야기 좀 해봐……'라며 대놓고 비웃었지. 내가 감자 요리를 하면 감자 냄비에 식초를 부었어. 소금을 한 숟가락씩 쏟아넣기도 하고…… 하, 하, 하……

우리 지휘관이 제대를 했어. 나를 찾아왔더라고. 그래서 그 사람과 결혼했지. 호적등록소에 가서 혼인신고만 했어. 그게 전부였지. 결혼식은 생략했고. 1년 후에 남편은 다른 여자한테 가버렸어. 우리 공장의 식당 책임자 여자한테. 남편이 떠나면서 그러더군. 그 여자한테서는 향수 냄새가 나지만 나한테는 군화와 발싸개 냄새가 난다고.

그래서 이렇게 혼자 살아. 이 세상 천지에 나 혼자야. 이렇게 와줘서 고마워……"

예카테리나 니키티치나 산니코바, 중사, 사수

"우리 남편은…… 지금 남편이 일하러 가고 없어서 다행이야. 남편이 나한테 입조심하라고 단단히 일렀거든…… 남편은 내가 우리 연애 이야기를 떠벌리고 다닌다고 싫어해…… 세상에, 붕대로 하룻밤 만에 웨딩드레스를 만들지 않았겠어, 그것도 내가 직접. 우리 여자병사들과 한 달 동안 붕대를 모았지. 전리품으로 얻은 붕대들을…… 그래서 결혼할 때 진짜 웨딩드레스를 입은 거야! 그때 사진이 아직도 남아 있어. 내가 만든 웨딩드레스에 군화를 신었는데 군화는 옷에 가려서 안 보여. 그래, 생각나. 군화를 신었지. 허리띠는 낡은 군모를 가져다 만들었고…… 꽤 멋진 허리띠였어. 아이고, 내 정신 좀 봐…… 또 그 이야기일세…… 남편이 연애 이야기는 한마디도 하지 말라고 신신당부했는데. 떠들어댈 거면 전쟁 이야기나 하라고. 우리 남편이 꽤 엄하거든. 남편이 지도 보는 법을 가르쳐줬어…… 이틀 동안 나를 붙잡고 어디에 어떤 전선이 있는지…… 우리 부대 위치는 어딘지 가르쳤지…… 내가 지금 가져올게. 남편이 말하는 대로 받아 적어놓았거든. 내가 읽어준다니까……

왜 웃어? 웃으니까 정말 좋네! 참, 나도 우습지…… 글쎄 내가 무슨 역사학자라고! 차라리 붕대 웨딩드레스를 입고 찍은 사진을 가져오는 게 낫겠어. 지금 보여줄게.

나는 그 사진이 정말 마음에 들어…… 하얀 드레스를 입은 내가……"

아나스타시야 레오니도브나 자르데츠카야, 상등병, 위생사관

하늘 앞에 선 기묘한 정적과 잃어버린 반지에 대하여

"내 나이 열아홉에 카잔*을 떠나 전선으로 갔어…… 그리고 반년 후에 엄마한테 사람들이 내 나이를 스물다섯에서 스물일곱으로 본다고 편지를 썼지. 하루도 무섭지 않고 끔찍하지 않은 날이 없었어. 파편들이 어지럽게 날아다니면 꼭 내 살가죽이 벗겨지는 것만 같았지. 그리고 사람들이 계속 죽어나가는 거야. 한 시간이 멀다하고 사람들이 죽어나가는데 나한테는 그게 꼭 일분일초처럼 느껴졌어. 시트가 모자라 시신들을 다 덮을 수도 없었어. 그냥 속옷만 입힌 채 바닥에 눕혔지. 병실엔 이상한 정적이 흘렀어. 어디서도 느껴보지 못한 기묘한 정적. 사람이

---

* 러시아 타타르스탄 자치공화국의 수도.

한 번만 볼 수 있다면… 415

죽잖아? 그럼 언제나 위를 바라봐. 옆을 본다든지 옆 사람을 본다든지 하는 일은 거의 없어. 정말 위만 본다니까…… 천장만…… 하지만 꼭 하늘을 바라보는 것처럼 보이지……

그래서 나는 스스로에게 이런 지옥에서는 사랑의 말 따위는 기대하지 말자고 얘기하곤 했어. 믿지도 말자고. 전쟁터에 몇 년이나 있었는데도 나는 노래를 하나도 기억 못 해. 심지어 그 유명한 노래 〈방공호〉도 생각이 안 난다니까. 정말 단 한 곡도…… 고향을 등지고 전선으로 떠날 때 우리집 마당에 흐드러지게 피었던 벚꽃만 기억나. 가면서 자꾸 뒤를 돌아보았지…… 훗날 행군하다가 정원들을 봤던 것도 같아. 전쟁중인데도 꽃이 흐드러지게 피었더라고. 사실 이것도 또렷한 기억은 아니지만…… 학교 다닐 때 나는 웃음이 많은 아이였어. 전쟁터에서 그 웃음이 다 사라져버렸지. 눈썹을 곱게 다듬거나 입술에 빨간 립스틱을 칠한 아가씨를 보면 나도 모르게 분노가 치밀었어. 무조건 거부 반응부터 일었지. '어떻게 저럴 수 있지? 지금이 어느 땐데 누군가의 마음에 들겠다고 저러고 다녀?'

사방이 부상자들이고 사방이 신음 소리였어…… 사람들은 죽어서 얼굴이 파랗고 노랗게 떠 있었어. 그런데 어떻게 기쁠 수 있겠어? 어떻게 자기 행복을 생각하느냐고? 나는 사랑을 그런 것과 연결시키고 싶지 않았어. 그런 것과는…… 그곳, 그런 상황에서는 사랑이 숨도 못 쉬고 죽어버릴 게 분명했으니까. '찬사도 아름다움도 없는 사랑이 무슨 사랑이야? 전쟁이 끝나면 아름다운 인생이 기다리고 있을 거야. 사랑도. 하지만 여기서는…… 여기서는 아니야. 만약 내가 갑자기 전사하면 나를 사랑하는 사람은 얼마나 고통스럽겠어. 내 마음도 무척 괴롭겠지.' 딱 그런 심정이었어……

지금 우리 남편. 남편이 전쟁터에서 나에게 구애했어. 우리는 전장에서 만났지. 나는 남편이 하는 말을 들으려 하지 않았어. '아니, 싫어요. 전쟁이 끝나면 그때 다시 이야기해요.' 잊지 못할 일이 하나 있어. 어느 날 남편이 전투에서 돌아와 나한테 혹시 블라우스 가진 거 없느냐고 묻는 거야. 있으면 한 번만 입어줄 수 있느냐면서. 블라우스 입은 내 모습을 보고 싶다고. 하지만 군복셔츠 말고는 다른 옷은 가진 게 없었어.

나는 전선에서 결혼한 친구에게 심지어 이런 말까지 했어. '그 사람은 너한테 꽃도 안 줬어. 구애도 하지 않았고. 그런데 갑자기 결혼이라니. 그런 게 어떻게 사랑이야?' 그 친구의 감정을 이해하지 못한 거지.

전쟁이 끝났어…… 우리는 서로 얼굴만 바라봤어. 전쟁이 끝났고, 우리가 살아남았다는 사실을 믿을 수가 없었지. 우리가 앞으로도 살아갈 것이며…… 사랑도 할 거라는 사실을…… 하지만 우리는 살아가는 법도 사랑하는 법도 이미 잊어버린걸, 할 줄을 모르는걸. 집에 돌아와서 엄마와 함께 원피스를 맞추러 갔어. 전쟁 후에 처음 입게 될 원피스였지.

내 차례가 되자 나한테 묻는 거야.

—어떤 스타일로 할까요?

—몰라요.

—옷을 맞추러 와놓고 무슨 옷을 원하는지 모른다고요?

—몰라요……

나는 5년 동안 원피스는 구경도 못했어. 당연히 옷 짓는 법도 잊어버렸지. 어디에 구멍을 내는지, 어디를 잘라내는지…… 하반신이니, 상반신이니…… 무슨 말인지 하나도 모르겠는 거야. 나는 하이힐도 샀어. 하지만 방안에서 몇 발자국 걸어보고는 벗어버렸지. 구두를 한쪽 구석

에 갖다놓으며 생각했어. '평생을 가도 구두를 신고 걷는 일은 못할 것 같아……'

마리야 셀리베르스토브나 보조크, 간호병

"나는 그때를 떠올리는 게 좋아…… 전쟁터에서 아주 특별하고 아름다운 마음의 재산을 얻어왔거든. 나는 그걸 말하고 싶어. 남자들이 우리를 얼마나 아끼고 존중했는지 모를 거야. 그건 어떤 말로도 설명이 안돼. 나는 남자병사들과 한 막사에서 지냈어. 같이 나무판자 위에서 자고 같이 임무를 수행하러 다녔지. 그리고 너무너무 추운 날, 뼈마디가 얼어붙고, 혀가 입안에서 고드름이 되고, 의식까지 가물가물해질 때면 동료에게 부탁했지. '미샤, 네 외투로 나 좀 덮어줘.' 그러면 미샤가 얼른 외투를 벗어 덮어주고는 물었어. '어때, 좀 따뜻해졌어?' 내가 대답했지. '따뜻해졌어.'

살면서 그런 시절은 다신 안 올 거야. 하지만 조국이 위기에 처한 마당에 내 일을 생각한다는 건 있을 수 없는 일이었지.

―하지만 그래도 사랑들은 하지 않았나요?

―그래, 사랑이 있었지. 연애하는 사람들이 있었어…… 당신한테 이런 말 하기는 그렇지만, 그리고 어쩌면 내가 틀렸을 수도 있고 좀 억지스러운 말일 수도 있지만, 사실 난 그 사람들을 속으로 비난했어. 연애나 할 때가 아니라고 생각했지. 사방에 악이 판치고 증오가 들끓는데 사랑이라니. 아마 나처럼 생각한 사람들이 많았을 거야……

―전쟁 전에는 어떠셨나요?

―노래하는 걸 좋아했어. 웃기도 잘했고. 비행기 조종사가 되고 싶었지. 그러니 사랑을 생각하고 말고 할 새가 어디 있었겠어! 사랑은 내 인

418

생에서 그다지 중요하지 않았어. 나한테 중요한 건 조국이었으니까. 지금 생각해보면 그때 우린 참 순진했어……'

엘레나 빅토로브나 클레놉스카야, 빨치산 병사

"병원에 있는 사람들은…… 모두 행복해했어. 자신이 살아 있다는 사실에 감사했지. 다리를 하나 잃은, 스무 살 난 중위가 있었어. 고통 속에서도 행복해 보이더라고. 살아 돌아왔고, 생각해봐, 다리만 하나 잃은 거잖아. 중요한 건 살아 있다는 거니까. 살아 있기에 앞으로 사랑도 하고 아내도 얻고 모든 걸 할 수 있는 거지. 요즘 사람들은 다리가 하나 없으면 그걸 끔찍한 불행으로 여기지만, 그때는 다리 하나로도 다들 껑충껑충 뛰어다니고 담배도 피우고 웃고 그랬어. 오히려 영웅이었지!

—당신도 전선에서 사랑을 했나요?

—그럼, 새파란 청춘이었는데 당연하지. 새로 부상자들이 들어오면 들어오기가 무섭게 우리는 부상자들에게 사랑을 느꼈어. 내 친구가 좋아하는 어떤 대위는 몸 어느 한구석 성한 데가 없을 만큼 온몸이 부상덩어리였어. 친구가 '바로 이 사람'이라며 대위를 보여주더군. 나도 당연히, 보자마자 사랑의 마음이 생겨버렸지. 얼마 후 대위가 다른 병원으로 가게 됐는데 나한테 사진 한 장만 달라는 거야. 마침 다 함께 어느 역에서 찍은 사진이 한 장 있었어. 그 사진을 줄까 꺼내들다가 갑자기 이런 생각이 들더라고. '만약 사랑이 아닌데 사진을 주는 거라면?' 대위를 막 싣고 나가는 순간, 대위에게 손을 내밀었어. 주먹을 꼭 쥔 손에 사진이 들려 있었지. 하지만 나는 끝내 그 손을 펴지 못했어. 내 사랑은 딱 거기까지였던 거야.

다음엔 파블리크. 그도 역시 중위였지. 고통이 심했어. 그래서 파블리

한 번만 볼 수 있다면… 419

크의 베개 밑에 초콜릿을 놓아두었지. 전쟁이 끝나고, 그러니까 20년 후에 다시 만났는데, 파블리크가 내 친구 릴랴 드로즈도바에게 고맙다고 인사를 하는 거야. 초콜릿을 줬다면서. 릴랴가 의아해하며 물었지. '무슨 초콜릿?' 나는 그제야 고백을 했어. 초콜릿을 놓아둔 건 바로 나였다고…… 그러자 파블리크가 나에게 입을 맞췄어…… 20년이 지나서 키스를 한 거야……"

스베틀라나 니콜라예브나 류비치, 위생부대원

"어느 날 군병원에서…… 공연을 마쳤는데…… 부장의사가 오더니 노래를 부탁하는 거야. '여기 우리 병원 독실에 중상을 입은 전차병이 있소. 어떤 자극에도 반응하지 않는데, 어쩌면 당신 노래를 들으면 반응이 있을지도 모르겠소.' 병실로 갔지. 아마 죽을 때까지 그 사람을 못 잊을 거야. 불붙은 탱크에서 기적적으로 탈출한 사람이었어. 머리끝에서 발끝까지 온몸에 화상을 입었더라고. 눈만 빼고 까맣게 탄 얼굴로 침대에 누워 꼼짝도 하지 않았어. 목소리에 경련이 일어서 몇 분 동안 제대로 노래를 할 수가 없었지. 잠시 후 마음을 진정시키고 조용히 노래를 시작했어…… 부상병의 얼굴이 살짝 움직이는 게 보였어. 무슨 말인지 중얼거리는 것 같았지. 그래서 몸을 숙이고 무슨 말인지 귀를 기울였어. '계속 노래해요……' 나는 노래하고 또 노래했어. 내 레퍼토리를 전부 불렀어. 부장의사가 와서 보고는 환자가 잠든 것 같다고 할 때까지……"

릴리야 알렉산드롭스카야, 예능인

"우리 부대에 대대장과 간호병 류바 실리나가 있었는데…… 두 사람은 서로 사랑하는 사이였어. 다들 그 사실을 알고 있었지…… 대대장이 전투에 나갈 때면 류바는…… 류바는 '만약 그 사람이 나도 없는 데서 혼자 죽으면, 그래서 내가 그 사람의 마지막 순간을 지키지 못한다면 자신을 용서할 수 없을 것 같아'라고 말하곤 했어. 그러고는 말했지. '죽을 바에야 같이 죽었으면 좋겠어. 둘이 한 포탄에 맞아서.' 두 사람은 죽어도 함께 죽고 살아도 함께 살 준비가 돼 있었어. 우리의 사랑은 내일을 기약할 수 있는 사랑이 아니었으니까. 오직 오늘만 할 수 있는 사랑이었으니까. 우리는 모두 알고 있었어…… 지금은 사랑하지만 일 분 후에라도 사랑하는 사람이 이 세상을 떠날 수도 있다는 것을. 전쟁터에서는 모든 게 너무도 빨리 일어났어. 삶도 죽음도. 겨우 몇 년 사이에 우리는 그곳에서 인생 전체를 산 셈이지. 그런데 그걸 누구한테도 설명을 못하겠는 거야. 그곳에선 시간이 다르게 흘렀다는 걸……

대대장과 류바가 전투에 나갔다가 대대장은 중상을 당하고, 류바는 어깨만 살짝 다치는 가벼운 부상을 입게 됐어. 대대장은 후방으로 이송되고 류바만 혼자 남았지. 류바는 임신중이었어. 대대장이 류바에게 편지를 남겼어. '우리 부모님한테 가요. 나한테 무슨 일이 생기더라도 당신은 내 아내요. 딸이든 아들이든 우리한테 새 생명이 태어날 테니까.'

나중에 류바가 편지를 보내왔어. 대대장의 부모가 류바를 받아주지 않았다는 거야. 아이도 손자로 인정하지 않았고. 대대장은 결국 전사하고 말았지.

몇 년을…… '류바에게 다녀와야지, 다녀와야지' 하면서 마음만 먹고 결국 못 갔어. 류바와 나는 아주 친한 벗이었어. 하지만 알타이까지 가야 하니까 꽤나 먼 길이지. 얼마 전에 류바가 세상을 떴다는 편지가 왔어. 이제 류바의 아들이 엄마 무덤에 같이 가자며 나보고 한번 오라네……

가보고 싶어……"

니나 레오니도브나 미하이, 상사, 간호병

"전승기념일에……

우리는 해마다 하던 대로 모임을 가졌어. 호텔에서 나오는데 친구들이 부르더라고.

—릴리야, 어디 갔었어? 우리가 얼마나 울었는지 알아?

그러면서 하는 말이 어떤 카자크 남자가 찾아와 이렇게 물었다는 거야.

—당신들은 어디서 왔나요? 어느 병원에서 온 거죠?

—누구를 찾는데요?

—해마다 이 모임에 나온다오. 간호사 한 명을 찾고 있어요. 그 간호사가 내 목숨을 구했소이다. 그녀를 사랑하게 됐다오. 그녀를 찾고 싶어요.

친구들이 웃었지.

—거기서 젊은 간호사를 찾으면 어떡해요. 다 늙은 할머니들뿐인데.

—그렇지 않소……

—하지만 이미 결혼하지 않았나요? 자식도 있고?

—손자들도 있고 자식도 있어요. 물론 아내도 있고. 하지만 나는 영혼을 잃어버렸소…… 영혼이 없다오……

그리고 이야기가 끝나자마자 우리는 함께 옛일을 떠올리기 시작했어. '혹시 그 남자가 내 카자크 남자는 아닐까' 하면서.

……어느 날 카자크 소년이 병원에 실려왔어. 완전히 어린애였지. 우

리가 그 아이를 수술했어. 아이는 장이 일고여덟 군데나 파열돼서 거의 희망이 없어 보였어. 아이가 얼마나 체념한 듯 누워 있던지 내가 단박에 알아볼 정도였지. 나는 틈만 나면 그 아이에게 달려갔어. '그래, 좀 어때?' 내가 직접 정맥주사도 놓고 체온도 쟀지. 아이는 위험한 고비를 넘기고 상태가 점점 호전됐어. 우리가 있던 곳은 최전선이라 부상병들을 오래 돌볼 수가 없었어. 응급처치를 하고 아주 위험한 고비만 넘기면 부상병들을 다른 병원으로 이송했지. 그래서 그 아이도 이제 다른 병원으로 가야 했어.

아이가 나를 찾는다기에 이미 들것에 누워 있는 아이한테 갔어.

―간호사 누나, 잠깐 이리 좀 와줘요.

―왜 그래? 필요한 거라도 있니? 지금 너는 다 좋아. 후방으로 이송될 거야. 다 잘될 테니까 안심해. 넌 이제 살았어.

아이가 대답했어.

―제발 부탁인데 받아주세요. 나는 우리 부모님한테 하나밖에 없는 아들이에요. 누나가 나를 살렸어요.

그러면서 나에게 반지를, 아주 조그만 반지를 선물로 주는 거야. 하지만 나는 그 반지를 받지 않았어. 왠지 그러고 싶지 않더라고. 그래서 거절했지.

―반지는 받을 수 없어. 안 돼.

아이가 제발 받아달라고 다시 한번 사정했어. 옆에서 다른 부상병들도 거들었지.

―받지 뭘 그래요. 순수한 마음으로 주는 거잖아요.

―답례를 하는 건 당연하잖아요.

결국 나는 마음을 돌렸어. 그런데 나중에 그 반지를 잃어버렸지 뭐야.

내 손가락엔 반지가 좀 컸거든. 어느 날 트럭에서 깜박 잠이 들었는데 갑자기 트럭이 튀어오르는 바람에 반지가 빠져서 어디로 가버린 거야. 참 속상하더라고.

─나중에 그 카자크 남자를 만났나요?

─아니, 못 만났어. 그리고 그 남자가 그때 그 소년인지도 모르겠고. 아무튼 친구들과 함께 하루종일 그 남자를 찾아보긴 했지.

……1946년에 나는 집으로 돌아왔어. 사람들이 군복을 입을 건지 민간인 옷을 입을 건지 묻더군. 당연히 군복을 입겠다고 했지. 그리고 사실 군복을 벗어야 한다는 생각도 못했고. 한번은 저녁에 장교클럽에 춤을 추러 갔어. 군복 입은 아가씨가 어떤 대접을 받는지 지금부터 내 들려주지.

나는 구두에 원피스를 입었어. 군용외투와 군화는 옷보관소에 맡겼지. 어떤 장교가 다가와 춤을 청하더라고.

─당신은

장교가 말했어.

─이곳 사람이 아닌 것 같은데요. 아주 교양 있어요.

장교는 저녁 내내 나하고만 춤을 췄어. 잠시도 나를 혼자 두지 않았지. 춤이 끝나자 그러는 거야.

─옷보관소 번호표를 주시오.

그리고 내 번호표를 받아들고는 앞장서서 갔어. 옷보관소에서는 당연히 그 사람에게 내 군화와 군용외투를 내줬지.

─그 옷이 아니오……

내가 다가갔어.

─내 거예요.

─전선에 있었다고 말하지 않았잖아요.

─언제 나한테 물어봤나요?

장교가 당황해서 어쩔 줄을 모르는 거야. 나를 쳐다보지도 못하고. 그 사람 자신이 이제 막 전선에서 돌아온 참이었지……

─그게 그렇게 놀랄 일인가요?

─당신이 전쟁터에 있었다는 건 상상도 못했어요. 당신도 알다시피, 전선의 아가씨는……

─내가 혼자라서 놀랐어요? 남편도 없고 임신도 안 해서? 솜옷도 안 입고, 담배 연기도 내뿜지 않고, 욕지거리도 하지 않아서?

나는 그가 바래다주겠다는 걸 거절했어.

나는 내가 전선에 다녀왔다는 사실이 늘 자랑스러웠어. 조국을 위해 싸웠다는 사실이……"

릴리야 미하일로브나 부트코, 외과병동 간호병

"첫 입맞춤……

니콜라이 벨로흐보스치크 소위…… 아이고, 나 얼굴 빨개진 것 좀 봐, 할머니가 돼가지고 이리 주책이라니까. 그때는 청춘이었지. 새파란 청춘. 나는 생각했어…… 아니, 확신했지…… 그러니까 그 사람을…… 나는 소위를 좋아한다는 사실을 아무한테도 말하지 않았어. 친구한테도. 홀딱 반해버렸거든. 내 첫사랑…… 어쩌면 유일한 사랑일지도…… 그야 아무도 모르지만…… 내가 그 사람을 사랑한다는 사실을 우리 중대 사람들은 아무도 모를 거라 생각했지. 아, 그전에는 누가 그렇게 좋아본 적이 없었어! 마음에 들어도 그렇게까지는 아니었거든. 하지만 그 사람은…… 걸으면서도 그 사람만 생각했어. 살아 숨쉬는 모든 순간이 그 사람 생각인 거야. 그건 진짜 사랑이었어…… 난 알 수 있었어. 모든 징표들이…… 아, 나 좀 봐, 또 빨개졌네……

그 사람을 땅에 묻었지…… 그 사람은 임시 막사에 누워 있었어. 따뜻한 체온이 채 가시지 않은 주검으로. 독일군의 기세는 꺾일 줄을 몰랐어. 서둘러 묻어야 했지…… 그 자리에서 당장…… 늙은 자작나무들이 있더라고. 그래서 늙은 참나무 근처에 있는 자작나무를 골라잡았어. 거기 있는 자작나무들 중 가장 컸지. 그 옆에 묻었어…… 나는 나중에 다시 와야겠다는 생각으로 그 장소를 기억해두려고 열심히 길을 익혔어. 여기서 마을이 끝나고, 저기 갈림길이 있고…… 하지만 그걸 무슨 수로 기억해. 우리 눈앞에서 그 자작나무가 불타버렸는데…… 어떻게…… 그 사람과 작별인사를 나눌 시간이 되자…… 나한테 그러는 거야. '네가 먼저 해!' 순간 심장이 쿵 내려앉았지…… 그러니까…… 다들 내 사랑을 알고 있었던 거야. 모두 다…… 불현듯 '혹시 그 사람도 알았을까?'라는 생각이 머리를 스치더라고. 그러자 바로 눈앞에…… 그 사람이 죽어 누워 있고…… 눈앞에서 그 사람을 땅속에 눕히고…… 묻고, 모래로 덮는데도…… 갑자기 미치도록 행복한 거야. 그 사람도 알았을지 모른다는 그 생각에. 혹시 그 사람도 나를 좋아했다면? 마치 그 사람이 살아서 당장 나에게 말을 건넬 것만 같았지…… 그리고 새해에 그 사람이 나한테 독일 초콜릿을 선물했던 일이 떠올랐어. 나는 그걸 안 먹고 한 달이나 주머니에 넣고 다녔지.

나는 평생 기억 속에 간직하고 있어…… 그 순간…… 사방에서 포탄이 터지고…… 그 사람은…… 임시 막사에 누워 있는데…… 그 순간…… 나는 행복한 거야…… 그 자리에 서서 속으로 웃었지. 정신 나간 사람처럼. 그 사람도 내 사랑을 알았을지 모른다는 사실에 가슴 설레면서……

　그 사람에게 다가가 입을 맞췄지. 그때까지 나는 남자에게 한 번도 입을 맞춰본 적이 없었어…… 그게 첫 키스였어……"

　류보피 미하일로브나 그로즈디, 위생사관

총알과 인간의 고독에 대하여

"나는 좀 다른 이야기야…… 나는 기도하면서 위로를 받아. 딸아이를 위해 기도하지……

　엄마가 즐겨 쓰시던 속담이 생각나. 엄마는 '총알은 바보고 운명은 악당이다'라는 말을 자주 하셨어. 안 좋은 일이 생길 때마다 그 속담을 인용하셨지. 총알 한 개와 사람 한 명이 있다고 칠 때, 총알은 저 좋은 데로 날아가버리면 그만이지만, 사람은 운명의 손아귀에 휘둘린다면서. 이리 까불리고 저리 까불리고. 사람은 깃털과 같아. 작고도 작은 참새 깃털. 결코 자신의 미래를 알 수가 없지. 그럴 능력이 주어지지 않았으니까…… 운명의 비밀을 결코 밝혀낼 수가 없어. 전쟁터에서 돌아오는 길에 우연히 만난 집시 여자가 내 앞날을 예언했어. 기차역에서 나한테 다가와 나를 한쪽으로 불러세우더니…… 위대한 사랑이 찾아올 거라는 거야…… 그래서 가지고 있던 독일시계를 벗어서 그 집시에게 줬지. 위대한 사랑의 대가로. 나는 그 여자의 점괘를 믿었어.

　하지만 지금은 그 사랑 때문에 눈물 마를 날이 없어……

　나는 신이 나서 전선으로 떠날 준비를 했어. 콤소몰 당원답게. 친구들과 어울려서. 우리는 기차 화물칸을 타고 갔어. 화물칸마다 까만 기름으로 '사람은 마흔 명, 말은 여덟 마리'라는 글귀가 쓰여 있었어. 하지만 우리가 탄 기차칸에는 사람만 무려 100명이나 됐지.

나는 저격수가 됐어. 실은 상대적으로 덜 힘든 통신병이 될 수도 있었거든. 통신병은 군인임과 동시에 민간인이기도 했으니까. 여자가 하기에 가장 적합했고. 하지만 총 쏠 사람이 필요하대서 총대를 잡았어. 제법 잘 쐈지. 명예 훈장 2개에 메달도 4개나 받았어. 전쟁터에 나간 3년 동안.

사람들이 소리쳤어. '승리다!' '승리'가 선포됐어. 처음에는 기뻤던 기억이 나. 하지만 곧바로, 거의 동시에 공포심이 밀려들었지. 무섭고 혼란스러웠어. 앞으로 어떻게 살지? 우리 아버지는 스탈린그라드 전투에서 돌아가셨어. 오빠 둘은 전쟁 발발하고 얼마 지나지 않아 행방불명됐고. 엄마와 나만 남았지. 여자 둘만. 그러니 살길이 막막하지 않겠어? 우리 소녀병사들은 깊은 시름에 잠겼어…… 저녁에 막사에 모였어…… 이제부터 진짜 삶이 시작된다는 대화가 오갔어. 기쁘기도 하고 두렵기도 했어. 전에는 죽음을 두려워했는데, 이제는 살아갈 일을 두려워하게 된 거야…… 둘 다 무섭긴 마찬가지였어. 정말로! 이야기하고 또 이야기했지만 결국엔 다들 입을 다물고 가만히 앉아 있었지.

결혼을 할까 아니면 못할까? 결혼하면 사랑하는 사람과 할까 아니면 사랑하지 않는 사람과 할까? 캐모마일 꽃으로 점을 쳤어…… 화관을 작은 강에 던지고 양초를 녹였지…… 기억나. 어느 마을에서 사람들이 우리에게 여자마법사가 사는 곳을 가르쳐줬어. 모두 그 여자에게 몰려갔지. 그중엔 남자장교도 몇 명 끼어 있었어. 소녀병사들은 한 명도 빠짐없이 모두 갔고. 여자마법사는 물로 점을 쳤어. 손금도 보고. 한번은 또 거리의 악사를 만나 종이를 뽑기도 했지. 종이카드 같은 거였어. 나는 행운의 카드를 뽑아들었어…… 하지만 내 행복이 어디에 있다는 거야, 어디에?

　조국이 우리를 어떻게 맞아줬을 것 같아? 통곡하지 않고는 이 이야기를 할 수가 없어…… 40년이 흘렀는데도 여전히 뺨이 화끈거려. 남자들은 나 몰라라 입을 다물었고, 여자들은…… 여자들은 우리에게 소리소리 질렀어. '너희들이 거기서 무슨 짓을 했는지 다 알아! 젊은 몸뚱이로 살살 꼬리나 치고…… 우리 남편들한테 말이지. 이 더러운 전선의…… 군대의 암캐들아……' 우리는 정말 온갖 말로 모욕을 당했어…… 알다시피 러시아어 어휘가 좀 많아야지……

　어느 날 춤을 추고 젊은 청년이 나를 바래다주는데 갑자기 몸이 안 좋은 거야. 심장이 쿵쾅쿵쾅 요동을 치더라고. 겨우겨우 걷다가 눈더미 위에 주저앉았지. '왜 그래요?' '아니 괜찮아요. 춤을 너무 많이 췄나봐요.' 전쟁 때 입은 두 번의 부상 때문이었어. 그러니까 결국 전쟁 때문인 거지…… 상냥하고 부드러운 여자가 되는 법을 배워야 했어. 연약하고 가냘픈 여자가 되는 법을. 하지만 발은 이미 치수 40의 군화에 길들여졌는데. 누가 나를 끌어안으면 영 어색했어. 그리고 내 일은 내가 책임지는 데 익숙했지. 부드럽고 달콤한 말을 바라면서도 정작 그 말을 들으면 이해를 못했어. 나한텐 그게 애들 장난 같았으니까. 전선에서 남자들과 지내며 러시아 쌍욕만 들었으니까. 거기에 익숙해져 있었으니까. 도서관에서 일하는 친구가 '시를 읽어봐. 예세닌*을 읽어' 하고 충고하더군.

　결혼을 빨리 했어. 1년 후에. 남편은 같은 공장의 엔지니어였어. 나는

---

* 세르게이 알렉산드로비치 예세닌(1895~1925). 러시아의 시인. 소박한 형식을 추구하며 러시아 농촌의 자연과 민중을 서정적으로 표현했다.

사랑을 꿈꿨어. 집과 가족을 원했지. 집안에서 어린아이들 냄새가 나길 바랐어. 첫아이 기저귀를 갈아주면서 냄새를 얼마나 맡았는지 몰라. 아무리 맡아도 싫증이 안 나더라고. 그건 행복의 냄새였으니까…… 여자의 행복…… 전선에서는 여자의 냄새가 없었어. 전부 남자들이었으니까. 전쟁은 남자 냄새가 나.

나는 아이가 둘이야…… 아들과 딸. 큰애가 아들인데, 아주 착하고 똑똑해. 대학도 나왔고. 건축가야. 하지만 딸아이는…… 우리 딸은…… 다섯 살이 되어서야 걷기 시작했고, '엄마' 소리도 일곱 살 때 처음 했어. 딸은 아직도 '엄마' 소리를 제대로 못해. '우모'라고 하지. '아빠'도 '우빠'라고 하고. 딸아이가 그런 게…… 나는 지금도 거짓말 같아. 뭔가 단단히 잘못된 것만 같아. 딸은 정신병원에 있어…… 거기서 40년째야. 퇴직하고서는 날마다 딸아이한테 다니고 있어. 다 내 죄야……

벌써 몇 년째 매년 9월 1일이면 딸에게 알파벳 책을 사다줘. 그래서 딸아이와 함께 하루종일 그 책을 읽지. 가끔 딸아이를 만나고 집으로 돌아올 때면 내가 읽고 쓰는 법을 다 잊어버린 것처럼 느껴지기도 해. 말하는 법까지도. 그리고 읽고 쓰고 말하는 게 나한테 다 무슨 소용인가 싶지. 정말 그게 다 무슨 소용이지?

나는 벌을 받은 거야…… 무슨 죄냐고? 아마 사람을 죽였기 때문이 아닐까? 자꾸 그런 생각이 들어…… 나이가 들어서는 부쩍 더 그래…… 생각하고 또 생각하지. 아침에 일어나면 무릎을 꿇고 창밖을 바라봐. 그리고 하느님께 용서를 구하지…… 내가 저지른 모든 잘못에 대해…… 남편에 대한 원망은 없어. 오래전에 용서했거든. 딸아이를 낳고 누워 있는데…… 남편이 우리 모녀를 보더니…… 잠깐 있다 가버렸어. '정상인 여자라면 과연 전쟁터에 나갈 수 있을까? 총 쏘기를 배우고?

그래서 당신이 정상아를 낳을 수 없는 거다'라고 나를 비난하며 가버렸지. 나는 남편을 위해서도 기도해……

어쩌면 남편 말이 맞는지도 모르잖아? 그런 생각이 들어…… 다 내 죄라고……

나는 조국을 세상 무엇보다 사랑했어. 정말 사랑했지…… 이제 와서 누구한테 이런 이야기를 하겠어? 그래서 딸아이한테 해…… 오로지 그 아이한테만…… 내가 전쟁을 추억하면 딸아이는 내가 동화를 들려주는 줄 알아. 아이들을 위한 동화. 무시무시한 아이들 동화……

내 성은 쓰지 마. 그럴 필요 없어……"

클라브디야 스-바, 저격수

씨감자에
대하여…

또하나의 전쟁이 있었다……

이 전쟁에서는 그 누구도 지도에 중립지대가 어디를 통과하며 전선이 어디서 시작되는지 따위를 표시하지 않았다. 얼마나 많은 병사들이, 얼마나 많은 무장세력들이 목숨 걸고 싸웠는지 헤아리지도 않았다. 이들은 고사포, 기관총, 사냥총으로 싸웠고, 또 낡은 베르당총*으로 싸웠다. 잠깐 숨 고를 여유도 대대적인 총공세도 없이 대부분 많은 이들이 홀로 싸웠다. 그리고 홀로 죽어갔다. 사단이니 대대니 중대니 하는 군대가 아니라 민중이 직접 빨치산이 되고 지하공작원이 되어 적과 맞섰다. 남자들, 노인들, 여자들, 그리고 아이들까지. 톨스토이는 이처럼 다양한 인간 군상의 결사항전을 두고 '민중전의 곤봉'이니 '애국심의 감

---

* 19세기 후반 러시아 보병이 사용한 단발총.

취진 온기'라 칭했고, 히틀러는(나폴레옹에 이어서) 자기 부하들에게 '러시아가 규칙대로 싸우지 않는다'고 볼멘소리를 했다.

이 전쟁에서는 죽음이 가장 두려운 존재가 아니었다. 정말 두려운 건 따로 있었다…… 전쟁의 한복판, 전선에서 자기 가족들에게 둘러싸인 병사를 상상해보라. 아이들과 아내와 늙은 부모. 언제든 사랑하는 가족을 희생시킬 각오가 돼 있어야 했다. 가족을 죽음의 길로 내보낼 각오가. 그래서 이 전쟁에서는 용맹무쌍함도 비열한 반역 행위도 증언해줄 목격자 없이 묻히는 경우가 많았다.

우리 시골마을들에서는 전승기념일에 기뻐하는 대신 눈물을 흘린다. 아니 통곡을 한다. 가슴을 친다. "정말 끔찍했어…… 피붙이들을 모두 땅에 묻었지. 전쟁터에 내 영혼도 묻고 왔어."(B. G. 안드로츠크, 지하공작원)

차분하게 이야기를 시작하지만 끝내는 다들 거의 비명에 가까운 소리를 내지른다.

"내가 목격자야……

우리 빨치산부대 지휘관 이야기를 들려줄게…… 지휘관의 이름은 밝히지 않을래. 그의 혈육들이 아직 살아 있거든. 알면 가슴 아플 거야……

지휘관 가족이 게슈타포*에게 붙잡혔다는 소식을 연락병이 전해왔어. 아내와 어린 두 딸과 늙으신 어머니가 적의 손아귀에 있다는 거야. 사방에 경고문이 나붙고 시장에 삐라가 뿌려졌어. 만약 지휘관이 항복하지

---

* 나치 독일의 비밀경찰.

않으면 가족을 모두 교수형에 처하겠다고. 생각할 시간이라고 주어진 건 이틀이었어. 경찰이 마을마다 돌아다니며 '빨갱이들은 가족이고 뭐고 없는 무자비한 놈들이다'라고 사람들을 선동했지. 빨갱이들은 괴물이라고. 그들에게는 소중한 게 아무것도 없다고. 비행기가 숲 위를 맴돌며 삐라를 뿌려댔어…… 지휘관은 항복해야 하나, 스스로 목숨을 끊어야 하나 번민에 휩싸였지. 우리는 지휘관을 잠시도 혼자 두지 않았어. 계속 옆에 붙어 있었지. 자살이라도 하면 큰일이니까……

모스크바와 연락을 취했어. 상황을 보고했지. 지시가 내려왔고…… 지시를 받은 바로 그날 부대에서 회의가 소집됐어. 결국 '독일군의 도발 행위에 굴복하지 않는다'는 결정이 내려졌지. 지휘관은 공산주의자로서 당의 규율에 복종했어……

이틀 후 우리 정찰병이 마을로 내려갔어. 그들이 가지고 온 소식은 끔찍했어. 지휘관의 가족이 교수형을 당했다는 소식이었으니까. 첫 전투에서 지휘관은 전사하고 말았어…… 이해할 수 없는 죽음이었어. 전혀 예기치 못한 죽음. 내 생각에 일부러 죽음을 택한 게 아닌가 싶어……

나는 그저 눈물만 흘려, 말은 못하고…… 나 스스로 사람들에게 알려야 한다는 확신이 안 서는 걸 어떡해? 믿게 할 자신이 없는 걸…… 사람들은 그저 편안하게 살기를 원하지. 고통스러운 이야기 따위는 들으려고 하지 않아……" (V. 코로타예바, 빨치산 병사)

그래서 나는 더더욱 이 일을 멈출 수 없다고 스스로 다짐한다……

지뢰 바구니와 벨벳 장난감에 대하여

"임무를 마쳤어…… 더이상 마을에 남아 있을 수가 없어서 부대에 합류했지. 엄마가 며칠 후에 게슈타포에게 붙잡혀갔어. 남동생은 다행히 도망쳤지만 엄마는 놈들에게 붙잡히고 만 거야. 놈들은 딸이 있는 곳을 대라며 엄마를 고문하고 심문했어. 엄마는 놈들에게 2년을 붙잡혀 있었어. 2년 동안 파시스트들은 작전을 나갈 때마다 엄마와 다른 마을 여자들을 앞세워 다녔어…… 놈들은 빨치산의 지뢰를 두려워해서 언제나 지역 주민들을 앞세워 다녔거든. 지뢰가 있으면 앞에 간 사람들이 죽어나가고 독일군 병사들은 무사히 살아남는 거니까…… 한 마디로 인간방패였지…… 놈들이 그렇게 우리 엄마를 2년이나 끌고 다녔어.

한두 번이 아니었어. 매복하고 있으면 갑자기 여자들이 지나가는 거야. 독일군 병사들이 그 뒤를 따라가고. 여자들 일행이 가까이 오면 그곳에 엄마가 가는 게 보였어. 지휘관이 총격을 지시할까봐 늘 조마조마했지. 그 순간이 오는 게 가장 두려웠어. 다른 사람들도 마음을 졸이긴 마찬가지였어. 그도 그럴 것이 한 사람이 '저기 우리 엄마야' 하면 옆에서 다른 사람이 얼른 '우리 동생도 있어'라고 속삭였거든. 자기 아이가 그 일행 속에 있는 걸 본 여자도 있었어…… 엄마는 늘 하얀 머릿수건을 쓰고 있었어. 키가 커서 언제나 금방 눈에 띄었지. 내가 미처 못 알아봐도 다른 사람들이 알아보고 '저기 네 엄마가 가셔……'라고 알려줄 정도였으니까. 그래도 총격 명령이 떨어지면 우리는 총을 쏠 수밖에 없었어. 총을 쏘는 둥 마는 둥 머릿속엔 오로지 한 가지 생각뿐이었어. '하얀 머릿수건을 눈앞에서 놓치면 안 돼! 엄마는 무사하실까? 쓰러지지는 않았겠지?' 하얀 머릿수건…… 사람들이 사방으로 흩어지고 도망치고 픽픽 쓰러지는데, 엄마가 무사하신지 어떤지 알 수가 없는 거야. 이틀, 아니 그 이상의 날들을 넋이 나가서 지냈어. 연락병이 마을에서 돌아와 엄마가 무사하다고 알려줘야 비로소 숨을 쉴 수가 있었지. 다시 숨을 쉬고 살 수가 있었어. 그렇게 또 다음 작전 때까지 사는 거야. 이젠 그렇게 못 살 것 같아…… 나는 놈들을 증오했어…… 그 증오심이 오히려 나에게 힘이 됐지…… 아직도 갓난아이의 비명소리가 내 귓전에 울리곤 해. 우물에 던져진 아이의 비명. 혹시 그런 소리 들어본 적 있어? 아이가 우물 속으로 떨어지면서 소리소리 지르며 우는데, 마치 저 깊은 땅 밑에서, 저세상에서 울려오는 소리 같았어. 그건 아이의 울음이 아니었어. 사람의 소리가 아니었지…… 그리고 톱으로 사지육신이 잘려나간 젊은 남자의 주검…… 우리 빨치산 병사의 주검…… 그런 일을 목격하고 임무를 수행하러 갈 때면 내 심장은 오로지 한 가지 염원으로 불탔어. '놈들을 죽이겠다. 죽일 수 있는 만큼 최대한 죽이겠다. 가장 잔인한 방법으로 죽여주겠다.' 포로로 붙잡힌 파시스트들을 보면 어떤 놈들이든 달려들어 멱살잡이를 하고 싶었어. 목을 조르고 싶었어. 내 두 손으로 목을 조르고 내 이로 갈가리 물어뜯고 싶었어. 놈들이 내 손에 있었다면 그냥 죽이지 않았을 거야. 그건 놈들에게 너무 편안한 죽음이니까. 무기나 소총 따위로는 결코 죽이지 않았을 거야……

퇴각하기 바로 직전, 그러니까 그때가 벌써 1943년이었는데 파시스트들이 우리 엄마를 죽였어. 총으로 쏴서…… 엄마는 우리를 축복으로 떠나보낸 분이었지.

―가거라, 얘들아, 너희들은 살아야지. 만약 죽어야 한다면 헛되이 죽느니 의미 있게 죽는 게 낫다.

엄마는 무슨 거창한 말을 한 게 아니었어. 엄마가 아는 평범한 여인네의 말로 얘기했지. 엄마는 우리가 살아서 학업을 계속하기를 바랐어. 무엇보다 공부하기를 원했지.

엄마와 한방에서 지냈던 여자들이 이야기해주더군. 놈들에게 끌려나갈 때마다 엄마가 우리를 부탁했다고.

—아, 부탁이 하나 있어요. 혹시 내가 죽거든 우리 아이들을 돌봐줘요!

전쟁이 끝나고 그 여인들 중 한 명이 나를 자기 집으로 데려갔어. 이미 어린 자식이 둘이나 있는데도 나를 자기 가족에게 데려간 거야. 우리 집은 파시스트들이 불태워버렸고, 남동생은 역시 빨치산에서 싸우다 전사했어. 엄마는 독일군 총에 돌아가시고 아버지는 전선에 계셨지. 나중에 돌아오셨지만 부상을 당한데다 몸이 성치 않으셨어. 얼마 못 사시고 곧 돌아가셨어. 결국 나만 혼자 남았지. 나를 데려간 그 여인도 살림이 넉넉지 않았어. 보살펴야 할 아이도 둘이나 됐고. 그 집을 떠나 어디로든 가기로 마음먹었어. 하지만 그 여인이 울면서 못 가게 붙잡았지.

우리 엄마가 독일군 총에 돌아가셨다는 사실을 알고 나는 정신을 잃었어. 아무것도 못하겠고 미칠 것만 같더라고. 나는…… 나는 엄마를 찾아야만 했어…… 놈들이 엄마와 마을 여자들을 총으로 쏜 다음 시신들을 구덩이로 던져넣고 무거운 트럭으로 밀어버렸거든…… 대전차용 커다란 구덩이에…… 엄마가 서 있던 자리를 사람들이 대강 알려줬어. 나는 당장 거기로 뛰어가서 흙을 파헤치고 시신들을 하나하나 뒤집어가며 확인했어. 손에 낀 반지를 보고 엄마를 알아봤지…… 반지를 보자마자 나는 외마디 비명을 지르며 그대로 정신을 잃었어. 그뒤로는 아무것도 기억이 안 나…… 몇몇 여자들이 엄마를 구덩이에서 끌어올렸다더라고. 통조림 깡통에 물을 담아다 엄마를 씻기고 땅에 묻어주고. 그 깡통을 나는 아직도 간직하고 있어.

밤에 누워서 가끔 이런 생각을 해. '엄마는 나 때문에 돌아가신 거야.
아니, 나 때문이 아니야…… 만약 내가 가족 때문에 겁을 먹고 적과 싸
우지 않았다면, 만약 다른 누군가도 나와 같은 이유로 똑같이 그랬다면,
또다른 누군가도, 그리고 또다른 누군가도 그랬다면 지금의 승리는 없
었을 테니까.' 그렇다고 그 일을 다 잊었다고는…… 말할 수 없어……
엄마가 저만큼 걸어오는데…… 발포 명령이 떨어지는 거야…… 그러
면 나는 엄마가 나타나는 쪽에 총구를 겨눠야 했지…… 엄마의 하얀
머릿수건…… 이런 기억을 안고 살아가는 게 얼마나 끔찍한 일인지 당
신은 몰라. 알 리가 없지. 시간이 흐를수록 더 힘들어. 밤에 문득 창밖에
서 아이 웃음소리나 목소리가 들리면 온몸에 경련이 일지. 꼭 그때 그
어린아이 울음소리 같아서, 비명소리 같아서. 하루는 문득 잠이 깼는데
숨을 못 쉬겠는 거야. 타는 냄새에 숨이 막혀서…… 당신은 사람 몸이
탈 때 나는 냄새가 어떤지 모를 거야. 특히 여름에. 묘하게 신경을 건드
리면서도 달짝지근한, 그런 냄새지. 지금 나는 구역집행위원회에서 일
하고 있어. 어디든 화재가 발생하면 그곳으로 가서 서류를 작성하는 게
내 일이야. 하지만 농장 같은 데서 불이 나 동물들이 타 죽었다고 하면
그곳은 절대 안 가. 갈 수가 없어…… 그때가 떠올라서…… 그 냄
새…… 사람들이 불에 타던 냄새…… 밤에 잠이 깨면 정신없이 향수를
가지러 가. 하지만 향수에서도 그 냄새가 나는 것 같지. 사방에서 그 냄
새가 나……

한참은 결혼하기가 무서웠어. 아이 갖기가 두려웠지. 갑자기 또 전쟁
이 나고, 내가 또 전선으로 가게 된다면? 아이들은 어떡해? 지금은 사
후세계에 대한 책을 즐겨 읽어. 저세상엔 뭐가 있을까? 거기서 누굴 만
나게 될까? 엄마를 만나고 싶은데 엄마 얼굴 보기가 두렵기도 해. 젊을

때는 겁나지 않았는데 이제 나이가 들어서 그런지……"

안토니나 알렉세예브나 콘드라쇼바, 비토시스크* 빨치산여단 정찰병

"내 첫 느낌은…… 독일군을 봤을 때…… 마치 얻어맞은 것처럼 온몸이, 온몸의 마디마디가 아팠어. 어떻게 저들이 여기 있지? 나는 그들을 증오했어. 그리고 그 적개심이 사랑하는 사람들에 대한 걱정보다, 죽음에 대한 두려움보다 강했지. 물론 가족과 일가붙이가 걱정되지 않은 건 아니야. 하지만 우리에겐 선택의 여지가 없었어. 적이 악의를 품고 우리 땅에 침범한 걸 어떡해…… 총칼을 앞세우고……

예를 들어볼까. 놈들이 나를 붙잡으려고 혈안이 돼 있다는 사실을 알고 나는 숲으로 갔어. 빨치산에 합류했지. 집에 77세의 노모를, 그것도 홀로 두고 떠났어. 엄마는 맹인에 귀머거리인 것처럼 행세하기로 미리 나와 말을 맞춰두었지. 그러면 엄마를 어떻게 하지 못할 거라고 생각했거든. 나는, 당연히, 그렇게 믿고 스스로 위안을 삼았어.

내가 떠난 다음날, 파시스트들이 우리집에 들이닥쳤어. 엄마는 나랑 미리 말을 맞춘 대로 앞도 못 보고 귀도 안 들리는 척했지. 하지만 놈들은 딸이 있는 곳을 대라며 엄마를 무섭게 때리고 고문했어. 엄마는 오랫동안 앓아누우셨지……"

야드비가 미하일로브나 사비츠카야, 지하공작원

"나는 죽을 때까지 이대로일 거야…… 그 시절 우리 모습 그대로. 아무렴, 순박하고 낭만적이던 그 시절 그대로 말이지. 검은 머리 파뿌리

---

* 러시아 브란스크 주 댜치코프 군에 있는 도시형 촌락.

442

될 때까지…… 하지만 그게 나인걸!

내 친구 카탸 시마코바는 빨치산 연락병이었어. 딸이 둘이었지. 둘 다 어려서 예닐곱 살쯤 됐었지, 아마. 카탸는 두 아이의 손을 잡고 시내를 돌아다니면서 독일군 부대와 무기의 위치를 외워왔어. 검문소의 병사가 카탸를 불러세우면 입을 헤벌리고 바보 행세를 했지. 그렇게 몇 년을 활동했어…… 엄마가 어린 자식들 목숨을 걸고 그런 일을 한 거야……

또 우리 부대에 자자르스카야란 여자가 있었는데, 발레리야란 딸이 있었어. 일곱 살이었지. 우린 식당을 폭파시켜야 했어. 일단 페치카 속에 지뢰를 설치하기로 결정은 했지만 지뢰를 식당까지 가져가는 게 문제였어. 그러자 아이 엄마가 자기 딸애가 가져가면 된다는 거야. 지뢰를 바구니 밑에 깔고는 그 위에 아이 옷 두세 벌과 벨벳 장난감, 달걀 두 줄을 얹어서 덮었지. 그렇게 이 꼬마애가 지뢰를 식당까지 가져갔다니까. 사람들이 모성본능이 가장 강하다고들 하잖아. 아니, 이념이 더 강해! 신념이 더 강하지! 내 생각엔 그래…… 만약 그런 엄마들이 없고 그런 아이들이 없었다면 우리는 승리하지 못했을 거라고 확신해. 당연히 삶은 좋은 거야. 아주 멋지지! 하지만 그보다 더 소중한 것들이 있는 법이거든……"

알렉산드라 이바노브나 흐라모바, 안토폴리* 당지하구역위원회 기록병

"우리 부대에 치무크라는 성씨의 형제가 있었어…… 마을에 갔다가 적의 매복에 걸렸지. 어느 헛간에 몸을 숨기고 놈들에게 총격으로 맞서는데 놈들이 헛간에 불을 지른 거야. 형제는 총알이 바닥날 때까지 끝까

----

* 벨라루스 브레스트 주에 있는 도시형 촌락.

지 버티며 저항했지만…… 결국은 온몸이 까맣게 탄 채 밖으로 끌려나왔지…… 놈들이 형제의 시신을 수레에 태우고 다니면서 마을 사람들에게 보여줬어. 마을 사람들 입을 열게 해서 형제가 누구네 아들인지 알아내려고 말이야. 마을 사람들 중 누군가는 형제의 신원을 밝힐 거라 믿은 거지……

온 마을 사람들이 모였어. 그 자리에 형제의 아버지와 어머니도 있었어. 다들 입을 굳게 다물고 숨소리조차 내지 않았어. 세상에 어떤 어머니가 그 순간 울부짖지 않고 버틸 수 있을까. 어떤 심장을 가져야 몸부림치지 않을 수 있을까. 형제의 어머니는 알고 있었어. 만약 울음을 터뜨리면 온 마을이 불길에 휩싸이고 말리라는 사실. 자기 혼자만 죽는 게 아니라 온 마을이 떼죽음을 당하리란 사실을. 독일군 병사 하나가 살해됐다고 온 마을을 태워 죽이는 놈들이었으니까. 어머니는 알고 있었어…… 공적을 세우면 훈장을 주는 게 당연하지만 어떤 훈장도 심지어 최고의 영예인 '영웅별' 훈장도 그 어머니에겐 부족해…… 어머니의 그 침묵에는……"

폴리나 카스페로비치, 빨치산 병사

"나는 엄마하고 둘이서 빨치산으로 들어갔어…… 엄마는 대원들을 위해 옷가지를 빨고 음식을 만들었어. 필요하면 보초도 서고. 어느 날 내가 임무를 수행하러 갔는데 누가 엄마한테 내가 적에게 붙잡혀 교수형을 당했다고 잘못 알려준 거야. 며칠 후에 부대로 돌아갔더니 글쎄, 엄마가 나를 보고는 몸에 마비를 일으키고 몇 시간이나 말을 못하시더라고. 그래, 이 모든 것들을 견뎌야 했지……

어느 날 길에서 우연히 여자 하나를 만났는데 의식을 잃고 쓰러져 있더라고. 진지로 데려왔지. 여자는 걷지 못하고 바닥을 설설 기면서 자기가 죽었다고 생각했어. 자기 몸에서 피가 흐르는 걸 느끼면서도 그게 이 세상이 아니라 저세상 일인 줄 알았어. 우리가 여자를 흔들어 깨우자 조금씩 의식이 돌아왔고 여자의 사연을 들을 수 있었어…… 여자는 독일군이 자기와 자기 아이들한테 무슨 짓을 했는지 들려줬어. 놈들이 여자와 여자의 다섯 아이들을 총살시키겠다며 헛간으로 끌고 갔어. 하지만 헛간에 도착하기도 전에 가면서 아이들을 먼저 쏘아 죽였지. 놈들은 아이들을 쏘면서 재미있다는 듯 낄낄댔어…… 젖먹이 막내아들만 남았는데, 파시스트가 '아이를 위로 던져라. 그러면 내가 총으로 쏘아 맞히겠다'고 몸짓을 해 보였지. 아이의 엄마는 아이를 땅바닥에 냅다 던져버렸어. 아이가 죽어버릴 만큼 세차게…… 자기 자식을…… 독일군 손에 죽게 두느니 차라리 그렇게 한 거야…… 여자는 살고 싶지 않다고 했어. 그런 일을 겪었는데 어떻게 이 세상에서 얼굴을 들고 사느냐며 자기가 갈 곳은 저세상뿐이라고…… 도저히 살 수가 없다고……

사람을 죽이고 싶지는 않았어. 나는 사람을 죽이려고 태어난 게 아니니까. 사실 선생님이 되고 싶었어. 하지만 한 마을이 불길에 휩싸인 걸 봤지…… 소리를 지를 수도 큰 소리로 울 수도 없었어. 정찰을 나갔다가 마침 그 마을 근처에 있었거든. 할 수 있는 게 아무것도 없더라고. 내 팔을 물어뜯는 것 말고는. 그때 물어뜯은 흉터가 아직도 남아 있어. 피가 날 때까지 물어뜯었어. 살점이 떨어져나갈 때까지. 사람들이 비명을 지르던 게 생각나…… 소들도 비명을 지르고…… 닭들도 비명을 지르고…… 전부, 전부 다 사람 목소리로 비명을 지르는 것만 같았지. 숨이 붙어 있는 것들은 다 불에 타면서 비명을 질렀어.

지금 이건 내가 이야기하는 게 아니야. 내 안의 고통이 이야기하는 거지……."

발렌티나 미하일로브나 일리케비치, 빨치산 연락병

"우리는 알았어…… 우리가 반드시 승리하리라는 걸 알고 있었지……

사람들은 우리 아버지가 피란을 떠나지 않은 이유가 당지역위원회에서 맡긴 임무 때문이라고 생각했어. 하지만 아무도 아버지를 붙잡아두지 않았고, 어떤 임무가 주어진 것도 아니었어. 우리 스스로 적과 싸우기로 결정을 내린 거지. 우리 가족이 혼란에 빠져 있던 기억은 내게 없어. 큰 고통, 그래, 고통은 있었구나. 하지만 혼란은 없었어. 승리는 우리 것이라고 확신했으니까. 독일군이 우리 마을에 들어온 첫 날, 아버지가 저녁때 바이올린으로 〈인터내셔널〉가를 연주하셨어. 일부러 그러신 거야. 적들에게 뭔가 저항하고 싶어서……

두 달이 지났을 때였나, 아니면 세 달…… 아니면……

유대인 남자아이였는데…… 독일군 병사가 그 아이를 자전거 뒤에 묶더라고. 아이는 두 손이 묶인 채 개처럼 자전거를 따라 달렸어. '시넬*! 시넬!' 하고 소리치며 독일 병사가 웃더군. 젊은 병사였어…… 하지만 금세 지루해졌는지 자전거에서 내리더니 아이에게 엎드리라는 거야…… 그리고…… 네발로 기어가라고 했어. 개처럼…… 껑충껑충 뛰라고…… '훈디크**! 훈디크!' 막대기를 던지며 '가져와!'라고 했지. 아이가 일어나 달려가서 막대기를 손에 들고 왔어. 그러자 병사가 화를 내면서…… 아이를 마구 두들겨팼어. 욕도 퍼붓고. 그리고 다시 지시했어.

---

* 독일어로 '빨리'라는 뜻.
** 독일어로 '작은 개'라는 뜻.

네발로 기어가서 막대기를 이빨로 물어오라고. 소년이 막대기를 이로 물어왔어⋯⋯

독일군 병사는 그렇게 두 시간 정도 아이를 데리고 놀았어. 그리고 다시 아이를 자전거 뒤에 잡아 매달고 되돌아갔어. 아이는 작은 개처럼 달렸어⋯⋯ 게토 쪽을 향해⋯⋯

어쩌다 전쟁에 나가 싸우게 됐냐고? 그야 총 쏘는 법을 배웠으니까⋯⋯"

발렌티나 파블로브나 코제먀키나, 빨치산 병사

"어떻게 잊어⋯⋯ 부상병들이 숟가락으로 소금을 퍼먹고⋯⋯ 병사들이 정렬하고 있다가 이름이 불려 앞으로 나오면 힘없이 그대로 고꾸라지는 거야. 소총을 든 채로. 그게 다 배가 고파서 그런 거였어.

민중이 우리를 도왔어. 만약 그들의 도움이 없었다면 빨치산의 저항 같은 건 존재하지도 않았을 거야. 민중이 우리와 함께 싸운 거지. 때로는 눈물을 흘리면서도 그럼에도 불구하고 우리에게 가진 걸 다 내주었어.

—아이고, 그래야지, 같이 싸워야지. 승리를 기다려야지.

마지막 씨감자까지 탈탈 털어 내주고 빵도 나눠줬어. 다들 곡식 자루를 들고 숲으로 우리를 찾아왔지. 한 사람이 '나는 이만큼 주겠다'고 하면 다른 사람이 나서서 '나도 그만큼 주겠다'고 했지. 그리고 서로 확인하는 거야. '이반 자네는?' '마리야 당신은?' '나도 다른 사람들만큼 주고 싶은데 아이들 때문에요.'

그 사람들이 없었다면 우리는 어떻게 됐을까? 군대 하나가 통째로 숲에 머무는데, 만약 그들이 없었다면 어땠을까? 다 죽고 말았을걸. 그들이 씨를 뿌리고, 밭을 갈고, 아이들과 우리를 먹여 살리고, 전쟁이 끝날 때까지 입을 옷을 댔어. 사람들은 총격전이 없는 밤을 틈타 밭을 갈았지. 지금도 기억나. 어느 마을에 갔다가 한 노인의 장례식을 봤어. 노인은 밤에 목숨을 잃었어. 밭에 씨를 뿌리다가 죽임을 당한 거야. 그런데 별짓을 다해도 노인의 손가락이 펴지질 않는 거야. 씨앗을 어찌나 꼭 쥐고 있던지. 할 수 없이 씨앗을 손에 쥔 채로 땅에 묻었지……

우리는 무기라도 있어서 우리 자신을 지킬 수 있었지만, 그들은? 빨치산에게 빵 한 덩어리라도 줬다가 발각되면 바로 총살이었어. 만약 내가 어떤 집에서 하룻밤을 묵었는데 누가 그걸 알고 일러바치면 그 집 가족은 바로 몰살을 당하는 거였어. 한번은 남편 없이 여자 혼자 어린 자식 셋을 데리고 사는 집에서 묵게 됐어. 여자는 우리를 내쫓는 대신, 페치카에 불을 피우고 우리 옷을 빨아줬지…… '어서들 먹어요, 어서' 하면서 마지막 남은 음식까지 내주고. 봄감자는 얼마나, 얼마나 작은지, 꼭 완두콩만했어. 우리는 먹고, 아이들은 페치카에 위에 앉아서 울었어. 마지막 남은 그 작은 감자를 우리가 먹어버려서……"

알렉산드라 니키포로브나 자하로바, 고멜 제225빨치산연대 정치위원

"첫 임무를 맡았어…… 내가 삐라를 맡게 됐지. 삐라들을 베개 속에 넣고 꿰맸어. 엄마가 침대에 이부자리를 깔고 정돈하시다가 뭔가 이상한 걸 알아챈 거야. 베갯잇을 뜯어 삐라를 찾아냈지. 엄마가 막 울더라고. '네가 너도 죽고 이 어미도 죽일 작정이구나.' 하지만 나중에는 오히려 엄마가 든든한 조력자가 돼주셨어.

우리집에 빨치산 연락병들이 자주 드나들었어. 밖에 말을 풀어놓고 집안으로 들어오곤 했지. 이웃들이 그걸 못 봤을 것 같아? 본 건 물론이

고 무슨 일인지 다 알고 있었어. 나는 시골에서 오빠가 온 거라고 둘러 댔어. 하지만 우리집에 시골 사는 아들이 없다는 것쯤은 누구나 아는 사실이었지. 나는 그 사람들이 고마워. 마을의 온 길가에다 큰절을 해도 모자랄 정도로. 단 한마디면 충분했어. 우리가, 우리 온 가족이 저세상으로 가는 건. 손가락으로 우리집 쪽을 가리키기만 해도 그걸로 끝이었지. 하지만 아무도 그러지 않았어…… 단 한 사람도…… 전쟁을 치르는 동안은 사람들이 그렇게 좋을 수가 없더라고. 너무 좋아서 영원히 사람들을 사랑할 것만 같았지……

하지만 전쟁이 끝나고 나서는…… 길을 가도 자꾸 뒤를 돌아보고 주위를 살피게 됐지. 잔뜩 겁에 질려서 길도 안심하고 다닐 수가 없게 됐어. 걸으면서 자동차 수를 세고 역에서는 기차를 세고…… 그 버릇을 고치는 데 한참 걸렸어."

베라 그리고리예브나 세도바, 지하공작원

"울음부터 나와…… 눈물이 앞을 가리고……

어느 농가에 들어갔는데 아무것도 없는 거야. 세간이라고 해봐야 여기저기 대패질 자국투성이에 다 벗겨진 기다란 널빤지 의자 두 개 그리고 탁자 하나가 전부였어. 하다못해 물 마실 컵 하나가 안 보이더군. 놈들이 있는 거 없는 거 다 가져간 거지. 구석에 이콘*만 세워져 있었어. 그 위에 수놓인 수건이 하나 걸려 있고.

농가 안에 할아버지 할머니 내외가 앉아 계셨어. 우리 병사 하나가 군화를 벗었는데 발싸개가 얼마나 해졌던지 도저히 다시 싸맬 상태가 아

---

* 성모 마리아나 아기 예수 또는 성인들을 그린 그림을 뜻한다.

니었지. 게다가 밖에는 비가 오고 길까지 진흙탕인데 군화마저 너덜거리고. 그러자 할머니가 이콘 앞으로 가시더니 수건을 내려서 그 병사에게 주셨어. '이보게. 그런 발로 어떻게 가려고 그래?'

그 오두막에는 더이상 남은 게 없었어……"

베라 사프로노브나 다비도바, 빨치산 병사

"전쟁 터지고 며칠 안 됐을 땐데…… 마을 근처에서 우연히 부상병 두 명을 만나 집으로 데려왔어…… 한 명은 머리에 부상을 입었고, 다른 한 명은 다리에 파편이 박힌 상태였지. 내가 직접 파편을 끄집어내고 상처에 석유를 부었어. 석유밖에 없었거든. 그리고 석유가 소독작용을 한다는 걸…… 알기도 했고……

내가 열심히 간호해서 두 사람은 회복되었어. 한 명이 먼저 숲으로 떠났고, 이어서 다른 한 명도 제 갈 길로 갔지. 그런데 다른 한 명이 떠나면서 갑자기 내 발아래 엎드리잖겠어. 그러고는 내 발에 입을 맞추는 거야.

—사랑스러운 자매님! 당신이 내 생명을 구했어요!

우리는 서로 이름을 부르거나 호칭을 쓰거나 하지 않았어. 그저 자매와 형제, 그게 다였지.

마을 아낙들이 저녁에 우리집에 모였어.

—독일놈들이 그러는데, 자기들이 모스크바를 점령했대요.

—절대 그럴 리 없어요!

마을이 적의 손아귀에서 벗어나자마자 곧장 마을 여자들과 콜호스 경작에 나섰어. 내가 콜호스 의장으로 뽑혔지. 우리 중에 남자라고는 노인 넷과 열 살에서 열세 살 사이의 어린 남자아이들 다섯, 그게 다였어.

이 남자들이 소위 우리 콜호스의 경작자들이었지. 말도 스무 마리 정도 됐는데, 모두 부스럼 딱지가 생겨서 치료를 받아야 할 처지였고. 그때 우리 농장 상황이 그랬어. 정말 수레고 멍에고 아무것도 없었어. 마을 여자들이 삽으로 땅을 고르고, 암소와 황소로 밭을 갈고, 또 황소들이 지쳐 쓰러지면 일으켜세우느라 꼬리를 잡아당기며 진땀을 뺐지. 남자아이들이 낮에는 써레질을 하고 밤에는 밭에서 식량거리를 싸가지고 왔어. 식량이라고 해봐야 프라스나키 하나였지만. 매일 그것만 먹었어. 당신은 그게 뭔지 모를 거야. 괭이밥풀 씨앗을 모으고…… 모르지? 그런 풀이 있어. 그리고 토끼풀도 뜯고. 그래서 그것들을 함께 절구통에 넣고 찧은 다음 굽는 거야. 그게 프라스나키야. 세상에…… 써도, 써도 그렇게 쓴 빵이 또 있을까……

가을에 당국에서 지시가 내려왔어. 580평방미터나 되는 숲을 벌목하라는 지시였지. 누가 있어 그 일을 하겠어? 열두 살짜리 아들과 열 살짜리 딸을 데리고 숲으로 들어갔지. 다른 여인네들도 마찬가지였고. 결국 우리는 숲을 다 베어냈어……"

베라 미트로파노브나 톨카체바, 빨치산 연락병

로코솝스키* 여단 페트라코프** 부대 소속 빨치산 연락병 이오시프 게오르기예비치 야슈케비치와 그의 딸 마리야의 이야기:
이오시프 게오르기예비치:
—승리를 위해 모든 걸 바쳤소…… 내 가족들. 아들 녀석들 모두 전

---

* 콘스탄틴 콘스탄티노비치 로코솝스키(1896~1968). 소련의 군인. 제2차세계대전에서 혁혁한 공을 세워 원수의 자리에까지 올랐으며, 전후에 폴란드 국방장관과 소련 국방차관을 지냈다. 영웅 칭호를 두 번 받았다.
** 빨치산 부대 지휘관의 성.

선에 나가 싸웠지. 조카 녀석 둘은 빨치산과 내통했다 해서 독일군 총에 죽었고, 녀석들의 어미인 내 여동생은 파시스트들이 불에 태워 죽였소. 자기 집에서 불타 죽었지…… 동생 집이 연기에 휩싸이기 전에 사람들이 보니까, 동생이 불붙은 촛대처럼 꼿꼿하게 서 있었다더군. 손에 이콘을 꼭 쥐고서. 전쟁을 겪고 난 후로는 해가 뜨는 걸 보면 꼭 뭔가 불타고 있는 것처럼 느껴져……

마리야:
— 나는 아주 어렸어요. 열세 살이었으니까. 나는 아버지가 빨치산을 돕고 계신 걸 알았어요. 그게 뭔지 이해했죠. 밤에 사람들이 우리집에 오곤 했어요. 와서는 뭔가 두고 가기도 하고 가져가기도 했죠. 아버지는 나를 자주 데리고 다니셨어요. 나를 수레에 태우면서 "여기 꼼짝 말고 있어라. 이 자리에서 일어나면 안 돼"라고 주의를 주시곤 했어요. 목적지에 도착하면 아버지는 수레에서 무기나 삐라를 꺼내셨어요.

나중에 아버지가 나를 기차역으로 보내기 시작하셨어요. 가서 머릿속에 담아와야 할 것들을 가르쳐주셨죠. 나는 관목숲 뒤에 몰래 숨어서 날이 어두워질 때까지 지나가는 기차 수를 셌어요. 무엇을 싣고 가는지도 열심히 봐두고. 눈에 보이는 건 다 외웠죠. 어느 땐 기차에 무기나 탱크가 실려 있고 또 어느 땐 병사들이 타고 있었어요. 독일군은 하루에 두세 번씩은 꼭 관목숲에 대고 총질을 했어요.

— 무섭지 않으셨어요?
— 나는 몸집이 작아서 언제나 아무도 모르게 잘 숨었어요. 하지만 그날은…… 아직도 기억이 생생해요…… 아버지는 그날 마을을 빠져나가려고 시도하셨어요. 두 번이나. 숲 너머에 빨치산들이 기다리고 있었

거든요. 두 번 시도했는데 두 번 다 독일군 순찰병들에게 제지당했죠. 날이 저물기 시작했어요. 아버지가 나를 부르셨어요. "마리야……" 하지만 이내 엄마가 소리치셨죠. "안 돼요. 아무 데도 못 보내요!" 엄마가 나를 아버지에게서 떼놓았어요……

하지만 나는 엄마 몰래 집을 빠져나와 숲으로 달려갔어요. 숲속 길을 다 외울 정도로 숲을 잘 알았지만 날이 저무니까 좀 무섭더라고요. 기다리던 빨치산들을 만나서 아버지가 한 말을 모두 전했죠. 그런데 집으로 돌아오는 길에 벌써 날이 밝아버린 거예요. '어떻게 독일군 순찰병들을 피해 간담?' 정처 없이 숲속을 배회하고 돌아다니다가 그만 호수에 빠져버렸어요. 아버지 재킷이고 부츠고 모두 물속에 가라앉았죠. 얼음이 얼지 않은 곳을 찾아 간신히 몸만 빠져나왔어요…… 눈밭을 맨발로 달렸어요…… 그러고는 탈이 난 거예요. 자리에 누운 그대로 일어나질 못했어요. 다리가 말을 듣지 않았어요. 그때는 의사도 약도 없던 시절이잖아요. 엄마가 갖가지 풀을 달여다 먹이고 진흙을 짓이겨 발에 붙여주고 그랬죠……

전쟁이 끝나고서야 의사에게 보일 수 있었어요. 하지만 그땐 이미 늦었더라고요. 영영 자리에서 일어날 수 없는 신세가 되고 만 거죠…… 일어나 앉을 수는 있지만, 그것도 잠깐이고 꼼짝없이 누워서 창문만 바라보며 살았어요…… 전쟁을 회상하며……

이오시프 게오르기예비치:

—내가 마리야를 안고 다녀요…… 40년을. 어린애 안듯…… 2년 전에 집사람이 세상을 떴어요. 눈을 감으면서 나를 용서하더군요. 젊은 날의 잘못이라고…… 모두 다 용서해줬소…… 하지만 마리야는 용서하

지 않았다는 걸, 아내의 눈을 보고 알 수 있었소…… 나는 죽는 게 무서워요. 내가 죽으면 우리 마리야 혼자 남으니까. 누가 마리야를 안고 다니겠소? 누가 밤마다 마리야를 위해 기도하고? 누가 하느님께 자비를 구하냔 말이오……

엄마와 아빠에 대하여

민스크 주 볼로진의 라트인치 마을. 수도인 민스크에서 한 시간 거리다. 나무집들, 꽃이 가득 핀 자그마한 정원들, 길 위에 나돌아다니는 닭과 거위들. 벨라루스에서 흔히 볼 수 있는 평범한 마을 풍경이다. 아이들이 모래밭에서 뛰어놀고 늙은 여인들이 벤치에 나와 앉아 있다. 한 여인을 찾아왔는데 거리에 있던 온 마을 여인들이 모여든다. 그리고 하나둘 열리기 시작하는 입들. 끝내는 이구동성으로 아우성이다.

각자 사연은 다르지만 사실은 모두 같은 이야기다. 어떻게 밭을 갈고 씨를 뿌리고 빨치산에게 빵을 주었는지, 어떻게 아이들을 보살피고 점쟁이나 집시 여인들을 찾아다니며 꿈을 해몽하고 하느님의 자비를 구했는지, 어떻게 남편이 전쟁터에서 돌아오길 기다렸는지에 대한 이야기들이다.

일단 처음 입을 뗀 세 사람의 이름부터 받아 적었다. 엘레나 아다모브나 벨리치코, 유스티나 루키야노브나 그리고로비치, 마리야 표도로브나 마주로. 하지만 나중엔 울음바다가 되는 바람에 누가 누군지 알 수 없게 돼버렸다……

"아이고, 이 사람아! 이 귀한 사람아. 나는 전승기념일이 싫어. 눈물만 나! 어찌나 눈물이 나는지! 그때를 떠올리기만 하면 다시 모든 게 되풀이된다니까. 행복은 저 산너머에 있는데, 불행은 바로 어깨너머라잖아……

독일놈들이 다 불질러버리고 다 뺏어갔어. 우리를 완전히 알거지로 만들어놨지. 숲에서 마을로 돌아와보니까 남은 게 아무것도 없는 거야. 수고양이 한 마리만 있더라고. 그러니 뭘 먹어? 여름이면 산열매며 버섯을 죽어라 따 모았지. 자식새끼들이 줄줄이 집에서 기다리는 걸 어떡해.

전쟁이 끝나자 콜호스로 갔어. 농작물을 베고, 곡식을 거둬들이고, 큰 낫으로 풀을 베고, 도리깨질을 했지. 말 대신 우리가 쟁기를 끌었어. 놈들이 다 죽여버려서 말도 없었거든. 개도 다 쏴버리고. 오죽하면 우리 엄마가 그러셨을까. '나 죽으면 영혼은 어찌될지 모르겠다만 두 팔이야 편히 쉬겠지.' 그때 우리 딸이 열 살이었는데 나랑 같이 곡식을 거두러 다녔어. 작업반장이, 도대체 어린 꼬마애가 해 지기 전까지 할당량을 어떻게 채운다는 건가 싶어 보러 왔더라고. 우리는 농작물을 베고 또 벴어. 해가 뉘엿뉘엿 숲 너머로 넘어가기 시작하면 못 넘어가게 붙들고 싶은 거야. 우리에겐 하루해가 부족했어. 원래 할당량보다 두 배는 족히 되는 일감이 주어졌으니까. 그런데도 우리 손에 들어오는 건 아무것도 없었어. 일한 날짜만 노동일지에 잔뜩 표시하고는 그만이었지. 여름에 들에 나가 죽어라 일해도 가을에 밀가루 한 포대도 못 얻는 거야. 오로지 씨감자 하나로 아이들을 먹여 살렸지……"

"전쟁이 끝났어. 나 혼자 남았지. 내가 암소도 되고 황소도 됐어. 그리고 아낙도 되고 남정네도 됐지. 아……"

"전쟁은 재앙이야…… 우리집엔 애들만 남았어. 앉을 의자도 변변한 장롱 하나도 없었지. 완전히 알거지가 됐어. 떡갈나무 열매를 주워먹고 봄에는 풀을 뜯어먹었어…… 우리 딸이 학교에 들어갈 때가 돼서야 딸 아이에게 처음으로 신발을 사줄 수 있었어. 딸애는 잠을 잘 때도 그 신발을 신고 잤어. 벗으려고 하질 않더라고. 그래, 그렇게 살았어! 이제 내 인생도 저물어가는데 추억할 만한 게 하나도 없네…… 전쟁밖엔……"

"우리 포로들이 근교 모처로 압송돼 왔다는 소문이 돌았어. 그곳에 자기 일가붙이가 있으면 데려가도 된다고. 마을 여자들이 부리나케 거기로 달려갔지! 저녁때쯤 여자들이 돌아왔는데, 누구는 자기 일가붙이를 누구는 낯선 이를 데리고들 왔더라고. 그리고 도저히 믿을 수 없는 이야기를 했어. 사람들이 산 채로 썩어가고, 굶어 죽고, 먹을 만한 건 다 먹어버려서 나뭇잎 하나 찾아볼 수가 없다는 거야…… 풀을 먹고…… 풀뿌리까지 캐 먹는다고…… 다음날 나도 서둘러 달려갔지만 일가붙이를 찾지는 못했어. 그래서 아들 같은 사람 누구라도 한 생명 살리자 생각했지. 가무잡잡한 병사 하나가 왠지 마음이 가더라고. 이름이 사시코였는데, 지금 내 어린 손자 녀석도 사시코야. 열여덟 살이더라고…… 독일군에게 살로와 달걀을 주면서 내 '남동생'이 틀림없다고 했지. 하느님 앞에서도 맹세할 수 있다고. 그 병사를 집에 데리고 돌아왔는데, 어찌나 쇠약한지 달걀 하나도 제대로 먹질 못하는 거야. 하지만 어떤 쓰레기 같은 인간 때문에 채 한 달도 못 데리고 있었어. 남들처럼 결혼도 하고 아이가 둘이나 되는 평범한 사람이었는데…… 그 인간이 사령부로

쪼르르 달려가서 우리가 낯선 이들을 데려온 거라고 일러바쳤지 뭐야. 다음날 독일군 병사들이 오토바이를 타고 나타났어. 우리가 무릎 꿇고 애원하자 각자 고향집 가까운 곳으로 옮기는 거니까 염려 말라더군. 나는 사시코에게 할아버지 양복을 입혀 보냈어…… 그 아이가 살 거라고 믿고서……

하지만 사실은 포로들을 마을 밖으로 데려가서…… 자동소총으로 모두 총살시켜버린 거야…… 전부 다. 단 한 사람도 남김없이…… 세상에 그렇게나 젊고 착한 청년들을! 그래서 포로들을 데리고 있던 우리 아홉 명이 장사를 지내주기로 했지. 다섯 명은 구덩이에서 시신들을 끄집어내고, 나머지 네 명은 독일 군인들이 오는지 망을 봤어. 손으로는 못하겠더라고. 날도 더운데 시신이 벌써 나흘이나 구덩이에 방치돼 있었으니 어땠겠어. 그렇다고 삽으로 하자니 시신이 훼손될까 걱정이고…… 널빤지에 실어 내갔어. 물을 떠와서는 우리 코를 틀어막았지. 우리가 정신을 잃고 쓰러지면 안 되잖아…… 숲속에 무덤을 하나 만들어 나란히 묻어줬어…… 머리를 이불로 덮어줬지…… 다리도……

1년을 가슴 아파했어. 그 젊은이들을 생각하며 울었어. 그리고 다들 '우리 남편은 어디 있을까? 우리 아들은? 살아 있기는 한 걸까?' 생각했지. 살아 있다면야 그게 언제든 돌아오겠지만 죽어 흙속에 묻혔다면 영영 돌아오지 못할 테니까…… 아이고, 아이고……"

"우리 남편은 착하고 좋은 사람이었어. 우리는 겨우 1년 반을 함께 살았지. 남편이 전장으로 떠날 때 난 임신중이었어. 하지만 남편은 아이가 태어나는 걸 못 봤고, 그 없이 나 혼자 딸아이를 낳았어. 남편은 이미 여름에 떠나버렸고, 나는 가을에야 딸을 낳았던 거지.

아직 아이를 가슴에 안고 다닐 때, 그러니까 아이가 채 돌이 안 됐을 때였어. 침대에 앉아 아이에게 젖을 물리는데…… 누가 창문을 두드리는 거야. '레나, 편지 왔어…… 아이 아빠 소식이야……' (마을 여인들이 우체부 대신 소식을 직접 전하려고 온 거였어.) 나는 젖을 물린 것도 잊은 채 벌떡 일어났어. 그 바람에 젖이 그대로 뿜어져나와 바닥으로 흘렀지. 아이가 놀라서 자지러지게 울었어. 더이상 젖을 물려고 하지 않더군. 그 소식을 들은 게 부활제 직전 토요일이었어. 4월…… 햇살이 제법 밝게 비치는 날…… 편지에 우리 남편 이반이 폴란드에서 전사했다고 쓰여 있었어. 그단스크* 근교에 남편 무덤이 있다고. 1945년 3월 17일…… 우리 남편이 세상을 떠난 날이야. 정말 작고 얇은 종이 한 장이었는데…… 승리가 코앞이고 남편들이 하나둘 전쟁터에서 돌아오고 있었는데. 앞마당엔 꽃들이 이제 막 탐스러운 꽃망울을 터뜨리고.

그때 놀란 뒤로 딸아이는 오랫동안 아팠어. 학교 들어갈 때까지 그랬어. 문만 세게 여닫아도 누가 소리만 질러도 아파 누워버렸지. 그리고 밤마다 울었어. 딸 때문에 정말 고생 많이 했어. 아마 7년은 제대로 해를 본 적이 없는 것 같아. 나에겐 해가 비치지 않는 거나 마찬가지였어. 늘 눈앞이 캄캄했으니까.

사람들이 승리를 외쳤어. 집집마다 남자들이 돌아오기 시작했지. 하지만 떠난 자들보다 돌아오는 자들이 훨씬 적었어. 떠난 자들의 반도 돌아오지 못했으니까. 우리 오빠 유지크가 맨 먼저 돌아왔어. 하지만 불구의 몸이 돼서 왔지. 오빠에게도 우리 딸 또래의 어린 딸이 있었어. 네 살짜리, 곧 다섯 살이 되는 딸…… 우리 딸이 오빠 집에 자주 놀러갔는데

---

* 폴란드 포모르스키 주의 중심도시. 폴란드 북쪽 발트 해에 인접한 항구도시이며 관광지로 유명하다.

한번은 울면서 집으로 뛰어왔더라고. '이제 외삼촌 집에 안 갈 거야' 하길래 왜 우느냐고 물었지. '알레치카(오빠네 딸 이름이 알레치카였어)는 아빠가 무릎에 앉히고 예뻐해준단 말이야. 그런데 나는 아빠가 없잖아. 나는 엄마만 있잖아.' 나는 딸아이를 꼭 끌어안았어……

그렇게 2, 3년을 울고 지냈어. 어느 날은 딸아이가 밖에서 뛰어들어오더니 그러는 거야. '나 집에서 놀아도 돼? 밖에서 애들이랑 놀고 있는데 아빠가 나를 못 알아보고 그냥 가버리면 어떡해. 아빠는 나를 한 번도 본 적이 없잖아.' 그런 애를 어떻게 나가 놀라고 내보내겠어. 딸애는 며칠을 집에서 꼼짝도 하지 않았어. 아빠를 기다렸지. 하지만 아빠는 돌아오지 않았어……"

"우리 남편은 전쟁터로 가면서 서럽게 울었어. 어린 자식들을 차마 두고 갈 수 없어 가슴이 찢어졌지. 하지만 우리 애들은 너무 어려서 아직 자신들에게 아빠가 있는지조차 몰랐지. 중요한 건 모두 보살핌을 받아야만 했던 아이였다는 거야. 막내는 너무 어려서 내가 안고 다녀야 했어. 남편이 막내를 받아 안더니 가슴에 꼭 끌어안았어. 나는 남편을 쫓아 달려나갔어. 밖에서 재촉하는 소리가 들렸지. '전원 일렬종대!' 남편은 막내를 품에서 떼놓지 못하고 그대로 안은 채 정렬했어…… 군인 한 명이 남편에게 소리소리를 지르는데도 남편은 아이를 안고 눈물만 펑펑 쏟았지. 아이의 옷이 다 젖을 정도로. 나는 아이들을 데리고 마을 밖까지 남편을 쫓아갔어. 아마 5킬로미터는 달렸을 거야. 다른 마을 여자들도 마찬가지였어. 우리 애들이 넘어지는데도 나는 막내를 안고 계속 달렸어. 남편은 자꾸 뒤를 돌아보고, 나는 그런 남편을 따라 달리고 또 달렸지. 아마 내가 맨 마지막까지 따라갔을 거야…… 아이들은 길에 남겨두고 막내만 데리고서 그렇게 남편을 쫓아 달렸어……

1년 후에 남편의 사망통지서가 날아왔어. '귀하의 남편 블라디미르 그리고로비치가 독일, 거의 베를린에 다 와서 전사했다는 소식을 알립니다.' 나는 남편의 무덤도 못 봤어. 이웃 남자 하나는 멀쩡한 몸으로 돌아왔고 다른 한 명은 다리 없이 돌아왔지. '우리 남편도 살아 돌아왔으면, 다리가 없어도 좋으니 제발 살아서만 돌아왔으면. 내가 팔로 안고 다닐 텐데……' 하는 생각에 가슴이 미어졌지."

"어린 아들 셋하고 나만 남았어…… 곡초 다발을 등짐 져 나르고, 숲에 가서 장작을 해오고, 감자와 건초를 구하고, 다 내가 했어. 전부 나 혼자서…… 내가 직접 쟁기를 끌며 밭을 갈고 써레질을 했지. 그게 어때서?! 우리 마을은 두 집 건너 과부거나 남편을 전쟁터에 보낸 여자들이었는걸. 남자들 없이 우리만, 여자들만 남았지. 말도 없었어. 말도 다 군대에서 가져가버렸거든. 그래서 내가 다 했어…… 내가 이래 봬도 최고 노동자까지 된 몸이야. 두 번 표창을 받았는데, 한번은 10미터짜리 사라사가 부상으로 나왔더라고. 세상에 얼마나 좋던지! 그걸로 아들 녀석 셋 모두 새 셔츠를 해 입혔지."

"전쟁이 끝났어…… 전쟁에 아버지를 잃은 아들들은 이제 막 어린애를 벗어난 나이들이었어. 하지만 일찍들 철이 들었지. 열셋, 열넷이면 벌써 자기들이 어른이라고 생각했거든. 결혼도 하고 싶어했어. 남자 어른들은 없고 여인들은 모두 젊디젊었으니까……

만약 우리더러 '암소를 내놓으시오. 그럼 전쟁은 일어나지 않을 거요'라고 한다면 당장 암소를 내놓을 거야! 우리 아이들이 나 같은 고통을

겨지 않을 수만 있다면. 낮이고 밤이고 나는 내 불행의 소리를 들
어……"

"창밖을 보면 거기 꼭 남편이 앉아 있는 것만 같아…… 해 질 무렵이
면 누가 있는 것처럼 보이곤 하거든…… 나는 이제 늙은이가 다 됐지
만 남편은 언제나 젊을 때 모습 그대로야. 전쟁터로 떠날 때 모습 그대
로. 꿈속에서도 그 사람은 젊기만 하지. 그야 나도 꿈속에선 젊지
만……

마을에서 남편의 사망통지서를 받지 않은 여자가 없었어. 나만 '행방
불명' 통지서였지. 파란색 잉크로 행방불명이라고 쓰여 있더군. 처음 10년
은 날마다 남편을 기다렸어. 사실 지금도 기다리지만. 내가 이렇게 멀쩡
히 살아 있는데 어떻게 희망을 버려……"

"여자 혼자 어떻게 살아? 사람들이 돕는다고 도와도 전혀 도움이 안
됐어. 오히려 더 힘들기만 했지. 모두 자기 말만 하고…… 사람들은 시
끄럽게 떠들어대지, 개들은 짖어대지…… 남편 이반에게 우리 손자 녀
석들을 보여주고 싶어. 다섯 녀석들 다. 그래서 다음엔 이반 초상화 앞
에 녀석들 사진을 가져갈 거야. 가서 그이랑 이야기도 나누고……"

"아이고, 아이고, 아이고…… 우리 하느님…… 자비로우신 하느
님……"

"전쟁이 끝나자마자 꿈을 꿨어. 마당으로 나가는데 남편이 마당으로
걸어들어오는 거야…… 군복을 입고서…… 나를 부르는데, 그렇게 애

절할 수가 없었어. 자리를 박차고 일어나 창문을 열었지…… 하지만 밖은 쥐죽은듯 고요하기만 했어. 그 흔한 새소리 하나 들리지 않을 만큼. 당연하지. 다들 깊게 잠든 밤이었으니까. 바람만 나뭇잎 사이로 지나며…… 사락사락 소리를 냈지……

아침에 달걀 열 개를 가지고 집시 여자한테 갔어. '당신 남편은 이미 이 세상 사람이 아니야.' 여자가 카드를 보며 말했지. '부질없이 기다리지 마. 그 꿈은 당신 남편의 영혼이 집 주위를 배회하고 있다고 알려주는 것뿐이니까.' 남편과 나는 서로 사랑해서 결혼했어. 정말 많이 사랑했지……"

"어떤 점쟁이가 가르쳐줬어. '모두 잠이 들 때까지 기다렸다가 검은 스카프를 쓰고 큰 거울 앞에 앉아 있어라. 그러면 남편이 어디에선가 모습을 드러낼 것이다…… 절대 남편을 만져서는 안 된다. 옷자락도 건드려서는 안 된다. 그냥 이야기만 해라……' 나는 밤새 거울 앞에 앉아 있었어…… 거의 날이 새려는데 남편이 왔지…… 남편은 아무 말 없이 조용히 눈물만 흘렸어. 그렇게 세 번을 나타났어. 내가 부르면 나타나고 또 나타나고. 그리고 또 눈물만 뚝뚝 흘리고. 그래서 그만 불렀어. 남편이 가엾어서……"

"나는 남편 만날 날을 기다려…… 만나면 낮이고 밤이고 남편한테 이야기할 거야. 남편한테 바라는 거 아무것도 없어. 그저 내 이야기 들어주는 거 말고는. 남편도 그곳에서 많이 늙었겠지. 나처럼."

"나는 감자도 캐고 사탕무도 캐며 살아…… 바로 저기 어디쯤에 우리 남편이 묻혀 있지. 나도 곧 남편한테 갈 거야…… 여동생이 나한테 그래. '언니, 땅을 보지 말고 하늘을 봐. 저 위를 보라니까. 그들은 하늘에 있다고.' 저기 보이는 게 우리집이야…… 여기서 지척이지…… 우리집에서 하룻밤 자고 가. 그러면 이야기도 더 많이 나누고 좋잖아. 피는 물이 아니야. 그래서 함부로 흘리면 안 돼지. 그런데 자꾸 피가 쏟아져. 하루도 피를 보지 않는 날이 없어…… 텔레비전에서……

우리 이야기는 꼭 안 써도 돼…… 우리를 잊어버리지만 마…… 당신과 내가 이렇게 서로 이야기를 나눴잖아. 같이 울었고. 그러니까 헤어질 때 뒤돌아서 우리를 봐줘. 우리들 집도. 낯선 사람처럼 한 번만 돌아보지 말고 두 번은 돌아봐줘. 내 사람처럼. 다른 건 더 필요 없어. 뒤돌아봐주기만 하면 돼……"

작은 삶과 커다란 이념에 대하여

"언제나 믿었어…… 스탈린을 믿었고…… 공산주의자들을 믿었어. 나 자신이 공산주의자였고. 공산주의를 믿었지…… 공산주의를 위해 살았고 공산주의를 위해 살아남았어. 20차 당대회에서 흐루쇼프가 스탈린의 과오를 성토하는 발언을 듣고서 나는 병을 얻어 몸져눕고 말았어. 그 모든 게 사실이란 걸 믿을 수가 없었지. 전쟁터에서도 늘 '조국을 위해! 스탈린을 위해!'라고 소리 높여 외치던 나인데. 강요한 사람은 아무도 없었어. 그냥 내가 믿은 거지…… 그게 바로 내 삶이었고……

그럼 이제 내 이야길 해볼까……

나는 빨치산 부대에서 2년을 싸웠어…… 마지막 전투에서 다리 부상을 당해 의식을 잃고 쓰러졌지. 살을 에는 추위였어. 의식이 돌아와 정신을 차려보니 팔이 꽁꽁 얼어 있더라고, 동상에 걸려서. 지금은 이렇게 건강하고 멀쩡한 팔이지만 그때는 까맣게 변해서는…… 당연히 다리도 동상에 걸렸지. 날이 그렇게 춥지만 않았어도 다리를 잃는 일은 없었을지도 몰라. 그 추위에 피투성이인 채로 한참을 쓰러져 있었으니…… 다행히 아군에 발견되어 다른 부상병들과 함께 한 장소로 이송이 됐어. 부상병들은 넘쳐나지 독일군은 다시 포위망을 좁혀오지, 아군은 퇴각을 서둘렀어…… 포위망을 뚫고 나갔지…… 우리는 짐짝처럼 아무렇게나 썰매에 실렸어. 부상병들한테까지 친절하게 신경쓸 여유 같은 건 없었으니까. 아군은 우리를 숲속 깊이 데리고 들어갔어. 한참을 숲속으로 숲속으로 숨어들다가 나중에서야 모스크바에 내 부상 사실을 알렸지. 사실 나는 소비에트 최고회의 의원이었거든. 꽤 거물급 인사였고, 그런 나를 자랑스럽게들 여겼어. 하지만 나는 가장 계급이 낮은, 평범한 농민 출신이야. 농민의 딸. 어린 나이에 당에 들어갔지……

두 다리를 잃었어…… 절단했지…… 수술도 숲에서 했어…… 숲에 제대로 된 수술도구가 어디 있어. 아주 원시적인 조건에서 수술을 받았지. 그냥 탁자에 누워 수술을 받았어. 요오드도 없었어. 다리는 일반톱으로 절단하고. 두 다리 모두 다…… 탁자에 나를 눕히고 보니 요오드가 없는 거야. 그래서 요오드를 구하러 6킬로미터나 떨어진 옆 부대로 부랴부랴 사람을 보냈지. 나는 그대로 탁자에 누워 기다렸고. 마취제도 없고…… 정말 아무것도 없었어…… 민간에서 만든 술로 마취제를 대신했지. 일반톱 말고는 없었어…… 소목장이들이 쓰는 톱 말고는……

부대원들이 모스크바에 연락을 취해 비행기를 보내달라고 요청했어. 비행기가 세 번이나 착륙을 시도했지만 주위만 맴돌 뿐 번번이 실패했어. 사방이 독일군의 총탄이고 포탄이었어. 네번째 만에 겨우 착륙에 성공했지만 내 다리는 이미 잘려나간 뒤였지. 나중에 이바노보*와 타슈켄트**에서 네 번 더 재수술을 받았고, 네 번이나 더 피부괴사를 겪어야 했어. 그때마다 다리를 조금씩 잘라낸 끝에 결국은 허벅지 위까지 잘리게 됐지. 처음엔 울었어…… 서럽게 울었지…… 땅바닥을 기어다니는 모습을 상상하면서. 이제 걸을 수가 없으니 기어다녀야 하잖아. 하지만 잘 견뎌냈어. 무슨 힘으로 그걸 다 견뎌냈는지 나도 몰라…… 어떻게 스스로를 납득시킬 수 있었는지…… 물론 좋은 사람들도 만났어. 세상엔 좋은 사람들도 많더라고. 외과의사가 한 명 있었는데 그 자신도 다리가 없는 사람이었어. 그 의사가, 나중에 다른 의사들한테 들은 말이지만, 나보고 그랬다는 거야. '그녀 앞에 경의를 표한다. 수많은 남자 부상병들을 수술해봤지만 그녀 같은 사람은 없었다. 비명 한 번 지르지 않은 사람은.' 나는 잘 참았어…… 나는 다른 사람들 앞에서 강인한 사람이 되는 데 익숙했으니까……

나중에 디스나***로 돌아갔어. 내 작은 고향으로. 목발을 짚고서 돌아간 거야.

지금은 걷는 게 불편한데, 그건 이제 나이가 들어서 그래. 그땐 시내 정도는 뛰어다녔어. 걸어서 못 가는 곳이 없을 정도였지. 의족을 차고 뛰어다녔다니까. 차를 타고 여기저기 콜호스도 둘러보러 다니고. 나는 구역집행위원회 부위원장에 임명됐어. 책임이 큰 자리였지. 나는 사무실에만 들어앉아 있지 않았어. 마을들로 들판들로 바쁘게 돌아다녔지.

---

* 러시아 이바노보 주의 중심도시.
** 우즈베키스탄의 수도.
*** 벨라루스 비텝스크 주에 있는 도시. 디스나 강과 드비나 강이 만나는 지점에 위치하고 있다.

만약 사람들이 내 사정을 봐준다 싶으면 오히려 불쾌할 정도였어. 당시엔 읽고 쓸 줄 아는 콜호스 농장주들이 드물었어. 그래서 중요한 캠페인이 있을 때는 구역위원장들이 콜호스로 파견을 나갔지. 매주 월요일마다 구역위원회에서 우리를 불러 임무를 맡겼어. 아침에 일어나 창밖을 보는데 다들 구역위원회로 바삐들 가는 거야. 나는 아무 연락도 받지 못했는데. 가슴이 아프더라고. 나도 다른 사람들처럼 살고 싶었지.

그런데 마침내 나한테도 전화가 온 거야. 제1서기의 전화였어. '페클라 표도로브나, 위원회에 들러주시오.' 아, 그때는 얼마나 기쁘던지. 차로 시골마을들을 돌아다닌다는 게 나한텐 여간 힘에 부치는 일이 아니었지만 그래도 행복하고 좋았어. 어떤 곳은 차량으로, 또 어떤 곳은 걸어서 그렇게 20킬로미터씩, 때로는 30킬로미터씩을 다녔어. 숲속을 가다보면 넘어질 때가 많았어. 한번 넘어지면 일어설 수가 없는 거야. 가방을 바닥에 대놓고 짚고 일어나거나 아니면 옆의 나무를 부여잡고 일어나야 했지. 연금이 나왔어. 그 돈으로 얼마든지 나를 위해 살 수 있었어. 오로지 나 자신만을 위해. 하지만 다른 사람들을 위해 살고 싶더라고. 나는 공산주의자니까……

나는 내 것이 하나도 없어. 내가 가진 거라곤 훈장들, 메달들, 그리고 표창장들이 전부지. 정부가 집을 지어주더라고. 아주 큰 집을. 아이들이 없어서 그런지 그 집이 나한텐 크게만 느껴져…… 천장은 또 어찌나 높은지…… 그 집에서 동생하고 둘이 살아. 동생이 나한텐 동생이자 엄마이자 유모야. 이제 나는 늙었어…… 아침엔 혼자 일어나지도 못하지……

동생과 나는 여전히 과거 속에 살아. 우리들의 과거는 아름다우니까. 힘겨운 삶이기도 했지만 아름답고 정직한 삶이기도 했지. 나는 내가 부끄럽지 않아. 내 삶도…… 정직하게 살았으니까……"

페클라 표도로브나 스트루이, 빨치산 병사

"시대가 우리를 그렇게 만들었어. 우리를 증명해 보이도록. 그런 시대
는 또 없을 거야. 다시는 오지 않을 테지. 그때는 우리의 사상도 젊었고
우리도 젊었어. 레닌이 죽은 지 얼마 되지 않은 때였지. 스탈린은 살아
있고…… 소년단 넥타이를 얼마나 자랑스럽게 매고 다녔는지 몰라. 콤
소몰 배지도……

그런데 전쟁이 난 거야. 그래서 우리도…… 당연히 우리 지토미르*에
도 곧바로 지하조직이 만들어졌지. 나는 즉시 지하조직으로 들어갔어.
들어가도 될까? 무섭지는 않을까? 이런 건 따져보지도 않았어. 사실 따
져보고 말 것도 없었고……

몇 달 후에 우리 조직이 뒤를 밟혔어. 누군가 우리를 배반한 거야. 게
슈타포에게 붙잡혔어…… 당연히 무서웠지. 나한텐 죽는 것보다 놈들
손에 잡히는 게 더 겁나는 일이었으니까. 나는 고문이 무서웠어. 너무
두려운 게…… 혹시 내가 끝까지 견디지 못하면? 다른 사람들도 나하
고 똑같은 걱정이었지…… 모두들 다…… 특히, 나는 어려서부터 아픈
건 유난히도 참기 힘들어했거든. 하지만 그건 우리가 자신을 몰라서 하
는 걱정이었어. 우리가 얼마나 강인한지를……

마지막 심문 후에 나는 벌써 세번째, 총살대상자 명단에 이름이 올랐
어. 그런데 세번째 심문자로 나선 파시스트가…… 자기 전공이 역사라
고 밝히더니 우리가 왜 그런 사람들인지, 왜 우리에겐 이념이 그토록 중

---

* 우크라이나 북서쪽에 위치한 지토미르 주의 중심도시.

요한지 알고 싶다는 거야. 생명이 이념보다 소중하지 않느냐면서. 당연히 나는 동의하지 않았지. 그러자 소리를 지르며 나를 때리더라고. 그러고는 또 물었어. '뭐야? 뭐가 너희들을 이렇게 만든 거야? 대체 그게 뭐라고 죽음 앞에서도 눈 하나 깜짝 하지 않는 건데? 왜 공산주의자들은 공산주의가 전 세계에서 반드시 승리할 거라고 확신하지?' 그는 러시아어를 아주 잘했어. 그래서 그에게 모든 걸 설명하기로 마음먹었지. 어차피 죽을 목숨, 헛일하는 셈 치고 우리가 얼마나 강한지 알려주고나 죽자 싶었거든. 그는 거의 네 시간 동안 질문해댔고, 나는 최대한 아는 대로 대답해줬어. 중고등학교와 대학교에서 배운 마르크스-레닌주의까지 다 이야기했지. 그랬더니, 오, 그가 하는 행동이라니! 자기 머리를 움켜쥐고는 방안을 뛰다시피 서성이고, 한자리에 못박힌 듯 꼼짝도 않고 서 있고, 나를 쳐다보고 또 쳐다보고…… 하지만 처음으로 매질은 안 하더군.

나는 그의 앞에 서 있었어…… 머리칼이 반이나 뽑혀나간 채로. 그 전에는 양 갈래로 땋아내린 탐스러운 머리채였는데. 배가 고프더라고…… 처음엔 아주 작은 거라도 빵 한 조각만 먹으면 소원이 없겠다 싶었어. 그러다 나중엔 빵껍질이라도, 더 나중엔 빵부스러기라도 제발 먹었으면 했지…… 그런 몰골로 파시스트 앞에 서 있었어…… 하지만 내 눈빛만은 형형하게 살아 있었지…… 그는 오랫동안 내 이야기를 들었어. 매질은 안 하고 가만히 듣기만 하더군…… 아니, 그렇다고 충격 받거나 그런 건 아니었어. 그때는 아직 1943년이었으니까. 그래도 뭔가 느끼는 바는 있어 보였어…… 뭔가 위험 같은 걸 감지했다고나 할까. 대체 그게 어떤 위험인지 알고 싶어했어. 그래서 대답해줬어. 하지만 내가 방을 나서자마자 총살대상자 명단에 내 이름을 올리더군……

처형장으로 끌려가기 전날 밤, 내 지난 삶을 돌아봤어. 짧디짧은 내 생을……

내 생에 가장 행복했던 순간은 쏟아지는 폭격을 뚫고 집을 떠나 수십 킬로미터 떨어진 곳에 계시던 부모님이 집에 돌아오시기로 결정했을 때였어. 다시는 떠나지 않고 집에 머물기로 하셨을 때. 나는 우리 가족이 적에 맞서 싸울 걸 알고 있었어. 우린 아군이 곧 승리를 거두리라 믿었지. 반드시! 우리는 일단 부상병들을 찾아 돕는 일부터 시작했어. 부상병들은 들판이나 풀숲, 도랑, 아니면 농가의 가축우리 같은 데 쓰러져 있곤 했어. 아침에 감자를 캐러 밭에 나갔다가 부상병 하나를 발견했어. 거의 죽어가고 있더라고…… 젊은 장교였는데, 힘이 없어서 자기 이름조차 제대로 말을 못하는 거야. 무슨 말인지 속삭였는데…… 알아들을 수가 없었어…… 얼마나 가슴이 아프던지. 지금도 기억이 나. 그래도 그때처럼 행복했던 날들은 내 생에 없었던 것 같아…… 부모님과 다시 살게 됐으니까. 그전까지 나는 우리 아버지가 정치와는 거리가 먼 사람이라고 생각했어. 그런데 알고 보니 아버지는 당에 소속만 안 됐지 볼셰비키였더라고. 우리 엄마는 교육을 많이 받지 못한 농부였지만, 독실한 신자였고. 전쟁 내내 기도를 멈추지 않으셨지. 어떻게 하셨냐고? 이콘 앞에 무릎을 꿇고 앉아서 이렇게 기도하셨어. '조국을 구해주세요! 스탈린을 구해주세요! 극악무도한 압제자 히틀러로부터 우리 공산당을 구해주세요!' 날마다 게슈타포에게 고문당하며, 문이 열리고 그 문으로 부모님이 걸어들어오기를 간절히 바랐어…… 우리 아버지와 엄마가…… 나는 내가 끌려온 곳이 어떤 곳인지 너무나 잘 알았고, 그래서 내가 아무도 배신하지 않았다는 사실이 기뻤어. 우리는 죽는 것보다 자신도 모르게 배신하게 될까봐, 그게 더 두려웠거든. 놈들에게 붙잡혔을 때 알았지. 이제 고난의 시간이 시작됐다는 걸. 나는 내 정신은 버티어낼 걸 믿었어. 하지만 내 육체는?

첫 심문은 기억이 안 나…… 정신은 잃지 않았어…… 딱 한 번, 뭔가 바퀴 같은 것에 팔이 비틀렸을 때 잠깐 정신이 나가긴 했지. 팔을 비틀기 전에 다른 사람들 고문받는 거, 비명 지르는 거, 다 보여주더군. 그래도 나는 끝까지 비명을 지르지 않았던 것 같아. 그리고 다음 심문부터는 아예 고통을 느끼지 못하게 됐어. 몸이 나무토막 같았어. 베니어판 몸뚱어리. 오로지 한 가지 생각뿐이었어. '안 돼! 저놈들 눈앞에서 죽을 수는 없어! 안 돼!' 그리고 심문이 끝나고 감방으로 질질 끌려갈 때에야 고통이 밀려드는 거야. 내 몸은 이미 사람 몸이 아니었어. 커다란 상처 덩어리였지. 성한 곳이 없었어. 온몸이 다…… 하지만 견뎠어. 끝까지 견뎠지! 내가 아무도 배반하지 않고 사람답게 죽어갔다는 것을 엄마가 아셔야 했으니까. 우리 엄마가!

매질을 하고 매달아놓고, 그것도 언제나 완전히 발가벗겨서. 그런 내 모습을 사진으로 찍고. 손으로 겨우 가슴만 가릴 수 있었어…… 여자들이 정신줄을 놔버리는 걸 봤어…… 돌도 채 지나지 않은 어린 콜랴가 있었어. 우리가 '엄마'란 말을 가르쳤지. 그 어린것이 엄마한테서 떼어놓자 이제 엄마랑 영영 이별이라는 걸 어떻게 알았는지 태어나서 처음으로 '엄마!'를 소리쳐 부르는 거야. 그건 말이 아니었어. 그저 단순한 말이 아니었어…… 당신에게 이야기하고 싶어…… 전부 다…… 아, 거기서 만난 사람들이 어땠는지 당신은 몰라! 그들은 게슈타포 지하실에서 죽어갔어. 그들이 얼마나 용감했는지는 오직 그곳, 거기 지하실 벽만 알지. 이제, 40년이 흐른 지금 나는 마음속으로 그들 앞에 무릎을 꿇어. '죽는 것이 가장 쉽다'고 그들은 말했어. 하지만 사는 건…… 아, 얼마나 살고 싶어들 했는지! 우리는 승리가 오리라는 걸 믿었어. 다만 한 가지, 우리가 그 위대한 승리의 날을 살아서 볼 수 있을지는 장담할 수 없었지.

우리 감방에 쇠창살이 쳐진 작은 창이 하나 있었어. 창밖을 보려면 누가 들어올려줘야 가능했지. 그래봐야 보이는 거라곤 하늘은커녕 감방 지붕, 그것도 한쪽 귀퉁이가 고작이었지만. 게다가 우리는 서로 누구를 들어올려주고 말고 할 힘도 없었어. 우리 중에 낙하산병인 아냐라는 어린 아가씨가 있었어. 비행기로 후방 작전에 투입됐다가 게슈타포에게 체포됐지. 아냐가 속한 낙하산 그룹 전체가 놈들의 매복에 걸렸거든. 그런데 아냐가 죽도록 매질을 당해 피투성이가 된 몸으로 갑자기 사정을 하는 거야. '나를 좀 들어올려줘요. 밖을 보고 싶어요. 나가고 싶어!' 아냐의 바람은 '나가고 싶다' 그게 다였어. 우리가 다 같이 힘을 모아 아냐를 들어올리자 아냐가 소리쳤어. '저기 꽃이 피었어요……' 그러자 너도나도 창밖을 보겠다며 아우성이었어. '나도……' '나도……' 그리고 다들 어디서 힘이 났는지 돌아가며 서로를 들어올렸지. 보니까 정말 민들레 한 송이가 피어 있더라고. 어떻게 지붕까지 날아와 꽃을 피웠는지, 정말 불가사의한 일이었지. 모두 그 민들레를 보며 앞날을 점쳤어. 지금 돌이켜보면 아마 '과연 아냐가 이 지옥을 살아서 나갈 수 있을까?'를 점쳤지 않았나 싶어.

'나는 정말 봄이 좋았네…… 벚꽃나무 꽃망울 터뜨리고 키 작은 라일락나무 옆, 라일락 향내가 진동하는 봄이 좋았네……' 내 말투가 갑자기 이상하지? 놀라지 마. 내가 시를 좀 쓰거든. 하지만 지금은 봄이 싫어. 전쟁이 우리 사이, 그러니까 자연과 나 사이에 장벽을 만들어버렸지. 벚꽃이 피면 고향인 지토미르에서조차 파시스트들의 망령이 보여……

　나는 기적적으로 목숨을 건졌어…… 우리 아버지에게 고마운 마음을 가진 사람들 덕분이었지. 아버지는 의사였는데 당시 의사라면 엄청 존경을 받았거든. 그 사람들이 나를 대열에서 밀어냈어. 사람들 틈에 끼어 처형장으로 끌려가던 나를 어둠 속에서 밀쳐낸 거야. 그때 나는 고통으로 정신이 반쯤 나간 상태라 거의 아무것도 기억을 못해. 꿈인 듯 생시인 듯 걸었던 것밖에…… 이끄는 대로 걸었어…… 나중에는 탈것에 태워졌고…… 그리고 집이었지. 안 그래도 고문으로 온몸이 만신창이인데 삽시간에 신경성 습진까지 생기더라고. 사람 목소리도 못 견디겠고. 사람 목소리가 들리면 바로 아파버렸어. 아버지와 엄마는 소곤소곤 이야기를 나누셨어. 나는 시도 때도 없이 비명을 질렀고 뜨거운 물속에 들어가서만 조용해졌어. 그리고 한시도 엄마한테 떨어지지 않으려고 해서 엄마가 '딸아, 엄마는 페치카에 가봐야 돼. 밭에도 나가봐야 되고……'라고 나를 달래곤 하셨지. 그래도 나는 엄마를 붙들고 놓아주지 않았어…… 엄마 손을 놓는 순간, 모든 게 다시 나를 덮쳐왔으니까. 내가 겪은 그 모든 순간들이. 내 기분을 바꿔주려고 부모님이 꽃을 가져다 놓곤 하셨어. 내가 좋아하는 질경이꽃…… 밤나무 잎사귀들…… 꽃향기를 맡으면 마음이 가라앉았지…… 내가 게슈타포에게 붙잡혔을 때 입었던 하얀 옷을 엄마는 버리지 않고 가지고 있었어. 엄마 돌아가실 때 엄마 베개 밑에서 그 옷이 나오더라고. 엄마는 그걸 당신 생의 마지막 순간까지 간직하셨던 거야……

　내가 처음 자리를 박차고 일어난 건, 우리 병사들을 봤을 때야. 1년 넘게 못 일어나고 누워만 지내던 내가 벌떡 일어나 밖으로 달려나갔다니까. '우리 형제들! 내 사랑하는 형제들…… 당신들이 돌아왔군요……' 병사들이 나를 들어 안아 우리집까지 데려다줬어. 나는 한껏 들떠서 다음날이고 그다음 날이고 군정치위원회로 달려갔어. '일자리를 주세요!' 아버지한테 연락이 갔고 아버지가 나를 데리러 오셨지. '얘야, 여기는 어떻게 왔어? 누가 데려다줬어?' 며칠을 그렇게 힘이 펄펄 나서 지냈어…… 그리고 다시 아픔이 시작됐지…… 고통이…… 나는 며칠을 밤낮으로 비명을 질렀어. 오죽하면 우리집 옆을 지나는 사람들이 '주여, 저 아이의 영혼을 거두어주시든지 아니면 더이상 고통받지 않도록 도와주소서'라고 기도를 했을까.

츠할투보*의 염토** 덕분에 살았어. 그리고 살겠다는 의지가 나를 구했고. '살고 싶어! 꼭 살 거야!'라는 의지. 다른 이유는 없었어. 나는 여전히 살아 있었고 또 다른 사람들과 별반 다르지 않게 살았지…… 그렇게 살았어…… 14년을 도서관에서 일했어. 정말 행복한 나날이었지. 내 인생에서 가장 평온한 날들. 지금은 사는 게 병과의 전쟁이 되어버렸지만. 늙는다는 것, 그건 누가 뭐래도 비참한 일이야. 외로움도. 나는 지금 완전히 혼자야. 부모님은 오래전에 돌아가셨지. 잠 못 드는 길고 긴 밤들…… 몇 년이 흘렀건만 여전히 끔찍한 악몽을 꾸고 식은땀을 흘리며 깨곤 해. 아냐의 성이 무엇이었는지는 기억이 안 나…… 아냐가 브랸스크 출신이었는지, 스몰렌스크 출신이었는지도 모르겠고. 정말 간절히 살고 싶어했는데! 희고 통통한 손을 머리 뒤에 올린 채 쇠창살 사이에 대고 '나는 살고 싶다!'라고 외치곤 했는데.

---

* 조지아 중서부 이메레티 주에 있는 도시. 온도가 33도에서 35도에 달하는 라돈-탄산염 온천으로 유명하다.
** 물에 녹는 염류 성분이 많은 염화 토양의 진흙. 치료에 효력이 있다고 알려져 있으며 주로 찜질요법으로 사용한다.

나는 아냐의 부모님을 찾지 못했어…… 누구한테 아냐의 마지막 말을 전해야 할지 모르겠어……"

소피야 미로노브나 베레샤크, 지하공작원

"전쟁이 끝나고 우리는 아우슈비츠와 다하우*에 대해 알게 됐지…… 세상에 그런 일이 있었는데 어떻게 아이 낳을 생각을 해? 하지만 나는 이미 임신중이었지……

나는 기부금 모으는 임무를 띠고 마을로 파견됐어. 정부에 돈이 필요했거든. 공장들이고 기계설비들이고 다시 돌려야 했으니까. 마을이라고 도착했는데 마을이 없는 거야. 세상에, 마을 사람들 모두 땅속에 살고 있더라고…… 땅속 토굴집에…… 한 여자가 밖으로 나왔어. 옷이라고 입었는데 옷도 아니고 보기에 끔찍할 정도였어. 여자를 따라 토굴로 들어갔더니 아이 셋이 잔뜩 허기진 배로 앉아 있더군. 여자가 아이들에게 주려고 뭔가를 절구에 넣고 찧었어. 무슨 풀 같은 거였어.

여자가 나한테 물었어.

—기부금을 모으러 왔나요?

내가 대답했지.

—맞아요.

여자가 다시 말했어.

—돈은 없고, 대신 닭 한 마리가 있어요. 어제 이웃 여자가 닭을 팔지 않겠느냐고 물어봤는데 혹시 산다고 하면 지금이라도 팔아서 그 돈을 줄게요.

---

* 아우슈비츠, 다하우는 나치의 유대인 강제포로수용소가 있었던 곳이다.

아, 지금도 그 이야기를 하면, 목이 메어와. 어떻게 그런 사람들이 있을까! 어떻게 그런 사람들이! 남편은 전쟁에 나갔다 죽고 혼자서 셋이나 되는 아이들을 키우고 있으면서. 게다가 가진 거라곤 그 닭 한 마리가 전부인데. 그런데 그 닭을 팔겠다는 거야. 나한테 돈을 주려고 말이야. 그 당시 기부금은 전부 현금으로만 받았거든. 여자는 모든 걸 내놓을 각오가 돼 있었어. 그래서 세상이 평화로울 수만 있다면, 자기 아이들이 무사히 자랄 수만 있다면. 여자의 얼굴을 기억해. 세 아이들 얼굴도……

그 아이들은 어떻게 자랐을까? 소식을 알면…… 찾아가서 만나고 싶어……"

클라라 바실리예브나 곤차로바, 고사포 병사

엄마,
'아빠'가 뭐예요?

이 길의 끝이 보이지 않는다. 악은 끝이 없어 보인다. 나는 이제 더이상 악을 역사의 문제로서만 대할 수가 없다. 누가 나에게 대답해줄 것인가. 지금 내가 하는 이 일은 시간의 문제인가 아니면 사람의 문제인가? 시간은 변하지만 사람은? 무한정 되풀이되는 삶의 반복성에 대해 생각해본다.

그네들은 군인으로서 이야기했다. 또 여자로서도. 그리고 그네들 중 많은 이들이 엄마였다……

아이의 목욕에 대하여, 그리고 아빠를 닮은 엄마에 대하여

"달렸어…… 나 말고도 몇 명이 더 달렸지. 그렇게 우린 도망을 쳤어…… 놈들이 우릴 잡겠다고 쫓아왔어. 총을 쏘면서. 그리고 총부리는 이제 우리 엄마를 향했어. 하지만 엄마는 그대로 서서 우리를 지켜보고 계셨지…… 엄마가 뭐라고 소리를 치셨어. 그때 엄마가 무슨 말을 했는지는 나중에 사람들에게 들었어. 엄마가 그러셨대. '우리 딸…… 하얀 옷을 입어서 다행이구나…… 이제 옷 입혀줄 사람도 없는데……' 틀림없이 내가 죽을 거라고 믿으셨던 거지. 그래서 내가 하얀 옷을 입고 땅에 묻힐 수 있어 다행스러웠던 거고…… 도망가기 바로 전에 엄마와 이웃마을에 놀러가려던 참이었어. 부활절 축제를 보러…… 우리 일가붙이들을 만나러……

갑자기 사방이 고요해지고…… 웬일인지 총소리도 멈춘 것 같았어. 엄마 혼자만 소리치고 있었어. 아니, 총소리는 계속됐었나? 어쩜 내 귀에만 안 들린 건지도 모르지……

전쟁중에 가족이 모두 죽었어. 전쟁은 끝났지만 내게는 기다릴 사람이 아무도 없었어……"

류보피 이고레브나 루드콥스카야, 빨치산 병사

"민스크에 폭격이 시작되자……

나는 아들을 데리러 부리나케 유치원으로 달려갔어. 그때 딸아이는 교외에 있었어. 아이가 마침 만 두 살이 된 참이라 탁아소에 맡겼는데 그 탁아소가 교외로 옮겨갔거든. 우선 아들 먼저 집에 데려다놓고 딸아이한테 가기로 한 거야. 한시라도 빨리 아이들을 데려다가 함께 있고 싶었어.

유치원으로 가는데 독일군 전투기들이 하늘 위를 어지럽게 날아다니고 어디선가 폭격 소리가 들렸지. 유치원 담장 너머로 우리 아들 목소리가 흘러나왔어. 아들이 아직 만 네 살이 안 될 때였어.

　—애들아, 걱정 마. 우리 엄마가 그러는데, 우리가 독일군을 물리칠 거래.

　쪽문을 보니까 아이들이 옹기종기 모여 있고, 우리 아들이 그애들을 안심시키고 있더라고. 하지만 나를 보더니 바르르 몸을 떨며 울음을 터뜨렸어. 사실은 우리 아들도 죽도록 무서웠던 거야.

　아들을 집으로 데리고 와서 시어머니께 봐달라고 부탁드리고는 딸을 찾으러 나섰어. 정말 죽을힘을 다해 달렸어! 그런데 탁아소가 있어야 할 곳에 아무도 없는 거야. 마을 여자들이 아이들을 어디론가 데려간 것 같다고 알려주더군. 어디로? 누가? 아마 도시로 갔을 거랬어. 보모 둘이 아이들을 돌봤는데, 차가 오길 기다리다가 다 못 기다리고 걸어서 도시로 간 거야. 도시까지 10킬로미터나 되는 거리를…… 한두 살밖에 안 된 어린애들이 걸어간 거지…… 2주나 아이들을 찾아 헤맸어…… 마을마다 뒤지고 다녔지…… 어떤 건물로 들어갔더니 내가 찾던 탁아소 아이들이 바로 거기 있다는 거야. 안 믿겨지더라고. 보니까, 아이들이 누워 있는데, 세상에, 다들 똥오줌 범벅이 돼서 열은 펄펄 끓고, 영락없이 죽은 애들이지 뭐야…… 어린 아가씨인 탁아소 원장도 그 잠깐 사이에 머리가 하얗게 세버렸더라고. 도시까지 걸어오는 도중에 잃어버린 아이들도 있고 목숨을 잃은 아이들도 있었어.

　아이들 사이를 돌아다니며 아무리 찾아봐도 우리 딸이 안 보였어. 원장이 나를 안심시켰지.

　—너무 걱정하지 마시고 더 찾아보세요. 댁의 딸은 분명히 여기 있어요. 누군지 제가 알아요.

　결국 우리 딸 옐로치카를 찾았어. 신발 한 짝을 보고…… 그 신발이 아니었으면 영영 못 찾을 뻔했지……

그리고 우리집이 불타버렸어…… 아이들과 입은 옷 그대로 거리에 나앉았지. 독일군은 이미 도시까지 치고 들어온 상황이었고. 갈 곳이 없어서 아이들을 데리고 며칠을 거리를 헤맸어. 그러다가 타마라 세르게예브나 시니차를 우연히 만났어. 타마라와는 전쟁 전에 조금 알던 사이였어. 그런데 타마라가 내 사정 이야기를 듣더니 대뜸 자기 집으로 오라지 않겠어.

—우리집으로 가요.

—우리 애들이 지금 백일해를 앓고 있어요. 그런데 어떻게 가요?

타마라에게도 어린애들이 있어서 그 아이들한테 백일해가 옮을 수도 있었어. 그 시절엔…… 약도 없고 병원도 문을 닫은 지 오래였거든.

—괜찮아요. 우리집으로 가요.

정말 평생 잊지 못할 고마운 일이었지. 타마라 가족과 우리는 감자껍질을 함께 나눠 먹으며 지냈어. 그러다 아들 생일이 왔는데, 생일이라고 뭐 해줄 게 없더라고. 내 낡은 치마로 바지를 만들어 입혔지.

하지만 우리는 투쟁을 꿈꿨어…… 무기력하게 있다는 사실이 괴로웠지…… 지하활동에 합류할 수 있는 가능성이 생겼을 때 얼마나 행복했는지 몰라. 두 손 놓고 가만히 앉아 있지 않아도 되니까. 기다리지만 않아도 되니까. 아들은, 큰애고 그래도 나이가 더 많으니까 시어머니께 보냈어. 시어머니는 아들을 받아주시며 한 가지 조건을 달았어. '그래, 내 손자는 내가 맡으마. 다만 이 집에는 더이상 발걸음을 하지 마라. 너 때문에 우리 모두 죽을 순 없다.' 나는 3년 동안 아들을 못 봤어. 시어머니 집 근처는 얼씬도 하지 않았지. 독일군들이 내 정체를 알아채고 벌써 내 뒤를 밟기 시작하자 나는 딸을 데리고 빨치산에 합류했어. 딸아이를 안고 50킬로미터를 걸었어. 50킬로미터…… 꼬박 2주를 걸었지……

딸아이는 1년을 넘게 그곳에서 나와 함께 지냈어…… 돌이켜보면 나도 깜짝 놀랄 때가 많아. '세상에, 어떻게 옐로치카까지 데리고 그걸 다 견뎠지?' 혹시 나한테 묻는다 해도 대답할 수가 없어. 그런 일을 견딘다는 건 불가능하니까. 지금도 '빨치산 봉쇄'라는 말만 들어도 치가 떨려.

1943년 5월에…… 나는 타자기를 가지고 이웃 빨치산부대로 가라는 지시를 받았어. 보리소프 부대로. 보리소프 부대에도 타자기는 있었지만 특별히 독일 활자 타자기가 필요했거든. 그건 우리 부대에만 있었어. 민스크가 독일군 손에 넘어가고 민스크를 빠져나올 때, 지하조직위원회의 지령에 따라 내가 들고 나왔지. 팔리크 호수에 도착하고 며칠 안 돼서 봉쇄가 시작됐어. 그래, 그런 곳을 내 발로 걸어들어간 거야……

게다가 혼자 몸도 아니고 딸까지 데리고서. 하루이틀 정도에 해결될 임무라면 딸을 다른 사람 손에 맡긴다지만, 그렇게 오래 나가 있는데 누구한테 맡겨. 맡길 데가 없더라고. 그래서 데리고 갔지. 그러다 딸아이와 함께 봉쇄에 걸리고 만 거지…… 독일군이 빨치산 주둔 지역을 에워쌌어…… 하늘에서는 폭탄이 떨어지고, 땅에서는 총탄이 쏟아지는데…… 남자들은 소총만 가지고 가면 됐지만, 나는 소총에 타자기에 우리 딸 옐로치카까지 데리고 갔어. 걷다가 발이라도 걸려 휘청하면 딸아이가 그대로 내 등에서 늪으로 곤두박질쳤어. 조금 더 가다가 다시 공중으로 휙 날아가고, 또 휙…… 세상에, 그렇게 두 달을 갔다니까! 그때 맹세했지. 만약 내가 살아남는다면 늪 근처는 얼씬도 하지 않겠다고. 이제 늪이라면 쳐다보는 것도 못하겠어.

—엄마, 나, 알아. 엄마가 총알이 와도 왜 바닥에 안 엎드리는지. 엄마랑 내가 같이 죽어야 하니까 그런 거지?

네 살짜리 우리 딸아이가 나한테 한 말이야. 나는 바닥에 누울 힘조차 없었어. 한번 누우면 영영 못 일어날 것만 같았지. 이따금 동료 병사들이 우리를 딱하게 여기고 도와주려고 했어.

—자, 이제 그만하고, 이리 줘. 우리가 안고 갈게.

하지만 아무한테도 딸을 맡길 수가 없더라고. 갑자기 총격이 시작되고, 나도 없는데 우리 아이가 죽기라도 하면? 그리고 내가 그걸 모른다면? 갑자기 우리 딸이 사라지기라도 하면……

여단장 로파틴이 나를 맞이했어.

—아, 여자들이란!

여단장이 많이 놀란 것 같았어.

—이런 상황에 아이까지 데리고 타자기를 가져오다니. 이런 일은 그어떤 남자도 못할 거요.

여단장이 옐로치카를 팔에 안고 입을 맞췄어. 그리고 자신의 호주머니를 전부 뒤집어 빵조각들을 옐로치카에게 쏟아줬지. 아이는 늪에서 가져온 물과 함께 허겁지겁 빵조각들을 먹었어. 그러자 다른 빨치산 병사들도 자기들 주머니를 털어 빵조각을 옐로치카에게 주었어.

우리 부대가 봉쇄를 뚫고 나오자마자 나는 많이 아팠어. 온몸에 부스럼이 생기고 피부가 흐물흐물 벗겨져나갔지. 그런데도 나는 여전히 우리 아이를 품에서 놓지 못했어…… 후방에서 수송기가 오기를 기다렸지. 수송기가 오면 위독한 중상자들을 후방으로 이송할 텐데, 어쩌면 우리 옐로치카를 데려갈 수도 있었거든. 딸을 보내던 순간이 생각나. 부상병들이 앞다퉈 옐로치카에게 손을 내밀었지. '옐로치카, 이리 온.' '아니, 나한테 와. 여기 자리가 충분해……' 모두들 우리 옐로치카를 알고 있었어. 병원에서 옐로치카가 이런 노래를 불러줬거든. '아, 내 결혼식날까

지 내가 살 수 있다면.'

조종사가 물었어.

―꼬마야, 여기 누구랑 왔어?

―엄마하고요. 엄마는 저기 있어요. 땅 위에……

―엄마도 비행기에 타시라고 부르렴.

―안 돼요. 엄마는 비행기를 탈 수 없어요. 엄마는 파시스트들을 무찔러야 해요.

그래, 우리는 아이들까지도 그런 사람들이었어. 옐로치카의 얼굴을 보는데 온몸에 경련이 나는 거야. '언젠가는 우리 딸을 다시 볼 수 있을까?'

우리 아들 만난 이야기도 해줄게…… 아들은 해방되고 난 후에 만났어. 시어머니 댁으로 아들을 만나러 가는데 다리가 꼭 솜다리처럼 후들거리더라고. 부대에서 나보다 나이 많은 여자들이 미리 충고하더군.

―아들을 보거든 절대로 '엄마다'라고 바로 말하지 마. 한번 생각해봐. 자기 없이 아들이 얼마나 고생했겠어?

이웃집 여자애가 뛰어왔어.

―아, 료냐 어머니! 료냐 살아 있어요……

우리 아들이 살아 있다는 말에 걸음이 떨어지질 않는 거야. 아이가 우리 시어머니는 티푸스로 돌아가시고 이웃집 여자가 료냐를 데려갔다고 말해주었어.

이웃집 마당으로 들어섰어. 그때 내가 어떻게 입고 있었는지 알아? 독일군 군복 위에 여기저기 기운 검은 솜재킷을 걸치고 낡디낡은 군화를 신고 있었어. 이웃집 여자는 나를 바로 알아보았지만, 아무 말도 않더라고. 우리 아들이 맨발에 다 떨어진 옷을 입고 앉아 있었어.

—얘, 네 이름이 뭐니?

내가 물었어.

—료냐……

—누구랑 살아?

—옛날에는 할머니하고 살았는데요. 할머니가 돌아가셔서 제가 할머니 장사를 지내드렸어요. 날마다 할머니한테 가서 나도 무덤으로 데려가라고 빌었어요. 혼자 자는 게 무서워서요……

—엄마랑 아빠는 어디 계시는데?

—아빠는 전선에 나가셨는데 살아 계세요. 엄마는 파시스트들이 죽였어요. 할머니가 그러셨어요.

그때 우리 여자병사 둘이 나하고 같이 있었는데, 바로 전에 전우들을 땅에 묻은 참이었거든. 그래서인지 우리 아들 이야기를 듣고는 눈물을 흘리더라고.

나도 결국은 참지 못하고 말해버렸지.

—왜 엄마도 못 알아봐?

아들이 나에게 와락 달려들었어.

—아빠!

그때 나는 남자군복에 군모를 쓰고 있었거든. 아들은 잠시 후에야 비명을 지르며 '엄마!'라고 불렀어.

세상에, 비명도 비명도 그런 비명이 없을 거야. 거의 발작을 일으키듯 우는데…… 아들은 한 달을 꼬박 나를 붙들고 아무데도 못 가게 했어. 심지어 일도 못 나가게 하는 거야. 그래서 아들을 데리고 다녀야 했지. 아들은 나를 보는 것만으로는, 내가 자기 옆에 있는 것만으로는 부족했던지 나를 꼭 붙들고 있어야 안심했어. 아들이랑 같이 앉아서 밥을 먹을 때면, 녀석은 한 손으로는 나를 붙잡고 다른 한 손으로 밥을 먹고, 그랬다니까. 그리고 계속 '엄마, 엄마' 엄마 소리만 했어. 지금도 나를 그렇게 불러…… 엄마…… 우리 엄마……

남편과 재회했을 때 나는 그동안 있었던 일을 모두 이야기했어. 일주일도 부족하더라니까. 남편을 붙잡고 낮이고 밤이고 이야기하고 또 이야기했지……"

라이사 그리고리예브나 호세네비치, 빨치산 병사

"전쟁, 그건 끊임없는 장례식이야…… 빨치산 병사들을 땅에 묻어야 할 때가 많았지. 작전에 나가 매복에 걸려 죽고 전투에 나가 싸우다 죽고들 했으니까. 내가 당신에게 들려줄 건 장례식 이야기밖에 없어……

한번은 전투가 아주 치열했어. 그날 우리 병사들 상당수가 죽임을 당했지. 나도 부상을 입었고. 전투가 끝나고 장례를 치렀어. 무덤에 대고 고인들에게 짧게 작별인사를 건넸지. 먼저 지휘관들이 하고 뒤이어 동료들이 작별을 고했어. 전사자들 중에 마을 청년이 한 명 있었는데, 그 청년 어머니가 장례식에 오신 거야. 서럽게 우시더라고. '아이고, 내 새끼! 네가 살 집도 지어놨는데! 젊은 색시를 데려오겠다고 해놓고! 이제 차가운 땅속이 네 색시가 됐구나……'

부대 전체가 조용히 서서 침묵을 지켰어. 어머니가 마음껏 울도록 가만히 기다리고 있었지. 잠시 후 어머니가 고개를 들더니 당신 아들만 죽임을 당한 게 아니라는 걸 아셨어. 수많은 젊은 병사들이 죽어 누워 있는 것을 보신 거지. 그러자 이번에는 어머니가 그 죽은 병사들을 위해 또 서럽게 우시는 거야. 자기 아들도 아닌 그 젊은이들을 위해서 말이야. '아이고, 내 새끼들! 너희 어머니들은 너희들을 보지도 못하고, 이렇게 땅에 묻히는 것도 모르는데! 아이고, 땅속이 얼마나 춥고 차가운데. 이런 엄동설한에 이게 무슨 일일꼬. 내가 너희 어머니들을 대신해서 울어주마. 너희 전부를 가엾게 여겨주마. 내 새끼들아…… 불쌍한 내 새끼들아……'

어머니가 흐느끼며 '너희 전부를 가엾게 여겨주마, 내 새끼들아'라고 하자마자 남자병사들이 전부 소리내 울기 시작했어. 애써 울음을 참는 사람은 아무도 없었어. 사실 울음을 삼킬 만한 기력들도 남아 있지 않았지. 부대 전체가 흐느껴 울었어. 그러자 지휘관이 소리쳤어. '예포!*' 예포 소리가 다른 모든 소리를 묻어버렸어.

어머니의 위대한 사랑에 나는 충격을 받았어. 지금도 그 일을 떠올리곤 해. 아들을 땅에 묻는 끔찍한 고통 속에서도 어머니의 가슴은 다른 아들들을 위해 울어줄 만큼 넉넉했어…… 내 자식처럼 울어줄 만큼……"

라리사 레온티예브나 코로트카야, 빨치산 병사

"나는 마을로 돌아왔어……

집 근처에서 아이들이 놀고 있더군. 아이들을 보면서 생각했지. '누가 우리 애지?' 그게 글쎄 애들이 다 똑같은 거야. 다들 머리에 박박 줄을 그어놓은 것처럼 이발을 했더라고. 왜, 옛날에 양털 깎아놓으면 다 똑같았잖아. 도저히 딸을 찾을 수가 없어서 아이들에게 '너희들 중에 누가 류샤냐'고 물었지. 그러자 긴 셔츠를 입은 아이 하나가 벌떡 일어나 집 쪽으로 뛰어가더라고. 누가 여자애고 누가 남자애인지도 영 구분이 안

---

* 군대 예식에서 경의나 축의, 조의를 표하기 위해 규정대로 쏘는 공포空砲.

가고, 옷차림까지 모두 비슷해 보였어. 다시 물었지.

　―너희 중에 누가 류샤니?

　아이들이 손가락으로 아까 집 쪽으로 달려간 아이를 가리켰어. 그제
야 나는 그 아이가 우리 딸인 걸 알았지.

　잠시 후에 어떤 할머니가 아이 손을 잡고 오시는데, 보니까 우리 외할
머니셨어. 외할머니가 딸아이와 함께 나를 만나러 나오신 거야.

　―가자, 어서 가. 가서 우리를 버리고 간 네 엄마를 혼내주자.

　나는 그때 남자군복에 군모를 쓴 채 말 위에 앉아 있었어. 당연히 딸
아이는 엄마도 할머니나 다른 아줌마들처럼 생겼을 거라고 생각하고
있었지. 그런데 난데없이 남자군인이 왔으니. 딸아이는 오랫동안 내 품
에 안기지 않았어. 내가 무서웠던 게지. 가슴이 너무 아프더라고. 하지만
어쩌겠어. 내가 키우지를 못했는데. 우리 애는 할머니들 손에 자랐어.

　선물로 비누를 가져갔거든. 그 시절에 비누는 단연 최고의 선물이었
지. 딸아이를 씻기는데 아이가 이로 비누를 깨무는 거야. 그걸 먹으려고
하더라고. 그렇게 어렵게들 살고 있었어. 내가 집을 떠날 때만 해도 젊
으셨던 엄마가 다시 만났을 땐 노파가 되셨더라고. 엄마는 텃밭에 있다
가 딸이 왔다는 소리에 정신없이 밖으로 뛰어나오셨어. 나를 보고는 두
팔을 벌리고 달려오셨지. 나도 엄마를 알아보고 달려가고. 엄마는 내 앞
에서 몇 걸음 남겨놓고는 그만 넘어지셨어. 기력이 다하신 거지. 나도
엄마 옆에 쓰러지듯 주저앉아 엄마에게 입을 맞췄어. 그리고 땅바닥에
도. 아, 그 순간 애달픔과 증오심이 한꺼번에 북받치면서 어찌나 가슴이
미어지던지.

　바닥에 쓰러진 독일군 부상병이 고통에 못 이겨 두 손으로 땅을 움켜
쥐던 모습이 생각나. 그때 우리 병사가 그 독일군에게 그랬지. '손대지

마. 이건 우리 땅이라고! 네놈 땅은 네놈 나라에 있잖아, 여기서 꺼져……'"

　마리야 바실리예브나 파블로베츠, 빨치산 의사

"나는 남편을 쫓아 전장으로 갔어……

　딸아이를 시어머니께 맡겼는데 시어머니가 금방 돌아가시고 말았지. 남편에게 여동생이 있어서 그 여동생이 딸을 데려갔어. 전쟁이 끝나고 내가 제대해서 돌아오자 시누이는 딸을 돌려줄 수 없다고 했어. '어린 딸을 버리고 전쟁터로 가놓고는 이제 와 딸을 찾느냐. 더이상 언니에게 딸은 없다'면서. 하지만 어미라는 사람이 어떻게 자기 새끼를 버려? 그것도 아직 스스로 어찌할 수도 없는 어린 딸을? 내가 전쟁터에서 돌아왔을 때, 딸아이는 이미 일곱 살이 돼 있었어. 세 살 때 두고 갔는데.

　다 자란 소녀가 돼서 나를 맞았지. 딸아이는 유난히 체구가 작았는데, 그게 다 제대로 못 먹고 제대로 못 자서 그런 거였어. 나중에 딸아이가 그러더라고. 근처에 있는 병원에 가서 노래도 하고 춤도 추고 해서 빵을 얻었다고…… 처음엔 아빠, 엄마 모두 돌아오기를 기다렸지만 나중엔 엄마만 기다렸다고도 했어. 아빠는 전쟁터에서 돌아가셨다는 걸…… 딸아이도 알고 있었지……

　전선에서 딸 생각을 많이 했어. 한순간도 잊어본 적이 없지. 꿈도 꾸고. 딸 생각이 사무쳤어. 밤마다 딸아이에게 이야기책을 못 읽어주는 게 가슴 아파서, 엄마도 없이 잠들었다 깰 우리 아이가 너무 가엾어서 울었어…… 엄마가 아닌 다른 누군가가 아이 머리를 땋아주는 게…… 나는 시누이를 원망하지 않았어. 시누이를 이해했으니까…… 시누이는 오빠를 몹시 사랑했어. 남편은 강인하고 잘생긴 사람이었지. 어떻게 그런 사람이 죽임을 당할 수 있는지 도저히 믿을 수가 없었어. 남편은 일찍 죽었어. 전쟁이 시작되고 몇 달도 안 돼서…… 독일군 폭격기들이 아침 부터 폭격을 퍼부었지…… 전쟁 터지고 처음 몇 달? 아니, 아마 전쟁 첫해는 내내 그랬을 거야. 독일군 전투기들이 하늘의 주인이었어. 그리고 남편이 전사했지…… 시누이는 오빠가 남긴 걸 내주고 싶지 않았던 거야. 오빠의 마지막 혈육을. 그리고 시누이는 가정과 자식을 삶의 최고 가치로 여기는 사람이었어. 하늘에서 폭탄이 떨어지고 총알이 빗발치는 와중에도 '어떻게 아이를 안 씻길 수가 있어?'라고 생각하는 사람이었으니까. 나는 시누이를 비난할 수가 없어……

시누이는 나보고 잔인하다고 했어…… 여자도 아니라고…… 하지만 우리도 전쟁터에서 얼마나 고통스럽고 힘들었는데…… 가족도, 집도, 아이들도 없이…… 꽤 많은 여자들이 집에 아이를 남겨두고 왔었지. 나만 그런 게 아니었어. 우리는 낙하산을 메고 앉아서 임무가 떨어지기를 기다렸어. 남자들은 담배를 피우고 도미노 게임을 했지만, 우리 여자들은 비행 신호가 떨어질 때까지 앉아서 손수건에 수를 놓았어. 누가 뭐래도 우리는 역시 여자였던 거야. 우리 동료를 한번 예로 들어볼까. 그녀는 자기 사진을 집에 보내고 싶어했어. 그래서 우리가 사진을 찍어줬지. 마침 스카프를 가지고 있는 사람이 있어서 그 스카프로 어깨의 견장이 보이지 않도록 그녀의 머리에 두르고, 모포로 몸을 감싸 군복도 가렸어. 그러자 꼭 원피스를 입은 것처럼 보이더라고…… 그래, 그렇게 사진을 찍었어. 그 사진은 그녀가 가장 아끼는 사진이 됐지……

나는 딸과 친해졌어…… 평생 사이좋게 지내고 있지……"

안토니나 그리고리예브나 본다레바, 근위대 중위, 선임비행사

빨간 모자에 대하여
그리고 전쟁터에서 고양이를 만난 기쁨에 대하여

"나는 오랫동안 전쟁에 익숙해져 있었어……

우리가 공격에 막 들어간 참인데, 부상병의 상처에서 동맥출혈이 시작된 거야. 전에는 그런 걸 한 번도 본 적이 없었거든. 세상에 피가 분수처럼 콸콸콸 쏟아져나오더라니까. 정신없이 의사를 부르러 달려갔어. 그러자 부상병이 내 뒤에 대고 소리쳤어. '이봐? 어디 가? 얼른 허리띠로 지혈해!' 그제야 정신이 들었지……

마음 아팠던 일? 어린 남자아이 하나가 있었어…… 엄마 없이 혼자 남겨진 아이였는데 일곱 살이었어. 아이 엄마는 죽임을 당했지. 아이는 죽은 엄마 곁을 지키며 길가에 앉아 있었어. 엄마가 이제 이 세상 사람이 아니라는 사실을 이해하지 못했어. 엄마가 어서 잠에서 깨기만 기다리고 있는 거야. 우리를 보더니 먹을 걸 달라더군……

우리 지휘관이 그 아이를 그냥 내버려두지 않고 거뒀어. '너에겐 이제 엄마가 없어. 하지만 아들아, 대신 아빠가 많이 생겼단다.' 아이는 그렇게 우리와 같이 지내게 됐어. 연대 전체의 아들로. 일곱 살 때부터. 아이는 탄창에 탄환을 채워넣는 일을 했어.

당신이 가고 나면 남편이 한바탕 싫은 소리를 해댈 거야. 남편은 이런 대화를 좋아하지 않아. 전쟁을 싫어하지. 남편은 전쟁을 몰라. 나이가 어려서 전쟁터에 나가지 않았거든. 남편이 나보다 나이가 어려. 우리는 자식이 없어. 그래서인지 그 아이가 계속 생각나네. 그때 내 아들로 삼았으면 좋았을 텐데……

전쟁을 겪고 나자 세상 모든 게 안돼 보이고 딱하고 그러더라고. 사람도…… 닭도 개도 다…… 지금도 고통당하는 사람들을 보면 마음이 아파서 견디기가 힘들어. 병원에서 일했는데, 상냥하다고 환자들이 나를 좋아했어. 우리집은 마당이 꽤 넓어. 나는 지금까지 사과 한 개, 딸기 한 알 돈 받고 팔아본 적이 없어. 그냥 나눠주지. 사람들에게 그냥 줘…… 전쟁 때부터 계속 그렇게 하고 있어…… 내 마음이 그래……"

  류보피 자하로브나 노비크, 간호병

"그때는 울지 않았어……

  두려운 게 딱 하나 있었는데…… 그건 동료들이 독일군에게 붙잡혀 갈 때였어. 소식을 기다리는 동안 정말 피가 말랐지. 고문을 견뎌낼 수 있을까? 고문을 견디지 못하면 우리도 다 발각되는 거였으니까. 그리고 며칠 지나지 않아 붙잡혀간 동료들이 처형된다는 소식이 전해지지. 그러면 '가서 오늘 누구 목이 매달리는지 살피고 오라'는 임무가 떨어져. 길을 걸어가면 벌써 교수대를 준비하는 모습이 보였어…… 절대 울면 안 됐어. 아주 잠깐이라도 그 앞에서 머뭇거려서도 안 됐고. 사방에 스파이들이 깔려 있었거든. 용기라는 말이 그리 적절하지는 않지만, 정말 얼마나 많은 용기가 필요했는지, 얼마나 마음을 독하게 먹어야 했는지 몰라. 아무렇지도 않은 척 태연하게 굴기 위해. 울지 않고 그 옆을 지나치기 위해.

  그때는 울지 않았어……

  놈들에게 붙잡히면 무슨 일을 당하는지 알고는 있었지만, 막상 그렇게 되니까 그게 뭔지 진짜로 알겠더라고. 나는 감옥에 갇혔어. 군홧발에 걷어채이고 채찍으로 얻어맞았지. 소위 파시스트 '매니큐어'가 뭔지도 알게 됐고. 손을 탁자에 올려놓으면 작은 기계에서 날카로운 바늘 같은 게 튀어나와 손톱 밑을 쑤시는데…… 한 번에 열 손가락 모두…… 아, 어떻게 말로는 표현할 수가 없어. 몸서리쳐질 만큼 끔찍한 그 고통! 바로 정신을 잃게 되지. 다음에 무슨 일이 있었는지 기억이 안 날 정도야. 분명 끔찍한 고통이었다는 건 알겠는데 뭐가 뭔지 기억이 잘 안 나는 거야. 그리고 내 팔다리를 잡아당겨 평균대 같은 데에 묶었어. 아니, 아니었나? 어쩌면 내 기억이 틀릴 수도 있어. 하지만 한 가지 분명한 건, 그런 평균대가 그곳에 있었고, 옆에 또하나 있었다는 것, 그리고 내가 그 두 평균대 사이에 눕혀졌다는 거지. 그리고 뭔가 기계 같은 게 돌아가기 시작하면서…… 바드득바드득 뼈마디 뒤틀리는 소리가 들렸다는 것…… 얼마나 오래 그랬냐고? 그것도 기억이 안 나…… 또 전기의자에 앉혀지는 고문을 당하기도 했어…… 고문하던 놈들 중 한 놈 얼굴에 내가 침을 뱉어줬거든…… 젊은 놈이었는지, 늙은 놈이었는지, 그것도 전혀 기억이 안 나. 나를 발가벗기더니 한 놈이 다가와 내 가슴을 덥석 쥐더라고…… 그 상황에서 내가 할 수 있는 일은 오로지 놈의 얼굴에 침을 뱉어주는 것밖엔…… 그 외엔 할 수 있는 게 없었어…… 그래서 그놈 얼굴에 침을 뱉었지. 그 덕분에 전기의자에 앉게 됐지만……

그때부터 나는 전기라면 아주 예민해. 온몸에 찌리릿 전기가 흐르던 그 끔찍한 느낌, 아직도 생생해…… 그래서 지금껏 다림질 한번 못하고 살았어…… 평생을. 다림질을 하려고 들면 전기가 온몸을 뚫고 지나는 것만 같거든. 사실 전기와 관련된 일은 아무것도 못해. 아무래도 전쟁 끝나고 심리치료라도 받아야 했을까? 모르겠어. 하지만 이미 그렇게 살아왔는걸, 뭐……

모르겠어, 왜 이제 와 눈물을 쏟게 되는지…… 그때는 울지 않았는데……

나는 교수형을 언도받았어. 그래서 사형수들 감방으로 옮겨졌지. 그 방에 나 말고 다른 여자가 두 명 더 있었어. 그런데 어땠는 줄 알아? 우리는 두려워 떨기는커녕 눈물 한 방울 흘리지 않았어. 지하공작원이 되기로 결심했을 때 이미 각오가 돼 있었거든. 그래서 평안할 수 있었지. 우리는 시를 이야기하고 좋아하는 오페라를 회상하기도 했어…… 안나 카레니나에 대해서도 많은 대화를 나눴지…… 사랑 이야기도 하고…… 우리는 두고 온 아이들은 떠올리지 않았어. 아이들을 생각하면 두려웠거든. 우리는 웃음 띤 얼굴로 서로를 격려하고 위로했지. 그렇게 꼬박 이틀 하고 반나절을 보냈어……

3일째 되는 날 아침에 내 이름을 부르더군. 우리는 작별인사를 나누며 서로 입을 맞췄어. 역시 울지 않았지. 무섭지는 않았어. 아마 평소에 끊임없이 죽음을 생각했던 터라 나도 모르게 죽음에 익숙해졌던 것 같아. 죽음의 공포마저 사라질 정도로 말이야. 눈물 역시. 다만 마음이 공허하달까? 그런 건 느껴지더라고. 하지만 이미 특별히 생각나는 사람도 없었지……

우리는 트럭에 실려서 한참을 갔어. 얼마나 갔는지는 기억이 안 나. 사실 이승에서의 삶과 작별을 고한 마당에 무슨 정신이 있겠어…… 마침내 트럭이 멈췄지만, 모두 스무 명 남짓이었던 우리는 누구 하나 트럭에서 제힘으로 내리는 사람이 없었어. 다들 고문에 몸이 만신창이였거든. 우리는 짐짝처럼 땅바닥에 내동댕이쳐졌지. 지휘관이 우리더러 임시 가옥들이 모여 있는 곳까지 기어가라고 했어. 채찍을 휘두르며 우리를 내몰았지…… 어떤 집 옆에 웬 여자가 서서 아이에게 젖을 물리고 있는 게 보였어. 그러자 어찌된 일인지…… 개들도 경비병들도 모두 그 자리에 얼어붙은 듯 서서 움직이지를 않더라고. 아무도 그 여자를 건드리지 않았어. 지휘관이 그 광경을 보고는…… 여자한테로 달려가 아이를 휙 낚아채더니…… 거기 물 펌프가 있었거든. 물을 끌어올리는 펌프였는데, 거기에다 대고 아이를 냅다 내리찍는 거야. 아이의 머리가 터져 골수가 쏟아지고…… 젖이 사방으로 튀고…… 아이의 엄마가 쓰러졌어. 나는 알 수 있었어. 사실 나는 의사였으니까…… 그 여인의 심장이 터져버린 걸……

……우리는 노역장으로 끌려갔어. 시내의 낯익은 거리를 따라 걸었지. 막 비탈길에 접어들려는데 어디선가 '엄마, 엄마!' 하고 크게 부르는 소리가 들렸어. 보니까 다샤 이모가 서 있고, 우리 딸이 인도를 벗어나 내 쪽으로 막 뛰어오는 거야. 우연히 길을 가다가 나를 본 거지. 딸아이는 달려오기가 무섭게 정신없이 내 목에 매달렸어. 한번 상상해봐. 거기엔 우리를 감시하는 개들이 있었어. 여차하면 달려들어 물어뜯도록 특별히 훈련받은 개들이었지. 그런데 한 마리도 제자리에서 움직이질 않는 거야. 수상한 이가 근처에 얼쩡거리기만 해도 무섭게 달려들어 갈가리 물어뜯도록 길들여진 개들이. 단 한 마리도 달려들질 않았어. 딸아이가 나한테 매달렸지만 나는 울지 않았어. 딸에게 '우리 딸! 나타셴카, 울지 마. 엄마 금방 집에 갈게'라고만 했지. 경비병들도 그대로 서 있고 개들도 그대로 서 있었어. 아무도 우리 딸을 쫓아내지 않았어……

그때도 나는 울지 않았어……

내 딸은 다섯 살 때 벌써 기도문을 읽었어. 다른 애들은 다 시를 읽을 때 말이지. 다샤 이모가 기도하는 법을 가르쳐줬거든. 딸아이는 아빠와 엄마가 무사하게 해달라고 기도했어.

1944년 2월 13일에 나는 파시스트 감옥으로 보내졌어…… 영국 해협 해안에 위치한 크루아제트 수용소에 수감됐지. 그해 봄…… 파리

코뮌* 기념일에 프랑스인들의 도움으로 탈출에 성공했어. 곧장 프랑스 지하운동단체에 합류했지.

프랑스에서 '무공십자훈장'을 받았어……

전쟁을 승리로 끝내고 고국으로 돌아왔지…… 기억나…… 고국 땅을 밟고 처음 정차한 역에서…… 우리는 너나없이 모두 기차에서 뛰쳐나왔어. 다들 땅에 입을 맞추고 서로 얼싸안았지…… 그때 내가 흰색 가운 같은 걸 걸치고 있던 거며, 그대로 바닥에 주저앉아 땅에 입을 맞추고 흙을 한 움큼 집어 품속에 넣었던 거며 다 기억나. 정말이지, 이런 생각도 했던 거 같아. '내가 언젠가 이 땅을 또다시 떠날 수 있을까? 이토록 정겨운 우리 땅을……'

민스크에 도착했는데 남편이 없는 거야. 딸은 다샤 이모네에 가 있고, 남편은 내무인민위원회**에 붙잡혀 감옥에 있었어. 남편을 찾아갔지…… 거기서 무슨 소리를 들은 줄 알아? 내 남편이 반역자라는 거야. 남편과 나는 지하단체에서 활동했어. 둘이서 함께. 남편은 용맹하고 정직한 사람이었어. 나는 남편이 억울하게 모함을 받았다는 걸 알 수 있었어…… 중상모략을 당한 거지…… 내가 '아닙니다. 내 남편이 반역자일 리가 없어요. 나는 남편을 믿어요. 남편은 진정한 공산주의자라고요'라며 항변했어. 그랬더니 남편의 사건을 맡은 예심판사라는 사람이…… 그 사람이 나에게 소리쳤어. '조용히 하시오. 프랑스의 창녀 주제에! 입다물어!' 독일군 점령 치하에 살고, 포로로 붙잡히고, 독일로 끌

---

* 1871년 3월 18일부터 5월 28일 사이에 파리 시민과 노동자들의 봉기에 의해 수립된 혁명적 자치 정부.
** 엔케베데. 소련의 정부기관이자 비밀경찰로, 스탈린의 통치 기간 동안 정치적 숙청을 실질적으로 실행했다.

려가 파시스트 수용소에 수감됐던 남편의 모든 이력이 의심을 불러일으킨 거였어. 질문은 하나였어. '그러고도 어떻게 살아남았나?' '왜 전사하지 않았나?' 심지어 죽은 사람들조차 의심의 눈길에서 벗어나지 못했지…… 망자들마저…… 우리가 적과 싸웠고 승리를 위해 모든 걸 희생했다는 사실은 중요하지 않았어. 그래, 우리는 승리했어…… 그건 민중이 쟁취한 승리였어! 하지만 스탈린은 여전히 민중을 믿지 않았어. 그게 우리에게 주는 고국의 보답이었어. 우리의 사랑과 우리가 흘린 피에 대한 보답……

나는 찾아다녔어…… 관련 기관이란 기관은 다 다니며 탄원서를 넣었지. 결국 반년 후에 남편은 풀려났어. 늑골 하나가 나가고 콩팥이 망가진 채로…… 파시스트들에게 붙잡혀 감옥에 있으면서 놈들에게 머리가 깨지고, 팔이 부러지고, 그곳에서 백발이 됐는데, 1945년에 다시 내무인민위원회에 붙잡혀 있으면서 완전히 불구가 돼버린 거야. 몇 년을 남편을 돌봤어. 병수발을 들어야 했지. 하지만 남편 앞에서 정부에 반하는 말은 그 어떤 말도 할 수가 없었어. 남편이 아주 싫어했거든…… 남편은 언제나 그랬어. '그건 그저 실수였다'고. 남편에게 중요한 건 우리가 승리했다는 사실이었으니까. 승리면 그걸로 다 된 거지. 그리고 나는 남편을 믿었고.

울지 않았어. 그때도 나는 울지 않았어……"

류드밀라 미하일로브나 카세치키나, 지하공작원

"아이에게 어떻게 설명해? 죽음이 뭔지 어떻게 설명을 하냐고……

아들과 길을 가는데 길에 사람들이 죽어 누워 있는 거야. 이쪽 길에도 저쪽 길에도. 아들에게 '빨간 모자' 이야기를 해주던 참이었거든. 그런데 사방이 다 사람들 시신이었으니. 피란 떠났다가 돌아온 지 얼마 되지 않았을 때였지. 아들을 데리고 엄마 집으로 갔어. 그런데 갑자기 아이가 이상한 행동을 보이는 거야. 침대 밑으로 기어들어가서는 며칠이 지나도 나오질 않네, 글쎄. 아무리 달래도 말을 안 들었어. 다섯 살밖에 안 된 녀석을 어떻게 해볼 수가 없더라니까……

1년을 아들 때문에 힘들었어. 도대체 뭐가 문제인지 알 수가 있어야 말이지. 그때 우리는 반지하방에 살고 있었거든. 사람들이 지나다니면 창으로 사람들 신발만 보였지. 한번은 아들이 웬일로 침대 밑에서 기어나왔더라고. 그런데 창문에 행인의 부츠가 비치는 걸 보더니 자지러지게 비명을 지르는 거야…… 그제야 아들이 파시스트에게 군홧발로 얻어맞았던 일이 떠올랐지……

뭐, 어쨌든 그 일은 다행히 잘 넘어갔어. 어느 날 아들이 밖에서 친구들과 놀다가 저녁에 집에 와서 물었어.

—엄마, '아빠'가 뭐예요?

아들에게 설명해줬지.

—네 아빠는 얼굴이 하얗고 잘생긴 분이야. 지금 군대에서 적을 물리치고 계셔.

아군이 민스크를 탈환하자 맨 먼저 전차부대가 시내로 들어왔어. 그런데 우리 아들이 울면서 집으로 뛰어들어오는 거야.

—우리 아빠는 없어요! 전부 까만 사람들만 있고 하얀 사람은 없어요……

그때가 7월이었고, 전차병들은 어린 청년들인데다 모두 햇빛에 까맣게 그을려 있었지.

남편은 전쟁터에서 불구가 되어 돌아왔어. 젊은 모습은 온데간데없고 웬 늙은이가 온 거야. 그때부터 불행이 시작됐어. 아들은 당연히 얼굴이 하얗고 잘생긴 아빠를 기다리고 있는데, 병들고 늙은 남자가 아빠라고 나타났으니 어땠겠어. 아들은 한참이 지나도 남편을 제 아빠로 인정하지 않았어. 어떻게 불러야 할지 난감해했지. 내가 중간에서 두 사람이 친해지도록 중재를 했어.

남편이 일 나갔다가 저녁 늦게 집에 돌아오면 남편을 맞으며 그랬어.

—왜 이렇게 늦었어요? 디마가 '우리 아빠 어디 있냐?'며 얼마나 찾았는데.

남편도 사실 6년이나 전쟁터에 있다 왔기 때문에, 러일전쟁에도 참전했거든, 아들이 낯설기는 마찬가지였어. 집도 낯설어했고.

그래서 뭐든지 사면 아들에게도 그랬어.

—이거 아빠가 사주신 거야. 아빠가 너를 얼마나 걱정하시는데……

그리고 얼마 지나지 않아 남편과 아들은 친해졌지……"

나데즈다 비켄티예브나 하트첸코, 지하공작원

"내가 살아온 이야기라……

1929년부터 철도국에서 근무했어. 보조기관사로 일했지. 당시엔 여자기관사가 한 명도 없었어. 소련을 다 뒤져봐도 없었지. 하지만 나는 철도기관사가 되길 꿈꿨어. 기관장이 당황하며 그러더군. '세상에, 어린 아가씨가 꼭 남자들 일을 해야겠나!' 하지만 나는 결국 꿈을 이뤘어. 게다가 1931년에는 수석기관사 자리까지 올랐지…… 그러니까 내가 우리나라 최초의 여성기관사가 된 거야. 당신은 믿기 어렵겠지만, 내가 기관차를 운전해 가면 사람들이 역으로 우르르 몰려들었어. 어린 아가씨가 기관차 모는 것 좀 보라면서.

우리 기관차가 마침 정비를 받기 위해 정차하던 중이었어. 우리한테 아이가 생겨서 남편과 내가 교대로 기관차를 몰던 때였지. 남편이 일을 나가면 내가 아이와 집에 남고, 내가 나가면 남편이 집에서 아이를 돌보는 식이었어. 그날은 남편이 집에 있고 내가 일을 나갈 차례였어. 아침에 일어났는데 무슨 일인지 밖이 평소 같지 않게 소란스럽더라고. 그래서 얼른 라디오를 켰지. 전쟁이 났다는 거야.

급히 남편을 깨웠어.

—료냐, 일어나요! 전쟁이래요! 얼른 일어나라니까요. 전쟁이 났대요!

남편은 당장 역무원실로 달려갔어. 그리고 눈물범벅이 되어 돌아왔지.

—전쟁이야! 전쟁이 터졌어! 당신은 전쟁이 뭔지나 알아?

전쟁이라니, 이제 어떡해? 어린 아들을 데리고 어디로 가지?

나는 아들을 데리고 울리야놉스크, 그러니까 후방으로 피란을 떠났어. 방 두 개짜리 아파트를 받았지. 지금도 그런 아파트는 구경하기 힘들 만큼 좋은 아파트였어. 아들이 다닐 유치원도 있었지. 모든 게 좋았어. 다들 나를 좋아했고. 왜 아니겠어! 여자기관사, 그것도 최초의 여자기관사인데…… 못 믿을지 모르겠지만, 우리는 그곳에 아주 잠깐만 머물렀어. 다 해서 한 반년 살았나. 더는 못 살겠더라고. 다들 조국을 지키겠다고 저 난리인데, 나만 집에서 편안하게 지낼 순 없었지.

남편이 왔어.

—마리야, 당신은 계속 이렇게 후방에 남아 있을 거요?

—아니에요. 같이 가요.

그때 마침 전선을 지원할 특별예비군이 조직됐어. 남편과 함께 그곳에 자원했지. 남편은 선임기관사, 나는 일반기관사에 임명됐어. 우리는 4년 동안 난방화차를 몰았어. 아들도 데리고 다녔지. 우리 아들은 전쟁 내내 고양이도 한번 못 보고 지냈어. 그러다가 키예프 근처에서 우연히 고양이 한 마리를 발견한 거야. 폭격기 다섯 대가 우리 기차를 향해 무차별 공격을 퍼붓고 있는데, 우리 아들은 고양이를 꼭 껴안고 그랬어. '아유, 착한 우리 고양이, 너를 만나서 내가 얼마나 좋은지 알아? 여기 우리 말고 아무도 없으니까, 자, 내 옆에 앉아. 내가 뽀뽀해줄게.' 애는 애였어…… 아이는 언제나 아이다운 법이지…… 아들은 '엄마, 우리한테 고양이가 생겼어요. 우리도 이제 진짜 집이 생긴 거예요'라며 잠들곤 했어. 지어낸 이야기가 아니야. 이런 이야기를 어떻게 지어내? 빠뜨리면 안 돼…… 고양이 이야기만큼은 책에 꼭 써줬으면 좋겠어……

우리는 늘 폭격을 당하고 기관총의 총탄세례를 받았어. 기관사를 죽이고 기관차를 파괴하는 게 놈들의 최대 목표였으니까. 폭격기들은 거의 땅에 닿을 듯 낮게 날면서 연신 난방차와 기관차를 때렸어. 난방차에는 우리 아들이 타고 있었지. 나는 무엇보다 아들 때문에 늘 가슴을 졸였어. 그걸 어떻게 다 말로 해…… 폭격이 시작되면 아들을 난방차에서 기관차로 데려와 재빨리 가슴에 끌어안았지. '그래, 죽일 거면 차라리 한 방에 같이 죽여!'라는 심정이었어. 하지만 그게 어디 말처럼 쉬운 일인가. 아마 그래서 우리가 살아남았는지도 몰라. 이 이야기도 빠뜨리지 말고 꼭 써줘……

기관차는 내 삶이자 내 청춘이야. 내 인생에서 가장 아름다운 존재지. 할 수만 있다면 지금도 기차를 몰고 싶어. 하지만 나를 써주는 사람은 없어. 늙어버린 나를……

자식을 갖는다는 건 정말 두려운 일이야. 어리석은 일이지…… 자, 보다시피 지금 우리 사는 게 이래…… 아들네랑 같이 살지. 아들은 의사야. 부장의사. 작은 아파트에서 온 식구가 함께 살아. 나는 휴가 때도 어디에 가본 적이 없어. 여행 한번 안 다녀왔지…… 어떻게 설명해야 하나…… 그건 아들이나 손자들과 떨어지고 싶지 않아서야. 아주 잠깐도 싫어. 단 하루도 떨어지는 게 무서워. 우리 아들도 마찬가지고. 아들 역시 어디에 가본 적이 없어. 아들이 의사생활을 시작한 지 곧 25년이 되는데, 그동안 여행 한 번 안 갔으니까. 단 한 번도. 아들이 한 번도 휴가를 신청한 적이 없다는 사실에 병원 사람들이 다 깜짝 놀라지. '엄마, 나는 엄마랑 같이 있는 게 더 좋아요.' 우리 아들이 늘 하는 말이야. 며느리도 아들하고 크게 다르지 않고. 말로는 설명을 못해…… 우리 가족은 단 며칠도 서로 떨어지기 싫어서 다차도 없이 살아. 나는 아들네 없이는 잠시도 살 수가 없어.

전쟁터에 나가본 사람이면 하루를 떨어져 지내는 게 어떤 의미인지 알 거야. 기껏해야 하루인데도……"

마리야 알렉산드로브나 아레스토바, 기관사

이제 말을 해도 되는 사람의 침묵에 대하여

"봐, 지금도 이렇게 소곤소곤하잖아…… 그러니까…… 이 이야기를 할 때면…… 늘 속삭이게 돼. 40년이 훨씬 더 지난 일인데도……

전쟁은 잊었어…… 왜냐하면 전쟁이 끝난 뒤에도 계속 공포 속에서 살았거든. 정말 지옥 속에서 살았지.

전쟁도 한참 전에 끝나고 마음껏 기쁨을 누릴 때였어. 우리는 벽돌이며 쇠붙이들을 모아들이고 도시를 깨끗이 치우기 시작했어. 낮이고 밤이고 일했어. 잠은 잤는지, 먹기는 먹었는지 기억이 안 날 정도야. 정말 죽어라 일만 했지.

9월…… 9월 내내 날씨가 좋았어. 해도 많이 나고. 과일들이 생각나. 참 많기도 많았는데. 시장에 가면 사과를 몇 양동이씩 쌓아놓고 팔았으니까. 그리고 그날…… 나는 발코니에서 빨래를 널고 있었어…… 그날 일은 아주 사소한 것까지 다 또렷하게 기억나. 그날로 내 삶이 송두리째 변했으니까. 모든 게 무너져내리고, 모든 게 뒤집히고. 빨래를 널고 있는데…… 하얀 이불보를. 나는 이불보를 하얗게 잘 빨았어. 엄마한테 비누 대신 모래로 깨끗하게 빠는 방법을 배웠거든. 냇가에 가서 모래를 퍼오곤 했어. 좋은 모래가 있는 곳을 한 군데 알고 있었거든. 그래서 모래를 퍼다가…… 이불보를 빠는데…… 이웃집 여자가 '발랴! 발랴!' 하고 나를 부르는 거야. 그런데 목소리가 심상치 않더라고. 얼른 아래를 내려다봤지. 맨 먼저 든 생각은 '우리 아들이 안 보이네?'였어. 당시엔 남자애들이 폐허 더미 속을 뛰어다니며 놀았거든. 그 속에서 전쟁놀이를 하다가 진짜 수류탄이며 진짜 지뢰를 찾아내곤 했지. 그러다 그게 터지면…… 손이고 발이고 다 날아가는 거지…… 그래서 함부로 밖에 나가 놀지 못하게 아이들을 단속했어. 하지만 남자애들이라 그저 재밌는 거야. 나가지 말고 집에 있으라고 그렇게 소리를 질러도 오 분 후면 이미 놀러 나가고 없었어. 남자애들이 무기를 좋아하는 건 어쩔 수 없더라고…… 전쟁이 끝난 직후라 더 그랬던 것도 같고…… 나는 당장 밑으로 내려갔어. 마당으로 들어서는데, 세상에나, 마당에 남편이 서 있지 뭐야…… 내 남편 이반이…… 사랑하는 내 남편이…… 바네치카! 그이가 돌아온 거였어…… 전선에서! 살아서! 나는 남편에게 입을 맞추고 남편을 어루만졌어. 군복을 쓰다듬고 팔을 쓰다듬었지. 남편이 돌아오다니…… 다리가 후들거렸어…… 그런데 남편은…… 돌처럼 굳은 채 웃지도 않고 나를 안지도 않는 거야. 그 자리에 가만히 서 있기만 하더라고. 가슴이 덜컥했지. 혹시 어디 몸이 다쳤나 싶어서. 아니면 귀를 못 듣게 되었나. 하지만 그러면 어때. 남편이 살아 돌아왔다는 사실이 중요하지. 내가 남편을 간호하고 보살펴주면 되는걸. 병든 남편을 보살피며 사는 것마저 부러운 눈길로 쳐다보는 여자들을 이미 숱하게 봐왔거든. 그 짧은 순간에 그런 생각들이 뇌리를 스치는데, 너무너무 행복한 거야. 다리에 맥이 풀리고 몸이 달달 떨렸지. 내 남편이 살아 있다! 아, 사랑스러운 사람아, 우리 여자들 몫이 그래…… 이웃 사람들이 모여들었어. 다들 자기 일처럼 기뻐하며 얼싸안았지. 하지만 남편은 여전히 돌처럼 굳어 있었어. 입을 꼭 다문 채.

다들 남편이 이상하다는 걸 눈치챘지.

내가 말했어.

—바냐…… 바네치카……

—안으로 들어갑시다.

그래, 들어가야지. 나는 남편의 어깨에 머리를 기댄 채 안으로 들어갔어…… 행복했어! 그렇게 행복하고 기쁠 수가 없는 거야. 마구 자랑하고 싶었지! 남편은 집에 들어와서도 의자에 앉아 아무 말이 없었어.

—바냐…… 바네치카……

—있잖아……

그러고는 더이상 말을 못하고 남편이 울기 시작했어.

—바냐……

남편과 하룻밤을 같이 보냈어. 딱 하룻밤.

다음날 어떤 사람들이 아침부터 남편을 찾아와 문을 두드렸어. 남편은 사람들이 올 걸 미리 알고 담배를 피우며 기다리고 있었어. 남편이 잠깐 상황을 설명해주더라고…… 언제 자세히 이야기할 새가 없었거든…… 남편은 루마니아, 체코를 거쳐 러시아로 돌아왔어. 포상으로 받은 메달도 가지고서. 그런데도 공포에 질려 있었어. 남편은 심문을 받고, 그것도 모자라 벌써 두 차례나 국가검열을 거친 상태였어. 당국은 남편에게 포로였다는 낙인까지 찍었더라고. 전쟁 나고 몇 주 지나지 않아서…… 남편은 스몰렌스크 근처에서 포로로 붙잡혔어. 포로로 잡혔으니 당연히 스스로 목숨을 끊어야 했지. 남편은 그러고 싶었대. 내가 알아, 정말 그러려고 했어…… 다만 탄환이 일찍 떨어지는 바람에 적과 싸우기는 고사하고 남편 일행에겐 스스로를 쏘아 죽어버릴려야 죽을 탄환조차 남아 있지 않았어. 남편은 다리 부상을 입고 포로로 붙잡혔지. 지휘관은 남편이 보는 앞에서 돌로 자기 머리를 내리쳤어…… 마지막 하나 남은 탄환이 불발되자 그런 거야…… 바로 남편 눈앞에서…… '소련의 장교는 결코 포로가 되지 않는다. 우리에게 포로는 없다. 반역자만 있을 뿐!' 스탈린 동지가 한 말이지. 스탈린은 포로였다는 이유로 자기 친아들조차 내친 사람이잖아. 내 남편…… 사랑하는 내 남편…… 예심판사가 남편에게 소리쳤어. '왜 살아 있는 거지? 왜 살아남은 건가?' 남편은 가까스로 탈출에 성공했어…… 숲으로 도망쳐 곧장 우크라이나 빨치산으로 들어갔지. 우크라이나가 수복되고는 최전선 복무를 자원했고. 그러다가 체코에서 승리를 맞이한 거야. 남편은 수훈을 세웠다고 포상까지 받았어……

우리는 딱 하룻밤 같이 보냈어…… 만약 그때 알았더라면…… 딸을 하나 더 낳고 싶었는데……

남편은 아침에 끌려갔어…… 우리 침실까지 쫓아들어온 그 사람들한테…… 나는 부엌 식탁에 앉아 우리 아들이 일어나기를 기다렸어. 아들은 그때 열한 살이었어. 나는 아들이 일어나자마자 '우리 아빠 어디 있느냐'며 아빠부터 찾을 걸 알았지. 아들한테 뭐라고 해야 하나? 또 이웃들한테는 뭐라 설명하고? 우리 엄마에게는?

남편은 7년이 지나서야 집으로 돌아왔어…… 아들과 나는 남편이 전쟁터에서 돌아오기를 4년, 그리고 전쟁이 끝나고 다시 콜리마 수용소에서 돌아오기를 7년, 그러니까 11년을 기다린 거야…… 아들은 그사이어른이 돼버렸지……

나는 침묵하는 법을 배웠어…… 사람들이 물었어. '남편은 어디 있나요?' '네 아버지는 어디 계시니?' 그리고 어떤 앙케트에서나 '가족이나 일가친척 중에 포로로 잡혔던 사람이 있는가?'라는 질문이 빠지지 않고 등장했지. 사실대로 적었더니 학교 청소부로도 안 받아주더군. 당신 같은 여자를 어떻게 믿고 바닥 청소를 맡기냐는 거지. 나는 민중의 적이 되고 민중의 적의 아내가 된 거야. 반역자의 아내. 정말 죽지 못해 살았어…… 전쟁 전에 나는 교사였어. 교육대학을 졸업했거든. 전쟁이 끝나고는 공사판에서 벽돌을 날랐지. 아이고, 내 팔자야…… 미안해. 두서없이 나오는 대로 말해서. 마음이 앞서서 그래…… 밤이면…… 얼마나 많은 밤을 홀로 누워서 내가 살아온 이야기를 했는지 몰라. 허공에 대고 이야기하고 또 이야기했지. 하지만 낮에는 입을 꾹 다물었어.

이제야 모든 걸 말할 수 있게 됐어. 묻고 싶어…… 전쟁 나고 몇 달사이에 수백만의 병사와 장교들이 포로로 붙잡힌 게 누구 때문이지? 알고 싶어…… 전쟁 전에 우리 붉은 군대의 훌륭한 지휘관들을 독일 첩자니 일본 첩자니 몰아세우고 총살시켜서 다 죽여버린 게 누구지? 정말 알고 싶다니까…… 히틀러가 탱크와 전투기를 만들며 전쟁을 준비하고 있던 그때, 부툰니 기병대만 믿고 두 손 놓고 있던 게 누구냐고?

누가 '우리 국경은 철통같이 튼튼하다……' 이따위의 말로 우리를 안심시켰느냔 말이야? 전쟁 나자마자 우리 군대가 탄환 남은 거나 걱정하는 신세가 된 게 누구 책임이냐고……

묻고 싶어…… 이제는 물을 수 있어…… 내 인생은 어디 있지? 우리 인생은? 하지만 나는 여전히 입을 닫은 채 살아. 남편도 침묵하고. 지금도 우린 무섭거든. 두려워…… 이렇게 고통 속에서 죽어가겠지. 그게 나는 부끄럽고 서러워……"

발렌티나 예브도키모브나 엠-바, 빨치산 연락병

그리고 그녀는
심장이 있는 곳에
손을 갖다댔어…

그리고 마침내 찾아온 승리……

예전엔 그네들에게 삶이란 평화와 전쟁으로 나뉘는 것이었다면, 이제 그네들에게 삶은 전쟁과 승리로 나뉜다.

또다시 두 개의 다른 세상, 두 개의 다른 삶이다. 기껏 증오하는 법을 익혔는데 다시 사랑하는 법을 배워야 했다. 오래전에 잊힌 감정들을, 잊힌 말들을 다시 떠올려야 했다.

전쟁의 사람이 전쟁의 것이 아닌 사람이 되어야 했다……

살인이 혐오스러워지는, 전쟁 끝자락의 날들에 대하여

"우리는 행복했어……

국경을 넘었지…… 조국이 해방됐으니까. 우리 땅…… 그런데 우리 병사들을 못 알아보겠는 거야. 다들 완전히 딴사람이 돼 있더라고. 얼굴에서 웃음들이 떠나질 않았어. 셔츠도 깨끗한 것들로 말쑥하게 갈아입었고. 또 어디서들 구했는지 손에 꽃까지 들고서 그렇게 행복해할 수가 없었어. 전에는 볼 수 없던 모습이었지. 나는 우리가 독일 땅을 밟더라도 놈들에게 동정심을 품는 일 따위는 없을 줄 알았어. 독일인이라면 그게 누가 됐든 결코 용서하지 않으리라 생각했지. 나는 놈들에 대한 증오심으로 가득 차 있었으니까! 쓰라린 상처들로! 왜 내가 놈들의 아이를 불쌍하게 여겨야 해? 왜 나는 놈의 어머니를 안됐다고 여겨야 하지? 왜 나는 놈의 집을 파괴해서는 안 되는 거냐. 놈들은 불쌍히 여기지 않았는데…… 놈들은 서슴없이 우릴 죽였는데…… 불을 지르고…… 그런데 나는? 나…… 나…… 나는…… 왜? 대체 왜 그러면 안 되는데? 나는 놈들의 아내를 보고 싶었어. 그런 아들들을 낳은 놈들의 어머니도 궁금했지. 놈들의 아내와 어머니들은 우리 눈을 어떻게 바라볼까? 나는 그들의 눈을 똑바로 들여다보고 싶었어……

나는 생각했어. '독일 땅에 들어서면 내가 어떻게 나올까? 우리 병사들은?' 우린 놈들이 한 짓을 모두 기억하고 있었으니까…… 끓어오르는 증오심을 어떻게 참아낼 수 있을까? 그 분노를 다스리려면 얼마만큼의 자제력이 필요한 걸까? 한 마을에 도착했어. 아이들이 나와 노는데, 많이 굶은 것 같고 딱해 보이더라고. 아이들이 우리를 무서워하면서…… 슬금슬금 숨더군…… 그런데 내가, 놈들을 그토록 증오하던 내가…… 어떻게 한 줄 알아? 독일 아이들에게 먹을 걸 나눠준 거야. 그것도 우리 병사들한테 부탁까지 해가며. 전투식량 남은 거고 설탕 조각이고 다 모아서 아이들에게 줬다니까. 당연히 놈들이 한 짓을 잊은 건 아니었지…… 오히려 낱낱이 기억하고 있었는걸. 하지만 굶주린 아이들의 눈을 태연히 보고만 있을 수는 없더라고. 다음날 이른 아침부터 아이들이 주방 근처에 길게 줄을 섰어. 우리는 아이들에게 수프와 빵을 나눠줬지. 아이들마다 어깨며 허리춤에 빵 담아갈 자루, 수프 담을 깡통, 죽이나 완두콩 요리 담을 그릇 같은 걸 줄줄이 차고 있었어. 우리는 아이들을 먹이고 치료도 해줬어. 아이들을 쓰다듬어도 주고…… 처음에 얼떨결에 쓰다듬고는…… 기겁을 했지…… 다른 사람도 아니고 내가…… 세상에, 내가! 독일 아이의 머리를 쓰다듬다니…… 심장이 떨리고 입안이 바싹 타들어가더라고. 하지만 곧 아이들에게 익숙해졌지. 아이들도 우리에게 익숙해졌고……"

소피야 아다모브나 쿤체비치, 위생병

"독일까지 걸어서 갔어…… 모스크바에서 독일까지……

나는 전차연대 주임의사의 보조였어. 우리 연대는 'T-34*'로 싸웠는데, 그게 쉽게 불이 붙는 차종인 거야. 얼마나 무섭던지. 나는 전쟁 전까지 소총 소리 한번 들어본 적이 없었거든. 전선으로 향할 땐가, 저멀리 어디선가 폭격 소리가 들리는데, 그것만으로도 벌써 온 땅이 흔들리는 것 같았지. 그때 내가 열일곱 살, 기술학교를 막 졸업한 참이었어. 나는 졸업하자마자 전선으로 향했어. 그리고 전선에 도착하자마자 바로 전투에 투입됐고.

탱크에서 기어나왔어…… 탱크에 불이 붙었어…… 하늘도 불타고…… 땅도 불타고…… 쇳덩어리들도 불타고…… 한쪽엔 주검들이

---

* 제2차세계대전에서 소련군이 사용한 중전차. 독일 기갑부대의 진격을 저지하여 독소전쟁에서 승리하는 데 큰 역할을 했다.

널려 있고 다른 한쪽에선 비명소리가 그치지 않았어. '사람 살려……
사람 살려……' 세상에, 얼마나, 얼마나 무섭던지! 지금 생각하면 어떻
게 도망치지 않았나 싶어. 무슨 정신으로 전장에서 버텼는지 정말 모르
겠다니까. 아, 그 끔찍한 참상을 어떻게 말로 설명해. 말로는 못해. 오직
느낌뿐이지. 전에는 전쟁영화는 아예 보지도 못했어. 지금은 보긴 봐도
여전히 울면서 봐.

　독일까지 걸어서 갔어……

　독일 땅에 들어서자마자 뭘 본 줄 알아? 손으로 쓴 플래카드. 길가에
걸린 플래카드에 이렇게 적혀 있었어. '여기 이곳이 바로 저주받은 독일
땅이다!'

　우리는 마을 안으로 들어갔어…… 집집마다 창문이 굳게 닫혀 있더
군. 마을 사람들이 집이고 세간이고 다 그대로 둔 채 자전거로 몸만 빠
져나간 뒤였지. '러시아 군인들이 오면 사람들을 베어 죽이고, 찔러 죽
이고, 잘라 죽일 것'이라고 한 괴벨스의 말을 곧이들은 때문이었어. 문
을 열고 집안으로 들어가면 아무도 없거나 살해당하고 독살당한 주검
들뿐이었어. 아이들도 죽어 누워 있고. 보니까, 다들 스스로 총을 쏘거
나 독약을 마시고 목숨을 끊었더라고…… 그 광경을 봤을 때 우리가
어땠을 것 같아? 솔직히 기뻤어. 우리가 승리했고, 이제 그들도 우리처
럼 고통스러워한다는 사실이 기뻤지. 원수를 갚은 느낌이랄까. 하지만
아이들만은 불쌍하더라고……

　마을에 할머니 한 분이 남아 있었어.

　내가 그 할머니에게 그랬지.

　―우리가 승리했어요.

　할머니가 우는 거야.

—우리 아들 둘이 러시아에서 전사했다오.

—그게 누구 때문이죠? 우리 병사들이 얼마나 많이 죽은 줄 알아요? 할머니가 대답했어.

—히틀러……

—히틀러 혼자 그런 게 아니에요. 당신네 아들들이, 남편들이 그런 거라고요……

그러자 할머니가 아무 말도 하지 못했어.

독일까지 걸어서 갔어……

엄마한테 이야기하고 싶었지…… 하지만 엄마는 전쟁중에 굶어 죽어서 안 계셨어. 집에 먹을 게 아무것도 없었거든. 빵도 소금도, 정말 아무것도. 오빠는 중상을 당해 병원에 있었고. 여동생 혼자 집에서 나를 기다렸지. 동생이 편지에 이렇게 썼더라고. '우리 군이 오룔*에 들어오자마자 쫓아가서 소녀병사들마다 붙잡고 일일이 군용외투 자락을 들추며 혹시 언니가 아닌지 확인했어.' 동생은 내가 소녀병사들 중에 있을 거라고 믿었던 거야. 내가 반드시 돌아올 거라고……"

니나 페트로브나 사코바, 중위, 의사보조

"승리의 길들……

당신은 승리를 거두고 돌아오는 길이 어떤지 상상도 못할 거야! 풀려난 죄수들이 가는데, 다들 수레를 끌고 보따리를 지고 국기를 흔들며 가는 거야. 러시아인, 폴란드인, 프랑스인, 체코인…… 모두 한데 뒤섞여서 각자 자기 갈 곳을 향해 걸었지. 만나는 사람마다 우리를 부둥켜안고

---

* 러시아 서부 오룔 주의 중심도시.

입을 맞췄어.

우연히 한 무리의 러시아 아가씨들을 만났어. 내가 말을 걸자 아가씨들이 하나둘 사연을 털어놓았지…… 그중 정말 예쁜 아가씨가 있었는데, 임신을 했더라고. 일하던 곳의 주인이 성폭행을 하고 억지로 데리고 살았다는 거야. 그 아가씨는 걸어가면서 계속 눈물을 흘렸어. '독일놈의 씨를 집으로 데려갈 순 없어! 안 데려갈 거야!'라며 자기 배를 때렸지. 다른 아가씨들이 그녀를 달래고 설득했지만…… 결국 목을 맸지 뭐야…… 뱃속에 든 독일놈의 씨와 함께……

바로 그때 귀를 기울였어야 했어. 잘 듣고 기록했어야 했다고. 그때 아무도 우리 이야기에 귀기울이지 않은 게 너무 안타까워. 그땐 너도나도 '승리'를 말하기 바빴지. 나머지 다른 것들은 다 하찮게 취급되고.

어느 날 친구와 함께 자전거를 타고 있었어. 보니까, 맞은편에서 독일 여자가 아이들을 데리고 걸어오더라고. 아이가, 아마 셋이었을 거야. 두 아이는 유모차에 타고, 한 아이는 엄마 치맛자락을 잡고 옆에서 걷고. 그런데 여자가 우리를 보고는 소스라치게 놀라는 거야. 우리가 옆을 지나가자 다짜고짜 땅바닥에 무릎까지 꿇고 절을 하더라니까. 이렇게…… 머리가 땅에 닿도록…… 그리고 우리한테 뭐라고 하는데, 이거야 원, 알아들을 수가 있나. 그러자 여자가 자기 손을 심장이 있는 곳에 갖다대더니 이어서 아이들을 가리켰어. 우리는 여자가 하고 싶은 말이 뭔지 이해했지. 여자는 울면서 연신 절을 했어. 자기 아이들을 살려줘서 고맙다면서……

그 여자도 누군가의 아내였겠지. 여자의 남편은 아마 동부전선에서 싸웠을 거야…… 러시아에서……"

아나스타시야 바실리예브나 보로파예바, 상등병, 탐조등 담당병사

516

"우리 장교 한 명이 독일 아가씨를 사랑하게 됐어……

상부에 보고가 올라갔지…… 그 장교는 강등당하고 후방으로 쫓겨났어. 만약 그 장교가 성폭행을 한 거였다면…… 글쎄…… 그런 일이야 당연히 있었지…… 사실 우리가 입 밖에 내질 않아서 그렇지, 그건 전쟁터의 법칙이나 마찬가지였어. 남자들은 몇 년씩 여자 없이 지내는데다 증오심까지 더해졌으니까. 소도시나 마을에 들어가면 처음 3일 동안은 약탈을 하는데…… 뭐, 당연히…… 그 짓도 했지…… 당신도 모르진 않을 거야…… 하지만 3일이 지나서도 그 짓을 하다가 발각되면 재판에 부쳐질 수 있었어. 엄벌에 처해지기도 하고. 하지만 3일 동안은 마음대로 술도 마시고, 그리고…… 그런데 갑자기 사랑이라니. 장교는 특수부에 불려가 독일인 아가씨를 사랑한다고 자기 입으로 실토했어. 당연히 그건 반역행위였지……

적의 딸이거나 아내인 독일 여자를 사랑한다고? 그건…… 그래서…… 간단히 말해 장교는 사랑하는 여자의 사진과 주소를 빼앗겼어. 당연한 일이었지……

생각나…… 성폭행당한 독일 여자를 봤어. 여자는 알몸으로 바닥에 누워 있었어. 다리 사이에 수류탄이 박힌 채…… 지금은 부끄럽지만 그때는 그걸 보고도 수치심을 느끼지 못했어. 하지만 감정은 변하는 거잖아. 며칠은 이런 감정이다가 또 며칠은 저런 감정이고…… 몇 달 후에…… 우리 대로…… 독일인 아가씨 다섯 명이 지휘관을 찾아왔어. 흐느껴 울더라고…… 산부인과 의사가 아가씨들을 검진했더니 여자들 그곳이 많이 상해 있었어. 심하게 찢겨 있었지. 팬티는 온통 피로 물들고…… 밤새 성폭행을 당한 거야. 병사들이 줄을 서서 그 짓을 한 거지……

　이 이야기는 녹음하지 마…… 녹음기 좀 꺼…… 하지만 다 사실이야! 전부 다! 우리 대대 전체가 나와 정렬한 가운데…… 독일 아가씨들에게 지시가 떨어졌어. '가서 당신들한테 몹쓸 짓을 한 놈들을 찾으시오. 지위 고하를 불문하고 그 자리에서 총살시켜버릴 테니.' 부끄럽더라고. 하지만 아가씨들은 앉아서 그저 울기만 했어. 원하지 않는다면서…… 더이상 피를 보는 일은. 그 아가씨들이 한 말이야…… 그리고 각자 커다란 빵을 한 덩어리씩 받아 돌아갔지. 물론 그건 다 그놈의 전쟁 때문에…… 당연히……

　용서하는 게 쉬웠을 거라고 생각해? 멀쩡하고…… 새하얀…… 벽돌 지붕의 집들을 보는 게 아무렇지도 않았을 것 같냐고…… 장미가 탐스럽게 핀 집들…… 나는 그들도 고통스럽기를 바랐어…… 당연히…… 그들의 눈물을 보고 싶었지…… 한순간에 착한 사람이 될 수는 없어. 올바르고 선한 사람이. 지금 당신처럼 그런 훌륭한 사람이. 그들을 불쌍히 여기는 마음이 들기까지 나는 수십 년이 걸렸어……"

　A. 라트키나, 하사, 전화교환수

　"고국이 해방되니까…… 더이상은 죽는 것도 못 견디겠고 장례를 치르는 것도 못 견디겠더라고. 좀 많이 낯선 땅에서 죽어가고 좀 많이 낯선 땅에 동료들을 묻었어야지. 그런데 우리더러 끝까지 적을 섬멸해야 한다는 거야. 적은 아직 위험하다면서…… 그래, 그 말이 뭔지 이해는 했어…… 하지만 죽기는 너무 싫더라고…… 죽기를 각오하는 사람은 이제 아무도 없었지……

　길거리에 죽 붙어 있던 수많은 플래카드들이 생각나. 대부분 십자가 모양이었지. '여기 이곳이 바로 저주받은 독일 땅이다!' 아마 이 플래카드는 누구나 다 기억하고 있을 거야……

모두가 기다리던 그 순간이 왔어…… 자, 이제 우리가 독일 땅으로 간다…… 그러면 곧 알게 되겠지…… 어떻게 생겨먹은 놈들인지. 놈들이 사는 땅은 어떤 곳인지. 그리고 집들은 또 어떤지. 정말 평범한 보통 사람들일까? 놈들도 우리처럼 평범한 삶을 살까? 전선에 있을 때 나는 두 번 다시 하이네를 읽지 못할 줄 알았어. 내가 좋아하는 괴테도. 바그너도 더이상 들을 수가 없었어…… 전쟁 전까지 나는 음악인 집안에서 자랐어. 특히 독일 음악을 좋아했지. 바흐, 베토벤. 아, 위대한 바흐! 하지만 나는 사랑하는 이 이름들을 내 세상에서 지워버렸어. 나중에 화장터를 보여주는데…… 아우슈비츠 수용소 말이야…… 아, 산더미처럼 쌓인 여자 옷가지며 아이들 장화…… 회색 잿더미…… 그 재들을 들판으로 내가서 양배추에 뿌리고…… 상추에 뿌렸다는 거야…… 정말이지 더이상 독일 음악을 들을 수가 없더라고…… 내가 다시 바흐에게 돌아가기까지, 모차르트를 다시 연주하기까지 수많은 시간이 걸렸어.

그리고 마침내 우리는 놈들의 땅을 밟았어…… 독일 땅에 들어서자마자 반들반들 닦인 길에 그만 입이 떡 벌어졌지. 농가들은 또 어찌나 큼직큼직하게들 지었던지…… 집집마다 꽃 화분들에 화려한 커튼에, 창고에까지 커튼이 쳐져 있더라니까. 게다가 가는 집마다 하얀 식탁보가 깔려 있고. 값비싼 식기들. 사기그릇들. 나는 거기서 세탁기를 처음 보았어…… 도무지 이해가 안 되더라고. '이렇게 잘들 살면서 대체 왜 전쟁을 일으킨 거지?' 우리는 좁아터진 움막 같은 곳에 살지만, 자기들은 하얀 식탁보까지 깔고 살면서. 커피잔에 커피도 마시면서…… 나는 그런 커피잔은 박물관에서나 봤어. 그런 커피잔들은…… 아, 깜박할 뻔

했네. 우리가 충격받은 일이 하나 더 있었지…… 우리 군이 공세를 펼친 끝에 독일군 진지를 점령했거든…… 당장 뛰어들어갔지. 그랬더니 그곳에 보온병이 있고 그 안에 뜨거운 커피가 들어 있는 거야. 커피향내…… 건빵들…… 새하얀 시트들. 정갈한 수건들. 화장지까지…… 우리? 우리한테 그런 게 어딨어. 시트? 무슨 시트? 짚단 더미 속에서 자고 맨바닥에 나뭇가지 쌓아놓고 자는 게 다반사였는데. 2~3일씩 뜨거운 물 없이 버티는 건 일도 아니었고. 우리 병사들이 그 보온병들을 죄다 총으로 쏴버렸지…… 커피도……

커피잔들이 총탄세례를 받고 산산이 부서진 채 집안에 나뒹굴었어. 꽃이 핀 화분들도…… 베개들도…… 유모차도…… 하지만 놈들이 우리에게 한 짓과 똑같이 잔인하게는 못하겠더라고. 우리가 받은 고통만큼 되돌려주지는 못했지.

놈들의 증오는 도대체 어디서 온 걸까? 정말 이해할 수가 없었지. 우리야 미워하는 게 당연하잖아. 하지만 놈들은 왜?

집으로 소포를 보내도 좋다는 허락이 떨어졌어. 비누, 설탕…… 심지어 신발을 보내는 병사도 있었어. 독일인은 신발, 시계, 가죽제품 같은 것들을 튼튼하게 잘 만들었으니까. 다들 시계를 찾아다녔지. 하지만 나는 보낼 수가 없었어. 독일 물건들이 혐오스럽더라고. 엄마랑 여동생들이 남의 집에 얹혀사는 걸 뻔히 알면서도 독일 것이라면 그게 뭐든 가지고 싶지 않았어. 우리집은 독일놈들 손에 불타버렸지. 집으로 돌아갔을 때 엄마한테 말했어. 그러자 엄마가 나를 안아주시며 그러시는 거야. '나 같았어도 독일놈 물건은 손도 대지 않았을 거다. 놈들이 너희 아빠를 죽였으니까.'

전쟁이 끝나고 수십 년이 지나서야 겨우 하이네 시집을 펼쳐들 수 있었지. 전쟁 전에 좋아했던 독일 작곡가들 음반도……"

아글라야 보리소브나 네스테루크, 중사, 연락병

"베를린에 입성하고…… 한번은 길을 가는데 갑자기 맞은편에서 남자애 하나가 튀어나오더라고. 손에 기관단총을 들고서. 어린 독일시민군이었어. 이미 전쟁도 끝나가는 판인데. 그때가 전쟁 막바지였거든. 나는 손이 이미 기관단총에 가 있었어. 여차하면 발사할 준비가 돼 있었지. 아이가 나를 보고는 눈을 끔벅끔벅하더니 '앙' 하고 울음을 터뜨렸어. 그러자 글쎄, 웃기지도 않게 나도 눈물이 나는 거 있지. 빌어먹을 기관단총을 들고 서 있는 그 아이가 어쩌나 짠하던지. 나는 재빨리 아이를 무너진 건물의 개구멍으로 밀어넣었어. 아이를 숨겨주고 싶었거든. 하지만 아이는 내가 자기를 죽이려는 줄 알고 기겁을 했어. 그때 내가 모자를 쓰고 있어서 내가 여자인지 몰랐을 텐데도 내 손을 덥석 잡더라니까. 아, 그러고는 엉엉 흐느껴 우는데! 나도 모르게 아이의 머리를 쓰다듬었어. 아이가 너무 놀라 말을 못하더군. 어쨌든 전쟁은 전쟁이었으니까…… 그래, 나도 뭐라 할말을 잃었어. 전쟁 내내 그토록 증오하던 독일놈인데! 아무튼 사람을 죽이는 건, 명분이 옳든 그르든 할 짓이 못 돼. 역겨운 일이지. 더구나 전쟁이 끝나가는 막바지에는……"

알비나 알렉산드로브나 간티무로바, 상사, 정찰병

"마음이 아파…… 부탁받은 게 하나 있었는데 못 들어줬거든……

우리 병원에 부상당한 독일군 한 명이 이송돼 왔어. 내 생각에, 아마 전투기 조종사였던 것 같아. 대퇴부에 중상을 입었는데 이미 피부 괴사가 진행되고 있었어. 말없이 누워 있는 모습을 보니까 왠지 딱한 마음이

들더라고.

내가 독일어를 조금 할 줄 알거든. 그래서 물었지.

—물을 좀 갖다줄까요?

—아니요.

우리 부상병들도 독일군이 같은 병동에 입원해 있다는 사실을 알고 있었어. 물론 독일군 부상병은 따로 격리돼 있었지만. 내가 지나가면 우리 부상병들이 분노에 차서 나한테 따지곤 했어.

—원수에게 물을 가져다주겠다는 거요?

—그 사람은 지금 죽어가요…… 도와줘야 해요……

그 사람 다리는 이미 퍼렇게 변해 있어서 더이상 어떻게 손을 쓸 수 없는 상태였어. 감염은 순식간에 사람을 망가뜨리지. 온몸에 독을 퍼뜨리며 24시간 안에 치명상을 입히니까.

내가 물을 주자 그 사람이 나를 쳐다보며 갑자기 그러는 거야.

—히틀러는 끝났소!

그때가 1942년이었어. 우리는 하리코프 근교에서 적에게 포위를 당한 상태였고.

내가 물었어.

—왜죠?

—히틀러는 끝났소!

그래서 내가 그 사람에게 그랬어.

—당신이 그렇게 말하는 이유는 지금 여기에 누워 있기 때문이에요. 당신네 편에 있었다면 지금쯤 사람을 죽이고 있겠죠……

그러자 그 사람이 말했어.

—나는 총을 쏘지도 않았고 사람을 죽이지도 않았소. 어쩔 수 없이

전쟁터에 끌려는 왔지만 총은 쏘지 않았소……

—포로 신세가 되면 다들 그렇게 변명을 하죠.

그런데 그 사람이 갑자기 부탁을 하잖겠어.

—제발…… 제발…… 부탁이오……

그러면서 사진 꾸러미 하나를 내미는 거야. 나에게 사진을 보여주며 이 사람은 자기 엄마고 이 사람은 자기이고, 또 여기는 남동생 여동생들이라고 설명했어…… 참 멋진 사진이었지. 그 사람이 사진 뒷면에 주소를 써넣었어.

—당신들은 독일에 가게 될 거요. 반드시!

1942년에, 그것도 하리코프에서 독일군이 나한테 그렇게 말했다니까.

—독일에 가면 제발 이 사진들을 우체통에 넣어주시오.

그 사람은 사진 한 장에 주소를 적었어. 사진이 봉투 하나 가득이었지. 나는 그 사진들을 오랫동안 가지고 다녔어. 그런데 적의 융단 폭격이 있던 어느 날 사진 봉투를 잃어버렸지 뭐야. 마음이 많이 괴롭더라고. 우리가 독일로 들어갔을 때는 이미 봉투가 사라진 뒤였어……"

릴리야 미하일로브나 부트코, 외과병동 간호병

"전투 하나가 생각나……

그 전투에서 우리는 꽤 많은 독일군을 포로로 생포했어. 그들 중에는 당연히 부상자들도 있었지. 우리가 그 부상자들에게 붕대를 감아줬는데, 그들도 우리 병사들처럼 고통스러운 신음을 토해내더군. 날이 무척이나 더웠어…… 푹푹 찌는 거야. 그래서 주전자를 찾아서 부상병들에게 물을 먹여줬지. 사방이 뺑 뚫린 들판이었어. 우리를 향해 총탄이 쏟아졌지. '즉시 참호를 파고 위장하라'는 지시가 떨어졌다.

우리는 땅을 파기 시작했어. 독일군 포로들이 우리를 지켜보더라고. 그들에게도 설명했지. 땅을 파야 하니 당신들도 와서 도우라고. 함께 땅을 파자고. 그러자 자기들에게 땅을 파라는 얘긴지 알아듣고는 잔뜩 겁에 질린 눈으로 두리번두리번 주위를 살피잖겠어. 구덩이를 다 파고 나면 그 옆에 자기들을 세워놓고 총살시킬 거라고 생각한 거야. 이제 끝이구나 싶었던 거지…… 얼마나 얼마나 두려워 떨던지, 당신이 봤어야 하는데…… 그 표정을……

하지만 우리가 자기들의 상처를 싸매주고 물을 먹여주고, 또 자신들이 파놓은 구덩이에 들어가 몸을 숨기라고 하자 거의 넋이 나가서는 어쩔 줄을 몰라하는데…… 어떤 병사는 울음까지 터뜨리더라니까…… 나이가 좀 있는 병사였는데도 다른 사람들 앞에서 눈물을 감출 생각도 없이 꺼이꺼이 우는 거야……"

니나 바실리예브나 일리인스카야, 간호병

어린애 같은 실수투성이의 작문과 코미디에 대하여

"전쟁이 끝났는데……
정치부 부위원장이 날 불렀어.
—베라 이오시포브나, 독일군 부상병들을 위해 수고를 좀 해줘야겠소.
오빠 둘이 독일군에게 목숨을 잃은 지 얼마 지나지 않았을 때였어.
—못합니다.
—이해하오. 하지만 해야만 하오.
—그럴 수는 없어요. 우리 오빠가 둘이나 놈들 손에 죽었어요. 이제

다시는 오빠들을 볼 수 없다고요. 놈들을 썰어 죽여도 시원찮은데 치료를 하라니요. 제발 이해해주십시오……

—이건 명령이오.

—명령이라면, 명령에 따르죠. 저는 군인이니까요.

나는 독일군 부상병들을 치료했어. 치료에 필요한 일은 다 했지. 하지만 정말 쉽지 않았어. 그들을 만지고 그들의 고통을 덜어주는 게. 그때 처음 흰머리가 생겼지. 나는 의사로서 마땅히 해야 할 일은 빠짐없이 다 했어. 수술을 하고, 먹이고, 통증을 완화시켜주고. 전부 다. 하지만 도저히 할 수 없는 일이 하나 있었어. 야간에 회진을 도는 일만큼은 죽어도 못하겠더라고. 아침에는 부상자들에게 붕대를 새로 감아주고 맥박을 재고, 한마디로 의사로서 할 일만 하면 되지만, 야간 회진 때는 환자들과 말을 해야 했거든. 몸상태는 어떤지 기분은 어떤지 물어야 했지. 그 일만은 할 수가 없었어. 붕대를 갈아주고 수술을 하고, 그런 일은 할 수 있었지만 그들과 대화는 도저히 못하겠는 거야. 그래서 부위원장에게 바로 말했지.

—야간 회진은 못하겠습니다……"

베라 이오시포브나 호레바, 군외과의

"독일에서…… 우리 병원이 독일군 부상자들로 넘쳐나기 시작했어……

내가 처음 맡았던 독일군 부상병이 생각나. 이미 다리가 썩어들어가기 시작해서 다리를 절단해야 했지…… 그 사람은 내가 담당하는 병실에 입원해 있었어……

어느 날 저녁에 다른 간호사들이 나를 불렀어.

─카탸, 네 독일인한테 가봐.

병실로 갔지. 출혈이 있든지 뭔가 이상이 있나보다 했어. 갔더니 부상병이 잠들지 않고 깨어 가만히 누워 있더라고. 열도 없고 별다른 이상도 없었어.

부상병이 한참 동안 나를 보고 또 보더니 느닷없이 작은 권총을 꺼내놓는 거야.

─받아요……

그러면서 독일어로 무슨 말을 하는데, 독일어를 거의 잊어버린 터라 다는 못 알아듣겠더라고. 하지만 학교 다닐 때 배운 단어들이 생각나서 대충 이해는 할 수 있었지.

─가져가요……

부상병이 말했어.

─난 당신들을 죽이려고 했어요. 하지만 이제 당신이 나를 죽여요.

우리가 자기를 살렸느니 뭐니 그 비슷한 말이었어. 그 사람은 우리를 죽였지만, 우리는 그 사람을 살린 거지. 하지만 그 사람은 죽어가고 있었어. 차마 그 말은 할 수가 없었지……

병실을 나서는데 나도 모르게 눈에서 눈물이 흐르더라고……"

예카테리나 페트로브나 샬리기나, 간호병

"만날 수도 있었어…… 사실은 만나게 될까봐 두려웠지만……

학교 다닐 때 우리 학교는 유난히 독일과 교류가 많았어. 독일 학생들이 우리 학교를 찾아 모스크바로 오곤 했지. 우리 모스크바로 말이야. 우리는 독일 학생들과 극장도 함께 가고 노래도 같이 불렀어. 독일 남자애가 있었는데…… 노래를 아주 잘했어. 나는 그 아이와 친해졌고, 그 아이가 좋아지기까지 했지…… 전쟁 내내 생각했어. '만약 우연히 그 아이를 만나면 어떡하지?' '정말 저 독일군들 틈에 그 아이도 있는 걸까?' 나는 감성적인 사람이야. 어렸을 때부터 지나치다 싶게 감성적이었지. 많이 과하다 싶을 만큼!

어느 날 들판을 지나가고 있었어…… 이제 막 전투가 끝난 들판을…… 아군 전사자들은 우리가 주검을 찾다 수습했지만 독일군 주검들은 그대로 버려져 있었어…… 그런데 그 아이가 주검들 사이에 누워 있는 것 같은 거야…… 그 아이와 꼭 닮은 어린 청년이…… 우리 땅에 누워 있더라니까…… 한참을 그곳에 서서 그 주검을 지켜봤지……"

마리야 아나톨리예브나 플레롭스카야, 정치부위원

"진실을 알고 싶어? 나도 깜짝깜짝 놀라곤 해, 그 진실에……

우리 부대에 병사 한 명이 있었는데…… 어떻게 설명해야 하나. 그 친구는 전쟁통에 가족이 모두 죽고 없었어. 그는…… 늘 신경이 곤두서서는…… 글쎄, 늘 술에 취한 상태랄까? 승리가 가까워질수록 더 술을 끼고 살더라고. 어느 집이나 지하실만 가면 포도주를 구할 수 있었거든. 독한 술도 그렇고. 마시고 또 마셨지. 그러던 어느 날 그 친구가 기관단총을 들고 독일인 집으로 뛰어들었지 뭐야…… 장전기마저 풀고…… 말리고 말고 할 새도 없이 벌어진 일이었어. 모두 달려나갔을 때는 이미…… 집안에 시신들만 누워 있었지…… 아이들도 죽어 있고…… 그는 곧바로 기관단총을 빼앗기고 포박당했어. 포박을 당하면서도 고래고래 소리를 지르고 욕을 했지. '뇨, 내 손으로 죽을 거야.'

그 친구는 체포되어 재판을 받았어. 총살형이 내려졌지. 나는 그 친구가 불쌍했어. 다들 나와 같은 심정이었어. 전쟁 내내 목숨 걸고 싸웠는데. 베를린까지 왔는데……

그런데 이런 이야기를 써도 되는 건가? 이런 이야기는 예전엔 할 수 없었거든……"

A. 스-바, 고사포 병사

"전쟁이 나를 기다리고 있었어……

막 열여덟이 됐을 때…… 소집통지서가 왔는데, 구역집행위원회로 나오라는 거야. 3일 치 식량과 갈아입을 속옷 몇 벌 챙겨서. 컵과 숟가락도 가져오고. 이른바 노동전선 동원령이었지.

우리는 오렌부르크 주*의 노보트로이츠크로 보내졌어. 그곳 공장에서 근무를 시작했지. 방 안에 걸어둔 외투가 꽁꽁 얼 정도로 날이 추웠어. 입으려고 내리면 외투가 통나무라도 된 것처럼 어찌나 무겁던지. 4년을 휴가도 없이, 쉬는 날도 없이 일했어.

전쟁이 끝날 날만 손꼽아 기다렸어. 마침표가 찍히기만을. 새벽 3시쯤 됐을까. 한밤중인데 갑자기 기숙사가 소란스러운 거야. 공장장과 다른 몇몇 간부들이 '우리가 승리했다'는 소식을 전하러 온 거였어. 그런데 왠지 온몸에 힘이 빠지면서 못 일어나겠더라고. 친구들이 일으켜 앉히면 뒤로 넘어지고 또 넘어지고. 그렇게 하루종일 침대에서 일어나질 못했어. 기쁨이 너무 커서인지 감정이 너무 격해서인지 온몸이 마비가 돼버린 거야. 다음날에야 몸을 일으킬 수 있었어…… 거리로 나갔지. 만나는 사람마다 끌어안고 입을 맞추고 싶었어……"

크세니야 클리멘티예브나 벨코, 노동전선 전사

---

* 구소련 동부, 러시아 우랄 강에 접한 도시.

"얼마나 듣기 좋은 단어인지. '승리'라는 말은……

나는 베를린 국회의사당에 글을 남겼어…… 손에 잡히는 대로 석탄을 집어 이렇게 썼지. '사라토프에서 온 러시아 아가씨가 당신들을 이겼노라.' 벽에도 무슨 말인가를 남겼어. 내 심경을 나타내는 말, 저주의 말……

마침내 승리의 날! 친구들이 나보고 뭐가 되고 싶으냐고 물었어. 전쟁 내내 우리는 배가 고팠거든…… 이러다 죽겠다 싶을 정도로…… 단한 번이라도 좋으니 배불리 먹는 게 소원이었지. 나는 꿈이 하나 있었어. 전쟁이 끝나고 첫 월급을 받으면 쿠키 한 상자를 사는 것. 전쟁이 끝나면 뭐가 되고 싶으냐고? 당연히 요리사였지. 그래서 지금까지 공공급식소에서 일하고 있는 거야.

또 친구들이 결혼은 언제 할 거냐 물으면 이렇게 대답했어. '되도록 빨리……' 키스를 해보는 것도 내 꿈이었거든. 정말 죽도록 키스가 하고 싶은 거야…… 그리고 노래도 하고 싶었지. 노래하기! 그래, 그랬어……"

엘레나 파블로브나 샬로바, 보병대대 공산청년동맹 조직활동가

"총 쏘기와 수류탄 던지기를 배웠어…… 지뢰 매설도. 응급처치법도 배우고……

그 대신 4년 동안…… 전쟁중에 문법은 까맣게 잊어버렸지. 학교에서 배운 건 죄다 잊어버린 거야. 소총은 눈을 감고도 척척 분해하면서 대학에 입학하려고 치른 작문시험에서는 어린애 같은 실수투성이에 거의 쉼표도 없이 글을 써냈지 뭐야. 전쟁터에서 받은 포상들이 나를 살렸

지. 덕분에 대학에서 받아줬으니까. 공부를 시작했어. 하지만 책을 들여다봐도 무슨 말인지 모르겠고 시를 읽어도 모르겠는 거야. 그런 말들은 이미 머릿속에서 지워져버린 거지……

밤마다 악몽을 꿨어. 히틀러 친위대, 개 짖는 소리, 마지막 순간의 비명소리…… 사람은 죽어갈 때 큰 소리를 내기보다 주로 속삭여. 사실 그게 비명소리보다 더 끔찍하지. 꿈속에서 모든 게 되풀이됐어…… 처형장으로 끌려가는 사람…… 공포에 질린 두 눈…… 자신의 죽음을 믿지도 받아들이지도 못하는 모습. 그리고 호기심. 그래, 사람들에겐 죽음에 대한 호기심도 있었어. 그래서 기관단총 총구 앞에 서서도 마지막 순간에야 두 손으로…… 얼굴을 가렸지…… 아침마다 잠이 깨면 밤새 비명을 지르느라 머리가 퉁퉁 부어 있었어……

전쟁중에는 깊은 생각을 해본 적이 없었어. 그런데 이제 생각을 해야 했지. 머리를 써야 했어…… 밤마다 모든 게 되풀이되고 또 되풀이되는데…… 나는 아예 잠을 안 자고 버텼어…… 의사들이 학업을 중단하라고 경고하더군. 하지만 같은 방 기숙사 친구들이 의사의 말은 신경쓰지 말라며 자기들이 도와주겠다고 나섰어. 매일 저녁 친구들이 돌아가며 나를 극장에 데려가서 코미디영화를 보여줬지. '너는 웃는 법을 배워야 해. 많이많이 웃어야 한다고.'

내가 싫어하든 좋아하든 무조건 나를 끌고 갔어. 코미디영화는 그리 많지가 않아서 한 영화마다 100번씩은 봤을 거야. 그래, 최소한 100번씩은 봤지. 처음엔 울다 웃다 했어……

하지만 악몽은 사라지더라고. 그래서 공부를 계속할 수 있었지……"
타마라 우스티노브나 보로베이코바, 지하공작원

조국과 스탈린 그리고 붉은 사라사 천에 대하여

"봄이었어……

젊은 청년들이 죽어나가는데, 봄에 그렇게들 죽는 거야…… 3월과 4월에…… 기억나. 마당마다 꽃이 만발하고 다들 승리를 기다리는 그 봄에 사람을 땅에 묻는 건 정말 끔찍한 일이었지. 다른 사람들한테 이미 들은 이야기더라도 다시 한번 기록해줘…… 기억이 너무 생생해……

2년 반 동안 나는 전선에 있었어. 내 손으로 수천 번도 넘게 부상자들 붕대를 감아주고 수천 번도 넘게 상처를 씻어줬지…… 붕대를 감고 또 감았어…… 한번은 머릿수건을 바꿔 쓰려고 창틀에 기대섰다가 꾸벅꾸벅 졸았지 뭐야. 정신을 차려보니까 푹 쉬고 난 것처럼 몸이 한결 개운하더라고. 그런데 의사가 나한테 큰소리로 야단을 치잖겠어. 나는 영문을 몰라 어리둥절했지…… 의사는 나에게 벌칙으로 두 차례의 연장근무를 지시하고는 나가버렸어. 동료간호사가 설명해주는데, 내가 한 시간 이상 자리를 비웠다는 거야. 글쎄 잠깐 존다는 게 깊이 잠들었던 모양이야.

나는 지금 건강이 좋지 않아. 신경이 많이 쇠약해졌지. 사람들이 '전쟁터에서 무슨 상을 받아왔느냐'고 물을 때마다 '아무것도 받지 못했다. 나한테까지 신경을 쓸 새가 없었다'고 털어놓기가 창피해. 하지만 아마 신경을 못 써서가 아니라 나 같은 사람이 너무 많아서 못 줬을 거야. 그땐 누구나 다 할 수 있는 최선을 다했으니까…… 다들 죽을힘을 다했지…… 한두 명도 아니고 그 많은 사람들에게 어떻게 일일이 다 상을 주나? 그리고 우리 모두는 최고의 상을 받았잖아? 5월 9일. 승리의 날!

좀 예사롭지 않은 죽음이 있었어…… 그 죽음에 관심을 둔 사람은 아무도 없었지만. 다들 거기까지 마음을 쓸 여유가 없었지…… 하지만 나는 그 일을 떠올리곤 해. 우리가 독일 땅을 처음 밟은 날, 대위 한 명이 죽었어. 우리가 알기로는, 가족이 아무도 없는 사람이었지. 독일군 점령 치하에서 온 가족이 목숨을 잃었거든. 대위는 아주 용맹했어. 그렇게나 기다렸는데…… 대위는 자기가 먼저 죽을 걸 걱정했어. 놈들 땅에 들어가 놈들의 불행과 고통을 보기도 전에 죽을까봐. 놈들이 울부짖고 고통에 몸부림치는 걸 보기도 전에…… 폐허가 되어 돌덩이만 남은 놈들의 집터를 보기도 전에…… 대위는 아무 이유도 없이 죽었어. 부상을 당한 것도 아니고 무슨 일이 있었던 것도 아닌데 그냥 죽었다니까. 독일 땅을 밟고 그 땅을 보고는 그대로 세상을 뜬 거야.

나는 지금도 가끔 그 대위를 떠올려. '그 대위는 왜 죽었을까?'"

타마라 이바노브나 쿠라예바, 간호병

"나는 기차에서 곧장 최전선으로 가겠다고 요청했어…… 곧바로 가겠다고…… 때마침 이동중인 부대가 있어서 즉시 거기로 합류했지. 생각해보니까, 후방에서 집에 가는 것보다 최전선에서 가는 게 하루라도 더 빠를 것 같더라고. 집에 엄마 혼자 계셨거든. 내 친구들은 지금도 내가 위생중대를 떠나고 싶어했다며 당시를 떠올리곤 해. 맞는 말이야. 나는 위생중대에 가면 얼른 씻기만 하고 속옷을 챙겨서 다시 내 참호로 돌아갔으니까. 최전선의 진지로. 나는 몸을 사리는 법이 없었어. 기어다니고 뛰어다니고…… 하지만 피냄새는…… 피냄새만큼은 아무리 시간이 흘러도 익숙해지지 않더라고……

전쟁이 끝나고 산부인과 병동에서 조산원으로 일했어. 하지만 얼마 못하고 그만뒀지. 아주 잠깐 일했어…… 아주 잠깐…… 나는 피냄새에

532

알레르기가 있거든. 내 몸이 피를 거부해. 피라면 전쟁터에서 몸서리가 쳐지게 겪었으니까. 더이상 몸이 받아들일 수 없을 만큼. 산부인과를 나와 '구급센터'로 옮겼어. 역시 온몸에 두드러기가 돋고 숨을 쉴 수가 없었지.

언젠가 빨간색 천으로 블라우스를 만들어 입었는데, 다음날 양팔에 반점 같은 게 돋았더라고. 물집도 생기고. 내 몸은 빨간 사라사는 물론, 장미나 패랭이꽃 같은 빨간 꽃에도 거부 반응을 보여. 빨간색이나 피 색깔은 어느 것도 견디질 못하지…… 그래서 우리집엔 빨간색이 하나도 없어. 눈 씻고 찾아봐도 없을 거야. 사람의 피는 아주 선명하지. 자연 풍경에서도 화가들 그림에서도 나는 피처럼 선명한 색은 아직 본 적이 없어. 석류즙이 조금 비슷하기는 하지만 그 정도까진 아니야. 아주 잘 익은 석류즙도……"

마리야 야코블레브나 예조바, 근위대 중위, 위생소대 지휘관

"오호…… 아, 아……' 다들 나를 보면 그랬어. 놀라서 입을 다물지 못했지. 내가 그만큼 요란한 차림으로 다녔거든. 화려하게 치장을 하고 말이야. 나는 전쟁터에서도 그랬어. 전혀 군인 같지 않은 모습이었지. 주렁주렁 온갖 장신구들을 달고서는…… 우리 부대 지휘관은 소위 요즘 말로 민주주의자였어. 천만다행이었지. 병영 출신이 아니라 대학 출신의 지휘관. 한번 상상해봐. 전선의 대학교수라. 교양미 넘치는 언행. 그 당시로선…… 진귀한 새였지…… 아주 진귀한 새가 우리한테 날아온 거라고나 할까……

나는 반지를 좋아해. 비싼 거든 싸구려든 무조건 많으면 좋아. 양 손가락 모두 다 낄 수 있게. 고급 향수도 좋아하지. 그때그때 유행하는 향

수들. 갖가지 자잘한 장신구들도 좋아하고. 이것저것 많으면 좋아. 우리 가족은 늘 나를 놀렸어. '우리 정신 나간 레나는 생일선물로 뭘 해줘야 하지? 당연히 반지.' 전쟁이 끝나고 남동생이 통조림 깡통을 잘라 첫 반지를 만들어줬어. 그리고 푸른빛이 도는 깨진 유리병 조각을 정성껏 갈아서 펜던트도 만들어주고. 연한 갈색 유리 조각으로도 하나 더 만들어줬지.

까치처럼 그걸 전부, 반짝반짝 빛나는 그것들을 다 주렁주렁 달고 다녔어. 내가 전쟁터에 다녀왔다는 걸 아무도 안 믿어. 사실 나 자신도 잘 안 믿어지는데, 뭐. 당신과 이렇게 나란히 앉아 이야기를 나누는 이 순간에도 믿어지질 않는다니까. 하지만 보석함에 붉은 별 훈장이 떡하니 버티고 있지…… 훈장 중에 가장 화려한 훈장이…… 그 훈장 정말 예쁘지 않아? 특별히 하사받은 거야. 하하하…… 진지하게 묻는데…… 이게 다 역사를 위한 거지? 당신이 지금 이 대화를 녹음하는 거…… 이 대화가 역사를 위한 거라면, 그렇다면…… 이렇게 말하고 싶어. '만약 여자로 살지 않았다면 전쟁터에서 살아남지 못했을 거다'라고. 나는 한 번도 남자가 부러운 적이 없었어. 어렸을 때도 젊었을 때도. 전쟁터에서도. 나는 언제나 내가 여자라서 행복했어. 사람들은 기관단총, 권총 같은 무기가 아름답다느니 무기 안에 인간의 사유와 욕망이 담겨 있다느니 하지만 나는 무기가 아름답게 느껴진 적이 단 한 번도 없었어. 보니까, 남자들은 성능 좋은 권총 앞에서 넋을 잃더라고. 나는 그게 정말 이해가 안 됐지. 나는 여자니까.

왜 혼자 남았냐고? 글쎄, 결혼할 남자들은 많았어. 충분했지…… 하지만 지금은 보다시피 혼자야…… 즐겁게 살려고 애를 쓰지. 내 친구들은 모두 젊은 애들이야. 나는 젊음이 좋거든. 나는 전쟁보다 늙는 게 더

534

무서워. 당신이 너무 늦게 왔어…… 나는 요즘 전쟁이 아니라 늙는 것에 대해 생각하고 있거든……

지금 녹음되고 있는 거지? 역사를 위해, 그렇지?"
엘레나 보리소브나 즈뱌긴체바, 사병, 무기제조병

"나는 무사히 집으로 돌아왔어…… 가족들도 모두 무사했지…… 엄마가 온 가족을 살리셨어. 할아버지와 할머니를 살리고 여동생과 남동생을 살렸지. 그리고 나도 살아 돌아왔고……

1년 후에 아빠도 돌아오셨어. 훈장을 여러 개 받아오셨더라고. 나도 훈장 하나와 메달 두 개를 받아왔지. 하지만 우리 가족의 결론은 그랬어. 우리집에서 진짜 영웅은 엄마라고. 엄마가 온 가족을 살렸으니까. 엄마가 우리 가족도 우리집도 구했어. 결국 엄마가 가장 가혹하고 끔찍한 전쟁을 치른 셈이지. 아빠는 단 한 번도 훈장을 달지 않으셨어. 훈장약장略章도 달고 다니신 적이 없지. 아빠는 엄마 앞에서 훈장을 내놓고 자랑하지 않으셨어. 부끄럽다고 하셨지. 불편해하셨어. 엄마는 훈장도 메달도 없었으니까……

내 삶에서 우리 엄마만큼 내가 사랑하고 아꼈던 사람은 없어……"
리타 미하일로브나 오쿠넵스카야, 사병, 지뢰 매설 병사

"나는 완전히 딴사람이 되어 돌아왔어…… 꽤 오랫동안 죽음을 대하는 태도가 정상이 아니었지. 말하자면 좀 이상했어……

민스크에 첫 시가전차가 개통됐을 땐데, 그 전차에 타고 있었어. 그런데 갑자기 전차가 멈추더니 사람들이 비명을 지르는 거야. 여자들은 울음을 터뜨리고, '사람이 죽었어요! 사람이 죽었어!' 보니까, 나 혼자만

전차 안에 남아 있더라고. 나는 왜 사람들이 울고불고 난리들인지 이해가 안 됐어. 그 사고가 무섭고 끔찍하다는 생각이 전혀 안 들었어. '전선에서는 날마다 일어나는 일인데, 뭐⋯⋯' 정말 아무렇지도 않더라니까. 나는 늘 죽은 시신들 가운데서 살았거든. 늘 죽은 자들과 함께⋯⋯ 시신들을 옆에 두고 담배도 피우고, 음식도 먹고 했지. 태연하게 대화를 나누고. 죽은 이들은 어딘가 먼 곳이 아니라, 땅속이 아니라 언제나 그곳에 있었어. 우리와 함께 말이야.

한참 후에야 그 감정이 돌아왔어. 시신을 보면, 관 속의 주검을 보면, 다시 두려움을 느끼게 됐지. 몇 년이 지나서야 그 감정이 회복된 거야. 나는 정상이 됐어⋯⋯ 다른 사람들을 닮아가기 시작했지⋯⋯"

벨라 이사아코브나 에프시테인, 중사, 저격병

"전쟁 전이었어⋯⋯

한번은 극장에 갔다가⋯⋯ 휴식시간에 불이 켜졌는데, 세상에, 봤지 뭐야⋯⋯ 다른 사람들도 모두 봤고⋯⋯ 당장 우레 같은 박수가 터졌어. 극장 안이 쩌렁쩌렁 울렸지! 글쎄, 정부 고관들을 위한 특별석에 스탈린이 앉아 있는 거야! 아버지는 당국에 체포되고 오빠는 수용소에서 사라져 행방이 묘연한 상황이었는데도, 이 모든 것에도 불구하고 눈에서 왈칵 감격의 눈물이 쏟아졌지. 너무 행복해서 숨이 막힐 것 같더라니까! 극장 안의 모든 관중이⋯⋯ 온 관중이 일제히 자리에서 일어났어. 그리고 십 분이나 뜨거운 기립박수를 보냈지.

그런 내가 전쟁터로 간 거야. 적과 싸우겠다고. 전쟁터에서 나는 우연히 은밀한 대화를 듣게 됐어⋯⋯ 밤이면 부상병들이 복도에 나와 담배를 피웠거든. 대부분 잠이 들었지만 아직 잠들지 않은 사람들도 있었지. 투하쳅스키*가 어떻게 됐느니 야키르**가 어떻게 됐느니…… 주로 그런 이야기들이었어. 그런데 수천 명의 사람들이 사라졌다는 거야. 수천, 수백만 명의 사람들이! 어디로? 우크라이나 병사들이 이야기를 해주더라고…… 자기들이 어떻게 콜호스로 내몰렸는지. 얼마나 무자비하게 탄압을 받았는지…… 스탈린이 어떻게 사람들을 굶주림으로 내몰았는지 이야기하면서 그들은 그걸 대기근이라 불렀어. 미쳐버린 엄마들이 자기 아이들을 먹기도 했다면서…… 우크라이나는 작은 나뭇가지 하나만 심어도 버드나무가 자랄 만큼 비옥한 땅이지. 오죽하면 독일군 포로들이 그 흙을 소포로 싸서 집으로 보냈을까. 정말 기름진 땅이야. 흑토도 1미터나 되게 깊고, 땅은 풍요롭기만 했지. 대화는 조용하고도 은밀하게 이뤄졌어…… 목소리를 한껏 낮춰서…… 여러 사람이 있을 때는 어느 누구도 그런 이야기를 하지 않았어. 하지만 단 두 사람만 남으면 언제나 그 이야기가 빠지지 않았지. 세 명도 많았어. 그중 한 명은 반드시 밀고자였으니까……

우스운 이야기 하나 들려줄까…… 울지 말라고 하는 이야기야. 그게 그러니까…… 밤이었어. 임시건물 안에 죄수들이 누워서 이야기를 하고 있었지. 서로 물었어. '어쩌다가 잡혀왔소?' 한 죄수는 '진실을 말했다는 죄목으로!'라고 대답했고, 다른 죄수는 '아버지 때문에……'라고 했지. 이번엔 세번째 죄수의 차례였어. '게으르다는 죄목으로!' 다들 깜짝 놀라 물었어. '어떻게 그런 일이?' 세번째 죄수가 사연을 들려줬어.

---

* 미하일 니콜라예비치 투하쳅스키(1893~1937). 소련군 총참모장을 역임했고 계급은 원수였다. 1930년대 스탈린 대숙청 때 희생된 가장 유능한 군인 중 한 명이다.
** 이오나 엠마누일로비치 야키르(1896~1937). 소련의 군인으로, 러시아 내전에서 혁혁한 공을 세웠으며, 군사령관을 지냈다. 1930년대 스탈린 대숙청 때 희생됐다.

'어느 날 저녁에 사람들과 우스갯소리를 하며 시간을 보내게 됐어요. 그러다 그만 집에 늦게 들어갔지요. 그러자 집사람이 지금 신고하러 갈까요? 아니면 아침에 갈까요? 이러더라고요. 그래서 아침에 가자, 지금은 자고 싶다고 했는데, 벌써 다음날 아침에 잡으러 왔더라니까요……'

웃기는 이야기지. 하지만 웃고 싶지 않아. 오히려 울어야 하지. 울어야 해.

전쟁이 끝나고…… 다른 집들은 다 전쟁터에서 가족이 돌아오길 기다렸지만 엄마와 나는 수용소에서 가족이 돌아오길 기다렸어. 시베리아에서…… 암, 기다렸고말고! 우리는 승리를 거뒀고, 또 조국에 대한 우리의 충성심과 사랑을 증명해 보였으니까. 이제는 우리를 믿어줄 거라 철석같이 믿었지.

오빠는 1947년에 돌아왔지만 아버지는 끝내 찾지 못했지…… 얼마 전에 전우들을 만나러 우크라이나에 다녀왔어. 모두 오데사 근교의 큰 마을에서들 살거든. 마을 한가운데 기념탑 두 개가 서 있더라고. '마을 사람들 반이 굶주림으로 세상을 떴고, 이 마을 남자들은 모두 전쟁터에서 목숨을 잃었다.' 그런데 우리 러시아는? 제대로 계산이나 하고 있나? 아직 사람들이 살아 있을 때 찾아가서 물어봐. 우리 역사를 위해 당신 같은 사람들이 수백 명은 필요해. 우리가 당한 고통을 모두 알리려면 말이야. 우리가 흘린 그 숱한 눈물을……"

나탈리야 알렉산드로브나 쿠프리야노바, 외과병동 간호병

갑자기 미치도록
살고 싶어졌어…

쉴새없이 울리는 전화벨. 새로운 주소들을 받아 적고 새로운 편지들을 받아든다. 이 일을 멈출 수가 없다. 매번 진실이 나를 견딜 수 없게 하므로.

타마라 스테파노브나 움냐기나, 근위대 하사, 위생사관:

"아이고, 이렇게 귀한 손님이 오다니……

밤새 떠올려봤지. 생각나는 대로 기억을 모아봤어……

나는 당장 군정치위원회로 달려갔어. 무명 치마를 입고, 그 당시 최고로 유행했던, 하이힐처럼 버클이 달린 흰색 슬리퍼를 신고서. 그렇게 치마에 슬리퍼를 신은 채 전선으로 가겠다고 자원했는데, 즉시 보내주더라고. 차를 타고 갔지. 부대에 도착해보니까 민스크 근처에 주둔한 보병사단이었어. 그런데 나한테 돌아가라는 거야. '네가 이곳에 필요한 건 사실이다. 하지만 열일곱 살짜리 여자애가 적과 싸우겠다고 나서면 남자들이 부끄러워 얼굴을 들지 못할 거다. 우리가 열심히 싸워 곧 적을 물리칠 테니, 얘야, 너는 집으로 돌아가거라.' 당연히 나를 받아주지 않는 것에 마음이 상했지. 그러면 나는 어떡하라고? 사단장을 찾아갔어. 그런데 그 자리에 나를 돌려보낸 그 대령이 와 있는 거야. 그래서 당당히 말했어. '더 높으신 사단장 동지, 대령 동지의 명령을 거부할 수 있게 해주십시오. 어차피 저는 집으로는 돌아가지 않을 테니 부대와 함께 퇴각하겠습니다. 어디를 가든지 독일군은 이미 제 옆에 와 있으니까요.' 나중에 사람들은 나를 이렇게 불렀지. '더 높으신 사단장 동지!' 그게 전쟁 터지고 7일째 되는 날 있었던 일이야. 우리는 퇴각하기 시작했지……

곧 사방이 피로 물들었어. 부상자들이 헤아릴 수 없이 많은데도 신음소리 하나 새어나오지 않았어. 너무들 잘 참았고 너무들 살고 싶어했어. 다들 승리의 그날까지 살고 싶어했어. 이제나저제나 승리의 순간만 기다렸지…… 기억나. 나는 걸핏하면 온몸이 피투성이가 되곤 했어. 슬리퍼가 다 뭐야, 진즉에 망가져서 맨발로 걸었는걸. 그리고 또 뭘 본 줄 알아? 모길료프 근교에서 기차역에 폭격이 가해졌어. 그런데 하필 아이들을 태운 기차가 정차해 있었지 뭐야. 사람들이 차창을 통해 아이들을 기차 밖으로 내보내기 시작했어. 다 서너 살밖에 안 된 어린아이들이었어. 마침 기차역 근처에 숲이 하나 있어서 아이들은 그 숲을 향해 뛰었어. 아, 그런데 갑자기 독일군 탱크들이 나타나더니…… 아이들을 그대로 깔고 지나간 거야. 아이들의 흔적은 어디에도 남아 있지 않았지…… 그때만 생각하면 지금도 미쳐버릴 것만 같아. 그래도 전쟁중에는 사람들이 어떻게든 견뎠어. 정신이 나가버린 건 전쟁이 끝나고 나서였지. 전쟁이 끝나고 나서야 아프기 시작했어. 전쟁중에는 위궤양에도 저절로 새살이 돋았지. 얇디얇은 외투 하나만 입고 눈 속에서 잠을 자도 아침이면 감기도 안 걸리고 멀쩡했어.

나중에 우리 부대가 적에게 포위당했어. 부상자들은 넘쳐나는데 멈춰 서는 차 한 대가 없는 거야. 독일군들은 우리의 흔적을 쫓아 포위망을 점점 좁혀오고 당장이라도 우리를 둘러쌀 기세였지. 그러자 부상을 입은 중위가 나에게 자신의 권총을 건네며 묻더군. '총 쏠 줄 아나?' 내가 어떻게 알아? 남들 쏘는 거 구경만 했는데. 하지만 나는 권총을 받아들고 그 중위와 함께 차를 세우기 위해 길가로 나갔어. 거기서 난생 처음 욕이란 걸 해봤지. 거칠고 무식한 남정네처럼. 걸쭉한 쌍욕을 사정없이 내뱉었어. 차들이 우리를 보고도 그냥 지나가버리니까…… 첫 발은 허공에 대고 쐈어…… 부상자들을 안아서 옮길 수는 없는 노릇이었어. 그렇게는 데리고 나갈 수가 없었지. 부상병들이 애원했어. '이보게들, 그냥 두고 가느니 차라리 우리를 죽여줘……' 두번째는…… 총알이 차체로 날아간 거야…… '이런 멍청한 년! 총 쏘는 법부터 배우고 와.' 그제야 차들이 멈추더라고. 그리고 우리를 도와 부상병들을 차량으로 옮겼지.

하지만 정작 무서운 일은 그다음에 있었어. 바로 스탈린그라드에서 있었던 일이야. 어땠는지 알아? 이건, 온 도시가 전장인 거야. 거리며 집이며 지하실이며 다. 부상병들을 끌어내는데, 아, 안 해본 사람은 몰라. 나는 온몸에 시퍼렇게 멍이 들었어. 바지는 피로 흥건하고. 완전히. 특무상사한테 싫은 소리도 들어야 했지. '제군들, 바지는 더이상 없으니 이제 달라고 하지 않는다!' 피에 젖은 바지가 마르면 얼마나 빳빳한지 모르지. 풀을 먹여도 그렇게 빳빳하지는 않을걸. 살이 베일 정도니까.

성한 바지가 없어서 봄에 반납하고 말 것도 없었어. 모든 게 불길에 휩싸였어. 심지어 볼가 강까지. 강물마저 불에 탄 거야. 심지어 겨울에도 강이 얼 새가 없었어. 불타느라. 모든 게 불탔지…… 스탈린그라드는 아마 모르긴 몰라도 사람 피로 물들지 않은 땅이 단 1그램도 없을걸. 러시아인들과 독일인들이 흘린 피로 말이야. 그리고 기름때로…… 윤활유로…… 우리는 모두 알고 있었어. 더이상 물러설 곳이 없다는 것을. 그리고 물러서서도 안 된다는 것을. 모두, 온 나라가, 온 러시아 민족이 용감하게 싸우다 죽든지 아니면 적을 물리치든지, 길은 둘 중 하나밖에 없다는 사실을. 그 절체절명의 순간이 왔다는 걸 모두 깨닫고 있었지. 입 밖에 내지는 않았지만 우리 모두 알고 있었어. 장군도 병사도 모두 다……

보충병들이 왔어. 모두 잘생긴 젊은이들이었지. 전투를 앞둔 그들을 보고 있으면 이런 생각이 드는 거야. '이 사람들도 곧 목숨을 잃겠지.' 나는 새로운 사람들이 무서웠어. 그들을 기억하고 그들과 대화를 나누기가 겁이 났지. 새로 왔다 싶으면 어느새 죽어나가고 없었으니까. 2~3일이면 벌써…… 전투가 시작되기 전이면 그들을 보고 또 봤어…… 그때가 1942년이니까 우리 군이 가장 힘들고 처참할 때였어. 300여 명이었던 우리 병사들이 저녁 무렵에 보니까 10여 명만 남았던 적도 있었어. 그렇게 다들 죽어나가고 전투가 마무리되자 우리는 우리가 살아남았다는 사실에 서로 입을 맞추며 울었어. 우리는 서로 가족이나 마찬가지였지. 피를 나눈 형제자매.

눈앞에서 사람이 죽어가…… 몇 분 후면 숨을 거두리라는 걸 뻔히 알면서도 아무것도 할 수가 없는 거야. 그저 입을 맞추고 쓰다듬어주고 상냥한 말을 건넬 뿐이지. 그 사람을 떠나보낼 뿐. 더이상 해줄 게 없어…… 나는 그 얼굴들을 지금까지도 모두 기억해. 모두들 눈에 선하지. 한 사람 한 사람 모두 다. 세월이 그렇게 흘렀는데, 이상하지? 누군가는 잊을 법도 한데, 하다못해 한 사람 정도는 얼굴이 떠오르지 않을 법도 한데 말이야. 정말 단 한 명도 잊지 않았어. 모두 다 기억하지…… 모두 눈에 선해…… 무덤을 만들어주고 싶었어. 우리들 손으로 직접. 하지만 언제나 그렇게 해주진 못했어. 우리는 떠났고 그들은 남았지. 머리에 붕대를 감아주는 사이에 죽어버린 부상병도 있었어. 머리 전체에 붕대를 친친 감은 채로. 그래서 그 병사는 머리에 붕대를 감고서 땅에 묻혔지. 전장에서 죽는 병사는 그래도 하늘이라도 보며 죽는데, 죽어가면서 부탁이라도 하는데. '내 눈을 감겨줘요. 누이, 천천히 조심해서요.' 도시고 집이고 남아난 게 없었어. 당연히 처참했지. 하지만 사람들이 죽어 누워 있는 것에 비하면 뭐, 그것도 새파랗게 젊은 청년들이…… 잠깐 숨 돌릴 새도 없이 뛰어다니고…… 구해내고…… 더이상 버틸 힘이 없는 거야. 정말이지 이제는 오 분도 더 못 버티겠다 싶지. 이제 더는 남은 힘이 없다고…… 하지만 그래도 달려나갔어…… 3월에 눈이 녹기 시작해서 땅이 질척였는데…… 그럴 때 펠트부츠를 신으면 안 되거든. 그런데 깜박하고서 신었지 뭐야. 하루종일 기어다니다가 저녁이 되니까 얼마나 젖었던지 신발이 벗겨지질 않더라고. 결국 잘라내야 했지. 그런데도 어디 아픈 데 하나 없이 멀쩡했다니까…… 믿어져?

스탈린그라드에서의 치열했던 전투들이 끝나고, 부상병들을 증기선과 바지선에 태워 카잔과 고리키로 후송하라는 명령이 떨어졌어. 상태가 심각한 중상자들만. 그때가 벌써 봄이어서 3월이나 4월쯤 됐을 거야. 부상자들이 얼마나 많았는지 몰라. 땅바닥은 말할 것도 없고 참호 속, 움막 속, 지하실…… 아무튼 뭐라 설명할 수 없을 정도로 많았다니까.

정말 생지옥이 따로 없었지. 우리는 언제나 우리가 부상자들을 전장에서 끌어내오면 모두 안전한 곳으로 이송될 거라 생각했어. 버려지는 부상자 없이 모두 다. 스탈린그라드에 남는 부상자는 없을 거라고 믿었지. 그런데 전투가 끝나고 보니 부상자들이 믿을 수 없을 만큼 너무 많은 거야…… 상상도 못할 만큼…… 내가 탄 증기선에는 팔다리가 잘려나간 부상자들과 결핵에 걸린 병사들 수백 명이 타고 있었어. 우리는 그 부상병들을 치료해주고 상냥한 말로 다독이고 웃음 띤 얼굴로 마음을 안정시켜줘야 했지. 사실, 전투에서 벗어나 쉬는 시간을 가지라면서 우리를 기선에 태워 보낸 거였거든. 그동안의 노고에 대한 감사, 그러니까 일종의 포상이라고나 할까. 하지만 실제로는 그곳이 스탈린그라드의 지옥보다 더 끔찍했어. 전장에서는 부상병을 끌어내 응급처치를 해주고 안전한 손에 넘기면 그만이었어. '치료받을 곳으로 이송됐으니 이제 됐어'라고 마음을 놓았단 말이지. 그리고 다음 부상자를 향해 다시 전장으로 뛰어들고. 하지만 기선에서는 그 부상병들이 계속 내 눈앞에 있는 거야…… 전장에서 그들은 살고 싶어했어. 살고 싶어 안간힘을 썼지. '간호병, 여기! 얼른!' 하지만 기선에서는 음식을 거부하며 스스로 목숨을 끊으려고들 했어. 바다로 몸을 던지기도 하고. 우리는 그들을 감시해야 했어. 그들을 지켰지. 나도 대위 한 명을 맡아 그 곁을 지켰어. 밤에도 옆에 딱 붙어 있었지. 두 팔을 모두 잃은 그 대위는 자꾸 죽으려고 했어. 한번은 다른 간호사에게 부탁하는 걸 깜박하고 정말 잠깐 자리를 비웠거든. 그런데 세상에, 그 몇 분 사이에 결국 갑판에서 몸을 던지고 말았지 뭐야.

우리는 부상자들을 페름* 근처 우솔리에로 이송했어. 갔더니 벌써 깨끗한 건물들이 들어서 있더라고. 전부 부상자들을 위해 일부러 지은 것들이었지. 피오네르 캠프하고 비슷하게…… 우리가 부상자들을 들것에 실어 옮기자 부상자들이 고통을 견디느라 이를 악물었어. 그런데 문득 부상자들 중에서 누구라도 좋으니 남편으로 맞으면 어떨까 하는 생각이 드는 거야. 내가 안고 다니면 되니까. 텅 빈 기선을 타고 돌아오면서 휴식을 취할 수 있었지만 우리는 그러지 않았어. 멍하니 누워 있다가 갑자기 흐느껴들 울었지. 우리는 날마다 앉아서 부상병들에게 편지를 썼어. 각자 편지할 사람들을 정해놓고 썼어. 아마 하루에 세네 통씩은 썼을 거야.

그리고 뭐, 별것 아니지만 이런 일도 있었어. 부상병들을 이송하고 와서부터는 전투중에 다리와 얼굴을 다치지 않으려고 조심하게 되더라고. 나는 특히 다리가 예뻤는데 다쳐서 흉측해질까봐 겁이 나는 거야. 얼굴도 걱정이 되고. 그래, 그러고 보니 그런 사소한 일도 있었네……

전쟁이 끝나고 나는 몇 년 동안 피냄새에 시달렸어. 정말 지긋지긋하게 오래도록 나를 괴롭혔지. 빨래를 하려고 해도 피냄새가 풍기고 식사를 준비하려고 해도 또다시 그 냄새. 누가 빨간색 블라우스를 선물해줬어. 당시는 천이 귀할 때라 블라우스는 참 값비싼 선물이었거든. 그런데도 나는 그 옷을 한 번도 입지 않았어. 빨간색이라서. 그래, 나는 이제 빨간색이라면 떠올리는 것만으로도 끔찍해. 장 보러 가게도 못 다녔어. 정육 코너는 더더군다나. 여름엔 특히 더…… 닭고기를 보면, 그게 정말 비슷하잖아…… 사람 살처럼 하얀 게…… 남편이 나 대신 장을 보러 다녔지…… 여름엔 아예 시가지에 머물 수가 없었어. 어디로든 떠나 있어야 했어. 여름만 오면 금방이라도 다시 전쟁이 일어날 것 같아 견딜

---

* 러시아 페름 지방의 중심지인 공업도시.

수가 없었거든. 태양이 나무며 집이며 아스팔트길을 뜨겁게 달구면, 그 것들이 다 한데 어우러지면서 피냄새를 풍겼지. 아, 뭘 먹든 뭘 마시든 따라오는 거야, 그놈의 피냄새가! 깨끗이 빨아놓은 침대보에서조차 피 냄새가 났다니까……

……1945년 5월…… 생각나, 그때 사진을 참 많이도 찍었는데. 정말 행복했지…… 5월 9일, 모두들 환호성을 질렀어. '승리다! 승리!' 병사 들은 풀밭을 뒹굴며 '승리!'를 외쳤어. 탭댄스도 추었지. 아 이 다 야 야……

다들 총을 쐈어…… 뭐든 자기 손에 들린 건 다 쐈지……

—지금 당장 발사를 멈춘다!

지휘관이 우리를 중단시켰어.

—어차피 총알이 남을 텐데, 남은 걸 어디에 쓰려는 겁니까?

우리는 이해가 안 됐어.

누가 무슨 말을 해도 내 귀에 들리는 건 오직 하나, '승리!'라는 말뿐 이었어. 그리고 갑자기 미치도록 살고 싶은 거야! 지금 당장 우리가 삶 을 시작할 수 있다니, 얼마나 멋진 일인가! 표창 받은 메달이며 훈장을 죄다 꺼내서 주렁주렁 달고 사진을 찍었지. 그런데 왜 그런지 꽃밭에서 찍고 싶더라고. 그래서 화단을 찾아 들어가 사진을 찍었어.

6월 7일은 최고로 행복한 날이었어. 그날 결혼식을 올렸거든. 부대에 서 우리에게 축하연을 성대하게 베풀어줬어. 남편과는 오래전부터 알던 사이였어. 남편은 대위로, 중대를 지휘했지. 남편과 나는, 만약 우리가 살아남는다면 전쟁이 끝나고 결혼식을 올리기로 맹세했었어. 우리는 한 달간 휴가를 받았지……

우리는 이바노보 주의 키네시마로 향했어. 남편의 부모님이 계신 곳이었지. 나는 전쟁영웅이었고, 더욱이 전선에서 왔다는 이유로 조롱당할 줄은 꿈에도 몰랐어. 우리가 얼마나 많은 위험을 겪었는데, 얼마나 많은 어머니들의 아들들을, 아내들의 남편들을 구했는데. 난데없이 그럴 줄은…… 나는 모욕이 뭔지 알게 됐고 마음을 후비는 말도 들어야 했어. '사랑하는 자매' '친애하는 자매'라는 말 외에 다른 말은 들어본 적도 없던 내가 말이야. 그리고 나는 그저 그런 아무나가 아니었어. 꽤 예뻤지. 새 군복까지 차려입고 갔는데.

저녁에 다들 둘러앉아 차를 마시는데 시어머님이 내 남편을 부엌으로 데려가더니 우시는 거야. '지금 누구랑 결혼하겠다는 거냐? 전쟁터에서 데려온 여자라니…… 너는 여동생이 둘이나 되잖아. 이제 누가 네 동생들하고 결혼하겠니?' 지금도 그때 일을 생각하면 눈물이 나. 어땠는지 알아? 시댁에 음반을 하나 가지고 갔거든. 내가 무척 아끼는 음반이었지. 그 노래 중에 이런 대목이 있었어. '당신은 가장 멋진 하이힐을 신고 다닐 권리가 있다오……' 전선의 여자병사를 위한 노래였지. 내가 음반을 틀자 남편의 큰여동생이 오더니 내가 보는 앞에서 그걸 부숴버리는 거야. '당신들은 그 어떤 권리도 없다'면서. 남편 식구들은 전선에서 찍은 내 사진들도 모두 찢어버렸어…… 그 일에 대해선 뭐라 말을 할 수가 없어. 정말 아무 말도 못하겠어……

그 당시 우리는 무료배급표로 살았어. 한번은 남편과 함께 무료배급표를 챙겨서 물건을 구하러 갔는데, 특별창고 같은 곳에 벌써 사람들이 길게 줄을 섰더라고. 우리도 줄을 섰지. 그런데 내 차례가 되자 판매대에 있던 어떤 남자가 판매대를 뛰어넘어 나한테 달려오지 않겠어. 와서는 나에게 입을 맞추고 얼싸안으며 소리쳤지. '이보시오들! 이보시오들! 드디어 찾았소. 드디어 만났소이다. 얼마나 만나고 싶었는지, 얼마나 찾고 싶었는지 모른다오. 여러분, 바로 이 여자가 내 생명을 구했단 말입니다!' 남편이 옆에 서 있는데도 아랑곳없이 계속 내가 자기를 불길 속에서 구해냈다고 그러는 거야. 비 오듯 쏟아지는 총탄을 뚫고 와서 자기를 살려냈다고. 그 사람은 나를 기억하고 있었어. 하지만 나는? 내가 구한 사람이 한둘도 아니고 무슨 수로 그 많은 사람들을 다 기억해. 또 한번은 기차역에서 어떤 불구자가 나에게 '자매!'라고 부르며 알은체를 하더라고. 눈물을 흘리면서 하는 말이 '언젠가 당신을 만나면 무릎을 꿇으리라……' 생각했다는 거야. 그 사람은 한쪽 다리가 없었어……

전쟁만으로도 우리는 충분히 힘들었어. 그런데 전쟁 후에도 고통을 겪어야 했지. 또 한번의 전쟁을 치러야 했으니까. 앞선 전쟁만큼이나 끔찍한 또 한번의 전쟁. 무슨 이유인지 남자들은 우리를 저버렸어. 모른체했지. 전쟁터에서는 그렇지 않았는데. 기어가는데 포탄 파편이나 총알이 날아오잖아…… 그러면 남자병사들이 보호해줬어…… 어느 병사가 됐든 '엎드려요, 자매!'라고 소리치며 달려들어 자기 몸으로 우리를 감쌌지. 총알은 이미 그 병사에게 박히고…… 병사는 죽거나 부상을 당했어. 그렇게 나는 세 번이나 목숨을 건졌지.

우리는 키네시마에서 부대로 복귀했어. 부대로 돌아와서야 우리 부대가 해체되지 않았고 새로운 임무를 지시받았다는 사실을 알게 됐지. 들판에 매설된 지뢰를 찾아 제거하는 임무였어. 콜호스 사람들에게 땅이 필요했으니까. 다른 사람들한테야 전쟁이 끝났다지만, 공병들에게는 여전히 진행중이었지. 엄마들은 우리가 승리했다는 사실을 이미 아는데…… 풀은 높게 자라 있고 사방은 온통 지뢰고 포탄이었어. 사람들에게 안전한 땅을 마련해주기 위해 우리는 작업을 서둘렀지. 날마다 전우들이 죽어나갔어. 전쟁은 끝이 났는데 우리는 날마다 장례를 치러야 했어…… 얼마나 많은 우리 전우들을 그곳에, 그 들판에 묻어야 했던지…… 그 숱한 우리 전우들을…… 우리가 콜호스에 땅을 넘기면 곧장 트랙터가 땅을 갈기 시작했고, 그러면 어딘가 숨어 있던 지뢰가 터지거나 대전차용 구덩이가 나타나곤 했어. 트랙터도 쾅, 트랙터 기사도 쾅. 그땐 트랙터 기사가 많지 않았어. 남자들도 얼마 없었고. 아, 전쟁은 이미 끝났는데 마을에서는 여전히 쓰라린 눈물인 거야…… 여인들이 울부짖고…… 아이들도 울부짖고…… 우리 부대에 어떤 병사가 있었는데…… 스타라야루사* 근처에 마을이 하나 있었거든. 마을 이름은 기억이 안 나. 아무튼 어떤 병사 하나가 거기 출신이었는데 자기 고향마을로 콜호스와 들판에 묻힌 지뢰를 제거하러 갔다가 그만 목숨을 잃었지 뭐야. 마을에서 장례를 치러줬지. 세상에, 전쟁 내내 꼬박 4년을 죽어라 싸워놓고 전쟁도 끝난 마당에 자기 땅, 자기 고향에서 그렇게 허무하게 죽다니.

이야기의 운을 떼기만 해도 벌써 고통이 느껴져. 이야기를 하면서도 다시 가슴이 먹먹해지고 온몸이 벌벌 떨려. 모든 게 생생하게 떠올라서. 죽어 엎드러진 우리 병사들 모습. 외치다 외치다 다 외치지 못한 사연이 있는 듯 벌어진 입술, 쏟아져나온 창자들. 아마 땔감보다 우리 병사들 주검을 더 많이 봤을걸…… 아, 얼마나 끔찍했던지! 백병전은 정말 무시무시했어. 총검을 앞세우고 사람이 사람을 향해 돌진하는데…… 시퍼런 총검을 빼들고서. 그걸 보고 나면 말을 더듬게 되고 며칠은 제대로 말을 할 수가 없어. 한동안 입을 닫게 되지. 직접 겪어보지 않은 사람이 과연 이해할 수 있을까? 어떻게 이야기해야 해? 어떤 표정으로? 자, 이

---

* 러시아 노브고로드 주 스타로루스키 군의 중심지.

제 당신이 대답해봐. 대체 어떤 얼굴로 그 일을 회상해야 하는지. 다른 사람들은 어떻게든 할 수 있을지 몰라도…… 그럴 수 있을지 모르겠지만…… 나는 아니야. 눈물부터 쏟아져. 하지만 반드시, 꼭 이야기해야 해. 우리가 겪은 일이 헛되이 사라지면 안 되니까. 사람들에게 알려야 하니까. 이 세상 어딘가에 우리의 비명소리가 남아 있어야 하니까. 우리의 그 피맺힌 통곡이……

나는 언제나 우리 축일이 오기를 기다려. 전승기념일…… 그날이 기다려지면서도 한편으론 두렵기도 하지. 그래서 일부러 빨래할 게 많아지라고 몇 주 치 빨랫감을 모아뒀다가 하루종일 빨래만 해. 뭐라도 할 일이 있어야만 하니까, 하루종일 뭐라도 신경쓸 일이 있어야만 하니까. 다들 만나면 또 얼마나 울어대는지 손수건이 모자랄 지경이지. 전우들 만남이란 게 그래. 눈물바다…… 나는 장난감 무기가 싫어. 아이들이 가지고 노는 장난감 무기 있잖아. 탱크니 총이니…… 대체 누가 그런 걸 만들지? 보기만 해도 속이 뒤집히는데. 나는 그런 장난감은 사본 적도 없고 아이들에게 선물해본 적도 없어. 우리 애들이건 남의 집 애들이건. 어느 날 누가 우리집에 장난감 전투기와 플라스틱 총을 가져왔더라고. 바로 쓰레기통에 던져버렸지. 그 자리에서 바로! 왜냐하면 사람의 생명은 선물이거든…… 위대한 선물! 생명은 우리 인간들이 마음대로 할 수 있는 게 아니야.

전쟁터에서 무슨 생각을 했는지 알아, 우리가? 우리는 그랬어. '아, 끝까지 살아남기만 한다면…… 전쟁이 끝나면 사람들은 얼마나 행복해할까! 아, 얼마나 멋지고 아름다운 인생이 펼쳐질까! 이처럼 처절한 고통을 이겨냈으니 이제 사람들도 서로 가엾게 여기겠지. 서로 사랑할 거야. 달라질 거야.' 정말 그렇게 생각했다니까. 철석같이 믿었지.

하지만 사람들은 여전히 서로 미워해. 다시 서로를 죽이고. 나는 그게 제일 이해가 안 돼…… 어떻게 그럴 수가 있지? 우리는…… 우리는 도저히 그게……

스탈린그라드 근처에서…… 부상자 둘을 전장에서 끌어냈어. 한 명을 먼저 끌고 와 안전한 곳에 두고 다시 두번째 부상병을 데리러 갔지. 부상병들은 무겁디무겁지, 그렇다고 전장에 버려둘 수도 없지, 그래서 그렇게 차례대로 한 명씩 끌고 나온 거야. 두 사람 다, 글쎄, 그걸 어떻게 설명한다, 그러니까 무릎 위까지 다리가 거의 절단되다시피 해서 피가 철철 흘렀어. 일분일초가 다급한 상황이었지. 그런데 전장에서 조금 벗어나 포연砲煙이 옅어지는 순간에 보니까, 글쎄, 내가 그 고생을 하며 끌고 나온 두 사람이 우리 전차병만이 아닌 거야. 한 명이 독일 병사인 거야, 글쎄…… 세상에, 얼마나 놀라고 기가 막히던지. 전장에서는 우리 병사들이 죽어나가는 판에 나는 적군이나 구하고 있었으니. 정말 어찌할 바를 모르겠더라고…… 포연이 자욱한 전장에서는 얼른 구분이 안 되거든, 아군인지 적군인지…… 눈앞에서 사람이 죽어가며 '아, 아……' 하고 고통에 찬 비명을 지르는 걸 어떡해…… 두 사람 다 전신에 화상을 입어 새까맸어. 둘 다 똑같더라고. 하지만 자세히 보니까 메달도 다르고 시계도 다르고, 전부 다 아군 게 아닌 거야. 군복도 빌어먹을 놈들의 군복이고. '아, 일이 이렇게 됐는데 이제 어쩐다?' 우리 부상병을 끌고 가면서 생각했지. '가서 독일 병사도 데리고 와, 말아?' 내가 그대로 버려두면 그 병사는 곧바로 숨을 거두리라는 걸 나는 알고 있었어. 과다출혈로…… 결국 나는 그 병사를 데리러 되돌아갔어. 그리고 계속 두 사람을 끌고 갔지……

스탈린그라드에서 있었던 일이야…… 스탈린그라드전투는 정말 무시무시한 전투였어. 그렇게 끔찍하고 처참한 전투가 또 있을까. '심장 하나는 증오를 위해 있고 다른 하나는 사랑을 위해 있다.' 그건 있을 수 없는 일이지. 사람은 심장이 하나밖에 없으니까. 나는 늘 어떻게 하면 내 심장을 구할 수 있을까 생각했어.

전쟁이 끝나고 나서 나는 오랫동안 하늘을 보기가 두려웠어. 하늘을 향해 고개도 들지 못했지. 갈아엎어놓은 들판을 보는 것도 무서웠어. 그 땅 위로 벌써 떼까마귀들이 유유히 돌아다녔지. 새들은 전쟁을 빨리도 잊더라고……

1978~2004

인간의 가장 추악하고 잔인한 밑바닥에서
살아남은 여자들의 목소리

전쟁처럼 악하고 소름끼치는 일은
이 세상 어디에도 없다.
_톨스토이

전쟁만큼 인간의 존엄성을 짓밟고 인류의 생존을 위협하는 일이 또 있을까. 전쟁만큼 '인간의 가장 추악하고 잔인한 밑바닥까지 들여다보게 하는 방법'이 또 있을까. 전쟁은 지구상에 인류가 등장한 이래 단 한 번도 사라진 적이 없다. 인류와 발자취를 함께해왔다 해도 과언이 아닐 정도다. 러시아의 대문호 톨스토이는 이렇게 탄식했다. "어째서 인간들은 전쟁 없이 살지 못하는가? 나는 도저히 그 까닭을 모르겠다." 이 책의 작가 역시 말한다. "전쟁은 인류 역사의 영원히 풀리지 않는 수수께끼다."

이 책은 바로 그 숱한 전쟁 이야기들 중 하나이다. 하지만 동시에 다른 이야기이다. 이 책은 여자들의 전쟁을 이야기한다. 작가 스스로 말했듯이 전쟁은 인류 역사에서 그 수를 헤아리기 어려울 만큼 수천 번도 넘게 있었고, 전쟁에 대한 책은 그보다 더 다양하고 많았지만, 거의 하나같이 남자들 입장에서 이해하고 받아들인, '남자'의 목소리로 들려준

'남자'의 전쟁이었다. 여자들 역시 전쟁의 당사자이자 가장 큰 피해자였음에도 불구하고 여자들 입장에서의 전쟁은 그 누구도, 심지어 여자들 자신조차 관심을 갖지 않았다. 그래서 작가는 이 작품을 통해 '여자'가 겪고, '여자'가 목격한, '여자'의 목소리로 들려준 '여자'의 전쟁을 이야기한다. 그건 전쟁에 대한 다른 수많은 책들이 말하지 않았거나 간과한 탓에 우리가 알지 못했던, 알았더라도 미처 인식하지 못했던 전쟁의 새로운 얼굴이다. '여자'의 전쟁은 전쟁에 대한 우리의 일반적인 통념을 깨뜨린다. 우리가 알던 전쟁보다 '더 현실적이고 더 잔혹하며 더 실제적'이다.

가장 참혹했던 전쟁, 제2차세계대전은 여자들을, 심지어 10대 소녀들까지 전쟁의 한가운데로 내몰았다. 백만 명 이상의 소련 여성들이 2차대전에 참전해 싸웠고, 또 그만큼의 여성들이 빨치산으로, 지하공작원으로 저항활동을 했다. 부상자들을 간호하고 돌보는 것은 물론, 남자들과 똑같이 총칼을 들고 전장에서 싸웠다. 자동소총을 쏘고, 폭탄을 터뜨리고, 탱크를 몰고, 전투기를 조종하고, 적의 진영에 침투해 정보를 캐냈다. 하지만 작가가 인터뷰한, 전쟁에 직접 참전했거나 전쟁을 목격한 200여 명의 여인들은 우리에게 다른 이야기를 들려준다. 그네들은 숭고한 이상이니 승리니 패배니 작전이니 영웅이니 따위를 말하지 않는다. 그저 전쟁이라는 가혹한 운명 앞에 선 보통 사람들의 이야기를, 우리네 삶의 이야기를 들려줄 뿐이다. 여인들은 전장에서도 여전히 철없는 소녀였고, 예뻐 보이고 싶은 아가씨였고, 자식 생각에 애간장이 타들어가는 엄마였다. 처음 사람을 죽이고 엉엉 울어버린 소녀, 첫 생리가 있던 날, 적의 총탄에 다리가 불구가 돼버린 소녀, 전장에서 열아홉 살에 머리가 백발이 된 소녀, 전쟁에 나가기 위해 자원입대하는 날 천연덕스럽게 가진 돈 다 털어 사탕을 사는 소녀, 전쟁이 끝나고도 붉은색은 볼 수가 없어 꽃집 앞을 지나지 못하는 여인, 전장에서 돌아온 딸을 몰라보고 손님 대접하는 엄마, 딸의 전사통지서를 받아들고도 밤낮으로 딸이 살아 돌아오기를 기도하는 늙은 어머니……

작가는 여인들의 다양한 사연들을 그네들의 생생한 목소리로 가감없이 들려준다. 극적인 이야기를 끌어내기 위한 어떤 시도도 과장도 격앙된 감정도 없이 묵묵히 듣고 그대로 전달한다. 여인들의 이야기를 따라가며 우리는 죽음이 맴도는 전쟁터 한가운데서 따뜻한 피가 흐르고 맥박이 뛰는 사람들을 만나고 인생들을 만난다. 평범하고 순박한 우리의 여동생과 언니 또는 누나와 엄마를. 전쟁 앞에 산산조각 나버린 그네들의 일상과 꿈과 사랑을. 그래서 더욱 전쟁이 잔혹하고 무섭다. 여인들은 요란한 구호나 거창한 웅변 하나 없이 조용히 전쟁의 참상을 고발하고 누구를 위한 전쟁인지 돌아보게 한다.

이 작품을 번역하는 동안 두 번의 방학이 지나갔다. 그것은 나에게 전쟁과 다름없는 시간이었다. 작품과의 싸움, 나 자신과의 싸움. 나는 전쟁을 모르는 세대다. 작가의 말처럼, 전쟁 세대의 손자 세대다. 전쟁을 겪은 당사자들조차 표현할 길이 없다고, 도저히 불가능하다고 호소하는 전쟁의 그 참상을, 전쟁을 모르는 내가, 그것도 남의 나라 말인 러시아어로 읽어내고 알아내야 했으니 오죽했을까. 그네들이 표현하지 못해서, 아니 토해내지 못해서 가슴속 깊은 곳에 묻어둔 그 피울음까지 나는 온전히 느껴야만 했고, 그것을 우리말과 정서로 온전히 치환해야 했다. 나는 이 여인들의 삶에 일어난 그 시간들 속으로, 사건들 속으로 걸어들어갔고 어느새 그네들과 전쟁의 한복판에 서 있었다. 그네들과 함께 울었고 함께 분노했고 함께 절망했다. 그건 결코 쉬운 일이 아니었다. 고통스러웠다. 끔찍하고 무섭고 치가 떨렸다. 그 세계에서 빠져나오고 싶었다. 편안한 나의 일상으로 돌아오고 싶었다. 그네들에게로 향하는 마음의 문을 닫아걸고 번역가로서의 임무에만 충실하면 될 일이었다. 하지만 그럴 수는 없었다. 이 여인들이 치른 희생의 대가가 오늘의 나와 우리를 있게 했으므로. 그리고 이들이 어떤 희생을 치렀는지 우리 모두 알아야 하므로.

　전쟁이 어떤 것인지 설명하지 않겠다. 굳이 설명하지 않아도 이 책을 읽으신, 또는 읽으실 분들이라면 누구나 전쟁의 민낯을, 벌거벗은 전쟁의 속살을 볼 테니 말이다. '전쟁은 결코 역사박물관에 전시된 박제품이 아니다.' 2차대전 때의 이야기라고 해서 결코 전쟁이 역사의 뒤안길로 사라진 과거는 아니라는 것이다. 지금도 세계 곳곳에서는 전쟁의 총성이 끊이지 않고 있으며 테러와 살인과 폭력이 난무한다. 우리는 자신이 편안하고 안락할 수만 있다면 타인의 고통과 아픔 따윈 아랑곳하지 않는 냉혹한 야만의 시대를 살고 있다. 비인간적이고 불의한 것과도 기꺼이 손을 잡고 타협하는 비겁의 시대. 헤세는 일찍이 이렇게 일갈했다. "전쟁은 우리들 모두가 지나치게 게으르고, 지나치게 안이하고, 지나치게 비겁하기 때문에 일어나는 것이다." 우리의 탐욕과 교만, 그리고 폭력과 야만에 눈감아버리는 비겁함이 사라지지 않는 한, 전쟁은 멈추지 않을 것이다. 마치 우리의 유전자 속에 전쟁이라는 DNA가 새겨져 있고, 그래서 전쟁의 대물림이 필연인 것처럼. 그것이 바로 우리가 이 책을 읽어야 할 이유다. 우리의 의식이 늘 깨어 있도록 자신과 주위를 돌아보며 스스로를 채찍질하고 타인의 아픔과 고통을 외면하지 말아야 할 이유다.

2015년 가을
박은정

558

이 책은 독특한 전쟁·평화서이다. 그간 전쟁과 평화는 성별화되어 남성성과 여성성을 상징해왔다. 하지만 여성은 인류 초기부터 전쟁의 참전자, 협력자, 희생자였다. 제2차세계대전 때 백만 명의 여성들이 참전했고 또 그만큼의 여성들이 빨치산으로, 지하공작원으로 저항했다. 이 책은 여성의 참전 경험이 남성의 경험과 얼마나 다른가를 보여준다.

저자는 이 책에서 글쓰기의 창조적 혼종을 구현했다. 그녀는 "태초에 말씀이 있었다"가 아니라 "태초에 목소리가 있었다"고 주장한다. 저자는 참전 군인이자 성찰적 목격자로서 이제까지 들리지 않았던 여성의 목소리를 재현하는 데 성공했다. 여성은 전쟁에 참여하지만 전쟁은 결코 여성의 얼굴을 하지 못한다.

생리를 하는 군인, 남성보다 얇은 옷을 지급받는 병사, 여자 화장실이 없어 바다에 뛰어든 분대장, 여성을 가미카제로 사용한 군대…… 통념과 달리 여성은 남성의 보호를 받는 존재가 아니라 인류의 수호자다. 만일 '노벨 평화문학상'이 있다면 이 책은 최초의 수상작이 될 것이다.

_정희진(『페미니즘의 도전』 저자)

이 책은 전장에서 직접 총을 쏘고 죽음의 문턱을 넘나들던 여성들의 목소리를 들려준다. 이 책에 담긴 압도적인 목소리와 함께 '전후세대'라는 말은 의미를 잃는다. 우리는 아직 전장의 포연과 비참 속에 있다. 전쟁이 없는 세상이 어떻게 가능한지 여전히 알지 못하지만, 우리는 알렉시예비치와 함께 이렇게도 말해야 한다. "전쟁은 인간의 얼굴을 하지 않았다."

_이현우(『로쟈의 인문학 서재』 저자)

옮긴이 **박은정**

조선대학교 러시아어과를 졸업하고 러시아 페테르부르크 게르친 국립사범대학교에서 언어학 석사와 박사 학위를 받았다. 현재 전남대학교와 조선대학교에 출강하고 있다. 옮긴 책으로 안톤 체호프의 『갈매기』, 톨스토이의 『무도회가 끝난 뒤』 『이반 일리치의 죽음』, 『러시아의 영웅서사시』(공역), 알렉시예비치의 『아연 소년들』 등이 있다.

전쟁은 여자의 얼굴을 하지 않았다

1판 1쇄 2015년 10월 8일
1판 32쇄 2023년 12월 13일

지은이 스베틀라나 알렉시예비치 | 옮긴이 박은정
기획·책임편집 이연실 | 편집 현상철 고선향 | 독자모니터 전혜진
디자인 김마리 이주영 | 저작권 박지영 형소진 최은진 서연주 오서영
마케팅 정민호 서지화 한민아 이민경 안남영 왕지경 황승현 김혜원 김하연 김예진
브랜딩 함유지 함근아 고보미 박민재 김희숙 박다솔 조다현 정승민 배진성
제작 강신은 김동욱 이순호 | 제작처 영신사

펴낸곳 (주)문학동네 | 펴낸이 김소영
출판등록 1993년 10월 22일 제2003-000045호
주소 10881 경기도 파주시 회동길 210
전자우편 editor@munhak.com | 대표전화 031)955-8888 | 팩스 031)955-8855
문의전화 031)955-2696(마케팅), 031)955-1905(편집)
문학동네카페 http://cafe.naver.com/mhdn
인스타그램 @munhakdongne | 트위터 @munhakdongne
북클럽문학동네 http://bookclubmunhak.com

ISBN 78-89-546-3795-4 03890

www.munhak.com